KB182393

원전으로 읽는 우리 고전 3

팔찌의 인연

쌍천기몽

1

원전으로 읽는 우리 고전 3

팔찌의 인연

쌍천기몽

1

장시광 옮김

이담
Books

역자 서문

　역자가 <쌍천기봉>을 처음 접한 것은 1993년도, 대학원 석사과정 1학기 때였다. 막 입학하였는데 고전소설을 전공하는 이지하, 김탁환, 정대진 선배 등이 <쌍천기봉>으로 스터디를 하고 있는 것이었다. 당시에는 무슨 내용인지도 모른 채 선배들 손에 이끌려 스터디 자리 한 구석을 차지하고서 소설 읽기에 동참하였다. 그랬던 것이, 후에 이 작품으로 석사논문을 쓰고, 이 작품을 포함하여 박사논문을 쓰기에 이르렀다. <쌍천기봉>은 역자에게는 전공에 발을 들여놓도록 하고, 학업의 징검다리 역할을 한 실로 은혜로운(?) 소설이 아닐 수 없다.

　역자가 <쌍천기봉>에 매력을 느낀 것은 무엇보다도 발랄하고 개성이 강한 인물들의 존재와 그에 기인한 흥미의 배가 때문이었다. 아버지가 정해 주는 중매결혼보다는 마음에 드는 여자를 발견하고 멋대로 결혼한 이몽창이 가장 매력적이다. 남편에게 무조건 복종하기보다는 자신의 주체적 의지를 강조하며 남편에게 저항하는 소월혜도 매력적이다. 비록 당대의 윤리에 저촉되어 후에 징치를 당하지만, 자신의 애정을 발현하려고 하는 조제염과 같은 인물에게서는 측은한 마음이 든다. 만일 이들 발랄하고 개성 강한 인물들이 존재하지 않고, 윤리를 체화한 군자형, 숙녀형 인물들만 소설에 등장했다면 <쌍천기봉>은 윤리 교과서 외의 존재 의미를 지니지 못했을 것이다.

역자는 이러한 <쌍천기봉>을 현대 독자들도 알았으면 하는 바람을 가지고 틈틈이 번역을 하였다. 북한에서는 1983년도에 이미 번역본이 출간되었는데 일반인들이 접하기 쉽지 않고, 또 북한 어투로 되어 있어 한국에서도 새로운 번역본의 출간이 필요하다는 생각에 번역을 시작한 것이다. 2004년에 시작하였으나 천성이 게으른 탓에 다른 일 때문에 제쳐 두고 세월만 천연한 것이 벌써 13년째다. 이제는 마냥 미룰 수만은 없다는 생각에 '결단'을 내리고 작업을 매듭지으려 한다.

이 책은 총 2부로 구성되어 있다. 1부에는 현대어 번역본을, 2부에는 주석(註釋) 및 교감(校勘) 본을 실었다. 저본은 한국학중앙연구원 소장본(18권 18책)이고 교감 대상본은 국립중앙도서관 소장본(19권 19책)이다. 2부의 작업은 현대어 번역의 과정을 보여준다는 의미와 더불어 전공자가 아닌 분들도 흥미롭게 읽을 수 있도록 하려는 취지에서 덧붙인 것이다.

이 번역, 교감본을 내는 데 여러 분의 도움과 격려를 받았다. 원문의 일부 기초 작업은 우리 학교에서 공부 중인 김민정, 신수임, 남기민, 유가 등이 수고해 주었다. 이 동학들과는 <쌍천기봉> 강독 스터디를 약 1년 전부터 꾸준히 해 오고 있는데, 이제는 원문을 능수능란하게 읽어 내는 모습에 보람을 느낀다. 역자에게도 자신을 돌아보게 한 스터디가 되었음은 물론이다. 어학을 전공하는 목지선 선생님과 우리 학교 한문학과 황의열 선생님은 주석 작업이 완료된 원문을 꼼꼼히 읽고 해결이 안 된 부분들을 바로잡아 주셨다. 이 자리를 빌려 감사드린다. 2004년도에 대학 동아리 웹사이트에 <쌍천기봉> 번

역문 일부를 연재한 적이 있는데 소설이 재미있다는 반응이 꽤 있었다. 그 당시 응원하고 격려해 준 선후배들에게 늘 빚진 마음이 있었다. 감사드린다.

<쌍천기봉>이라는 거질을 번역하는 작업은 역자의 학문적 여정에서 특별한 의미가 있다. 그런 면에서, 역자가 고전문학을 공부하도록 이끌어 주시고 지금까지도 격려와 질책을 아끼지 않으시는 정원표 선생님과 박일용 선생님, 이상택 선생님께 고개 숙여 감사드린다. 역자의 건강을 위해 노심초사하시는 양가 부모님께는 늘 죄송하고 감사한 마음뿐이다. 마지막으로 동지이자 반려자인 아내 서경희에게 감사한 마음을 전한다.

차례

제1부

현대어역

쌍천기봉 卷 1

이현이 산동으로 귀양을 가다가,
아내 유요란을 팔찌로 확인하다

중국 명나라 영락(永樂)[1] 황제 시절, 문연각 태학사 태자태부 충문공 이현은 자(字)가 윤상으로 문하시랑 이명의 아들이다. 그의 모친 진 부인이 홍무(洪武)[2] 15년 임술년(1382)에 이현을 낳았으니, 이현은 갓 나면서부터 기상이 호탕하고 시원스러워 세상의 보통 아이들과는 달랐다.

그 전에, 이현의 부친 이 시랑이 진 부인과 함께 산 지 4년 만에 친상(親喪)을 만나 고향 금주(錦州)[3]에 내려갔다. 금주에서 시묘(侍墓)를 한 지 삼 년이 지났으나, 조정이 미처 그를 생각하지 못해 벼슬로 부르지 않았다. 그래서 그는 경사에 가지 않고 고향에 있으면서 세월을 보냈다. 이 시랑은 본디 성격이 과격하고 소탈하며 주색을 즐겼으나, 그의 아내 진 부인이 남달리 착하고 아름다운 데다 부모가 매우 엄격했으므로 자기 마음대로 아름다운 여인을 모으지 못하였다.

이 시랑은 부모가 세상을 떠나자 시골구석에서 울적하게 지내다가,

---

1) 영락(永樂): 명나라의 제3대 황제 주체(朱棣) 태종(太宗, 후의 成祖)의 연호(1402-1424).
2) 홍무(洪武): 명나라를 건국한 주원장(朱元璋) 태조(太祖)의 연호(1368-1398).
3) 금주(錦州): 지금의 호남성 회화시 마양현 서쪽에 있던 금주로 추정됨.

마침내 참지 못하고 남경(南京) 기생 홍랑을 데려왔다. 홍랑은 생김새가 매우 아름답고 노래와 춤을 잘하는 여인이었다. 그래서 시랑은 홍랑에게 푹 빠져 밤낮 없이 외당(外堂)에서 그녀를 데리고 잔치를 열고 술을 마셨다. 이에 부인이 수차례 이치에 맞는 말로 충고하였으나 홍랑이 도리어 아첨하는 말과 꾸미는 낯빛으로 부부를 이간질하니 시랑이 그 말을 곧이듣고 부인을 내쫓아 버렸다. 이때 부인은 잉태한 지 다섯 달째였다.

부인은 약한 몸으로 의지할 곳이 없는 외로운 처지가 되었다. 친정이 소주(蘇州)에 있으나 딱히 도달할 길이 없었다. 그런데 시랑이 사납게 쫓아내고 미친 듯이 위엄을 부리며 천둥과 같이 성을 냈으므로 할 수 없이 배를 사서 타고 겨우겨우 조금씩 소주를 향하여 갔다.

며칠을 갔는데 갑자기 한바탕 회오리바람이 일어나 배의 닻줄이 떨어져 나갔다. 배가 어디로 가는 줄을 알지 못했으나 다만 배가 가는 대로 있을 수밖에 없었다. 며칠 후, 바람의 기세가 더 심해지자 배에 타고 있던 사람들은 하얗게 질렸다. 참으로 위태로운 순간이었다. 그런데 문득 바람이 그치고 배는 여울에 부딪혀 뭍에 닿았다. 모두 정신을 차려서 보니 그곳은 곧 서경(西京)[4] 지방이었다. 소주와의 거리를 생각해 보니 하늘 한 끝이므로 진 부인이 망극해 목 놓아 통곡하였다.

이때 사공이 말하였다.

"부인께서 이제 이미 바람에 실려 이곳에 이르렀으니, 소주로 가려 하셔도 소주는 여기에서 수천여 리옵니다. 시간을 마냥 보내기

---

4) 서경(西京): 지금의 서안(西安). 서한 때 서안을 수도로 정하고 동한 때 낙양을 수도로 정한 이래 서안을 서경으로, 낙양을 동경으로 불러 옴.

어려우니 부인은 뱃삯을 주시고 이곳에서 내리소서."

부인이 더욱 망극하였으나 할 수 없이 약간의 돈과 비단을 주고 유모 운향과 함께 뭍에 내려 슬피 하늘을 바라보고 울다가 기절하였다. 운향이 붙들어 구하니 부인이 겨우 정신을 차렸다. 그러고 나서 보니, 사공은 배를 띄워 돛을 높이 달고 화살같이 내달아 가는 것이었다. 부인이 몸을 의탁할 곳이 없어 망극함을 이기지 못하고 두 사람이 급기야 정신을 잃으니 그 모습이 참담하였다.

한참 지난 후에 부인이 탄식하였다.

"내가 남편에게 쫓겨나 이 지경에 이르렀으니 인생이 살아서 쓸데 없구나. 차라리 죽어서 이런 일을 모르고 싶으나 부모가 주신 몸을 차마 모래사장에 버리지 못하겠고, 뱃속에는 이씨 집안의 혈육이 있으니 전날 시부모가 주신 은혜를 생각건대 어찌 한때의 급함을 견디지 못하여 대의(大義)를 저버리겠는가?"

이에 부인과 유모가 서로 붙들어 후미지고 고요한 집을 얻어 들어가니 할미 한 사람이 맞이해 집으로 들어갔다. 그러고선 할미가 말하였다.

"여인들이 어찌 이리도 힘들게 다니고 있나이까?"

부인과 운향이 이에 눈물을 흘리고 그동안 있었던 일을 자세히 말하니 할미가 또한 놀라고 탄식하며 말하였다.

"어진 분이 원통하고 억울한 일을 당하셨구려. 좋지 않은 운수를 만나 몸이 잘못돼 이처럼 길을 떠돌아다니며 구걸하고 있으나 훗날 잘될 것이니 부인과 어미는 너무 서러워 마소서. 그런데 제가 본래 입고 먹을 것이 별로 없으니 부인과 어미가 편안하지 못할까 두렵나이다."

부인이 눈물을 뿌리며 말하였다.

"주인 할미의 후대(厚待)하는 은혜를 입었으니, 바라건대 한 칸 방을 빌려 주시면 또 은혜일까 하나이다. 어찌 입고 먹는 것에조차 주인께 근심을 끼치겠습니까?"

할미가 크게 불쌍히 여겨 별당(別堂)을 청소하고 정돈해 주니 부인이 후의(厚意)에 고마움을 표하고 별당에 머물렀다. 운향을 시켜 자기 옥가락지와 백옥으로 만든 영롱한 모란비녀 하나를 주어 시장에 가 팔아 수백 금으로 바꿔 오게 해 이 돈으로 먹고살 물건을 샀다. 진 부인이 이렇게 수놓으며 비단 깁을 짜서 팔아 의식을 충당하니 비록 넉넉하지는 못하나 편안히 머무를 수 있었다.

진부인이 별당에 머문 지 다섯 달 만에 한 명의 옥동자를 낳았는데, 이 사람이 바로 충문공이다. 생김새가 준수하고 겉모습이 수려하여 결코 범상한 아이가 아니었다. 부인이 일희일비(一喜一悲)하여 이름을 현이라 하고 자(字)를 윤상이라 하였다.

이현이 점점 자라 네댓 살이 되니 비상한 예법을 갖추었고, 앉으면 기상이 단정하고 엄숙하였으며 서면 걸음걸이가 진중하였고 그 생긴 모습도 시원스러웠다. 일곱 살이 되자, 비로소 만사에 달통하여 모르는 것이 없었다.

하루는 이현이 『모시(毛詩)』5)를 읽다가 책을 덮고 모친께 고하였다.

"자고(自古)로 나를 낳아 주신 분은 아버지라 하였거늘, 소자(小子)만 홀로 부친을 알지 못하니 어찌 된 일이옵니까?"

부인이 눈물을 머금고 말하였다.

"부자유친(父子有親)6)은 예로부터 변치 않던 법도이니, 네가 그렇

---

5) 『모시(毛詩)』: 공자가 엮은 『시경(詩經)』을 서한(西漢) 초(初)에 모형(毛亨)이 해설해 놓은 책.

6) 부자유친(父子有親): 오륜(五倫) 중의 하나. 아버지와 자식에게는 친함이 있음.

게 생각하는 것이 어찌 괴이한 일이겠느냐?"

이에 그동안 있었던 일을 말해 주니 이현이 다 듣고서 눈물이 얼굴에 가득하여 반나절이나 말을 못 하다가 눈물을 거두고 말하였다.

"부친께서 비록 중상모략하는 말을 듣고 미색(美色)에 빠져 모친을 내치셨으나, 지금은 세월이 오래 지났으니 혹 뉘우치셨을지 모르니 저를 보시면 어찌 모친을 용서하지 않으시겠습니까? 제가 난 지 일곱 살에 천륜(天倫)을 알지 못하니 저는 인간 중의 죄인이옵니다. 원컨대, 어머님을 모시고 아버님이 계신 곳을 조용히 찾아가고 싶습니다."

부인이 등을 어루만지며 말하였다.

"내 어찌 네 생각만 못하겠느냐? 그러나 서경과 금주가 길이 머니그 먼 곳을 어린아이와 여자가 어찌 도달할 수 있으며, 설사 도달한다 해도 네 부친의 뜻을 내가 잘 아니 반드시 우리를 받아들이지 않으실 것이다. 다시 쫓겨난다면 우리 모자가 어디에서 의탁하겠느냐? 네가 열다섯 살 되기를 기다려 찾아가 효도를 이루어라. 네 어미가 무슨 낯으로 네 부친을 보겠느냐?"

공자가 슬퍼 마치 칼을 삼킨 듯하였다. 다만 울기만 하며 묵묵히 슬퍼할 뿐이었다.

이후 공자는 발자취를 문 밖에 보이지 않고 고요히 초당(草堂)에 앉아 성현(聖賢)의 글을 읽어 천지만물(天地萬物)을 가슴 속에 품었다. 그러나 오로지 한 가지 생각은 엄안(嚴顔)을 모른다는 것이니, 양친(兩親)을 한 집에 모시지 못해 가슴이 메어지고 눈물을 금하지 못해 눈물이 책상에 아롱졌다. 부인이 또한 아이의 처지를 불쌍히 여겨 눈물을 비와 같이 쏟아냈다.

세월이 화살과도 같아 공자가 열세 살이 되었다. 공자는 칠 척이

나 되는 키에 버들 같은 허리와 봉황의 날개 같은 두 팔을 지녀 장부의 모습을 가졌다. 옥 같은 얼굴과 화려한 낯빛에 흰 이와 붉은 입술이 있는 것이 마치 하늘의 신선이 가볍게 날아 내려온 듯하였다. 부인이 한편으로 기뻐하면서도 저와 같은 인물로 부자의 천륜을 모르고 천 리 변방에 묻혀 자라는 것을 매우 슬퍼하였다.

공자가 스스로 사람 가운데 나서기를 부끄러워해 일찍이 발자취가 문밖을 벗어나지 않으므로 주인 할미가 이상하게 여겨 어느 날 공자에게 물었다.

"공자의 나이가 바야흐로 소년이시늘, 무슨 까닭으로 매양 수심에 잠겨 두문불출(杜門不出)하시나이까? 천한 마음에 의문이 생기옵니다."

공자가 듣고서 탄식하였다.

"나는 본디 천하의 죄인입니다. 열 살이 넘도록 가엄(家嚴)의 얼굴을 모르니 금수(禽獸)와 다름이 없습니다. 그러니 무슨 면목으로 사람을 대하며 속세에 뜻이 있겠습니까?"

할미가 매우 기특하게 여겨 감탄하였다.

곧 칠석(七夕)[7]의 아름다운 절기를 맞았다. 할미가 본디 중풍기가 있어 초정(椒井)[8]에 목욕하러 다녔는데, 이번에 또 가게 되었다. 공자의 슬픈 마음을 위로하려고 함께 가기를 청하자 공자가 사양하며 말하였다.

"할미의 후의는 감사하나 내 마음이 본디 풍류에 있지 않고 죄인

---

7) 칠석(七夕): 음력 7월 7일로, 견우와 직녀가 1년에 한 번 오작교(烏鵲橋)에서 만난다는 날.

8) 초정(椒井): 후추처럼 톡 쏘는 물이 나오는 우물이라는 뜻으로 지명이라기보다 보통명사로 추정됨.

의 행색이 편하지 못해 주인의 후의를 받들지 못하겠습니다."

말을 마치자, 옥 같은 얼굴에 눈물이 떨어지니 할미가 크게 애석하게 여겨 재삼 위로하였다.

"공자에게 비록 남다른 슬픔이 있으나, 이럴수록 한때 시원한 데 나가서 구경하며 시름을 풀고 부인을 위로하소서."

공자가 오히려 묵묵히 응답하지 않으니, 부인이 또한 탄식하고 타일러 말하였다.

"우리 아이의 심지 굳은 말이 어찌 그른 것이 있겠는가마는 성인(聖人)이 경도(經道)와 권도(權道)⁹⁾를 인정하셨으니 네 몸이 당당한 남자이거늘 너무 슬퍼하고 우울해 하며 기운을 꺾어서야 되겠느냐? 더욱이 우리 모자(母子)가 살아 있음은 할미의 은덕(恩德) 때문이다. 할미가 너를 사랑하여 함께 가려고 하는 것이니 우리 아이는 구태여 고집 부리지 말거라."

공자는 갈 뜻이 없었으나 어머니의 명을 받들고, 주인 할미의 지극한 뜻을 감사하게 여겨 산으로 나아갔다. 산은 봉우리가 빼어나고 경치가 아름다우며 층암절벽에는 맑은 물이 옥 같은 바위 사이로 흘러냈다. 이에 할미가 옷을 벗고 목욕을 하니 공자는 마음이 즐겁지 않아 이리저리 걸어 다녔다. 이윽고 할미가 옷을 입고 그늘에 앉아서 가져간 술을 먹었다.

이때 문득 뒤에서 한 어른이 베옷을 입고 청려장(靑藜杖)¹⁰⁾을 짚고 천천히 걸어 내려오다가 공자를 보았다. 공자의 빼어난 얼굴과 영웅의 풍채가 산천 맑은 것을 다 압도함을 보고 크게 놀라 앞에 나

---

9) 경도(經道)와 권도(權道): 경도는 항상 변하지 않는 법도이고 권도는 경도를 크게 해치지는 않으면서 상황에 따라 변할 수 있는 법도임.
10) 청려장(靑藜杖): 명아줏대로 만든 지팡이.

아와 팔을 들어 말하였다.

"옥인(玉人)은 노인을 돌아봄을 청하노라."

공자가 놀라서 사람과 함께 말하는 것을 싫어하여 못 들은 체하니 할미가 급히 일렀다.

"이 어른은 같은 마을 유 처사이십니다. 학행과 성품이 당대의 제일이시니 공자는 소홀히 대하지 마소서."

공자가 즐겁지 않으나 마지못해 몸을 돌려 인사하고 입을 열어 사례하였다.

"초야의 어린 아이가 선생의 후의(厚意)를 받들고자 하나 연고(緣故)가 있어서 가기를 청하나이다."

말을 마치고 팔을 들어 인사하고는 나는 듯이 돌아갔다. 유 처사는 공자가 돌아서서 말할 때 눈빛을 바라보니 흰 얼굴에 넓은 이마와 연꽃 같은 두 뺨이 이백(李白)11)의 외모와 반악(潘岳)12)의 풍채 같았다. 곤륜산의 백옥(白玉)을 다듬은 듯하였으니 정신이 어릿하여 다시 청하려고 할 때에 공자는 벌써 공경스럽게 예를 마치고 나는 듯이 돌아가 모습이 보이지 않았다. 유 처사가 크게 서운하여 그 풍채와 외모를 칭찬하고 할미에게 물었다.

"네 일찍이 그 공자의 거처를 아느냐?"

"소인(小人)의 집에 있나이다."

공이 놀라 말하였다.

"무슨 까닭으로 네 집에 있는고?"

---

11) 이백(李白): 원문에는 적선(謫仙)이라 되어 있음. 적선, 곧 귀양 온 신선은 이백(李白: 701~762)을 가리킴. 중국 당(唐)의 시인으로 호는 청련거사(青蓮居士). 적선이라는 별명은 그의 시우(詩友)이자 주우(酒友)인 하지장(賀知章)이 붙여준 것임.

12) 반악(潘岳): 중국 서진(西晉) 때의 시인으로서 미남이었다고 함.

할미가 이에 일일이 고하였다.

"공자가 이제 열세 살이되, 성품과 행실이 특출해 그 부친의 얼굴을 모르므로 일찍이 남과 이야기하는 것을 싫어하고, 발자취가 문밖을 나가지 않으며 죄인으로 자처하였습니다. 오늘은 소인의 권유로 겨우 여기에 왔는데, 어른을 만나서 대화하는 것을 기뻐하지 않아서 어른을 매몰차게 대한 것이옵니다."

공이 다 듣고 기특하게 여겨 말하였다.

"이 자는 성현이로다. 어찌 초야에 이러한 사람이 있을 줄 알았겠는가? 그러나 공자가 문장(文章)을 자부(自負)한다고 하니 얻어 볼 길이 있겠느냐?"

"그 공자의 문장(文章)은 다시 이를 것이 없으나, 얻어 보기가 매우 어렵습니다. 이웃 사람도 그 얼굴을 못 보았으니 그가 어찌 기꺼이 어른께 뵐 것이며 그의 심사가 다른 사람과 다르니 어른 뵐 것을 간청하는 일이 매우 어려울 것입니다."

처사가 오랫동안 탄식하고는 돌아갔다.

일찍이 부인 요 씨에게 장가들어 여자아이를 낳았다. 요 씨가 죽자, 다시 아내를 들였으나 아들은 없고 자식은 오직 여자아이 하나뿐이었다. 소저(小姐)의 이름은 요란이니 방년 열두 살이었다. 타고난 바탕이 고와서 가을 못의 연꽃과 돌 연못의 목란 같았다. 자태가 시원스러우며 길쌈 등 여자가 할 일을 신묘하게 하여 옛사람을 압도할 정도였으니 공이 크게 사랑하여 아름다운 짝을 널리 구했으나 얻지 못해 울적해 하던 참이었다. 그러다가 오늘 공자를 보니 공자는 진실로 딸아이의 좋은 짝임을 알게 되었다.

공이 매우 기뻐하여 이튿날 할미를 불렀다. 할미가 곧 이르자 공이 기뻐하며 말하였다.

"어제 이 공자를 잠깐 보고 지금까지 잊지 못하고 있으나, 다시 볼 길이 없으니 네 능히 그 글 지은 것을 얻어 줄 수 있겠느냐?"

할미가 깊이 생각하다가 말하였다.

"이 공자가 본디 엄격하여 다른 사람과 대화하기 싫어하지만 소인이 한번 구해 보겠사옵니다."

할미가 돌아와서 이 공자를 보고 시 지은 것을 얻으려 하였다. 공자는 고요히 앉아 『논어(論語)』를 읽고 있었다. 그 모습이 가을 달 같고 태도가 단엄하고 과묵하여 말 붙이기 어렵고 까닭 없이 글 지은 것을 달라고 하면 공사가 수상히 여길까 두려워 낯이 붉으락푸르락하여 안팎으로 나들기를 수없이 하였다. 공자는 할미가 분주하게 다니는 것을 보고 괴이하게 여겼으나 또한 알은체하지 않았다. 마침내 할미가 한 가지 계책을 생각하고 크게 기뻐하며 좋은 계교라 하고, 이에 방에 들어가 공자에게 고하였다.

"제 아우 하나가 타향에 살고 있는데, 마침 인편(人便)이 있어 그 아이에게 글을 부치려고 합니다. 한데 제가 한 글자도 알지 못하니 공자께서 수고로우시겠지만 두어 자 적어 주시기를 바라나이다."

공자가 속으로는 불쾌하였으나 억지로 붓을 들어 잠깐 사이에 적어 주니 할미가 붓의 움직임이 빠름을 보고 눈이 부시고 정신이 어른어른하니 글솜씨를 칭찬하였다. 그 글을 가지고 유씨 집에 이르러 처사에게 드렸다. 처사가 바삐 펴 보니 풍운(風雲)이 색을 잃고 건곤(乾坤)이 빛을 잃을 정도로 글솜씨가 빼어났다. 유 공이 크게 기뻐하여 할미에게 상을 많이 주고 말하였다.

"내가 만년에 딸 하나를 두었으니 나이가 열두 살이다. 용모(容貌)와 재주, 덕성이 이 공자의 배필이 되기에 충분하지 못한 점이 없으니 네 마땅히 진 부인께 이 뜻을 고하여 혼사가 이루어지도록 하라."

할미가 답하였다.

"소인이 어르신의 명을 받들기는 하겠지만, 이 공자가 세상 욕심에서 멀리 벗어나 있으니 이를 기뻐하지 않을까 하나이다."

공이 웃으며 말하였다.

"부부 인륜은 사람을 내는 시초요 만복의 근원이니 이 공자가 속세를 벗어난 사람이 아니고서야 홀로 인륜을 폐하겠느냐?"

할미가 또한 웃고 돌아가 진 부인에게 이 뜻을 고하고 구혼할 것을 권하자 부인이 말하였다.

"내 아이는 할미가 본 바와 같으니, 유가 여자가 내 아이에게 마땅한 짝이 될 수 있겠는가?"

할미가 거짓으로 말하였다.

"유 소저는 제가 보았으니, 공자의 짝이 되기에 손색이 없습니다."

부인이 매우 기뻐하여 흔쾌히 허락하였다.

유 공이 크게 기뻐해 택일(擇日)하니 혼인 날짜는 음력 8월 16일이었다. 폐백을 들이니, 부인이 자기가 어려서 끼던 자금(紫金) 팔찌13)로 빙폐(聘幣)14)하였다. 혼인날이 되자, 공자가 행렬을 거느리고 유씨 집으로 향하였다. 공자는 아버지의 얼굴도 모른 채, 천리 끝에 고향을 두고서 의지할 데 없는 어머니에게서 엄자지정(嚴慈之情)15)을 아울러 받아 아버지에게 고하지 않고 혼인하게 되었다. 자기는 세상에서 가장 구차한 사람이어서 백 년을 산다 한들 아버지 명령이 없이 아내를 얻을 생각이 없었으나 어머니의 외로운 신세를 살펴 부

---

13) 자금(紫金) 팔찌: 자금(紫金)으로 만든 팔찌. 자금은 적동(赤銅)의 다른 이름. 적동은 구리에 금을 더한 합금임.

14) 빙폐(聘幣): 경의(敬意)를 표하기 위하여 보내는 예물.

15) 엄자지정(嚴慈之情): 아버지와 어머니의 정.

득이 혼인을 하게 된 것이다. 그러니 공자의 회포야 어찌 다 기록하겠는가. 별 같은 눈에 눈물이 어리고 빛나는 눈썹에 수심이 가득하니 공자가 조금도 기뻐하는 빛이 없었다.

혼인 행렬을 거느려 유씨 집에 이르러 전안지례(奠雁之禮)[16]를 마치고 신부를 맞아 돌아왔다. 신부가 독좌[17]를 마치고 폐백을 받들어 시어머니에게 나왔다. 진 부인은 신부의 기특한 모습을 대하고선 절로 기뻤으나 또 한편으로는 슬픔을 진정하지 못하였다.

공자가 신방을 찾지 않으니 부인이 그 까닭을 물었다.

"소자가 어버님의 외로우신 마음을 거역하지 못해 부득이 아내를 얻었으나 엄안(嚴顔)을 모르고 아버님의 가르침이 없으니 저는 인륜을 거스른 죄인입니다. 어린 나이에 결혼해 부부의 즐거움을 이루는 것은 성인(聖人)께서도 경계하신 바입니다. 제가 겨우 열 살을 넘겼으니 동침하는 것이 옳지 않습니다. 모름지기 신부를 친정에 보내시면 신부의 나이가 차고 제 인륜이 완전하게 될 때를 기다려 동침할 것입니다."

부인이 기뻐하며 감탄하였다.

"우리 아이의 명쾌한 소견을 이 어미가 미치지 못하겠구나."

다음날 아침에 유 공이 이르자 생이 공경하여 맞아 말하니 유 공이 그 옥 같은 얼굴과 빛나는 풍채를 새로이 사랑하여 말하였다.

"내가 그대 같은 어진 선비를 사위로 삼았으니 기쁨을 이기지 못하겠구나. 그러나 딸아이의 나이가 어리니 몇 년을 더 기다려 같이 노니는 것을 보려 하나니 사위의 뜻이 어떠한고?"

---

16) 전안지례(奠雁之禮): 신랑이 신부 집에 기러기를 가지고 가서 상 위에 놓고 절하는 예.

17) 독좌: 새색시가 초례의 사흘 동안 들어앉아 있는 일.

생이 허리를 굽혀 대답하였다.

"어린 나이에 결혼하는 것은 선왕께서도 경계하신 것입니다. 어른께서 하교(下敎)하시니 소생이 명을 거스를 수 있겠나이까?"

공이 그 온중함을 기뻐하여 딸을 데려가면서 생에게 자주 자기 집에 오기를 당부하니 생이 부드러운 빛으로 응대하였다. 공자가 만사에 흥이 없었으나 장인의 정직함을 공경하여 자주 왕래하여 장인과 사위의 사이가 두터워졌다.

경사에서 천자가 과거를 베풀고 인재를 뽑으니 진 부인이 아들에게 말하였다.

"네 부친이 반드시 너를 용납하지 않을 것이니, 바로 경사로 가 혹 과거에 급제하거든 금주로 가는 것이 좋을까 하노라."

생이 명을 받들고 행장(行裝)을 차려 경사로 가기 위해 모친에게 하직하고 물러나니 이별의 눈물이 소매를 적셨다.

생이 유씨 집에 이르러 하직하니, 처사가 바로 딸과 사위의 합근지례(合卺之禮)18)를 올리려고 하다가 사위가 멀리 가는 데 놀라서 사위의 소매를 이끌고 딸의 침소에 갔다. 소저가 일어나 맞으니 생이 팔을 들어 천천히 인사하고 앉았다. 공이 말하였다.

"자네가 이번에 가면 과거에 급제하고 몸이 화려하게 되어 이름이 빛날 것이네. 그런데 딸아이의 나이가 차고 자네의 기골도 장대하니 내가 영당(令堂)19)께 고하고 합근지례를 이루려 하였다네. 이제 자네가 경사로 향하니 딸아이와 명색이 부부이나 잠자리를 함께 하지 않았다 하여 부귀로써 의리를 잊지 말게."

---

18) 합근지례(合卺之禮): 원래는 혼인날에 신랑과 신부가 술을 나눠 마시는 예를 뜻하나, 여기에서는 동침을 의미함.
19) 영당(令堂): 남의 어머니를 높여 부르는 말.

생이 사례해 말하였다.

"소생이 비록 민첩하지 못하나 의리를 저버리는 필부(匹夫)가 되겠나이까?

처사가 크게 기뻐하여 소저를 돌아보았다.

"세상일이 변하기 쉬우니 우리 아이는 모름지기 물건으로 믿음을 표시하라."

소저가 명을 받들어 자금팔찌 한 쌍을 내어 오니 처사가 생에게 말하였다.

"그대는 노인의 망령됨을 비웃시 말고 저 팔찌를 하나씩 나누고 딸아이의 얼굴을 잠깐 보기를 청하노라."

생이 처사의 말을 듣고 또한 운명을 알았기 때문에 두 눈을 들어서 소저를 보았다. 소저는 부끄러운 빛을 띠고 팔찌를 받들어 앞을 향하여 서 있었다. 생이 빨리 받지 않고 오랫동안 소저를 뚫어지게 본 뒤에 몸을 일으켜 공경하여 팔찌를 받고 입술을 움직여 말하였다.

"오늘 그대의 신물(信物)20)을 나누어 훗날에 합해지기를 기다릴 것이거니와, 이 물건으로만 믿음을 표시하기는 분명하지 않으니 한 수의 시를 지어 맹약(盟約)을 끈끈히 합시다."

소저가 부득이하게 붓과 벼루를 내어 와 한 수의 시를 지어 부친에게 바치니 처사가 다 본 뒤에 생에게 주었다. 생이 받아서 눈을 들어 보니 글자의 체가 아름답고 필획이 맑고 높으니 소혜(蘇蕙)와 사도온(謝道蘊)21)의 문장을 겸한 것이었다. 놀라서 안색을 고치고 붓

---

20) 신물(信物): 증표가 되는 물건.
21) 소혜(蘇蕙)와 사도온(謝道蘊): 모두 위진남북조 시기 동진 때의 여류 시인. 소혜는 자(字)인 약란(若蘭)으로 더 잘 알려져 있는데, 남편 두도(竇滔)에게 보낸 회문시(回文詩)인 <직금시(織錦詩)>로 유명함. 사도온은 재상 사안(謝安)의 조카딸로, 문장으로 유명함.

을 들어 차운시(次韻詩)[22] 한 수를 지어서 공경해 받들어 나아왔다.

"원앙의 날개가 떨어지고 부부가 합쳐지지 못했을 때 이것으로 신물을 삼아 임기응변할지어다."

말을 마치고서 소저의 원운시(原韻詩)[23]와 팔찌를 주머니에 넣고 몸을 일으켜 이별하고 문을 나서니 처사가 따라와 이르러 손을 잡고 말하였다.

"내가 묵은 병이 심해졌으니 그대를 다시 볼까 기약할 수 없도다. 그대는 모름지기 몸을 잘 간수하여 부귀를 이룬 후에 시골의 어리석은 백성도 잊지 말라."

생이 이 말을 들으니 일단 놀란 마음이 없지 않아서 위로하였다.

"대인께서 창창한 나이가 아직 저물지 않으셨고 검은 머리가 시들지 않으셨거늘 어찌 이런 불길한 말씀을 하시나이까? 제가 비록 아둔하나 악장의 지극한 대우를 잊을 수 있겠습니까?"

처사가 매우 슬퍼하여 재삼 연연하다가 손을 나누었다.[24]

공자가 길을 재촉하여 남경에 이르러 과거 시험장에 나아가 순식간에 붓을 놀려 글을 바치니 그 기세가 풍우(風雨)와도 같았다. 이윽고, 궁궐 앞에 성적을 게시하고 전두관(殿頭官)[25]이 장원을 호명하였다.

"금주 사람 이현이 나이가 열다섯 살이요, 아비는 전임 시랑 이명이라."

공자가 몸을 **빼어** 위엄 있는 모습으로 궁궐의 계단 아래에 이르니

---

22) 차운시(次韻詩): 상대방 시의 운(韻)에 맞추어 지은 시.
23) 원운시(原韻詩): 운을 단 원래의 시.
24) 손을 나누었다: 이별을 하였다.
25) 전두관(殿頭官): 궁전에서 임금의 명을 받아 널리 알리거나 일을 하는 내시.

그 풍채가 사람을 감동시킬 정도로 궁전 위와 아래에 빛났다. 조정의 사람들 가운데 놀라고 의아하게 여기지 않는 이가 없었고, 태조는 크게 기뻐하여 특별히 어화청삼(御花靑衫)[26]을 주시고 즉시 한림학사(翰林學士)에 임명하셨다. 생이 머리를 땅에 부딪고 절을 하며 말하였다.

"신의 아비가 처자식 없는 빈 시골의 울타리 문에서 처자식을 기다린 것이 일일여삼추(一日如三秋)[27]입니다. 성지(聖旨)를 얻어 아비를 뵐 것을 청하나이다."

태조가 허락하셨다. 생이 머리를 부딪고 백 번 설해 은혜에 사례하고 대궐 문을 나서니 백관이 뒤에 모여 치하하였다. 그러나 생은 모든 생각이 부친의 안부에 있었는데 안부를 몰라 마음이 초조하였다. 그래서 삼일유가(三日遊街)[28] 후에 즉시 길을 떠나 밤별을 벗삼아[29] 금주에 이르렀다. 본주 자사가 행렬을 거느려 십 리 밖에 나와 맞으니 생이 바삐 물었다.

"여기 이 시랑 집이 어디입니까?"

"문하시랑 이명을 말씀하시는 것입니까?"

"그렇습니다."

"시랑은 오 년 전에 그 첩 홍랑의 간부(姦夫)에게 찔려 죽었습니다. 제가 홍랑 부처(夫妻)를 가두고 정황을 심문하니 과연 타살된 것이 맞았습니다. 그러나 이 공이 처자식이 없어 제가 원고(原告)가 없

---

26) 어화청삼(御花靑衫): 어화(御花)는 장원의 머리에 꽂도록 한 계화꽃. 청삼(靑衫)은 조복(朝服) 안에 받쳐 입던 옷.
27) 일일여삼추(一日如三秋): 하루가 마치 삼 년과 같이 길게 느껴짐.
28) 삼일유가(三日遊街): 과거에 급제한 사람이 사흘 동안 시관(試官)과 선배, 친척 등을 방문하던 일.
29) 밤별을 벗삼아: 밤에도 잠을 자지 않고 급히 길을 간다는 의미.

는 옥사를 마음대로 할 수가 없었습니다. 그래서 일단 그들을 가두고 이 공을 예를 갖춰 장사를 지내 주었습니다. 그런데 물으시는 까닭은 어째서입니까?"

학사가 다 듣기도 전에 한 소리를 크게 내고 혼절(魂絶)하여 말 아래로 굴러 떨어졌다. 자사가 급히 구해 겨우 정신을 차리게 하고 까닭을 물었다. 학사가 통곡하며 말하였다.

"생은 이 시랑의 아들입니다. 어머니가 생을 잉태한 지 다섯 달 만에 연고가 있어 외가로 가시다가 외로운 몸이 서경(西京)에서 타향살이하며 생을 낳으셨지요. 생이 부자 천륜(天倫)의 정이 있어서 가는 구름을 간절히 바라보아 정을 느끼었으나 나이가 어리고 길이 멀어 지금까지는 이르지 못했습니다. 그런데 다행히 임금님의 은혜를 입어 대궐에서 장원급제하니 한 몸의 영귀는 비록 지극하나 아버님의 얼굴을 보지 못함을 가슴 아파해 뵙기를 바라고 밤낮 없이 이르렀던 것입니다. 그런데 이처럼 천붕지통(天崩之痛)[30]을 당할 줄 짐작이나 했겠습니까?"

말을 마치자, 계화복두(桂花幞頭)[31]를 벗고 머리를 풀고 곡하다가 피를 토하고 혼절하였다. 자사가 함께 슬퍼하며 극진히 위로하니 생이 정신을 차려 분묘의 위치를 묻고는 묘소로 향하였다. 장원급제로써 부모를 영화롭게 하여 부모가 기뻐하심을 보려고 하였더니 불의의 흉변을 당하였으니 효자의 간절한 마음이 끊어지는 듯하였다. 멀리서 묘소를 바라보며 한 걸음에 두 번씩 엎어지니 시종이 겨우 보

---

30) 천붕지통(天崩之痛): 하늘이 무너지는 고통. 임금이나 어버이가 돌아가셨을 때 쓰는 말.

31) 계화복두(桂花幞頭): 계화는 과거에 급제하면 꽃아주던 꽃. 복두는 과거에 급제한 사람이 홍패를 받을 때 쓰던 관(冠). 사모같이 두 단(段)으로 되어 있으며, 위가 모지고 뒤쪽의 좌우에 날개가 달려 있음

호하여 묘소 아래 이르렀다. 공자가 분묘를 두드리며 일장통곡을 하니 피눈물이 흘러 상복을 적시고 곡소리가 처절하여 구천(九天)[32]에 사무치니 햇빛이 빛을 잃고 산천초목이 슬퍼하는 듯하였다.

이현이 한바탕 통곡을 하고 겨우 정신을 차려 아전에게 명령하여 본관에 가 형장 기구를 대령하라 하고 홍랑과 간부를 잡아오라 하였다. 이윽고 무수한 옥졸과 형리(刑吏) 관속(官屬)이 두 죄인을 목과 발에 쇠사슬을 묶은 채 잡아 이르렀다. 학사가 두 사람을 보니 분한 기운이 하늘같아 자리에 편안히 있지 못하고 오장이 끊어지는 듯하였다. 다만 하늘을 한 번 부르고 거꾸러져 인사를 모르니 사람들이 옆에서 급히 구하였다. 학사가 형장 기구를 차려 놓고 두 사람을 결박하여 엄히 다스리며 이 시랑 죽인 연고를 추문(推問)하자, 남자가 대답하였다.

"소인의 성명은 호마니 당초에 홍랑과 함께 운우지정(雲雨之情)[33]이 깊었습니다. 노나라에 장사하러 갔다가 돌아오니 홍랑을 시랑이 데리고 계셨으니 제가 분을 이기지 못하여 과연 모월 모일 밤에 죽인 것이 적실합니다."

또 홍랑을 심문하니 통곡하며 말하였다.

"첩이 이씨 어른의 겁간(劫姦) 때문에 정절을 잃은 계집이 되었으나 호마가 이 공 살해한 사실은 알지 못하나이다."

학사가 크게 노하여 말하였다.

"공교한 꾀로 이 부인을 내치고 마침내 나의 부친을 죽였으니 네 죄가 천지에 가득하거늘 이제 와서 변명하느냐?"

말을 마치고 엄히 죄를 묻자, 홍랑이 견디지 못하고 자백하였다.

---

32) 구천(九天): 가장 높은 하늘.
33) 운우지정(雲雨之情): 남녀 간의 정사.

이현이 두 사람의 머리를 베어 묘 앞에서 제사하고 제문을 지어 읽었다.

'유세차 모년월일에 불초자 현은 피눈물을 흘리며 고개를 조아리고 돌아가신 부친께 감히 고하옵니다. 자식의 죄악이 지극하여 부친의 얼굴을 알지 못하니 인륜의 죄인 됨이 금수와 다름이 없사옵니다. 외로우신 모친을 모시고 의탁할 데 없이 서경에서 타향살이하여 십여 년을 지냈습니다. 점점 장성하니 부친 계신 곳을 바라보아 해 뜨는 아침과 달 뜨는 저녁에 슬픈 눈물을 머금고 구름 낀 산봉우리가 아득하여 몸을 몰고 돌아가 대인 눈앞에 뵙고 절하지 못함을 슬퍼하였습니다. 그러나 혈혈단신 이 몸은 천 리 길을 떠나지 못하고 밤낮으로 고향의 해와 달만 바라보며 슬픔이 지극하였습니다. 이제 다행히 임금님의 은혜를 입어 몸이 장원의 자리에 있게 되었으니 고향에 이르러 부친을 뵙고 죄를 청하려 했습니다. 그러나 하늘이시여, 하늘이시여! 천만뜻밖에 길 위에서 흉한 소식을 들으니 심장이 무너지옵니다. 푸른 하늘이시여! 저는 어찌 된 사람입니까? 저는 한갓 남의 부친상과 달라 부자의 천륜을 모르고 십오 년을 부자(父子)의 정을 모르고 자랐습니다. 이제 저승과 이승이 떨어져 있으니 하늘을 부르나 심장을 일만 개의 칼로 끊는 듯할 따름이옵니다. 저의 진심은 쇠와 돌이 녹으나 다하지 않고 설움은 천고에 없어지지 않을 것이옵니다. 그러나 부친 앞에서 직접 말씀드리지 못하는 까닭에 이제 원수의 머리로써 혼령 앞에 고하오니 부친의 혼령이 밝으시거든 밝히 비추소서. 저는 이제 모친을 모시고 돌아와 부친의 그쳐진 자취를 이을 것이니 굽어 살피소서.'

이현이 제문을 다 읽고서 피를 한 말이나 토하고 거꾸러지니 옆에서 사람들이 급히 구했다. 이현이 땅을 두드려 통곡하니 피눈물이 점점이 떨어져 상복을 물들인 후에야 소리가 그치니 옆에 있던 사람들이 그 모습을 차마 보지 못하였다. 온종일 통곡하여 한 곳에 영위(靈位)를 차리고 아침저녁으로 정성을 다하니 간절한 슬픔이 날로 더하였다.

스스로 한 몸을 죽여 아버지를 따르려고 하였으나 천 리 밖에서 기다리시는 어머니를 차마 저버리지 못하여 이에 상소하여 몸이 상중에 있음을 아뢰었다. 상이 크게 애석해 조서를 내려 위로하시고 삼년상을 마치고 올라올 것을 이르셨다. 학사가 조서를 받고 감격함을 이기지 못하여 대궐을 바라보고 네 번 절하였다. 약간의 노자를 차려 서경으로 향하려 하고 묘 앞에 하직하니 새로이 반나절을 통곡하다가 겨우 진정하고 종자(從者) 십여 명과 함께 길을 떠났다. 학사의 기운이 실낱같아서 모습이 바뀌고 옥 같은 얼굴의 정기와 광채가 사그라들었다.

수십 일을 가 한 곳에 다다르니 초목이 중첩(重疊)하여 보였다. 학사가 깊이 의심하여 머뭇거렸으나 날이 이미 늦었고 다른 인가가 없어 할 수 없이 마을에 들어갔다. 가게 주인이 저녁을 정결히 해 올리고 방을 치워 주니, 학사가 피곤하였으나 상에 오른 반찬이 다 육류라서 젓가락을 들지 못하고 상을 물렸다. 종자가 가게 주인에게 말하였다.

"우리 주인어른께서 상중에 있으시니 마땅히 소찬(素饌)[34]으로 하되 몸이 편안하지 않으니 죽을 쑤어 올리라."

가게 주인이 응낙하고 갔다.

생의 시종(侍從) 성진이 집 뒤에서 누린내가 진동하므로 가만히

---

34) 소찬(素饌): 고기나 생선이 들어 있지 않은 반찬.

뒤로 들어가 보니, 홀연 부엌 안에서 소곤거리는 소리가 들리는 것이었다.

"손님이 고기를 먹지 않으니 어찌할꼬?"

그 장부가 꾸짖어 말하였다.

"손님이 인육(人肉)을 안 먹거든 소찬에 약을 쓰라. 손님이 병들어 기운이 허약하니 그 약으로도 죽일 수 있을 것이다."

성진이 크게 놀라 급히 생이 있는 곳에 이르러 수말(首末)을 고하자, 학사가 마음속에 의심이 많아 이리저리 헤아리던 차에 이 말을 듣고 깨달아 말하였다.

"내 들으니 강호 풍속에 인육(人肉) 만두를 만들어 사람을 속여 재물을 빼앗는다고 하더니 과연 옳구나. 내 피할 계교가 있노라."

이윽고, 가게 주인이 미죽(糜粥)을 가져오니 생이 말하였다.

"내 기운이 평안하지 못하니 상을 물리라."

말을 마치고 상을 내 주니 가게 주인이 의아한 낯빛으로 나갔다. 생이 고요히 누워 있으니 벽 저쪽에서 가만히 웃고 말하는 소리가 들렸다.

"인육과 죽을 먹지 않으니 제 살아 돌아가려 해도 밤사이에 우리의 칼을 면할까."

이런 소리가 조그맣게 들리니, 학사가 크게 놀라고 의심하여 피할 곳을 생각했으나 깊은 산 심야에 인가(人家)가 없으니 어찌 할 줄을 모르다가 한 계책을 생각하였다. 학사는 원래 가게 주인이 담마다 가시를 꽂고 방울을 달아 도적이 들면 방울 소리에 놀라 깨어 살피도록 한 것을 알고 있었다. 학사가 가만히 성진을 불러 가는 끈을 주어 한 끝을 가시나무에 매고 한 끝은 생의 방에 놓았다. 삼경(三更)35)쯤이 되자, 학사가 넌지시 한쪽 끝을 잡아당기자 방울 소리가 딸랑딸랑 요란하게 났다. 가게 주인이 크게 놀라 벌떡 일어나 횃불을 들고 뒤로 들어가 소리쳤다. 사람들이 안팎으로 분주하니 학사가 이때를 틈타 자기 종과 함께 나귀를 타고 달아났다.

삼십 리 정도를 가니 길가에 큰 집이 있고 횃불이 죽 늘어서 있으니 학사가 나아가 하룻밤 지샐 것을 청하였다. 하리(下吏)가 말하였다.

"연왕(燕王)[36] 전하께서 남경(南京)으로 가시다가 이곳을 잡아 머무시니 객인(客人)은 들지 못한다."

연왕이 태조(太祖)의 탄신일을 맞아 조회하고 잔치에 참석하기 위해 남경으로 가던 중에 이곳에 들러 밤을 지내고 있던 것이었다. 하리(下吏)와 관료(官僚)들이 요란스러우니 학사는 이 사람이 곧 지금 황제의 넷째 아들인 연왕 전하인 줄 알고 들어가기를 주저하였다.

홀연 뒤에서 부르는 소리가 났다.

"객인은 가게 물건을 얼마나 가져갔느냐?"

학사가 돌아보니 수십 명의 무뢰배가 창칼을 들고 쫓아오는 것이었다. 학사가 크게 놀라 좌우 관료를 보고 청하였다.

"내가 저 사람들과 원한을 맺은 일이 없는데 저렇게 쫓아오는 것은 그 뜻이 좋지 않으니 여러분들이 구해 주기를 바라노라."

말을 끝마치기가 무섭게 무뢰배가 달려들어 학사를 잡아매고 종들을 다 결박하였다. 관료들이 학사의 위급함을 보고 무뢰배들을 꾸짖었다.

"무릇 도적은, 장물(臟物)을 가지고 관부(官府)에 고한 후에 결정하는 것이니 너희가 어찌하여 사람을 사사로이 핍박하느냐? 우리 연왕 전하가 남달리 총명하시니 이 일을 들어가 고하여 판단하시게 할

---

35) 삼경(三更): 밤 11에서 새벽 1시 사이.
36) 연왕(燕王): 후에 명나라의 제3대 황제가 되는 성조(成祖) 영락제(永樂帝).

것이니라."

말을 마치고 무수한 관리가 무뢰배와 학사를 밀어 연왕 앞에 이끌고 갔다.

이때 연왕은 길 떠난 지 오래 되었고 인가가 없어 잠을 자지 못하고 그 고을 역승(驛丞)[37]과 함께 고금(古今)의 일을 논하고 있었다. 그런데 갑자기 바깥이 시끄러우며 허다한 관료가 수십 명의 무뢰배와 상복 입은 자 한 명을 밀어 아래에 이르러 서로 다투던 일을 고했다. 이에 연왕이 무뢰배에게 물었다.

"손님이 너희 것을 도적질했으면 장물(臟物)이 있은 후에 잡을 것이거늘, 어찌 있지도 않은 것을 빙자하여 죄 없는 손님을 쫓아왔느냐?"

무뢰배가 말을 꾸며 고하였다.

"소인 등이 저 객인을 방에 들여 재웠는데 홀연 담 위에 달아 놓은 방울 소리가 나며 객인이 간 데 없으니 반드시 아무 것이나 도적질해 간 것이 분명하옵니다. 저희가 미처 집안을 살피지 못하고 따라왔으니 객인이 가져온 것이 없으면 소인 등이 도로 갈 따름이옵니다. 또한 객이 문을 열고 야간에 도망한 것은 큰 연고가 없으면 그렇게 하지 않았을 것이요, 설사 연고가 있어도 가게 주인에게 이르고 갔을 것이옵니다. 그러니 대왕께서는 헤아려 보소서."

왕이 그 말을 일리가 있다고 여겨 학사에게 물었다.

"그대가 가게 문을 열고 달아난 까닭을 말하라."

학사가 다 듣고서 안색이 변함이 없이 천천히 말하였다.

"소생은 궁천지통(窮天之痛)[38]을 만나 겨우 장사를 지내고 서경

---

37) 역승(驛丞): 역을 관장하는 벼슬아치.
38) 궁천지통(窮天之痛): 하늘이 다한 듯한 고통. 곧 부모의 죽음을 말함.

땅에 노모를 모시러 가는 길이었습니다. 마침 이곳을 지나가기 때문에 이에 이렀는데, 가게 주인이 인육(人肉)으로 소생을 죽이려 하다가 소생이 마침내 기미를 알고 먹지 않았습니다. 그러자 벽 저쪽에서 흉계를 이르니 소생이 부득이하게 계교를 써 저들을 속이고 피해 온 것입니다. 그러므로 저 무리가 의심하는 것이 괴이하지 않으니 대왕은 소생과 종의 봇짐을 뒤져 살펴보소서."

학사가 말을 마치고 분개하여 눈물을 흘렸다.

왕은 총명한 인군(人君)이었다. 다 듣고서 크게 깨달아 말하였다.

"내 이전에 들으니 강호 사이에서 인육(人肉)이나 독약으로 객인을 죽이는 일이 있다 하더니 진실로 맞구나."

이에 하리(下吏)에게 명령하여 이 공자의 봇짐을 들어 낱낱이 보인 후에 사예(使隷)[39]에게 명하였다.

"너희가 저놈을 데리고 가게를 뒤져 인육의 출처를 알아오라."

사예가 명령을 듣고 무뢰배를 데리고 가게에 가 밀실을 뒤지니 사람의 손을 구운 것도 있고 지진 것도 있으며 갓 죽여서 소반에 놓은 것도 있었다. 사예가 가게의 모든 사람을 다 결박해 이르러 왕에게 고하니, 이러구러 날이 샌 뒤였다.

왕이 사예의 말을 듣고 놀라 대로(大怒)하여 가게 주인을 죄주니 왕의 엄하고 밝은 위엄 아래 어찌 감히 숨기겠는가. 가게 사람들이 다 순순히 자백하니 왕이 몹시 한스러워 여겨 그 중 괴수는 처참하고 남은 무리는 다 형장(刑杖)으로 세 번 다스려 죄인을 끌고 가 변방에 충군(充軍)[40]하게 하였다. 그리고는 좌우를 시켜 이생을 불렀다.

이때 학사는 연왕이 간악함을 적발하고 숨겨 있는 것을 드러냄이

---

39) 사예(使隷): 집장사예(執杖使隷). 장형(杖刑)을 집행하는 일을 맡아 하던 사람.
40) 충군(充軍): 죄를 범한 자를 벌로서 군역에 복무하게 하던 제도.

신명함을 속으로 칭찬하고 물러나 방에 돌아와서 연왕의 처치를 기다린 후 길을 떠나려 하고 있었다. 연왕이 부르자 사양하며 말하였다.

"소생은 몸이 상중에 있으니 어찌 비루한 자취를 천승(千乘)[41] 임금의 눈앞에 보이겠습니까?"

왕이 다시 청하였다.

"조정에서는 공복(公服)으로 보겠지만, 그대는 선비니 무슨 절차가 있겠는가?"

학사가 다시 사양하였다.

"생은 올해의 장원 한림학사 이현입니다. 불행하여 부친상을 만나 성상(聖上)의 은혜로운 명령에 순종하지 못하고 어미를 데리러 서경으로 가던 중이었습니다. 그러다 도적의 소굴에 빠져 사생(死生)을 정하지 못했는데, 대왕의 은혜를 입어 간악한 무리가 처치되었으니 한번 뵈어 후의(厚意)를 사례하려는 뜻이 없었던 것은 아니었습니다. 다만, 소생의 몸이 대왕 앞에 뵈는 무례한 행동이 옳지 않은 줄 짐작하실 것이니 어찌 여러 말씀을 올리겠습니까?"

왕이 더욱 기특하게 여겨 부디 보고 싶어 친히 몸을 일으켜 방에 이르렀다. 학사가 크게 불안했으나 할 수 없이 공손하게 아래 내려가 맞이하여 읍양(揖讓)[42]하니 왕이 인사하고 눈을 들어 이현을 보았다. 비록 슬픔에 상하여 혈색이 없었으나 씩씩한 용모와 시원한 얼굴빛이 오히려 보통 사람과는 비교가 안 되니 왕이 더욱 공경하고 감탄하여 이에 낯빛을 고치고 말하였다.

"과인은 지금 황제의 넷째 아들 연왕이네. 비록 그대를 한 번도

---

41) 천승(千乘): 제후를 지칭. 천 대의 수레를 징발할 수 있는 곳의 통치자.
42) 읍양(揖讓): 읍하는 예를 갖추면서 사양함. 읍(揖)은 상대방에게 공경의 뜻을 나타내는 인사의 방식.

본 적이 없으나 길 가운데서 만나 그대의 신선 같은 풍모를 보니 기쁨을 이기지 못하겠노라."

학사가 사례하였다.

"소생은 죄인의 몸입니다. 오늘 우연히 대왕 눈앞에 뵈어 대왕의 도움을 받는 은혜를 입었사오니 감격함을 이기지 못하겠나이다. 그러나 대왕처럼 시원스러운 위엄을 지닌 분이 누추한 곳에서 죄인을 대하시는 것은 참으로 옳지 않습니다. 소생이 황공함을 이기지 못하겠나이다."

왕이 웃으며 말하었다.

"과인이 비록 왕공(王公)의 자리에 있으나 한 조각 어진 선비를 사모하는 뜻이 간절하니 과인의 눈이 무디나 오히려 그대를 알아보겠노라. 그대가 지닌, 세상을 다스리는 경륜(經綸)과 고매한 재주를 보니 우러러 부황(父皇)의 인재 얻으심을 하례(賀禮)하노라."

생이 대답하였다.

"저의 졸렬한 자질로 밝으신 임금을 욕되게 할 따름이니 어찌 전하의 말씀을 감당하겠나이까?"

"그대가 이미 부친상을 만나 고향에 내려간 것이라면 또 어찌 영당(令堂)이 서경에서 타향살이하며 계시는고?"

학사가 슬픈 얼굴로 오랫동안 있으니 만 줄기 피눈물이 얼굴을 덮어 내려 상복을 적셨다. 참으려고 했으나 능히 참지 못하고 한참이 지나도 말을 못하였다.

왕이 매우 감동하여 탄식하었다.

"슬퍼도 생명을 해치는 정도까지는 하지 말라는 것이 성인의 말이네. 그대가 피눈물을 흘리며 슬퍼하는 것이 이와 같으니 선대인(先大人)[43]이 남긴 교훈은 아닌가 하노라."

학사가 한참 지나서야 겨우 대답하였다.

"대왕의 말씀이 옳으시나 생의 처지는 남과 다르옵니다. 당초 소생이 어머니 뱃속에 있을 때 집안에 일이 생겨 선친이 자모(慈母)를 친정으로 보내셨습니다. 어머니가 소주 본가로 가시다가 풍랑을 만나 서경에 이르러 살다가 소생을 낳으셨습니다. 소생이 나면서부터 아버지 얼굴을 모르다가 나이가 약관에 이르고 요행히 임금님의 은혜를 입어 이름이 금방(金榜)⁴⁴⁾에 올랐습니다. 대궐에서 임금을 뵈옵고 외람된 벼슬이 한 몸에 가득해 임금님의 사랑이 참으로 컸으니, 어리석은 마음에 고향에 가 아비를 찾아 인륜(人倫)을 완전하게 하고 경사에 돌아가 임금님의 은혜를 만(萬)에 하나라도 갚으려고 하였습니다. 그러나 생의 죄가 매우 크고 운명이 기구하여 아버지가 비명횡사(非命橫死)하였으니 소생이 아비 얼굴을 모르고 아비를 잃은 고통이 이루 말할 것이 없었습니다. 한 몸이 죽어 죽은 아버지를 따르고자 하였으나 홀로 계신 노모(老母)를 버리지 못하여 지금까지 질긴 목숨을 보전하고 있으니, 저를 살려주신 큰 은혜를 저버림이 어찌 심하지 않겠습니까?"

왕이 다 듣고서 위로하였다.

"영존(令尊)⁴⁵⁾이 비명횡사한 것이 다 운수에 달린 것이니 어찌 너무 슬퍼하여 노모를 돌아보지 않는가?"

생이 감격해 울고 절한 뒤 말하니 왕이 더욱 사랑하여 떠날 줄을 몰랐다. 학사가 일어나 하직하며 말하였다.

"소생이 죄인의 행색으로 대왕의 은혜를 입었사오니 은혜에 감사

---

43) 선대인(先大人): 돌아가신 남의 아버지를 높여 이르는 말.
44) 금방(金榜): 과거에 급제한 사람의 이름을 써서 거리에 붙이던 글.
45) 영존(令尊): 남의 아버지를 높여 이르는 말.

함이 뼈에 새길 정도입니다. 그러나 노모가 사립문에서 기다림이 날로 깊어질 것이옵니다. 갈 길이 바쁘오니 삼가 하직하나이다."

왕이 떠나는 것을 연연해 하여 손을 잡고 말하였다.

"과인이 어리석은 위인이라서 그대의 눈에 차기 어려우나 그대는 과인의 정성을 살펴 훗날 함께 할 것을 약속하라."

학사는 만사(萬事)가 뜬구름 같았으나 왕의 말이 이와 같으니 은혜에 감격함이 없지 않아서 눈을 들어 왕을 보았다. 왕은 완연이 용왕, 봉황의 바탕과 하늘, 해의 모양이 있어서 기상이 웅대하고 얼굴에는 길게 누운 눈썹에 오똑한 코가 솟아 있으니 일국(一國) 군왕(君王)의 기상이 아니고 태평(太平) 천자(天子)의 골격이 당당하였다. 학사가 크게 놀라서 두어 번 거듭 보고 다시 두 번 절하고 마음속으로 탄식한 뒤 말을 하지 않다가 떠나니 왕은 매우 서운해 하였다.

왕이 길을 나서 금릉(金陵)46)에 이르러 천자에게 조회하고 황후와 천자를 모셔 말하다가 왕이 자리를 피해47) 절하고 아뢰었다.

"신(臣)이 경사로 오다가 제주 한 고을의 촌가에 들었는데, 그 땅 풍속이 인육과 괴이한 약으로 사람을 살해하고 그 재물을 탈취하는 것이었습니다. 신이 놀라고 분함을 이기기 못하여 미처 황제께 아뢰지 못하고 괴수 몇 명은 다 베어 죽이고 나머지는 멀리 충군(充軍)하게 하였습니다. 임금님의 뜻을 모르고 멋대로 한 죄 황공함을 이기지 못하겠나이다."

태조(太祖)48)가 다 듣고서 기뻐 말하였다.

---

46) 금릉(金陵): 현재의 남경(南京). 중국의 동부 강소성(江蘇省)에 있음. 명나라 초기의 수도.

47) 자리를 피해: 한자로는 피석(避席). 윗사람에게 죄를 지었거나, 중대하게 아뢸 일이 있을 때 이러한 행동을 함.

48) 태조(太祖): 명을 건국한 주원장(朱元璋)을 가리킴.

"짐(朕)이 천하를 통일하였으나 천하가 끝없이 넓어 간간이 이런 무리를 제압하지 못했더니 경이 여행 중에 백성들의 해를 덜었도다. 짐이 아름답게 여기니 경에게 어찌 죄가 있겠는가?"

왕이 사은하고 이어서 아뢰었다.

"폐하가 올해 과거에서 인재를 얼마나 뽑으셨나이까?"

"새로 뽑힌 장원 이현은 천하에서 으뜸가는 인재인데, 부친상을 만나 고향에서 시묘(侍墓)하니 짐이 지금까지 아까워하노라."

왕이 아뢰었다.

"이현이 원래 어미 뱃속에 있을 때 그 어미가 이명에게 쫓겨나 소주 본가로 가다가 풍랑에 밀려 서경에서 타향살이하여 모자(母子)가 겨우 연명하였다 하옵니다. 이현이 서경에서 바로 경사에 와 과거에 급제하고 금주로 내려가니 이명이 간악한 첩에게 죽어 모습이 이미 사라져 있었다 하옵니다. 이현이 아버지 죽은 고통을 마음에 담고서 상복을 입고 서경으로 노모를 데리러 가다가 인육 가게에 들어갔으나 저들의 간악한 계교를 알고 꾀를 내어 독수를 벗어났으니, 이 일로 보아도 이현의 신이함을 알겠나이다. 그래서 신이 언어를 시험해 보니 이현이 경륜(經綸)과 큰 지혜를 품었으므로 신이 공경하고 감탄함을 이기지 못하였나이다. 그윽이 생각건대, 신이 성상(聖上)의 은혜를 입어 연나라에 도읍을 정하였으나 땅이 넓고 산천이 험악하여 오랑캐를 방비하기 어렵사옵니다. 그래서 신이 밤낮으로 근심하여 행여나 큰일을 그릇하여 성상의 위엄과 덕을 욕되게 할까 두려워 용맹스런 군사를 양성하고 어진 선비를 구하여 함께 나라를 다스려 오랑캐 엿보는 기미를 방비하려 하였습니다. 그러나 변방에서 능히 인재를 얻지 못하고 있었는데, 이현을 보오니 재주가 출중하였습니다. 원컨대 이현을 신에게 주셔서 연나라를 다스려 형세를 굳게 하도록 하소서."

왕이 속으로 깊이 생각하며 오랫동안 있다가 말하였다.

"경의 말을 따르고 싶으나, 경이 소유한 모사(謀士) 도연은 지모(智謀)가 가볍지 않고, 용맹한 군사가 적지 않으니 또 어찌 이현을 주겠는가? 황손이 어리고 방효유, 경청, 제태, 황자징의 무리가 다 미약한 문신이라서 국가에 기둥이 없으니 어찌 이현을 주겠는가?"

왕은 임금의 이와 같은 태도를 보고 깊이 생각하다가 말없이 물러났다.

예로부터 낮말은 새가 듣고 밤말은 쥐가 듣기 쉽다고 하였다. 이 말이 돌아 외간에 전해지니 각로 제태와 승상 황자징이 크게 놀라 서로 의논하였다.

"연왕은 모습이 비범하고 항상 큰 뜻을 품은 데다 땅이 넓고 좌우에 용사 도연, 정현, 임홍 같은 자를 두었으니 황제 폐하가 돌아가신 후에 황손의 위태함이 쌓아 놓은 달걀과 같을 것이오. 이는 우리가 밤낮으로 근심하는 것이니 이제 이현을 달라고 하는 것이 명목은 오랑캐를 방비하는 것이라 하였으나 실제로는 큰 뜻이 있는 것이오."

다음날 조회에서 황 승상이 아뢰었다.

"연왕이 비록 폐하의 친자식이오나 지위는 제후에 불과하니 어찌 구중궁궐에서 방자하게 오래 머물게 하겠습니까? 오늘 바로 본국에 돌려보내소서."

제 각로가 또한 안색이 강개하여 아뢰었다.

"연왕이 이번 장원 이현을 연나라에 두려고 하는 것은 그 뜻이 깊습니다. 훗날 황손에게 이롭지 않을까 두려우니 빨리 돌려보내소서."

이때 연왕이 편전(便殿)49)에서 두 재상의 말을 듣고서 원통함을 이기지 못하여 의대를 풀고 옥계(玉階)에 내려 죽기를 청하였다. 임금이 또한 연왕의 모습이 당당함을 아시고 훗날 황손에게 이롭지 아닐 줄 아셔서 근심하시던 차에 두 대신의 말을 옳게 여기셨다. 그래서 연왕을 불러 말씀하셨다.

"제·황 두 사람의 말이 비록 과도하나 도리는 또한 옳도다. 경은 안심하고 바로 돌아가라."

왕이 또한 총명하니 임금이 역시 의심하심을 보고 엎드려 절하고 연나라로 돌아가려 하였다. 임금이 주공(周公)50)의 일로 경계하시니 왕이 더욱 송구하여 길을 재촉하여 연읍으로 갔다.

신하들이 십 리 밖에 나와 맞이하여 진하(進賀)51)를 마치니 왕이 궁중에 들어와 도연에게 말하였다.

"과인이 일찍이 태자 형님이 돌아가시고 태손 보기를 기출(己出) 같이 했는데, 제태와 황자징 등이 다른 말을 지어내 나를 해하고 성상이 또한 의심하시니 어디 가서 나의 깨끗함을 드러내겠는가?"

원래 도연은 위국공 서달이 도연의 병법과 모략이 신기함을 보고 연왕에게 주어 오랑캐를 막게 한 자이다. 서 공의 장녀는 곧 연왕의 비(妃)이다. 도연이 천문지리를 알고 또 관상 보는 법이 신이하였으니 연왕이 천자의 상이 있음을 보고 대사(大事) 일으키기를 일렀으나 왕이 끝내 응하지 않았었다. 오늘 또 전에 이르던 말과 같이 대답하니 왕이 말하였다.

"과인이 비록 간신의 해를 입으나 어린 조카를 치고 황제가 될 수

---

49) 편전(便殿): 임금이 평상시에 거처하는 궁전.
50) 주공(周公): 중국 주(周)나라의 정치가. 문왕(文王)의 아들이며 무왕(武王)의 동생이자 성왕(成王)의 숙부. 무왕이 죽은 뒤 나이 어린 성왕을 잘 보필하여 후대인으로부터 의리 있는 인물로 칭송받음.
51) 진하(進賀): 나라에 경사가 있을 때에 벼슬아치들이 조정에 모여 임금에게 축하를 올리던 일.

있겠는가?"

이에 도연이 말하였다.

"비록 그러하나 대사를 이룰 때 소소한 호의는 베풀지 못하는 것입니다. 황손이 어리석고 약하며 제태 등이 권력을 농단하고 있습니다. 지금 황제가 돌아가신 후에 주 씨 천하가 하루아침에 다른 사람 손에 넘어가면 그때에는 뉘우쳐도 어찌할 수 없을 것입니다."

왕이 응하지 않았다.

오래지 않아 태조가 돌아가시니 왕이 크게 애통해 하여 통곡하고 발상(發喪)하여 남경으로 가려고 하였다. 문득 들으니 제태와 황자징 두 사람이 제후의 분곡(奔哭)[52]함을 허락하지 않고 각 도에서 병사를 크게 일으켜 연왕을 막는다고 하였다. 왕이 듣고는 크게 서러워하고 속으로 분노해 이전에 굳게 지키던 마음이 태반이나 풀어졌다.

원래 이로부터 연왕이 모반의 마음을 품어 후일에 정난(靖難)[53]이 일어난 것이니 이 또한 하늘의 뜻이다. 그렇지만 제·황 두 사람이 지레짐작으로 제후를 의심하여 제후의 마음을 분하게 한 데에도 연고(緣故)가 있다 할 것이다.

이 학사가 연왕과 이별하고 서경에 이르러 모친을 보았다. 그전에 진 부인이 아들을 멀리 보내고 회포가 울적하여 유 씨를 데려다가 두고 쓸쓸함을 위로하였는데, 홀연 유 처사가 병을 얻어 위독하니 유 소저가 놀라고 당황하여 시어머니에게 하직하고 친가에 이르렀다. 처사가 스스로 일어나지 못할 줄을 알고 소저[54]에게 말하였다.

---

52) 분곡(奔哭): 달려와 곡함.

53) 정난(靖難): 나라의 위란을 다스린다는 뜻. 여기에서는 연왕이 조카인 건문제(建文帝)를 폐하고 자신이 황제, 즉 영락제(永樂帝)가 된 것을 말함.

54) 소저: 원래 혼인하기 전의 '아가씨'를 뜻하므로 혼인한 유요란에 대해 '소저'를 사용하는 것은 의미에 맞지 않음. 그러나 원문에서 이처럼 썼으므로 원문을 존중해

"내 이제 윤상55)을 다시 못 보고 죽게 되니 한이 맺히려 하는구나. 그러나 윤상은 어진 사람이니 너를 저버릴 리 없다. 혹시 사람 일이 뜻과 같지 않아 세상 일이 어그러져 원앙이 쉽게 합쳐지지 못한다면 네 몸을 보호할 계책을 행하여 몸을 조심하라."

드디어 죽으니 향년이 사십오 세였다. 소저가 하늘을 부르며 통곡하여 슬퍼함이 예에 지나치고 친히 초상을 다스려 성복(成服)56)을 지내니 차마 영연(靈筵)57)을 떠나 시가에 돌아가지 못하였다. 그래서 서간을 써 시어머니에게 청하여 장례 후에 갈 것을 고하니 부인이 슬퍼하며 허락하였다. 소저가 계모 손 씨와 함께 제사를 극진히 하였다.

세월이 살과 같아 장례 후 우졸(虞卒)58)을 지내고 소저가 더욱 망극하여 밤낮으로 곡하니 용모가 더욱 날아갈 듯하여 아리따웠다. 그 마을에 사는 김장자라는 자가 아내를 잃고서 후취를 구하고 있었는데 손 씨가 불량한 마음을 품어 가만히 김장자에게 유요란을 말하니 김장자가 손 씨에게 수천 금을 주고 유요란을 구하였다.

이에 손 씨가 매우 기뻐하여 가만히 택일하니 소저는 기미를 모른 채 시어머니의 적적함을 염려하여 시가로 가려고 하였다. 이때 시녀

그대로 씀.

55) 윤상: 이현의 자(字).

56) 성복(成服): 초상이 나서 처음으로 상복을 입음. 보통 초상난 지 나흘 되는 날부터 입음.

57) 영연(靈筵): 궤연(几筵). 죽은 사람의 영궤(靈几)와 그에 딸린 모든 것을 차려 놓는 곳.

58) 우졸(虞卒): 우제(虞祭)와 졸곡(卒哭)을 아울러 부르는 말. 우제에는 신주가 묘를 다 완성하고, 즉 장사를 다 지내고 집에 돌아와 지내는 제사인 초우제(初虞祭)와 장사 다음날에 지내는 제사인 재우제(再虞祭), 3일째 지내는 제사인 삼우제(三虞祭)가 있음. 삼우제 때는 제사 후 산소에 가는 일이 보통임. 졸곡(卒哭)이란 삼우 다음날에 지내는 제사로서 옛날에는 장례 후 3개월 만에 오는 첫 정일(丁日)이나 해일(亥日)을 택하여 지냄.

운교가 고하였다.

"부인이 소저를 김장자의 후취로 허락하여 혼인날이 임박하였나이다."

소저가 이 말을 듣고 한참이나 말을 못하니 유모 계화가 말하였다.

"부인의 뜻이 이와 같으니 소저는 빨리 시가로 가소서."

소저가 탄식하였다.

"내가 이제 시가로 가면 그 해가 시어머님께 미칠 것이니 어찌 가겠는가?"

이에 백금을 내어 남자 옷을 짓고 패물을 주머니 속에 넣고 유모 계화, 시녀 옥랑과 함께 한밤중에 나귀를 타고 집의 문을 나서며, 서간을 지어 진 부인께 드리라 하고 정처 없이 길을 떠났다.

손 씨는 소저를 김가에게 혼인시키기로 하고 손가락을 꼽아 가며 날짜를 세었다. 그러나 소저가 간 곳을 알지 못하고 한 봉의 서간만 책상 위에 놓여 있으므로 서간을 뜯어보았다.

'불초녀는 삼가 모친께 아룁니다. 소녀의 가군(家君)이 멀리 나갔고 시어머님이 외로이 계시니 심사가 매우 울적하였습니다. 그래서 남자 옷으로 바꿔 입고 천하를 돌아다녀 회포를 풀려고 합니다. 모친께 고하면 말리실 것 같아서 부득이 고하지 못하고 가니 모친은 근심하지 마시고 옥체를 편히 보존하소서.'

손 씨가 다 보고 크게 실망하여 소저가 미리 이런 곡절을 자신에게 이르지 않은 것을 한으로 여겼다. 그 누가 소저의 지혜가 기특하여 계교를 써서 손 씨의 악행이 진 부인께 더하지 않게 하려는 것인 줄을 알겠는가?

손 씨가 할 수 없이 서간의 말로 김가에게 고하니 김가가 크게 한스러워하여 금은을 찾고 소저가 시가에 숨었는지 살피라 하였다. 이에 손 씨가 소저의 서간을 내어주며 남장(男裝)하고 달아난 것이 의심 없음을 일렀다. 김가가 할 수 없어 하고 원망을 진 부인에게 더하지 않으니 진 부인이 무사한 것은 모두 소저의 지혜 덕분이었다.

이때, 진 부인은 며느리가 간 지 오래되었으므로 심사가 매우 울적하여 곧 며느리를 부르려 했다. 그런데 홀연 손 씨가 시비를 시켜 소저가 달아난 연고를 전하고 서간을 보내었다. 진 부인이 크게 놀라 신부가 어여쁜 자태와 지혜로운 자질을 지니고서 까닭 없이 집을 나가지는 않았을 것임을 짐작하였다. 그러나 소저가 친필로 쓴 것이 분명하므로 참인지 거짓인지를 알지 못하였다.

며칠 뒤에 유씨 집안의 시비 운교가 두 통의 서간을 가지고 이르러 부인께 드렸다. 부인이 바삐 뜯어보니 이는 곧 소저의 서간이었다.

'불초한 며느리 요란은 삼가 눈물을 흘리고 머리를 두드려 어머님의 자리 아래에 올리옵나이다. 소첩이 어려서 어머님 슬하에 의탁하여 어여삐 여기시는 은혜를 받아 우러러봄이 잠시도 덜하지 않았습니다. 불행히도 가군(家君)이 멀리 나가시고 소첩이 천붕지통(天崩之痛)을 만나 슬하를 떠나 이곳에 와 부친의 장사를 지내고 돌아가려 하였습니다. 그런데 소첩의 액운(厄運)이 매우 심하여 김가가 위세로 겁박(劫迫)하는 욕이 급한 데다 계모는 마음이 약하여 그 강포(强暴)함을 막지 못하였습니다. 소첩이 시가에 나아가 피할 것을 모르지는 않으나 마침 가군이 있지 않은 때라서 포악한 자의 협박이 어머님께 더해질까 두려웠습니다. 그래서 잠깐 피신하여 가군이 돌아오는 때를 기다리려 하였으나 생각 밖의 욕(辱)이 매우 가까워져서 부득이 소첩이 한 몸을 버려 어머님을 평안하시게 하려고 문을 나섭니다. 머리를 돌려 어머님의 얼굴을 생각하니 구름 덮인 산이 가리고 있어 마음이 부서지는 듯합니다. 원컨대, 어머님은 불초 며느리

를 생각지 마시고 만수무강하소서. 훗날 당당히 경사로 나아가 찾아
뵐 날이 있을 것이옵니다.'

부인이 다 보고서 크게 애석해 하고 슬퍼하여 눈물을 흘리고 그
곡절을 적이 짐작하였다. 소저가 비록 서간에서 손 씨의 결점을 말
하지 않았으나 자못 깨달으니 그 영오(英悟)한 마음에 자기 몸을 버
려 시어머니를 구함을 더욱 애달파하여 심사가 울적하였다.

겨울이 지나고 다음해 봄이 이르도록 아들의 소식을 듣지 못하니
진 부인의 염려가 날로 더해졌으나 되도록 마음을 놓아 시일을 보냈
다. 원래 이 학사가 하리(下吏)를 독촉해 자신이 과거에 급제하여 금
주로 간다는 것을 서경에 알리려 하였으나 하리가 도중에 병들어 죽
었다. 또 서경의 현감이 비록 경사의 방목(榜目)[59]을 보았으나 학사
의 이름이 고을 유생의 장부에 오르지 않았고 고을 사람들이 학사의
얼굴을 본 사람이 드물었으니 그의 이름을 어찌 알겠는가? 그리하여
진 부인이 학사의 일을 까마득히 알지 못한 것이다.

다음해 봄 정월 상순(上旬)에 시비가 급히 들어와서 학사가 온다
고 고하였다. 부인이 놀라서 몸을 일으켜 마루에서 내려오는 줄을
깨닫지 못하였다. 학사가 문에 당도하자, 부인이 눈을 들어 보니 학
사가 온 몸에 상복을 입고서 앞에 서 있었다. 부인이 크게 한 소리를
지르고서 몸을 굽히고 엎어지니 이 학사가 이 거동을 보고 더욱 마
음이 어지러웠으나 겨우 참고 모친을 붙들어 방에서 구호하였다.

부인이 정신을 차리고 울면서 말하였다.

"네 부친이 비록 요사스러운 첩의 참소를 들어 나를 내쫓았으나
부부가 이별한 지 십육 년에 다시 보지 못하고 마침내 영결하였으

---

59) 방목(榜目): 과거 급제자의 명단.

니, 알지 못하겠구나. 무슨 병으로 돌아가셨다고 하더냐?"

학사가 가슴이 막혀 한참을나 슬피 우니 두 뺨에 피눈물이 흘러 상복이 젖었다. 겨우 진정하여 홍랑이 죽인 바를 고하고 자기가 과거에 급제하여 금주에 내려가 흉음(兇音)을 듣고 원수를 갚았음을 고하니 부인이 목을 놓아 통곡하였다.

"네 부친이 현명하지 못해 비명(非命)에 원통하게 죽으니 감히 남을 원망하지 못할 것이나 나의 신세를 생각하니 심간(心肝)이 무너지는 듯하구나. 내가 이 세상에 머물 뜻이 있겠느냐?"

이에 거적을 내어 와 머리를 풀고 남쪽을 바라보며 통곡하기를 그치지 않으니 학사가 염려하여 좋은 낯빛으로 위로하였다. 그러나 부인이 끝내 그치지 않아 성복(成服)을 지내고 나니 기력이 다해 피를 토하고 기절하였다. 이에 학사가 망극하여 애걸하며 말하였다.

"제가 팔자가 기구하여 부친을 마침내 보지 못하고 영결(永訣)이 이승과 저승을 갈라 놓아 다시 부친의 목소리와 모습을 들을 길이 없으므로 오로지 이 세상에 머물 뜻이 없었습니다. 다만 위로로 삼고 믿는 바는 모친이었거늘 모친이 만일 억제하지 못하시면 소자가 또 어찌 이 세상에 머물겠습니까?"

부인이 자식의 말에 감동하여 몸을 일으켜 머리를 가다듬고 아이의 손을 잡고 눈을 들어 보았다. 학사의 몸이 고초를 겪어 혈색이 없고 맥이 실 같아서 이전 영풍준골이 하나도 없고 상복에는 피눈물이 점점이 말라 있었다. 부인이 크게 놀라고 근심하여 이에 꾸짖었다.

"네가 나의 슬퍼함을 근심하나 너의 얼굴을 보니 오늘을 부지(扶持)하기 어렵겠구나. 비록 생후에 아버지의 얼굴을 모르고 영결하였으나, 네가 만일 그 은혜를 생각한다면 이렇듯 몸을 버리지는 못할 것이니 네가 몸을 부지(扶持)하지 못하면 늙은 어미가 또 어찌 살겠느냐?"

학사가 온화한 빛으로 사례하였다.

"제가 비록 망극하나 어찌 저를 살핌이 없겠습니까? 다만 끝내 아버님의 얼굴을 모른 채 아버님이 비명횡사하심을 원통히 여겨 심려를 쓴 데다 길을 오느라 피곤해 외모가 예전과 달라진 듯하옵니다. 그러나 저에게는 소년의 굳센 기운이 있어 영향이 없을 것이니 어머님은 근심하지 마소서."

부인이 탄식하고 다시 슬픈 빛을 띠지 않고 자식을 위로하여 지나간 일을 물어 자식의 과거 급제를 기뻐하였다. 그러나 며느리의 생존을 알지 못하니 새로이 슬픈 심사가 마음을 요동하여 이에 유 처사의 죽음을 이현에게 전하였다. 생이 아내의 재주와 덕을 애석해해 크게 슬퍼하였다. 생은 원래 소저가 본가에 갔어도 자기 부친의 부음을 듣고 올 것이라 생각했으나 안 온 것을 괴이하게 여겼던 차였다. 부인이 눈물을 머금으며 슬픈 빛을 띠고 이에 유 소저가 화를 피한 사연을 일일이 이르니 학사가 매우 놀라고 애석해 하였다. 그러나 자기가 상중에 있으니 아내를 그리워하는 것이 바람직하지 않아 다만 손을 모으고 들을 뿐이었다. 부인이 서간을 내어 주니 학사가 두 손으로 받아 땅에 놓고 보지 않거늘 부인이 말하였다.

"네가 비록 처지가 평소 때와 다르나 글을 보지 않는 것은 너무 고집하는 것이로다."

학사가 마음을 진정하고 천천히 겉봉을 뜯었다.

'불초한 저는 삼가 온갖 불편한 마음을 버리고 마음에 품은 바를 가군 앞에 고하옵니다. 제가 불행히 아버지의 상을 당해 본가에 이르러 세월을 보내던 중, 액운이 심하여 헤아리지 못한 화를 눈앞에 당하였습니다. 마땅히 어머님을 모셔야 되었으나 마침내 군자(君子)

가 계시지 않아 하루아침에 소장(訴狀)이 날아드는 환이 어머님께 이르면 소첩의 죄가 더욱 클 것 같았습니다. 그래서 부득이 문을 나서 한 몸을 버려 어머님을 평안하시게 하였습니다. 규방에 있던 여자가 길을 나서는 것이 매우 옳지 않은 일임을 모르지는 않으나, 가군같이 밝으신 분은 족히 첩의 마음을 짐작하실 것입니다. 잡다한 말은 하지 않겠습니다. 첩은 살아 있으면 이씨의 사람이요, 죽어도 이씨의 혼백입니다. 혹 한 몸을 편히 쉴 곳이 있으면 훗날 경사에 나아가 이씨 댁을 찾고, 그렇지 못하면 맑은 물이 첩의 몸을 감출 것입니다. 한 봉의 서찰이 영결하는 것이니 가군은 이 여자의 마음을 천리에 비추소서.'

학사가 주욱 보니 말마다 주옥같고 글자마다 수놓은 비단 같았다. 열렬한 마음과 서릿발 같은 절행(節行)이 짧은 편지에 드러나 있었다. 학사가 비록 부친을 보지 못한 까닭에 예의에 얽매여 저와 함께 동침을 하지는 않았다. 그러나 이미 부부의 인륜이 명백하고 유 처사가 자신을 잘 대해 줬음을 생각하자, 소저의 얼음같이 맑은 자태와 옥같이 고운 자질이 어느 곳에서 죽을 줄 알지 못하니 부부라 이르지 않고 남이라 일러도 감회가 있을 것이거늘, 하물며 그 몸을 버려 자기 모친을 평안이 한 효심이 있으니 어찌 감동하지 않겠는가? 마음에 반기고 슬퍼하나 나타내지 않고 안색이 평소와 같았다. 부인이 유 소저의 효성과 절행을 누누이 이르며 눈물을 비같이 쏟아내니 학사가 위로하였다.

"유 씨가 비록 바다의 부평초같이 떠돌아다니나 기상을 보면 끝내 일찍 죽을 모습이 아니요, 유 처사가 소자가 길 떠날 때 그 딸이 떠돌아다닐 것을 예언한 바 있습니다. 하늘의 운수는 정해진 것이니 사람의 힘으로 할 바가 아닙니다. 훗날 모두 모이는 때가 있을 것이니 모친은 과도하게 염려하여 몸을 상하게 하지 마소서. 소자가 몸이 상중에 있어 처자의 거취를 의논할 처지가 아닙니다. 이제 모친을 모시고 금주로 갈 것이니 가실 준비를 하소서."

부인이 아들의 소견이 높고 분명함을 칭찬하였다.

학사가 이에 시종을 보내 본주의 현감에게 양식과 수레를 빌리니 현감이 이 학사인 줄 알고 놀라서 친히 이르러 전에 알지 못하여 영당(令堂)에 문후하지 못함을 사죄하였다.

학사가 말하였다.

"죄인이 성명을 감추었으니 본주 현감이 알지 못한 것이 괴이하지 않습니다. 어찌 사죄하십니까? 이제 노모를 모시고 고향으로 가려 하니 수레를 빌려 주소서."

본주 현감이 응낙하고 다음날 새벽에 수레와 행렬을 갖춰 대령하였다. 학사가 그 후의(厚意)에 감사하고 제물을 갖추어 유씨 집에 이르러 처사 영위(靈位) 앞에서 크게 통곡하고 슬퍼하였다. 이는 처사의 재주와 덕을 애석해 하고 자기를 알아주는 사람이 없음을 느껴서였다. 울음을 그치고 손 씨를 보아 정성스럽게 조문하고 본주 현감에게 기별하여 부의(賻儀)를 후하게 하였다. 손 씨는 전날의 자기 행실을 부끄러워하였으나 학사가 생존해 있음을 한편으로 기뻐하지 않았다.

학사가 손 씨를 하직하고 모친을 모셔 금주로 가니 부인이 돈과 비단으로 마을 사람들에게 사례하였다. 길을 떠나 무사히 금주 옛집에 이르러 보니 남은 노복이 집안을 깨끗이 하고 부인을 맞이하여 반기고 본현 관리가 예물을 가져와 부인께 문안하였다. 부인이 비록 슬픈 가운데 있었으나 자식의 공명으로 이러한 일들이 생김을 기뻐하였다. 그러나 옛일을 생각하니 심사가 더욱 슬펐다.

다음날은 쉬고 그 다음날 이 공 분묘에 가 부인이 눈을 들어 보았다. 수목이 울창하고 송백(松柏)이 우거져 묏자리가 높이 있었다. 부인이 비록 전날 시랑에게 쫓겨나 온갖 슬픈 일과 원망스러운 일을 겪었으나 인륜의 중함으로써 16년간 다시 얼굴을 보지 못하고 영결을 당하였으니 부인의 넓은 덕으로써 다른 사람에게도 원한을 두지 않을 것이거늘, 하물며 칠 년을 함께 산 가군에게 있어서랴? 정이 그럭저럭 있는 부부와 다르다가 시랑이 한때 요망한 첩의 간악함 때문에 자신을 저버렸으나, 오늘 시랑의 묘를 보니 여자의 장부 위한 뜻이 어떠했겠는가?

부인이 묘 앞에 머리를 두드려 목 놓아 우니 소리가 자주 끊기고 눈물이 점점이 피가 되니 산천초목이 다 슬퍼하는 듯하였다. 오열하고 또 오열하니 옆 사람이 차마 듣지 못할 정도였다. 하물며 학사의 마음은 오죽하겠는가. 심간(心肝)이 마디마디 부서지는 듯하였으나 모친의 고통을 돕지 않으려 울음을 그치고 모친을 위로하였다. 부인이 다시 분묘를 두드려 곡하였다.

"첩이 그대와 함께 머리카락이 채 자라지 않아서 서로 만나 시부모님의 사랑하심이 분에 넘치고 공이 또한 첩의 허물을 간간이 용서하여 부부가 서로 다투는 일이 없었습니다. 그런데 첩이 박복하여 시부모님이 돌아가시자, 공이 간악한 첩의 말을 곧이들어 첩을 내치고 간인(奸人)의 독수(毒手)를 빚어내니 어찌 현명하지 못하고 어리석음이 이와 같습니까? 돌아가신 시아버님의 유지를 저버려 비명(非命)에 돌아가 자식에게 설움을 끼치십니까?"

말을 마치자, 눈물이 묘 앞에 어룽지니 이 진실로 창오 소상에 이비(二妃)[60]의 피눈물이 어룽짐과 같았다. 한나절을 통곡하다가 자식이 권하여 집으로 돌아왔다.

이로부터 학사가 선조의 논밭을 찾아 농사를 부지런히 하여 곡식을 집에 들여놓았다. 또 전날 부인이 부리던 노복들이 모여드니 집이 부유하게 되어 풍요로움이 예전과 다르지 않게 되었다. 부인이 밤낮으로 제사를 극진히 지내 정성을 다하고 학사의 사시(四時) 피눈물이 주변 사람을 감동시켰다. 부인이 매양 위로하고 학사가 또한 모친의 마음을 위로하여 겨우 무사하였다. 그러나 조석 제사를 모친이 친히 지내니 유 씨 생각을 잠깐도 잊은 적이 없었다. 하물며 그 얼음 같은 자태와 전아한 자질, 그리고 서릿발 같은 절행으로써 남녀의 정을 이루지 못하고 하루아침에 머나먼 곳에 이별하여 그 몸이 어느 곳에서 떠도는지 알지 못하니 자나 깨나 긴 근심과 짧은 탄식을 마지않았다. 그리고 유 처사의 지극한 대우를 잊지 못하였다.

그럭저럭 삼년상을 무사히 마치니 이때는 건문(建文)[61] 원년(元年: 1398년)이었다. 새 임금이 즉위하시니 신하들 중에 이현을 일컫는 자가 없어 조정으로 올라가지 않았다. 학사가 도리어 평안하여 세월을 무사히 지냈다.

한편, 유 소저는 계화, 옥랑과 함께 집을 나서 나귀를 재촉해 사십 리 정도를 갔다. 이미 날이 밝고 인가가 많아서 나귀에서 내려 주점에 들어가 아침을 먹었다. 소저가 계화에게 일렀다.

"내 운명이 기구하여 부친을 여의고 사람으로서 듣지 못할 욕을 몸에 실어 규방의 약한 몸이 바깥에서 떠도니 차라리 죽어 서러움을 잊으려 하노라."

---

60) 이비(二妃): 중국 요임금의 두 딸이자 순임금의 두 비인 아황과 여영. 남편 순임금이 순행(巡幸)을 갔다가 돌아오지 않자 길을 나섰다가 순임금이 창오에서 죽었다는 소식에 소상강가에서 자결함.

61) 건문(建文): 중국 명(明)나라의 제2대 황제인 혜제(惠帝)의 연호.(1398~1402).

계화가 위로하였다.

"소저는 슬퍼 마소서. 이는 다 액운이 심하기 때문입니다. 훗날 경사스러운 일이 무궁할 것이니, 잠시 고생하는 것을 개의하겠습니까?"

소저가 탄식하였다.

날이 늦었으므로 주점을 떠나 정처 없이 행하였다. 한 곳에 이르러 쉬니 가게 주인이 정결한 방을 치워 노주(老主)를 들게 하였다. 소저가 저녁을 다 먹고 멀리 고향을 생각하여 잠자리에 들지 못하고 있는데 홀연 문밖에서 함성이 일어났다. 계화가 크게 놀라 문을 열고 보니 수십 명의 강도가 창과 칼을 들고 들어오고 있는 것이었다. 소저 일행이 매우 놀라 급히 뒷문으로 뛰어 달아났다. 원래 이 도적들은 가게에 머물고 있던 사람들로 소저의 행장을 빼앗으려고 했을 뿐이므로 구태여 소저 일행을 따라가지는 않았다.

소저가 정신없이 비자(婢子) 두 사람과 함께 서로 이끌어 도망가다가 정신을 수습하여 사면을 바라보니 긴 강은 넘실넘실하여 끝을 알 수 없는데, 강물은 아득하고 두견새는 슬피 울고 있었다. 소저가 자기 한 몸을 돌아보니 주머니에 한 푼의 돈이 없고 사방에 친한 사람이 없었다. 이런 상황에서 어찌 살기를 바라겠는가? 길이 탄식하고 말하였다.

"이곳이 내가 목숨을 마칠 곳이다."

몸을 솟구쳐 물에 들려고 하니 계화 등이 붙들고 울며 말하였다.

"소저가 김가의 욕을 받지 않으시려고 집을 나오신 것은 살기를 도모하기 위해서였습니다. 그런데 어찌 천금 같은 몸을 가볍게 버리려 하시나이까?"

소저가 대답하였다.

"나 또한 살려는 뜻이 어미만 못한 것이 아니로다. 그러나 타향 객지에서 세 여자가 주머니 속에 한 푼의 돈도 없으니 어찌 살기를 꾀하겠는가?"

말을 마치고서 통곡하고 물에 빠지려고 하였다.

이때, 강변에는 여러 척의 작은 배가 매여 있었다. 그 중 가까이 매인 배 안에서 한 노옹(老翁)이 첫잠이 깊이 들었다가 슬픈 울음 소리가 가까이 들리므로 놀라 깨어서 배 문을 열고 두루 보았다. 한 소년 남자가 물에 뛰어 들려고 하는데 두 노자(奴子)가 붙들어 말리고 있었다. 이 노옹은 원래 사비를 신조로 삼는 이였다. 소년이 반드시 서러운 회포가 있어 물에 빠지려고 하는 것을 알고 급히 소리 질렀다.

"어떤 소년이 무슨 까닭으로 물고기 밥이 되려고 하는고? 소년이 일찍이 글을 읽었으면 어찌 부모가 주신 몸이 중요함을 알지 못하는가?"

소저가 이 말을 들었으나 전혀 요동하는 빛이 없었다. 계화가 이에 가까이 와 노옹에게 복 받기를 축원하고 말하였다.

"우리는 서경 사람으로서 어린 주인을 모셔 다른 지방에 갈 일이 있어 가고 있었습니다. 그런데 주인이 가게에서 도적을 만나 행장과 말을 다 잃고 외로운 몸이 화를 피하기 어려워서 물에 빠지려 하신 것입니다. 원컨대, 어른은 자비를 베풀어 우리 노주 세 사람을 구해 주신다면 저희가 개와 말과 같이 힘을 다할 것입니다."

노옹이 말을 다 듣고 놀라 말하였다.

"어린 낭군이 비록 도적의 화를 만났으나 남자가 되어 한때 도적을 만났다 하여 어찌 물에 빠질 수 있겠는가? 그대는 빨리 어린 낭군을 모시고 배 안으로 오라."

계화가 크게 기뻐 소저를 권하여 노옹의 순박하고 진실한 성품을 이르고 노옹에게 의지할 것을 권하였다. 소저가 비록 노옹과 십여 보 정도 떨어져 있었으나 맑은 눈이 천리를 비추니 그 말소리와 말투가 세속에 물들지 않은 것을 보고 마음을 놓았다. 이에 배 안에 들어가니 노옹이 공경하여 맞아 예를 마치고 이름과 사는 곳을 물었다. 소저가 소리도 낭랑하게 대답하였다.

"소생은 서경 사람으로, 부친상을 당해 한 몸이 곤궁하고 구차한데 의지할 곳이 없어 경사로 가고 있었습니다. 가게에서 도적을 만나 행낭을 잃고 몸만 겨우 남았으니 이제 경사로 갈 수가 없게 되었습니다. 스스로 물에 빠지려고 했는데 어른이 구해 내셨으니 장차 어떻게 하시려 합니까?"

노옹이 환한 낯빛을 하고 말하였다.

"저는 절강 사람입니다. 일찍이 자식이 없고 늙은 처가 있는데 처는 마을의 예쁜 여자아이들을 모아 생업을 삼고, 저는 배를 가지고 장사하는 것으로 업을 삼고 있습니다. 공자가 만일 경사로 가시기 어려우면 저를 따라 절강에 이르러 다시 행장을 준비하여 경사로 가시면 좋을까 합니다. 절강은 남경 가기에 훨씬 가깝습니다."

소저가 노옹이 나이 많은 데다 순후(淳厚)하였으므로 노옹을 믿어 의심치 않고 흔쾌히 예를 갖추어 답하였다. 그리하여 노주 세 사람이 노옹을 따라갔다.

노옹이 이튿날 노를 정돈하고 배를 띄워 바로 강 한가운데로 나아가 절강으로 향하였다. 소저는 비록 의지할 곳을 얻었으나 머리를 돌려 고향을 바라보니 구름 덮인 산이 가리고 있어 외로운 그림자가 고향에 이르기 어렵고 타향 객지에서 떠돌아다니는 것을 슬퍼하고 눈물을 끝없이 흘렸다. 눈물이 강물을 보탤 정도가 되니 계화와 옥랑이 위로하였다.

절강에 이르러 노옹이 배를 뭍에 대고 물건을 사람들을 시켜 집으로 가져오게 하고 소저 노주를 데리고 집에 이르렀다. 큰 집이 대로(大路)를 향하여 하늘에 닿을 정도였고 길 앞으로 삼층 누각을 세워 주렴을 자욱이 드리웠고 갖가지 음악 소리가 진동하였다. 바로 창기 주모의 집인 줄을 알 수 있었다.

소저가 안에 들어가니 붉은 옥으로 단장한 것이 눈에 현란하였다. 소저가 불쾌해 노옹을 향하여 사양하고 말하였다.

"제가 주인의 은혜를 입어 이에 이르렀으나 이곳이 이처럼 사치하니 상중에 있는 사람이 거처할 곳은 아닙니다. 깨끗한 초당을 주시면 두어 날 머문 뒤 경사로 가려고 합니다."

노옹이 크게 어질게 여겨 드디어 낮은 집을 치우고 거처를 정해 주었다. 그의 아내가 물었다.

"그대가 어떤 사람을 데려왔소?"

"경사로 가는 수재(秀才)[62]가 마침 도적의 화를 만나 물에 빠지려 하는 것을 구해 데려 왔으니 곧 경사로 갈 것이네."

"우리가 불행하여 자식이 없으니 이런 좋은 일이나 하여 후세를 닦음이 좋겠소."

그리고는 의식을 극진히 공급하였다.

원래 노옹의 이름은 양희니 고을 사람들이 양원이라 불렀다. 그 처 노 씨는 심심하였으므로 갈 곳 없는 처녀들을 모아 갖가지 음악 도구를 갖추어 청루(靑樓)[63]를 열었다. 이에 금을 차고 나귀를 몰아

---

62) 수재(秀才): 예전에 미혼 남자를 높여 이르던 말.
63) 청루(靑樓): 창기의 집.

오는 자가 부지기수였고, 서시(西施)[64]와 같은 미녀들이 다 모여 풍악 소리가 하늘에 퍼졌다. 소저가 그 요란함을 괴롭게 여겨 며칠 후 노옹을 보고 노자를 얻어 돌아갈 것을 청하니 양원이 말하였다.

"제가 공자를 청하여 이곳에 오시게 했으나 각별히 대접할 일이 없으니 두어 날 더 머물다가 가소서."

소저는 세월이 흘러감을 민망하게 여겼으나 할 수 없이 두어 날을 머물렀다. 모든 창녀가 바야흐로 소저를 보니 옥 같은 얼굴과 화려한 자태가 어찌 저들의 좇아올 바이며 또 저들이 어찌 그런 남자를 보았겠는가? 더욱이 옥랑의 화려한 모습과 달 같은 얼굴을 본 적이 처음이라 넋을 잃고 아리따운 웃음과 슬픈 듯 원망하는 가락으로 뜻을 돋우었다. 소저가 크게 가소롭게 여겨 물리치며 말하였다.

"내 몸이 상중에 있거늘 어찌 풍악 미색으로 상례를 범하겠는가? 모두 물러가라."

말을 마치고 기색이 단엄(端嚴)하니 여자들이 넋을 잃어 염치를 돌아보지 않고 구름같이 모여들었다. 노옹과 주모가 꾸짖어 모이지 말라고 금하였으나 듣지 않고 낱낱이 소저를 돌아보며 바라보고 둘러앉아 밖의 손님 맞을 마음을 두지 않았다. 그러나 소저의 기색이 더욱 냉엄(冷嚴)하니 찬 기운이 여자들에게 쏘이었다. 그래도 여자들은 슬픈 듯 넋을 잃어 옥랑을 또 희롱하였다. 옥랑이 가소로움을 참지 못하여 크게 웃고 물리쳐 냉정하게 사양하니 창녀들이 어찌할 줄을 몰라 눈을 소저에게 다 보내었다. 소저가 단정히 앉아 눈길을 주지 않으니 여러 창녀가 초조하고 안타까워하였다. 그때 무뢰 도박하는 악소년들이 크게 분노하여 노 씨에게 말하였다.

---

64) 서시(西施): 중국 월(越)나라의 미녀.

"주모가 어찌 우리 돈을 받고 저 세 사람을 집에 감춰 미인을 아니 주는가?"

노 씨가 초조하여 매로 창녀들을 쫓으니 여자들이 어쩔 수 없이 밖에 나가 손님을 맞이해 말하며 웃으나 흥미가 전혀 없었다. 이에 모든 악소년이 크게 한하여 말하였다.

"우리가 만금을 허비하였으나 저 상복 입은 사람 때문에 미인이 즐기지 않으니 분하도다. 저를 이곳에 머물지 못하게 하리라."

소저가 며칠을 머무니 창녀들의 거동을 자못 괴롭게 여겼다. 그래서 노옹을 보고 다시 청하여 경사로 가게 해 달라 하니 노옹이 마지 못하여 금은과 노자를 후하게 차려 주고 먹을 것을 갖춰 전별하였다. 소저가 후의를 백 번 사례하고 서로 손을 나누어65) 경사로 향하였다.

악소년들이 소저가 경사로 간다는 말을 듣고 크게 기뻐하여 무리 수십 명을 거느리고 따라갔다. 소저 일행이 날이 어두워지자 인가를 찾으려 하여 산을 넘어가니 악소년들이 일시에 달려들었다. 소저의 양식과 말을 다 빼앗고 주먹으로 옥랑 등을 두드리니 소저 일행이 언덕 밑으로 굴러떨어졌다.

이때는 이월이었다. 그 산 아래 있는 한 할미가 마를 캐러 산기슭에 왔다가 홀연 공중에서 수삼 개 남자가 굴러 내려오는 것을 보고 놀라 눈을 똑바로 하고 보니 그 중 한 남자의 얼굴이 옥 같아서 그 고움이 세상 사람 가운데 쌍이 없었다. 어진 마음에 자비를 베풀어 세 사람을 붙들어 자신의 초옥에 데려가 객실에 눕히고 더운 물로 구호하였다. 이윽고 세 사람이 깨어 일어나 앉아 눈을 떠 보니 몸이 초옥 가운데 있고 곁에 한 할미가 앉아서 구호하고 있었다. 크게 괴

---

65) 손을 나누어: 이별함을 뜻함.

이하게 여겨 계화가 먼저 물었다.

"이곳은 어떤 곳이며 할미는 어떤 사람인데 우리 노주의 죽어가는 목숨을 구하셨소?"

"나는 이 땅 사람으로 마침 마를 캐려고 산기슭에 있었소. 언덕에서 객인이 떨어지니 한 점 자비의 마음에 크게 불쌍히 여겨 데려다가 구한 것이오. 그런데 원래 무슨 까닭으로 언덕에서 떨어졌소?"

계화가 미처 대답하기 전에 소저가 일어나 앉아 사례하였다.

"우리 노주가 도적을 만나 노자를 잃고 몸이 위태하더니 할미가 구하여 냈으니 은혜가 크도다."

할미가 그 옥 같은 얼굴과 화려한 모습, 그리고 옥이 구르는 목소리를 듣고 기특하게 여겨 공경하는 소리로 대답하였다.

"첩은 한미한 집안 남자의 처로 지아비가 일찍 죽고 집이 가난하여 스스로 생계를 꾸리다가 오늘 낭군을 만난 것입니다."

원래 이 할미에게는 한 딸이 있으니 이름은 초벽이요 얼굴은 꽃과 달 같고 재주가 특이하였다. 아름다운 배필을 구하고 있었는데 할미가 유 소저의 옥 같은 얼굴을 보고 크게 기뻐하여 밥상에 따뜻한 음식과 차가운 음식을 골고루 차려 소저를 극진히 대접하였다. 삼사 일을 구호하여 세 사람이 차도를 얻으니 할미가 기뻐하고 소저에게 물었다.

"상공의 이름과 사는 곳을 묻자오니 이제 어디로 가시려 하시나이까?"

"경사로 가려고 하나 노자를 잃어 근심하고 있으니 나의 이름을 알아 무엇하겠는가?"

할미가 문득 옷깃을 여미고 꿇어 앉아 고하였다.

"소첩의 지아비는 선비에 속하였으니 상놈이 아닙니다. 그런데 일찌감치 죽어 집이 가난하게 되었습니다. 저에게 딸아이 하나가 있으니 자색과 덕이 군자의 짝이 될 만합니다. 외람되지만 상공의 측실(側室: 첩)에 두시기를 바라나이다. 능히 허락을 얻을 수 있겠나이까?"

소저가 미소를 지었다.

"할미의 후의는 감사하나 내 몸이 상중에 있어 혼사를 의논할 때가 아니니 두 번 이르지 말라."

할미가 간청하였다.

"상공이 상중에 계신 것은 첩도 알고 있습니다. 먼저 언약(言約)을 청하였다가 훗날에 성혼(成婚)하려고 하나이다."

소저가 할미의 은혜로 세 목숨이 살았으니 너무 박절하게 대하지 못해 허락하였다. 마음 속으로 헤아리기를, 낭군께 천거하여 첩의 항렬에 두려고 하였다. 할미가 허락을 얻고 바삐 사례하였다.

"상공의 말씀이 이와 같으시니 다행함을 이기지 못하겠나이다. 딸아이가 비록 옛사람만 못하지만 또한 비연(飛燕)66)과 같은 사람은 아닙니다. 상공이 만일 믿지 못하시겠으면 권도(權道)67)로 잠깐 보시고 결정하소서."

소저가 속으로 웃고 말하였다.

"주인이 속이지 않을 것을 알고 있으니 어찌 의심하리오?"

말을 마치고 붓과 벼루를 구하여 맹세하는 글을 써 주니 할미가 다행으로 여겨 재삼 사례하고 말하였다.

---

66) 비연(飛燕): 한나라 성제(成帝)의 후궁이었다가 후에 황후가 된 조의주(趙宜主)를 가리킴. 본명 대신 조비연(趙飛燕)으로 불림. 조비연은 성제가 원래 총애하던 반첩여를 모함하고 대신 총애를 받았음. 여기에서 할미가 자신의 딸을 조비연과 같은 유가 아니라고 한 것은 자신의 딸은 조비연이 반첩여를 모함한 것과는 달리 동렬을 모함하지 않는 여인이라는 의미임.

67) 권도(權道): 상황에 따라 융통성 있게 적용하는 도리.

"상공이 언제 경사로 돌아가려고 하시나이까?"

소저가 대답하였다.

"노자와 말이 없으니 노비를 얻어야 갈 것이로다."

"첩의 집이 가난하여 노자를 차려 드리지 못하니 애석합니다."

"주인의 은혜를 많이 입었으니 이런 일에까지 염려하게 하리오?"

할미가 나간 후에 계화가 소저에게 물었다.

"소저가 규방의 여자로서 혼인을 언약하였다가 훗날 어찌하려 하시나이까?"

소저가 한숨을 쉬고 탄식하였다.

"내 절벽에서 떨어진 몸으로 벌써 인간 세상을 버렸을 것을 할미가 구하여 지금까지 살아 있으니 그 은혜가 크도다. 어찌 갚을 도리를 생각하지 않겠느냐? 이 군[68]은 결코 자연 속에 빠져 있을 운명이 아니다. 내가 훗날 만나는 날에 저에게 혼인을 권할 것이니 이것이 은혜를 갚는 도리니라."

계화가 말하였다.

"소저의 말씀이 이치에 닿으나 이 상공께서 반드시 들으실 줄을 어찌 믿겠습니까?"

"이 군은 군자요 진 부인은 어진 부인이시다. 저에게 은혜 입은 줄을 아시면 결코 박절하게 대하지 않으실 것이다."

계화가 그 지식이 높고 밝음을 탄복하였다.

소저가 몸이 좀 나아지니 경사에 가려고 하였으나 주머니가 비어 있어 마음이 초조하였다. 할 수 없어 할미의 집에서 마냥 세월을 보냈다. 해가 다해 가니 소저 홀로 부친 소상(小祥)[69]을 지내고 더욱

---

68) 이 군: 남편 이현을 지칭함.

심장이 찢기는 것 같아 서러움을 이기지 못했다.

이해 말에 소흥부 현령이 온 고을을 순행(巡行)하고 돌아왔는데, 현령의 행렬이 온 길에 덮여 있었다. 소저가 우연히 창틈으로 보니 양산(陽傘) 아래 금절(金節)[70]을 잡은 관원은 바로 경사의 유 한림이었다. 소저가 크게 놀라고 다행으로 여겼다. 원래 유 한림의 이름은 관이니 유 처사의 종질이다. 몇 년 전에 벼슬이 갈려 서경에 소분(掃墳)[71]하러 왔을 때 소저가 익히 본 적이 있었다. 관리의 행렬이 지난 후에 계화를 보냈는데 계화에게 명함을 주어 가져가게 해 자기가 여기에서 타향살이함을 알렸다.

이때 자사(刺史)가 관청에 앉아 있었는데 하리(下吏)가 한 장의 명함을 드리니 족제(族弟) 유희라 쓰여 있었다. 다 보고 의아하게 생각하였다.

'내게는 족제 유희라 하는 사람이 없으니 이 어찌된 일인고? 아무튼 불러보리라.'

이에 하리에게 소저를 청하였다. 소저가 즉시 관아에 이르러 서로 인사를 마친 후에 유관이 물었다.

"만생(晚生)[72]이 일찍이 그대를 알지 못하니 무슨 까닭으로 족제라 하는가?"

소저가 슬퍼하며 눈물을 흘리고 말하였다.

"형이 일찍 과거에 급제하여 서경에 가셨을 때 제 아버지와 함께 내당에 들어와 중당(中堂)에서 서로 보며 과일 먹던 일을 모르시나

---

69) 소상(小祥): 사람이 죽은 지 1년 만에 지내는 제사.
70) 금절(金節): 금으로 만든 부절(符節). 부절은 사신이 신표(信標)로 삼던 물건.
71) 소분(掃墳): 조상의 산소에 가서 무덤을 깨끗이 하고 제사를 지내는 일.
72) 만생(晚生): 상대에 대하여 자신을 겸손하게 이르는 말.

이까?"

자사가 다 듣고 다시 생각하니 유 처사의 딸 요란 소저와 서로 보고 나이를 물었던 기억이 났다. 소저를 다시 보니 비록 남복을 했으나 아리따운 모습이 옛날과 같았다. 크게 놀라 다시 예를 하고 말했다.

"누이가 어찌 여기에 이르렀는고?"

소저가 눈물을 흘리며 전후 화란(禍亂)을 자세히 일러, 길에서 떠돌아다닌 것과 지금 경사로 가려고 하나 노자가 없어 가지 못하는 사연을 고하였다. 자사가 크게 애석해 하고 애처롭게 여겨 눈물을 흘리며 말하였다.

"내가 그때 서경에 갔을 때 숙부의 건강이 남다르시더니 어찌 일찍 세상을 버리실 줄 알았으리오? 이제 누이는 경사의 누구를 찾아가려 하는고?"

"남편 이현이 경사에 과거 보러 갔으니 찾아가려 하나이다."

자사가 놀라 말하였다.

"이현이 작년에 알성시(謁聖試)[73]에서 장원급제하고 금주에 소분(掃墳)하러 갔으므로 벌써 상경했을 것이니 누이가 남복을 벗고 여복으로 가는 것이 어떠한고?"

소저가 이생이 과거에 급제했다는 말을 듣고 기쁨을 이기지 못하여 말하였다.

"제가 형의 말씀대로 여복으로 가는 것이 마땅하나 다른 연고가 있으니 남복으로 가려고 하나이다."

자사가 응낙하고 노자와 말 등을 갖추어 주니 소저가 사례하였다. 집에 돌아와 할미에게 하직하니 할미가 어안이 벙벙하여 마치 잃은

---

73) 알성시(謁聖試): 임금이 문묘에 참배한 뒤 실시하던 비정규적인 과거 시험.

것이 있는 듯하였다. 이에 소저가 위로하였다.

"내가 경사로 돌아가 상을 마친 후 즉시 찾을 것이니 너무 번뇌치 말라."

드디어 서로 눈물을 뿌려 이별하고 다시 관아가 가 하직을 고하였다. 자사가 소사(素食)74)와 나물국을 주며 전송하고, 따르는 종과 하리(下吏)를 매우 풍성히 차려 주니 소저가 사양하였다.

"제가 떠돌아다니는 인생으로 형의 후의를 입어 노자를 얻은 것도 족한데 어찌 관아에 딸린 사람들을 수고하게 하겠나이까?"

드디어 다 떨치고 계화, 옥랑과 함께 길을 나섰다.

한 달 남짓해 경사에 이르러 학사의 집을 찾으니 아무도 알지 못했으나, 마지막에 한 사람이 말했다.

"수재가 찾는 사람이 작년 가을에 알성시에서 장원(壯元)이 된 이현이냐?"

"그렇소."

"이 한림이 금주에 소분하러 내려갔다가 부친상을 만나 다시 상경하지 못하고 서경에 가 모부인을 모셔다가 시묘한다고 하더라."

소저가 다 듣고 크게 놀라고 실망하여 앞이 막막하니 다만 계화 등과 함께 머문 곳에 돌아와 의논하였다.

"내가 이제 천신만고 끝에 경사에 이르렀으나 이 군이 있지 않으니 금주로 가 시아버님의 제사를 함께 받들 것이다. 그런데 혈혈단신 아녀자가 어찌 능히 도달할 수 있을꼬?"

계화가 하늘을 우러러 탄식하였다.

"경사에서 금주까지는 길이 머니 장차 어찌 하시려 하나이까?"

---

74) 소사(素食): 고기가 들어가 있지 않은 음식.

"가다가 미치지 못하여 죽은들 여자가 시집을 버리고 어디로 가겠느냐?"

이에 약간의 노자를 차려 길을 나서 금주로 향했다. 길을 떠난 지 보름 정도 지나 한 곳에 다다르니 사람과 집들이 많고 땅이 넓었다. 행인에게 물으니,

"이는 옛 송나라 도읍이었던 동경(東京)75)이오."

소저가 또 물었다.

"여기서 금주가 얼마나 멉니까?"

그 사람이 놀라서 말하였다.

"객인(客人)이 망령되도다. 경사에서 금주로 가려고 하면 낙양 하남을 지나가게 되오. 이곳은 동경이니 예서 금주로 가려면 육로로 오천여 리나 되오. 어찌 능히 가려 하는고?"

소저가 크게 놀라서 두 비자(婢子)를 돌아보고 말하였다.

"하늘이 어찌 나를 이처럼 망하게 하시는고? 이제는 내 죽을 따름이로다."

말을 마치고 몸을 돌려 한 곳에 이르니, 작은 집이 길 옆에 있고 초당(草堂)에서 한 사람이 거친 옷을 입고 거문고를 타고 있었다. 어린아이의 얼굴에 흰 머리를 하고 기개가 시원스러워 보였다. 이때 소저는 이미 양식이 다 떨어져 있었다. 옥랑이 앞에 나아가 양식을 비니, 그 노인이 거문고 타기를 그치고 눈을 들어 옥랑의 맑은 눈과 옥 같은 눈썹을 보고 놀라서 물었다.

"네 어떤 사람인데 이렇듯 빼어난 용모를 가지고 빌어먹고 다니

___

75) 동경(東京): 현재의 개봉(開封). 중국 하남성 북부, 황하 남쪽 기슭에 있는 도시. 통상 동경으로 부르는 낙양(洛陽)과는 다른 곳임.

는고?"

옥랑이 예를 마치고 말하였다.

"저는 경사 사람으로서 주인을 모셔 금주로 가고 있었습니다. 길을 잘못 들어 이곳에 이르렀으니 노주(老主)가 낭패를 보았습니다. 주머니가 다 비었으므로 두루 빌어다 주인을 먹이려 하나이다."

그 사람이 놀라 감탄하였다.

"가히 불쌍하도다. 네 주인을 불러 오라."

옥랑이 나가서 소저를 청하니 소저가 또한 노인이 늙은 것을 보고 의심하지 않고 들어가 인사를 하였다. 노인이 한 번 보고 크게 놀라 말했다.

"소년은 어떤 사람이며 이름이 무엇인고?"

"소생의 이름은 유관이니 서경 사람입니다. 마침 떠돌아다녀 이곳에 이르러 존대인의 물으심을 입사오니 느낀 바가 많습니다. 존귀하신 성과 큰 이름을 얻어 들을 수 있겠습니까?"

노인이 말하였다.

"나는 이곳 사람 소성이오. 과거 보기를 그만 두고 마을에서만 지내므로 사람들이 처사라 하오. 객이 금주로 가신다 하나 이곳에서 금주는 길이 멀고 험준하여 도달하기 어렵소. 장차 어찌하시려 하오?"

소저가 일어나 절하고 말하였다.

"대인이 지나가는 사람을 보시고 이처럼 극진히 대접하시니 은혜 갚을 길이 없습니다. 소생이 타향에서 떠돌아다니는 손으로서 거처를 정하지 못하고 다시 금주로 향하려 하나 주머니 속에 노자가 없으니 낭패 가운데 있나이다."

처사가 말하였다.

"객이 싫지 않으시다면 노인의 집에서 잠깐 세월을 보내다가 금주에 가는 사람을 만나 동행하는 것이 좋도다."

소저가 사례하였다.

"그와 같이 해 주시면 큰 은혜를 갚을 길이 없겠지만, 양식도 없는 객이 주인에게 폐를 끼치는 것이 미안할까 하나이다."

처사가 웃으며 말하였다.

"귀객(貴客)이 어찌 이런 말을 하는고? 군자가 가난을 편안히 여김이 선비의 떳떳함이 아니겠소? 피차 어려움이 있으면 서로 붙들어 구하는 것이 사람 된 자의 할 일이니 녹녹히 한 그릇 밥을 일컬을 바가 아니로다."

소저가 처사의 마음이 예사 사람과 다른 것을 보고 또한 소소한 사례를 하지 않았다. 짐을 그곳에 두고 편안히 머무나 갈수록 슬픈 마음을 정하지 못했다.

한편, 이 학사는 부친의 삼년상을 지내고 조정에서 부르는 일이 없으므로 마음이 평안하여 한가롭게 자연 속에서 모친을 모셔 지성으로 봉양하였다. 자신은 학업에 더욱 힘써 가슴에 만 권의 책을 품어 정신이 더욱 맑아지고 가슴이 시원해져 조금의 잡념도 없었다. 다만 계속 드는 생각은 유 씨니, 유 씨의 생사존망을 몰라 잠시도 마음이 놓이지 않았다. 더욱이 유 처사가 자신을 지극히 대우하던 것을 잊지 못하였으므로 천하 사해(四海)를 다 돌아다녀 부부가 합쳐지기를 생각할 뿐 다시 아내 얻을 마음이 없었다. 진 부인의 마음 역시 같았다. 항상 유 씨의 옥 같은 얼굴과 꽃 같은 용모, 난초 같은 자태와 총명한 자질을 잊지 못해 눈물이 옷깃에 아롱졌다. 또한 자식의 잠자리가 적막함을 차마 보지 못하였다. 학사가 불효를 탄식하며 자신의 마음을 억제해 모친께 고하였다.

"제가 유 씨의 거처를 모르고 남자가 여자를 위하여 절개를 지키고 있는 것이 우스우니 널리 여자를 찾아 아내를 얻어 모친의 마음을 위로하고자 하나이다."

부인이 학사의 손을 잡고 눈물을 흘리며 말하였다.

"네가 어찌 이런 말을 하느냐? 내 며느리의 타고난 자질과 덕성은 말할 것이 없거니와 스스로 몸을 버려 나를 구한 은혜는 쇠와 돌이 녹아도 다 갚지 못할 것이다. 네가 부부의 정을 이르기에 앞서 어미 구한 은혜를 생각할 것이거늘 어찌 이런 믿음 없는 말을 내느냐? 내 생전에 며느리의 자취를 보지 못하고는 다시 아내를 얻지 못하게 할 것이다."

학사가 모친의 뜻이 자신의 뜻과 같음을 감동하여 두 번 절해 명령에 따르고 물러났다. 이후에 모자(母子)가 서로 위로하여 지냈다.

어느 날 저녁에 달빛이 희미하고 찬 바람이 소소하니 뜰 앞을 배회하다 우연히 눈을 들어 하늘을 바라보았다. 연북 땅에서 별빛이 당당하여 빛이 온 세상에 쏘이고 형혹(熒惑)[76]이 자미성(紫微星)[77]을 침범하니 학사가 한숨을 쉬고 탄식하였다.

"어린 임금이 큰 자리에 있으나 좌우에 보필할 재주가 없어 천명이 또 이처럼 하는구나."

마음이 평안하지 않았다.

하루는 서당에 앉아 거문고를 타며 스스로를 위로하고 있으니 한 사람이 말을 채찍질해 문에 이르러 말에서 내려 들어왔다. 학사가 한번 바라보고 크게 놀라 내려가 맞아 두 번 절하였다.

---

76) 형혹(熒惑): 화성(火星). 화성은 나타났다 사라짐이 일정하지 않아 사람을 미혹시 컸으므로 이렇게 불렸음. 흔히 재앙을 상징하는 별로 여겨졌음.

77) 자미성(紫微星): 큰곰자리 부근에 있는 자미원의 별 이름으로, 북두칠성의 동북쪽에 있는 열다섯 개의 별 가운데 하나. 옛 사람들은 자미성에 옥황상제가 거처한다고 여겼음. 이에 따라 자미성은 천자의 운명과 관계되는 별로 인식됨.

"소생이 길 가던 중에 대왕을 한 번 이별한 뒤로 온 마음에 대왕을 잊을 수가 없었습니다. 그런데 오늘 대왕이 누추한 곳에 이르셨으니 족히 사모하던 마음을 위로하여 다행하옵니다. 하오나 대왕이 천승(千乘)의 임금으로 지체가 높으시거늘 무슨 까닭으로 홀로 오셨나이까?"

연왕이 이 학사가 자기의 옷이 전과 다르되 별안간 알아봄을 크게 기특히 여겨 손을 잡고 방에 들어가 일렀다.

"과인이 그대와 이별한 지 오 년이네. 밤낮으로 그대의 신선 같은 풍모를 잊지 못했는데 오늘은 과인이 급한 까닭에 계교를 물으려고 이르렀으니 그대는 괴이하게 여기지 말라."

학사가 두 번 절하고 그 까닭을 물으니 왕이 좌우를 물리치고 말하였다.

"이제 제태와 황자징이 조정을 어지럽히고 태조 황제 수고해 마련하신 천하가 하루아침에 남에게 갈까 걱정하고 있네. 간신이 건문 황제의 어리석고 약한 것을 업신여겨 제왕(齊王)과 주왕(周王)[78]을 제후 자리에서 물러나게 해 변방에 내치고 과인을 마저 폐하려고 하네. 과인이 차마 앉아서 욕을 받지 못하여 홀로 이르러 그대에게 계책을 묻노라."

학사가 말없이 오랫동안 있다가 안색을 씩씩하게 하고 말하였다.

"소생은 본디 용렬한 사람입니다. 어찌 대왕의 물으심을 당하겠습니까? 그런데 대왕의 뜻이 군사를 일으켜 위를 범하려고 하시는 것입니까?"

"아니네. 다만 내 몸을 보존할 계책을 묻노라."

---

78) 제왕(齊王)과 주왕(周王): 모두 명나라 태조의 아들임.

학사가 바야흐로 얼굴색이 평안해져 말하였다.

"대왕이 위를 범하려는 뜻이 없으시다면 학생이 어린 소견을 아뢰겠거니와 대왕이 능히 괴로우신 것을 잘 참을 수 있겠나이까?

"아무 일이라도 간신의 화를 벗어난다면 적은 괴로움을 꺼리겠는가?"

학사가 깊이 생각하다가 말하였다.

"제 각로와 황 승상은 일대의 이름난 사람이요 정직한 대신입니다. 작은 계교로 저들의 마음을 놓게 하지는 못할 것입니다. 대왕이 이런 찌는 날에도 솜옷과 화롯불을 끼고 막대를 짚어 중풍 걸린 섯 같이 하신다면 조정은 의심하지 않고 대왕의 몸은 반석 같으실 것이니 이 계교를 쓰소서. 다만 제태와 황자징 두 사람이 어린 임금을 호위하여 여러 제후를 방비하는 것이 또한 개인적인 일이 아닙니다. 대왕께서 가히 원한을 푸시고 훗날 나라가 평안하기를 생각하시고 아래로써 위를 범하는 것을 생각하지 마소서."

왕이 기뻐 응낙하고 이 밤을 여기에서 지내니 학사가 저녁을 갖추어 대접하였다. 밤이 새도록 백성을 다스리는 도리와 세상을 구제하는 방략을 의논하여 응대하는 말이 강하(江河)를 뒤집는 듯 말마다 분명하고 달통하니 왕이 크게 사랑하고 감탄하였다. 일찍이 태자의 신료와 자기의 신하들을 헤아려도 이 사람과 나란히 할 자가 없으므로 기이하게 여기고 기뻐하였다. 다만 저의 강렬한 모습을 보니 마침내 자기에게 굴복하지 않을까 두려워하였다.

새벽에 가려 할 때 서로 눈물을 뿌려 이별하니 학사가 당부하였다.

"대왕은 마땅히 어진 주나라 문왕(文王)과 대의(大義)로 섭정하신 주공(周公)79)을 본받아 아래가 위를 범하는 일을 하지 마소서. 왕이 만일 생의 말과 같이 하신다면 훗날 당당히 천 리를 멀리 여기지 않고 한번 나아가 뵈올 것입니다. 만일 그렇게 하시지 않는다면 다시 뵙지 못할 것입니다."

왕이 사례하였다.

"삼가 잊지 아니하리라."

왕이 말을 몰아 돌아가니 학사가 스스로 탄식하여 자기의 말이 소진(蘇秦)과 장의(張儀)[80]와 같을지라도 천명(天命)이 연왕에게 있은 후에는 그것이 무익함을 알고 한탄하였다.

일이 공교하게 되어 연왕의 얼굴을 아는 자가 본주의 자사에게 일렀다.

"모일에 연왕이 홀로 이현의 집에 가 밤을 보내며 자고 가니 괴이합니다."

자사가 크게 놀라서 이에 이 학사가 연왕과 접촉한 사실을 표로 지어 역정(驛丁)[81]을 시켜 보고하였다. 제 각로와 황 승상이 마침 연왕을 의심하던 차에 이 말을 듣고 크게 놀라 공사(公使)를 금주로 내려 보내 이 학사를 가둬 실상을 심문하라 하였다. 자사가 관원을 내어 이 학사를 잡게 하니 수백 명의 형리(刑吏)와 나졸들이 집을 둘러쌌다. 진 부인이 천만뜻밖에 이 화를 만나 크게 놀라고 정신이 없어 이현을 붙들고 목 놓아 통곡하였다. 학사는 스스로 짐작하는 바가 있어 모친을 붙들어 위로하였다.

---

79) 주공(周公): 중국 주나라 문왕의 아들로 성은 희(姬). 이름은 단(旦). 형인 무왕을 도와 은나라를 멸하였고, 주나라의 기초를 튼튼히 함. 조카인 성왕(成王)을 보필하면서 섭정함.

80) 소진(蘇秦)과 장의(張儀): 전국시대의 유세가. 소진은 진나라에 대항해 육국이 연합해야 한다는 합종(合從)을 유세하였고, 장의는 진나라의 입장에서 연횡(連橫)을 유세하였음. 둘 다 말로 상대를 설득시키는 데 대단한 재주가 있었다고 함.

81) 역정(驛丁): 역에서 부역하던 장정.

"소자가 조정에 지은 죄가 없으니 관원이 잡을 까닭이 없습니다. 헤아리건대, 며칠 전에 연왕이 온 적이 있었는데, 간사한 사람이 틈을 엿본 것 같습니다. 그러나 하늘이 애매함을 살필 것이니 모친은 마음을 놓으소서."

드디어 하직하고 관원을 따라 관아에 이르렀다. 자사가 앉아서 경사의 조서를 보이고 연왕과 내통했는지 물었다. 이에 학사가 안색을 바꾸지 않고 웃으며 말하였다.

"학생이 비록 어리석으나 어찌 외국의 번왕과 내통하며 또 무슨 비밀스러운 꾀를 의논하겠나이까? 어느 날 과연 연왕 전하가 홀로 이르셔서 천자가 의심하시니 화를 피할 도리를 물었습니다. 학생이 계책이 없다고 대답하니 실망하시다가 밤에 홀연 중풍에 걸려 돌아가셨으니 다른 것은 알지 못하나이다."

자사가 또한 학사가 정직한 줄을 알고 있었으므로 즉시 옥에 거두고 학사의 원정(原情)[82]을 베껴 경사에 아뢰었다. 천자가 사신을 연부에 보내셔서 연왕이 진실로 중풍에 걸렸는지 실상을 알아오라고 하셨다. 사신이 연국에 이르러 보니 왕은 이미 입이 기울어졌고 솜옷을 입고서 화롯불을 끼고 막대를 짚어 춥다고 하며 말을 변변히 못하는 상태였다. 사신이 돌아와 이대로 아뢰니 조정이 잠깐 마음을 놓고 천자는 이 학사를 풀어주고 발탁해 쓰려고 하였다. 이때 제태가 말하였다.

"연왕이 비록 중풍에 걸렸으나 이현이 새로 뽑힌 명사(名士)로서 번왕과 사귀어 자주 왕래한 죄가 가볍지 않으니 죄를 아주 용서하지는 못할 것입니다. 이를 살피소서."

천자가 윤허하시니 금의위(錦衣衛)가 즉시 산동 낙안주에 유배지

---

82) 원정(原情): 관아에 억울한 사정을 하소연하거나, 또는 그러한 내용을 적은 글.

를 정하여 금주로 죄인을 호송하러 갔다. 학사는 옥에서 무사히 풀려나 기뻤으나 까닭을 몰라 사신에게 물었다. 사신이 연왕이 중풍에 걸렸음을 들은 대로 일일이 전하였다. 학사가 당초에 연왕이 천명을 받은 것을 알았으나 오히려 작은 것을 참고 큰 뜻이 있는지 보려고 이 계교를 일러 줬었다. 그런데 사신의 말을 듣고 마음에 생각하였다.

'사람이 정말 참지 못하는 것은 극히 추운 것과 극히 더운 것이다. 이제 연왕이 모질게도 더운 것을 헤아리지 않으니 마침내 대업(大業)을 이루어 일세(一世)에 밝은 임금이 될 것이로다.'

학사가 이 때문에 슬퍼하고 집에 이르러 모친께 하직하였다.

진 부인은 아들이 옥에 갇힌 뒤로 무사히 풀려나기를 하늘에 축원했었다. 이제 아들이 비록 옥 밖으로 나왔으나 귀양을 가게 되니 만리 밖 이별을 슬퍼해 눈물을 흘리고 있었다. 학사가 이르니 부인이 붙들고 울기만 하며 말을 잇지 못했다. 학사 또한 자기와 모친이 온갖 환란을 겪으며 외로이 의지하며 지내다가 이제 만 리 밖에 손을 나누게 되니 마음이 슬펐다. 겨우 참고 모친을 위로하였다.

"제가 비록 나라에 죄를 얻어 변방에 귀양 가지만 곧 돌아올 것이니 모친은 근심하지 마소서."

부인이 오열하였다.

"내가 너와 함께 천신만고(千辛萬苦)를 겪고 겨우 고향에 돌아와 모자가 외로이 의지하여 세월을 지내고 있었는데 네 이제 맑은 기질로 변방에 멀리 귀양 가게 되었구나. 네가 먼 길에 익숙하지 못하니 몸을 부지(扶持)해 모자(母子)가 다시 만나기를 믿지 못하겠구나. 나의 신세를 생각하니 어찌 슬프지 않으며 너를 조금만 못 보아도 그리움을 참지 못하는데, 하루아침에 만 리 밖에 보내고 만날 기약을 정하지 못하니 이 마음을 어디에 두겠느냐?"

학사가 모친의 거동을 보고 한갓 모자의 이별을 슬퍼할 뿐만 아니라 앞으로 형세가 위험함을 생각하였다. 모친이 슬퍼할 일을 헤아리니 심장이 찢어지는 듯해 위로할 말이 없어 관(冠)을 숙이고 얼굴에는 눈물이 비 오듯 하였다. 이때 외로운 모자(母子)가 슬퍼하는 모습에 해와 달이 빛을 감출 정도여서 좌우의 시종들도 눈물을 금하지 못하였다. 부인이 한참이나 지나 겨우 감정을 추스르고 눈물을 거두고 학사를 위로하였다.

"내 아이 어려서부터 글을 읽어 중요한 일을 알 것이니 아녀자의 울음을 그치고 무사히 길을 떠나 훗날 모자가 만날 것을 기다리고 과도하게 슬퍼하지 말라."

학사가 눈물을 거두고 절하고 말하였다.

"삼가 가르침을 잊지 않을 것이니 원컨대 모친은 제가 없다 하여 지나치게 슬퍼하지 마시어, 천 리 밖에서 바라보는 저의 마음을 편안하게 하소서."

부인이 고개를 끄덕였다.

"내 또 잊지 않을 것이다."

이럭저럭 날이 늦으니 사신이 재촉하므로 부인이 잔을 부어 학사를 주며 말하였다,

"네 모름지기 외로운 어미를 생각하여 훗날 형색(形色)이 편안해져 이르기를 원하노라."

학사가 차마 먹지 못하여 눈물이 잔 가운데 떨어졌다. 마음을 추슬러 잔을 기울이고 일어나 절하여 하직하고 계단을 내려갔다. 부인이 따라 나와 손을 잡고 차마 놓지 못하니 학사가 심간(心肝)이 타는 듯하였으나 마음을 굳게 먹고 위로한 후에 문을 나섰다. 부인이 목 놓아 통곡하고 자리에 엎어져 인사(人事)를 모르니 모든 종들이

위로하여 시간을 보냈다.

학사가 모친과 이별하고 말에 올라 사신을 따라 적소(謫所)로 향하게 되니 모친이 외로이 계실 것을 생각하고 심사가 슬펐다. 자기도 외로운 몸으로 한 명의 형제가 없어 모친의 심사를 위로하지 못하고 모친이 슬퍼하실 것을 생각하니 음식이 맛이 없었다. 우울한 가운데 가는 길이 험하고 풍토(風土)가 사나우니 학사의 기질이 맑아 견디지 못할 듯하였다.

천신만고 끝에 동경에 이르니 낙안주까지는 며칠 정도 걸릴 예정이었다. 학사가 폐간(肺肝)이 상하여 평안한 집을 얻어 두어 날 쉬어 가려고 하여 한 집에 들어가니 바로 소 처사의 집이었다. 처사가 갈건야복(葛巾野服)으로 맞이하여 초당에 들어가 주인과 손님의 예를 마쳤다. 처사가 이 학사의 풍모를 보고 크게 놀라 먼저 물었다.

"노인은 궁벽한 시골 외딴 곳에 사는 쓸모없는 사람이오. 귀인은 어느 곳으로부터 왕림하시었소?"

학사가 절하고 인사하였다.

"소생은 금주 사람으로서 마침 조정에 죄를 얻어 낙안주로 귀양 가고 있었습니다. 다른 고을의 사람으로서 풍상(風霜)을 이기지 못했는데 주막은 요란하므로 편안하고 고요한 집을 얻어 병을 조섭(調攝)하려고 귀댁을 어지럽혔나이다."

처사가 겸손하게 사례하고 저녁을 갖추어 대접한 후 방을 치워 학사를 머물게 하였다.

한편, 유 소저가 소 처사 집에 있은 지 삼 년이 되도록 금주 소식을 듣지 못해 밤낮으로 마음이 울적하고 부친 삼년상을 지내니 더욱 슬픔을 이기지 못했다. 비록 상복을 벗었으나 매양 흰 옷을 입고 세월을 보내니 소저의 무쌍한 광채(光彩)를 겨룰 자가 없었다. 처사는 신명한 사람이었다. 처음부터 소저가 여자인 줄을 알아보았으나 남장한 까닭을 몰라 주저하고 있었다.

하루는 소저가 고향을 생각하고 슬퍼하므로 처사가 물었다.

"금주에는 그대 친척이 있는가? 누구에게 의지하려고 가려 하는고?"

소저가 대답하였다.

"구태여 친척은 없으나 또한 의지할 사람이 있습니다."

처사가 속으로 웃고 말하였다.

"혹시 존사(尊士)의 시집이 있는고?"

소지가 놀라시 눈을 낮추고 대답하지 않으니 처사가 물었다.

"내가 비록 사람 아는 눈이 밝지는 못하나 그대의 거동이 결코 남자가 아니요 여자로다. 알지 못하겠도다. 무슨 까닭으로 변복을 하고 떠돌아다니는고?"

소저가 다 듣고서 처사가 신명하여 자기의 정체를 꿰뚫어서 아는 것을 보고 다시 속일 말이 없었다. 이에 자리를 피해 울며 말하였다.

"첩이 생각한 바는 진실로 드러낼 곳이 없으므로 음양을 바꿔 길에서 떠돌아다니나 건곤(乾坤)을 속인 죄는 천지에 용납받지 못할 것입니다. 밤낮으로 마음이 깊은 못가에 있고, 얇은 얼음을 디디는 듯 같더니 오늘 대인(大人)이 밝게 비추시니 어찌 속이겠나이까? 첩은 과연 서경 유 처사의 딸입니다. 불행하여 강보에 있을 적에 어머니를 여의고 어린 나이에 출가하여 가친이 나이 어리다 하여 본가에 두었습니다. 작년에 남편 이현이 경사에 과거 보러 간 사이에 가친을 여의니 계모가 다른 뜻을 두었습니다. 이에 부득이하게 남복으로 바꿔 입고 집을 떠나 두루 길에서 떠돌아다녀 절강 소흥부에서 일년을 지냈습니다. 마침 친척을 만나 남편이 과거에 급제한 것을 알고 노자를 빌어 경사에 이르렀으나 남편이 부친상을 만나 금주 고향에서 시묘한다는 말을 들었습니다. 그래서 남편을 찾아가다가 길을 잘못 들어 여기에 이르렀나이다."

처사가 다 듣고 문득 자리에서 내려와 사례하였다.

"소저의 사정이 그러했구려. 서경 유 처사 딸이라 하시니 처사의 이름이 어떻게 되시오?"

"모(某)[83]이시니, 대인이 어찌 아시나이까"

처사가 슬픈 빛으로 말하였다.

"내가 어느 해인가 산에서 노닐다가 서경 천탕산에 가서 아버님을 만났으니 기상과 행동거지가 영락없는 군자였소. 내가 존경하고 복종하여 며칠을 함께 유람하여 평생의 지기가 되자고 일렀는데 어찌 벌써 기세(棄世)하실 줄을 알았겠소? 오늘날 소저를 만난 것이 돌아가신 처사의 영혼이 도운 것임을 가히 알겠소이다."

소저가 눈물을 뿌려 말하였다.

"첩이 오늘 망친(亡親)의 벗을 만나 옛일을 들으니 슬픈 회포가 간절하옵니다. 그러나 첩의 거취가 난처함이 심하니 대인의 밝으신 가르침을 들어 처소를 정하고자 하나이다."

처사가 말하였다.

"소저가 규중 여자로서 부득이 남장을 하고 다녔으니 이제 나의 집에서 남장을 하고 바깥 사람을 보는 것이 옳지 않소이다. 의복을 갈아입고 평안히 머물러 혹 때를 기다려 금주로 소식을 통하는 것이 옳을 것 같소. 내가 늙고, 처도 늙고 병들어 외로우니 허물이 없소이다. 내가 소저를 모셔 금주로 보내고 싶으나 거마(車馬)를 마련할 길이 없으니 탄식만 나오는구려."

---

83) 모(某): 예전에 자신의 아버지 이름은 말하지 않는 것이 관례였으므로 이처럼 모(某)라 하였음.

소저가 자리를 피해 사례하였다.

"길에 떠도는 인생이 이처럼 대인(大人)의 사랑하심을 받자오니 저를 낳아주신 분은 부모요 저를 다시 살려 주신 분은 대인입니다. 평생 은혜 갚기를 생각할 따름이옵니다."

처사가 기뻐하지 않으며 말하였다.

"소저가 어찌 이런 용렬한 말을 하는고? 내가 비록 아둔하나 이런 일에 치하 받는 것을 싫어하오. 하물며 소저는 벗의 자식이니 어려울 때 붙들어 구하는 것이 당연하니 어찌 사례를 받겠는가?"

소저가 감격을 이기지 못해 이에 흰 치마와 흰 옷으로 의복을 갈아입고 안에 들어가 처사 부인을 뵈었다. 처사 부인에게 자신의 사정을 이르니 부인 노 씨가 크게 불쌍히 여기고 그 재주와 용모에 탄복하여 소저를 사랑하는 것을 기출(己出)과 같이 하였다.

처사가 다시 물었다.

"소저가 부친상이 지났거늘 어찌 소복을 하고 있는고?"

소저가 울며 말하였다.

"사람의 자식으로서 삼년을 상복으로 보내는 것은 떳떳한 법입니다. 또 화란(禍亂) 때문에 분주하여 시아버님 삼년상을 알지 못하니 저는 인륜의 죄인입니다. 이런 까닭에 가부(家夫)를 만나는 날에 상복을 벗을 것이니 소첩이 혼자 있을 때에는 벗지 못할 것입니다."

처사가 감탄함을 마지않았다.

소저가 이후 고요히 있으며 처사 부부의 의식(衣食)을 스스로 다스려 받들고 아침저녁 반찬을 맛보아 처사 부부를 부모 섬기듯 하였다. 이에 처사가 지극히 공경하고 노 부인이 감사함을 이기지 못하였다.

광음(光陰)이 빨리 지나 소저가 처사 집에 있은 지 삼 년이 되었으나 금주의 소식을 들을 길이 없었다. 소저가 길게 탄식하여 먹고 자는 것이 편안하지 않았다. 하루는 자기 침소에서 바느질을 하다가 피곤해 창에 기대어 잠깐 졸았다. 홀연 유 처사가 이르러 손을 잡고 일렀다.

"내 아이는 밖에 온 객을 아느냐?"

소저가 다시 물으려 할 때 깨니 남가일몽이었다. 마음속으로 의아하게 생각해 중당에 가 처사에게 물으려 하였다. 이때 처사가 홀연히 이마에 기쁜 빛을 띠고 들어와 말하였다.

"소저가 오늘 고향 소식을 들을 것이니 내가 치하하오."

소저가 놀라서 물었다.

"서경 사람이옵니까?"

"아니오. 금주 이현이라 하고 조정에 죄 얻어 산동에 귀향 간다고 하더이다."

소저가 다 듣고 이생인가 생각하였으나 처사의 말이 모호하여 다시 물었다.

"그 사람이 무슨 벼슬에 있으며 부친 이름은 무엇이라 하더니이까?"

"자세히 묻지는 못하였고 객이 풍상(風霜)에 상하여 피곤해 하니 저녁이나 먹거든 물어 봅시다."

소저가 매우 의심하여 유모에게 객실에 가 그 얼굴을 보고 오라고 하였다. 계화가 객실에 이르러 보니 학사가 풍토(風土)에 상하여 옛날 옥 같은 얼굴과 영웅의 풍모가 거의 없었다. 또 병색이 은은하고 신체가 장대하였으니 계화가 알아보지 못하였다. 학사가 열다섯 살 적에는 피지 않은 꽃 같아서 풍채가 건장하지 못하고 행동거지가 아동의 태를 면하지 못했었다. 지금은 몸이 건장하고 길에서 고생해 몸이 상했으니 계화가 알아보지 못해 들어가 고하였다.

"우리 상공은 전날 옥 같더니 이 어른은 몸이 크고 얼굴에 혈색이 없으니 우리 상공이 아니옵니다."

소저가 깊이 생각하다가 말하였다.

"이 군이 전날에는 옥 같은 얼굴을 지닌 아름다운 선비였으나 지금은 만 리 험한 길에 고생하였으니 또 어찌 옛 얼굴이 있겠는가? 또 나이가 찼으니 옛날 아이 적 모습이 있겠느냐?"

이처럼 이르며 마음이 어지러워 처사가 묻고 오기를 기다렸다.

이때 처사가 객실에 나가 학사와 말할 때 물어 보았다.

"귀객이 일찍 무슨 벼슬을 했다가 무슨 일로 귀양가시는고?"

학사가 대답하였다.

"소생은 홍무(洪武) 말에 과거에 급제하여 한림학사가 되었습니다. 부친상을 만나 금주에 가 시묘하여 삼년을 지내었으나 벼슬로 부르는 일이 없으니 노모와 함께 자연 속에서 한가하게 지냈습니다. 그러다가 조정에 죄를 얻어 산동에 귀양 가게 되니 지금 유배지로 향하고 있나이다."

처사가 고개를 끄덕이고 또 말하였다.

"영대인의 이름자가 명이니이까?"

학사가 놀라 말하였다.

"옳습니다만 존공이 어찌 아시나이까?"

"내가 아는 것은 존객과 친한 사람에게서 들은 들었기 때문이오. 존객이 일찍이 뱃속에 있을 적에 영당 부인이 영존에게 쫓겨나는 화를 만나 서경에서 타향살이하고 계시던고?"

학사가 크게 놀라 말하였다.

"이르시는 말씀과 같거니와 대인이 어찌 아시나이까?"

처사가 말하였다.

"자연히 알았거니와 존객이 서경 유 처사의 사위인 것이 옳은고?"

학사가 더욱 놀라서 말하였다.

"그렇습니다만, 대인이 어떤 사람에게서 이처럼 자세히 들으시고 소생의 집안일을 자세히 물으시나이까?"

처사가 속으로 웃고 말하였다.

"내 또한 알고자 하는 일이 있어서 말이 많으니 존객은 괴이하게 여기지 말라. 또 묻나니 이제 유 처사의 딸이 귀댁에 있는고?"

학사는 본디 총명하였다. 처사의 말이 점점 수상함을 보고 반드시 유 씨의 거처를 아는 듯하여 의심이 없지 않았다.

"소생이 유 씨와 함께 예를 이루고 경사로 과거 보러 간 사이에 유 씨 계모가 다른 뜻을 두었습니다. 그래서 부득이하게 유 씨가 남복으로 바꿔 입고 도주했다고 하나 지금까지 거처를 모릅니다. 대인이 들으신 곳이 어떤 사람입니까?"

처사가 말하였다.

"오래지 않아서 알 것이니 너무 조급해 하지 말라."

드디어 몸을 일으켜 내당으로 들어가 소저에게 자세히 일렀다.

소저가 슬픔과 놀라움을 이기지 못하여 계화에게 행동을 지시하였다. 계화가 학사 앞에 나가 절하였다. 학사가 한 번 보니 어찌 계화를 모르겠는가? 크게 놀라 바삐 물어 보았다.

"네가 어찌 이곳에 있으며 네 소저는 어디 있느냐?"

계화가 머리를 조아리고 울며 말하였다.

"비천한 종이 눈이 무뎌 노야(老爺)를 알아보지 못하였으나 노야가 저를 별안간 알아보시니 슬픔과 기쁨을 이기지 못하겠나이다. 소저는 본댁(本宅)에 하직하시고 노야를 위하여 온갖 고초를 겪었으니 어찌 다 기록하여 아뢰겠나이까?"

그리고 나서 소저가 처음에 가게 주인에게 쫓겨 물에 빠지려고 하다가 절강 사람을 만나 절강에 가서 노자를 얻어 경사로 가던 사연을 말하였다. 또 도적의 화를 만나 낭떠러지에서 떨어져 거의 죽게 되었던 것을 마를 캐는 할미가 구하여 일 년 남짓 머물던 사연과 유자사를 만나 노자를 얻어 경사로 가 학사를 찾은 사연, 그리고 학사가 금주로 내려가셨다는 말에 겨우 조금씩 전진하여 금주로 가다가 길을 잘못 들어 이 집에 의탁한 사연을 자세히 고하고 말하였다.

"소저가 상공의 이름자를 들었으나 그래도 자세하지 못하므로 소저가 드린 원운시(原韻詩)[84]와 금천(金釧)을 구하시더이다."

---

84) 원운시(原韻詩): 처음에 운을 달아 지은 시. 이에 응해 지은 시를 차운시(次韻詩)라 함.

쌍천기봉 卷 2

이현이 뜻을 꺾어 벼슬길에 나가고,
이관성은 정몽홍과 성혼하다

이때 이 학사가 계화의 말을 자세히 듣고 소저가 생존해 있다는 사실에 매우 기뻐하였다. 소저가 자기를 위하여 온갖 슬픔과 고통을 겪었음에 감동하고 기쁜 빛과 슬픈 마음이 얼굴에 드러났다.

"네 부인이 고생한 것은 다 액운(厄運)이다. 일컬어 무익하거니와 원운시를 보내니 네 소저에게 나와서 나를 보도록 하라."

학사가 말을 마치고 주머니에서 금천(金釧) 하나와 원운시를 내어 주었다. 계화가 들어가 소저에게 드리고 학사의 말씀을 고하니 소저가 금천을 보고 기쁨과 슬픔이 극에 달해 몇 줄기 맑은 눈물이 소매를 적셨다. 즉시 자기가 간수했던 금천과 학사의 차운시(次韻詩)를 내어 보내고 말을 전하였다.

"첩이 길에서 떠돌아다녀 온갖 고초를 겪고 오늘 군자를 만나니 기쁨과 슬픔을 이기지 못하나 어찌 뵙기를 더디게 하겠나이까? 다만 길에서 떠돌아다니던 몸이 놀라고 부끄러워 감히 뵙지 못하니 군자는 스스로 짐작하여 저를 용서하소서."

계화가 나가서 이대로 전하고 팔찌와 차운시를 받들어 드렸다. 학사가 이를 보고 소저를 길 가운데에서 기이하게 만난 것을 기뻐하고 소저가 고집을 부려 나오기를 사양한다는 말을 듣고 속으로 웃고 말하였다.

"부부가 온갖 일을 겪은 끝에 공교히 만났으니 다른 사람으로 일러도 고향 사람을 기이하게 만났다면 급히 보고 싶으련만 네 부인은 어찌 이처럼 세속 아녀자의 태도를 보이는고?"

계화가 들어가 소저에게 이대로 고하였다. 소저가 비록 학사와 이름은 부부지만 그 얼굴을 모르기 때문에 새로이 부끄러워해 주저하며 나가지 못하니 처사가 권하였다.

"부인이 어찌 소천(所天)의 명에 주저하는고?"

노 씨가 또한 권하니 소저가 마지못해 서낭에 이르렀다.

이때는 벌써 황혼이었다. 잔등을 밝히고 학사가 죽침에 기대어 있다가 일어나 소저를 맞이해 서로 인사를 하고 상례(喪禮)를 조위하였다. 소저가 실로 학사를 대하여 수작하는 것이 부끄러워 마지못해 시부(媤父)의 돌아가심을 조문하니 눈물이 쏟아졌다. 학사가 눈물을 흘리며 말하였다.

"학생이 죄악이 쌓여 엄친(嚴親)을 뵙지 못한 채 영결(永訣)하고, 게다가 엄친께서 비명(非命)에 돌아가시니 하늘이 끝나는 서러움이 더할 데가 없소. 인간 세상에 머물 뜻이 없었으나 외로우신 자모(慈母)를 저버리지 못해 겨우 원수를 갚고 서경에 이르렀소. 선처사(先處士)[1]께서 기세(棄世)하시고 부인이 의외의 화를 만나 집을 떠나셨으니 학생이 거처를 찾을 길이 없었소. 모친을 모시고 금주로 돌아가 삼년을 겨우 마쳤으나 만 리에 귀양 가는 화를 만났소. 외로운 편친(偏親)을 돌아보니 심간(心肝)이 찢기는 듯하였는데 어찌 이곳에서 그대를 만날 줄 알았겠소?"

---

1) 선처사(先處士): 돌아가신 처사. 여기에서는 유 부인의 부친을 이름.

그리고 부친이 살해됨을 이르니 눈물이 베옷에 젖었다. 소저가 눈물을 뿌리고 자리를 옮겨 말하였다.

"첩이 팔자가 무상하여 가친(家親)을 여의고 예상치 못한 환란이 몸에 이르렀습니다. 스스로 선친(先親)의 사랑하시던 바를 생각하고 한 목숨을 아껴 길에서 분주하게 다녔으니 온갖 슬픔과 원망을 다시 이를 것은 아닙니다. 다만 바람과 먼지 속에서 떠돌아다닌 인생으로 시아버님이 돌아가신 것을 즉시 듣지 못하였습니다. 후에 들었으나 연고가 있어 자식으로서 삼년의 예를 다하지 못하였고 아침저녁으로 제사를 받들지 못하였으니 저는 천지간의 죄인이요 이씨 선조에게 죄악이 중한 여자입니다. 그러다가 오늘 지아비를 대하였으니 어찌 슬프지 않겠나이까?"

학사가 눈물을 거두고 탄식하였다.

"이것이 다 화란(禍亂) 때문에 일어난 일들이니 어찌 과도히 사죄할 일이겠소? 학생이 삼년을 버텨 오늘 부인을 만났으니 목숨이 심하게 질기다 하겠소. 이제는 우울한 마음이 슬픔을 면하게 되었으나 편친이 외로이 계심을 차마 어찌 견디겠소?"

소저가 시어머니의 안부를 물으니 학사가 대답하였다.

"아직 대단한 질환은 없으시나 학생을 이별하고 과도하게 슬퍼하실 것이니 어찌 반드시 평안하시기를 기대하겠소?"

소저가 슬퍼하였다.

서로 슬픔을 진정한 후 학사가 눈을 들어 소저를 보았다. 별 같은 눈과 꽃 같은 뺨, 버들 같은 눈썹과 구름 같은 머릿결이 달이 보름을 맞은 듯 씩씩하고 시원해 보였다. 옛날 아담하고 여린 모습이 변하여 수려하고 풍만하게 되었으니 알아보지 못할 것 같았다. 학사가 한없는 반가움과 기쁨을 이기지 못하여 이에 자기가 끝까지 아내를 얻지 않았음을 일렀다. 소저가 그 신의에 감탄하여 낮은 목소리로 사례하였다. 학사가 다시 물었다.

"부인이 어찌 지금 소복을 하고 있는고?"

소저가 말없이 오래 있다가 슬피 말하였다.

"첩이 시아버님의 삼년상 내에 일찍이 영궤(靈几)2)에 한 잔 술로 조문하지 못했으니 상례를 어긴 것입니다. 이런 까닭에 소복을 벗지 못하였나이다."

학사가 크게 감탄하여 탄식하였다.

"부인이 하는 바가 다 예의에 당연하나 삼년이 이미 지났고 학생이 있으니 부인은 모름지기 중도(中道)를 헤아리라."

소저가 사례하였다.

학사가 비록 정대하고 만사에 흠이 없었으나 다 큰 남자로 몇 년을 사모하던 부인과 한 방에 모여 있으니 저의 눈부신 모습과 달 같은 자태에 심간(心肝)이 녹을 정도였다. 학사 진실로 참지 못할 것이나 소저와 동침하는 데에 어머니의 명령을 기다릴 줄을 알았다. 그래서 끝내 동침함이 없이 부부가 함께 앉아 공경하는 모습이 존귀한 주인과 손님의 모습과 같았다.

밤이 깊어 소저가 들어가니 학사가 말했다.

"학생이 적소(謫所)로 향하여 가니 어버이를 이별한 타향의 객으로 마음이 울적하오. 부인은 복색을 바꿔 입고 생과 함께 가도록 하시오."

소저가 응낙하였다.

다음날 학사가 소 처사를 보고 은혜에 사례하니 처사가 말하였다.

---

2) 영궤(靈几): 영위를 모셔 놓은 자리.

"소인이 비록 용렬하나 이런 일에는 치사(致謝) 받기를 괴롭게 여기니 학사 또한 군자의 마음이 있다면 이를 잘 알 것이오."

학사가 소공의 뜻이 맑고 높으며 의기가 시원함을 마음으로 복종하여 잠시 말하니 그 천지만물을 통함이 한나라의 사마휘(司馬徽)³⁾ 같았다. 처사 또한 이 학사가 고금에 능통한 것을 기특하게 여겼다. 처사가 말하였다.

"명공(明公)이 이번에 적거하시면 반드시 천지가 바뀌어야 경사로 돌아가실 것입니다."

학사가 알아들었으나 거짓 놀라서 말하였다.

"대인의 말씀이 어떤 뜻이옵니까?"

처사가 웃고 말하였다.

"명공이 또한 알고 있을 것이니 지금 형혹(熒惑)⁴⁾이 자미원(紫微垣)⁵⁾에 들고 연왕이 천명을 받았으니 어찌 하늘이 아니 바뀌겠소?"

학사가 말없이 오래 있다가 탄식하니 처사가 웃으며 말하였다.

"하늘이 특별히 그대에게 연왕의 지기(知己) 모신(謀臣)이 되게 했으니 그대는 편협하게 생각해 천명을 거역하지 마오."

학사가 그 헤아림이 신명하고 말에 이치가 있음을 속으로 감탄하고 마침내 세상에 나갈 뜻이 없었다.

---

3) 사마휘(司馬徽): 중국 동한(東漢) 말의 은사. 자는 덕조(德操). 사람을 알아보는 재주가 있어 '수경선생(水鏡先生)'이란 도호를 얻음. 채모(蔡瑁)에게 쫓겨 도망쳐온 유비(劉備)에게 복룡(伏龍), 봉추(鳳雛)중 한 명만 얻어도 천하를 평정할 수 있다고 말해 줌. 방통(龐統), 서서(徐庶), 제갈량(諸葛亮)의 스승이었고 서서를 유비에게 추천함.

4) 형혹(熒惑): 화성(火星). 화성은 나타났다 사라짐이 일정하지 않아 사람을 미혹시켰으므로 이렇게 불렸음.

5) 자미원(紫微垣): 고대 중국의 천문학에서, 삼원(三垣)의 하나인 별자리. 큰곰자리를 중심으로 한 170여 개의 별로 이루어지며, 천제(天帝)가 거처하는 곳이라고 전해옴. 자미궁.

다음날 유 소저가 의복을 바꿔 청색 치마와 녹색 저고리를 입고 처사 부부에게 하직하니 처사가 슬픈 빛으로 말하였다.

"부인이 나를 친부모같이 섬기고 우리 부부가 또한 자식이 드물어 부인 바라보기를 친딸같이 했었는데 이제 이별하니 슬픔을 이기지 못하겠도다. 아무튼 몸을 보중하여 훗날 경사로 올라갈 적에 나를 보고 가소서."

소저가 눈물을 흘려 자리를 옮겨 두 번 절하고 말하였다.

"소첩이 길가에 떠도는 몸으로 대인의 거두심을 입사와 몇 년을 편히 머물다가 오늘 가부(家夫)를 만나 돌아가오니 은혜가 백골난망(白骨難忘)이옵니다. 슬하에서 지내던 대은(大恩)을 생각하니 슬픔을 이기지 못하겠나이다. 대인과 부인께서는 만수무강하소서."

처사가 슬피 탄식하고 노 씨는 눈물을 줄줄 흘리며 이별하니 소저가 또한 울며 하직하고 교자에 들었다.

이 학사가 소 처사와 이별하게 되니 처사가 말하였다.

"명공(明公)이 훗날 높은 수레와 네 마리 말로 경사로 돌아갈 것이니 그때 노부(老夫)를 보고 가기를 원하나이다."

학사가 웃으며 말하였다.

"말 한 마리에 아이 하나와 함께 금주로 돌아가 고기를 낚고 스스로 밭을 갈아 여생을 즐길 것입니다. 높은 수레에 네 마리 말이 아니라 도끼로 위협하더라도 제 본뜻은 못 고칠 것입니다. 훗날 임금의 은혜를 입어 고향으로 갈 때 이르러 뵙는 것이 무엇이 어렵겠나이까?"

처사가 웃으며 말하였다.

"명공(明公)의 마음이 아무리 굳어도 천명이 뚜렷하니 뜻대로 할 수가 없고 자연히 천명에 굴복할 형세가 될 것이오."

학사가 다만 웃고 부인과 함께 산동에 이르렀다. 그 고을 태수가 학사의 인물과 재주를 공경하여 십 리 밖에 나와 맞아 지극히 공손하게 대하고 큰 집을 치워 학사 부부를 거처하게 하였다. 그러나 학사가 고집을 지켜 사양하고 이튿날 점고(點考)[6]를 마친 후 성 밖으로 이십 리 떨어진, 인가(人家)가 드문 곳에 몇 칸 초가(草家)를 얻어 편히 머물렀다. 태수가 감히 청하여 자신이 원하는 대로 모시지 못하고 다만 자주 양식을 갖다 줄 따름이었다.

학사는 부인에게 안을 맡기고 자신은 몇 명의 창두와 함께 밖에 있으면서 밤낮으로 글 읽기에 힘썼다. 부인은 계화, 옥랑과 함께 베를 짜며 바느질하여 학사의 의건(衣巾)과 식사를 받들었다. 그러므로 학사가 비록 부인과 잠자리의 사랑은 없으나 부부의 도가 극진하여 허물없이 왕래하며 그 정이 십분 은근하였다. 그러나 숙소는 각각 하였으니 부인이 학사의 정대(正大)함에 항복하였으나 계화 등은 학사가 부인에게 정이 없는지 의심하였다.

늦여름이 되어 소저가 찬 기운을 쐬어 자리에 위독하게 누워 있게 되었다. 이에 학사가 근심하여 의약을 극진히 다스린 지 한 달 정도 되니 소저가 차도를 얻었으나 학사는 오히려 자리를 떠나지 않았다. 어느 날, 학사가 소저를 보니 옥 같은 얼굴에 구름 같은 머릿결이 어지러워 가벼이 날아갈 듯 꽃 같은 얼굴에 혈색이 없었다. 그 병이 쉽게 낫지 않음을 근심하여 나아가 앉아 소저의 맥을 보았다. 가는 손이 엉긴 기름 같아 피가 단사(丹沙)와 같았으니 학사가 한편으로는 웃고 한편으로는 탄식하며 말하였다.

"부인이 나이 이십을 먹었고 내가 또한 이십이라. 그런데 아직도

6) 점고(點考): 명부에 일일이 점을 찍어 가며 사람의 수를 조사함.

부인이 처녀처럼 있으니 부인이 생을 한하는가? 타향 객지에서 부부가 한 방에 모여 있으나 즐거움을 누리지 않는 것은 내가 어머니의 명을 기다려서이니 부인이 내 뜻을 거의 알 것이오."

소저가 학사의 은근한 거동을 보고 부끄러워 대답하지 못하였다.

이때 연왕이 이 학사의 계교로 제태 등의 의심을 방비하고 기쁨을 이기지 못하였다. 그런데 문득 들으니 학사가 멀리 귀양을 간다고 하니 크게 놀라 심복에게 배소(配所)를 탐지하게 하였다. 배소가 산동 낙안주라는 말을 듣고 이에 도연, 정현과 함께 의논하였다.

"이현이 이세 과인을 구한 쇠로 제 노모를 떠나 변방에 귀양 가니 이는 과인이 스스로 사람을 해친 것이다. 이제 세자를 보내어 묻고자 하노라."

정현이 말하였다.

"이현에게 물어볼 사람이 없어서 세자를 보내는 것입니까?"

"이현은 보통 사람이 아니다. 과인이 사모하는 뜻을 뵈어 훗날 신하로 삼으려 하노라."

도연이 말하였다.

"전하의 말씀이 마땅합니다."

왕이 바로 그날 세자 고치(高熾)[7]와 차자 고후(高煦)[8]를 보내 금

---

7) 고치(高熾): 후에 명나라의 제4대 황제(재위 1424~1425)인 홍희제(洪熙帝, 1378~1425)가 되는 주고치(朱高熾). 연왕(燕王)의 장자(長子).

8) 고후(高煦): 연왕(燕王)의 차자(次子)인 주고후(朱高煦, 1380~1426). 1399년 아버지인 연왕 주체가 정난의 변을 일으키자 선봉장으로서 이에 가담하며 큰 공을 세움. 이후 아버지가 황위에 오르자 1404년 한왕(漢王)의 작위를 받았으나 형인 주고치를 없애고 황태자에 오르려는 야심을 보임. 1424년에 영락제가 몽골 원정 도중 죽고 형 황태자 주고치가 황위에 올라 홍희제(洪熙帝)가 되었으나 1년 만에 사망하고 그 황태자 선덕제(宣德帝)가 황위에 오르자 북경을 공격하였으나 실패하고 잡혀 처형당함.

백을 이 학사에게 주고 서간을 써서 위로하려 하였다. 고치와 고후가 미복으로 산동에 달려가 학사가 머문 곳을 찾아서 학사 보기를 청하였다. 학사가 이들이 어떤 사람인 줄을 몰라 다만 자기를 보자고 한다는 말에 오도록 청하였다. 그들이 초당에 이르니 학사가 먼저 일렀다.

"죄인이 일찍 귀객(貴客)을 알지 못하니 어디에서 여기에 이르렀나이까?"

고치가 앞을 향하여 절하고 말하였다.

"나는 연왕의 장자 고치이고 이 사람은 제 어린 아우 고후입니다. 부왕이 명공(明公)의 계교 덕에 화(禍)에서 벗어나셨으나 명공은 도리어 벌 받음을 부끄러워하셔서 우리 두 사람을 보내 사례하시더이다."

학사가 매우 놀라 바삐 절하고 말하였다.

"죄인이 외딴 곳에서 바람서리에 상하여 소전하(小殿下)를 알아보지 못해 실례를 범했으니 용서하소서."

세자가 공손히 사례하며 말하였다.

"선생이 비록 총명하나 평일에 우리를 한 번도 본 적이 없으니 어찌 잘 알아보겠는가?

말을 마치고 주머니 속에서 서간을 내어 전하니 학사가 몸을 굽히고 공경하여 뜯어보았다.

'과인이 그대와 손을 나눈 후로 과인은 그대의 힘을 입어 환란을 면했으나 그대가 외로이 홀로 계신 어머니를 떠나 변방에 죄인이 될 줄을 뜻하였으리오? 옛사람이 이른바 백인(伯仁)이 나 때문에 죽었다9)고 한 것이 바로 과인을 이른 것이네. 과인 때문에 그대가 죄를 입었으니 놀라움과 부끄러움을 이기지 못하노라. 그대는 몸을 보중하여 훗날에 하늘의 해를 보기를 기약하라. 과인이 마땅히 친히 가서 그대의 낯을 보고 사례하려 하였으나 이목(耳目)이 번다하므로 능히 나의 그대 믿는 마음을 직접 보이지 못하였네. 다만 오로지 그대를 염려하는 마음을 지울 수 없어 어린 두 자식을 과인의 몸 대신 보내니 그대는 살피라. 지금 천 냥이 소소하나 귀양살이의 고초에 보태도록 하라.'

학사가 다 보고 세자를 향하여 공손하게 사례하며 말하였다.

"소생이 무슨 공이 있어서 대왕이 금지옥엽을 천 리 밖에 보내셔서 물어보시나이까? 저빈에 작은 계교를 드렸는데 지금까지 정성껏 사례하시니 생의 뜻이 아닙니다. 불평한 마음을 이기지 못하겠나이다."

세자가 말하였다.

"부왕께서 말씀하시기를, 선생이 옥중에 계실 때 자기에게 중풍 걸린 사람처럼 하라고 이른 계교를 발설하지 않았고, 계교로써 부왕의 몸을 환란에서 벗어나게 하셨으니 은혜가 더욱 깊다 하시며 약간의 금백으로 사례하시더이다."

학사가 웃으며 말하였다.

"죄인이 설사 아둔하나 대왕에게 계교를 가르쳐 놓고 또 그 일을 누설하여 죄를 면하려 하겠나이까? 제태와 황자징 두 사람의 일도 개인적인 일이 아니요, 대왕도 태조 황제의 아드님으로서 화를 면하

---

9) 백인(伯仁)이-죽었다: 다른 사람이 화를 입게 된 원인이 자기에게 있음을 한탄하는 말. 진(晉)나라의 왕도(王導)가 억울하게 옥에 갇혔을 때 백인이 누명을 벗겨 주었지만 왕도는 이를 몰랐음. 이후에 백인이 옥에 갇히게 되었으나 왕도가 그를 구할 수 있었음에도 불구하고 구하지 않아 백인이 왕도의 종형(從兄)인 왕돈(王敦)에 의해 처형당함. 나중에 이를 안 왕도가 백인을 구하지 못한 자신의 어리석음을 자책하며 이러한 말을 함.

려고 하신 일이니 모두 그릇된 것이 아닙니다. 죄인이 작은 계교를 연대왕께 가르쳐 드렸으나 지금 황제는 태조 황제를 이으신 임금이니 옛 신하를 죄 주기를 원하겠습니까? 죄인이 뒷동산의 오동잎을 받아먹어도 결단코 연대왕의 금백 냥은 안 받을 것이니 소전하는 빨리 돌아가 대왕께 윗사람을 범하지 마시라 전하소서"

세자가 답하려고 하였는데 왕자 고후가 문득 일렀다.

"선생은 우스운 말을 말라. 지금 건문제(建文帝)[10]가 어둡고 약해 부왕이 정난(靖難)[11]을 일으키려 하신 것이니 선생 말씀이 무익하나이다."

학사가 낯빛을 바꾸고 말하였다.

"이는 진정으로 한 말이니 신하가 되어 법을 범하는 것이 어찌 죄가 아닙니까?"

세자가 바삐 고후를 꾸짖고 사례하였다.

"어린 아이의 말에 선생은 노하지 말라."

학사가 세자의 용모가 온화하고 말씀을 법도에 맞게 함을 보고 눈을 들어 자세히 보았다. 모습이 단엄하고 몸이 시원스레 생겨 용 같은 눈과 봉황의 눈썹이 훗날 태평천자가 될 기상이 있었다. 학사가 크게 놀라서 마음속으로 탄식하였다.

'천명이 벌써 정해졌도다.'

곧이어 고후를 보니 나이 열두 살이나 몸이 크고 눈이 모질고 모습이 흉해 훗날 좋지 않게 죽을 거동이었다. 세자는 열네 살이었다.

---

10) 건문제(建文帝): 명나라 제2대 황제로, 태조의 손자이며 연왕의 조카.

11) 정난(靖難): 원래 나라의 어지러움을 진정시켜 평안하게 한다는 뜻으로, 고후가 말하는 바는 건문제가 다스리는 나라가 어지러운 상태에 있으니 연왕이 나서서 나라를 평안하게 하겠다는 의미임.

학사가 다만 탄식하고 저녁을 갖추어 두 왕자를 대접하고 밤을 함께 지냈다. 학사가 밤이 새도록 세자와 함께 말하고 고후는 잠들어 코 고는 소리가 우레 같았다.

학사가 세자의 말과 행동이 예를 좋게 여기는 것을 마음속으로 사랑하고 기특히 여겨 손을 잡고 말하였다.

"소생이 소전하의 인물을 사랑하고 공경하나 훗날 모이기는 쉽지 않을 것입니다. 연대왕이 끝내 뜻을 이루고 그칠 것이니 소생을 아무리 핍박해도 다시 나아가기가 어렵습니다. 오늘이 평생 다시 있기 어려운 때라 말씀드리오니 소진하는 다만 어질기를 힘쓰소서."

세자가 두려운 빛으로 사례할 뿐이었다.

새벽에 세자가 돌아가려 하니 학사가 손을 잡고 재삼 연연해 하다가 손을 놓았다. 세자가 길을 재촉해 연북에 이르러 왕을 뵙고 이현의 서간을 올리니 서간의 내용은 다음과 같다.

'제가 대왕의 행차를 이별하고 산천이 가리고 길이 멀어 대왕을 매우 염려하며 잊지 못하고 지냈습니다. 그런데 제가 하루아침에 죄를 얻어 이역만리 변방에 귀양 갔으니 쇠잔한 목숨을 보전한 것도 나라의 은혜라 어찌 싫어하겠습니까? 대왕이 천 리 밖에 계시지만 믿음을 간직하시어 한 편의 글월로 소생을 위로하시고 두 귀공자를 보내시어 비루한 사람을 찾아 주시니 이 은혜는 생전에 갚기 어려울 것이옵니다. 소생이 대왕의 두터운 정을 모르는 바는 아니나 일 천 냥 금은 감히 받지 못하겠나이다. 소생을 핍박하지 마시고 대왕을 공경하지 않는다고 괴이하게 여기지 마소서.'

왕이 다 보고 묵묵히 있다가 물었다.

"이현이 훗날 핍박하지 말라고 한 것이 무슨 뜻인고?"

도연이 말하였다.

"반드시 대왕이 천하를 얻으셔도 자기를 핍박해 벼슬을 시키지 말라는 뜻이옵니다."

세자가 이에 전후수말을 고하니 왕이 웃으며 말하였다.

"이현이 이와 같으니 과인이 더욱 중요하게 여기는 것이다. 어떻게 해야 이현을 굴복시킬 수 있을꼬?"

도연이 잠시 생각하다가 말하였다.

"이현이 구태여 건문(建文) 황제의 신하가 아니거늘 괴이하고 독한 고집을 내었으니 마땅히 계교를 써서 속일 수 있을 뿐 다른 방법이 없나이다. 들으니 이현의 어미가 홀로 금주에 있다고 하니 이리이리 계교를 써서 그 마음을 굴복시키옵소서."

왕이 크게 기뻐해 그렇게 하라 하니 도연이 즉시 계교를 행하였다.

한편, 진 부인이 금주에 있으면서 아들을 이별하고 심사를 둘 데가 없어 밤낮 울기만 했다. 서너 달이 지난 후, 하루는 한 사내종이 낙안주에서 왔다 하고 한 봉의 서간을 올렸다. 부인이 바삐 뜯어보니 학사가 만 리 먼 길에 무사히 도달했다는 사연과 유 씨 만난 사연을 고한 것이었다. 또 유 씨 서찰이 함께 있으니 부인이 놀라워하고 기뻐하면서 유 씨 보지 못함을 슬퍼하며 서간을 붙들고 오열함을 이기지 못하였다. 부인이 비록 아들과 이별해 마음이 슬펐으나 심지가 대해(大海)와 같이 넓어서 슬픔을 억지로 참고 집안을 법도로 다스렸다.

세월이 흐르는 물과 같아서 한 해가 다하고 새해가 되었다. 연왕이 군대를 일으켜 대국의 지경을 침범하고 유언비어를 지어 이현이 연왕을 도와서 기병했다고 퍼트렸다. 제 각로와 황 승상이 그 소문을 듣고 대로하여 학사를 잡으려 하였으나 연국의 군대가 지경을 싸고 있어 산동에 갈 길이 없었다. 이에 관리를 내어 학사의 구족(九

族)과 진 부인을 잡으라 하니 무수한 나졸이 금주 한 고을을 포위하고 이씨의 족친을 다 잡았다. 금주의 태수가 따라 이르러 부인을 잡아 죄인의 복색을 입혀 함거(檻車)에 가두었다. 온 집안사람들의 울음소리가 하늘을 흔들고 진 부인이 자식을 다시 보지 못하고 죽을 곳에 빠지니 슬픔과 두려움이 끝이 없어 다만 하늘을 우러러 자신의 운명을 탄식할 뿐이었다. 한 몸이 쇠사슬에 묶여 괴로움과 욕됨이 끝이 없으니 한시라도 견디지 못할 것 같았다. 부인이 도리어 죽기를 영화롭게 여겨 물 한 방울을 먹지 않고 사오 일을 갔다.

선화역에 이르니 수천 군마(軍馬)가 진을 베풀었는데 한 내장이 칼을 안고 외쳤다.

"너희가 어떤 이유로 간신의 뜻을 받아 죄 없는 사람을 죽이려고 하는가?"

모든 사신과 진 부인을 데리고 가던 사람들이 보니 말소리와 옷차림이 연국의 군인인 줄을 알고 일시에 함거(檻車)를 버리고 흩어졌다. 그 장수가 말에서 내려 이씨 집안사람들의 묶인 것을 풀고 옷을 입혀 말에 태우고 이어서 두어 명의 여종이 나와 부인을 모셔 덩에 들였다. 부인이 놀라서 물었다.

"너희가 어떤 사람인데 우리를 구하는가?"

여자가 대답하였다.

"우리는 연왕 전하가 부리신 사람들입니다. 특별히 부인을 모시고 연북에 돌아가 평안히 부귀를 누리시게 하려 하나이다."

"연왕 전하가 구해 주신 은혜는 감격스러우나 노신(老臣)은 천한 사람이니 비록 죽은들 연땅에 가리오?"

모두 대답하지 않고 길을 나서 연북에 이르렀다.

왕이 성 안의 큰 집을 깨끗이 정돈한 후 종을 시켜 옷차림새를 돕게 하고 무수한 시첩(侍妾)과 유모를 시켜 곁에서 모시게 하였다. 그러나 부인이 사양하며 말하였다.

"첩은 조정에 죄를 얻은 몸입니다. 비록 전하의 은혜를 입어 재생(再生)하였으나 의관을 화려하게 하는 것은 마땅하지 않습니다."

왕이 모자(母子)의 뜻이 이와 같음을 더욱 칭찬하여 서후에게 계교를 알려 주었다. 이에 서후가 달이 비추는 밤에 진 부인에게 미복(微服)으로 이르렀다. 진 부인이 서후의 행동거지가 예사 사람과 다른 것을 의심하고 공경하여 맞이해 사는 곳을 물었다. 서후가 옷깃을 여미고 자리를 떠나 말하였다.

"과인은 다른 이가 아니고 연왕의 비 서 씨입니다. 부인의 큰 절의를 듣고 특별히 이르러 청할 말이 있으니 부인이 용납하겠나이까?"

부인이 공경하여 자리를 옮겨 대답하였다.

"첩은 목숨이 없어질 죄수로 한 목숨이 칼끝에서 마칠 뻔했는데 귀국(貴國) 대왕의 은혜를 입어 재생하였으니 반드시 결초보은(結草報恩)할 것입니다. 존후(尊后)께서 무슨 말을 첩에게 청하시려 하십니까? 듣기를 원하나이다."

서후가 다시 옷깃을 여미고 말하였다.

"다른 일이 아닙니다. 영랑(令郞) 이 학사가 일찍이 건문(建文) 황제의 녹을 먹지 않았으니 고집하여 절개를 지킬 것이 없습니다. 우리 대왕이 천명을 받아 천하의 강산을 안정시키려 하니 훗날 학사가 복종하지 않으면 부인이 학사를 권유해 연국 조정의 신하가 되게 하소서."

부인이 말을 다 듣고 안색을 고치고 공손하게 말하였다.

"존후의 말씀을 들으니 놀라움을 이기지 못하겠나이다. 자고로 신하가 임금을 치는 것은 그르고, 선비가 벼슬을 안 해도 그 나라의 신하입니다. 불초한 자식이 선조(先朝)[12] 때 과거에 급제하여 나라의 은혜가 크고 새 황제가 선조를 이으셨으니 새 황제도 불초한 자식의 임금입니다. 비록 몸이 죽은들 뜻을 고칠 수 있겠나이까?"

서후가 웃고 말하였다.

"하늘이 주신 것을 받지 않으면 도리어 재앙을 받는다고 하였습니다. 대왕과 학사가 다 천명을 받았으니 거슬러도 할 수 없고 모든 일에 경도(經道)[13]와 권도(權道)[14]가 없지 않습니다. 이 학사가 일찍이 긴문 황제에게 은혜를 빈 적이 없고 애매하게 죄를 입어 귀양 갔으니 어찌 군신의 의리가 있겠습니까? 원컨대 부인은 허락하시어 과인이 이처럼 나왔던 보람이 있게 하소서."

부인은 또한 신명한 사람이었다. 연왕이 천명 받은 것을 어찌 모르겠는가. 오늘 서후의 외모에 태평 국모(國母)의 모습이 있으니 하늘의 뜻을 거스르는 것이 무익함을 알고 이에 사례하였다.

"첩이 칼끝에서 남은 인생으로서 전하의 은혜를 입어 살았고 불초자 현이 어려서부터 대왕의 지극한 대우를 받았습니다. 첩이 당당히 권유하려니와 자식이 평소에 고집이 세니 약한 어미의 말을 들을지는 믿지 못하겠나이다."

서후가 기뻐 사례하였다.

"학사는 효자라 어찌 부인의 말씀을 거스르겠습니까?"

하직하고 궁에 돌아와 왕에게 수말을 고하니 왕이 기뻐 말하였다.

"이현은 효성이 지극하니 반드시 제 어미의 말을 들을 것이다."

---

12) 선조(先朝): 앞 시기의 조정. 여기에서는 태조(太祖) 시기를 가리킴.
13) 경도(經道): 불변하는 도.
14) 권도(權道): 상황에 따라 융통가능한 도.

그러고는 택일해 군대를 일으켜 정난병(靖難兵)이라 하고 대군을 몰아 남경을 쳤다. 그 기세가 우레 같아서 한 명도 당해 낼 사람이 없었다. 건문이 할 수 없이 삭발하고 도주하였으나 정전(正殿)에 불이 붙었으니 연국에서는 건문이 불에 타 죽은 것으로 알았다.

연왕이 황제에 즉위하고 원년의 연호를 영락(永樂)이라 하고 천하에 반사(頒赦)[15]하였다. 이때 제태 등은 형세가 위급함을 보고 절개를 지키기 위해 자결하니 연왕이 그 구족(九族)을 멸한 후 행차를 거느려 북경으로 돌아왔다. 궁궐을 고치고 군신의 진하(進賀)를 받고 서후를 책봉하여 황후로 삼고 고치를 태자에 봉하였다. 고후는 전에 산동에 갔을 적에 산동이 땅이 넓고 산천이 좋은 것을 보고 자원하여 대국의 한왕이 되어 산동 낙안주에 도읍을 정하였다. 영락제는 임홍을 정난공신에 봉해 우승상을 시키고 정현을 좌승상에 임명하고 도연을 태자소부 연국공에 봉하였다. 또 특지(特旨)[16]로 이현을 태자태사 충문공에 봉해 역마(驛馬)로 오게 하고 태학사 해진에게 절월(節鉞)[17]을 주어 산동에 가 명령을 전달하도록 하였다.

이때 이 학사는 적소(謫所)에서 평안이 지냈으나 밤낮으로 모친을 잊지 못해 그리워하는 회포가 간절하였다. 하루는 들으니 자기 모친과 친족이 반역 혐의로 잡혀서 경사로 간다는 것이었다. 학사가 크게 놀라 가슴 아파해 남녘을 바라보며 통곡하고 모친의 사생을 몰라 식음을 전폐하고 밤낮 호곡(號哭)하니 모습이 거의 해골처럼 되었다. 유 씨가 또한 시어머니의 사생을 몰라 초조하니 부부의 목숨이 위태

---

15) 반사(頒赦): 반사. 경사가 있을 때 나라에서 죄인들을 용서하여 주던 일.
16) 특지(特旨): 임금의 특별한 명령.
17) 절월(節鉞): 절부월(節斧鉞). 관리가 지방에 부임할 때에 임금이 내어 주던 물건. 절은 수기(手旗)와 같이 만들고 부월은 도끼와 같이 만든 것으로, 군령을 어긴 자에 대한 생살권(生殺權)을 상징함.

로울 정도였다. 오래지 않아 연왕이 남경을 쳐 황제 자리에 나아감
을 듣고 벽을 치며 말하였다.

"내가 지금 이후로 충신이 못 되리라."

좌우의 사람들은 그 말뜻을 몰랐다.

며칠 후에 태학사가 절월(節鉞)과 인수(印綬)[18]를 갖고 이르렀다.
깃발이 해를 가리고 행렬이 초목을 덮었으나 학사가 전혀 요동하지
않았다. 해진이 명첩(名帖)[19]을 전하니 학사가 전달해 말했다.

"죄인이 외딴 곳 비바람에 병이 들어 자리에서 위독하므로 감히
보지 못하니 어서 돌아가소서."

태학사가 정성스레 대답하였다.

"학생이 황제의 명령을 받아 선생을 부르시는 절월을 받들어 이
르렀나이다."

학사가 대답하지 않고 문을 안으로 잠그고 밖으로 나가지 않았다.
해진이 할 수 없이 즉시 길을 재촉하여 북경에 이르러 황제께 아뢰
었다. 황제가 우려하여 연국공 도연을 시켜 역마를 타고 가 부드럽
게 타이르라 하였다. 도연이 즉시 산동에 이르러 이름을 밝히니 학
사가 기뻐하지 않으며 말하였다.

"나는 공자를 배운 사람이니 어찌 산야의 요사스러운 중을 볼 까
닭이 있겠는가?"

도연이 잠깐 웃고 다시 청하였다.

"소승(小僧)이 황명을 받아 명공(明公)을 개유(開諭)하러 이르렀으
니 감히 스스로 뵙기를 청하는 것이 아닙니다."

학사가 들었으나 듣지 않은 것처럼 하니 동자가 나가 이대로 전하

---

18) 인수(印綬): 인(印)과 인끈. 벼슬아치로 임명되어 임금으로부터 받는 표장(標章).
19) 명첩(名帖): 명함.

였다. 도연이 할 수 없이 걸어 들어가 방문을 열고 절하였다. 학사가 조용히 정좌(定座)하여 요동치 않고 있었다. 도연이 그 얼굴을 보니 가을 하늘 같은 안색에 엄숙한 빛을 띠고 정색하고 조용히 있으니 진실로 들이밀어 말 붙이기가 서먹하였다. 도연이 일찍부터 천자를 대했어도 굴복하지 않았는데 오늘 학사를 대하니 심장이 오그라들고 말을 하려 해도 혀가 돕지 않았다. 몸을 굽히고 오래 있다가 자리를 피해 말하였다.

"소승이 황명을 받아 어른을 청하러 이르렀으니 받아들여 주시기를 바라나이다."

학사가 두 눈을 낮추고 못 보는 사람처럼 있으니 도연이 감히 다시 말을 못 하고 물러나 밖에서 기다렸다. 도연이 날마다 들어와 청하였으나 학사가 입을 봉하여 대답하지 않으니 도연이 할 수 없이 이에 하직하고 경사로 돌아갔다. 그리고 황제에게 학사가 끝내 한마디 말을 하지 않았음을 고하였다.

황제가 할 수 없이 가까이 모시는 신하를 시켜 진 부인에게 학사를 개유하라고 전하니 진 부인이 이에 글월을 써 사신에게 맡겨 학사를 주라 하였다. 임금이 추밀사 정연을 보내 이현을 개유하여 마음을 돌이키도록 하라고 하니 정 추밀이 밤낮없이 길을 가 학사 처소에 이르렀다. 그러나 학사는 전과 같이 못 듣는 사람같이 전혀 움직이지 않았다. 이에 추밀이 바로 친히 방 안에 들어가 공손히 예를 갖추었다. 학사가 비록 마음을 허락하지 않으려 하였으나 정연이 조정 대신으로서 얼굴이 가을 달 같고 예를 갖춘 모습이 진중하였으니 산승(山僧)과 같이 대접을 할 사람은 아니었다. 억지로 참아 답례하고 기색이 씩씩하니 추밀이 그 모습이 비범하여 정자(程子)와 주자(朱子)20)의 정맥(精脈)을 이었음을 보았다. 감탄과 공경을 이기지 못해 낯빛을 고치고 몸을 굽혀 말하였다.

"학생이 교지(敎旨)를 받들어 명공(明公)을 청하러 왔으니 명공은 당돌함을 용서하소서."

학사가 대답하지 않고 변함없이 정좌해 있으니 정 공이 다시 공손하게 말하였다.

"명공이 비록 백이(伯夷)와 숙제(叔齊)21)의 절개를 사모하여 이렇듯 하나 그 도(道)가 다릅니다. 명공은 건문(建文) 황제에게 은혜를 받아 벼슬한 적이 없으니 황제의 명령을 순순히 따르는 것이 옳지 않음이 없습니다. 무슨 까닭으로 한마디를 하지 않고 여러 번 사신이 이르되 거만함이 심하십니까? 새 황제가 천명을 받아 천하 강산을 맑게 하셨으니 또한 그른 일이 아니거늘 명공이 한갓 생각을 잘못하십니까? 하물며 영당(令堂) 태부인을 구하신 은혜를 생각한다면 이처럼 고집할 수 있겠습니까? 학생의 말을 곧이듣지 않으신다면 영 태부인 서간이 여기에 있나이다."

말을 마치고 서간을 받들어 전하니 학사가 모친 서간이라는 말을 듣고는 놀라 경황이 없고 미우(眉宇)22)에 슬픔이 어려 봉황 같은 눈에서 눈물이 떨어졌다. 바삐 받아 공손히 서간을 뜯어서 보았다.

'늙은 어미가 너를 이별한 후 외로운 목숨이 겨우 부지하여 지내더니 액운이 심해 조정이 이씨 구족과 나를 역모죄로 함거(檻車)에

---

20) 정자(程子)와 주자(朱子): 정자는 중국 북송 중기의 유학자인 정호(程顥)와 정이(程頤) 형제를 높여 부른 말이고, 주자는 남송의 유학자인 주희(朱熹)를 높여 부른 말임. 정자는 신유학의 기초를 닦은 인물들이고, 주자는 신유학을 완성한 인물로 평가받음.

21) 백이(ㄴ伯夷)와 숙제(叔齊): 중국 고대 은나라의 은자. 제후인 주나라 무왕이 천자인 은나라 주왕을 치려고 하자 이를 말리다가 무왕이 듣지 않으니 수양산에 가 고사리만 먹다가 죽음.

22) 미우(眉宇): 이마의 눈썹 근처.

넣어 경사로 가게 되어 한 목숨이 칼끝에 마칠 뻔했다. 연왕 전하께서 하늘 같으신 큰 은덕을 베풀어 중도에 사람을 보내어 구하셨으니 그 은혜를 갚을 길이 없구나. 내 아이가 비록 신하의 절개를 사모하나 그 도(道)가 다르고 만난 것이 다르니 네가 건문(建文)을 위해 고집스럽게 절개를 지키고 황제의 명령을 거역함이 옳지 않으니라. 내 아이는 어미 살린 은혜를 생각하거든 어서 조정에 나와 천명을 순순히 따르라.'

학사가 다 보고서 만 줄기 눈물이 옷깃을 적시고 기운이 막혔다. 정 추밀이 놀라서 붙들어 구호하니 학사가 한참 후에야 정신을 차려 북쪽을 바라보고 슬피 울며 말하였다.

"제가 또한 모르는 것이 아니로되, 다만 마음속에 회포가 있어 조정에 나아가지 못하고 입을 다물고 있었던 것입니다. 어머니의 명령이 이와 같으시니 제가 어찌 중도(中道)23)를 생각하지 않겠습니까?"

드디어 추밀을 향해 손을 들고 사례하였다.

"죄인이 편친을 떠난 지 삼 년 동안 전할 길이 끊겨 어머님의 소식을 자주 듣지 못했습니다. 풍문에 잡혀 가셨음을 듣고 다시 기별을 모르니 심장이 사그라져 재가 될 뿐이었습니다. 이제 명공이 수고로이 서찰로 안부를 전하시니 이 은혜는 삼생(三生)에 다 갚기 어렵나이다."

추밀이 사양하며 말하였다.

"성상(聖上)께서 영태부인을 힘을 다해 구하여 영태부인이 세월을 편히 지내시게 하셨습니다. 학생은 서간을 맡아 왔을 뿐이니 어찌

---

23) 중도(中道): 여기서는 권도(權道)와 유사한 의미로 쓰임. 권도는 융통성을 발휘하는 것.

칭찬을 받겠습니까? 만일 성상이 아니셨다면 영태부인이 목숨을 보전하지 못하셨을 것이니 그 은혜를 어떻게 하려 하십니까?"

학사가 사례하였다.

"죽을 때까지 마음에 새겨 황제께서 오래 사시도록 축원할 따름입니다."

추밀이 말하였다.

"명공이 일찍이 건문을 섬기지 않았으니 무슨 연고로 고집을 하십니까? 성상께서 공을 바라시는 마음이 끼니까지 잊을 정도이신데, 선생민이 홀로 살피는 것이 없습니까?"

학사가 잠자코 대답하지 않으니 추밀이 다시 개유하였다.

"명공은 사리(事理)에 달통한 어진 선비입니다. 어찌 괴이하게 고집함이 이렇듯 합니까? 당초에 지기(知己)하는 인군으로 일러도 이처럼 못할 것이요, 영당을 구한 은혜를 생각해도 고집하지 못할 것이요, 천명을 보아도 거스를 수 없을 것입니다."

학사가 말없이 오래 있다가 슬픈 빛으로 말하였다.

"학생이 진실로 재주가 없고 덕이 없어 임금을 모실 역량이 없으니 노모를 모시고 고향에 돌아가 일생을 지낼 것입니다. 그러니 성스러운 임금의 부르심을 감당하지 못하겠습니다."

추밀이 태연자약하게 웃고 말하였다.

"선생 말씀도 옳거니와 홀로 치우친 고집을 지키는 것이 큰 뜻은 아닙니다. 선생은 다른 일은 의논하지 말고 영부인 구한 은혜를 생각하소서."

학사가 안색을 씩씩하게 하고 말하였다.

"적시에 할 일을 아는 자가 준걸(俊傑)이라 함은 옛 사람의 말씀입니다. 이제 새 황제가 즉위하여 살육이 매우 심해 제태, 황자징 등의 충신이 절개를 위해 자결하였으니 이는 다 그 임금을 위한 것입니다. 그러한데, 성상(聖上)께서는 예전의 원한을 품고 그들의 구족을 다 잡아 죽이셨으니 이는 임금이 지닐 큰 도량이 아닙니다. 이러하고서 천하가 어찌 다스려지겠습니까? 학생이 이러므로 어지러운 세상에 나가지 않으려 한 것입니다. 성상이 미미한 신의 어리석음을 알지 못하시고 여러 번 초려(草廬)에 와 부르시고 노모를 구하신 은혜는 갚기 어렵습니다. 충효는 한가지니 어찌 은혜를 갚으려 하지 않겠습니까? 다만 성상께 한 번 뵙는 것은 마지못하려니와 봉작(封爵)은 결단코 받지 못하겠습니다."

말을 마치고 비분강개하여 불쾌한 낯빛을 하니 추밀이 탄식하고 말하였다.

"선생은 성인이니 우리가 바라볼 바가 아닙니다. 그러나 성상(聖上)이 여러 번 부르셨으니 거절하는 것은 신하의 도리로서 옳지 않습니다. 절월(節鉞)을 거느려 행하시는 것이 어떠합니까?"

학사가 탄식하였다.

"비천한 몸이 하루아침에 귀하게 됨을 감당하지 못하겠습니다. 선생이 먼저 올라가시면 필마(匹馬)로 가서 황제의 은혜에 감사드리고 사직(辭職)을 청할 것입니다."

정 공이 크게 기뻐하여 재삼 치사하고 경사로 갔다.

학사가 애초에 가졌던 굳은 뜻은 연경을 밟지 않으려 한 것이었다. 그런데 연왕이 모친을 죽을 곳에서 구해 낸 것을 감사하게 여기고 또 천명이 연왕에게서 자기를 벗어나지 못하게 함에 있으니 마침내 자기 뜻대로 하지 못할 것임을 알았다. 그래서 잠깐 마음을 돌이켜 부인과 함께 행장(行裝)을 차려 경사로 향했다.

도중에 동경에 이르러 소 처사를 보니 처사가 크게 반기고 부인과 함께 잔을 들어 치하하니 학사가 말하였다.

"소생이 끝내 북경을 보지 않으려 했는데 성상께서 노모를 죽을 곳에서 건져 내시니 큰 은혜가 끝이 없습니다. 그러니 어찌 은혜 갚을 바를 생각하지 않을 수 있겠습니까?"

처사가 웃으며 말하였다.

"옛날 명공(明公)이 내 말을 믿지 않았지만 천도(天道)가 자연 그러한 것이오."

이날 묵고 다음 날 길을 떠나게 되니 서로 연연해 하는 정이 새로웠다. 치사가 위로하였다.

"노인(老人)은 서산에 지는 해 같으니 다시 보기를 믿지 못하겠소. 내 자식 문이 훗날 조정에 쓰일 것이니 불쌍히 여기소서."

학사가 위로하고 손을 나누었다.

유 부인이 전 날 밤에 손에 꼈던 자금팔찌 한 짝을 잃으니 홀연히 심사가 울적하나 가는 길이 바빠 두루 찾지 못하고 길에 올랐다. 그래서 자못 즐거운 기분이 나지 않았다. 그 날 밤에 여관에 들러 머물 때 유 처사가 이르러 말하였다.

"너는 팔찌 한 짝 잃은 것을 근심하지 마라. 네 손자에 이르러 두 팔찌가 한 데 합하리라."

부인이 놀라서 깨달아 꿈의 일을 기록하고 훗날을 보려고 다시는 일컫지 않았다.

원래 부인이 소 처사 집에서 잘 때 우연히 한 짝이 빠진 것이니 소씨 집안의 시녀 운아가 자리를 걷다가 팔찌를 거두어 가졌다. 이날 소 처사가 꿈을 꾸니 유 처사가 운관무의(雲冠霧衣)[24]로 앞에 이

---

24) 운관무의(雲冠霧衣): '운관'은 모자와 같은 모양을 본떠 덮개가 위쪽에 있는 관을

르러 인사하고 말하였다.

"이별 뒤에 편히 지내고 있는가? 내가 여기에 이른 것은 한 마디 말을 하려고 함이네. 훗날 영랑(令郞) 문이 귀한 딸을 낳을 것이요, 내 딸의 손자 중에서 그 딸의 배필이 날 것이네. 이제 내 딸의 팔찌 한 짝이 그대 집 시녀의 손에 들어 있으니 찾아서 보관했다가 훗날 두 팔찌가 합쳐지게 하라"

말을 마치고 간 곳이 없었다. 처사가 깨어 괴이하게 여겼다. 다음 날 새벽에 모든 종을 불러 팔찌를 얻었는지를 물으니 운아가 받들어 드렸다. 처사가 꿈이 맞음을 속으로 기뻐하여 운아에게 상을 많이 주고 드디어 금천(金釧)을 단단히 싸고 꿈을 기록해 감춰 두었다.

후에, 충문공의 장자(長子) 승상 이관성의 차자(次子) 몽창 공자가 소문의 딸 월혜 소저와 기특히 만나 두 팔찌가 합하게 된다.

한편, 이 학사는 유 부인과 함께 길을 재촉하여 북경에 이르렀다. 집에 들어가니 진 부인이 맨발로 문에 나와 모자(母子)가 서로 붙들고 한바탕 통곡하였다. 부인이 유 씨를 나아오게 해 손을 잡고 우는 눈물이 강물 같으니 학사가 위로하였다.

"지난 슬픔은 일러 부질없고 제가 고생을 겪었으나 무사히 모였으니 어찌 과도하게 슬퍼하시나이까?"

부인이 눈물을 거두고 탄식하였다.

"서로 쉬운 환난을 지내고 모였으면 이처럼 아니할 것이다. 남녘 한 끝에서 너를 생각해 생전에 다시 만날 기약이 없을까 서러워하다가 뜻하지 않게 고을 사신이 달려들었느니라. 노모를 철사로 동여매

가리키고, '무의'는 가볍고 부드러우며 나부끼는 아름다운 옷을 가리킴. 곧 선관이 쓰는 관과 옷임.

고 함거에 가둬 풍우(風雨)같이 갈 적에 내 죽은들 무엇이 서러웠겠느냐? 다만 생전에 네 낯을 보지 못하고 죽을까 간장(肝腸)이 일시에 다 스러졌었다. 만일 성상(聖上)의 큰 덕이 아니었으면 오늘 너를 보았겠느냐? 이 때문에 마음이 새로이 슬퍼지는구나."

학사가 비록 연왕이 모친 구한 은혜에 감동했으나 그 사이 곡절은 모르고 있었다. 그러다가 모친 말씀을 들으니 그때 모친이 겪은바 천지가 어두워지는 환란을 생각하니 지금 그 일을 당한 듯 뼈가 쓰리고 넋이 놀랐다. 학사는 황제의 은혜는 스스로 몸을 빻아도 다 갚지 못할 것으로 일고 눈물을 흘리고 말하였다.

"소자는 끝까지 벼슬에 나갈 뜻이 없었습니다. 그러나 만일 황상(皇上)이 아니셨으면 소자가 오늘 다시 모친을 뵈옵기 어려웠을 것입니다. 이러므로 본래의 뜻을 지키지 못함을 탄식하나이다."

부인이 위로하였다.

"지금 황제는 또한 태조의 친자식이니라. 태조께서 이미 연왕이 천명을 받을 줄을 아시고 황제의 아들 중에서 깊이 사랑하셨다. 마음을 다해 지금 황제를 섬기는 것이 태조의 은혜를 갚는 길이니 내 아이는 편협하게 생각지 말거라."

학사가 길이 슬퍼할 따름이었다.

부인이 유 씨의 손을 잡고 머리를 쓰다듬어 눈물을 흘려 말하였다.

"노모가 너를 이별한 후로 한때도 너의 맑은 자태와 화려한 얼굴을 잊지 못하였다. 네가 몸을 버려 노모를 구한 은혜는 지하에 가 풀을 맺을 것이로다. 이제 무사히 모였으니 노모가 죽어도 여한이 없구나."

소저가 슬피 울며 말하였다.

"소첩이 팔자가 무상하고 액운이 심하여 한 몸이 함정에 빠져 규방의 몸이 길가에서 분주하게 다녔습니다. 천신만고를 겪고 오늘 어머님을 뵈오나 시아버님 자취가 아득하시니 슬픔을 이기지 못하겠나이다."

부인이 눈물을 흘려 말하였다.

"이것이 다 노모의 팔자가 드세고 죄가 중한 탓이니 누구를 한하겠느냐?"

학사가 안색을 온화하게 하고 위로하였다. 모여서 지나온 말을 하니 새로이 슬퍼함을 이기지 못하였다.

이때 황제가 추밀사 정연의 아룀으로 이 학사가 상경했음을 알고 기뻐하였다. 학사가 한 말을 듣고 탄식하며 말하였다.

"짐이 진실로 한때의 분노 때문에 살육을 심하게 하였으나 백관 중에서 하나도 충고하는 사람이 없었다. 그런데 이현이 벌써 짐의 허물을 이르니 짐이 진실로 이윤(伊尹)25)과 여상(呂尙)26)의 무리를 얻었도다."

즉시 자신전 학사 양사기에게 전지(傳旨)를 주어 학사를 불러오게 하니 학사가 이에 관복을 벗고 대궐 아래에서 죄를 기다리며 표를 올렸다.

'미천한 신이 충성스럽지 못한 비루한 자질로서 태조 황제의 간선 (間選)하시는 데 참여해 높이 장원에 뽑혔습니다. 한 몸의 영화와 두

---

25) 이윤(伊尹): 중국 은나라의 재상. 신(莘)의 들에서 밭 갈고 있다가 탕(湯)임금이 세 번 찾아가 초빙해 벼슬하게 됨. 탕을 도와 하(夏)나라의 걸왕을 내쫓고 탕이 천자 가 되도록 함.

26) 여상(呂尙): 중국 고대 주(周)나라 정치가. 본명은 강상(姜尙). 일명 강태공(姜太 公). 태공망(太公望). 위수(渭水)에서 낚시를 하던 중, 훗날 주(周)나라 문왕(文王) 이 되는 희창의 방문을 받아 등용됨. 무왕(武王)을 도와 은(殷)나라 주왕(紂王)을 멸망시켜 천하를 평정하였으며, 그 공으로 제(齊)나라에 봉함을 받아 그 시조가 됨.

터운 복록이 오히려 복이 덜어질까 두려운 데 가까웠습니다. 그래서 스스로 몸을 일만 번 부숴 성은을 만분의 일이나 갚으려고 하였습니다. 그런데 신이 불행하여 아비가 죽는 고통을 만나 고향에 가 삼년상을 지내었습니다. 나이는 늙지 않았으나 병이 고황(膏肓)을 침범하고 정신이 쇠모하여 능히 임금을 섬길 재주가 없었습니다. 그래서 건문 황제께서 신의 재주 없고 민첩하지 못함을 살피셔서 조정에서 부리지 않으셨던 것입니다. 신이 비록 백관 중에 들어 조정에 있은 적이 없었으나 또한 건문 황제를 신의 임금으로 알았습니다. 그런데 천명이 이미 뚜렷해 폐하께서 천하의 주인이 되시고 건문 황제는 그 몸이 화염(火焰)의 재가 되었으니 신이 하늘을 불러 통곡할 따름이었습니다.

폐하가 신을 비루하게 여기지 않으시고 여러 번 부르시는 영화가 초려(草廬)에 빛났습니다. 또 늙은 어미를 죽을 가운데서 구하셨으니 그 은혜는 세 번 죽고 네 번 살아도 다 갚지 못할 것입니다. 마땅히 제 몸을 버려 폐하의 은혜를 사례하고자 하되 신이 변방의 비바람에 더욱 몸이 상해 고질병이 들어 오랫동안 낫지 않아 폐간(肺肝)이 삭고 정신과 근력이 소모되었으니 녹을 허비할 따름입니다. 바라건대 신의 남은 뼈를 허락하시면 노모와 함께 고향에 돌아가 여생을 마치고자 하옵니다. 엎드려 원하건대 폐하는 살피심을 바라나이다.'

황제가 다 보고 그 말이 간절하고 고상한 데 감탄하고 공경해 비답(批答)27)을 내렸다.

'경이 올린 글을 보니 짐이 탄식하고 감복하노라. 경의 나이 소년이니 한때의 작은 병이 있으나 곧 나을 것이니 임금의 명을 고집스럽

---

27) 비답(批答): 상소에 대해 임금이 내리는 답.

게 저버리지 말라. 하물며 경을 이별한 지 해가 오래되었으니 짐은 경의 낯을 바삐 보고자 하였도다. 그랬거늘 경은 어찌 여러 번 부름에 더디게 오고 경사에 돌아온 후에조차 입조하기를 더디게 하는고?'

드디어 명패(命牌)[28]를 내려 재촉하였다. 학사가 부득이 관복을 갖추고 조회하니 임금이 크게 반겨 가까이 오게 해 자리를 주고 말씀하셨다.

"짐이 경과 손을 나눈 후 세상 일이 자주 바뀌어 경이 짐 때문에 귀양 가는 고생을 두루 겪었으니 짐이 부끄러워하노라. 짐은 경이 일렀던 말을 마음속에 새기고 있었도다. 그런데 간신이 점점 권력을 농단하여 국가가 할 수 없이 되니 차마 앉아서 태조 황제의 천하가 다른 데 감을 보지 못했노라. 그래서 부득이하게 남경을 침범하여 간신을 잡고자 할 때 건문(建文)이 종적을 감추니 민망하게 대의(大義)를 이루었노라. 그러나 전날 경이 이르던 말을 생각하고 오늘 서로 보니 부끄러움이 없겠는가?"

학사가 자리를 떠나 안색을 바로하고 엎드려 아뢰었다.

"하교(下敎)가 다 이미 지난 일이요, 천명(天命)이니 어찌 다시 일컬을 바이겠습니까? 신이 삼 년 고통을 겪고 돌아오니 늙은 어미가 성은을 입어 죽을 곳에서 살아나 평안히 세월을 지내었으니 황은이 망극하옵니다. 신이 한 몸을 버려 폐하를 섬기고자 하나 병이 고황(膏肓)에 들어 정신이 쇠모하였사옵니다. 임금의 녹을 욕되게 하지 못하리니 해골을 빌어 고향에 돌아가 노모와 함께 여생을 마치고자 하나이다."

임금이 기쁜 빛으로 웃고 말하였다.

---

28) 명패(命牌): 임금이 벼슬아치를 부를 때 보내던 나무패. '命' 자를 쓰고 붉은 칠을 한 것으로, 여기에 부르는 벼슬아치의 이름을 써서 돌림.

"경이 어찌 이런 말을 하는가? 짐이 경을 바라는 것이 큰 가뭄에 구름과 무지개 같고, 믿는 것이 촉 임금의 제갈공명(諸葛孔明)과 무정(武丁)29)의 부열(傅說)30)과 같도다. 그러하거늘 무슨 까닭으로 이처럼 쌀쌀맞은가? 국가의 흥망(興亡)이 경에게 달려 있도다. 경이 고생을 겪고 몸이 상하여 혈색이 감했으나 소년의 굳건한 기운에 자연히 나을 것이거늘 어찌 병이 고황에 들었다고 핑계하는가? 경의 어미를 구한 것은 짐이 경을 지기(知己)로 인정한 것 때문이니 그 어미를 구하지 않을 수 있겠는가? 이것이 지기에서 나온 것이니 경은 과도하게 일컫지 말라."

학사가 임금의 말이 이러한 것을 보고 크게 두려워 빨리 머리를 두드리고 아뢰었다.

"신은 연소한 나이에 재주가 없고 용렬한 위인입니다. 그런데 성상(聖上)께서 이처럼 과도하게 알아주시니 죽으려 해도 죽을 땅이 없어 아뢸 말씀이 없나이다. 신이 진실로 병이 폐간(肺肝)에 들어 공적인 일을 못할 것이니 해골을 빌어 돌아가는 것이 지극한 소원입니다."

임금이 마침내 허락하지 않았다. 학사가 할 수 없이 물러나 다시 표를 올려 벼슬을 간절히 사양하니 상이 내시(內侍)에게 명해 상소를 받지 말라 하였다. 즉시 조서를 내려 이 시랑을 이부상서에 추증(追贈)31)하고 학사를 태자태사 문연각 태학사 충문공에 봉하여 공신의 녹권(錄券)을 주고 그 부인을 현덕부인에 봉하여 직첩(職牒)32)을

---

29) 무정(武丁): 중국 은나라 고종(高宗)의 이름.
30) 부열(傅說): 중국 은나라 고종(高宗) 때의 어진 재상. 고종(高宗)이 어느 날 꿈을 꾸고 꿈에 본 모습을 그리게 해 찾았는데 부암(傅巖)의 골짜기에서 부열을 찾음.
31) 추증(追贈): 관직이 높은 사람의 죽은 아버지, 할아버지에게 벼슬을 주던 일.
32) 직첩(職牒): 벼슬아치의 임명장.

내렸다. 그리고 상방(尙房)33) 어미와 교방(敎坊)34)의 악공(樂工)으로 하여금 진 부인에게 헌수(獻酬)하라 하였다. 학사가 더욱 불안해 대궐 아래에 엎드려 계속 사직 표를 올리고 공무에 나아가지 않으니 좌상 정현과 우상 임홍, 추밀사 정연이 타일러 말하였다.

"성은(聖恩)이 공에게 이처럼 간절하시거늘 신하가 되어 순종하지 않음이 심한고? 모름지기 고집하지 말라."

학사가 눈물을 흘려 말하였다.

"소생이 모르는 것이 아니나 진실로 재주 없고 덕이 없어 당하지 못할 줄을 스스로 알기 때문입니다. 나이 젊고 재주가 용렬하니 죽을지언정 명령에 따르지 못하겠나이다."

세 재상이 재삼 개유하였으나 학사가 응하지 않았다. 대궐 문에 엎드린 지 삼 일이 되었으나 물러나지 않고 숙식(宿食)을 그쳤다. 그러자 임금이 크게 염려하여 진 부인에게 개유(開諭)하라 하였다.

진 부인이 이에 소찰(小札)35)로 꾸짖었다.

'네가 만일 성상(聖上)이 아니었으면 오늘 노모를 못 보았을 것이다. 무슨 까닭으로 황제의 은혜를 가볍게 여겨 고집스럽게 명령을 거슬러 삼 일을 밥 먹지 않고 노모를 여러 날 보지 않는고? 네 어미의 외로움을 살펴 중도를 생각하라.'

학사가 다 보고 크게 탄식하였다.

"내 편모(偏母) 때문에 끝내 곧은 절개를 세우지 못하고 본뜻을 지키지 못하니 후세의 의논이 부끄럽지만 어찌하겠는가?"

---

33) 샹방(尙房): 상방(尙房). 대궐의 각종 음식, 의복, 기물(器物)을 관리하던 곳. '상의원(尙衣院)'이라고도 함.
34) 교방(敎坊): 궁에서 음악 등을 담당하던 곳.
35) 소찰(小札): 짤막한 편지.

드디어 조복(朝服)을 갖추어 조정에 나아가 재상의 벼슬에 있게
되니 이때가 이십삼 세였다.

태자태사 인(印)을 허리에 비스듬히 차니 태사는 승상보다 나은
벼슬이었다. 청춘이 한창인데, 일곱 줄 면류와 금관 조복을 더하니
씩씩하고 영롱한 모습이 이날 더욱 시원스러웠다. 이때 임홍은 태사
로 나이가 같고 정현, 정연 등은 삼십이 갓 넘었다. 다 같은 각신(閣
臣)으로서 모습이 한결같아 신선이 모인 듯하였으니 진실로 영재 많
은 것이 영락 초와 같은 적이 없었다.

태사가 내궐 아래에서 숙배(肅拜)36)하고 집에 놀아왔다. 진 부인
이 기뻐하며 다행함을 이기지 못하며 유 부인이 의상을 갖추고 모시
고 앉아 있으니 훌륭한 금과 아름다운 옥이 모인 듯하였다. 태사가
택일하여 잔치를 베풀어 모친에게 헌수(獻酬)하고 저녁 때 끝내니
빈객이 흩어졌다.

부인이 유 부인 손을 잡아 기뻐하다가 비홍(臂紅)37)을 보고 크게
놀라 웃음을 그쳤다. 유 씨가 물러난 후 태사가 혼정(昏定)할 때 부
인이 태사의 손을 잡고 조용히 일렀다.

"네 어려서부터 경서를 읽었으니 불효 삼천 중에서 후사 없음이
가장 큰 것인 줄을 아느냐?"

태사가 절하고 말하였다.

"제가 어찌 모르겠습니까?"

"그러면 며느리가 너와 부부 되어 온갖 슬픈 일을 겪고 적소(謫
所)에 모였으되 어찌 홀대하여 생산의 기약이 더디게 하는고?"

---

36) 숙배(肅拜): 왕이나 왕족에게 절을 하던 일.
37) 비홍(臂紅): 앵혈. 여성의 팔에 빨간 색으로 새긴 문신으로 남성과 성관계를 맺어
야 색이 없어짐.

태사가 절하고 말하였다.

"제가 불초하나 까닭 없이 조강(糟糠) 정실을 박대하겠습니까? 당초에 관계를 갖지 않은 것은 어머님의 명을 받고서 하려 함이요 감히 마음대로 못해서입니다. 어머님은 염려하지 마소서."

부인이 그 예 지킴을 아름답게 여겼으나 의심하여 일렀다.

"네가 행한 바 도리는 옳으나 너무 고집하는 것이니 모름지기 오늘밤부터 함께 깃들어 어미 뜻을 저버리지 마라."

태사가 절하여 명을 받들고 물러났다. 이날 밤에 태사가 유 부인의 침소를 찾아 피차 공경하고 애중함이 비길 데가 없었다. 태사가 비록 엄정하나 부인을 대해서는 정이 산이 낮고 바다가 얕을 정도였다.

이때 유 태수가 이부시랑으로 벼슬이 올라 경사에 이르렀다. 천지가 변하고 세상이가 바뀌었음을 슬퍼하였다. 유 시랑이 또한 건문(建文) 때에 벼슬한 적이 없었으므로 영락제가 건문 때 폐출당한 자는 다 불러 벼슬을 시켰으니 유 태수가 상경한 것이다. 집안을 거느려 집을 이씨 집안 곁에 정하고 좁은 문을 두어 서로 통하게 해 다녔다. 유 시랑의 형인 낭중은 고향 남경에 있으면서 부모의 제사를 받들고 유 시랑만 홀로 돌아온 것이었다. 그래서 이에 유 시랑이 유 처사의 제사를 받들게 되었다. 유 시랑이 유 처사의 양자가 되니 유 부인과의 지극한 정이 친동기 못지않았다.

유 부인이 한편으로 절강 소흥부 주 씨와의 언약을 잊지 못하여 마음이 울적하였다. 매양 태사에게 고하려 하였으나 태사의 기색이 엄숙하니 감히 먼저 발설하지 못하고 주저하였다.

하루는 진 부인이 유 씨를 데리고 환란에 분주하던 곡절을 묻고 새로이 탄식하였다. 소저가 때를 틈타 주 씨 여자와 맹약한 말을 자초지종을 갖춰 고하니 부인이 다 듣고 놀라 말하였다.

"이것이 또 이미 이처럼 되었으니 주 씨를 가볍게 버리지 못할 것이다. 아들과 의논하여 저를 데려올 것이니 우리 며느리는 염려 말라."

유 씨가 두 번 절하고 사례하였다.

부인이 태사를 불러 유 씨의 말을 자세히 이르고 사람을 보내 주 씨를 데려오라고 일렀다. 태사가 놀라 안색이 변해 말을 않다가 물러났다. 사실(私室)에 들어가니 부인이 맞아서 자리를 정하였다. 태사가 눈썹 사이에 찬 기운이 어린 채 낯빛을 바로하고 오래 있다 말하였다.

"부인이 정혼한 여자를 나보고 취하라 하나 내 본디 호화로운 사람이 아니오. 마땅한 사람을 얻어 저를 구제해 부인 구한 은혜를 갚을 것이니 부인은 모름지기 전후사연을 자세히 일러 요란함이 없게 하시오."

부인이 벌써 그 말이 평온하지 않음을 스치고 눈을 낮춰 들을 뿐이었다.

태사가 즉시 종을 명해 주 씨 모녀를 데려오라고 하였다. 종이 명을 받아 길을 떠난 지 몇 달 만에 주 씨 모녀를 데리고 경사에 이르렀다. 머물 곳을 잡아서 두고 본부에 들어가 고하였다. 태사가 이에 계화를 불러 전후곡절을 이르고 다른 곳에 성혼하라 하니 계화가 들어가 부인에게 고하자 유 씨가 탄식하였다.

"내 이 군의 뜻을 모르고 한때의 대사(大事)를 그릇하였도다. 군자의 뜻이 이러하니 저 여자가 또한 내가 여자인 줄을 안 후에는 절을 지킬 일이 없을 것이다."

계화가 즉시 주 씨 모녀의 처소에 가 서로 볼 때, 계화가 앞을 향해 복 받기를 빌고 말하였다.

"두 번 살린 은혜를 입은 몸은 할미께 사죄합니다. 예전 할미 부중에 갔던 상공은 남자가 아닙니다. 오늘 제가 할미 모녀를 대해 말을 하고자 하나이다."

그러고서 유 부인의 전후사연을 일렀다. 유 부인이 이 태사의 이름을 대신해 훗날 태사의 첩 항렬을 빛내려 하다가 이 태사가 허락하지 않으니 다른 곳에 성혼하게 하려 함을 일렀다. 할미는 크게 놀라 말을 못하고 주 씨가 절하고 말하였다.

"부인이 천첩을 잊지 않고 천 리의 믿음을 이루셨으니 황공함을 이기지 못하겠나이다. 그러나 이 태사의 성명을 첩이 지킨 지 사 년입니다. 이제 비록 부인이 남자가 아니시나 첩은 이씨 집안의 사람이니 하루아침에 차마 뜻을 헐어 실절(失節)한 사람이 되겠나이까? 이 태사가 비록 한 첩을 측실에 두기를 싫게 여기시나 이는 이치에는 옳습니다. 당초에 부인이 이 어른의 이름으로써 첩과 정약하셨으니 첩도 배반하지 못할 것입니다. 그러나 저는 소실이 되는 것은 원하지 않습니다. 이 몸은 깊은 규방에서 늙어 부인의 만수무강을 축원할 따름입니다. 첩은 유 부인을 남자로 알아 정혼하고 부인은 이 어른의 성명으로써 빙폐를 행하였습니다. 첩은 전후에 이현 두 자를 지켰으니 이제 고칠 일이 없습니다."

말을 마치고 기색이 단엄하니 계화가 말을 못하고 크게 놀랐다. 할미가 슬피 울며 말하였다.

"제가 일을 그릇하여 딸아이의 평생을 마쳤으니 부인이 비록 의식을 후하게 해 주시나 무슨 즐거움이 있겠나이까?"

계화가 크게 무안하고 그들을 불쌍히 여겨 좋은 말로 위로하고 돌아와 유 부인에게 이 사연을 고하였다. 부인이 탄식하고 말하였다.

"내 죽을 곳에서 저들의 은혜를 입었거늘 이제 내가 저를 저버리니 재앙이 두렵구나. 어찌 안심하겠는가? 스스로 이 군의 자취를 일생 보지 못할지언정 오늘 이 사연을 일러서 이 군이 들어 주면 다행이요, 설사 안 듣고 고집을 내어 날을 박대한다 해도 저와 같이 빈방을 지킬 것이다."

이렇게 이르고 탄식함을 마지않았다. 태사가 마침 들어오다가 주인과 시비의 문답을 처음부터 끝까지 듣고 그윽이 놀라고 의아해 하였다. 태사가 당초에 부인이 정혼했는가 하여 다른 사람을 얻어 맡기고자 했다. 그런데 부인이 의외에 자기의 성명으로 빙례를 행하여 저 여자가 유 씨의 근본을 들으나 개심(改心)할 뜻이 없음을 듣고 이미 버리지 못할 줄을 알았다. 그러나 부인의 행사가 조용하지 않음을 미흡하게 여겨 이에 걸음을 돌이켜 밖으로 나갔다. 저의 괴로운 말을 귀에 담아 듣지 않으려 하여 사오 일간 내당에 족적을 끊었다.

부인이 이미 그 뜻을 짐작하고 주 씨의 일생을 염려하여 침식을 다 그치고 번뇌하였다. 계화가 근심하여 이 연고를 진 부인에게 고하니 진 부인이 놀라고 의아해 태사를 불러 꾸짖었다.

"며느리가 너를 위해 온갖 고초를 겪고 노모를 구한 은혜가 크다. 그러하거늘 너는 어떤 까닭으로 자세한 말을 듣지 않고 고집을 내는고? 네 몸이 대장부로서 어찌 한 여자를 평생 동안 규방(閨房)에서 늙히려 하느냐? 네 원래 마음이 편협하니 이런 데에는 내가 매우 기뻐하지 않노라."

태사가 손을 모아 엎드려 사죄하였다.

"제가 어찌 어머님의 가르침을 거스르겠나이까? 다만 당초에 제 마음이 즐겁지 못하고 유 씨가 스스로 정혼했는가 여겨서 물리쳤을 뿐입니다. 지금에서야 유 씨가 제 이름으로 굳게 약속하여 그 여자가 수절했다고 하니 의리상 그 여자를 버리지 못할 것입니다. 다만 유 씨의 방자함을 좋지 않게 여겼는데 어머님의 가르침이 이와 같으시니 한 여자 거두는 것이 무엇이 어렵겠나이까?"

부인이 기쁜 얼굴로 말하였다.

"내 아이가 생각을 잘했으니 모름지기 며느리의 뜻을 받고 아녀자로 하여금 오월에 서리 내리게 하는 원한을 갖게 하지 말라."

학사가 절하고 물러나 택일하여 주 씨 집에 알렸다. 할미는 크게 기뻐하였으나 주 씨가 사양하며 말하였다.

"첩은 시골의 비루한 사람이니 어찌 재상의 소실이 되겠습니까? 스스로 이씨 성명을 지켜 심규(深閨)에서 늙은 어미를 봉양할 것이니 서둘러 시집가기를 원하지 않나이다."

할미가 권하여 말하였다.

"이제 이 태사가 너를 소실로 삼으려 하는 것은 너의 영화니 모름지기 고집하지 말라."

주 씨가 고집하고 할미의 말을 듣지 않았다. 이씨 집안의 사람이 돌아와 이 말을 태사에게 고하니 태사는 벌써 주 씨의 위인이 속된 사람이 아님을 알고 미소를 지었다. 유 부인이 이 말을 듣고 급한 마음에 주 씨에게 글을 보냈다.

'예전에 기괴한 액환을 만나 길에서 떠돌아다니다가 덕분에 한 목숨이 다시 살아났네. 은혜 갚기를 생각하였으나 장래를 살피지 못해 오늘 대사가 어그러졌으니 당당히 몸을 헐어 사례하고자 하였네. 그런데 가군(家君)의 뜻이 이미 사리를 살펴 예로써 소실로 두려고 하거늘 그대가 이씨를 위해 절(節)을 지키며 이제 핑계를 대고 거절하는 것은 옳지 않도다. 원컨대 그대는 길이 생각하여 천명(天命)을 순순히 좇아 노모에게 효를 오로지 하면 그것이 이른바 효로다. 모름지기 세 번 생각할지어다.'

주 씨가 다 보고 답서를 써 보내었다.

'천인(賤人) 주 씨는 삼가 네 번 절하고 글월을 받들어 현덕부인 안전(案前)에 올리옵나이다. 소첩은 깊은 골짜기의 촌민입니다. 두견을 벗하여 지초(芝草)와 같이 없어질 것이거늘 부인의 귀한 몸이 왕림하셔서 첩의 평생을 건져 주셨습니다. 그래서 첩이 문을 바라보고 이씨를 지킨 지 사 년이었습니다. 그런데 천만뜻밖에 부인이 첩의 비루함을 탓하지 않고 높은 수레와 평안한 말로 데려오셔서 의식을 두터이 하셨으니 바란 바가 족합니다. 어찌 다시 공후재상의 소실의 소임을 히겠습니까? 이러므로 일생을 혼자 늙어 어미를 봉양하고사 했습니다. 그런데 부인이 옥찰(玉札)을 내려 예의를 경계하심이 이와 같으니 어찌 감히 받들지 않겠습니까? 마땅히 존명을 따르겠나이다.'

부인이 다 보고 기뻐 계화를 시켜 이 뜻을 태사에게 고하라 하니 이 태사가 듣고 속으로 웃었다.

택일하여 태사가 작은 교자를 보내 이 날 주 씨를 데려오니 주 씨가 잠깐 단장을 하고 이에 이르러 태부인을 뵙고 유 부인에게 사배(四拜)한 후 말석에서 모셨다. 안색이 도화 같고 모습이 온화하고 공손하며 번희(樊姬)[38]의 모습이 있으니 유 부인의 기쁨은 헤아릴 수 없고 태부인이 역시 기뻐하였다. 이에 처소를 벽화당으로 정하니 주 씨가 물러가 쉬었다.

태사가 밤이 늦도록 거닐다가 천천히 걸음을 옮겨 벽화당으로 들어갔다. 주 씨가 급히 일어나 맞이해 있던 자리에서 옮겨 서서 몸을 굽히고 태사를 모시니, 태사는 주 씨가 예를 차리는 것을 보고 속으로 칭찬하였다. 이에 불을 끄고 잠자리를 함께 하니 또한 은정이 적

---

38) 번희(樊姬): 중국 춘추시대 오패(五霸)의 하나인 초나라 장왕(莊王)의 아내. 현숙하여 장왕이 패자가 되는 데 도움을 주었다 함.

지 않았다.

　주 씨가 이후에 집에 머물러 유 부인 섬김을 노비와 주인같이 하고 부인이 사랑하기를 동기같이 하니 집안에 화기가 은은하였다. 태사는 본디 기쁨과 성내는 빛을 나타내지 않고 마음으로 여색을 중요하지 않게 여겼다. 그래서 유 부인 침실에는 한 달에 십여 일씩 들어가고 주 씨에게는 사오 일씩 찾았다.

　태사가 하루는 벽화당에 가니 다섯 살 정도는 됨 직한 아이가 주 씨 앞에 앉아 있었다. 태사가 그 버들 같은 눈썹과 옥 같은 눈을 크게 사랑하여 나오게 해 안고 주 씨에게 물었다.

　"이 아이가 어떤 아이인고?"

　"이 아이는 경 상서 댁 소저입니다. 상서가 자결하시고 부인이 두 소저와 함께 죽으려 하시니 이 소저의 유모가 자기 딸과 바꿔 두고서 이 소저를 업고 도망쳤습니다. 첩의 집을 지나기에 첩이 그 용모를 사랑하여 그들을 청해 집에 두고 제가 아이를 길렀습니다. 그 후 그 유모가 작년에 죽어 첩이 아이를 데리고 서울로 와 저의 어미 집에 두었는데, 마침 오늘 첩을 보려고 온 것입니다."

　태사가 말을 다 듣고 경청의 딸인 줄 알고 애석해 하고 불쌍히 여겨 이에 소저에게 말했다.

　"네 부모가 없고 내가 아직 자식이 없으니 네 나의 자식이 되어 내게 있는 것이 어떠하냐?"

　소저가 나이 어렸으나 자못 총명하였다. 이에 대답하였다.

　"집이 망하고 돌아갈 데 없는, 화를 당하고 남은 목숨이 대인의 자식 됨을 어찌 사양하겠나이까?"

　태사가 크게 기뻐하고 이에 팔배(八拜)를 받아 부녀로 칭하였다. 이름을 물으니 혜벽이었다. 태사가 이에 혜벽을 안고 부인 침소 죽설각에 이르러 부인에게 말하였다.

"내 아직 자식이 없고 이 아이가 이처럼 비상(非常)해 양녀를 삼았도다. 부인은 모름지기 친딸같이 양육하라."

부인이 옷깃을 여미고 말하였다.

"삼가 가르침을 받을 것이니 어찌 행하지 않겠습니까?"

드디어 혜벽을 나오게 해 사랑하고 어루만짐이 조금도 내외함이 없었다. 태사가 칭찬하고 기뻐해 이후에 혜벽을 사랑함이 지극하였다. 태부인이 또한 손자가 없으므로 혜벽을 앞에 두어 지극히 사랑하였다. 혜벽이 총민하였으므로 집안의 사람들이 노소 할 것 없이 혜벽이 그 친생이 아님을 알지 못했다.

이때 유 부인이 회임한 후 만삭이 되었으나 집안사람들이 그 사실을 몰랐다. 태사가 마침내 알고 기쁨을 이기지 못해 해산하기만을 기다렸으나 끝내 기미가 없어 열넉 달이 되도록 낳는 일이 없으니 모두 의심하였다.

하루는 태사가 한 꿈을 얻었다. 하늘이 크게 열리며 한 선관(仙官)이 앞에 이르러 꿇어앉아 말하였다.

"상제(上帝)께서 조서를 내려 진군(眞君)을 부르시나이다."

태사가 몸을 굽혀 인사하고 살피니 일행이 가는 바 없이 한 곳에 도달하였다. 붉은 색으로 단장한 궁궐이 구름 낀 산봉우리에 닿았으며 해와 달이 넘노는 듯하였다. 그 선관이 먼저 들어가더니 이윽고 나와서 공을 청해 들어갔다. 아홉 마리의 용이 그려진 금상(金牀)에 상제가 구름장식 관을 쓰고 화려한 옷을 입은 채 앉아 계시고 무수한 선관이 모시고 있었다. 오른편에 석가여래(釋迦如來)가 오백 나한을 거느리고 아란(阿蘭)[39]과 가섭(迦葉)[40] 두 존자(尊者)를 거느리고 앉아 있고 왼편에 서왕모(西王母)[41]가 자하옷[42]을 입고 무수한 선녀를 거느리고 앉아 있었다. 공이 조심스럽게 걸어 계단 아래에서 팔배(八拜)하고 머리를 조아리니 상제가 명령해 가까이에 자리를 주고 물었다.

"경(卿)이 인간 세상의 괴로움과 즐거움을 두루 겪으니 어떠한고?"

공이 절하고 말하였다.

"신은 속세에 묻힌 인생입니다. 오늘 폐하가 이르시는 말씀을 알지 못하겠나이다."

상제가 웃으시고 즉시 좌우에게 명해 유리잔에 자하주(紫霞酒)를 부어 먹였다. 공이 다 먹은 후 몸을 굽혀 예를 차리니 문득 깨닫는 것이 있었다. 자기 몸은 전세(前世)에 태을진군(太乙眞君)[43]이었는데 상제 앞에서 월궁 항아(姮娥)[44]를 눈 주어 희롱하다가 상제가 노하셨다. 그러나 상제가 진군을 지극히 사랑하셨으므로 진군을 하계(下界)로 내려 보내는 것을 주저하셨다. 이에 모든 선관(仙官)이 다투어 말해 진군이 적거(謫居)할 때 상제가 슬퍼하던 일이 눈앞에 펼쳐져 있는 듯하였다. 공이 크게 깨닫고 머리를 두드려 말하였다.

"신의 죄가 산과 바다 같거늘 오늘 부르심은 어떤 까닭에서입니까?"

"오늘 경을 부른 것은 다른 연고가 아니다. 경이 적강(謫降)한 후 행실을 닦음이 정련된 금과 백옥 같으니 특별히 복록을 더하고자 하노라. 잠깐 있다가 경의 아들을 데리고 나가라."

---

39) 아란(阿蘭): 석가모니의 십대 제자 가운데 한 사람.

40) 가섭(迦葉): 마하가섭(摩訶迦葉). 석가모니의 십대 제자 가운데 한 사람. 석가모니 이후의 법통(法統)을 말할 때는 그가 초조(初祖)가 됨.

41) 서왕모(西王母): 중국 전설상의 선녀.

42) 자하옷: 신선이 입는다는 옷.

43) 태을진군(太乙眞君): 도교의 신 가운데 하나로 북극성을 주관하는 신.

44) 항아(姮娥): 달에서 살고 있다는 전설 속의 선녀.

말을 마치고 남두성을 부르니 남두성이 궁전 아래에 와 책을 놓고 좌우로 장경(長庚)45)을 부르라 하였다. 이윽고 한 사람이 윤건(綸巾)46)을 쓰고 학창의(鶴氅衣)47)를 입고 들어와 엎드려 말하였다.

"신 량(亮)48)이 선주(先主)49)를 만나 공업을 못 이루고 한 목숨이 구천(九天)에 돌아왔습니다. 한이 마음구석에 맺히고 눈물이 가슴에 아롱져 다시 인간 세상에 나가 태평을 누려 평생의 한을 씻고자 하였습니다. 그런데 상제가 허락하지 않으셔서 지금 구백 년이 거의 되었거늘 신을 부르심은 어떤 연고가 있어서입니까?"

옥황상제가 위로하고 말하였다.

"경(卿)의 재주로 한(漢)나라 왕실을 어찌 회복하지 못하였겠는가마는 천명(天命)이 사마씨(司馬氏)50)에게 뚜렷하였도다. 짐이 경을 불러 구천에 돌아온 것이니 경의 원한이 비록 깊으나 그 때를 기다리는 것이니 한하지 말라. 이제 인간 세상에 나가 출장입상(出將入相)하여 무궁한 영화를 누리라."

공명이 크게 기뻐하여 두 번 절하고 사례하였다. 남두성이 자녀를 점지하니 5자 2녀였다. 홀연 한 사람이 내달아 말하였다.

"신은 전일 승상의 사랑을 친자식같이 받았습니다. 그런데 승상이

---

45) 장경(長庚): 저녁 무렵 서쪽 하늘에 보이는 '금성(金星)'을 이르는 말.
46) 윤건(綸巾): 모자 이름. 고대에 푸른색에 실로 만든 두건. 중국 삼국시대 촉한의 제갈량이 군중(軍中)에서 이 두건을 착용했으므로 제갈건(諸葛巾)이라고도 칭함.
47) 학창의(鶴氅衣): 소매가 넓고 뒤 솔기가 갈라진 흰옷의 가를 검은 천으로 넓게 댄 웃옷.
48) 량(亮): 제갈량을 말함.
49) 선주(先主): 유비를 말함.
50) 사마의(司馬懿). 중국 삼국시대 위(魏)나라의 명장·정치가(179-251). 자는 중달(仲達). 촉한(蜀漢)의 제갈공명의 도전에 잘 대처하는 등 큰 공을 세워, 그의 손자 사마염(司馬炎)이 위(魏)에 이어 진(晉)을 세우는 데에 기초를 세움.

대사를 맡겼으나 신이 미약하여 마침내 종회의 수레 앞에 무릎을 꿇었습니다.[51] 제 마음은 일단 투항하여 훗날 다시 한나라 왕실을 회복하려고 한 것이었습니다. 마침내 대사가 그릇되어 넋이 구천(九天)에 돌아오나 한 조각 부끄러움은 없지 않습니다. 후세에 승상의 아들이 되어 효도를 다하고 싶습니다."

상제가 윤허하시니 이는 천수 사람 강유(姜維)[52]였다.

또 한 사람이 나와 말하였다.

"저는 어려서부터 큰 공을 이루고 반역할 마음이 없었습니다. 양의 때문에 반역하였으니 승상이 금낭계(錦囊計)[53]로 나를 끝내 칼끝의 혼백이 되게 하였습니다. 원혼이 양의에게 맺혔으니 원컨대 승상의 둘째 아들이 되어 효를 다하고 양의에게 원한을 갚고 싶습니다."

상제가 고개를 끄덕이시니 이는 위연(魏延)[54]이었다.

또 한 사람이 나와 말하였다.

"항상 승상의 은혜를 많이 입었으나 그릇하여 가정(街亭) 땅을 잃어 군법을 벗어나지 못하였으니 부끄러움이 지금까지 남아 있습니

---

51) 승상이-꿇었습니다. 촉나라에서 제갈량이 죽고 강유가 다른 나라와 대적하였으나 끝내 촉의 군주 유선이 항복하자 위나라 장군 종회에게 항복을 한 일.

52) 강유(姜維): 202~264. 중국 삼국시대 촉한의 무장. 제갈량의 제1차 북벌 때 촉나라에 투항함. 촉한이 망한 후에 종회에게 거짓으로 투항하고, 종회가 촉한을 점거하고 위를 배반하려 하자, 그 역시 동조하는 척하다 기회를 봐서 촉한을 되찾으려 하였으나 실패하여 살해되고 구족(九族)이 멸해짐.

53) 금낭계(錦囊計): 제갈량이 죽기 전에 양의에게 준, 비단주머니 안의 계책. 제갈량은 위연이 반역할 것을 예측하고 양의에게 비단주머니를 건네며 위연이 반란을 일으켜 아군을 공격할 때 비단주머니를 열어 보라고 함. 과연 위연이 마대(馬岱)와 함께 아군의 진지인 남정(南鄭)을 치러 오자, 양의가 비단주머니를 열어 제갈량이 남긴 계책에 따라 위연에게 '누가 감히 나를 죽인단 말인가?' 하고 외치게 하니 제갈량에게서 미리 밀계를 받은 마대가 위연의 목을 침.

54) 위연(魏延): ?~234. 중국 후한 말~삼국시대 촉한의 장군. 용맹이 뛰어나 제갈량의 북벌에도 참여해 공을 세웠으나 양의와 사이가 나빴음. 제갈량 사후 반역을 일으켰다가 제갈량의 계책을 이행한 양의와 마대에 의해 죽임을 당함.

다.55) 원컨대 승상의 셋째 아들이 되어 효도를 다하고 도적을 쳐서 원한을 풀고 싶습니다."

상제가 고개를 끄덕이시니 이는 마속(馬謖)56)이었다.

또 두 사람이 나와 말하였다.

"우리 두 사람이 승상의 은혜를 많이 입었으니 승상의 아들이 되어 은혜를 갚고 싶습니다."

이들은 왕평과 마대였다. 상제가 허락하셨다.

북두성이 아뢰었다.

"천상(天上)의 일을 속세 사람이 알기 어려우니 책을 산수해 둬 훗날 선과 악의 보응(報應)이 이루어지는 것을 밝히소서."

상제가 옳다고 하셨다. 또 한 선관을 붓을 잡아 책 한 권을 써서 공을 주니 상제가 말씀하셨다.

"이 중에 비밀스러운 말이 있으니 네 보지 말고 감춰 두면 훗날 볼 사람이 있으리라."

공이 절하고 물러 나가다가 깨달으니 남가일몽(南柯一夢)이었다. 크게 이상하게 여겨 일어나 앉으니 소매에서 책이 떨어졌다. 매우 놀라서 생각하였다.

'내 평생 이런 허탄한 일을 믿지 않았다가 몸소 당하니 요망하도다. 아무튼 감춰 두고 훗날을 보아야겠다.'

---

55) 유비가 임종 때 제갈량에게 마속을 중용하지 말라고 경고했다. 그런데도 제갈량은 가정(街亭)의 싸움에서 장수들의 반대를 무릅쓰고, 마속을 선봉의 총대장으로 임명했으나 마속은 패전했다. 제갈량은 군법대로 마속의 목을 베었다.

56) 마속(馬謖): 190~228. 중국 삼국시대 촉한의 무장. 제갈량의 명령으로 북벌 때 일군의 통수가 되었으나, 촉한의 요지(要地) 가정(街亭) 싸움에서 위나라 장군 장합에게 크게 패하여 중원 공략의 계획이 허사로 돌아감. 제갈량은 이를 애석하게 여겼으나 눈물을 흘리며 마속의 목을 베었다고 하여 '읍참마속(泣斬馬謖)'이라는 고사로 알려진 인물.

이에 궤 중에 깊이 간수하고 마침내 입밖에 내지 않았다.

이날 유 부인이 아들을 낳으니 향기로운 기운이 방 안에 가득하고 상서로운 구름이 집을 둘러쌌다. 태사가 크게 괴이하게 여겼으나 또한 드러내지 않고 의약을 극진히 하였다. 칠 일 후에 들어가 아이를 보니 바다 위에 뜬 달이 떨어진 듯 봉황의 눈에 누에눈썹이요, 우뚝 솟은 이마를 지녔으니 그 모습이 결코 범상한 아이가 아니었다. 공이 매우 기뻐하여 그 감정이 미우(眉宇)를 움직였으니, 잠깐 웃고는 부인에게 말하였다.

"이 아이가 우리 가문을 일으키려고 이처럼 비상하게 생겼으니 그대 유복(有福)함은 장래를 보지 않아도 알겠도다."

유 부인이 속으로 웃고 말하였다.

"군이 나이 벌써 소년과는 거리가 멀거늘 어떤 까닭으로 실없는 말씀을 하시나이까?"

공이 흔연히 웃고 아이를 어르다가 그 이름을 창흥이라고 하였다. 태부인이 손자를 늦게야 얻으니 그 사랑은 천금에 비길 수가 없었다. 손바닥 위의 진주처럼 희롱거리로 삼아 사랑이 넘쳤다. 태사가 모친이 기뻐하는 것을 보고 역시 즐거웠으나 한편으로 부친을 생각해 새로이 마음이 슬펐다. 홀로 처해 공자를 보니 슬픈 빛이 미우(眉宇)에 어려 좋은 빛이 없으니 보는 이들이 그 효성에 탄복하였다.

광음(光陰)이 훌쩍 지나 공자의 나이가 다섯 **살**이 되니 옥 같은 얼굴과 별 같은 눈을 가져 마치 옥청(玉淸)[57]의 신선이 하강한 듯하였다. 이미 『소학(小學)』과 『논어(論語)』를 가르치니 물이 동쪽으로 흐르는 것처럼 자연스럽게 습득하였다. 태사가 지극히 사랑하였으나

---

57) 옥청(玉淸): 도교에서, 신선이 산다는 삼청(三淸)의 하나. 상제(上帝)가 있는 곳.

또한 과도하게 사랑하는 마음을 남들은 알지 못했다.

이 해 말에 부인이 또 아들을 낳고 뒤이어 딸을 낳으니 태사의 기쁨과 태부인의 즐거움은 측량할 길이 없었다.

이때 혜벽 소저가 장성하니 버들 같은 눈썹에 옥 같은 얼굴과 별 같은 눈에 꽃 같은 모습이 당대에 대적할 쌍이 없었다. 태사가 친딸보다 넘치게 사랑하며 널리 재주 있는 남자를 구했다. 이때 병부상서 철현의 아들 염이 이 해 가을에 과거에 급제하여 벼슬이 한림학사로 위엄과 명망이 혁혁하였다. 태사가 마음을 결정하고 구혼하니 칠씨 집안에서 흔쾌히 허락하였다. 택일하여 진영(親迎)할 때 경 소저의 고운 용모와 철생의 늠름하고 준수한 모습은 하늘이 낸 한 쌍이었다. 태사가 기뻐하여 철생을 친사위보다 더 사랑할 정도였다. 태사는 경 소저와 각각 떨어져 그리워하는 것을 민망히 여겨 이씨 집안 곁에 큰 집을 장만해 경 소저 부부를 머무르게 했다.

경 소저가 태사의 양녀로서 부귀가 이와 같았으나 그 부모를 신원(伸冤)[58]하지 못하고 한 명 있는 오라비가 멀리 떨어져 있음을 생각해 밤낮으로 서러워하였다.

몇 년이 지난 후 경 상서의 아들 혁이 절강에 가 유모와 함께 생계를 꾸려 무사히 자랐다. 열세 살에 서울에 올라와 등문고를 쳐 부친을 신원하려 하였다. 황제가 경혁이 서후 동생의 아들인 줄을 가련하게 여긴 데다 정 승상과 이 태사 등이 힘써 아뢰니 드디어 경 상서를 옛 벼슬로 올리고 경혁을 사면해 유림에 포함시켰다. 경혁이 황제의 은혜에 감사를 표하고 물러나니 이 태사가 그를 청해 집에 오게 해 혜벽 소저와 서로 보게 하였다. 경소저가 십 년을 잃었던 동

---

58) 신원(伸冤): 원통함을 풀어 버림. 여기에서는 아버지 경청의 억울한 죽음을 풀어 그 명예를 복원한다는 의미임.

생을 만나 꿈인 듯 생시인 듯 헤아리지 못해 남매가 붙들고 하염없이 우니 눈에서 피가 날 지경이었다. 태사가 말려 말하였다.

"지난 바 화란(禍亂)은 천수(天數)요 이제 서로 만났으니 어찌 이처럼 과도하게 서러워하는고?"

경 공자가 울며 사례하였다.

"소생의 누이가 길거리의 흙이 될 것이었거늘 대인의 양육을 입어 이렇듯 평안히 머무니 그 은혜는 삼생(三生)에 갚기 어렵나이다."

태사가 사양하며 말하였다.

"이미 한 일이니 어찌 과도히 칭찬받을 일이겠는가? 그러나 그대 누이가 내 자식이 되었으니 그대도 나와 권도(權道)로 부자의 의를 맺는 것이 어떠한고?"

공자가 사례하였다.

"소생은 화를 당하고 남은 인생입니다. 어찌 대인의 자식이 되기를 바라겠나이까?"

태사가 기쁜 빛으로 향을 피우고 경 공자는 자식의 예로써 여덟 번 절하고 천지에 고한 후 창흥 공자와 함께 형제의 예를 마쳤다. 소저의 감격이 뼈에 사무쳐 눈물을 흘리고 고개를 조아려 말하였다.

"소녀의 한 몸을 부숴도 아버님의 은혜는 다 못 갚을까 하나이다."

태사가 기뻐하지 않으며 말하였다.

"부녀 사이에 어찌 이런 괴이한 말을 하느냐?"

소저가 지극히 감격하였으나 사례를 못 하였다.

경 공자가 문장이 특출 나고 얼굴이 옥 같으니 태사가 매우 사랑하여 유 부인에게 모자간의 예로 보게 하였다. 이후에는 무릇 매사를 창흥 공자와 같이 대하였다. 혜벽 소저는 함께 자라며 자기를 기르다시피 했기 때문에 경 공자가 혜벽 소저 공경하기를 부모 버금으로 하였다. 태사가 널리 구해 선배 상순의 딸을 경 공자와 성례시켰다. 상 씨 또한 절색이었기 때문에 태사가 기뻐하며 집을 지어 경 상서의 제사를 지내게 하였다. 경 공자가 태사의 은혜를 죽을 때까지 마음에 새겼다.

다음해 봄에 경 공자가 과거에 급제하니 즉시 남주 추관이 되어 부임하게 되었다. 태사가 안색을 엄히 하여 백성을 다스리는 도를 경계하고 이별을 슬퍼하였다. 공자가 눈물을 흘려 하직하고 남주로 길을 떠났다.

대사가 연이어 3자 1녀를 두니 모두 곤륜산의 아름다운 옥이요 바다 속의 구슬 같았다. 그 중에서 천지의 기맥(氣脈)을 타고 난 아이는 큰아들이었다. 나면서부터 기쁘고 화가 나는 등의 감정을 드러내지 않고 어린아이의 놀음을 하지 않으며 말을 부질없이 하지 않았다. 그래서 태사가 사랑하며 기특히 여겼다.

하루는 두 아우와 함께 글을 읽다가 문득 가리키며 웃으며 말하였다.

"두 아우는 훗날 입신(立身)할 때 겨우 육경(六卿)에 종사할 것이다."

마침 이 말을 할 때에 태사가 나오다가 바야흐로 그 뜻을 알고 기특히 여겨 물었다.

"너는 얼마나 높이 되겠느냐?"

공자가 웃고 대답하지 못했다. 태사가 또 물으니 공자가 대답하였다.

"남자기 되어 성스러운 임금을 만나 나가서는 장수가 되고 들어와서는 재상이 되어 사방의 오랑캐를 평정하는 것이 저의 소원입니다."

태사가 그 말을 장하게 여겨 큰아들이 훗날 큰 그릇이 될 줄 알

앉다.

화설. 이 공자 관성의 자는 자수요, 별호는 운혜 선생이니 충문공 이현의 장자요 현덕부인 유 씨 소생이었다. 생겨난 것이 산천의 정기를 타고나 눈 같은 살빛과 연꽃 같은 두 뺨이며 가을 물결 같은 눈에 붉은 입술이 절대가인 같거늘 넓은 이마와 푸른 눈썹이 강산의 맑고 밝은 기운을 아울렀다. 씩씩하고 시원한 모습은 흰 달이 떨어진 듯하였고, 가슴 속에는 천지의 조화와 나라를 안정시킬 기틀을 깊이 품었으며 문필은 종요(鍾繇)와 왕희지(王羲之)[59], 이백(李白)과 두보(杜甫)[60]보다 나았다. 만물 음양의 이치를 살핌은 한나라 때 복룡선생(伏龍先生) 제갈량과 흡사하고 성품이 바르고 온갖 행실이 특이함은 춘추(春秋) 적 공자(孔子)의 후를 이었으니 어찌 범상한 사람이 가볍게 의논할 바이겠는가.

공자가 이미 장성하여 나이가 열세 살에 이르렀다. 신장과 행동거지가 대군자의 거동이라, 두 팔은 무릎을 지나고 봉황의 날개 같은 어깨는 가볍게 구름 위로 날아오를 모습이 있었고, 버들 같은 허리는 봄바람에 휘는 듯, 풍채가 당당하고 살갗이 윤택하여 비길 곳이 없었다.

충문공의 자애가 비길 데가 없었고 더욱이 태부인의 사랑이 관성을 천리용구(千里龍駒)[61]로 알아 일시도 곁에서 떠나지 못하게 하였다. 공자가 태부인 등의 앞에서 받들어 모시는 얼굴에는 온화한 기운이 은은하였다. 아우 한성과 함께 조모의 웃음을 돕고 물러 서당

---

59) 종요(鍾繇)와 왕희지(王羲之): 각각 위(魏)와 진(晉)의 서예가. 명필로 유명함.
60) 이백(李白)과 두보(杜甫): 모두 당(唐)의 시인들. 중국을 대표하는 시인으로 일컬어지고 있음.
61) 천리용구(千里龍駒): 재주나 지혜가 아주 뛰어나 장래가 촉망되는 아이.

에 오면 종일토록 향을 피우고 글을 읽어 도덕을 닦았다. 더욱이 외모에 씩씩한 거동이 어려 다른 사람이 감히 우러러보지 못하였다. 아우 역시 감히 기쁘고 성내는 빛을 관성의 앞에서 보이지 못하였다. 공자가 비록 타고난 천성이 엄숙하였으나 아우 사랑은 지극하였다. 동생이 두려워하며 조심함을 보니 매양 자약(自若)하게 온화한 빛으로 사랑하고 어루만짐이 다른 사람을 대하는 것과 같지 않았다. 그러므로 한성 공자가 그 형을 한시도 떠나지 않았다.

공자가 비록 나이가 약관에 못 미쳤으나 신장과 행동거지가 아이의 대도가 없으니 부인이 바삐 공에게 명령하여 어서 아름다운 며느리를 택하라 하였다. 공이 명령을 받았으나 진실로 공자의 풍모와 짝할 자가 없을까 고민하였다.

이때 추밀부사 정연은 정난공신 정현의 동생이었다. 학문과 덕행이 정현의 위에 있으니 정 승상이 매양 높은 스승처럼 대했다. 나이가 사순(四旬)이 넘었고 지위는 추밀이요, 부인 여 씨를 취해 5자 1녀를 낳았다. 맏아들 문한은 나이 스물일곱에 벼슬이 이부시랑이고, 둘째아들 문경은 나이 스물다섯에 춘방학사이고, 셋째아들 문광은 방년이 스물셋에 동궁시독 중서사인이고, 넷째아들 문희는 스물하나에 병부낭중이고, 막내아들 문의는 스물에 한림학사였다. 정 공이 열다섯 살부터 낳기 시작해 연속해 다섯 아들을 낳고 단산하니 여자 아이가 없음을 탄식하였다.

육칠 년이 지난 후 대보름 좋은 시절에 부인이 한 꿈을 얻었다. 천태산 무산봉에 가 붉은 꽃 한 가지를 꺾어 돌아오는 것이 보였다. 이날부터 잉태하여 10월에 딸을 낳으니 얼굴이 옥 같고 눈빛이 별 같으니 공이 기뻐하여 이름을 몽홍이라 하고 자를 월란이라 하였다. 사랑이 넘쳐 한때도 슬하에 내리지 않았다. 시랑 등이 다 혼취하여 다 각각 남아를 낳고 소저가 장성한 후에 여아 등을 얻었으니 사랑이 더욱 옮길 데가 없었다. 시랑 등이 여동생을 더욱 세상에 없는 보배로 알았다.

정 소저가 점점 장성하여 열두 살에 이르니 눈 같은 피부와 옥 같은 뼈가 조금도 속세에 물들지 않았고 가을물 같은 두 눈에 버들 같은 눈썹은 비단을 더하지 않아도 봉황의 눈과 같았다. 붉은 꽃과 같은 두 뺨은 붉은 연꽃이 보슬비에 젖은 듯하고, 붉은 입술은 단사를 찍은 듯하였다. 살빛이 흰 눈과 같아 지분(脂粉)을 더하지 않아도 맑은 광채는 태양이 하늘 한가운데 떠오른 듯하였다. 이처럼 온갖 아름다운 모습은 비교해 겨룰 자가 없었으니 공이 지극히 사랑하는 가운데 그 쌍을 없을까 우려하였다.

하루는 정 공이 중서성 공사(公事)에 참여하였다가 일찍 파해 돌아오다가 이 태사 집에 이르니, 충문공이 바삐 맞아 말하였다. 홀연 안에서 한 소년이 나오니 눈빛이 매우 수려하여 옥청(玉淸)의 선인이 하강한 듯하였다. 공이 매우 사랑하여 손짓해 부르니 소년이 앞에 이르러 공경해 절하고 곁에서 시립(侍立)하였다. 정 공이 그 재주와 외모를 감탄하여 물었다.

"이 아이가 형의 아들인가?"

태사가 말하였다.

"그렇네."

정 공이 물었다.

"나이가 몇이나 하는가?"

"이제 여덟 살이네."

정 공이 말하였다.

"형의 나이가 사순이 멀지 않았는데 슬하에 이뿐이냐?"

"만생이 늦게야 이 아이를 두고 또 이 아이의 형이 있다네."

정 공이 말을 다 듣고 칭찬하여 말하였다.

"형이 두 아이를 두었어도 소제(小弟)가 몰랐구려. 이 아이의 기이함이 천리구(千里狗) 같으니 그 형을 마저 보기를 원하노라."

태사는 추밀이 허랑한 사람이 아닌 줄 알았기 때문에 기쁜 빛으로 동자를 시켜 관성 공자를 불렀다. 조금 있으니 공자가 자리에 다다르고는 정 공이 있음을 알았다. 그러나 본디 어른의 앞에 있으면 어른이 행동거지를 명한 후에 몸가짐을 차리고, 피차 한 번도 본 적이 없이 먼저 총명한 체하여 인사하지는 않으려 하였다. 그래서 눈길을 낮추고 두 손을 모아 앞에 꿇어 여쭈었다.

"아버님께서 저를 부르신 것은 무슨 분부를 하시려 해서이나이까?"

공이 잠깐 웃고 가르쳐 말하였다.

"이 분은 네 아비의 친구요, 체면이 높은 분이거늘 네 어찌 예를 더디게 갖추느냐?"

공자가 부드럽게 대답하였다.

"일찍이 뵌 바가 없어 존명을 기다린 것이옵니다."

말을 마치고 물러서 몸을 굽히고 예를 마친 후에 말석(末席)에서 모시니 행동거지가 편안하며 고요하고 예를 갖춘 모습이 법도가 있고 의관이 바르며 얼굴빛이 가을하늘 같았다. 정 공이 그 얼굴과 행동을 보고 어찌 입으로 형용하여 칭찬하리오. 이 진실로 얻기 어려운 군자요, 공자(孔子) 뒤의 한 사람인 줄을 깨달았다. 당초에는 한성 공자를 기특히 여겼으나 이때에 이르러 보니 한성 공자는 한낱 풍류를 아는 씩씩한 선비요 옥 같은 얼굴을 지닌 선비일 뿐이었다. 그 형이 강산의 정기를 아울러 받아 천지의 기맥(氣脈)을 타고났고 그 행동거지에서 도덕군자의 풍모가 나타남을 대하고 보니 한성 공자는 여러 군데 모자람이 많았다. 정 공이 눈이 부시고 정신이 어려 다만 눈을 옮기지 않고 정신을 집중한 지 한참이나 지나 얼굴빛을 고치고 이 공을 향해 말하였다.

"소제(小弟)가 비루한 행실을 하는 자로서 형의 무리에 참여한 지 오래되었으나 이런 기이한 자식을 둔 줄을 몰랐구려. 오늘 무슨 행운인지 성인(聖人)을 대하였으니 내 평생이 헛되지 않았음을 깨닫는구려."

충문공이 웃고 대답하였다.

"형이 평소에 말이 무거워 소소한 시비를 않더니 어찌 오늘은 이렇듯 말이 가벼운고?"

추밀이 웃고 말하였다.

"소제(小弟)는 진정으로 하는 말이네. 그런데 영랑(令郎)이 혼인할 곳을 정하였는고?"

충문공은 본디 신명한 사람이었다. 어찌 저가 생각하는 바를 모르겠는가? 즉시 소회(所懷)를 펴 말하였다.

"자식이 불초하나 노모가 지나치게 사랑하셔서 며느리를 각별히 택하시고 소제(小弟) 또한 종사(宗嗣)의 중함이 있으니 얼굴은 취하지 않으나 맹광(孟光)62) 같은 이를 구하고 있다네. 그런데 지금 시대에 구하기는 쉽지 않을까 하노라."

정 공이 말을 다 듣고 기쁜 빛으로 웃으며 말하였다.

"형의 말을 들으니 영랑은 참으로 나의 딸에게 붉은 줄63)이 매인

---

62) 맹광(孟光): 중국 후한 때 여인으로 박색이었으나 남편 양홍을 정성으로 섬김. 거안제미(擧案齊眉) 고사의 주인공.

63) 붉은 줄: 월하노인(月下老人)이 혼인할 운명의 남녀에게 매어 준다는 붉은 색깔의 줄.

바로다. 내게 과연 머리 누른 딸이 있으니 성품과 행실이 빼어나지는 못해도 거의 영랑(令郎)을 위해 키와 빗자루를 잡을[64] 수 있을 것이네. 황천(皇天)이 위에 있고 신명이 옆에 있으니 소제(小弟)가 진실로 형을 속인다면 나는 개와 말만도 못할 것이니 혼인 허락하기를 주저하지 말라."

충문공이 저의 긴 말이 도도하여 자신이 할 말을 미리 다해 버리고 또 위인이 단엄하고 묵묵하여 평소에 천한 사람에게까지 속이지 않는 줄을 알고 있었다. 그래서 결단코 그 딸이 범상하지 않음을 알았고 또 지와 지기지우(知己之友)로서 저가 먼저 흔쾌히 이르거늘 무슨 소소한 곡절을 말하겠는가. 이에 흔쾌히 웃고 말하였다.

"형이 용렬한 내 자식을 이처럼 찾으니 어찌 주저하며 더욱이 영녀(令女)에게 맹 씨의 덕이 있다면 이것은 소제(小弟)의 소원이네. 예로부터 홍안박명(紅顔薄命)은 대대로 면치 못하는 바라, 이러므로 소제가 진실로 여자에게 미색이 있음을 꺼리니 영녀가 만일 맹광의 행실과 황 씨[65]의 얼굴이 있다면 어찌 기쁘지 않겠는가?"

추밀이 웃으며 말하였다.

"훗날 딸아이의 어짊과 어질지 않음은 소제가 스스로 감당할 것이니 형은 시원한 말을 하라."

이 공이 말하였다.

"내 자식이 용렬하니 당하지 못할까 근심할지언정 어찌 받들지 아니하겠는가?"

---

64) 키와 빗자루를 잡을: 아내가 키와 빗자루를 가지고 집안일을 하므로, 키와 빗자루를 잡는다는 것은 곧 '아내가 됨'을 의미함.

65) 황 씨: 중국 삼국시대 촉한 제갈량의 아내 황아추(黃阿醜). 추녀였지만 덕행과 재주가 뛰어났다 함.

정 공이 크게 기뻐하여 공자를 나아오라 하여 손을 잡고 말하였다.

"네 이제는 나와 장인과 사위의 의리가 있으니 모름지기 서먹하게 여기지 말라."

공자가 저의 말 많음을 괴이하게 여겨 눈을 흘려 보니, 기개가 강직하고 엄숙하며 풍채가 시원스러워 이미 경륜의 지략과 세상을 다스릴 재주를 가져 속세의 명공(名公), 재상(宰相)과는 비교할 수 없음을 알았다. 속으로 놀라고 칭찬하여 매우 공경하는 마음이 일어났다. 자기를 과도히 사랑하여 진심을 속이지 못한 것에서 나온 행동임을 알고 천천히 자리를 떠나 공손할 따름이요 말이 없었다. 정 공이 이를 더욱 기특히 여겨 사랑함이 체면을 잃기에 미쳤다. 정 공이 오랜 시간 단란하게 보내다가 돌아가 택일해 알리니 늦가을 보름께였다. 혼인날까지는 몇 달이 남아 있었다.

그럭저럭 길일이 다다르니 이씨 집안에서 공자를 보내게 되었다. 공자가 길복을 입고 내당에 들어가 조모와 모친에게 하직하니 태부인이 손을 잡고 기쁜 빛으로 말하였다.

"노모가 오늘 너희의 영화를 보니 기쁨을 이기지 못하되, 지난 일을 생각하니 어찌 슬픔을 참을 수 있겠느냐?"

이 공이 이때 심사가 이루 말할 수 없다가 모친의 슬퍼함을 보고 마음을 진정하고 나아가 모친을 위로하고 공자를 재촉해 보냈다. 공자가 행렬을 거느려 정씨 집안에 이르니 정 시랑 등 다섯 사람이 의관을 갖추고 신랑을 인도했다. 전안(奠雁)[66]을 마치고 좌석에 나아가 신부가 가마에 오르기를 기다렸다. 좌우에는 높은 벼슬아치와 재상들이 수풀같이 있었는데 한결같이 신랑의 풍모에 감탄하니 정 공

---

66) 전안(奠雁): 혼인 때 신랑이 신부 집에 기러기를 가져가서 상위에 놓고 절하는 예.

의 기쁨은 더욱 헤아리기 어려울 정도였다. 정 시랑 등이 정감 있게 공자와 성명을 통하고 인친(姻親)의 후함을 펴니 공자가 맑은 눈동자를 기울여 정 시랑 등 다섯 사람을 살폈다. 한결같이 용모가 관옥(冠玉)[67] 같고 풍채가 수려하며 예를 갖춘 모습이 빛나 군자의 도리를 얻었고 그 중 시랑 정문한이 더욱 어질고 부드러워 형제 중에 으뜸이었다. 공자가 마음속으로 놀랐으나 다만 서로 몰랐기 때문에 조심스럽게 대답하니 공자의 목소리는 단혈산(丹穴山)[68]에서 봉황이 우는 듯하였고, 나아가고 물러나는 예절은 온중(穩重)함이 가득하였다. 이에 좌우의 사람들이 스스로 무릎을 쓸어 공경하는 줄을 깨닫지 못하였다.

이윽고 정 소저가 얼굴을 곱게 꾸미고 옷을 화려하게 차리고 가마에 올랐다. 이 공자가 순금자물쇠로 잠그고 행렬을 돌리니 따르는 객들이 대로를 덮어 그 기이한 광경이 비길 곳이 없었다. 그 행렬을 본 사람들이 칭찬하고 감탄함을 마지않았다.

정 소저가 이씨 집안에 이르러 시부모와 태부인을 뵈니 신부의 모습은 마치 초승달이 방안에 떨어진 것 같았으니 어디에 쉽게 비유할 수 있겠는가. 천만 가지 광채와 일백 가지 태도는 상고 시절 여와(女媧)[69]라도 미치지 못할 것이요, 요지(瑤池)의 서왕모(西王母)라도 당하지 못할 정도였다. 그러니 어찌 꽃의 소담함과 달의 빛남으로써 비교할 수 있겠는가. 시부모가 크게 기뻐하고 태부인이 또한 기뻐 감회에 젖었다.

---

67) 관옥(冠玉): 관(冠)의 앞을 꾸미는 옥이라는 뜻으로, 남자의 아름다운 얼굴을 이르는 말.
68) 단혈산(丹穴山): 봉황이 산다는 산. 중국 남쪽 또는 동쪽에 있다는 전설상의 산.
69) 여와(女媧): 중국 전설상의 여신.

예를 마치고 태사가 신부와 자식을 거느려 사당에 가 제사를 지내며 축사를 지어 조종(祖宗) 영위(靈位)에 고하고 술을 따랐다. 생이 신부와 어깨를 나란히 해 절하고 차례가 이 시랑 영위에 다다라서는 이 공의 흐르는 눈물이 옷깃에 젖으니 공자와 신부가 또한 얼굴빛을 고쳤다. 이에 뵙기를 다하고 내려와 다시 자리를 정하였다. 유 부인이 여러 손님과 단란하게 얘기할 때 손님들이 신부의 용모를 구경하며 치하하니 술과 음식 먹기를 잊을 정도였다. 종일 즐기기를 다하고 석양에 잔치를 파하니 신부의 침소를 백화각에 정하였다.

태부인이 공의 부부를 대하여 신부의 기특한 용모를 일컬으며 기뻐하는 마음을 능히 이기지 못하였다. 공이 모친이 즐거워하는 것을 보고 기뻐하였으나 신부가 너무 빼어나고 어린 것을 불쾌하게 여겨 나직이 아뢰었다.

"신부가 비록 신장이 크나 기골이 약하고 나이가 너무 어리니 선왕의 법례를 따라 아이로 하여금 각각 살게 함이 옳을 듯합니다."

부인이 웃으며 말했다.

"네 말이 옳으나 관성의 신장이 씩씩한 장부와 같으니 어찌 잘디잔 아이의 거동을 따라 신랑과 신부를 각각 거처하도록 하겠느냐? 내나이가 서산에 지는 해와 같으니 관성이 자식 낳는 것을 보고 싶어하는 마음이 하루가 삼 년과 같거늘 네 어찌 어리석은 말을 하느냐?"

공이 부인의 말을 다 듣고 기리 느끼고 깨달아 말을 그치고 물러서 서헌에 돌아와 공자를 불러 경계하였다.

"어린 나이에 혼인하는 것은 선왕의 법도가 아니다. 하물며 신부가 너무 어리고 약하니 내 너를 각각 거처하게 하고자 하되, 모친의 명이 이와 같으시니 거역하지는 못할 것이다. 네 모름지기 마음을 조심하라."

관성이 엎드려 명을 듣고 야심 후 물러나 신방에 이르렀다. 신부
가 긴 단장을 벗고 유모에게 의지하고 있다가 일어나 맞아 자리를
이루었다. 공자가 위인이 본디 고상하여 즐거움과 분노의 빛을 얼굴
에 보이지 않으며 또 여색을 좋지 않게 여기던 중에 부친의 경계를
깊이 받았으니 어찌 눈길인들 신부에게 옮기겠는가. 눈을 낮춰 오랫
동안 단정히 앉아 있다가 의대를 풀고 침상에 올라 잠들었다. 유모
가 소저를 권해 침상에 올리고 휘장을 쳤다. 소저가 본디 부모의 편
애(偏愛)를 입어 행동거지가 강보의 아이 같다가 뜻밖에도 방에서
남자를 대하였으니 어찌 잠이 오겠는가. 옷을 입은 채 베개에 의지
하였다가 새벽에 일어나 문안하였다. 시부모가 새로이 애중하고 태
부인의 사랑은 측량하지 못할 정도였다.

소저가 이로부터 효로써 시부모를 받들고 일찍 일어나 늦게 잠들
며 매사에 조심하여 잠깐도 마음을 놓지 않았다. 천성이 묵묵하고
단엄하여 행동하는 것이 성녀(聖女)의 풍모가 있었다. 유 부인이 크
게 사랑하며 시누이 월염 소저가 마음으로 복종하고 따라 동기의 정
이 지극하였다. 다만 홀로 공자가 신부에게 잠깐도 눈길을 보내는
일이 없고 마치 길에 지나가는 사람처럼 냉정하게 대하였다. 태부인
이 매양 낮에라도 서로 거리낌 없이 대하도록 권하였으나 공자가 더
욱 낮에 소저를 대하면 큰 고통으로 알았고 조모가 권해 혹 낮에 들
어가나 조금도 눈길을 보내지 않았다. 소저는 더욱 생을 대하면 당
황하고 두려워해 몸 둘 곳이 없는 듯하였으나 외모는 더욱 태연하고
편안하여 일찍이 낯빛을 고친 적이 없었다. 공자가 비록 눈을 들어
보지는 않으나 어찌 그것을 모르겠는가. 정 소저의 행동을 기특히

여겼다.

며칠 후에 정 시랑 등이 누이동생을 보러 이르니 공자가 영접해 소저의 침소에 이르렀다. 서로 말을 하니 정 시랑이 공자의 신선과 같은 풍채를 새로이 흠모하고 소저의 얼음같이 맑은 모습과 달같이 예쁜 자태가 공자에게 떨어지지 않음을 사랑하고 기뻐하였다. 시랑이 소저의 손을 잡고 웃으며 말하였다.

"우리가 어리석고 약한 누이를 자수[70] 같은 군자에게 시집보내니 당치 못할 줄로 알아 밤낮으로 마음을 놓을 수 없었다네. 자수는 행여 누이의 어리석음을 허물로 삼지 말고 누이를 저버리지 말라."

공자가 공경하는 빛으로 말하였다.

"부부가 유별하고 윤리가 막중하니 제가 비록 불초하나 부모가 초례(醮禮)로 맡기신 처자를 저버릴 일이 있겠습니까? 오늘 노형의 말이 저의 생각 밖이니 저의 행동이 독실하지 못함을 부끄러워하나이다."

시랑 정문한이 부끄러운 빛으로 낯빛을 고치고 칭찬하며 말하였다.

"우리 누이가 원래 민첩하지 못하니 행여 대군자에게 졸렬함을 보여도 너그러이 용서토록 하려던 것이었네. 말을 미처 정확하게 하지 못해 그대가 괴이하게 여기게 되었도다."

한림 정문의가 웃으며 말하였다.

"우리는 녹녹한 사람들이라, 감히 성인 앞에서 말을 마음대로 못하니 형은 모름지기 말을 살펴서 자수에게 졸렬함을 보이지 마소서."

공자가 웃으며 대답하였다.

---

70) 자수: 이관성의 자.

"형님들의 말씀이 사람을 너무 조롱하시는 것이니 제가 스스로 부끄러워할지언정 형님들 말씀은 군자의 말씀이 아닙니다."

한림이 웃으며 말하였다.

"자수는 크게 어진 사람이니 우리 무리가 어찌 감히 기롱하겠는가?"

공자가 잠깐 웃고 대답하지 않았다. 이에 술을 내어 와 사람들이 단란하게 웃음꽃을 피우며 즐겼다. 공자가 비록 단엄하나 저 사람들의 위인이 시속의 경박한 자들과 다름을 사랑하여 간간이 화답하였다. 시문을 논하여 흰 이 사이로 장강(長江)과 하해(河海)를 헤친 듯 말하니 정 시랑이 크게 사랑하고 중히 여겨 공경함을 이기지 못하였다. 오래 지난 후 사람들이 돌아가게 되니 공자가 좇아서 문밖에 가 이별하였다.

이날 밤에 공자가 침소에 가니 소저는 정당에서 아직 오지 않았다. 홀로 책상머리에서 시를 읊고 있으니 이윽고 소저가 시녀에게 등불을 잡게 하고 들어왔다. 공자가 일어나 맞아 눈을 들어서 보니 소저의 맑은 광채가 영롱하여 어두운 방을 비추고 한 치의 발걸음이 편안하여 이미 성현의 도를 얻은 듯하였다. 공자가 처음으로 소저를 보고 놀라서 그 행동거지를 벌써 스쳐 알고 기뻐하는 마음이 일어났다. 그러나 위인이 본디 예에 벗어난 일을 하지 않는 인물이었으므로 부친이 조심하라 명령했거늘 자기가 어찌 어두운 방 가운데 있다 하여 사사롭게 행동하겠는가? 다시 눈을 들지 않고 함께 단정히 앉아 한밤중이 되니 스스로 옷을 벗고 자리에 나아갔다.

소저가 또한 의상을 벗지 않고 베개에 의지하였으니 둘 사이가 한 칸은 떨어져 있었다. 스스로 마음을 놓고 자도 되었으나 소저가 부끄러워해 일찍이 옷을 벗는 일이 없었다. 옷을 입은 채 눈을 붙였다가 새벽에 즉시 일어나니 그 몸이 쉴 사이가 없었다. 천금 같은 약질이 어찌 상하지 않으리오? 그러나 이때는 계속 평안하였으니 역시 괴이한 일이었다. 공자가 또한 저가 어린 나이로 여러 밤을 편히 쉬지 못함을 불쌍하게 여겨 자주 들어와 자지는 않았다. 소저가 감히 친정에 갈 생각을 못하고 속으로 슬퍼하였으나 부친과 오라버니들이 연일 이르러 보니 그것을 위로삼아 지냈다.

시절이 한여름에 이르러 태부인의 병이 나으니 이 공이 조촐한 잔치를 집에서 베풀어 모친에게 헌수(獻酬)하고 즐기시게 하였다. 약간의 벗이 모였다가 모두 관성 공자의 풍모를 보고 기특히 여겨 말하였다.

"저 같은 위인으로서 올 가을에 있을 알성과(謁聖科)에서 높이 급제할 것이 분명하도다. 존공(尊公)의 넓은 복을 하례하나이다."

이 공이 말하였다.

"사람의 현달(顯達)은 문자(文字)로 가지 않으니 하물며 제 아들과 같은 용렬한 인품으로서 어찌 시관(試官)의 눈을 더럽히겠습니까? 더욱이 제 아들은 어린 아이라 공명이 바쁘지 않으니 서른을 기다려 과거 보기를 허락하고자 하나이다."

자리에 있던 승상 정현이 말하였다.

"그렇지 않네. 지금 성천자(聖天子)께서 사해(四海)를 다스리셔서 덕과 위엄이 분명하시고 조정에는 소인이 없네. 어찌 영공자와 같이 경륜으로 임금을 보필할 재주가 있는 사람에게 임금 섬길 것을 생각하게 하지 않고 과거를 금하게 하는가?"

공이 사례하며 말하였다.

"상공의 말씀이 일리가 있으시나 제 아이가 학식이 모자라고 위인이 용렬하니 어찌 임금을 섬길 재주가 있겠습니까? 다만 녹을 허비할 뿐이니 태평성대에 마땅하지 않습니다."

정 승상이 힘써 다투니 공이 다만 웃고 공손히 사양하며 응하지 않았다. 추밀사 정연이 또 권해 말하였다.

"자수의 재주는 의심할 것이 없거늘 형이 부질없이 고집을 내는고?"

이 공이 웃고 말하였다.

"정 형의 안광(眼光)으로서 사위의 용렬함을 알지 못하니 소제가 탄식하노라. 제 아이가 재주와 학식과 헛된 풍채가 조금 있은들 여러 분들이 지나치게 칭찬하시는 말씀에 합당하겠나이까?"

정 승상과 정 추밀이 공의 고집을 알고 권하지 않았다. 정 승상은 한 계책을 생각하고 기뻐하여 다투지 않고 돌아갔다.

이 공이 자리에서 여러 사람의 말을 막기 위해 자식이 재주 없다고 핑계했으나 본디 자식이 일찍 현달함을 좋지 않게 여겼다. 또 성상(聖上)의 둘째아들 한왕 고후가 적은 공로를 믿고 의롭지 못한 마음을 품어 어질고 재주 있는 사람을 모해하니 자식이 혹 급제하여 조정에 쓰이게 되면 그 재주 때문에 화를 입을까 꺼려 과거 보는 것을 허락하지 않은 것이었다. 이 공자 또한 심지가 굳고 고결하여 공명을 구하지 않고 고요히 갈건(葛巾)과 포의(布衣)를 입고 부모를 모셔 늙고자 하였으니 그 맑은 마음이 노중련(魯仲連)[71]과 소부(巢父), 허유(許由)[72]의 아래가 아니었다.

---

71) 노중련(魯仲連): 전국시대 제(齊)의 의리 있는 선비로서 조(趙)의 평원군(平原君)을 설득하여 진(秦)의 황제를 섬기지 못하게 함.
72) 소부(巢父), 허유(許由): 둘 다 요(堯) 임금 때의 은인(隱人). 요임금이 허유에게 왕위를 물려주겠다는 말을 하자 허유가 이를 소부에게 말해 주니 소부가 더럽다 하여 영수(潁水) 물에 귀를 씻음.

이때 정 승상이 돌아가 이 공의 고집을 도리어 허물로 삼지 않았다. 그러나 생각하기를,

'그 자식의 비범함으로써 조정에 나면 임금을 도울 일이 많을 것이로되 고집하여 공명을 허락하지 않으니 내 어찌 그 같은 인재를 초야에서 늙게 하리오? 지금 천자가 한왕을 사랑하시고 춘궁(春宮)[73]의 세력이 외롭고 약하니 이 사람을 동궁(東宮) 소속으로 삼으면 유익함이 많을 것이다.'

이에 다음날 조회에 들어가 아뢰었다.

"이제 천하가 태평하고 사해(四海)가 안락하니 마땅히 과거를 베푸셔서 인재를 취하여 국가를 다스리는 데 유익하게 할 것이옵니다. 그런데 오늘날 성품이 고고한 자가 왕왕 있어 스스로 노중련과 소부, 허유의 맑은 마음을 품고서 과거를 보려고 하지 않고 한갓 부귀를 탐하는 자만 글제를 더럽힐 뿐입니다. 참된 시인(詩人)과 재주 있는 무리는 다 숨으니 이는 어질고 능력 있는 사람을 구하고 인재를 뽑으시는 도리가 아닙니다. 마땅히 어지(御旨)를 사방에 내리셔서 만일 한 사람이라도 과거를 보지 않는 이가 있으면 삼대(三代)를 영영 앞길을 막아 버리고 그 아비를 변방에 귀양 보내소서."

임금이 윤허하니 중서랑이 즉시 조서(詔書)를 십삼 성(省)에 반포하였다. 그래서 산중의 처사(處士)와 산인(山人)들이 세속을 벗어나 살겠다는 뜻을 지키지 못해 경사에 모이는 자가 부지기수였다. 충문공이 조정에서 정 승상의 아뢰는 말씀을 듣고 이 반드시 자기의 고집을 밉게 여겨 그러는 줄을 알았다. 아이가 어린 것을 민망히 여기고 뜻을 지키지 못하는 것을 번민하며 집에 돌아왔다.

---

73) 춘궁(春宮): 태자 고치를 말함.

맏공자가 맞이하여 함께 서헌(書軒)에 이르렀다. 공이 조복을 벗고 미우(眉宇)에 불평한 기색이 가득하니 맏공자가 의아하게 여겼으나 감히 그 까닭을 여쭙지 못했다. 시간이 꽤 지나 공이 관성을 나아오라 하여 말하였다.

"내 평소에 공명(功名)을 좋지 않게 여기고 있었다. 하물며 지금은 한왕이 성상(聖上)의 사랑을 믿고 춘궁(春宮)의 자리를 엿보아 어진 사람을 해치고 있다. 네 어린 아이로서 조정에 나아가 화를 당하는 일이 있을까 하여 공명(功名)을 허락하지 않은 것이었느니라. 그런데 지금 조정에서 승상 징 공이 주상 전하 앞에서 이렇듯이 아뢰었으니 이는 결단코 나의 뜻을 모르는 것이다. 한갓 너를 아껴서 그렇게 하였으니 임금의 명령은 죽을 곳이라도 거역하지 못할 것이거늘, 내가 나라의 녹을 먹으며 미세한 일인들 거역할 수 있겠느냐? 이러므로 나의 본뜻을 지키지 못함을 근심하노라."

공자가 꿇어앉아 다 듣고서 안색이 자약(自若)하여 일어나 절하고 말하였다.

"대인(大人)께서 비록 제가 화를 당할 것을 염려하시나 사생(死生)이 하늘에 달려 있으니 사람이 심란해 할 일이 아닙니다. 정 공께서 또한 저의 재주를 사랑하여 국가에 도움이 되게 하고자 하신 것이니 역시 사사로운 마음에서 비롯된 일이 아닙니다. 소자가 비록 용렬하나 국록(國祿)을 모욕하지 않을 것이니 대인은 염려하지 마소서."

공이 다 듣고 크게 깨달아 탄식하고 말하였다.

"우리 아이의 통쾌한 소견은 네 아비가 미치지 못하겠도다. 내 바야흐로 자잘하게 의심한 것을 뉘우치노라."

공자가 절하고 사례하였다.

정 추밀이 이르러 이 공을 보고 말하였다.

"형이 지금도 고집하는가?"

공이 웃으며 말하였다.

"여러 형이 소제(小弟)를 믿게 여겨 이처럼 하였으니 신하가 어찌 임금을 속이리오?"

추밀이 크게 웃고 공자와 여아를 불러 그 사랑이 비길 데가 없었다.

과거일이 다다르니 공자가 대궐에 나아가 글제를 보고 푸른 물결 같은 문장이 스스로 솟구치니 이를 멈추지 못하여 잠깐 사이에 한 편의 글을 완성하였으니 이른바 글자마다 구슬이요 말마다 수놓은 비단이었다. 한 글자 천 마디에 흠잡을 곳이 없었다.

이때 임금이 아홉 마리의 용이 그려진 금상(金床)에 높이 앉아 계시고 모신 신하들이 구름같이 열을 이루어 뭇 선비의 글 품평을 마쳤다. 전두관이 옥계(玉階)에서 제일 비봉(祕封)을 뜯으며 호명(呼名)하였다.

"장원은 금주인 이관성이요, 아비는 태자태사 이현이라."

소리 높여 부르니 이 공자가 무리를 헤치고 나는 듯 옥계에 다다르니 빛나는 용모는 둥그런 밝은 달이 못 속에 떨어진 듯 맑은 눈과 빼어난 골격이 시원하여 옥청(玉淸)의 신선 같았다. 키가 상앗대[74] 같고 어깨는 봉황 같으니 진실로 비할 데가 없었다. 신하들이 크게 놀라 능히 말을 못하며 임금이 역시 놀라 이 태사를 돌아보아 말씀하셨다.

"경이 매사에 기이(奇異)하여 이런 기특한 아들을 두었음을 짐이 몰랐도다. 이 진실로 국가의 동량(棟梁)이요 짐의 고굉지신(股肱之臣)이로다. 짐이 하늘에 계신 황고(皇考)[75]의 신령함에 힘입어 오늘 이

---

74) 상앗대: 배질하는 데 쓰는 장대.

와 같은 현량(賢良)을 얻었으니 어찌 기쁨이 등한하리오?"

태사가 오늘 아들의 기이함 때문에 위로 천자와 아래로 만조백관(滿朝百官)이 다 놀라는 것을 보니 마음이 자못 평안하지 않더니 임금의 전교(傳敎)를 듣고는 크게 송구하여 자리를 피해 고개를 조아리고 아뢰었다.

"오늘 저의 불초한 자식이 외람되게 성은(聖恩)을 입어 금방(金榜)76)에 올랐으나 어찌 또 폐하의 과도한 칭찬을 감당할 수 있겠나이까?"

문황(文皇)이 웃으시고 드디어 장원을 편전(便殿)에 오르게 하여 금화청삼(金花靑衫)을 주시고 옥잔에 술을 부어 주셨다. 공자가 잰걸음으로 앞에 나아가 성은을 사례하여 나아가고 물러남에 예절에 맞아 조금도 놀라고 당황함이 없었다. 임금이 더욱 사랑하여 특지로 한림학사를 제수하시고 그 아래 급제자들을 다 불러들여 어화청삼(御花靑衫)을 주시니 뭇사람이 백 번 절하고 사은(謝恩)하고 퇴조할 때 태사가 머리를 두드려 관성의 사직을 청하였다. 그러나 임금이 윤허하지 않았다.

"경의 아들이 비록 이칠(二七)의 나이이나 신장과 행동거지에 아이의 모습이 없으니 어찌 국가의 직신(直臣)을 하루인들 폐하겠는가?"

공이 할 수 없이 사은(謝恩)하고 물러나 아들을 데리고 집에 이르러 모친을 뵈었다. 태부인이 꿈에도 생각지 못한 경사를 맞았으므로 취한 듯 어린 듯, 말을 못하였다. 장원이 옥 같은 귀 밑에 어화(御花)를 숙이고 나는 듯한 어깨에 청삼(靑衫)을 입어 어주(御酒)에 반쯤

---

75) 황고(皇考): 돌아가신 아버지.
76) 금방(金榜): 과거에 급제한 사람의 이름을 써서 거리에 붙이던 글.

취하고 앞에 와 절하니 태부인이 바삐 손을 잡고 감회에 젖어 말하였다.

"노모가 외로운 몸으로 죽을 날이 얼마 남지 않았는데 이제 너희의 영화를 홀로 보니 어찌 슬프지 않겠느냐? 너는 빨리 사당에 뵈어라."

태사가 오늘 경사를 보고 슬픔을 이기지 못하더니 이 말씀을 듣고는 더욱 서러워 눈물을 겨우 참아 생을 데리고 가묘(家廟)에 올라 신위(神位)에 절하였다. 흐르는 눈물이 비단 도포에 젖으니 생이 역시 감동해 안색을 고치고 부친을 위로하여 사당에서 내려왔다.

외당에 손님이 구름 모이듯 하여 신래(新來)⁷⁷⁾를 부르니 태사가 서헌에 나와 객을 맞았다. 승상 정현이 태사를 향하여 치하하였다.

"영랑(令郞)의 재주는 안 지 오래거니와 오늘의 경사는 진실로 명공(明公)의 복이로소이다."

태사가 억지로 웃으며 답하였다.

"용렬한 제 아이가 여러 분들의 계교에 맞춰 오늘 이름을 예부(禮部)에 거니 학생의 불평한 마음은 진실로 다른 일에 비하지 못하겠소이다."

승상이 웃으며 말하였다.

"영랑의 용과 기린 같은 모습으로서 평소의 재주로 오늘 뜻을 이루었으니 형에게 무슨 불평한 마음이 있으리오?"

태사가 공손히 사례하며 말하였다.

"이제 제 아이가 용모가 조금 있으나 실은 어린 아이입니다. 여러 공들이 과도히 아셔서 과거에 높이 급제하였으나 사람의 영화부귀는 조물(造物)이 꺼리는 바라 학생이 스스로 조심하고 두려워 기쁜

---

77) 신래(新來): 과거에 급제하여 처음 벼슬에 임명된 사람.

줄을 모르나이다."

승상이 크게 감동하여 낯빛을 고치고 칭찬하였다.

"명공의 높은 마음은 우리가 바랄 바가 아니라 어찌 세속의 의논을 드러내겠는가?

태사가 공손히 사례하고 말을 하지 않았다.

석양 후에 잔치를 파하고 객들이 흩어지니 태사가 서헌에서 취침하였다. 학사는 잔치 자리에서 재상들에게 두루 보채이고 또 어주(御酒)에 취하여 견디지 못해 서모 주 씨의 방에 이르러 관대(冠帶)를 벗고 쉬었다.

주 씨가 웃으며 물었다.

"낭군이 어찌 백화각으로 가지 않고 이리 오셨는고?"

학사가 속으로 웃고 말을 안 했다.

문득 한성 공자가 삼공자 연성과 얼제(孼弟) 문성을 데리고 이르렀다. 연성은 바야흐로 오 세요, 문성은 팔 세였다. 한성이 말하였다.

"소제가 아까 형을 찾으러 백화각에 가니 안 계셔서 두루 찾았는데 문성이 이곳에 계시다고 이르므로 왔나이다. 조모께서 형이 백화각에 갔는지 알아오라 하시더이다."

학사가 말하였다.

"내 마침 피곤하여 서모 침소에 와 쉬려고 하니 백화각에 무슨 구실이 있어 날마다 갈 것인가? 그런데 조모께서 이렇듯 알려고 하시니 자손의 도리에 미세한 일이라도 명을 거역함이 불가하도다."

말을 마치고 옷을 여미고 일어나니 한성이 웃으며 말했다.

"형님이 형수 대접을 너무 과도히 하셔서 의관을 정제하시고 무릎을 쓸어 공경하니 이는 참으로 아니 될 일입니다."

학사가 웃고 백화각에 이르니 소저가 등불 아래 앉아 있다가 일어섰다. 학사가 침상에 올라 잠들었으나 끝내 소저를 본 체도 않았다.

날이 밝으니 태사가 잔치를 크게 베풀어 모친께 경하하니 유 부인이 편지를 써 정 추밀 부인을 청하였다. 여부인이 위의를 갖추어 이씨 집안에 오니 유 부인이 시어머니를 모시고 뭇 손님을 맞아 자리를 정하였다. 유 부인이 춘추 40에 다다랐으나 씩씩하고 영롱한 모습은 시원하여 진속(塵俗)에 물들지 않았다. 정 소저가 봉관화리(鳳冠花履)[78]로 모시고 서 있으니 옥 같은 얼굴과 가을물 같은 골격이 자리의 사람들 가운데 뛰어났다. 그래서 태부인과 유 부인의 기쁨이 이날 한층 더했다.

이날 온 조정의 공경 대신이 모두 신래(新來)를 희롱하며 즐기니, 흰 차일은 반공(半空)에 닿았고 비단 병풍과 자금(紫金) 색 돗자리는 햇빛에 빛났다. 무수한 공경 대신이 금포옥대(錦袍玉帶)[79]로 자리를 이루었으니 얼굴들이 하나도 범상한 자가 없어 복숭아꽃 같은 낯빛과 붉은 눈길이 서로 빛나며 옥을 갈아 메운 듯하였다. 더욱이 충문공의 햇빛 같은 안색으로 가을물 같은 골격이 무리 중에서 뛰어나고 장원의 수려하고 영롱한 풍채가 비할 데 없으니 자리에 있던 사람들이 새로이 눈을 기울여 기이하게 여겼다.

이날 모든 재상이 풍류를 대하고 장원을 내려오게 해 놀리니, 충문공이 오늘 천 년에 얻지 못할 영화를 부친이 보지 못하심을 슬퍼하여 미우(眉宇)에 근심어린 빛이 비치고 눈을 나직이 깔아 한 점 온화한 기운이 없었다. 정승상과 정 추밀이 그 뜻을 알고 이에 좋은 말로 위로하였다.

---

78) 봉관화리(鳳冠花履): 봉황 무늬를 수놓은 모자와 꽃 무늬를 수놓은 신발.
79) 금포옥대(錦袍玉帶): 비단옷과 옥혁대.

"사람들 가운데 부모를 다 모시고 끝까지 효도하는 이가 드무니 이것이 어찌 명공(明公)뿐이리오? 오늘날 경사를 맞아 돌아가신 시랑을 추모하여 명공이 슬픈 회포를 능히 참지 못하시겠으나 태부인이 계시니 슬퍼하지 말고 한담(閑談)을 여시는 것이 다행일까 합니다."

태사가 듣고 눈에서 눈물 두어 줄이 자리에 떨어지니 태사가 탄식하고 말하였다.

"오늘 아들의 경사를 맞아 양친의 기뻐하심을 보지 못하니 마음에 기쁨이 없더니 여러 공이 즐기지 않으시는 것을 보니 학생의 불민(不敏)함을 후회하나이다."

말을 마치고 흰 베로 만든 한삼을 들어 눈물을 씻으니 정 추밀이 다시 위로하였다.

"형의 슬픈 회포는 그렇게 해도 그르지 않거니와 오늘 자수의 근심하는 것을 살펴 참는 것이 옳을까 하노라."

태사가 여러 사람이 매우 무료해 하는 것을 보고 억지로 사례하고 술잔을 날려 반취(半醉)하니, 장원을 이끌어 내당에 들어가 모친께 헌수(獻酬)하였다. 이때 여자 손님들은 다 휘장 안으로 피하고 유 부인이 정 소저와 함께 헌수(獻酬)하니 태사와 유 부인의 씩씩한 모습은 소년보다 나으며 학사와 정 소저의 옥란(玉蘭) 같은 기질은 아담, 전아하고 그 풍채는 보통 사람이 아니었다. 그런데 주 씨가 자리에 있음을 태사가 크게 불쾌하게 여겨 한 번 눈길을 흘리니 주 씨가 알아보고는 그윽이 한하고 두려워 물러났다.

태부인이 슬픔과 기쁨을 이기지 못하여 끝없이 흘리는 눈물이 소매에 젖었다.

"내 쓸모없는 자질로 기구한 운명을 타고나 다만 현아 한 사람을 두고 모자(母子)가 슬픔과 고난을 두루 겪고 오늘 이 같은 경사를 보니 노모가 한이 없도다. 옛일을 생각하니 어찌 슬프지 않으리오?"

태사가 좋은 말씀으로 위로하고 석 잔 헌수를 마치고 나가니 모든 손님이 다시 자리를 정하고 태부인 복록이 대단함을 치하하였다. 부인이 겸손히 사례하고 좌우를 시켜 주 씨를 부르니 주 씨가 사양하다가 이에 이르러 말석에 몸을 웅크리고 앉았다. 모든 손님이 또한 공경하고 주 씨의 예법과 아름다운 얼굴을 사랑하였다.

해가 지자 모든 손님이 흩어질 때 유 부인이 정 추밀 부인을 간절히 붙잡고 머물게 하니 여 부인이 또한 여아를 오랜만에 만나 기뻐서 이에 머물렀다. 여아의 방안에 이르니 소저가 모부인을 만난 반가움과 기쁨을 이기지 못하여 손을 잡고 별후(別後) 안부를 물었다. 문득 학사가 의관을 가지런히 하고 이에 이르러 장모를 뵈니 부인이 새로이 사랑하고 기쁨을 이기지 못하여 과거에 급제함을 치하하였다. 이에 학사가 온화한 빛으로 사례하며 말하였다.

"천한 몸이 뜻하지 않게 급제하니 송구함을 이기지 못하겠나이다. 즉시 문하(門下)에 나아가 현알(見謁)할 것으로되 양일을 집안 잔치에 분주하여 능히 나아가 뵈옵지 못하고 오늘 이곳에서 뵈오니 부끄러움을 이기지 못하겠나이다."

부인이 그 소리가 낭랑함을 더욱 사랑하여 말하였다.

"현서(賢壻)의 기질로 오늘날이 있을 줄을 이미 알았거니와 또한 어린 나이에 높이 청운(靑雲)을 부여잡으니 이 기쁨을 어찌 이길 수 있겠는가?"

학사가 나직이 사례하고 얼마 동안 앉아서 말하다가 일어나 나갔다. 부인이 귀중(貴重)함을 이기지 못하고, 사위의 여아 향한 은정의 정도를 알려 하여 소저의 손을 잡고 팔을 보니 비홍(臂紅)이 단사(丹沙)와 같이 붉었다. 이에 낯빛이 변해 말하였다.

"여아가 혼인한 지 오래되었거늘 무슨 까닭으로 규수의 모양이 아직까지 있느냐?"

소저가 부끄러워 대답하지 못하니 소저의 유모 주옥랑이 나아와 말하였다.

"소저가 이리 오신 후 존당 태부인이 태사를 엄히 경계시키셔서 하루도 이곳을 떠나지 못하게 하셨사옵니다. 그러나 낭군의 기색이 냉랭하여 일찍이 눈을 거들떠 소저를 보지 않으시니 천한 몸의 근심이 진실로 적지 아니하였으나 일찍이 입밖에 내지 못하였나이다."

부인이 본디 어질었으나 성품이 강하고 투기가 다른 사람과 달랐다. 정 추밀이 비록 기운이 강하고 세상을 압도할 기상을 지녔으나 부인과는 초년부터 사랑이 교칠(膠漆) 같아 다른 여자와 정을 통하지 않고 부인에 대한 애정이 가볍지 않았다. 그리하여 부인이 일생 괴로움을 모르고 지냈다. 더욱이 여아를 세상에 없는 귀한 보배로 알고 있었거늘 출가한 두 해에 규수의 모양이 온전히 있으니, 공자가 아버지의 명령을 지키려는 마음이 있는 것을 모르는 부인이 어찌 놀라지 않겠는가? 유랑의 말을 들으니 마른하늘에 급한 벼락소리를 들은 것 같아서 한참이나 말을 안 했다. 학사를 미워하는 마음이 바로 생겨 분노가 가슴에 가득해 말문이 막힌 것이다.

이때 주 씨는 침소에 와 앉아 있었다. 태사가 시녀를 시켜 주 씨를 부르니 서헌에 이르러 자신이 왔음을 아뢰었다. 태사가 기색을 엄하고 세차게 해 주 씨가 잔치 자리에서 여러 부인네가 모인 데에 태연히 나와 앉았고, 부인 헌수(獻酬)하는 데에도 앉아 있었음을 들어 크게 꾸짖었다. 주 씨가 잠깐 무례하게 행동했음을 깨닫고 얼굴빛을 고치지 않은 채 사죄를 지극히 하니 태사가 비로소 경계하고 용서하였다.

주 씨가 사례하고 오다가 정 소저 침소에 들어와 여 부인을 뵙고 말하니 여 부인이 소저의 손을 잡고 눈물을 비오듯 흘려 그칠 줄을 몰랐다. 주 씨가 괴이하게 여겨 물었다.

"오늘 존부인(尊婦人)이 무슨 까닭으로 소저를 대하여 슬퍼하시나이까? 천첩(賤妾)이 연고를 몰라 걱정하나이다."

부인이 눈물을 거두고 탄식하였다.

"사람의 마음은 자식이 용렬(庸劣)하나 정은 지극하고, 자식이 많으나 그 정은 각각이니 하물며 자식이 하나일 때에 있어서랴. 내 일찍 여아를 늦게야 얻어 이 아이를 세상에 다시없는 보배로 여기다가 의외에 학사 같은 군자를 얻어 시집보내니 소망이 족하여 금슬처럼 화합하기를 밤낮으로 원했다네. 이제 혼인한 지 이 년에 팔뚝에 홍점이 의연하니 어찌 놀랍지 않으며 이 아이의 평생은 오늘로부터 짐작할 수 있으리로다."

주 씨가 다 듣고 부인이 매우 놀라는 것을 그윽이 웃었으나 나타내지는 않았다.

"소저가 용모와 사덕(四德)[80]을 지니고 있는데 학사가 어찌 까닭 없이 박대하겠습니까? 소저의 나이가 어리므로 태사 어른께서 깊이 조심하여 각기 거처하게 하고자 하셨습니다. 그러나 존당 태부인이 권하셔 한 방에 깃들이게 하고자 하시니 태사께서 정당의 명을 거역하지 못하시고 다만 학사를 부르셔서 이리이리 경계하셨습니다. 우리 상공이 평생에 한 일도 큰어른의 명령을 어긴 적이 없었던 까닭에 소저와 함께 즐기지는 못하고 계시나 앞일은 근심이 없을 것입니다."

부인이 주 씨의 말을 다 위로하는 말로 여기고 곧이듣지 않고 묵묵히 말을 하지 않았다. 이윽고 주 씨가 일어나 나간 후에 부인이 여

---

80) 사덕(四德): 부녀자가 갖추어야 할 네 가지 덕. 곧, 부덕(不德), 부언(婦言), 부용(婦容), 부공(婦功).

아를 대해 학사를 깊이 증오해 밤이 새도록 잠을 이루지 못하니 소저가 나직이 간하였다.

"이 군은 군자이니 어찌 까닭 없이 소녀를 박대하겠습니까? 이는 모두 시아버님의 명령을 받들어서입니다."

부인이 노해 말하였다.

"어린 아이가 장래를 모르고 말이 이러하나 네 끝내 백두음(白頭吟)[81] 읊는 신세를 면치 못할 것이다."

소저가 태연히 웃고 말하였다.

"설사 백두음을 읊은들 관계하겠나이까?"

부인이 여아의 나이가 어려서 세상 물정을 모르는가 하여 더욱 한스러워하고 불쌍히 여겨 동트기 전에 돌아가려 하였다. 그런데 태부인과 유 부인이 청하여 며느리의 기특함을 칭찬하니 부인이 억지로 대답하였다.

"존문(尊門)이 제 아이를 귀중(貴重)하시는 데 대해서는 첩이 결초보은(結草報恩)할 것입니다. 그러나 저 부부가 화락하지 못한다면 무슨 흥이 있겠습니까?"

그러고 나서 이별하고 난간에 나와 덩에 들었다. 학사가 들어와 절하고 이별하니 부인이 어제의 온화한 기색이 없이 본 체도 않고 여아의 손을 잡고 탄식하였다.

"너는 모름지기 장신궁(長信宮)[82]의 고단함을 감내하지 말고 일찍

---

81) 백두음(白頭吟): 전한(前漢) 사마상여(司馬相如)의 아내 탁문군(卓文君)이 지었다고 전해지는 악부로서, 상여가 첩을 얻으려고 하자 탁문군이 이 시를 지어 결별의 뜻을 밝히니 상여가 첩 얻는 것을 단념하였다고 함. 일설에 백두음은 탁문군과는 무관하며 한대(漢代)의 민가(民歌)라 함.

82) 장신궁(長信宮): 한(漢) 성제(成帝)의 사랑을 받던 후궁 반첩여가 같은 후궁인 조비연 때문에 성제의 사랑을 잃고서 머물렀던 궁 이름.

돌아오라."

소저는 생이 자리에 있음을 보고 부끄러움을 이기지 못하여 붉은 빛이 낯 위에 올랐다. 학사가 부인의 기색이 좋지 않음을 보고 이상하게 여기고 있다가 이 말을 듣고는 반드시 그 딸의 생혈(生血)을 보고 저렇듯 하는 줄을 스쳐 알고 우습게 여겼다. 눈을 들어 소저를 보니 눈길을 나직이 하고 아름다운 뺨이 잠깐 붉어 있으니 학사가 웃고 나갔다. 소저는 학사가 웃는 것을 어찌 모르겠는가. 더욱 부끄러워하며 자기 침소로 돌아왔다.

여 부인이 본부에 돌아와 추밀과 여러 아들에게 말하였다.

"여아가 일찍이 세상에 없는 색태와 자질을 가져 무심한 자라도 자연히 사랑할 수밖에 없을 것이거늘 이생은 어떤 괴물이라고 까닭 없이 여아를 박대하고 서로 한 방에 처한 지 이 년에 눈도 들어보지 않는다고 하니 여아의 평생은 이제 마친 듯하니 이를 장차 어찌하리오?"

추밀이 처음에는 놀랐으나 문득 웃으며 말하였다.

"자수는 군자니 어찌 무단히 정실을 박대하겠는가? 반드시 여아의 나이가 어리므로 마음을 그렇게 잡은 것이니 더욱 기특하도다."

부인이 낯빛을 바꾸고 말하였다.

"상공은 우스운 말 마소서. 내 들으니 태사가 이리이리 경계했다 하니 설사 그 명을 받아 함께 즐기지는 않을지언정 눈도 들어보지 않고 언어 수작도 안 한다 하니 이것이 괴물이 아닙니까? 또한 남이라도 한 방에 처한 지 두 해면 말을 할 것이거든 하물며 부부임에랴? 이것이 다 박대하는 것이니 여아를 당당히 데려오소서."

정 공이 다 듣고 칭찬하며 말하였다.

"이 태사가 예를 좋아함과 자수가 부명(父命)을 지키는 것이 난부난자(難父難子)라 어찌 흠을 잡으리오? 자수가 또한 아버지의 명령

지키기를 세월이 오래도록 고치지 않으니 이 마음은 천금을 갖고 바꾸려 하나 쉽지 못할 것이네. 아직 저들의 나이가 어려서 그러하니 장래에는 근심이 없을 것이네. 부인은 괴이하게 여기지 말라."

정 시랑이 그 아버지에게 고하였다.

"오늘 대인 말씀이 옳으십니다. 자수는 대현(大賢)이니 결단코 누이를 박대하지 않을 것이요 또한 소년의 호방함이 없으니 누이 진실로 소천(小天)을 잘 얻은 것입니다. 모친은 너무 심려치 마소서."

부인이 갑자기 노한 빛을 띠며 말하였다.

"너희가 다 이생이 말이 직고 몸을 닦는 것이 깨끗함을 빌어 이렇듯 하는구나. 그러나 부부의 중한 정은 임의로 못하고 소년 때에는 서로 화락해도 장래가 염려되거늘 이제 이생이 거짓으로 아비 명에 의지하여 여아와는 남이 되었으니 이것이 바로 염려가 되는 것이다. 그런데 상공과 너희들이 다 이생을 미쁘게 여기니 내 할 말이 없구나. 빨리 여아를 데려오거라."

공이 정색하고 말하였다.

"자수가 하는 행동은 다 보통 사람이 할 수 있는 바가 아니네. 소년 남자가 절색의 아내와 한 방에 처하고서 호방한 거조가 없으니 더욱 기특하거늘 어찌 이런 자잘한 염려를 하는고?"

부인이 공의 말이 옳음을 보고 여아를 데려올 뜻을 그쳤으나 번민에 사로잡혀 잠깐도 편안하지를 못했다.

한겨울이 되자, 부인이 갑자기 병을 얻어 날로 깊어지니 아들들이 매우 놀라 옆에서 밤낮 없이 구호하였다. 그래도 효험이 없으니 추밀이 또한 근심하여 식음(食飮)을 전폐(全廢)하였다. 이 학사가 자주 이르러 문병하였으나 부인은 병중(病中)에도 분노하여 보지를 않고 여아만을 보고 싶어 하였다. 정 시랑이 학사에게 귀령(歸寧)을 청하니 학사가 부친에게 고하였다. 이에 태사가 놀라 말하였다.

"여 부인의 병세가 그럴진대 우리 며느리가 어찌 벌써 가지 않았느냐?"

드디어 소저가 친정에 가는 것을 허락하였다.

소저는 모친의 병세가 깊음을 생각하고 밤낮 초조해 하다가 시부모의 허락을 얻어 총총히 본부에 이르러 모친을 보았다. 모친의 살갗은 시들고 안색은 여위어 병근(病根)이 이미 뼈에 박혀 있었다. 놀람과 슬픔으로 가슴이 막혔으나 꾹 참고 자신이 왔음을 아뢰었다. 부인은 여아가 온 것을 보고 반가움이 극해 도리어 눈물을 흘리고 말하였다.

"내 병이 고황(膏肓)을 침노(侵擄)하였으니 아마도 살 방도가 없을 듯하구나."

소저가 위로하였다.

"어머님의 병환은 찬 기운에 잠깐 병난 것이니 어찌 과도히 번뇌하시나이까?"

부인이 탄식하고 대답하지 않았다.

이에 소저가 머무르며 띠를 풀지 않고 구호하며 식음을 폐하니 용모가 초췌해졌다. 그렇게 되어도 어머니가 낫기를 간절히 바라는 마음은 비길 곳이 없었다. 정 공이 이를 크게 우려하여 여아를 위로하며 부인의 병세가 깊음을 민망히 여겨 천하의 명의(名醫)를 다 모아 부인을 치료하였다.

이때 이 학사는 날마다 이르러 문병하였으나 부인은 병든 중에도 이 학사를 더욱 원망하고 분노하여 그를 보지 않았다. 학사가 어찌 부인의 마음을 짐작하지 못하겠는가. 또한 우습게 여겼으나 극진히 문병하여 사위의 예를 다할 뿐이었다.

이러구러 한 해가 지나고 다음 해에 이르렀으나 부인의 병세는 조금도 차도가 없어 춘 이월에 이르러서는 매우 심해졌다. 시랑 등 다섯 아들이 눈물을 흘리고 경황이 없이 분주하니 그 모습은 실로 탄식을 자아낼 만했다. 학사가 이르러 이 모습을 보고 크게 감동하여 소저의 거동을 짐작하여 한 번 보고 위로하려 하였다. 그러나 소저는 친정에 온 후에 일찍이 병소(病所)를 떠나지 않았으니 학사가 소저를 볼 수가 없었다.

하루는 정 시랑 등이 병소에서 나오지 않았는데, 학사가 주 유랑을 불리 소지를 청하였다. 유랑이 마음속으로 놀라고 의심하여 들어가 소저에게 고하였다. 이때 부인이 정신이 혼미해 인사를 모르니 소저가 망극하여 눈물이 낯에 그칠 사이 없다가 이 말을 듣고는 응하지 않았다. 시랑이 권하여 말하였다.

"네 어찌 지아비가 청하는데 더디게 행하느냐?"

이처럼 좋은 말로 타이르니 소저가 마지못해 몸을 일으켜 중당(中堂)에 이르렀다. 학사가 빨리 일어나 맞아 서로 예를 마치고 동서로 자리를 잡았다. 학사가 눈을 들어 소저를 보니 얼굴에는 눈물자국이 가득하고 낯빛이 초췌해 쓰러질 듯하니 몇 달 사이에 몰라보게 변해 있었다. 학사가 놀라서 말을 않다가 무릎을 쓸며 물었다.

"오늘은 악모(岳母)의 환후(患候)가 어떠하십니까?"

소저가 학사와 혼인한 지 삼 년에 학사의 말을 들은 것은 이번이 처음이었다. 부끄러움이 앞서 자연히 눈길을 낮추고 얼굴빛을 붉힌 채 대답하지 못하였다.

학사는 소저가 부끄러워하는 줄을 알았으나 자기의 말이 희롱하는 말이 아니거늘 대답하지 않는 것을 불쾌하게 여겼다. 잠잠히 있다가 유랑을 불러 소리를 엄정히 하여 말하였다.

"악모(岳母)의 환후(患候)가 가볍지 않으나 네 소저가 너무 애태워 몸을 돌아보지 않으니 이는 매우 불가한 일이로다. 시녀로서 마땅히 내 뜻을 전하여 타이르도록 하라."

말을 마치고 일어나 돌아가니 유랑이 한편으로 기뻐하고 소저가 학사와 말을 하지 않음을 답답하게 여겨 말했다.

"노야(老爺)가 부질없는 말씀을 물으신 것이 아니거늘 소저는 어찌하여 대답하지 않으십니까?"

소저가 대답을 않고 들어갔다.

정 공이 조참(朝參)[83]하고 돌아와 여아가 없음을 물으려 하니 소저가 들어오는 것을 보고 갔던 곳을 물었다. 유랑이 나아가 학사가 하던 말을 고하니 공이 크게 기뻐하여 소저에게 말하였다.

"자수는 군자라. 하는 일마다 이렇듯 신중하거늘 네 어찌 그 말에 대답지 않았는고?"

소저는 이에 대답하지 않았다.

이날 부인의 병세가 더욱 위중하니 소저가 망극함을 이기지 못하였다. 이날 황혼에 목욕재계하고 스스로 희생이 되어 등불을 밝히고 하늘을 우러러 북두칠성에 모친의 목숨을 빌었다. 그 정성은 천지를 바로잡는 듯하였으니 상천(上天)이 감동함이 없겠는가. 소저가 제를 마치고 병소에 돌아왔다.

이때 부인의 병세가 깊어 혼절하는 지경에 있었다. 정 시랑이 칼을 빼어 손가락을 자르려 하니 공이 칼을 빼앗고 책망하였다.

"네 어미 있는 줄만 알고 아비 있는 줄은 모르느냐?"

시랑이 초조하여 눈물이 좌석에 고일 뿐이었다. 새벽에 부인이 홀

---

83) 조참(朝參): 임금이 한 달에 네 번씩 정전에 친림하면 모든 관리가 인사를 드리고 할 말을 아뢰는 일.

연 깨어 돌아누워 말했다.

"내가 잠을 너무 잤더냐?"

시랑이 놀라고 의심하여 말을 않고 있었다. 부인이 다시 일렀다.

"'금년에 명이 다하는 것이었는데 그대 딸의 지성을 하늘이 감동하셔서 목숨을 연장하노라.' 하니 알지 못할 일이로다."

시랑이 이 말을 듣고 크게 기특하게 여겨 이에 소저가 하늘에 빈 연고를 전하니 부인이 놀라 소저의 손을 잡고 탄식하였다.

"너의 효성이 천지를 돌이키게 하여 어미를 구하였으니 어찌 몸 상할 줄을 알지 못하는고?"

소저는 눈물을 머금고 슬픈 빛을 띠었다.

이날부터 부인이 차도를 얻었다. 모든 아들이 매우 기뻐하니 소저의 기쁨 또한 비길 곳이 있으리오. 그러나 부인은 여러 달 병석에 있었기 때문에 자리에서 일어나지 못했으니 시랑 등 다섯 사람과 모든 자녀가 좌우에서 모셔 재미있는 말로 위로하였다. 학사는 날마다 와 문병하였으나 부인이 보지 않았다. 시랑 등이 옳지 않다고 간하였으나 부인이 노한 빛으로 말하였다.

"이생이 까닭 없이 내 여아를 박대하고 간사하게도 극진히 문병하는 체하니 참으로 한스럽구나. 그러니 내가 어찌 저를 보겠느냐?"

시랑이 다시 간하였다.

"자수는 크게 어진 사람입니다. 이럴 리가 없거늘 모친이 벌써 육칠 삭을 보시지 않으니 자수가 이런 까닭은 모르고 괴이하게 여길까 하나이다."

부인이 낯빛을 바꾸고 대답하지 않으니 시랑 등이 다시 말을 못하였다.

제2부

주석 및 교감

A. 원문

1. 저본은 한국학중앙연구원 소장본(18권 18책)으로 하였다.
2. 면을 구분해 표시하였다.
3. 한자어가 들어간 어휘는 한자 병기를 원칙으로 하였다.
4. 음이 변이된 한자어 및 한자와 한글의 복합어는 원문대로 쓰고 한자를 병기하였다. 예) 고이(怪異). 겁칙(劫-)
6. 현대 맞춤법 규정에 의거해 띄어쓰기를 하되, 소왈(笑曰)처럼 '왈(曰)'과 결합하는 1음절 어휘는 붙여 썼다.

B. 주석

1. 다음과 같은 경우에 각주를 통해 풀이를 해 주었다.
    가. 인명, 국명, 지명, 관명 등의 고유명사
    나. 전고(典故)
    다. 뜻을 풀이할 필요가 있는 어휘
2. 현대어와 다른 표기의 표제어일 경우, 먼저 현대어로 옮겼다.
    예) 츄천(秋天): 추천.
3. 주격조사 'ㅣ'가 결합된 명사를 표제어로 할 경우, 현대어로 옮길 때 'ㅣ'는 옮기지 않았다. 예) 긔위(氣宇ㅣ): 기우.

C. 교감

1. 교감을 했을 경우 다른 주석과 구분해 주기 위해 [교]로 표기하였다.
2. 원문의 분명한 오류는 수정하고 그 사실을 주석을 통해 밝혔다.
3. 원문의 의미가 분명하지 않은 경우, 국립중앙도서관 소장본을 참고해 수정하고 주석을 통해 그 사실을 밝혔다.
4. 알 수 없는 어휘의 경우 '미상'이라 명기하였다.

빵쳔긔봉(雙釧奇逢) 권지일(卷之一)

1면

대명(大明)[1] 영[2]낙(永樂)[3] 년간(年間) 문연각(文淵閣)[4] 태흑ᄉ(太
學士)[5] 태ᄌ태부(太子太傅)[6] 튱문공(忠文公) 니현[7]의 ᄌ(字)ᄂ 윤샹
이라. 문하시랑(門下侍郞)[8] 니명의 지(子ㅣ)니 그 모친(母親) 진 시
(氏) 홍무(洪武) 십오(十五) 년(年)[9] 임술(壬戌)의 공(公)을 싱(生)ᄒ

---

1) 대명(大明): 중국 명(明)나라를 높여 부르는 말. <쌍천기봉>은 여느 대하소설과 마
   찬가지로 중국을 배경으로 하고 있음.
2) 영: [교] 원문에는 '역'으로 되어 있으나 오기로 보임.
3) 영낙(永樂): 영락. 명(明)나라의 제3대 황제인 주체(朱棣, 1360~1424) 태종(太宗)의
   연호(1402~1424). 태조(太祖) 홍무제(洪武帝, 재위 1368~1398)의 넷째 아들로서
   정난(靖難)의 변(變)을 일으켜 건문제(建文帝, 재위 1398~1402)를 폐위(廢位)시키
   고 황제의 자리에 오름. 묘호인 '태종'은 후에 성조(成祖)로 개칭됨. 시호는 문제(文帝).
4) 문연각(文淵閣): 명(明)나라 때, 전적(典籍)을 저장하고 황제가 강독을 하던 궁내(宮
   內)의 장소.
5) 태흑ᄉ(太學士): 태학사. 관직명. 원래 당(唐)나라 때부터 있었던 관직인데, 명(明)나
   라 때의 성조(成祖)에 이르러 전문 관직이 됨. 황제의 비답(批答)과 신하의 상소를
   관리하고 정무(政務)를 받들었음.
6) 태ᄌ태부(太子太傅): 태자태부. 관직명. 태자를 보필하고 인도하는 일을 하였음.
7) 니현: 이현. 실존인물을 토대로 허구화하였는지는 분명하지 않음. 명나라 초기의 정
   치가로 태사(太師)를 추증받은 이현(李賢, 1408~1466)이 있는데 <쌍천기봉>의 이
   현보다 이른 시기의 인물임.
8) 문하시랑(門下侍郞): 관직명. 황제를 가까이에서 모시던 관직. 진나라와 한나라 때
   에는 황문시랑(黃門侍郞)으로 불렸고 당나라 천보(天寶) 때 문하시랑으로 개칭된바,
   문하성(門下省) 장관(長官)인 시중(侍中)의 부사 역할을 함. 당나라와 송나라 때는
   이 관직과 함께 평장사(平章事)를 재상이라 칭하였음. 원나라 이후에는 이 관직을
   두지 않았음.
9) 홍무(洪武) 십오(十五) 년(年): 1382년. 홍무는 명(明)나라를 건국한 주원장(朱元璋)
   태조(太祖)의 연호. 생몰 1328~1398. 재위 1368~1398.

니 갓 나며 긔샹(氣像)10)이 동탕(動盪)11)ㅎ고 긔위(氣宇ㅣ)12) 쇄락
(灑落)13)ㅎ여 속애(俗兒ㅣ)14) 아니라.

초(初)의, 공(公)의 부친(父親)이 진 부인(夫人)으로 더브러 동쥬
(同住)15) 亽(四) 년(年)의 친상(親喪)을 만나 금쥬(錦州)16) 고향(故鄕)
의 ᄂᆞ려가 시묘(侍墓)17)ㅎ여 삼(三) 년(年)이 지나믹 됴뎡(朝廷)이 미
처 싱각디 못ㅎ여 초쳔(抄薦)18)티 못ㅎ니 드듸여 경亽(京師)의 가디
아니ㅎ고 고향(故鄕)의 이셔 셰월(歲月)을 디닐ᄉᆡ,

니 시랑(侍郞)이 본(本)딕 셩되(性道ㅣ)19) 과격쇼탈(過激疏脫)20)ㅎ
듕(中) 쥬ᄉᆡᆨ(酒色)을 됴히 너기딕 진 부인(夫人)이 슉뇨(淑窈)21)ㅎ미
타인(他人)과 다ᄅᆞ고 부뫼(父母ㅣ) 엄쥰(嚴峻)22)ㅎ므로

---

10) 긔샹(氣像): 기상. 사람이 타고난 기개나 마음씨. 또는 그것이 겉으로 드러난 모양.

11) 동탕(動盪): 기개가 호방함.

12) 긔위(氣宇ㅣ): 기우가. '기우'는 기개와 도량을 아울러 이르는 말.

13) 쇄락(灑落): 마음이 시원하고 깨끗함.

14) 속애(俗兒ㅣ): 속아. 속된 아이.

15) 동쥬(同住): 동주. 함께 삶.

16) 금쥬(錦州ㅣ): 금주. 지금의 호남성(湖南省) 회화시(懷化市) 마양현(麻陽縣) 서쪽에
있었던 금주(錦州)로 추정됨. 중국 지명 가운데 금주는 이외에 섬서성(陝西省)의
금주(金州), 요녕성(遼寧省)의 금주(錦州) 등이 있음. 이 세 지명 가운데 금주의 위
치를 추정해 볼 수 있는 작품 내 단서는 이명이 친상을 만나 금주로 내려갔다는
서술, 진 부인이 출거된 후 친정인 소주를 배를 타고 찾으러 간다는 서술, 그리고
소주를 가다가 표류하여 서경, 즉 서안으로 간다는 서술 등임. 이명이 벼슬을 한
곳이 수도 남경이라면 금주는 남경보다는 아래여야 한다는 점에서 섬서성의 금주
와 요녕성의 금주는 제외됨. 또한 섬서성의 금주는 진 부인이 표류해 도착한 서안
과 지리적으로 그리 멀지 않아 진 부인이 심리적으로 거리감을 가질 필요가 없었을
것이라 추론했을 때, 세 지명 가운데 가장 합당한 곳은 호남성의 금주로 판단됨.

17) 시묘(侍墓): 부모의 상중(喪中)에 3년간 그 무덤 옆에서 움막을 짓고 삶.

18) 초쳔(抄薦): 초천. 벼슬을 주어 부름.

19) 셩되(性道ㅣ): 성도. 성품(性品)과 도량(度量)을 아울러 이르는 말.

20) 과격쇼탈(過激疏脫): 과격소탈. 성품이 지나치게 격렬하고 털털함.

21) 슉뇨(淑窈): 숙요. 착하고 얌전함.

2면

ᄆᆞ음ᄃᆡ로 가아미희(佳兒美姬)[23]를 모도디[24] 못ᄒᆞ더니,

부뫼(父母ㅣ) 기셰(棄世)[25]ᄒᆞ고 향곡(鄕谷)의셔 울적(鬱積)히 지ᄂᆡᄆᆡ 츰디 못ᄒᆞ여 남경(南京)[26] 기ᄉᆡᆼ(妓生) 홍낭을 다려오니 낭(娘)의 ᄌᆞᄉᆡᆨ(姿色)이 졀셰(絕世)ᄒᆞ고 가무(歌舞)를 잘ᄒᆞᄆᆡ 시랑(侍郎)이 크게 혹(惑)ᄒᆞ야 쥬야(晝夜)의 외당(外堂)의셔 홍낭을 ᄃᆞ리고 연음(宴飮)[27]ᄒᆞ니 부인(夫人)이 ᄉᆞ리(事理)로 간(諫)ᄒᆞ미 슈ᄎᆡ(數次ㅣ)러니 낭(娘)이 교언녕ᄉᆡᆨ(巧言令色)[28]으로 니간(離間)ᄒᆞ니 시랑(侍郎)이 고디드러 부인(夫人)을 ᄂᆡ티니 부인(夫人)이 잉태(孕胎) 오(五) 삭(朔)이라.

혈〃(孑孑)[29] 약질(弱質)[30]이 친가(親家)ᄂᆞᆫ 소쥬(蘇州ㅣ)[31] 이시니 득달(得達)[32]홀 길히 업ᄉᆞ나 시랑(侍郎)의 포려(暴戾)[33]ᄒᆞᆫ 박튝(迫逐)[34]과 광패(狂悖)[35]ᄒᆞᆫ 위엄(威嚴)과 노분(怒憤)[36]이 뇌뎡(雷霆)[37]

---

22) 엄쥰(嚴峻): 엄준. 매우 엄하고 세참.

23) 가아미희(佳兒美姬): 아름다운 여인.

24) 모도디: 모으지.

25) 기셰(棄世): 기세. 세상을 떠남.

26) 남경(南京): 중국 강소성(江蘇省)의 성도(省都). 명나라 홍무제가 처음에 남경을 수도로 정하였으나 후에 영락제가 북경으로 천도함.

27) 연음(宴飮): 잔치를 열어 술을 마심.

28) 교언녕ᄉᆡᆨ(巧言令色): 교언영색. 아첨하는 말과 좋은 낯빛.

29) 혈〃(孑孑): 의지할 곳이 없이 외로움.

30) 약질(弱質): 약한 자질.

31) 소쥬(蘇州ㅣ): 소주. 중국 강소성(江蘇省) 동남부 태호의 동쪽 기슭에 있는 도시.

32) 득달(得達): 목적한 곳에 도달함.

33) 포려(暴戾): 사나움.

34) 박튝(迫逐): 박축. 핍박하여 내쫓음.

35) 광패(狂悖): 미친 사람처럼 말과 행동이 사납고 막됨.

ᄀ티니 능(能)히 홀일업서 비를 ᄉ 트고 촌〃(寸寸)이[38] 겨유 소쥬
(蘇州ㅣ)를 향(向)ᄒ여 가더니 슈삼(數三) 일(日)을 힝(行)ᄒ여 가다
가 홀연(忽然) 일진광

3면

풍(一陣狂風)[39]이 니러나 비 닷줄이 쩌러뎌 아모 뒤로 가ᄂ 줄 모ᄅ
고 다만 비 가ᄂ 뒤로 잇더니 슈삼(數三) 일(日) 후(後) 풍셰(風勢)
더ᄒ여 힝(行)ᄒ니 쥬듕지인(舟中之人)[40]이 창황(倉黃)[41]ᄒ여 졍(正)
히[42] 위태(危殆)ᄒ더니 믄득 바름이 굿치고 비 여흘[43]의 부딕텨 다
히거늘 모다 졍신(精神)을 츨혀 보니 이곳은 셔경(西京)[44] 지경(地
境)이니 소쥬(蘇州ㅣ)를 싱각ᄒ매 하늘 흐가히라. 진 부인(夫人)이
망극(罔極)ᄒ여 실셩통곡(失聲痛哭)[45]ᄒ더니 ᄉ공(沙工)이 닐오디,

"이제 임의 ᄇ람의 조츠 이곳의 니ᄅ러시니 소쥬(蘇州ㅣ)로 향(向)
ᄒ려 ᄒ시면 예셔 슈쳔여(數千餘) 리(里)[46]라. 셰월(歲月)을 쳔연(遷

---

36) 노분(怒憤): 성냄.
37) 뇌뎡(雷霆): 뇌정. 천둥.
38) 촌〃(寸寸)이: 조금씩.
39) 일진광풍(一陣狂風): 한바탕 몰아치는 사나운 바람.
40) 쥬듕지인(舟中之人): 주중지인. 배 안에 있는 사람들.
41) 창황(倉黃): 정신이 없음.
42) 졍(正)히: 정히. 참으로.
43) 여흘: 바닷가 바닥이 얕거나 썰물일 때 나타나 보이는 돌 따위.
44) 셔경(西京): 서경. 중국 섬서성(陝西省)의 성도(省都)인 서안(西安). 서한(西漢) 때
    장안(長安), 즉 지금의 서안을 수도로 정하고 동한(東漢) 때 수도를 낙양(洛陽)으
    로 고쳤으므로 이때부터 낙양을 동경(東京)이라 하고 장안을 서경이라 하였음.
45) 실셩통곡(失聲痛哭): 실성통곡. 너무 울어 소리가 나지 않을 정도로 통곡함.
46) 슈쳔여(數千餘) 리(里): 수천여 리. 실제로 서안(西安)에서 소주(蘇州)까지 약 1,300km

延)47)ᄒ여 가기 어려오니 부인(夫人)은 션가(船價)를 주시고 이곳의
셔 비의 ᄂ리쇼셔"

ᄒ니 부인(夫人)이 더옥 망극(罔極)ᄒ나 홀일업서 약간(若干) 금빅
(金帛)을 주고 유랑(乳娘) 운

•••

4면

향으로 더브러 뭇틱 ᄂ려 슬피 하ᄂᆯ을 바라고 우다가 긔절(氣絕)ᄒ
거늘 운향이 붓드러 구(救)홀ᄉᆡ 부인(夫人)이 계유 정신(精神)을 출
혀 보니 ᄉ공(沙工)이 비를 써히고 풍범(風帆)48)을 놉히 ᄃ라 살ᄀ티
힝(行)ᄒ더라.

부인(夫人)이 의뢰무탁(依賴無托)49)ᄒ여 망극(罔極)ᄒᄆᆯ 이긔디
못ᄒ여 냥인(兩人)이 실셩운졀(失性殞絕)50)ᄒ니 경상(景狀)51)이 참
담(慘憺)52)ᄒ더라.

냥구(良久)53) 후(後) 부인(夫人)이 탄왈(歎曰),

"닉 니 군(君)의 구튝(驅逐)54)을 만나 이 지경(地境)의 니르니 인
싱(人生)이 사라 쓸 딕 업ᄉ매 죽어 모르고져 ᄒ나 부모(父母) 혈육
(血肉)을 ᄎ마 ᄉ장(死場)55)의 ᄇ리디 못ᄒ고 복듕(腹中)의 니 시(氏)

가량 됨.

47) 쳔연(遷延): 천연. 일이나 날짜 따위를 미루고 지체함.

48) 풍범(風帆): 돛.

49) 의뢰무탁(依賴無托): 의탁할 곳이 없음.

50) 실셩운졀(失性殞絕): 실성운절. 정신을 잃음.

51) 경상(景狀): 모습.

52) 참담(慘憺): 가슴 아플 정도로 비참함.

53) 냥구(良久): 양구. 시간이 오래 지남.

54) 구튝(驅逐): 구축. 내쫓김.

혈육(血肉)이라 젼일(前日) 구고(舅姑)[56] 혜튁(惠澤)을 싱각건디 엇디 일시(一時) 급(急)ᄒ믈 견디디 못ᄒ여 대의(大義)를 폐(廢)ᄒ리오?"

노쥬(奴主ㅣ) 셔로 븟드러 유벽(幽僻)[57]ᄒ고 고요ᄒᆫ 집을

5면

어디 드러가니 노고(老姑) 일(一) 인(人)이 마자 드러가니 닐오디,

"엇디 녀인(女人)이 이리 고초(苦楚)히 ᄃ니ᄂ뇨?"

부인(夫人)과 운향이 이에 눈물을 흘리고 젼후슈말(前後首末)을 ᄌ셔(仔細)히 니ᄅ니 노괴(老姑ㅣ) ᄯᅩᄒᆫ 놀나고 차탄(嗟歎)[58]ᄒ여 왈(曰),

"원억(冤抑)[59]ᄒᆫ 현인(賢人)이 그릇 시운(時運)이 니(利)티 아니믈 만나 이러틋 뉴리개걸(流離丐乞)[60]ᄒ디 타일(他日)의 득의(得意)ᄒ미 이시리니 부인(夫人)과 파″(婆婆)는 하 셜워 말라. 그러나 주인(主人)이 본(本)디 의식(衣食)이 곤핍(困乏)[61]ᄒ니 부인(夫人)의 노쥬(奴主ㅣ) 편(便)티 못ᄒᆯ가 두리ᄂ이다."

부인(夫人)이 누슈(淚水)를 ᄲᅳ려 왈(曰),

"노쥬인(老主人)의 후디(厚待)[62]ᄒᄂ 은혜(恩惠)를 닙으니 바라건대 ᄒᆫ 간 방(房)을 빌니신즉 은혤(恩惠ㅣ)가 ᄒᄂ이다. 엇디 의식(衣

---

55) ᄉ장(死場): 사장. 죽을 곳.

56) 구고(舅姑): 시아버지와 시어머니.

57) 유벽(幽僻): 한적하고 외짐.

58) 차탄(嗟歎): 탄식하고 한탄함.

59) 원억(冤抑): 원통한 누명을 써서 억울함.

60) 뉴리개걸(流離丐乞): 유리개걸. 떠돌아다니며 구걸함.

61) 곤핍(困乏): 부족함.

62) 후디(厚待): 후대. 두텁게 대우함.

食)조츠 쥬인(主人)긔 근심을 기티리잇고?"

노괴(老姑ㅣ) 크게 잔잉이[63] 너겨 별당(別堂)을 셔르져[64] 안돈(安頓)[65]ᄒ니 부인(夫人)

• • •

6면

이 후의(厚意)[66]를 칭샤(稱謝)[67]ᄒ고 머므러 운향을 명(命)ᄒ야 즈긔(自己) 옥지환(玉指環)과 빅옥녕농(白玉玲瓏) 모란잠(牧丹簪) 일(一) 민(枚)를 주어 시샹(市上)의 가 화미(貨賣)[68]ᄒ니 슈빅(數百) 금(金)을 바다 드듸여 믈화(物貨)를 환(換)ᄒ야 슈(繡) 노흐며 깁 ᄯ 파라 의식(衣食)을 이우니 비록 넉〃든 못ᄒ나 평안(平安)이 머므런 디 오(五) 삭(朔) 만의 일(一) 개(個) 옥윤(玉胤)[69]을 싱(生)ᄒ니 이곳 튱문[70]공(忠文公)이라. 신치(身彩) 쥰미(俊邁)[71]ᄒ고 풍되(風度ㅣ)[72] 슈려(秀麗)ᄒ야 결비범인(決非凡人)[73]이라 부인(夫人)이 일희일비(一喜一悲)[74]ᄒ여 일홈을 현이라 ᄒ고 즈(字)를 윤샹이라 ᄒ다.

─────────────

63) 잔잉이: 불쌍하게.

64) 셔르져: 치워.

65) 안돈(安頓): 사물이나 주변 따위를 잘 정돈함.

66) 후의(厚意): 남에게 넉넉하게 인정을 베푸는 마음.

67) 칭샤(稱謝): 고마움을 표현함.

68) 화미(貨賣): 화매. 팖.

69) 옥윤(玉胤): 윗사람의 아들을 높여 이르는 말.

70) 문: [교] 원문에는 '무'로 되어 있으나 앞에서 이미 '문'으로 나왔으므로 이와 같이 수정함.

71) 쥰미(俊邁): 준매. 빼어남.

72) 풍도(風度): 풍채와 태도.

73) 결비범인(決非凡人): 결코 보통 사람이 아님.

74) 일희일비(一喜一悲): 기쁘기도 하고 슬프기도 함.

현이 졈〃(漸漸) ᄌ라 ᄉ오(四五) 셰(歲)의 밋ᄎ니 비상(非常)ᄒ 법
되(法道ㅣ) 잇고 안ᄌ매 긔샹(氣像)이 단엄(端嚴)⁷⁵⁾ᄒ고 셔믜 ᄒᆡᆼ뵈(行
步ㅣ) 젼듕(典重)⁷⁶⁾ᄒ여 풍골(風骨)이 쇄연(灑然)⁷⁷⁾ᄒ더니, 칠(七) 셰
(歲)의 니ᄅ러 비로소 만ᄉ(萬事)를 달통(達通)ᄒ여 모롤 거시 업더

•••

7면

라.

일〃(一日)은 모시(毛詩)⁷⁸⁾를 넑다가 ᄎᆡᆨ(冊)을 딥고 모친(母親)긔
고왈(告曰),

"고금(古今) 이ᄅᆡ(以來)로 싱아자(生兒者)는 븨(父ㅣ)⁷⁹⁾라 ᄒ거ᄂᆞᆯ
쇼ᄌ(小子)ᄂᆞᆫ 홀노 부친(父親)을 아디 못ᄒ니 엇던 일이니잇고?"

부인(夫人)이 함누(含淚) 왈(曰),

"부ᄌ유친(父子有親)⁸⁰⁾은 ᄌ고(自古)로 덧〃ᄒ니 너의 싱각ᄒ미
엇디 고이(怪異)ᄒ리오?"

인(因)ᄒ야 젼후슈말(前後首末)을 니ᄅ니 현이 텽필(聽畢)의 누쉬
(淚水ㅣ) 만면(滿面)ᄒ야 반향(半晌)⁸¹⁾이나 말을 아니타가 눈물을 거
두고 왈(曰),

---

75) 단엄(端嚴): 단정하고 엄격함.

76) 젼듕(典重): 전중. 전아하고 진중함.

77) 쇄연(灑然): 시원스러운 모양.

78) 모시(毛詩):『시경(詩經)』의 주석서. 중국 한(漢)나라 초의 학자 모형(毛亨)과 모장
(毛萇)이 전한 것으로 알려져 있음.

79) 싱아자(生兒者)는 븨(父ㅣ): 생아자는 부. 나를 낳아 주신 분은 아버지.

80) 부ᄌ유친(父子有親): 부자유친. 오륜(五倫) 중의 하나. 아버지와 자식에게는 친함
이 있음.

81) 반향(半晌): 반나절.

"야얘(爺爺ㅣ) 비록 참소(讒訴)를 신쳥(信聽)[82]ᄒᆞ샤 교식(巧色)[83]의 혹(惑)ᄒᆞ야 모친(母親)을 닛텨 계시나 도금(到今)ᄒᆞ야는 일월(日月)이 오래니 혹쟈(或者) 뉘으츠샤 히ᄋ(孩兒)를 보시면 엇디 샤(赦)[84]티 아니시리잇가? 히이(孩兒ㅣ) 싱지칠셰(生之七歲)의 텬뉸(天倫)을 아디 못ᄒᆞ니 인간(人間) 죄인(罪人)이라. 원(願)컨대 태〃(太太)를 뫼시고 야〃(爺爺)의 계신 곳을

∘∘∘
8면

조용이 ᄎᆞᄌᆞ가ᄉᆞ이다."

부인(夫人)이 등을 어로만뎌 왈(曰),

"닉 엇디 네 싱각만 못ᄒᆞ리오마ᄂᆞ 셔경(西京)과 금쥐(錦州ㅣ) 도뢰(道路ㅣ) 졀원(絶遠)[85]ᄒᆞ니 구틱(驅馳)[86]ᄒᆞ믈 히ᄋ(孩兒)와 녀ᄌᆞ(女子ㅣ) 엇디 득달(得達)ᄒᆞ며 셜ᄉᆞ(設使) 득달(得達)ᄒᆞ나 네 부친(父親) 뜻을 닉 아ᄂᆞ니 필연(必然) 용납(容納)디 아닐디라. 다시 구튝(驅逐)ᄒᆞᆫ즉 우리 모지(母子ㅣ) 어딕롤 의탁(依託)ᄒᆞ리오? 네 십오(十五) 셰(歲) 되기롤 기ᄃᆞ려 ᄎᆞᄌᆞ 영효(榮孝)[87]를 일위라. 여뫼(汝母ㅣ) 어ᄂᆞ 놋ᄎᆞ로 네 부친(父親)을 보리오?"

공지(公子ㅣ) 슬프미 칼흘 삼킨 듯ᄒᆞ여 다만 울고 믁〃(默默) 쳐연(悽然)[88]ᄒᆞ더라.

---

82) 신쳥(信聽): 신청. 들은 것을 믿음.

83) 교식(巧色): 교색. 아첨하는 낯빛.

84) 샤(赦): 사. 용서함.

85) 졀원(絶遠): 절원. 매우 멂.

86) 구틱(驅馳): 구치. 몹시 바빠 돌아다님.

87) 영효(榮孝): 부모를 영화롭게 하는 효도.

공지(公子ㅣ) 추후(此後)는 발즈최 문밧(門-)글 나디 아니코 고요히 초당(草堂)의셔 성현지셔(聖賢之書)89)를 가져 뎐디만믈(天地萬物)을 흉듕(胸中)의 쟝(藏)ㅎ나 일념(一念)이 엄안(嚴顏)90)을 모르니 냥친(兩親)을 흔 당(堂)의 뫼시디 못

•••

9면

ㅎ니 각골통박(刻骨痛迫)91)이 눈믈을 금(禁)티 못ㅎ여 셔안(書案)의 어롱지니 부인(夫人)이 쏘흔 그 거동(擧動)을 잔잉ㅎ여 안쉬(眼水ㅣ) 여우(如雨)92)ㅎ더라.

뉴광(流光)93)이 살 フ튼야 공지(公子ㅣ) 임의 십삼(十三) 셰(歲) 츈광(春光)94)을 당(當)ㅎ니 칠(七) 쳑(尺) 신댱(身長)과 뉴요봉익(柳腰鳳翼)95)이 댱부(丈夫)의 긔상(氣像)이 니럿고 옥면셩안(玉面星眼)96)의 호치단슌(晧齒丹脣)97)이 표〃(飄飄)히 텬샹(天上) 션지(仙子ㅣ) 하강(下降)흔 둣ㅎ니 부인(夫人)이 일변(一邊) 두굿기고 뎌 フ튼

---

88) 쳐연(悽然): 처연. 슬퍼하는 모양.

89) 셩현지셔(聖賢之書): 성현지서. 성인(聖人)과 현인(賢人)의 글.

90) 엄안(嚴顏): 아버지의 얼굴.

91) 각골통박(刻骨痛迫): 한스러움이 뼈에 새겨지고, 슬픔이 지극함.

92) 여우(如雨): 비와 같이 흐름.

93) 뉴광(流光): 유광. 세월.

94) 츈광(春光): 춘광. 나이.

95) 뉴요봉익(柳腰鳳翼): 유요봉익. 버들 같은 허리와 봉황 날개와 같은 두 팔. '버들 같은 허리'는 아름다운 여인을 형용하는 말이나 여기에서는 아름다운 남자를 형용하는 말로 쓰임.

96) 옥면셩안(玉面星眼): 옥면성안. 옥 같은 얼굴에 별 같은 눈.

97) 호치단슌(晧齒丹脣): 호치단순. 흰 이에 붉은 입술. 호치단순은 아름다운 여자를 형용할 때 주로 쓰이나 여기에서는 잘생긴 남자를 형용하는 말로 쓰임.

쟉인(作人)으로 부즈텬뉸(父子天倫)을 모르고 쳔리히듕(千里海中)[98]의 무치여 자라믈 비졀통샹(悲絶痛傷)[99]ᄒ더라.

공지(公子ㅣ) 스스로 인뉴(人類)의 나셔믈 붓그려 일즉 죡젹(足跡)이 문(門)의 밋디 아니"쥬인(主人) 노괴(老姑ㅣ) 고이(怪異)히 너겨 일"(一日)은 문왈(問曰),

"공즈(公子)의 연긔(年紀)[100] ᄇ야흐로 소년(少年)이어ᄂᆞᆯ 엇던 고(故)로 미양(每樣) 슈심(愁心)의 즘겨 두문불츌(杜門不出)[101]ᄒ시니 쳔

●●●
10면

심(賤心)의 의괴(疑怪)[102]ᄒᄂ이다."

공지(公子ㅣ) 텽파(聽罷)의 탄왈(歎曰),

"나는 본(本)ᄃᆡ 텬하(天下)의 죄인(罪人)이라. 십(十) 셰(歲) 넘도록 가엄(家嚴)의 면목(面目)을 모르니 금슈(禽獸)와 다르미 업ᄂᆞᆫ디라 어ᄂᆞ 면목(面目)으로 사름을 ᄃᆡ(對)ᄒ며 화ᄉᆞ(華事)[103]의 뜻이 이시리오?"

노괴(老姑ㅣ) 크게 긔특(奇特)이 너겨 차탄(嗟歎)ᄒ더라.

이에 칠셕가졀(七夕佳節)[104]을 당(當)ᄒ야 노괴(老姑ㅣ) 본(本)ᄃᆡ 풍질(風疾)[105]이 이셔 초졍(椒井)[106]의 목욕(沐浴)ᄒ라 ᄃᆞ니더니 ᄎ

---

98) 쳔리히듕(千里海中): 천리해중. 경사에서 매우 멀리 떨어진 변방.

99) 비졀통샹(悲絶痛傷): 비절통상. 매우 슬퍼함.

100) 연긔(年紀): 연기. 대강의 나이.

101) 두문불츌(杜門不出): 두문불출. 문을 닫고 밖으로 나가지 않음.

102) 의괴(疑怪): 의아하고 괴이함.

103) 화ᄉᆞ(華事): 화사. '화려한 속세의 일'의 의미인 듯하나 미상임.

104) 칠셕가졀(七夕佳節): 칠석가절. 칠석의 아름다운 시절. 칠석은 음력 7월 7일로, 견우(牽牛)와 직녀(織女)가 1년에 한 번 오작교(烏鵲橋)에서 만난다는 날.

105) 풍질(風疾): 한방에서, 신경의 탈로 생기는 병을 통틀어 이르는 말.

시(此時) 또 갈식 공주(公子)의 비회(悲懷)를 위로(慰勞)코져 흔가지
로 가믈 쳥(請)호니 공직(公子ㅣ) 샤〃(謝辭)[107] 왈(曰),

"파〃(婆婆)의 후의(厚意)는 감샤(感謝)호나 닉 무음이 본딕 풍쟝
(豊裝)[108]의 잇지 아니호고 죄인(罪人)의 힝식(行色)이 비편(非便)호
여 쥬인(主人)의 후의(厚意)를 조츠 밧드디 못호노라."

셜파(說罷)의 화용옥모(花容玉貌)[109]의 눈믈이 써러지니 노괴(老
姑ㅣ) 크게 익셕(哀惜)호여 직

• • •

11면

삼(再三) 위로(慰勞)호고 왈(曰),

"공직(公子ㅣ) 비록 눔다른 비회(悲懷) 계시나 이럴스록 흔씩 시훤흔
딕 나가 구경호야 시름을 프르시고 부인(夫人)을 위로(慰勞)호쇼셔."

공직(公子ㅣ) 오히려 믁연(黙然) 블응(不應)이어늘, 부인(夫人)이
쏘흔 탄식(歎息)고 개유(開諭) 왈(曰),

"오인(吾兒)의 금셕지언(金石之言)[110]이 엇디 그른미 이시리오마
는 셩인(聖人)이 경권(經權)[111]을 허(許)호시니 네 몸이 당당(堂堂)흔
남직(男子ㅣ)어늘 너모 우슈울억(憂愁鬱抑)[112]호여 긔운을 최졀[113]

---

106) 초졍(椒井): 초정. 톡 쏘는 물이 나오는 우물. 지명이라기보다 보통명사로 추정됨.
107) 샤〃(謝辭): 사사. 사양함.
108) 풍쟝(豊裝): 풍장. '화려한 치장'의 의미인 듯하나 미상임.
109) 화용옥모(花容玉貌): 꽃과 옥 같이 아름다운 얼굴.
110) 금셕지언(金石之言): 금석지언. 교훈이 될 수 있는 귀중한 말.
111) 경권(經權): 경도(經道)와 권도(權道). 경도는 항상 변하지 않는 법도이고 권도는
     경도를 크게 해치지는 않으면서 상황에 따라 변할 수 있는 법도. 즉 권도는 임시
     방편으로 삼는 법을 의미함.
112) 우슈울억(憂愁鬱抑): 우수울억. 근심하고 우울해 함.

(摧折)114)ᄒ며 더옥 우리 모ᄌᆞ(母子)의 ᄉ라시믄 노쥬(老主)의 은덕(恩德)이라. 제 너를 ᄉ랑ᄒ야 ᄒᆞᆫ가지로 가고져 ᄒ니 오ᄋᆞ(吾兒)ᄂᆞᆫ 굿ᄐ여 고집(固執)지 말라."

ᄒᆞ니 공ᄌᆡ(公子]) 시러곰 갈 ᄯᅳᆺ이 업스ᄃᆡ 모명(母命)을 승슌(承順)115)ᄒ고 쥬인(主人) 노고(老姑)의 지극(至極)ᄒᆞᆫ ᄯᅳᆺ을 감ᄉ(感謝)ᄒ야 산듕(山中)의 나아가니 산쳔봉만(山川峰巒)116)이 ᄲᅢᅘᅧ

●●●

12면

나고117) 경개(景槪) 더옥 가려(佳麗)ᄒ고 층암졀벽(層巖絶壁)의 ᄆᆰ은 믈이 옥암(玉巖) ᄉ로118) 조ᄎᆞ 흐르더라.

이에 노괴(老姑]) 오ᄉᆞᆯ 벗고 목욕(沐浴) 감을ᄉᆡ 공ᄌᆡ(公子]) 심ᄉᆞ(心思]) 즐겁디 아냐 두로 건너더니 이윽고 노괴(老姑]) 오ᄉᆞᆯ 닙고 그늘의 안져 가져간 술을 먹더니 믄득 뒤흐로셔 일위(一位) 댱쟤(長者]) 갈건야복(葛巾野服)119)으로 쳥녀장(靑藜杖)120)을 집고 완〃(緩緩)이121) ᄀᆡ러 ᄂᆞ려오다가 믄득 니 공ᄌᆞ(公子)의 ᄲᅢᅘᅧᄂᆞᆫ122) 옥안봉목(玉顏鳳

---

113) 졀: [교] 원문에는 '찰'로 되어 있으나 오기로 보임.

114) 최졀(摧折): 기운 등이 꺾임.

115) 승슌(承順): 승순. 순순히 받듦.

116) 산쳔봉만(山川峰巒): 산천봉만. 산과 내, 뾰족한 봉우리.

117) ᄲᅢᅘᅧ나고: 빼어나고.

118) 옥암(玉巖) ᄉ로: 옥 같은 바위 사이로. [교] 원문에는 '옥암ᄌᆞ를'로 되어 있으나 뜻이 불분명하여 국도본(1:11)을 따름.

119) 갈건야복(葛巾野服): 거친 베로 만든 수건과 옷. 은사(隱士)나 처사(處士)의 거칠고 소박한 옷차림을 이르는 말.

120) 쳥려장(靑藜杖): 명아줏대로 만든 지팡이.

121) 완〃(緩緩)이: 천천히.

122) ᄲᅢᅘᅧᄂᆞᆫ: 빼어난.

目)123)이며 영웅(英雄)의 풍치(風采) 산천(山川) 묽은 거슬 다 슬와브리믈 보고 크게 경아(驚訝)124)ᄒ야 당젼(當前)125)ᄒ야 폴흘 드러 왈(曰),

"옥인(玉人)은 노인(老人)을 도라보믈 쳥(請)ᄒ노라."

공지(公子ㅣ) 놀나 사름과 졉화(接話)ᄒ믈 슬희여126) 못 드른 쳬ᄒ니 노괴(老姑ㅣ) 급(急)히 닐오디,

"노야(老爺)는 동향(同鄕) 뉴 쳐싀(處士ㅣ)시니 혹

• • •

13면

힝(學行)과 셩되(性度ㅣ) 당금(當今)의 뎨일(第一)이시니 공지(公子ㅣ) 만홀(漫忽)티 마ᄅ소셔."

공지(公子ㅣ) 블열(不悅)ᄒ나 마디못ᄒ여 몸을 두로혀127) 예(禮)ᄒ고 입을 여러 샤례(謝禮) 왈(曰),

"초야(草野) 젹은 아히128) 션싱(先生)의 후의(厚意)를 봉승(奉承)129)코져 ᄒ디 ᄉ괴(事故ㅣ)130) 잇ᄂ디라 가믈 쳥(請)ᄒᄂ이다."

셜파(說罷)의 폴흘 드러 녜(禮)ᄒ고 표연(飄然)이 도라가ᄂ디라. 뉴 쳐싀(處士ㅣ) 그 도라셔 말ᄒ쟐 젹 안광(眼光)131)을 브라보니 흰 낫과 너른 니마와 년화냥협(蓮花兩頰)132)이 젹션지모(謫仙之貌)133)와 반악

---

123) 옥안봉목(玉顔鳳目): 옥 같은 얼굴과 봉황 같은 눈.

124) 경아(驚訝): 놀라고 의아함.

125) 당젼(當前): 당전. 앞에 당도함.

126) 슬희여: 싫어하여.

127) 두로혀: 돌려.

128) 아히: 아이.

129) 봉승(奉承): 웃어른의 뜻을 이어받음.

130) ᄉ괴(事故ㅣ): 사고. 일의 연고.

131) 안광(眼光): 눈의 정기.

지풍(潘岳之風)134)이라. 곤산(崑山)의 빅옥(白玉)을 다듬은 듯ᄒ니 심신 (心神)이 여치(如癡)135)ᄒ야 다시 쳥(請)코져 홀 적 발셔 공경예필(恭 敬禮畢)136)ᄒ고 표연(飄然)이 도라가니 형영(形影)이 업순디라 크게 셔운ᄒ여 그 풍모(風貌)를 칭찬(稱讚)ᄒ고 노고(老姑)다려 문왈(問曰),

"네 일쯕 그 공ᄌ(公子)의137) 거쳐(居處)

를 아ᄂ냐?"

디왈(對曰),

"쇼인(小人)의 집의 잇ᄂ이다."

공(公)이 경왈(驚曰),

"하고(何故)로 네 집의 잇ᄂ뇨?"

노괴(老姑ㅣ) 이에 일″(一一)이 고(告)ᄒ여 왈(曰),

"공ᄌ(公子ㅣ) 이제 십삼(十三)이로디 셩힝(性行)138)이 특츌(特出) ᄒ여 그 부친(父親) 면목(面目)을 모르므로 일쯕 디인접화(對人接 話)139)를 슬희140) 너기고 죡젹(足跡)이 문밧(門-)글 나디 아니ᄒ야

---

132) 년화냥협(蓮花兩頰): 연화양협. 연꽃 같은 두 뺨.

133) 젹션지모(謫仙之貌): 적선지모. 귀양 온 신선의 모습. 귀양 온 신선은 중국 당나 라의 시인 이백(李白, 701~762)을 가리킴. 호는 청련거사(靑蓮居士). 적선이라는 별명은 그의 시우(詩友)이자 주우(酒友)인 하지장(賀知章)이 붙여준 것임.

134) 반악지풍(潘岳之風): 반악의 풍모. 반악(潘岳, 247~300)은 중국 서진(西晉) 때의 시인으로서 미남이었다고 함.

135) 여치(如癡): 어린 듯함.

136) 공경예필(恭敬禮畢): 공경해 예를 마침.

137) 의: [교] 원문에는 '롤'로 되어 있으나 문맥을 고려하여 이와 같이 수정함.

138) 셩힝(性行): 성행. 성품과 행실.

죄인(罪人)으로 ᄌ쳐(自處)ᄒ더니 금일(今日)은 쇼인(小人)의 권(勸)으로 겨유 이에 왓더니 노야(老爺)를 만나 슈쟉(酬酌)ᄒ믈 깃거 아냐 미몰141)ᄒ니이다."

공(公)이 쳥파(聽罷)의 긔특(奇特)히 너겨 왈(曰),

"ᄎ(此)는 셩현(聖賢)이라 엇디 초야(草野)의 여ᄎ인(如此人)이 이시믈 ᄯᄉᄒ여시리오? 연(然)이나142) 공ᄌ(公子ㅣ) 문쟝(文章)을 ᄌ허(自許)143)ᄒ다 ᄒ니 다시 어더 볼 길이 이시랴?"

노괴(老姑ㅣ) 왈(曰),

"그 공ᄌ(公子)의 문쟝(文章)은 다시 니를 것 업거니와 어더

* * *

15면

보기 극난(極難)144)ᄒ니 동닌지인(同鄰之人)145)도 그 얼골을 못 보앗시니 엇디 즐겨 노야(老爺)긔 뵈며 제 심ᄉ(心思ㅣ) 타인(他人)과 다ᄅ니 보기를 간쳥(懇請)ᄒ미 즁난(重難)146)ᄒ니이다."

쳐ᄉ(處士ㅣ) 차탄(嗟歎) 냥구(良久)의 도라가니라.

원ᄅᆡ(元來) 뉴 공(公)의 명(名)은 의니, 셩졍(性情)이 쳥고(淸高)ᄒ여 공명(功名)을 구(求)티 아니ᄒ고 산듕(山中)의 은거(隱居)ᄒ야 스

---

139) 딕인졉화(對人接話): 대인접화. 남과 함께 이야기를 나누는 것.

140) 슬희: 싫게.

141) 미몰: 인정이나 싹싹한 맛이 없고 쌀쌀맞음.

142) 연(然)이나: 그러나.

143) ᄌ허(自許): 자허. 스스로 허여함.

144) 극난(極難): 매우 어려움.

145) 동닌지인(同鄰之人): 동린지인. 같은 마을에 사는 사람.

146) 즁난(重難): 중란. 매우 어려움.

스로 호미룰 들며 강어(江魚)룰 낫가 셩뒤(聖代)의 흔가흔 빅셩(百姓)이 되엿더라. 일족 부인(婦人) 노 시(氏)룰 취(娶)ᄒ야 일(一) 녀(女)룰 나고 샹실(喪室)147)ᄒ니 후취(後娶)ᄒ여 무ᄌ(無子)ᄒ고 일(一) 녀ᄋ(女兒)분이라. 쇼져(小姐)의 명(名)은 요란이오 방년(芳年)이 십이(十二) 셰(歲)라. ᄌ질(資質)의 고으미 츄틱(秋澤)148) 부용(芙蓉)149)과 금당(金塘)150) 목난(木蘭) ᄀᄐ여 의용(儀容)이 ᄾ"ᄒ며 녀공(女功)151)이 긔묘(奇妙)ᄒ여 고인(古人)을 압두(壓頭)ᄒ니 공(公)이 크게 ᄾ랑ᄒ야

...

16면

가우(佳偶)152)룰 광구(廣求)153)ᄒ뒤 능(能)히 엇디 못ᄒ야 울민(鬱悶)154)ᄒ더니 금일(今日)의 공ᄌ(公子)룰 보니 진짓 쇼녀(小女)의 됴흔 ᄶᆞᆨ이라 ᄆ음의 ᄀ쟝 깃거ᄒ야 이튼날 노고(老姑)룰 브르니 노괴(老姑ㅣ) 니르러 뵈거늘 공(公)이 흔연(欣然)이 닐오뒤,

"쟉일(昨日) 니가(-家) 공ᄌ(公子)룰 덧업시155) 보고 지금 닛디 못ᄒ뒤 다시 어더 볼 길히 업ᄾ니 네 능(能)히 그 글 지은 거슬 어더 뵐쇼냐?"

---

147) 샹실(喪室): 상실. 아내를 잃음.
148) 츄틱(秋澤): 추택. 가을 물결.
149) 부용(芙蓉): 연꽃.
150) 금당(金塘): 견고한 돌로 둘러싸인 연못.
151) 녀공(女功): 여공. 길쌈 등 부녀자가 해야 할 일.
152) 가우(佳偶): 아름다운 짝.
153) 광구(廣求): 널리 찾음.
154) 울민(鬱悶): 우울함.
155) 덧업시: 잠깐. '덧'은 시간, 때의 의미.

노괴(老姑ㅣ) 침음(沈吟)156)ᄒ다가 왈(曰),

"니 공ᄌ(公子ㅣ) 본(本)ᄃᆡ 단엄(端嚴)ᄒ야 사ᄅᆞᆷ으로 슈작(酬酌)157)기 슬히 너기거니와 쇼인(小人)이 구(求)ᄒ여 보리이다."

ᄒ고 도라와 니 공ᄌ(公子)ᄅᆞᆯ 보고 쟉시(作詩)ᄒᆞᆫ 거슬 엇고져 ᄒᆞᆫᄃᆡ 공ᄌ(公子ㅣ) 고요히 안자 논어(論語)ᄅᆞᆯ 읽으니 긔ᄉᆡᆨ(氣色)이 츄월(秋月) ᄀᆞᆺ고 거디(擧止) 단믁(端黙)ᄒ야 말 브티기 어렵고 무단(無斷)이158) 글 지은 거슬 달나

• • •

17면

ᄒ면 제 슈상(殊常)이 너길가 저허 ᄂᆞᆺ치 프르락블그락ᄒ야 안팟그로 나들기ᄅᆞᆯ 수업시 ᄒ니 공ᄌ(公子ㅣ) 노고(老姑)의 분쥬(奔走)ᄒᄆᆞᆯ 보고 고이(怪異)히 너기나 쏘ᄒᆞᆫ 아ᄅᆞᆫ 톄 아니터니 최후(最後)의 노괴(老姑ㅣ) 일계(一計)ᄅᆞᆯ 싱각고 크게 깃거, '됴흔 계괴(計巧ㅣ) 잇다.' ᄒ고 이에 드러가 고(告)ᄒ야 글오ᄃᆡ,

"한 아이 이셔 타향(他鄉)의 ᄉᆞ더니 마츰 인편(人便)이 이셔 글을 브티고져 ᄒᆞᄃᆡ 노신(老臣)이 ᄒᆞᆫ ᄌ(字)ᄅᆞᆯ 통(通)티 못ᄒ니 공ᄌ(公子ㅣ) 슈고로오나 두어 ᄌ(字) 적어 주시ᄆᆞᆯ 바라ᄂᆞ이다."

공ᄌ(公子ㅣ) 심하(心下)의 블열(不悅)ᄒ나 강잉(强仍)ᄒ야 부슬 드러 슈유(須臾)159) ᄉᆞ이 적어 주니 노괴(老姑ㅣ) 붓 두ᄅᆞ미 ᄉᆡᆯᄅᆞᆯ 보고 눈이 밤븨고160) 정신(精神)이 어려 칭찬(稱讚)ᄒ고 글을 가져

---

156) 침음(沈吟): 속으로 깊이 생각함.

157) 슈작(酬酌): 수작. 서로 말을 주고받음.

158) 무단(無斷)이: 무단히. 아무 사유 없이.

159) 슈유(須臾): 수유. 잠깐.

뉴부(-府)의 니르러 쳐亽(處土)긔 드리니 쳐亽(處土ㅣ) 밧비

18면

펴 보니 풍운(風雲)이 무식(無色)호고 건곤(乾坤)이 무광(無光)호더
라 대희(大喜)호야 노고(老姑)를 즁샹(重賞)¹⁶¹⁾호고 왈(曰),

"닉 만년(晚年)의 일녜(一女ㅣ) 이셔 년긔(年紀) 십이(十二) 셰(歲)
라 용모(容貌) 진덕(才德)이 니 공즈(公子)의 빈필(配匹) 되미 블미
(不美)호미 업스니 네 맛당이 진 부인(夫人)긔 이 뜻을 고(告)호여
혼亽(婚事ㅣ) 되게 호라."

노괴(老姑ㅣ) 답왈(答曰),

"쇼인(小人)이 노야(老爺) 명(命)을 밧들녀니와 니 공지(公子ㅣ) 하
믈욕(物慾)의 버셔나시니 깃거 아닐가 호ᄂ이다."

공(公)이 쇼왈(笑曰),

"부〃(夫婦) 인눈(人倫)은 싱민지시(生民之始)¹⁶²⁾오 만복지원(萬福之
源)이니 니 공지(公子ㅣ) 산인(山人)이 아닌 후(後)는 홀노 폐(廢)호랴?"

노괴(老姑ㅣ) 역쇼(亦笑)호고 도라가 진 부인(夫人)긔 이 뜻을 고
(告)호고 구혼(求婚)호믈 권(勸)호니 부인(夫人) 왈(曰),

"나의 ᄋ즈(兒子)는 노고(老姑)의 보는 배라 뉴가(-家) 여직(女子
ㅣ) 나의 ᄋ즈(兒子)를 당(當)호랴?"

노괴(老姑ㅣ) 거즛 닐오딕,

"뉴

---

160) 밤믜고: 밤의고. 눈부시고.

161) 즁샹(重賞): 중상. 상을 많이 줌.

162) 싱민지시(生民之始): 생민지시. 백성을 내는 시초.

소져(小姐)는 노신(老臣)의 본 배라, 진짓 공ᄌᆞ(公子)의 쌍(雙)이니이 다."

부인(夫人)이 대희(大喜)ᄒᆞ야 쾌허(快許)ᄒᆞᄃᆡ 뉴 공(公)이 크게 깃 거 튁일(擇日)ᄒᆞ니 듕츄(仲秋) 긔망(旣望)163)이라. 납폐(納幣)164) 홀ᄉᆡ 부인(夫人)이 ᄌᆞ긔(自己) 쇼년(少年)의 ᄭᅵ던 ᄌᆞ금(紫金)165) 팔쇠로써 빙폐(聘幣)166)ᄒᆞ고, 길일(吉日)이 다ᄃᆞᄅᆞ매 공ᄌᆞ(公子 ㅣ) 위의(威儀) 를 거ᄂᆞ려 뉴가(-家)로 갈ᄉᆡ 부친(父親)의 면목(面目)도 모ᄅᆞ고 천리 (千里) 애각(涯角)167) 관산(關山)168)을 즈음쳐169)170) 혈〃(孑孑) 모 친(母親)으로 엄ᄌᆞ지졍(嚴慈之情)171)을 아올나172) 블고이취(不告而 娶)173)ᄒᆞ게 되니 ᄌᆞ긔(自己) 텬디간(天地間) 궁인(窮人)이라 빅슈(白 首)를 즈음ᄒᆞ나 부명(父命)이 업시 취쳐(娶妻)의 념(念)이 업ᄉᆞ나 모 친(母親)의 외로온 신셰(身世)를 우러〃 본즉 브득이(不得已) 인눈

---

163) 긔망(旣望): 기망. 음력 16일. 망(望)은 보름.
164) 납폐(納幣): 혼인할 때에, 사주단자의 교환이 끝난 후 정혼이 이루어진 증거로 신 랑 집에서 신부 집으로 예물을 보냄. 또는 그 예물. 보통 밤에 푸른 비단과 붉은 비단을 혼서와 함께 함에 넣어 신부 집으로 보냄.
165) ᄌᆞ금(紫金): 적동(赤銅)의 다른 이름. 적동은 구리에 금을 더한 합금.
166) 빙폐(聘幣): 혼인할 때 신랑 집에서 신부 집에 보내는 예물. 납폐(納幣).
167) 애각(涯角): 아주 먼 궁벽한 곳.
168) 관산(關山): 고향에 있는 산. 전(轉)하여 고향, 향리.
169) 즈음쳐: 간격을 두어.
170) 천리(千里) 애각(涯角) 관산(關山)을 즈음쳐: 천리의 끝에 고향산을 두고.
171) 엄ᄌᆞ지졍(嚴慈之情): 엄자지정. 아버지와 어머니의 정. 嚴(엄격함)은 아버지, 慈 (자애로움)은 어머니의 정.
172) 아올나: 아울러.
173) 블고이취(不告而娶): 불고이취. 아버지에게 고하지 않고 혼인함.

(人倫)을 일우나 공ᄌᆞ(公子)의 회포(懷抱)야 어이 다 긔록(記錄)ᄒᆞ리오. 셩안(星眼)의 누쉬(淚水ㅣ) 어릐고 광미(廣眉)[174]의 슈식(愁色)이 가득ᄒᆞ니 츄호(秋毫)도 깃븐

• • •

20면

빗치 업더라.

위의(威儀)를 거ᄂᆞ려 뉴부(-府)의 니르러 젼안(奠雁)[175]을 맛고 신부를 마ᄌᆞ 도라와 독좌[176]를 파(罷)ᄒᆞ고 폐빅(幣帛)을 밧드러 존고(尊姑)긔 나오니 부인(夫人)이 신부(新婦)의 특이(特異)ᄒᆞ믈 ᄃᆡ(對)ᄒᆞ믹 깃브미 망외(望外)[177]나 비졀(悲絕)ᄒᆞ믈 뎡(靜)티 못ᄒᆞ더라.

공ᄌᆞ(公子ㅣ) 신방(新房)을 ᄎᆞᆺ디 아니〃 부인(夫人)이 문기고(問其故)[178]ᄒᆞᆫᄃᆡ 왈(曰),

"태〃(太太)의 외로오[179]신 셩의(誠意)를 역(逆)디 못ᄒᆞ야 브득이 취쳐(娶妻)ᄒᆞ나 엄안(嚴顔)을 모르고 부ᄀᆒ(父敎ㅣ) 업스니 인뉸(人倫) 죄인(罪人)이라. 부〃(夫婦)의 힝낙(幸樂)을 일우며 조혼소빙(早婚少聘)[180]은 셩인(聖人)의 경계(警戒)라 ᄌᆞ(子ㅣ) 십(十) 셰(歲) 갓 너머

---

174) 광미(廣眉): 넓은 눈썹.

175) 젼안(奠雁): 전안. 혼례 때, 신랑이 기러기를 가지고 신부 집에 가서 상 위에 놓고 절함. 또는 그런 예(禮). 산 기러기를 쓰기도 하나, 대개 나무로 만든 것을 씀.

176) 독좌: 새색시가 초례의 사흘 동안 들어앉아 있는 일.

177) 망외(望外): 뜻밖.

178) 문기고(問其故): 그 까닭을 물음.

179) 로오: [교] 원문에는 '오로'로 되어 있으나 글자의 순서가 바뀐 것으로 판단하여 이와 같이 수정함.

180) 조혼소빙(早婚少聘): 어린 나이에 아내를 맞이하는 것. '어린 나이에 아내를 맞이하는 것은 사람을 경박하게 하고, 첩이 많은 것은 사람을 어지럽게 한다. 早婚少聘, 敎人以偸., 妾媵無數, 敎人以亂.' 『소학(小學)』.

시니 동실(同室)이 블가(不可)호디라 모로미 친당(親堂)의 도라보너
샤 뎌의 나히 ᄎ고 쇼지(小子ㅣ) 인뉸(人倫) 완젼(完全)호믈 기ᄃ릴
디니이다.”

부인이 두굿겨 탄왈(歎曰),

“오ᄋ(吾兒)의 명

∙∙∙

21면

쾌(明快)흔 쇼견(所見)이 어ᄃ믜 밋디 못ᄒ리라.”

ᄒ더라.

명됴(明朝)의 뉴 공(公)이 니ᄅ매 ᄉᆼ(生)이 공경(恭敬)ᄒ야 마ᄌ 말
ᄉᆷ홀ᄉᆡ 옥모영풍(玉貌英風)181)을 ᄉᆡ로이 ᄉ랑ᄒ야 왈(曰),

“노신(老臣)이 그ᄃᆡ ᄀᄐᆫ 현ᄉ(賢士)ᄅᆯ 동ᄉᆼ(東床)182)을 삼으니 힝
희(幸喜)ᄒ믈 이긔디 못ᄒᄂᆞᆫ디라. 연(然)이나 녀ᄋᆡ(女兒ㅣ) 년긔(年
紀) 유츙(幼沖)183)ᄒ니 슈년(數年)을 기ᄃ려 ᄲᅡᆼ유(雙遊)ᄒ믈 보고져
ᄒᄂᆞ니 현셔(賢壻)의 ᄯᅳᆺ이 엇더ᄒ뇨?”

ᄉᆼ(生)이 흠신(欠身)184) 디왈(對曰),

“조혼소빙(早婚少聘)185)은 션왕(先王)의 경계(警戒)라 대인(大人

---

181) 옥모영풍(玉貌英風): 옥 같은 모습과 영웅의 풍채.

182) 동ᄉᆼ(東床): 동상. 사위를 높여 부르는 말. 중국 진(晉)나라의 태위 극감이 사윗감
을 고르는데 왕도(王導)의 집 동쪽 평상 위에 엎드려 음식을 먹고 있는 왕희지
(王羲之)를 골랐다는 고사에서 온 말.

183) 유츙(幼沖): 유충. 나이가 어림.

184) 흠신(欠身): 공경의 뜻을 나타내기 위해 몸을 굽힘.

185) 조혼소빙(早婚少聘): 어린 나이에 아내를 맞이하는 것. ‘어린 나이에 아내를 맞이
하는 것은 사람을 경박하게 하고, 첩이 많은 것은 사람을 어지럽게 한다. 早婚少
聘, 敎人以偸., 妾媵無數, 敎人以亂.’『소학(小學)』.

이 하교(下敎)ᄒ시니 쇼싱(小生)이 역명(逆命)ᄒ리잇고?"

공(公)이 그 팀듕(沈重)186)ᄒ믈 깃거 녀ᄋ(女兒)를 드려가며 싱(生)을 당부(當付)ᄒ여 즈로 폐샤(弊舍)187)의 굴(屈)ᄒ믈 니ᄅ니 싱이 유화(柔和)188)이 응ᄃᆡ(應對)ᄒ더라.

공ᄌᆡ(公子ㅣ) 만ᄉ(萬事)의 경(景)189)이 업스나 악쟝(岳丈)의 정직(正直)ᄒ믈 공경(恭敬)

• • •

22면

ᄒ여 즈로 왕ᄅᆡ(往來)ᄒ여 옹셔지의(翁壻之義)190) 두텁더라.

경ᄉ(京師)의셔 텬ᄌᆞ(天子ㅣ) 셜쟝(設場)191)ᄒ시고 인ᄌᆡ(人材)를 ᄲᆞᆯ실ᄉᆡ192) 진 부인(夫人)이 ᄋᆞᄌᆞ(兒子)드려 왈(曰),

"네 부친(父親)이 필연(必然) 너를 용납(容納)디 아니리니 바로 경ᄉ(京師)로 가 혹쟈(或者) 등과(登科)ᄒ거든 금쥐(錦州ㅣ)로 가미 조흘가 ᄒ노라."

싱(生)이 슈명(受命)ᄒ고 ᄒ ᆼ쟝(行裝)을 출혀 낙셩(洛城)193)을 향(向)ᄒᆯᄉᆡ 모친(母親)긔 하딕(下直)고 믈너ᄂᆞ니 니별(離別)ᄒᆞᄂᆞᆫ 안쉬(眼水ㅣ) ᄉ매를 적시더라.

---

186) 팀듕(沈重): 침중. 성격, 마음, 목소리 따위가 가라앉고 무게가 있음.

187) 폐샤(弊舍): 폐사. 자기 집을 낮추어 이르는 말.

188) 유화(柔和): 부드럽고 온화함.

189) 경(景): 경황. 정신적·시간적인 여유나 형편.

190) 옹셔지의(翁壻之義): 옹서지의. 장인과 사이의 의리.

191) 셜쟝(設場): 설장. 과거를 베풂.

192) ᄲᆞᆯ실ᄉᆡ: 뽑으시니.

193) 낙셩(洛城): 낙성. 수도를 이름.

뉴부(-府)의 니르러 하딕(下直)ᄒ니 쳐시(處士ㅣ) 졍(正)히 녀셔(女婿) 합근지녜(合巹之禮)[194]를 일우려 ᄒ더니 녀셔(女婿)의 먼니 가믈 놀라 ᄉ미를 잇글고 녀ᄋ(女兒)의 침소(寢所)의 니르니 쇼졔(小姐ㅣ) 니러 마ᄌ매 ᄉᆼ(生)이 안셔(安舒)[195]이 읍(揖)ᄒ고 폴 미러 좌졍(坐定)ᄒ니 공(公) 왈(曰),

"현셰(賢婿ㅣ) 이번 가매 쳥운(靑雲)의 올나

어향(御香)[196]을 ᄡᅩ히고[197] 몸이 금마(金馬)의 깃드려 셩명(姓名)이 빗ᄂ려니와 녀이(女兒ㅣ) 나히 ᄎ고 현셰(賢婿ㅣ) 긔골(氣骨)이 셕대(碩大)[198]ᄒ니 녕당(令堂)의 고(告)ᄒ고 합근지녜(合巹之禮)를 일우고져 ᄒ더니 군(君)이 경ᄉ(京師)로 향(向)ᄒ니 녀이(女兒ㅣ)와 명위부뷔(名爲夫婦ㅣ)[199]나 이셩(異性)의 친(親)ᄒ미 업ᄂ디라 부귀(富貴)로뼈 의(義)를 잇디 말나."

ᄉᆼ(生)이 샤왈(謝曰),

"쇼ᄉᆼ(小生)이 불민(不敏)ᄒ나 무신필뷔(無信匹夫ㅣ)[200] 되리잇가?"

쳐시(處士ㅣ) 대희(大喜)ᄒ야 소져(小姐)를 도라보아 왈(曰),

---

194) 합근지녜(合巹之禮): 합근지례. 원래는 혼인날에 신랑과 신부가 술을 나눠 마시는 예를 뜻하나, 여기에서는 동침을 의미함.

195) 안셔(安舒): 안서. 편안하고 조용함.

196) 어향(御香): 궁중에서 쓰는 향. 천향(天香)과 같은 말. 여기에서는 임금의 곁에 있음을 의미함.

197) ᄡᅩ히고: 쐬고.

198) 셕대(碩大): 석대. 몸집이 굵고 큼.

199) 명위부뷔(名爲夫婦ㅣ): 명분으로는 부부가 됨.

200) 무신필뷔(無信匹夫ㅣ): 신의 없는 보통 사람.

"셰시(世事ㅣ) 변역(變易)201)ᄒᆞ미 쉬오니 아녀(我女)ᄂᆞᆫ 모로미 신(信)을 표(表)ᄒᆞ라."

쇼졔(小姐ㅣ) 슈명(受命)ᄒᆞ여 ᄌᆞ금(紫金)202) 팔쇠 일(一) ᄡᅡᆼ(雙)을 ᄂᆡ여 오니 쳐시(處士ㅣ) 싱(生)ᄃᆞ려 왈,

"군(君)은 노인(老人)의 망녕(妄靈)되믈 쇼(笑)203)티 말고 져 팔쇠ᄒᆞᆫ 뿍식 난호고204) 여ᄋᆞ(女兒)의 면목(面目)을 잠간(暫間) 보믈 쳥(請)ᄒᆞ노라."

싱(生)이 쳐ᄉᆞ(處士)의 말을 듯고 ᄯᅩ흔 텬수(天數)를

•••

24면

아ᄂᆞᆫ 고(故)로 ᄡᅡᆼ셩(雙星)을 드러 보니 쇼졔(小姐ㅣ) 슈괴(羞愧)ᄒᆞ믈 ᄭᅴ여 팔쇠를 밧드러 앏흘 향(向)ᄒᆞ야 섯거늘 싱(生)이 수이 밧디 아니코 슉시냥구(熟視良久)205)의 몸을 니러 공경(恭敬)ᄒᆞ야 밧고 단슌(丹脣)을 움즉여 왈(曰),

"금일(今日) ᄌᆞ(子)의 신믈(信物)을 난화 타일(他日)의 합(合)ᄒᆞ믈 기ᄃᆞ리려니와 ᄎᆞ믈(此物)만 표(表)ᄒᆞ미 명〃(明明)티 아니〃 ᄯᅩ 일슈시(一首詩)를 지어 밍약(盟約)을 긴〃(緊緊)이 ᄒᆞ쇼셔."

쇼졔(小姐ㅣ) 쳔만브득이(千萬不得已) 필연(筆硯)을 나와 일슈시(一首詩)를 지어 부공(父公)긔 헌(獻)ᄒᆞ니 쳐시(處士ㅣ) 견필(見畢)의

---

201) 변역(變易): 바뀜.

202) ᄌᆞ금(紫金): 자금. 적동(赤銅)의 다른 이름. 적동은 구리에 금을 더한 합금.

203) 쇼(笑): [교] 원문에는 이 글자가 없으나 문맥을 고려하여 첨가함.

204) 난호고: 나누고.

205) 슉시냥구(熟視良久): 숙시양구. 오랫동안 바라봄.

싱(生)을 주니 바다 츄파(秋波)를 들매 즈톄(字體) 아름답고 필획(筆劃)이 청고(淸高)ᄒᆞ여 소ᄉᆞ(蘇謝)206)의 문장(文章)을 겸(兼)ᄒᆞ여시니 경아(驚訝)ᄒᆞ여 안식(顔色)을 고치고 부슬 드러 츠운(次韻) 일슈(一首)를 지어 공경(恭敬)ᄒᆞ야 밧드러 나아와 왈(曰),

"원앙(鴛鴦)의

• • •

25면

날기 분니(分離)ᄒᆞ고 금쳔(金川)207)이 단절(斷絶)ᄒᆞᆫ 후(後) 일노 신(信)을 삼아 님긔응변(臨機應變)ᄒᆞᆯ디어다."

셜파(說罷)의 소져(小姐) 원운시(元韻詩)와 금쳔(金釧)을 낭듕(囊中)의 장(藏)ᄒᆞ고 몸을 니러 빈별(拜別)ᄒᆞ고 문(門)을 나니 쳐ᄉᆞ(處士ㅣ) 쌀와 니르러 손을 잡고 왈(曰),

"노뷔(老父ㅣ) 숙딜(宿疾)이 침면(沈綿)208)ᄒᆞ니 그딕를 다시 보믈 밋디 못ᄒᆞᄂᆞ니 모르미 딘듕″(珍重珍重)ᄒᆞ야 현달(顯達)ᄒᆞᆫ 후(後) 산야(山野) 우밍(愚氓)209)도 닛디 말라."

싱(生)이 이 말을 드르매 일단(一旦) 경녀(驚慮)210)ᄒᆞᄂᆞᆫ 므음이 업

---

206) 소ᄉᆞ(蘇謝): 소사. 소혜(蘇蕙)와 사도온(謝道蘊). 모두 위진남북조 시기 동진(東晉) 때의 여류 시인. 소혜는 자(字)인 약란(若蘭)으로 더 잘 알려져 있는데, 남편 두도(竇滔)에게 보낸 회문시(回文詩)인 <직금시(織錦詩)>로 유명함. 사도온은 재상 사안(謝安)의 조카딸로, 문장으로 유명함.

207) 금쳔(金川): 금천. 강의 이름. 금계(金溪)의 별칭. 금계는 근원지가 두 군데임. 한 군데는 절강성(浙江省) 개화현(開化縣) 북쪽의 마금령(馬金嶺)이고 다른 한 군데는 같은 현 서북쪽의 백제령(百際嶺)임. 여기에서는 부부가 다시 합쳐지지 못함을 금계의 두 근원에 비유한 것임.

208) 침면(沈綿): 병이 깊어 낫지 않음.

209) 우밍(愚氓): 우맹. 어리석은 백성이라는 뜻으로 자기를 낮추어 부르는 말.

210) 경녀(驚慮): 경려. 놀라 염려함.

디 아냐 위로(慰勞) 왈(曰),

"대인(大人)이 장년(壯年)이 져므디 아냐 계시고 녹발(綠髮)이 이
우디211) 아냐 계시거늘 엇디 이런 블길(不吉)흔 말솜을 흐시누니잇
고? 쇼세(小壻ㅣ) 셜수(設使) 블민(不敏)흐나 악댱(岳丈)의 지우(知
遇)212)를 니즈리잇고?"

쳐시(處士ㅣ) 심(甚)히 쳑〃(慽慽)213)흐야 지삼(再三) 연〃(戀戀)흐
다가 손을 눈

•••

26면

호니라.

공지(公子ㅣ) 빈도(倍道)214)흐야 남경(南京)의 니르러 장옥(場
屋)215)의 나아가매 슌식(瞬息) 수이 휘필(揮筆)흐야 바치니 그 세(勢)
풍우(風雨) 곳더라. 이윽고 뎐젼(殿前)의셔 발방(發榜)216)흐니 뎐두
관(殿頭官)217)이 장원(壯元)을 호명(呼名) 왈(曰),

"금쥐인(錦州人) 니현이 년(年)이 십외(十五ㅣ)오 부(父)는 젼임(前
任) 시랑(侍郎) 니명이라."

흐니 공지(公子ㅣ) 몸을 섄혀 아아(峨峨)218)히 옥계(玉階) 하(下)

---

211) 이우디: 시들지.
212) 지우(知遇): 남이 자신의 인격이나 재능을 알고 잘 대우함.
213) 쳑〃(慽慽): 척척. 슬퍼함.
214) 빈도(倍道): 배도. 이틀에 갈 길을 하루에 감.
215) 장옥(場屋): 과장(科場)에서, 햇볕이나 비를 피하여 들어앉아서 시험을 칠 수 있
　　　게 만든 곳.
216) 발방(發榜): 합격자를 발표함.
217) 뎐두관(殿頭官): 전두관. 궁전에서 임금의 명을 받아 널리 알리거나 일을 하는 내시.
218) 아아(峨峨): 위엄 있고 성(盛)함.

의 니르니 풍광(風光)219)이 동인(動人)220)ᄒ야 뎐상뎐하(殿上殿下)의
바이ᄂ니라. 만됴(滿朝ㅣ) 막불경아(莫不驚訝)221)ᄒ고 태죄(太祖ㅣ)
크게 깃그샤 특지(特旨)로 어화청삼(御花靑衫)222)을 주시고 즉시(卽
時) 한님혹ᄉ(翰林學士)롤 ᄒ이시니 싱(生)이 고두비무(叩頭拜舞)223)
왈(曰),

"신(臣)의 아비 금쥐 고224)향(故鄕)의셔 니문(籬門)225)의 기ᄃ리미
일일여삼취(一日如三秋ㅣ)226)라. 셩지(聖旨)롤 엇ᄉ와 영친(迎親)227)
ᄒ믈 쳥(請)ᄒᄂ이다."

태죄(太祖ㅣ) 허(許)ᄒ시니 싱(生)이 고두(叩頭) 빅비(白拜) 샤은
(謝恩)ᄒ고 궐문(闕門)

• ••

27면

을 나매 빅관(百官)이 뒤히 며여 치하(致賀)ᄒ디 싱(生)이 일념(一念)
이 부친(父親) 존문(存問)을 모로니 ᄆ음이 쵸조(焦燥)ᄒ야 삼일유
가228)(三日遊街)229) 후 즉시(卽時) 길 나 셩야(星夜)230)로 금쥐(錦州

---

219) 풍광(風光): 사람의 용모와 품격.

220) 동인(動人): 사람을 감동하게 함.

221) 막불경아(莫不驚訝): 놀라지 않는 이가 없음.

222) 어화청삼(御花靑衫): 어화청삼. 어화는 과거 급제자가 머리에 꽂는 꽃이고 청삼
은 관복에 받쳐 입는 푸른 도포.

223) 고두비무(叩頭拜舞): 고두배무. 고두는 머리를 조아려 경의를 표하는 행위. 배무
는 엎드려 절하고 춤을 추는 행위로서 조정에서 절을 하는 예식임.

224) 고: [교] 원문에는 '공'으로 되어 있으나 오기로 보임.

225) 니문(籬門): 대울타리 문.

226) 일일여삼취(一日如三秋ㅣ): 일일여삼추. 하루가 삼 년 같다는 뜻으로 몹시 애태
우며 기다린다는 말.

227) 영친(迎親): 존친을 맞이해 봉양함.

ㅣ) 니ᄅ니 본쥬(本州ㅣ) ᄌ시(刺史ㅣ) 위의(威儀)ᄅᆞᆯ 거ᄂ려 십(十)니(里)의 나와 마즐ᄉᆡ ᄉᆡᆼ(生)이 밧비 문왈(問曰),

"여긔 니 시랑(侍郞) 집이 어듸뇨?"

ᄌ시(刺史ㅣ) 듸왈(對曰),

"이 아니 문하시랑(門下侍郞) 니명이니잇가?"

ᄉᆡᆼ(生) 왈(曰),

"연(然)타."

ᄌ시(刺史ㅣ) 왈(曰),

"오(五) 년(年) 젼(前)의 시랑(侍郞)이 그 쳡(妾) 홍낭의 간부(奸夫)의게 질녀 죽으니 본관(本官)이 홍낭 부쳐(夫妻)ᄅᆞᆯ 가도고 졍상(情狀)231)을 츄문(推問)232)호니 과연(果然) 올흐듸 니 공(公)이 쳐ᄌᆞ(妻子ㅣ) 업ᄉ니 본관(本官)이 원고(原告) 업슨 옥ᄉᆞ(獄事)ᄅᆞᆯ 결(決)티 못ᄒᆞ여 가도고 니 공(公)을 후례(厚禮)로 쟝(葬)ᄒᆞ엿거니와 므ᄅᆞ시믄 엇디시니잇고?"

흑시(學士ㅣ) 듯기ᄅᆞᆯ ᄆᆞᆺ디 못ᄒᆞ여셔 ᄒᆞᆫ 소리

∘••

28면

호통(號慟)233)의 혼졀(昏絶)ᄒᆞ야 마하(馬下)의 ᄶᅥ러지니 ᄌ시(刺史

---

228) 가: [교] 원문에는 '과'로 되어 있으나 오기로 보임.

229) 삼일유가(三日遊街): 과거 급제자가 삼 일 동안 시험관과 선배 급제자, 친척을 방문하던 일.

230) 셩야(星夜): 성야. 밤을 이음. 급하고 빠름을 이름.

231) 졍상(情狀): 정상. 있는 그대로의 상태.

232) 츄문(推問): 추문. 죄상을 추궁하여 심문함.

233) 호통(號慟): 슬피 통곡함.

ㅣ) 급(急)히 구(救)ᄒ야 계유 ᄭ오매 연고(緣故)를 무ᄅ니 혹시(學士
ㅣ) 곡왈(哭曰),

"싱(生)은 니 시랑(侍郞) ᄋ직(兒子ㅣ)라. 즈뫼(慈母ㅣ) 싱(生)을 잉
틱(孕胎)ᄒ 오(五) 삭(朔)의 ᄉ괴(事故ㅣ) 이셔 외가(外家)로 가시다가
혈〃(子子) 일신(一身)이 셔경(西京)의 뉴락(流落)ᄒ여 싱(生)을 나ᄒ
시니 싱(生)이 부즈(父子) 텬눈지졍(天倫之情)이 이시므로 ᄀ졀(懇切)
이 가ᄂ 구름을 ᄇ라보아 졍ᄉ(情思)를 늣기되 나히 어리고 도뢰(道
路) 요원(遙遠)ᄒ야 지금(至今) 니ᄅ디 못ᄒ엿더니 요힝(僥倖) 텬은
(天恩)을 닙ᄉ와 금계(金階)²³⁴)의 어향(御香)을 ᄣ이니 일신(一身) 영
귀(榮貴)ᄂ 극(極)ᄒ나 가엄(家嚴)의 면모(面貌)를 보옵디 못ᄒ오믈
ᄀ골(刻骨)ᄒ야 영친(迎親)ᄒ기를 ᄇ라 쥬야(晝夜) 니ᄅ러ᄉ옵더니 텬
붕지통(天崩之痛)²³⁵)을 당(當)ᄒ올 줄 ᄯᄒ여시리잇고?"

언파(言罷)의 계화(桂花)

• • •

29면

복두(幞頭)²³⁶)를 벗고 피발곡용(被髮哭踊)²³⁷)ᄒ여 토혈혼도(吐血昏
倒)²³⁸)ᄒᄂᄃ라 즈시(刺史ㅣ) 츄연(惆然) 감상(感傷)ᄒ야 지극(至極)
위로(慰勞)ᄒ니 싱(生)이 졍신(精神)을 출혀 그 분묘(墳墓)를 뭇고 묘
소(墓所)로 향(向)ᄒ싀 과환(科宦)²³⁹)의 영화(榮華)로써 부모(父母)긔

---

234) 금계(金階): 제왕 궁전의 계단이라는 뜻으로 조정을 이름.
235) 텬붕지통(天崩之痛): 천붕지통. 하늘이 무너지는 듯한 슬픔이라는 뜻으로 임금이
   나 아버지가 죽었을 때 주로 이름.
236) 복두(幞頭): 과거 급제자가 쓰던 관.
237) 피발곡용(被髮哭踊): 머리를 풀어 헤치고 울며 발을 구름.
238) 토혈혼도(吐血昏倒): 피를 토하고 어지러워 쓰러짐.

영친(迎親)호야 두굿기시미 계시믈 보고져 호엿더니 블의(不意)예 흉변(凶變)을 당(當)호니 효조(孝子)의 구곡(九曲) 혈심(血心)[240]이 슨허디는디라. 먼니셔 묘소(墓所)를 바라며 호 거름의 두 번식 업더디니 종재(從者ㅣ) 겨유 보호(保護)호여 묘하(墓下)의 니르러 분묘(墳墓)를 두드려 일댱(一場) 통곡(慟哭)의 혈뉘(血淚ㅣ) 흘너 샹복(喪服)을 적시고 곡셩(哭聲)이 쳐졀(凄切)호여 구쳔(九天)[241]의 스뭇치니 빅일(白日)이 무광(無光)호고 산쳔초목(山川草木)이 슬허호는 듯 호더라.

일쟝(一場)을 통곡(慟哭)호고 겨유 졍신(精神)을 졍(靜)호여 하리(下吏)

• • •

30면

를 명(命)호야 본관(本官)의 가 형댱(刑杖)[242) 긔구(器具)를 디령(待令)[243)호라 호고 홍낭과 간부(奸夫)를 잡아오라 호니 이윽고 무수(無數)혼 옥졸(獄卒)과 형니(刑吏) 관속(官屬)이 두 죄인(罪人)을 항쇄(項鎖) 족쇄(足鎖)호여 잡아 니르럿거늘 흑시(學士ㅣ) 져 냥인(兩人)을 보매 분긔(憤氣) 하늘 굿호야[244)호야 좌(座)를 능(能)히 안졉(安接)[245)디 못호고 오쟝(五臟)이 슨는 듯호니 다만 하늘을 혼 번 브르

---

239) 과환(科宦): 과거에 급제한 벼슬아치.

240) 혈심(血心): 진심에서 우러나오는 정성.

241) 구천(九天): 가장 높은 하늘.

242) 형댱(刑杖): 형장. 죄인을 심문할 때 쓰는 몽둥이.

243) 디령(待令): 대령. 미리 준비하고 기다림.

244) 하늘 굿호야: 하늘 같아. [교] 원문에는 '음애(陰靄)호야'로 되어 있으나 뜻이 불분명하여 국도본(1:28)을 따름.

고 졋구러뎌 인스(人事)를 모르니 좌위(左右ㅣ) 급(急)히 구(救)ᄒᆞ매 혹시(學士ㅣ) 형장(刑杖) 긔구(器具)를 빅셜(排設)ᄒᆞ고 냥인(兩人)을 결박(結縛)ᄒᆞ야 듕치(重治)246)ᄒᆞ며 니 시랑(侍郞) 시살(弑殺)ᄒᆞᆫ 연고(緣故)를 츄문(推問)247)ᄒᆞ니 남지(男子ㅣ) 딕왈(對曰),

"쇼인(小人)의 셩명(姓名)이 호민니 당초(當初) 홍낭으로 더브러 운우지졍(雲雨之情)248)이 깁더니 노국(魯國)의 홍판(興販)249)ᄒᆞ라 갓다가 도라오니 홍낭을 시랑(侍郞)이 드려 계시니 분(憤)을 이긔디 못ᄒᆞ야 과

• • •

31면

연(果然) 모월일(某月日) 야(夜)의 시살(弑殺)ᄒᆞᆯ 시 젹실(的實)250)ᄒᆞ이다."

ᄯᅩ 홍낭을 져주매 통곡(慟哭) 왈(曰),

"쳡(妾)이 니 노야(老爺)의 겁칙(劫-)251)ᄒᆞᄆᆞᆯ 닙어 실졀(失節)ᄒᆞᆫ 계집이 되여시나 호민 니 공(公) 살ᄒᆡ(殺害)ᄒᆞᆷᄋᆞᆫ 아디 못ᄒᆞᄂᆞ이다."

혹시(學士ㅣ) 대로(大怒) 왈(曰),

"공교(工巧)ᄒᆞᆫ 쇠로 니 부인(夫人)을 닉티고 필경(畢竟)은 나의

---

245) 안졉(安接): 안접. 평안히 머묾.

246) 듕치(重治): 중치. 엄중히 다스림.

247) 츄문(推問): 추문. 죄상을 추궁하여 심문함.

248) 운우지졍(雲雨之情): 운우지정. 구름 또는 비와 나누는 정이라는 뜻으로, 남녀의 정교(情交)를 이르는 말. 중국 초(楚)나라의 회왕(懷王)이 꿈속에서 무산(巫山)의 여자와 잠자리를 같이했는데, 그 여자가 떠나면서아침에는 구름이 되고 저녁에는 비가 되어 양대(陽臺) 아래에 있겠다고 했다는 고사에서 유래함. 송옥(宋玉)의 <고당부(高唐賦)>.

249) 홍판(興販): 한꺼번에 많은 물건을 흥정하여 판매함.

250) 젹실(的實): 적실. 틀림이 없이 확실함.

251) 겁칙(劫-): 겁측. 폭행이나 협박을 하여 강제로 부녀자와 성관계를 갖는 일.

부252)친(父親)을 시살(弑殺)253)ᄒᆞ니 네 죄(罪) 텬디(天地)의 ᄀᆞ득ᄒᆞ
거늘 이제 발명(發明)254)ᄒᆞ리오?"

셜파(說罷)의 엄(嚴)히 져주니 견듸디 못ᄒᆞ여 복쵸(服招)255)ᄒᆞ거늘
냥인(兩人)의 머리를 버혀 묘젼(墓前)의 제(祭)ᄒᆞ니 제문(祭文) 지어
닑으매 글와시듸,

'유셰ᄎᆞ(維歲次) 모년월일(某年月日)의 블쵸ᄌᆞ(不肖子) 현은 읍혈
돈슈(泣血頓首)256)ᄒᆞ고 감고우션고부군(敢告于先考府君)257)ᄒᆞ옵ᄂᆞ
니 고ᄌᆞ(孤子ㅣ)258) 죄악(罪惡)이 지듕(至重)ᄒᆞ와 브디엄안(不知嚴
顔)259)ᄒᆞ니 인눈(人倫)의 죄인(罪人)이 무이금쉬(無異禽獸ㅣ)260)로듸

• • •

32면

고고(孤孤) ᄌᆞ모(慈母)를 뫼셔 혈〃무의(孑孑無依)261)히 셔경(西京)
의 뉴락(流落)ᄒᆞ여 과어십여년(過於十餘年)262)의 졈〃(漸漸) 댱셩(長
成)ᄒᆞ매 부친(父親) 계신 곳을 바라 됴양셕월(朝陽夕月)263)의 비루

---

252) 부: [교] 원문에는 '분'으로 되어 있으나 오기로 보임.

253) 시살(弑殺): 아랫사람이 윗사람을 죽이는 일.

254) 발명(發明): 죄나 잘못이 없음을 말하여 밝힘.

255) 복쵸(服招): 문초를 받고 순순히 죄상을 털어놓음.

256) 읍혈돈슈(泣血頓首): 읍혈돈수. 피눈물을 흘리고 머리를 조아림.

257) 감고우션고부군(敢告于先考府君): 감고우선고부군. 감히 돌아가신 아버님께 고함.

258) 고ᄌᆞ(孤子ㅣ): 고자. 아버지가 돌아가시어 상중에 있는 사람이 자기를 일컫는 말.

259) 브디엄안(不知嚴顔): 부지엄안. 아버지의 얼굴을 모름.

260) 무이금쉬(無異禽獸ㅣ): 무이금수. 금수와 다를 것이 없음.

261) 혈〃무의(孑孑無依): 혼자여서 의탁할 곳이 없음.

262) 과어십여년(過於十餘年): 십여 년을 지남.

263) 됴양셕월(朝陽夕月): 조양석월. 아침 해와 저녁 달.

(悲淚)를 먹음으니 운쉬(雲岫ㅣ)264) 망〃(茫茫)ᄒ야 몸을 모라 도라가 대인(大人) 안전(案前)의 현빈(見拜)티 못ᄒᄆᆯ 늣기나 고지(孤子ㅣ) 혈〃(子子) 일신(一身)이 쳔(千) 리(里)의 능(能)히 발셥(跋涉)265)디 못ᄒ고 듀〃야〃(晝晝夜夜)의 금능(金陵)을 ᄇ라 읍〃(悒悒)ᄒ더니266) 이제 요힝(僥倖) 텬은(天恩)을 닙고 와 신위댱원(身爲壯元)267)ᄒ니 고향(故鄕)의 니르러 부친(父親)긔 비현(拜見)ᄒ야 쳥죄(請罪)코져 ᄒ더니 텬호〃〃(天乎天乎)여! 쳔만몽미(千萬夢寐)268)의 노샹(路上)의셔 흉음(凶音)을 듯ᄌ오니 심댱(心臟)이 무여디ᄂᆞ다. 유〃창텬(悠悠蒼天)269)아! ᄎ하인지(此何人者ㅣ)오270)? 고지(孤子ㅣ) ᄒᆞᆫ갓 타인(他人)의 호텬지통(呼天之痛)271)과 달나 부ᄌ(父子) 텬뉸(天倫)을 모로고 십오(十五) 년(年) 막힌 부ᄌ(父子)

。。。

33면

의 졍(情)으로뻐 유명(幽明)272)이 격(隔)ᄒ니 하늘을 블러 오닉(五內)273) 일(一) 만(萬) 칼노 싯ᄂᆞᆫ 듯홀 ᄯᆞᄅᆞᆷ이라. 고ᄌ(孤子)의 졍셩

---

264) 운쉬(雲岫ㅣ): 구름 덮인 산봉우리.

265) 발셥(跋涉): 발섭. 산을 넘고 물을 건너서 길을 감.

266) 금능(金陵)을 ᄇ라 읍〃(悒悒)ᄒ더니: 금릉 땅을 바라보며 근심하더니. [교] 원문에는 '망고향지웅양이웁더니'로 되어 있으나 의미가 불분명하여 국도본(1:29)을 따름.

267) 신위댱원(身爲壯元): 신위장원. 몸이 장원이 됨.

268) 쳔만몽미(千萬夢寐): 천만몽매. 천만뜻밖.

269) 유〃창텬(悠悠蒼天): 유유창천. 아득히 먼 푸른 하늘.

270) ᄎ하인지(此何人者ㅣ)오: 차하인자오. 이 어떠한 사람인가.

271) 호텬지통(呼天之痛): 호천지통. 하늘을 우러러 부르짖는 고통. 부모가 죽었을 때 느끼는 고통. 붕천지통(崩天之痛).

272) 유명(幽明): 저승과 이승.

273) 오닉(五內): 오내. 오장(五臟).

(精誠)은 금셕(金石)이 녹으나 진(盡)티 아니ᄒ고[274] 셜우믄 쳔고(千古)의 민멸(泯滅)[275]티 아닐 거시로ᄃᆡ 능(能)히 부젼(父前)의 일위디 못ᄒᆯ디라. 이제 슈인(讎人)[276]의 머리로ᄡᅥ 녕하(靈下)의 공(貢)ᄒ옵ᄂᆞ니 야″(爺爺) 명녕(明靈)[277]이 ᄇᆞᆰ으시거든 비최쇼셔. 고ᄌᆡ(孤子ㅣ) 이제 모친(母親)을 뫼셔 도라와 부친(父親)의 긋쳐진 ᄌᆞ최를 니으리니 구버술피쇼셔'

하엿더라.

독파(讀罷)의 피를 말이나 토(吐)ᄒ고 것구러디니 좌위(左右ㅣ) 급(急)히 구(救)ᄒ매 ᄯᆞ흘 두드려 통곡(痛哭)ᄒ니 혈뉘(血淚ㅣ) 뎜″(點點)이 ᄯᅥ러뎌 상복(喪服)의 니음ᄎᆞ 소ᄅᆡ 긋쳐지니 방인(傍人)이 참블인견(慘不忍見)[278]이러라. 죵일(終日) 통곡(痛哭)ᄒ야 햐쳐(下處)[279]의 영위(靈位)를 빅셜(排設)ᄒ

• • •

34면

고 조셕(朝夕) 증샹(烝嘗)[280]을 일울ᄉᆡ ᄀᆞᆫ졀(懇切)ᄒᆫ 지통(至痛)[281]이 시일(時日)로 더ᄒ니 스스로 일신(一身)이 ᄉᆞ라져 야″(爺爺)를 ᄯᆞ로고져 ᄒ나 쳔(千) 리(里)의 기ᄃᆞ리시ᄂᆞᆫ ᄌᆞ모(慈母)를 ᄎᆞ마 져ᄇᆞ리디 못

---

274) 니ᄒ고: [교] 원문에는 '닐'로 되어 있으나 문맥을 고려하여 이와 같이 수정함.

275) 민멸(泯滅): 닳아 없어짐.

276) 슈인(讎人): 수인. 원수.

277) 명녕(明靈): 명령. 모든 것을 밝게 널리 살피는 영혼.

278) 참블인견(慘不忍見): 참불인견. 너무 참혹하여 차마 볼 수가 없음.

279) 햐쳐(下處): 하처. 사처. 손님이 길을 가다가 묵음. 또는 묵고 있는 그 집.

280) 증샹(烝嘗): 증상. '증(烝)'은 겨울제사이고 '상(嘗)'은 가을제사로, 통칭하여 제사를 이름.

281) 지통(至痛): 지극한 아픔.

ᄒ야 이에 샹쇼(上疏)ᄒ야 몸이 최마(縗麻)[282]의 이시믈 알외니 샹(上)이 크게 앗기샤 이에 됴셔(詔書)ᄒ야 조위(弔慰)ᄒ시고 삼상(三喪)을 맛고 승도(陞都)[283]ᄒ믈 니르시니 혹ᄉ(學士ㅣ) 됴셔(詔書)를 밧ᄌ와 감은(感恩)ᄒ믈 이긔디 못ᄒ여 망궐ᄉ비(望闕四拜)[284]ᄒ고 약간(若干) 반젼(半錢)[285]을 츌혀 셔경(西京)의 갈ᄉ 묘젼(墓前)의 하딕(下直)ᄒ매 새로이 반일(半日)을 통곡(痛哭)하다가 겨유 진뎡(鎭靜)ᄒ야 죵쟈(從者) 십여(十餘) 인(人)으로 힝(行)홀ᄉ 긔운이 실낫ᄀᄐ니 풍광(風光)이 환탈(換奪)ᄒ고 옥면(玉面)의 졍채(精彩) 쇼삭(消索)[286]ᄒ더라.

슈십(數十) 일(日)을 힝(行)ᄒ야 ᄒᆫ 곳의 다ᄃᄅ니 쵸

•••

35면

목(草木)이 듕쳡(重疊)ᄒ여 뵈거늘 혹ᄉ(學士ㅣ) 깁히 의심(疑心)ᄒ야 머뭇기나 임의 날이 늣고 다른 인개(人家ㅣ) 업ᄉ니 홀일업서 촌(村)의 드러가니 뎜쥐(店主ㅣ) 셕식(夕食)을 졍결(淨潔)이 ᄒ야 올리고 방(房)을 셔른뎌 드리니 혹ᄉ(學士ㅣ) 이의 긔운이 곤븨(困憊)[287]ᄒᆫ디 샹(牀)의 오른 찬션(饌膳)[288]이 다 육찬(肉饌)[289]이라 하져(下箸)[290]티 못ᄒ고 믈니매 죵재(從者ㅣ) 뎜쥐(店主)ᄃ려 왈(曰),

---

282) 최마(縗麻): 부모, 증조부모, 고조부모의 상중에 아들이 입는 상복인 베옷.

283) 승도(陞都): 도읍에 올라옴.

284) 망궐ᄉ비(望闕四拜): 망궐사배. 대궐 방향을 바라보고 네 번 절을 함.

285) 반젼(半錢): 반전. 아주 적은 돈을 비유적으로 이르는 말.

286) 쇼삭(消索): 소삭. 점점 줄어들어 다 없어짐.

287) 곤븨(困憊): 곤비. 아무것도 할 기력이 없을 만큼 지쳐 몹시 고단함.

288) 찬션(饌膳): 찬선. 반찬.

289) 육찬(肉饌): 고기 반찬.

290) 하져(下箸): 하저. 젓가락을 댄다는 뜻으로 음식을 먹는다는 말.

"우리 샹공(相公)이 몸이 샹뎨(喪制)²⁹¹⁾시니 맛당이 소찬(素饌)²⁹²⁾
으로 ᄒᆞ듸 블평(不平)ᄒᆞ시니 의이(薏苡)²⁹³⁾를 ᄲᅡ어 올리라."

졈쥐(店主ㅣ) 응낙(應諾)고 가거늘 싱(生)의 시종(侍從) 셩진이 집
뒤히 누린ᄂᆡ 진동(振動)ᄒᆞᄆᆞᆯ 보고 ᄀᆞ마니 뒤흐로 드러가더니 홀연
(忽然) 부억 안의셔 닐오듸,

"긱(客)이 고기 아니 먹으니 엇디ᄒᆞᆯ고?"

그 댱뷔(丈夫ㅣ) 즐왈(叱曰),

"그 긱인(客人)이 그 인육(人肉)을 아니 먹거든 쇼찬(素饌)

의 약(藥)을 쓰라. 긱(客)이 병(病)드러 귀운이 허(虛)ᄒᆞ니 그 약(藥)
ᄒᆞ야도 죡(足)히 죽이리라."

셩진이 대경(大驚)ᄒᆞ야 급(急)히 싱(生)의 곳의 니르러 슈말(首末)
을 고(告)ᄒᆞ니 흑ᄉᆡ(學士ㅣ) 심하(心下)의 의심(疑心)이 만하 혜아릴
ᄎᆞ 이 말을 듯고 씩ᄃᆞ라 왈(曰),

"드르니 강호(江湖) 풍쇽(風俗)이 인육(人肉) 만두를 ᄆᆡᆫᄃᆞ라 사름
을 쇽여 ᄌᆡᄆᆞᆯ(財物)을 앗ᄂᆞᆫ다 ᄒᆞ더니 과연(果然) 올토다. 어ᄎᆞ(於此)
에²⁹⁴⁾ 피(避)ᄒᆞᆯ 계괴(計巧ㅣ) 잇노라."

ᄒᆞ더니 이윽고 졈쥐(店主ㅣ) 미죽(糜粥)을 가져왓거늘 싱(生) 왈(曰),

"ᄂᆡ 긔운이 블평(不平)ᄒᆞ니 믈니라."

---

291) 샹뎨(喪制): 상제. 부모나 조부모가 세상을 떠나서 상중(喪中)에 있는 사람.

292) 소찬(素饌): 고기나 생선이 들지 않은 반찬.

293) 의이(薏苡): 율무.

294) 에: [교] 원문에는 '어'로 되어 있으나 오기로 보임.

셜파(說罷)의 샹(牀)을 닉여 주니 졈쥬(店主ㅣ) 아연(訝然)[295] 혼
빗치 이셔 가거늘 싱(生)이 고요히 누엇더니 홀연(忽然) 격벽(隔
壁)[296]의셔 ᄀ마니 웃고 닐오딕,

"인육(人肉)과 의이(薏苡)를 아니 먹으니 졔 ᄉ라 가랴 혼들 오경
(五更) 씩의 우리 칼홀

●●●

37면

면(免)ᄒ랴?"

ᄒᄂ 소릭 미〃(微微)히 들니거늘 흑ᄉ(學士ㅣ) 크게 경의(驚
疑)[297]ᄒ야 피(避)홀 곳을 싱각ᄒ나 궁산(窮山) 심야(深夜)의 인개(人
家ㅣ) 업스니 아모리 홀 줄 모르더니 일계(一計)를 싱각ᄒ매 원간(元
幹)[298] 졈쥬(店主) 담마다 가시를 씃고 방울을 드라 도젹(盜賊)이 들
면 방울 소릭의 놀나 씨여 슬피믈 알고 흑ᄉ(學士ㅣ) ᄀ마니 셩진을 블
러 ᄀᄂ 노흘 주어 혼 긋츨 가시 남긔 믹고 혼 긋츤 싱(生)의 방(房)
의 노핫더니 삼경(三更) 씩ᄂ ᄒ야 흑ᄉ(學士ㅣ) 넌즈시 혼 긋츨 자바
드릭니 방울 소릭 뇨량(嘹喨)[299]ᄒ더라. 졈쥬(店主ㅣ) 크게 놀나 일시
(一時)의 니러나 홰블을 잡고 뒤흐로 드러가 소릭 치니 인〃(人人)이
닉외(內外)로 분쥬(奔走)ᄒᄂ더라. 흑ᄉ(學士ㅣ) 씩를 타 즈긔(自己)
죵쟤(從者)로 더브러 나귀를 타고 드라나니 삼십(三十) 니(里)ᄂ

---

295) 아연(訝然): 의심하는 모양.
296) 격벽(隔壁): 벽을 사이에 둠.
297) 경의(驚疑): 놀라고 의심함.
298) 원간(元幹): '원래'의 의미인 듯하나 미상임. [교] 국도본(1:35)에도 '원간'으로 되어
     있음.
299) 뇨량(嘹喨): 요량. 소리가 맑고 낭랑함.

힝(行)ᄒ여셔 큰 집이 길을 연(連)ᄒ엿고 홰불이 나렬(羅列)ᄒ여 지
져괴니 흑시(學士ㅣ) 나아가 ᄒ로밤 드시믈 쳥(請)ᄒ되 하리(下吏)
왈(曰),

"연왕(燕王)300) 뎐해(殿下ㅣ) 남경(南京)으로 가시다가 햐쳐(下
處)301)를 자바 계시니 긱인(客人)이 못 들니라."

ᄒ니 원릭(元來) 연왕(燕王)이 태조(太祖) 탄일(誕日)을 인(因)ᄒ야
남경(南京)의 가 됴회(朝會)ᄒ고 연하(宴賀)302)의 참예(參預)ᄒ라 가
더니 이곳의 드러 밤을 지닉매 하리(下吏)와 관뇌(官僚ㅣ) 분요(紛
擾)303)ᄒ니 흑시(學士ㅣ) 이 금샹뎨(今上帝) ᄉᄌ(四子) 연왕(燕王)
뎐햔(殿下ㅣ) 줄 알고 드러가기를 쥬져(躊躇)ᄒ더니 홀연(忽然) 뒤ᄒ
셔 불러 닐ᄋᄃᆡ,

"긱인(客人)은 졈듕(店中) 거술 언마나 가져가ᄂᆞᆫ다?"

하거늘 흑시(學士ㅣ) 도라보니 수십(數十) 인(人) 한직(漢子ㅣ)304)
검극(劍戟)을 들고 ᄯᆞᆯ오거늘 흑시(學士ㅣ) 대경(大驚)ᄒ야 좌우(左
右) 관뇨(官僚)를 향(向)ᄒ야 쳥왈(請曰),

"닉 져 ᄉᆞ름으로 결원(結怨)305)ᄒᄆᆡ

---

300) 연왕(燕王): 후에 명나라의 제3대 황제가 되는 태종(太宗), 곧 성조(成祖)가 되는
　　주체(朱棣)를 이름. 11세(1370년) 때 연왕(燕王)에 봉해져 현재의 북경 일대의 제
　　후가 되었으나, 바로 북경으로 간 것은 아니었음. 북경 지역으로 간 것은 21세
　　때(1380년)였음.

301) 햐쳐(下處): 하처. 곧 사처. 손님이 길을 가다가 묵음. 또는 묵고 있는 그 집.

302) 연하(宴賀): 연하. 축하의 잔치를 베풂.

303) 분요(紛擾): 어수선하고 소란스러움.

304) 한직(漢子ㅣ): 한자. 상한(常漢). 상놈.

업시 더러틋 쓸오는 쓰디 됴티 아니ㅎ니 녈위(列位)는 구(救)ㅎ믈 ᄇ
라노라."

언필(言畢)의 한지(漢子ㅣ) 드라드러 흑ᄉ(學士)를 자바 미며 죵쟈
(從者)를 다 결박(結縛)ㅎ매 모든 관뇌(官僚ㅣ) 흑ᄉ(學士)의 위급(危
急)ㅎ믈 보고 제인(諸人)을 꾸지저 왈(曰),

"므릇 도적(盜賊)을 쟝믈(贓物)306)을 잡고 관부(官府)의 고(告)ㅎ
여 결단(決斷)ㅎ느니 너히 엇디 ᄉᄉ(私私)로이 핍박(逼迫)ㅎ리오?
우리 연왕(燕王) 뎐해(殿下ㅣ) 총명(聰明)ㅎ시미 타뉴(他類)와 다ᄅ
시니 드러가 고(告)ㅎ야 결단(決斷)ㅎ게 ㅎ리라."

셜파(說罷)의 무수(無數)ᄒ 관니(官吏) 한ᄌ(漢子)와 흑ᄉ(學士)를
미러 연왕(燕王) 면젼(面前)의 니ᄅ니 왕(王)이 길 쩌난 디 오라고
인개(人家ㅣ) 업스믈 인(因)ㅎ야 줌을 자디 못ㅎ야 본쳐(本處) 역승
(驛丞)307)으로 더브러 고금(古今)을 의논(議論)ㅎ시더니 홀연(忽然)
밧기 드레며 허다(許多) 관뇌(官僚ㅣ) 수십(數十) 한ᄌ(漢子)와 샹복
(喪服)ᄒ 쟈 일(一) 인(人)

을 미러 딕하(臺下)의 니ᄅ러 힐난(詰難)308)ㅎ는 일을 고(告)ㅎ니 왕

---

305) 결원(結怨): 원한을 맺음.
306) 쟝믈(贓物): 장물. 범죄에 의하여 불법으로 가진 타인 소유의 재물.
307) 역승(驛丞): 역을 관장하던 벼슬.
308) 힐난(詰難): 트집을 잡아 거북할 만큼 따지고 듦.

(王)이 한ᄌᆞ(漢子) 등(等)ᄃᆞ려 므ᄅᆞᄃᆡ,

"긱(客)이 너희 거슬 도젹(盜賊)ᄒᆞ여시면 쟝믈(贓物)이 이신 후(後) 잡을 거시어늘 엇디 헛거슬 의빙(依憑)309)ᄒᆞ야 무죄(無罪)ᄒᆞᆫ 긱인(客人)을 ᄯᆞᄅᆞᄂᆞ뇨?"

한ᄌᆡ(漢子ㅣ) 말을 ᄭᅮ며 고(告)ᄒᆞᄃᆡ,

"쇼인(小人) 등(等)이 져 긱인(客人)을 방(房)의 드려 재오더니 홀연(忽然) 쟝샹(牆上)310)의 든 방울 소ᄅᆡ 나며 긱인(客人)이 간 ᄃᆡ 업ᄉᆞ니 필연(必然) 아모 거시나 도젹(盜賊)ᄒᆞ야 가미 현뎌(顯著)ᄒᆞᆫ디라. 미처 가듕(家中))을 ᄉᆞᆯ피디 못ᄒᆞ고 ᄶᅩᆯ와와시니 가져온 것시 업ᄉᆞ면 쇼인(小人) 등(等)이 도로 갈 ᄯᆞᄅᆞᆷ이라. ᄯᅩ흔 긱(客)이 문(門)을 열고 야간(夜間)의 도망(逃亡)ᄒᆞ미 큰 ᄉᆞ괴(事故ㅣ) 아니면 그러치 아닐 거시오, 셜ᄉᆞ(設使) 유고(有故)311)ᄒᆞ여도 뎜쥬(店主)ᄃᆞ려 니ᄅᆞ고 갈 거시니 대왕(大王)은 혜아려 보쇼셔."

41면

왕(王)이 그 말을 유리(有理)히 너겨 흑ᄉᆞ(學士)ᄃᆞ려 문왈(問曰),

"그ᄃᆡ 졈문(店門)을 열고 다라난 연고(緣故)ᄅᆞᆯ 니ᄅᆞ라."

흑ᄉᆡ(學士ㅣ) 텽파(聽罷)의 안ᄉᆡᆨ(顔色)을 브동(不動)ᄒᆞ고 날호여 ᄀᆞᆯ오ᄃᆡ,

"쇼ᄉᆡᆼ(小生)이 궁텬(窮天)의 통(痛)을 만나 겨유 셩복(成服)을 일우고 셔경(西京) ᄯᆞ히 노모(老母)ᄅᆞᆯ 다리라 가ᄂᆞᆫ 고(故)로 길히 이곳의

---

309) 의빙(依憑): 어떤 사실이나 원리 따위에 근거함. 의거(依據).

310) 쟝샹(牆上): 장상. 담 위.

311) 유고(有故): 까닭이 있음.

말미암아 이에 니르니 졈쥬(店主ㅣ) 인육(人肉)을 가져 죽이려 ᄒ다
가 쇼싱(小生)이 마춤 ᄉ긔(事幾)312)를 알고 아니 먹으매 격벽(隔壁)
의셔 여ᄎ〃(如此如此) 니르니 쇼싱(小生)이 브득이(不得已) 계교(計
巧)로뻐 져를 속여 피(避)ᄒ여 왓더니 져 뉴(類)의 의심(疑心)ᄒ미 고
이(怪異)티 아닌디라. 대왕(大王)은 쇼싱(小生)의 힝니(行李)313)와 노
쥬(奴主)의 힝니(行李)를 뒤여 ᄉ힉(査覈)314)ᄒ쇼셔."

설파(說罷)의 ᄉ긔(辭氣)315) 강개(慷慨)ᄒ야 타루(墮淚)316)ᄒ니 왕
(王)은 총명(聰明)ᄒ 인군(人君)이라 듯기를 맛

•••

42면

ᄎ매 크게 씩드라 ᄀ로ᄃ,

"니 이젼(以前) 드르니 강호(江湖) 간(間)의 인육(人肉)이며 변약(變
藥)317)이 킥인(客人)을 죽이ᄂ 일이 잇다 ᄒ더니 졍(正)히 올토다."

ᄒ고 이에 하리(下吏)를 명(命)ᄒ여318) 니 공ᄌ(公子)의 힝니(行李)
를 드러 낫〃치 뷘 후(後) ᄉ예(使隷)319)를 명(命)ᄒ여 왈(曰),

"너희 등(等)이 져놈을 드리고 졈듕(店中)을 뒤여 인육(人肉) 츌쳐
(出處)를 아라 오라."

---

312) ᄉ긔(事幾): 사기. 일의 기미.

313) 힝니(行李): 행리. 행장(行裝).

314) ᄉ힉(査覈): 사핵. 실제 사정을 자세히 조사하여 밝힘.

315) ᄉ긔(辭氣): 사기. 말과 얼굴빛을 아울러 이르는 말.

316) 타루(墮淚): 눈물을 흘림.

317) 변약(變藥): 심신을 변하게 하는 약. [교] 원문에는 '번약'으로 되어 있으나 의미가
불분명하여 국도본(1:39)을 따름.

318) 여: [교] 이 뒤에 '왈'이 있으나 말하는 부분이 아니므로 삭제함.

319) ᄉ예(使隷): 사예. 집장사예(執杖使隷). 장형(杖刑)을 집행하는 일을 맡아 하던 사람.

ᄉ예(使隷) 쳥녕(聽令)ᄒ고 한ᄌ(漢子) 등(等)을 압영(押領)320)ᄒ야
뎜(店)의 니ᄅ러 밀실(密室)을 뒤니 사름의 손 굼ᄂ 이도 잇고 지디
ᄂ 이도 잇고 갓 죽여 안반(案盤)321)의 노핫더라. ᄉ예(使隷) 뎜듕
(店中) 노쇼(老少)ᄅᆯ 다 결박(結縛)ᄒ여 연경322)의 니ᄅ러 왕(王)의게
고(告)ᄒ니 이러구러 날이 ᄉᆡ엿ᄂᆞ니라. 왕(王)이 ᄎᆞ언(此言)을 듯고
ᄎᆞ악대로(嗟愕大怒)323)ᄒ야 뎜쥬(店主)ᄅᆯ 져조니 왕(王)의 엄명(嚴
明)324)ᄒᆞᆫ 위엄(威嚴) 아래

∙∙∙

43면

엇디 감히 은휘(隱諱)325)ᄒ리오. 뎜인(店人)이 일〃(一一) 승복(承服)
ᄒ니 왕(王)이 크게 통ᄒᆞᆫ(痛恨)326)ᄒ야 그 듕(中) 괴슈(魁首)ᄂ 다 쳐
참(處斬)ᄒ고 남은 당뉴(黨類)ᄂ 다 형댱(刑杖) 삼티(三治)327)ᄒ야
죄328)인(罪人)을 압영(押領)ᄒ야 극변(極邊)의 튱군(充軍)329)ᄒ고 좌
우(左右)로 ᄉᆡᆼ(生)을 브ᄅ니, ᄎᆞ시(此時) 혹ᄉᆡ(學士ㅣ) 연왕(燕王)의
발간젹복(發奸摘伏)330)ᄒᆞ미 신명(神明)ᄒᆞᆷ을 암칭(暗稱)331)ᄒ고 믈러

---

320) 압영(押領): 압령. 죄인을 데리고 감.
321) 안반(案盤): 선반.
322) 연경: 이현의 동선을 고려하였을 때 연경(燕京), 즉 북경(北京)으로 보기는 힘듦.
미상.
323) ᄎᆞ악대로(嗟愕大怒): 차악대로. 놀라 크게 성냄.
324) 엄명(嚴明): 엄격하고 분명함.
325) 은휘(隱諱): 감춤.
326) 통ᄒᆞᆫ(痛恨): 통한. 몹시 한스럽게 여김.
327) 삼티(三治): 세 번 다스림.
328) 죄: [교] 원문에는 '칙'로 되어 있으나 오기로 보임.
329) 튱군(充軍): 충군. 죄를 범한 자를 벌로서 군역에 복무하게 함.
330) 발간젹복(發奸摘伏): 발간적복. 숨겨져 있는 정당하지 못한 일을 밝혀냄.

하실(下室)332)의 도라와 쳐티(處置)흐믈 기드려 길히 오르고져 흐더니 연왕(燕王)의 브르믈 듯고 스양(辭讓) 왈(曰),

"쇼싱(小生)은 몸이 최복(縗服)333) 가온디 이시니 엇디 비루(鄙陋)흔 자최롤 쳔승(千乘) 국군(國君)의 안젼(案前)의 뵈리오?"

왕(王)이 다시 쳥(請)호디,

"됴당(朝堂)334)의셔는 공복(公服)으로 보려니와 군(君)은 현시(賢士ㅣ)라 무슨 졀치(節次ㅣ) 이시리오?"

흑시(學士ㅣ) 다시 스양(辭讓) 왈(曰),

"싱(生)은 금츄(今秋) 댱원(壯元) 한님흑스(翰林學士) 니현이라. 블힝(不幸)호야

● ●

44면

부상(父喪)을 만나 셩상(聖上) 은명(恩命)을 승슌(承順)티 못호고 어미룰 드리라 셔경(西京)으로 가더니 젹혈(賊穴)335)의 싼져 스싱(死生)을 뎡(定)티 못홀러니 대왕(大王)의 은혜(恩惠)룰 닙스와 간당(奸黨)을 쳐티(處置)흐오니 흔 번(番) 현알(見謁)호야 후의(厚意)룰 샤례(謝禮)코져 쓰디 업슨 줄 아니라 쇼싱(小生)의 몸이 대왕(大王) 면젼(面前)의 뵈오며 셜만(褻慢)336)흐미 가(可)티 아닌 줄 짐쟉(斟酌)흐시리니 엇디 여러 말 흐리잇고?"

---

331) 암칭(暗稱): 속으로 칭찬함.

332) 하실(下室): 손님이 길을 가다가 묵는 집의 방.

333) 최복(縗服): 아들이 부모, 조부모, 증조부모, 고조부모의 상중에 입는 상복.

334) 됴당(朝堂): 조당. 조정(朝廷).

335) 젹혈(賊穴): 적혈. 도적의 소굴.

336) 셜만(褻慢): 설만. 하는 짓이 무례하고 거만함.

왕(王)이 더옥 긔특(奇特)이 너겨 부디 보고져 ᄒ야 친(親)히 몸을 니러 하실(下室)의 니ᄅ시니 흑ᄉᆡ(學士ㅣ) 크게 블안(不安)ᄒ나 홀일업서 공슌(恭順)이 거적의 ᄂᆞ려 마ᄌ 읍양(揖讓)337)ᄒ야 예(禮)ᄒ니 왕(王)이 읍(揖)ᄒ고 눈을 드러 보니 비록 ᄋᆡ쳑(哀戚)338)ᄒ기의 상(傷)ᄒ야 혈ᄉᆡᆨ(血色)이 감(減)ᄒ여시나 ᄉᆡᆨ〃ᄒ 용모(容貌)와 쇄락(灑落)339)ᄒ 면

• • •

45면

치(面采)340) 오히려 범인(凡人)으로 비(比)치 못ᄒ니 왕(王)이 더옥 흠탄(欽歎)341)ᄒ야 이에 ᄂᆞᆺ빗츨 고티고 ᄀᆞᆯ오디,

"과인(寡人)은 금샹(今上) 데ᄉᆞᄌᆞ(第四子) 연왕(燕王)이라. 비록 군(君)으로 일면지분(一面之分)342)이 업ᄉ나 역여(逆旅)343) 간(間)의 만나 션풍(仙風)을 보니 영ᄒᆡᆼ(榮幸)ᄒᆞᆯ 이긔디 못ᄒᆞᆯ노다."

흑ᄉᆡ(學士ㅣ) 샤례(謝禮) 왈(曰),

"쇼ᄉᆡᆼ(小生)은 죄인(罪人)의 몸이라. 금일(今日) 우연(偶然)이 대왕(大王) 면젼(面前)의 뵈와 후휼(厚恤)344)ᄒ시ᄂᆞᆫ 은권(恩眷)345)을 닙ᄉᆞ오니 감은(感恩)ᄒᆞᆯ 이긔디 못ᄒᆞ거이다. 연(然)이나 대왕(大王)의 위의(威儀) 톄〃346)ᄒ시므로써 누실(陋室) 가온대 죄인(罪人)을 딕

---

337) 읍양(揖讓): 읍하는 예를 갖추면서 사양함.

338) ᄋᆡ쳑(哀戚): 애척. 슬퍼함.

339) 쇄락(灑落): 기분이나 몸이 상쾌하고 깨끗함.

340) 면치(面采): 면채. 얼굴과 풍채.

341) 흠탄(欽歎): 아름다움을 감탄함.

342) 일면지분(一面之分): 한 번 만나 본 정도의 친분.

343) 역여(逆旅): 집 바깥에 있음. 여행.

344) 후휼(厚恤): 정성으로 구휼함.

345) 은권(恩眷): 어여삐 여겨 돌보아 줌.

(對)ᄒ시미 ᄌ못 가(可)티 아니ᄒ온디라. 쇼싱(小生)이 황공(惶恐)ᄒ
믈 이긔디 못ᄒᆯ쇼이다."

왕(王)이 쇼왈(笑曰),

"과인(寡人)이 비록 위거왕공(位居王公)[347]ᄒ나 ᄒᆫ 조각 현ᄉ(賢
士)를 ᄉ모(思慕)ᄒᄂᆫ ᄠᅳᆺ이 ᄀᆫ졀(懇切)ᄒ니 과인(寡人)의 눈이 무듸

나 오히려 군(君)을 아라보ᄂᆞ니 군(君)이 경뉸티셰(經綸治世)[348] 능
운지ᄌᆡ(凌雲之才)[349]를 보매 우러〃 부황(父皇)[350]의 인ᄌᆡ(人才) 어
드시믈 하례(賀禮)ᄒ노라."

싱(生)이 ᄃᆡ왈(對曰),

"용우(庸愚)[351]ᄒᆫ 긔질(氣質)노 군뇨(君僚)[352]를 욕(辱)되게 ᄒ올
ᄯᅳ름이라 엇디 뎐하(殿下) 말ᄉᆞᆷ을 당(當)ᄒ리잇고?"

왕(王) 왈(曰),

"군(君)이 임의 부상(父喪)을 만나 고향(故鄕)의 ᄂᆞ려가실 ᄌᆨ시면
ᄯᅩ 엇디 영당(令堂)[353]이 셔경(西京)의 뉴락(流落)ᄒ여 계시뇨?"

혹ᄉᆡ(學士ㅣ) 쳑연(慽然)[354] ᄂᆞᆼ구(良久)의 만항(萬行)[355] 혈뉘(血

---

346) 톄〃: 체체. 행동이나 몸가짐이 너절하지 아니하고 깨끗하며 트인 맛이 있음.

347) 위거왕공(位居王公): 자리가 왕공의 위치에 있음.

348) 경뉸티셰(經綸治世): 경륜치세. 포부를 가지고 세상을 다스림.

349) 능운지ᄌᆡ(凌雲之才): 능운지재. 능운의 재주. 능운은 구름까지 올라간다는 뜻으로, 지향하는 바가 고매함을 비유적으로 이르는 말.

350) 부황(父皇): 아버지인 황제.

351) 용우(庸愚): 용렬하고 어리석음.

352) 군뇨(君僚): 군료. 임금과 동료들.

353) 영당(令堂): 남의 어머니를 높여 이르는 말. 자당(慈堂).

淚ㅣ) 옥면(玉面)을 덥허 ᄂᆞ리니 샹복(喪服)이 젓ᄂᆞᆫ디라. 강잉(强

仍)356)코져 ᄒᆞ나 능(能)히 참디 못ᄒᆞ야 반향(半晌)357)이나 디나디 말

을 못 ᄒᆞ니 왕(王)이 크게 감동(感動)ᄒᆞ야 탄식(歎息) 왈(曰),

"훼블멸셩(毁不滅性)358)은 셩인지언얘(聖人之言也ㅣ)359)라. 군(君)

이 혈읍지쳑(血泣之慽)360)이 저컨대 션대인(先大人)361) 계훈(誡訓)이

아닌가 ᄒᆞ노라."

흑시(學士ㅣ)

• • •

47면

반향(半晌) 후(後) 겨유 ᄃᆡ왈(對曰),

"대왕(大王) 말삼이 올ᄒᆞ시나 ᄉᆡᆼ(生)의 졍ᄉᆞ(情事)362)ᄂᆞᆫ 타인(他人)

과 다ᄅᆞ온디라. 당초(當初) 쇼ᄉᆡᆼ(小生)이 복듕(腹中)의 이신 제 가듕

(家中)의 ᄉᆞ괴(事故ㅣ) 이셔 션친(先親)이 ᄌᆞ모(慈母)ᄅᆞᆯ 친뎡(親庭)으

로 보ᄂᆡ시니 소쥐(蘇州ㅣ) 본가(本家)로 가다가 풍낭(風浪)을 만나

---

354) 쳑연(慽然): 쳑연. 근심하는 모양.

355) 만항(萬行): 일만 줄.

356) 강잉(强仍): 억지로 참음.

357) 반향(半晌): 반나절.

358) 훼블멸셩(毁不滅性): 훼불멸성. 상을 당했을 때 심하게 슬퍼해 생명을 멸할 정도
에까지 이르게 해서는 안 됨. "삼일 안에는 먹어야 하니 백성들에게 죽음으로써
삶을 상하게 하는 일이 없도록 가르쳐야 한다. 몸이 훼손되어도 목숨을 잃을 정
도로까지는 하지 않아야 한다는 것이 성인의 정치이다. 三日而食, 教民無以死傷
生, 毁不滅性, 此聖人之政也." 『효경(孝經)』.

359) 셩인지언예(聖人之言也ㅣ): 셩인지언야. '성인의 말씀이다.'

360) 혈읍지쳑(血泣之慽): 혈읍지쳑. 피눈물을 흘리는 슬픔.

361) 션대인(先大人): 선대인. 돌아가신 남의 아버지를 높여 이르는 말.

362) 졍ᄉᆞ(情事): 정사. 상황. 실정.

셔경(西京)의 뉴락(流落)ᄒ여 쇼싱(小生)을 나ᄒ니 쇼싱(小生)이 나
며브터 아븨 면목(面目)을 모르다가 년(年)이 약관(弱冠)의 니르고
요힝(僥倖) 텬은(天恩)을 닙ᄉ와 일홈이 금방(金榜)363)의 올나 금계
(金階)의 어향(御香)을 ᄲᅩ이고 외람(猥濫)ᄒᆫ 쟉ᄎᆡ(爵次ㅣ)364) 일신(一
身)의 죡(足)ᄒ야 셩권(聖眷)365)이 호탕(浩蕩)ᄒ시니 어린 ᄯᅳᆺ의 혜아
리디 고향(故鄉)의 가 아비를 ᄎᄌ 인뉸(人倫)을 완젼(完全)ᄒ고 경
ᄉ(京師)의 도라가 텬은(天恩)을 만(萬)의 ᄒ나히나 갑습고져 ᄒ옵더
니 싱(生)의 죄역(罪逆)366)이 태듕(泰重)ᄒ고 명운(命運)이

•••

48면

긔구(崎嶇)367)ᄒ야 아비 비명횡ᄉ(非命橫死)368)ᄒ야시니 쇼싱(小生)
이 부면(父面)을 모르고 궁텬지통(窮天之痛)369)이 할 고디 업ᄉᆞᆫ디
라. 일신(一身)이 사라져 망부(亡父)를 좃고져 ᄒ나 혈〃(孑孑) 노모
(老母)를 ᄇᆞ리디 못ᄒ야 지금(只今)ᄀᆞ디 완명(頑命)370)이 보젼(保
全)ᄒ니 싱아(生我)ᄒᆫ 딕은(大恩)을 져ᄇᆞ리미 엇디 심(甚)티 아니리
잇고?"

왕(王)이 듯기를 맛고 위로(慰勞) 왈(曰),

---

363) 금방(金榜): 과거에 급제한 사람의 이름을 써서 거리에 붙이던 글.
364) 쟉ᄎᆡ(爵次ㅣ): 작차. 벼슬의 등급.
365) 셩권(聖眷): 성권. 임금의 총애.
366) 죄역(罪逆): 이치에 거슬리는 큰 죄.
367) 긔구(崎嶇): 기구. 세상살이가 순탄하지 못하고 가탈이 많음.
368) 비명횡ᄉ(非命橫死): 비명횡사. 뜻밖의 사고를 당하여 제 목숨대로 살지 못하고
    죽음.
369) 궁텬지통(窮天之痛): 궁천지통. 하늘에 사무치는 고통이나 설움.
370) 완명(頑命): 모진 목숨.

"녕존(令尊)이 비명횡ぐ(非命橫死)ᄒ미 다 운수(運數)의 달녓ᄂᆞ디라 엇디 너모 과상(過傷)ᄒ야 노모(老母)를 도라보디 아니ᄒᄂ뇨?"

싱(生)이 감읍(感泣) 비샤(拜謝)ᄒ고 이윽이 말솜홀ᄉᆡ 왕(王)이 더옥 ᄉᆞ랑ᄒ야 ᄯᅥ날 줄을 모ᄅᆞ니 혹ᄉᆡ(學士ㅣ) 니러 하딕(下直) 왈(曰),

"쇼싱(小生)이 죄인(罪人)의 ᄒᆡᆼᄉᆡ(行色)으로써 대왕(大王)의 은권(恩眷)을 닙ᄉ오니 감은(感恩)ᄒ미 슈심명골(垂心銘骨)[371]ᄒ나 노뫼(老母ㅣ) 니문(籬門)의 기ᄃᆞ리미 일〃(日日) 심고(甚苦)[372]ᄒ오리니

••

49면

ᄒᆡᆼᄉᆡ(行色)이 총〃(恩恩)[373]ᄒ온디라 삼가 하딕(下直)ᄒᄂᆞ이다."

왕(王)이 ᄯᅥ나믈 연〃(戀戀)[374]ᄒ야 집수(執手) 왈(曰),

"과인(寡人)이 용우(庸愚)ᄒ 위인(爲人)으로 군안(君眼)[375]의 ᄎᆞ기 어려오나 군(君)은 과인(寡人)의 졍셩(精誠)을 슬펴 타일(他日) 못기를 기약(期約)ᄒ라."

혹ᄉᆡ(學士ㅣ) 만ᄉ(萬事) 부운(浮雲) ᄀᆞᆺᄐᆡ 왕(王)의 말솜이 이러ᄐᆞᆺ 감은(感恩)ᄒ미 업디 아냐 눈을 드러 보니 왕(王)이 완연(宛然)이 농봉지ᄌᆞ(龍鳳之姿)[376]와 텬일지푀(天日之表ㅣ)[377] 이셔 긔샹(氣像)

---

371) 슈심명골(垂心銘骨): 수심명골. 마음에 드리우고 뼈에 새긴다는 뜻으로 절대로 잊지 않겠다는 말.

372) 심고(甚苦): 심히 괴로움.

373) 총〃(恩恩): 급하고 바쁜 모양.

374) 연〃(戀戀): 집착하여 미련을 가짐.

375) 군안(君眼): 그대의 안목.

376) 농봉지ᄌᆞ(龍鳳之姿): 용봉지자. 용과 봉황처럼 빼어난 자질.

이 웅위(雄偉)378)ᄒ며 뇽안(龍眼)은 와줌미(臥蠶眉)379)오 늉준일각(隆準日角)380)이라 일국(一國) 군왕(君王)의 긔상(氣像)이 아니오 태평(太平) 텬ᄌ(天子)의 골격(骨格)이 당〃(堂堂)ᄒ니 크게 놀나 두어 번 거듭더 보고 다시 ᄌ비(再拜)ᄒ고 심하(心下)의 탄식(歎息)고 말을 아니ᄒ다가 셔나니 왕(王)이 심(甚)히 훌연381)ᄒ야 ᄒ더라.

왕(王)이 ᄒᆡᆼ(行)ᄒ여 금능(金陵)382)의 니ᄅ러 텬ᄌ(天子)긔 됴회(朝會)ᄒ고 황후(皇后)

• • •

50면

와 텬ᄌ(天子)를 뫼셔 말ᄉᆞᆷᄒ더니 왕(王)이 돗글 셔나 ᄇᆡᄌ(拜奏) 왈(曰),

"신(臣)이 경ᄉ(京師)로 오다가 졔쥐(滁州)383) 일현(一縣) 촌가(村家) 듕(中)의 드오니 그 ᄯᅡ 풍쇽(風俗)이 인육(人肉)과 고이(怪異)ᄒᆫ 약(藥)으로 사ᄅᆞᆷ을 살ᄒᆡ(殺害)ᄒ고 ᄌᆡ믈(財物)을 탈취(奪取)ᄒ니 신(臣)이 불승경분(不勝驚忿)384)ᄒ와 미쳐 텬뎡(天廷)의 주달(奏達)385)티

---

377) 텬일지푀(天日之表ㅣ): 천일지표. 사해(四海)에 군림할 상(相).

378) 웅위(雄偉): 크고 훌륭함.

379) 와줌미(臥蠶眉): 와잠미. 잠자는 누에 같다는 뜻으로, 길고 굽은 눈썹을 이르는 말.

380) 늉준일각(隆準日角): 융준일각. 코가 우뚝 솟고 불쑥 나온 왼쪽 이마. 융준은 코가 우뚝 솟은 모양을 의미함. 일각(日角)은 이마 왼쪽의 두둑한 뼈 또는 이마 뼈가 불쑥 나온 모양으로 왕자(王者)나 귀인의 상(相)이라고 함.

381) 훌연: '서운함'의 의미인 듯하나 미상임. [교] 국도본에는 이 부분이 빠져 있음.

382) 금능(金陵): 금릉. 남경(南京)의 이전 명칭. 남경은 이전에 금릉 외에 말릉(末陵), 건업(建業), 건강(建康) 등으로 불림.

383) 졔쥐(滁州): 제주. 남경 근처에 있는 제주로 보이나 미상임.

384) 불승경분(不勝驚忿): 불승경분. 놀라고 분함을 이기지 못함.

385) 주달(奏達): 임금께 아룀.

못ᄒ옵고 원범(原犯)386) 괴수(魁首) 수인(數人)은 다 참(斬)ᄒ고 기여 (其餘)는 먼니 츙군(充軍)ᄒ야ᄉ오나 셩의(聖意)를 므르고 ᄌ젼(自專)387)ᄒᆫ 죄(罪) 불승황공(不勝惶恐)ᄒ이다."

태죄(太祖ㅣ) 텽파(聽罷)의 깃거 ᄀᆞᄅ오샤딕,

"딤(朕)이 텬하(天下)를 통일(統一)이나 텬해(天下ㅣ) 그음 업시 너 ᄅᆞ니 간〃(間間)이 이런 뉴(類)를 능(能)히 금(禁)티 못ᄒ더니 경(卿) 이 녁녀(逆旅)388) 듕(中)의셔 싱민(生民)의 해(害)를 던디라. 딤(朕)이 아롬다이 넉이ᄂᆞ니 엇디 유죄(有罪)ᄒ리오?"

왕(王)이 샤은(謝恩)ᄒ고 인(因) 주왈(奏曰),

"폐해(陛下ㅣ)

금츄(今秋) 알셩(謁聖)의 인ᄌ(人材)를 언마나 퇵(擇)ᄒ시니잇고?"

샹(上) 왈(曰),

"신방(新榜) 쟝원(壯元) 니현은 텬하(天下)의 개셰(蓋世)389)ᄒᆯ 인 ᄌ(人材)러니 부상(父喪)을 만나 고향(故鄕)의 시묘(侍墓)ᄒ니 딤(朕) 이 지금(只今)가디 차셕(嗟惜)ᄒ노라."

왕(王)이 주왈(奏曰),

"니현이 원릭(元來) 제 어미 복듕(腹中)의 이실 제 기뫼(其母ㅣ) 니명의 구튝(驅逐)390)을 바다 소쥐(蘇州ㅣ) 본가(本家)로 가다가 풍

---

386) 원범(原犯): 자기의 의사에 따라 범죄를 실제로 저지른 사람. 정범(正犯).

387) ᄌ젼(自專): 자전. 마음대로 함.

388) 녁녀(逆旅): 역려. 나그네를 맞이한다는 뜻으로, 여관을 이르는 말이나 여기에서 는 '여행'의 의미로 쓰임.

389) 개셰(蓋世): 개세. 기상이나 위력, 재능 따위가 세상을 뒤덮음.

낭(風浪)의 좃치여 셔경(西京)의 뉴락(流落)ᄒᆞ여 모지(母子ㅣ) 겨유 뇨싱(聊生)391)ᄒᆞ야 니현이 셔경(西京)으로셔 바로 경ᄉᆞ(京師)의 와 등과(登科)ᄒᆞ고 금쥐(錦州ㅣ)로 ᄂᆞ려가니 니명이 간쳡(奸妾)의 시살 (弑殺)ᄒᆞ믈 닙어 형영(形影)이 업ᄉᆞ니 니현이 궁텬(窮天)의 셜우믈 셔리담고 최복(縗服)을 ᄭᅵ어 셔경(西京)으로 노모(老母)를 ᄃᆞ리라 가다가 인육졈(人肉店)의 드러 뎌의 간계(奸計)를 알고 여ᄎᆞ〃(如此如此) 계교(計巧)ᄒᆞ야 독슈(毒手)를 버

...

52면

셔나니 일노 보와도 ᄎᆞ인(此人)의 신이(神異)ᄒᆞᆫ 줄 알디라. 신(臣)이 ᄲᅥ곰 언어(言語)를 시험(試驗)ᄒᆞ오미 경뉸(經綸) 딕략392)(大略)393)을 복듕(腹中)의 장(藏)ᄒᆞ여시니 신(臣)이 흠탄(欽歎)ᄒᆞ믈 이긔디 못ᄒᆞ옵ᄂᆞ니 그윽이 싱각건디 신(臣)이 셩샹(聖上) 은튁(恩澤)을 닙ᄉᆞ와 연븍(燕北)의 도읍(都邑)ᄒᆞ나 ᄯᅡ이 너르고 산쳔(山川)이 험악(險惡)ᄒᆞ야 오랑키 방비(防備)ᄒᆞ미 어려온디라. 신(臣)이 일야(日夜) 우구(憂懼)394)ᄒᆞ야 힝(幸)혀 대ᄉᆞ(大事)를 그릇ᄒᆞ야 셩샹(聖上) 위덕(威德)을 욕(辱)되게 ᄒᆞᆯ가 두려 용ᄉᆞ(勇士)를 소모(招募)395)ᄒᆞ고 현ᄉᆞ(賢士)를 구(求)ᄒᆞ야 ᄒᆞᆫ가지로 나라흘 다ᄉᆞ려 오랑키 엿ᄂᆞᆫ 긔미(幾微)를 방비(防備)코져 변방(邊方)의셔 능(能)히 인ᄌᆡ(人材)를 엇디 못ᄒᆞ옵

---

390) 구튝(驅逐): 구축. 쫓아냄.
391) 뇨싱(聊生): 요생. 삶을 꾀함.
392) 략: [교] 원문에는 '락'으로 되어 있으나 오기로 보임.
393) 딕략(大略): 대략. 큰 계략.
394) 우구(憂懼): 근심하고 두려워함.
395) 소모(召募): 사람을 불러 모음.

더니 니현을 보오니 인지(人才) 츌범(出凡)[396] ᄒ온디라. 원(願)컨대
신(臣)을 주샤 연븍(燕北)을

53면

다ᄉ려 형셰(形勢)를 굿게 ᄒ소셔."

샹(上)이 팀음(沈吟) 냥구(良久)의 글ᄋ샤ᄃᆡ,

"경(卿)의 말을 좃고져 ᄒ나 경(卿)의게ᄂ 모ᄉ(謀士) 도연(道
衍)[397]이 디뫼(智謀ㅣ) 가ᄇ얍디 아니ᄒ고 용ᄉ(勇士ㅣ) 적디 아닌디
라 쏘 엇디 니현을 주리오. 황손(皇孫)이 인약(仁弱)[398]ᄒ고 방효유
(方孝孺),[399] 경청(景淸),[400] 졔태(齊泰),[401] 황ᄌ딩(黃子澄)[402]의 무
리 다 미약(微弱)ᄒ 문신(文臣)이라 국가(國家)의 동냥(棟梁)이 업ᄉ

---

396) 츌범(出凡): 출범. 보통사람보다 뛰어남.

397) 도연(道衍): 1335~1418. 속성(俗姓)은 요(姚)이고, 자(字)는 사도(斯道)이며, 호는
천희(天禧)·도허(逃虛)·독암(獨庵) 등임. 이름은 廣孝, 시호는 榮國公. 홍무(洪
武)연간(1368~1398)에 고승(高僧)으로 뽑혔으며, 경수사(慶壽寺)의 주지로 있으
면서 연왕을 도움.

398) 인약(仁弱): 성품이 어질고 약함.

399) 방효유(方孝孺): 중국 명나라 초기의 학자·정치가(1357~1402). 자는 희직(希直)·
희고(希古). 호는 손지(遜志)·정학(正學). 후에 영락제가 되는 연왕이 건문제를 내
몰고 황제가 되어 즉위의 조서를 기초하도록 시켰으나, 이를 거절하여 처형당함.

400) 경청(景淸): 경청. 중국 명나라 진녕인(眞寧人). 연왕이 제위(帝位)를 찬탈하자 방
효유(方孝孺) 등과 순국하기로 약속하였다가 혼자서 비수를 품은 채 명나라 조정
에 들어갔다가 발각되어 처형당함.

401) 졔태(齊泰): 제태. 중국 명나라 율수인(溧水人). 초명(初名)은 덕(德)이었는데 태조
로부터 태(泰)라는 이름을 하사받음. 연왕이 제위(帝位)를 찬탈하려 하자 연왕을
토벌하기 위한 군대를 조직하였으나 패하고 방효유 등과 함께 연왕에게 굴복하
지 않다가 처형당함.

402) 황ᄌ딩(黃子澄): 황자징. 이름이 식(湜)이고 자(字)는 행(行)이며, 분의(分宜) 사람.
벼슬은 태상시경(太常寺卿)에 이름. 건문제(建文帝)를 도와 연왕을 토벌하려 하
였으나 실패하고 영락제가 된 연왕에게 책형(磔刑)을 당해 죽음.

니 엇디 니현을 주리오?"

왕(王)이 샹(上)의 이러툿 ᄒ시믈 보고 팀음(沈吟) 불언이퇴(不言
而退)403)러니 ᄌ고(自古)로 쥬언문조(晝言聞鳥)404)와 야언문셔(夜言
聞鼠)405)ᄒ기 쉬온 고(故)로 이 말이 뎐〃(轉傳)406)ᄒ야 외간(外間)
의 나니 졔(齊) 각노(閣老)와 황(黃) 승상(丞相) ᄌ딩(子澄)이 크게 놀
나 셔로 의논(議論)ᄒ되,

"연왕(燕王)이 샹푀(相表ㅣ)407) 비범(非凡)ᄒ고 샹해408) 큰 ᄯᅳᆺ을
품어 디방(地方)이 너ᄅ고 샹히 좌우(左右)의 용ᄉ(勇士) 도409)

•••

54면

연(道衍), 몀현, 임홍 ᄀᄐᆫ 쟈(者)ᄅᆯ 두어시니 황야(皇爺) 쳔추만셰
(千秋萬歲)410) 후(後)의 황손(皇孫)의 위틱(危殆)ᄒ미 누란(累卵)411)
ᄀᆺᄐᆯ다라. 우리 등(等)이 듀야(晝夜) 근심ᄒᄂᆫ 배러니 이제 니현을
달나 ᄒ미 일홈이 오랑키ᄅᆯ 방비(防備)ᄒ노라 ᄒ나 실(實)은 큰 ᄯᅳ디
이시미라."

ᄒ고 몀일(明日) 됴회(朝會)예 황(黃) 승샹(丞相)이 주왈(奏曰),

---

403) 불언이퇴(不言而退): 말을 하지 않고 물러남.
404) 쥬언문조(晝言聞鳥): 주언문조. 낮말은 새가 들음.
405) 야언문셔(夜言聞鼠): 야언문서. 밤말은 쥐가 들음.
406) 뎐〃(轉傳): 전전. 여러 사람을 거쳐 전달함.
407) 샹푀(相表ㅣ): 상표. 생긴 모양.
408) 샹해: 늘. 항상.
409) 도: [교] 원문에는 이 앞에 '몀'이 있으나 부연으로 보여 삭제함.
410) 쳔추만셰(千秋萬歲): 천추만세. 천 년 만 년의 긴 세월. 오래 살기를 축수하는 말.
여기에서는 황제의 죽음을 완곡하게 표현한 말임.
411) 누란(累卵): 계란을 쌓아 놓음.

"연왕(燕王)이 비록 폐하(陛下) 친亽(親子)나 디위(地位) 번왕(藩王)이라 엇디 구듕금궐(九重禁闕)⁴¹²)의 방亽(放恣)히 오릭 머믈니잇고? 즉일(卽日)의 본국(本國)의 도라 보닉여디이다."

제(齊) 각뇌(閣老ㅣ) 안쉭(顔色)이 강개(慷慨)ᄒ야 ᄯᅩᄒᆫ 주왈(奏曰),

"연왕(燕王)이 금번(今番) 장원(壯元) 니현으로써 연국(燕國)의 두고져 ᄒ미 그 ᄯᅳ디 깁흐미라. 타일(他日) 황손(皇孫)의게 니(利)치 아닐가 두리ᄂᆞ니 샐리 도라보닉소셔."

어시(於時)의 연왕(燕王)이 편뎐(便殿)의셔

•••

55면

냥(兩) 각신(閣臣)의 말을 듯고 원통(冤痛)ᄒᆞ믈 이긔디 못ᄒ야 의듸(衣帶)를 그르고 옥계(玉階)의 ᄂᆞ려 죽기를 쳥(請)ᄒᆫ딕 샹(上)이 ᄯᅩᄒᆫ 연왕(燕王)의 샹뫼(相貌ㅣ) 당〃(堂堂)ᄒᆞ믈 아ᄅᆞ시고 타일(他日) 황손(皇孫)의게 니(利)티 아닐 줄 아ᄅᆞ셔 근심이 계시던 고(故)로 냥(兩) 대신(大臣)의 말을 유리(有理)히 너기샤 왕(王)을 블러 글ᄋᆞ샤딕,

"제(齊)·황(黃) 냥인(兩人)의 말이 비록 과도(過度)ᄒ나 ᄯᅩᄒᆫ 도리(道理) 올흔디라. 경(卿)은 안심(安心)ᄒᆞ고 즉일(卽日)의 도라가라."

왕(王)이 ᄯᅩᄒᆫ 총명(聰明)ᄒᆞᆫ디라 샹(上)이 역시(亦是) 의심(疑心)ᄒᆞ시믈 보고 빅샤(拜謝)ᄒᆞ고 연국(燕國)으로 도라갈시 샹(上)이 쥬공(周公)⁴¹³)의 일노뼈 경계(警戒)ᄒᆞ시니 왕(王)이 더옥 송구(悚懼)ᄒ야

---

412) 구듕금궐(九重禁闕): 구중금궐. 아홉 겹으로 둘러싸인 궁궐.

413) 쥬공(周公): 주공. 중국 주(周) 나라 문왕(文王)의 아들이자 성왕(成王)의 숙부인 주공단(周公旦)을 이름.조카인 성왕을 잘 보필한 것으로 유명함. 여기에서 황제가 주공의 예를 든 것은, 자신의 아들인 연왕이 황손, 즉 연왕의 조카를 후에 잘 보필하라는 뜻이 담겨 있음.

빅도(倍道)⁴¹⁴)ᄒ야 연읍(燕邑)의 니ᄅ니 군신(群臣)이 십(十) 니(里)의 나와 마ᄌ 진하(進賀)⁴¹⁵)ᄒ기ᄅ 무ᄎ매 왕(王)이 궁듕(宮中)의

드러와 도연⁴¹⁶)ᄃ려 왈(曰),

"과인(寡人)이 일즉 태ᄌ(太子) 형(兄)이 기세(棄世)⁴¹⁷)ᄒ시니 태손(太孫) 보믈 긔츌(己出)ᄀ티 ᄒ더니 제틱(齊泰), 황ᄌ딩(黃子澄) 등(等)이 어ᄎ(如此) 누언(陋言)⁴¹⁸)을 지어 나ᄅ 히(害)ᄒ니 셩상(聖上)이 ᄯ혼 의심(疑心)ᄒ시ᄂ디라 어딕 가 폭빅(暴白)⁴¹⁹)ᄒ리오."

원릭(元來) 도연은 위국공(魏國公) 셔달(徐達)⁴²⁰)이 연의 병법(兵法)과 모략(謀略)이 신긔(神奇)ᄒ믈 보고 왕(王)을 주어 오랑킈ᄅ 막ᄌᄅ게 ᄒ니 셔(徐) 공(公) 댱여(長女)ᄂ 연왕(燕王) 비(妃)라. 도연(道衍)⁴²¹)이 텬문디리(天文地理)ᄅ 알고 ᄯ 샹법(相法)⁴²²)이 신이(神

---

414) 빅도(倍道): 배도. 이틀에 갈 길을 하루에 감.

415) 진하(進賀): 나라에 경사가 있을 때에 벼슬아치들이 조정에 모여 임금에게 축하를 올리던 일.

416) 도연: [교] 원문에는 '조현'으로 되어 있으나 뒷부분에 '도연'이라 일관되게 나오므로 이와 같이 수정함.

417) 기세(棄世): 기세. 세상을 버림. 죽음을 이름.

418) 누언(陋言): 더러운 말.

419) 폭빅(暴白): 폭백. 결백을 드러냄.

420) 위국공(魏國公) 셔달(徐達): 위국공 서달(1332~1385). 자(字)는 천덕(天德). 유기(劉基), 이선장(李善長)과 함께 명나라 3대 개국 공신으로 평가되며, 홍무제를 따르던 장수들 가운데 가장 높은 지위에 오름. 중산왕(中山王)에 추증됨.

421) 도연(道衍): 1335~1418. 속성(俗姓)은 요(姚)이고, 자(字)는 사도(斯道)이며, 호는 천희(天禧)·도허(逃虛)·독암(獨庵) 등임. 이름은 廣孝, 시호는 榮國公. 홍무(洪武) 연간(1368~1398)에 고승(高僧)으로 뽑혔으며, 경수사(慶壽寺)의 주지로 있으면서 연왕을 도움.

422) 샹법(相法): 상법. 관상 보는 법.

異)혼지라 왕(王)이 텬즈지샹(天子之相)[423)이 이시믈 보고 대亽(大事)로뼈 닐오딕 왕(王)이 죵시(終是) 응(應)티 아니터니 촌일(此日) 쏘 젼언(前言)갸티 딕답(對答)호니 왕(王) 왈(曰),

"과인(寡人)이 비록 간신(奸臣)[424)의 히(害)를 닙으나 촌마[425) 친질(親姪)을 티고 황뎨(皇帝) 되리오?"

연 왈(曰),

"비록 그

러나 대亽(大事)를 일우매 셜〃(屑屑)[426)혼 호의(好意)를 못 ㅎ리니 황손(皇孫)이 암약(暗弱)[427)ㅎ고 제태(齊泰) 등(等)이 농권(弄權)[428)ㅎ야 금샹(今上) 쳔추(千秋) 후(後) 쥬시(朱氏) 텬해(天下ㅣ) 일됴(一朝)의 타인(他人)의 손의 가면 뉘우촌나 밋디 못ㅎ리이다."

왕(王)이 믄득 불응(不應)이러니 오라디 아냐 태죄(太祖ㅣ) 븡(崩)ㅎ시니 왕(王)이 크게 이통(哀慟)ㅎ야 통곡(痛哭)ㅎ고 발상(發喪)ㅎ야 남경(南京)으로 가고져 ㅎ더니 믄득 드르니 제(齊)·황(黃) 이(二)인(人)이 제왕(諸王)의 분곡(奔哭)[429)ㅎ믈 허(許)티 아니ㅎ고 각도(各

---

423) 텬즈지샹(天子之相): 천자지상. 천자가 될 관상.

424) 간신(奸臣): 제태(齊泰)와 황자징(黃子澄)을 말함. 실제 역사에서 연왕은 이 두 사람을 간신으로 지목한 바 있음.

425) 마: [교] 원문에는 '미'로 되어 있으나 오기로 보임.

426) 셜〃(屑屑): 설설. 자잘함.

427) 암약(暗弱): 어리석고 약함.

428) 농권(弄權): 권력을 농단함.

429) 분곡(奔哭): 상사에 와서 곡함.

道)의 병위(兵威)를 크게 베퍼 왕(王)을 막즈른다 ᄒ니 왕(王)이 듯고
크게 셜워ᄒ고 심듕(心中) 분앙(憤怏)430)ᄒ야 이젼(以前) 구디 딕희
던 ᄆᄋ음이 태반(太半)이나 프러디니 원릭(元來) 일노브터 연왕(燕王)
이 반심(叛心)431)을 품어 후일(後日)의 졍난(靖難)432)이 니러ᄂᆞ니 이
ᄯ쏘 텬의(天意)나 졔(齊)·황(黃) 이(二) 인(人)이

58면

즈레 번왕(藩王)을 의심(疑心)ᄒ야 인심(人心)이 분울(憤鬱)433)ᄒ 연
괴(緣故ㅣ)러라.

챠셜(且說). ᄂᆞ 흑싀(學士ㅣ) 연왕(燕王)을 니별(離別)ᄒ고 셔경(西
京)의 니르러 모친(母親)을 보니 진 부인(夫人)이 이 ᄋᄌ(兒子)를 먼
디 보ᄂᆡ고 회푀(懷抱) 울울(鬱鬱)ᄒ지라 뉴 시(氏)를 ᄃᆞ려다가 두어
고젹(孤寂)434)ᄒ믈 위로(慰勞)ᄒ더니,

홀연(忽然) 뉴 쳐싀(處士ㅣ) 병(病)을 어더 위독(危篤)ᄒ지라 쇼졔
(小姐ㅣ) 창황(倉黃)ᄒ여 존고(尊姑)긔 하딕(下直)ᄒ고 본부(本府)의 니
르니 쳐싀(處士ㅣ) 스스로 니디 못ᄒ 줄 알고 쇼져(小姐)ᄃᆞ려 왈(曰),

"ᄂᆡ 이졔 윤샹을 다시 못 보고 죽게 되니 ᄒ(恨)이 디435)하(地下)
의 ᄆᆞ칠디라. 연(然)이나 윤샹은 대현(大賢)이라 너를 져ᄇᆞ릴 ᄂᆡ 업

---

430) 분앙(憤怏): 분해 하고 원망함.
431) 반심(叛心): 모반하는 마음.
432) 졍난(靖難): 정란. 나라의 위란을 다스린다는 뜻. 여기에서는 연왕이 조카인 건문
　　제(建文帝)를 폐하고 자신이 황제, 즉 영락제(永樂帝)가 된 것을 말함.
433) 분울(憤鬱): 분하고 우울함.
434) 고젹(孤寂): 고적. 외롭고 쓸쓸함.
435) 디: [교] 원문에는 '다'로 되어 있으나 오기로 보임.

ᄂᆞᆫ디라 혹쟈(或者) 인ᄉᆡ(人事ㅣ) ᄠᅳᆺ ᄀᆞᆺ디 못ᄒᆞ야 셰ᄉᆡ(世事ㅣ) 차타
(蹉跎)⁴³⁶⁾홀딘대 원앙(鴛鴦)이 슈이 합(合)디 못ᄒᆞ면 네 보신지ᄎᆡᆨ(保
身之策)⁴³⁷⁾을 ᄒᆞ야 몸을

● ● ●

59면

조심(操心)ᄒᆞ라."

　드듸여 졸(卒)ᄒᆞ니 향년(享年)이 ᄉᆞ십오(四十五) 셰(歲)라. 쇼졔(小
姐ㅣ) 호텬통곡(呼天痛哭)⁴³⁸⁾ᄒᆞ야 ᄋᆡ훼(哀毀⁴³⁹⁾) 녜(禮)의 넘고 친
(親)히 쵸샹(初喪)을 다ᄉᆞ려 셩복(成服)⁴⁴⁰⁾을 지ᄂᆡ미 ᄎᆞ마 녕연(靈
筵)⁴⁴¹⁾을 ᄯᅥ나 구가(舅家)의 도라가디 못ᄒᆞ고 슈셔(手書)⁴⁴²⁾로 존고
(尊姑)긔 쳥(請)ᄒᆞ야 쟝후(葬後)⁴⁴³⁾의 가믈 고(告)ᄒᆞ니 부인(夫人)이
참담(慘憺)ᄒᆞ야 허락(許諾)ᄒᆞ매 쇼졔(小姐ㅣ) 계모(繼母) 손 시(氏)로
더브러 제ᄉᆞ(祭祀)ᄅᆞᆯ 극진(極盡)이 ᄒᆞ더니,

　뉴광(流光)⁴⁴⁴⁾이 살 ᄀᆞᆮ여 쟝녜(葬禮) 후(後) 우졸(虞卒)⁴⁴⁵⁾을 지

---

436) 차타(蹉跎): 미끄러져 넘어짐.

437) 보신지ᄎᆡᆨ(保身之策): 보신지책. 몸을 보존할 계책.

438) 호텬통곡(呼天痛哭): 호천통곡. 하늘을 우러러 부르짖으며 통곡함.

439) ᄋᆡ훼(哀毀): 애훼. 부모의 죽음을 몹시 슬퍼함.

440) 셩복(成服): 성복. 초상이 났을 때 처음으로 상복을 입는 일.

441) 녕연(靈筵): 죽은 사람의 영궤(靈几)와 그에 딸린 모든 것을 차려 놓는 곳. 궤연
(几筵)

442) 슈셔(手書): 수서. 손수 쓴 편지.

443) 쟝후(葬後): 장후. 장사를 치른 후.

444) 뉴광(流光): 유광. 세월.

445) 우졸(虞卒): 우제(虞祭)와 졸곡(卒哭)을 아울러 부르는 말. 우제에는 신주가 묘를
다 완성하고, 즉 장사를 다 지내고 집에 돌아와 지내는 제사인 초우제(初虞祭)와
장사 다음날에 지내는 제사인 재우제(再虞祭), 3일째 지내는 제사인 삼우제(三虞
祭)가 있음. 삼우제 때는 제사 후 산소에 가는 일이 보통임. 졸곡(卒哭)은 삼우제

니고 쇼졔(小姐ㅣ) 더옥 망극(罔極)ㅎ야 듀야(晝夜) 호곡(號哭)[446]ㅎ 매 용뫼(容貌ㅣ) 더옥 표연(飄然)[447]ㅎ야 아릿다오니 손 시(氏) 블냥지심(不良之心)을 니여 그 마을 김 쟝진란 재(者ㅣ) 샹쳐(喪妻)[448]ㅎ고 후취(後娶)를 구(求)ㅎ니 손 시(氏) 가마니 통(通)ㅎ디 슈쳔(數千) 금(金)을 드려 구(求)ㅎ니 손 시(氏) 대희(大喜)ㅎ야 ㄱ마니 퇴일(擇日)ㅎ니

...

60면

소져(小姐)는 ᄉ긔(事幾)를 모르고 존고(尊姑)의 요젹(寥寂)[449]ㅎ믈 념녀(念慮)ㅎ야 구가(舅家)로 가고져 ㅎ더니 시녀(侍女) 운괴 고왈(告曰),

"부인(夫人)이 쇼져(小姐)를 김쟝의 후취(後娶)를 허(許)ㅎ야 날이 님박(臨迫)ㅎ엿ᄂ이다."

쇼졔(小姐ㅣ) 반향(半晌)이나 말을 못ㅎ더니 유모(乳母) 계홰 왈(曰),

"부인(夫人)의 뜻이 여ᄎ(如此)ㅎ니 쇼져(小姐)는 샐리 구가(舅家)로 가ᄉ이다."

쇼졔(小姐ㅣ) 탄왈(歎曰),

"니 이제 구가(舅家)로 가면 히(害)를 존고(尊姑)긔 깃치리니 엇디 가리오?"

를 지낸 뒤에 곡을 끝낸다는 의미로, 장례 후 3개월 만에 오는 첫 정일(丁日)이 나 해일(亥日)을 택하여 지냄.

446) 호곡(號哭): 목 놓아 슬피 욺.

447) 표연(飄然): 초탈한 모양.

448) 샹쳐(喪妻): 상처. 아내를 잃음.

449) 요젹(寥寂): 요적. 고요하고 적적함.

이에 빅금(白金)을 늬여 남의(男衣)를 짓고 경보(輕寶)450)를 낭듕(囊中)의 장(藏)ᄒ고 유모(乳母) 계화와 시녀(侍女) 옥낭으로 더브러 혼야(昏夜)의 나귀를 타고 부문(府門)을 날시 봉셔(封書)451)를 지어 딘 부인(夫人)긔 드리라 ᄒ고 거쳐(去處) 업시 힝(行)ᄒ니라.

손 시(氏) 쇼져(小姐)를 김가(-家)의 허혼(許婚)ᄒ고 굴지계일(屈指計日)452)이러니 쇼졔(小姐ㅣ)

•••

61면

브디거쳐(不知去處)453)ᄒ고 일(一) 봉(封) 셔간(書簡)이 상(牀) 우희 노혀시니 써혀 보니 ᄀᆞ와시딕,

'블초녀(不肖女)ᄂᆞᆫ 삼가 모친(母親)긔 알외ᄂᆞ니 소녜(小女ㅣ) 가군(家君)이 먼니 나갓고 고뫼(姑母ㅣ)454) 외로이 이시니 심시(心事ㅣ) 즈못 울젹(鬱積)ᄒ다라. 남의(男衣)를 ᄀᆡ장(改裝)ᄒ고 텬하(天下)를 오유(遨遊)455)ᄒ야 회포(懷抱)를 소챵(消暢)456)코져 ᄒᄂᆞᆫ 고(故)로 모친(母親)긔 고(告)ᄒ면 말니시미 이실가 브득이(不得已) 고(告)티 못ᄒ고 가ᄂᆞ니 모친(母親)은 물우(勿憂)ᄒ시고 셩톄(性體)457)를 안보(安保)ᄒ쇼셔' ᄒ엿더라.

---

450) 경보(輕寶): 몸에 지니고 다니기에 편한 가벼운 보배.

451) 봉셔(封書): 봉서. 겉봉을 봉한 편지.

452) 굴지계일(屈指計日): 손가락을 꼽으며 날을 셈.

453) 브디거쳐(不知去處): 부지거처. 간 곳을 알지 못함.

454) 고뫼(姑母ㅣ): 시어머니.

455) 오유(遨遊): 여기저기 돌아다님.

456) 소챵(消暢): 소창. 답답한 마음을 풂.

457) 셩톄(性體): 성체. 성정과 몸.

손 시(氏) 견파(見罷)의 크게 실망(失望)ᄒᆞ야 미리 이런 곡졀(曲折)
을 니ᄅᆞ디 못ᄒᆞᄆᆞᆯ 흔(恨)ᄒᆞ니뉘 쇼졔(小姐ㅣ) 디뫼(智謀ㅣ) 긔특(奇
特)ᄒᆞ야 계교(計巧)로 져의 쟉해(作害) 딘 부인(夫人)긔 더으디 아니
ᄆᆞᆯ 알니오.

손 시(氏) 홀일

_{•••}

62면

업서 이 말노 김가(-家)의 고(告)ᄒᆞ니 김개(-家ㅣ) 대흔(大恨)ᄒᆞ야 금
은(金銀)을 춧고 쇼졔(小姐ㅣ) 구가(舅家)의 숨엇ᄂᆞᆫ가 슬피라 ᄒᆞ니
손 시(氏) 쇼져(小姐)의 셔간(書簡)을 ᄂᆞ여 주며 닐오ᄃᆡ, 남장(男裝)
ᄒᆞ고 ᄃᆞ라나미 의심(疑心) 업ᄉᆞᄆᆞᆯ 니ᄅᆞ니 김개(-家ㅣ) 홀일업서 원
(怨)을 딘 부인(夫人)긔 더으디 아니ᄒᆞ니 딘 부인(夫人)이 무ᄉᆞ(無事)
ᄒᆞᆷ믄 젼혀 쇼져(小姐)의 디혜(智慧)러라.

ᄎᆞ시(此時) 딘 부인(夫人)이 식뷔(息婦ㅣ) 간 디 오라니 심ᄉᆞ(心事
ㅣ) ᄌᆞ못 울〃(鬱鬱)ᄒᆞ야 졍(正)히 브르고져 ᄒᆞ더니 홀연(忽然) 손 시
(氏) 시비(侍婢)로 젼어(傳語)ᄒᆞᄃᆡ 쇼졔(小姐ㅣ) ᄃᆞ라난 연고(緣故)ᄅᆞᆯ
니ᄅᆞ고 셔간(書簡)을 보ᄂᆡ엿거늘, 부인(夫人)이 크게 놀나 그 신부
(新婦)의 빙ᄌᆞ혜질(氷姿蕙質)[458]노 무단(無斷)[459]이 부문(府門)을 나
디 아닐 거시로ᄃᆡ 쇼져(小姐) 친필(親筆)노 쁜 거시 분명(分明)ᄒᆞ디
라 진가(眞假)[460]ᄅᆞᆯ 알 길히 업서 ᄒᆞ더니, 수

---

458) 빙ᄌᆞ혜질(氷姿蕙質): 빙자혜질. 얼음처럼 맑고 깨끗한 살결과 난초처럼 아름다운 몸.
459) 무단(無斷): 미리 승낙을 얻지 않음.
460) 진가(眞假): 진짜와 가짜를 아울러 이르는 말.

일(數日) 후(後) 뉴부(-府) 시비(侍婢) 운괴 두 봉(封) 셔간(書簡)을 가져 닐러 부인(夫人)긔 드리니 부인(夫人)이 밧비 써혀 보니 이 곳 쇼져(小姐) 셔간(書簡)이라. 글와시되,

'블초(不肖) 식부(息婦) 요란은 삼가 눈믈을 흘니고 머리를 두드려 고모(姑母) 좌하(座下)의 올니옵느니 소첩(小妾)이 튱년(沖年)461)의 슬하(膝下)의 의탁(依託)ᄒ야 어엿비 너기시는 은혜(恩惠)를 밧ᄌ와 우러오미 잠시(暫時)도 헐(歇)티 아니ᄒ옵더니 블힝(不幸)ᄒ야 가군 (家君)이 먼니 나가시고 소첩(小妾)이 텬붕지통(天崩之痛)을 만나 슬하(膝下)를 써나 이에 와 가엄(家嚴)의 쟝ᄉ(葬事)를 디니고 도라가 려 ᄒ엿습더니 쇼첩(小妾)의 운익(運厄)이 태심(太甚)ᄒ야 김가(-家) 의 위셰(威勢)로 겁칙(劫-)462)ᄒ는 욕(辱)이 급(急)ᄒ고 계모(繼母)의 ᄆᆞ음이 약(弱)ᄒᆞᆫ 고(故)로

강포(强暴)를 막디 못ᄒᆞᆫ디라 쇼첩(小妾)이 존부(尊府)의 나아가 피 (避)홀 줄 모르디 아니ᄒᆞ되 마춤 가군(家君)이 잇디 아니ᄒᆞᆫ 써라 강포 (强暴)ᄒᆞᆫ 쟈(者)의 겁탈(劫奪)ᄒᆞ미 고모(姑母)긔 더을가 두리고 잠간 (暫間) 피신(避身)ᄒ야 가군(家君)의 도라오믈 기ᄃᆞ리고져 ᄒᆞ나 무샹(無 常)ᄒᆞᆫ 욕(辱)이 됴셕(朝夕)의 급(急)ᄒᆞᆫ지라 브득이(不得已) 쇼첩(小妾)

---

461) 튱연(沖年): 충년. 어린 나이.
462) 겁칙(劫-): 폭행이나 협박을 하여 강제로 부녀자와 성관계를 갖는 일.

이 일신(一身)을 바려 태〃(太太)463)를 평안(平安)ㅎ시과져 ㅎ야 문(門)을 나누니 머리를 두로혀 ᄌ안(慈顔)을 싱각ㅎ오미 운산(雲山)이 가리오는디라 심담(心膽)이 부아지는 듯ㅎ도소이다. 원(願)컨디 존고(尊姑)는 블초식(不肖息)을 싱각디 마르시고 만슈무강(萬壽無彊)ㅎ소셔. 타일(他日) 당〃(堂堂)이 경ᄉ(京師)로 나아가 ᄎ줄 날이 이시리이다.'
ㅎ엿더라.

•••

65면

부인(夫人)이 견파(見罷)의 크게 앗기고 슬허 눈믈을 흘니고 곡졀(曲折)을 져기 짐쟉(斟酌)ㅎ미 이셔 쇼졔(小姐ㅣ) 비록 셔ᄉ(書辭)464)의 손 시(氏)의 흔단(釁端)465)을 아냐시나 ᄌ못 씨드라 그 영오(英悟)466)ㅎ 혜심(慧心)467)이 ᄌ가(自家) 몸을 바려 고모(姑母)를 구(救)ㅎ믈 더옥 년이(憐愛)468)ㅎ야 심시(心事ㅣ) 울〃(鬱鬱)ㅎ더니,

삼동(三冬)이 진(盡)ㅎ고 명츈(明春)이 니르도록 ᄋᄌ(兒子)의 쇼식(消息)을 듯지 못ㅎ니 념녜(念慮ㅣ) 일〃(日日) 층가(層加)ㅎ디 천만관심(千萬寬心)469)ㅎ야 시일(時日)을 보니니, 원니(元來) 니 흑시(學士ㅣ) 등뎨(登第)ㅎ야 금쥐(錦州ㅣ)로 가믈 하리(下吏)를 독촉(督促)ㅎ야 셔경(西京)의 보(報)ㅎ엿더니 하리(下吏) 듕노(中路)의셔 병

463) 태〃(太太): 혼인한 부녀의 존칭 등으로 쓰이는데, 여기에서는 시어머니를 지칭함.
464) 셔ᄉ(書辭): 서사. 편지에 쓰는 말.
465) 흔단(釁端): 틈이 생기는 실마리. 여기에서는 일의 원인을 제공함을 의미함.
466) 영오(英悟): 용모가 뛰어나고 총명함.
467) 혜심(慧心): 지혜로운 마음.
468) 년이(憐愛): 연애. 불쌍하게 여겨 사랑함.
469) 천만관심(千萬寬心): 천만관심. 매우 마음을 편안히 함.

(病)드러 죽고 본현(本縣)이 비록 경스(京師) 방목(榜目)[470]을 보나 흑스(學士)의 일홈이 흑당(學堂)의 드디 아낫고 일향인(一鄕人)이 흑스(學士) 얼골 보미 드므니 그 일홈을 어이 알니오. 이러

●●●

66면

므로 딘 부인(夫人)이 아득히 아디 못ᄒᆞ더니,

명년(明年) 츈뎡월(春正月) 샹슌(上旬)의 니르러 시비(侍婢) 급(急)히 드러와 흑스(學士)의 오믈 고(告)ᄒᆞ니 부인(夫人)이 경황(驚惶)[471]ᄒᆞ야 몸이 니러 당(堂)의 ᄂᆞ리는 줄 ᄭᅢ돗디 못ᄒᆞ더니 밋 흑시(學士ㅣ) 문(門)의 당(當)ᄒᆞ야는 부인(夫人)이 눈을 드러 볼ᄉᆡ 흑시(學士ㅣ) 만신(滿身)의 샹복(喪服)을 가(加)ᄒᆞ야 알패 니르니 부인(夫人)이 크게 흔 소ᄅᆡ를 ᄒᆞ고 흠신(欠身)ᄒᆞ야 업더디니 흑시(學士ㅣ) 이 거동(擧動)을 보매 더옥 흉금(胸襟)[472]이 산란(散亂)[473]ᄒᆞ야 겨유 강잉(强仍)ᄒᆞ야 모친(母親)을 붓드러 방듕(房中)의 구호(救護)ᄒᆞ니 부인(夫人)이 졍신(精神)을 출혀 우러 ᄀᆞᆯ오ᄃᆡ,

"네 부친(父親)이 비록 요쳡(妖妾)[474]의 참소(讒訴)를 드러 날을 구튝(驅逐)ᄒᆞ여시나 부뷔(夫婦ㅣ) 니별(離別)흔 십뉵(十六) ᄌᆡ(載)의 다시 보디 못ᄒᆞ고 마ᄎᆞᆷᄂᆡ 죵텬영결(終天永訣)[475]ᄒᆞ니

---

470) 방목(榜目): 과거에 급제한 사람의 이름을 적은 책.

471) 경황(驚惶): 놀라고 두려워 허둥지둥함.

472) 흉금(胸襟): 마음에 품은 생각.

473) 산란(散亂): 어지러움.

474) 요쳡(妖妾): 요첩. 간사한 첩.

475) 죵텬영결(終天永訣): 종천영결. 몸을 마쳐 영원히 이별함.

아지 못게라, 므슨 병(病)의 빈텬(賓天)[476]ᄒ시다 ᄒ더뇨?"

흑시(學士ㅣ) 가슴이 막혀 반향(半晌)이나 비읍(悲泣)ᄒ니 냥항(兩行) 혈뉘(血淚ㅣ) 샹복(喪服)이 젓더니 겨유 딘뎡(鎭靜)ᄒ야 홍낭의 시살(弑殺)ᄒᆫ 바를 고(告)ᄒ고 ᄌ긔(自己) 등과(登科)ᄒ야 ᄂ려가 흉음(凶音)을 듯고 원슈(怨讐) 갑흐믈 고(告)ᄒ니 부인(夫人)이 실셩통곡(失聲痛哭)[477] 왈(曰),

"네 부친(父親)이 못ᄎᆷᄂᆡ 블명(不明)ᄒ야 비명(非命)의 원수(冤死)[478]ᄒ니 감(敢)히 ᄂᆞᆷ을 원(怨)티 못ᄒ려니와 나의 신셰(身世)를 싱각ᄒ니 심간(心肝)이 무여디니 인셰(人世)의 머믈 ᄯᅳ디 이시리오?"

인(因)ᄒ야 거적을 나와 머리 풀고 남(南)을 바라 통곡(痛哭)ᄒ믈 그치디 아니ᄒ니 흑시(學士ㅣ) 념녀(念慮)ᄒ야 조흔 낫빗츠로 위로(慰勞)ᄒ되 부인(夫人)이 못ᄎᆷᄂᆡ 그치디 아냐 셩복(成服)을 지ᄂᆡ매 긔력(氣力)이 진(盡)ᄒ야 피를

토(吐)ᄒ고 긔졀(氣絕)ᄒ니 흑시(學士ㅣ) 망극(罔極)ᄒ야 이걸(哀乞) 왈(曰),

"ᄒᆡ이(孩兒ㅣ) 팔ᄌ(八字ㅣ) 긔구(崎嶇)ᄒ야 부친(父親)을 못ᄎᆷᄂᆡ

---

476) 빈텬(賓天): 빈천. 존귀한 자의 죽음.
477) 실셩통곡(失聲痛哭): 실성통곡. 너무 슬퍼 소리가 나지 않을 정도로 통곡함.
478) 원수(冤死): 원사. 원통하게 죽음.

보옵디 못ᄒ고 쳔고영결(千古永訣)이 유명(幽明)479)을 즈음ᄒ야 다시 음용(音容)480)을 듯ᄌ올 길히 업ᄉᄂᆞ라 일념(一念)이 인셰(人世)간(間)의 머믈고져 ᄡ디 업ᄉ디 다만 위회(慰懷)ᄒᄂᆞᆫ 배 태〃(太太)ᄅᆞᆯ 밋ᄉᆞᆸ거ᄂᆞᆯ 모친(母親)이 만일(萬一) 강잉(强仍)티 못ᄒ시면 쇼ᄌᆡ(小子ㅣ) ᄯᅩ 엇디 셰샹(世上)의 머믈니잇고?"

부인(夫人)이 ᄋᆞᄌᆞ(兒子)의 말을 감동(感動)ᄒ야 몸을 니러 운발(雲髮)을 거두고 ᄋᆞᄌᆞ(兒子)의 손을 잡고 눈을 드러 보니 흑ᄉᆡ(學士ㅣ) 신ᄉᆡᆨ(神色)481)이 고초(苦楚)ᄒ야 혈긔(血氣) 바히 업셔 긔ᄆᆡᆨ(氣脈)482)이 실 ᄀᆞᆺᄐᆞ여 이젼(以前) 영풍쥰골(英風俊骨)483)이 ᄒ나토 업섯고 샹복(喪服)의 혈뉘(血淚ㅣ) 뎜〃(點點)이 말나시니 부인(夫人)이 크게 놀나고

• • •

69면

근심ᄒ야 이에 칙왈(責曰),

"네 나의 과훼(過毀)484)ᄒᄆᆞᆯ 근심ᄒᆞᆯ딘대 너의 얼골이 금ᄀᆞᆨ(今刻)485)을 부디(扶支)키 어려오니 비록 싱후(生後)의 부면(父面)을 모ᄅᆞ고 죵텬(終天)의 영결(永訣)ᄒ여시나 네 만일(萬一) 그 은혜(恩惠)ᄅᆞᆯ 싱각ᄒᆞᆯ딘대 뎌러틋 몸을 ᄇᆞ리니 네 부디(扶持)티 못ᄒ면 노뫼(老母ㅣ) ᄯᅩ 엇디 살니오?"

---

479) 유명(幽明): 저승과 이승.
480) 음용(音容): 음성과 용모.
481) 신ᄉᆡᆨ(神色): 신색. 안색.
482) 긔ᄆᆡᆨ(氣脈): 기운과 맥.
483) 영풍쥰골(英風俊骨): 영풍준골. 영걸스러운 풍채와 준수한 골격.
484) 과훼(過毀): 지나치게 슬퍼하여 몸을 상하게 함.
485) 금ᄀᆞᆨ(今刻): 금각. 지금 이때.

혹시(學士ㅣ) 온유(溫柔)히 스례(謝禮) 왈(曰),

"히익(孩兒) 비록 망극(罔極) 즁(中)이나 엇디 슬피미 업스리잇고마는 마춤니 야〃(爺爺) 얼골을 모르고 비명횡ᄉ(非命橫死)ᄒ시믈 원통(冤痛)ᄒ야 심녀(心慮)를 쓰고 도로(道路) 힝역(行役)486)의 빗쳐 외뫼(外貌ㅣ) 환형(換形)487)ᄒ 듯ᄒ오나 소년(少年) 쟝긔(壯氣)니 관계(關係)티 아니ᄒ니 태〃(太太)는 믈우(勿憂)ᄒ쇼셔."

부인(夫人)이 탄식(歎息)ᄒ고 다시 슬픈 빗츨 ᄒ디 아냐 ᄋ즈(兒子)를 위로(慰勞)ᄒ야 긔왕지ᄉ(旣往之事)를 무러

• • •

70면

ᄋ즈(兒子)의 등과(登科)ᄒ믈 두굿기나 식부(息婦)의 싱존(生存)을 아디 못ᄒ니 새로이 슬픈 심ᄉ(心事ㅣ) 심간(心肝)을 요동(搖動)ᄒ야 이에 뉴 쳐ᄉ(處士)의 망(亡)ᄒ믈 뎐(傳)ᄒ니 싱(生)이 그 ᄌ덕(才德)을 앗겨 크게 비창(悲愴)488)ᄒ며 원릭(元來) 쇼졔(小姐ㅣ) 본부(本府)의 가실지라도 ᄌ가(自家) 부친(父親)의 부음(父音)을 듯고 올 듯ᄒ되 아니 오믈 고이(怪異)히 너기더니 부인(夫人)이 함누(含淚) 쳐연(悽然)ᄒ고 이에 뉴 쇼져(小姐)의 피화(避禍)489)ᄒ 쇼견(所見)을 일〃(一一)히 니르니 혹시(學士ㅣ) 크게 놀나고 앗기나 ᄌ개(自家ㅣ) 최마(縗麻)의 이시니 셩ᄉ(聲色)490)을 동(動)ᄒ 배 아니라 다만 공슈(拱手)491)ᄒ야 듯

---

486) 힝역(行役): 행역. 여행의 피로와 괴로움.

487) 환형(換形): 모양이 전과 달라짐.

488) 비창(悲愴): 마음이 몹시 상하고 슬픔.

489) 피화(避禍): 화를 피함.

490) 셩ᄉ(聲色): 성색. 노래와 여색.

491) 공슈(拱手): 공수. 절을 하거나 웃어른을 모실 때, 두 손을 앞으로 모아 포개어

즈올 ᄯ론이러니 부인(夫人)이 셔간(書簡)을 ᄂᆡ여 주니 흑ᄉᆡ(學士ㅣ) 냥슈(兩手)로 밧즈와 ᄯ히 노코 보디 아니ᄒ거늘 부인(夫人) 왈(曰),

"네 비록 몸이 샹시(常時)와 다ᄅᆞ나 글 아니 보

●●●

71면

기ᄂᆞ 너모 고집(固執)ᄒ도다."

흑ᄉᆡ(學士ㅣ) 강잉(强仍)ᄒ야 날호여 봉피(封皮)를 써히니 글와시ᄃᆡ,

'블쵸(不肖) 기인(棄人)⁴⁹²은 삼가 일만(一萬) 어려오믈 ᄇᆞ리고 소회(所懷)로뻐 가군(家君) 안전(案前)의 고(告)ᄒᄂ니 기인(棄人)이 블ᄒᆡᆼ(不幸)ᄒ야 궁텬(窮天)의 통(痛)을 만나 본가(本家)의 니ᄅᆞ러 일월(日月)을 엄뉴(淹留)⁴⁹³ᄒᄆᆡ 익운(厄運)이 태심(太甚)ᄒ야 블측지홰(不測之禍ㅣ)⁴⁹⁴ 목젼(目前)의 당(當)ᄒ니 맛당이 존고(尊姑)를 뫼실 거시로ᄃᆡ 맛춤 군ᄌ(君子ㅣ)⁴⁹⁵ 잇디 아니시니 일됴(一朝)의 쇼쟝(訴狀)⁴⁹⁶의 환(患)이 존고(尊姑)긔 니른즉 쇼쳡(小妾)의 죄(罪) 디옥 클디라 브득이(不得已) 문(門)을 나 ᄒᆞᆫ 몸을 ᄇᆞ려 태ᆞ(太太)를 평안(平安)ᄒ시과져 ᄒ매 도쟝(堵墻)⁴⁹⁷ 안 녀ᄌᆡ(女子ㅣ) 도로(道路)의 ᄒᆡᆼ걸(行乞)ᄒᄆᆡ 크게 블가(不可)ᄒ믈 모ᄅᆞ디 아니ᄒ

잡음. 또는 그런 자세. 남자는 왼손을 오른손 위에 놓고, 여자는 오른손을 왼손 위에 놓음.

492) 기인(棄人): 버림받은 사람 또는 죄를 지어 유배된 사람. 여기에서는 유요란이 남편 이현에게 자신을 낮추어 부르는 말로 쓰임.

493) 엄뉴(淹留): 엄류. 오래 머무름.

494) 블측지홰(不測之禍ㅣ): 불측지화. 예측하지 못한 화.

495) 군ᄌ(君子ㅣ): 군자. 아내가 남편을 높여 이르는 말.

496) 쇼쟝(訴狀): 소장. 고소하는 글.

497) 도쟝(堵墻): 도장. 담장.

딕 군(君)의 밝으시므로 죡(足)히 쳡(妾)의 심ᄉ(心事)를 짐쟉(斟酌)
ᄒ실디라 한셜(閒說)498)을 아니ᄒ거니와 쳡(妾)이 사라시매 니 시
(氏)의 사름이오 죽으매 니 시(氏)의 혼븩(魂魄)이라. 혹쟈(或者) 일
신(一身)을 안헐(安歇)499)ᄒᆯ 곳이 이시면 타일(他日) 경ᄉ(京師)의 나
아가 존부(尊府)를 춧고 블연(不然)즉 묽은 믈이 쳡(妾)의 몸을 쟝
(藏)ᄒᆯ 고디라. 일(一) 편(篇) 셔찰(書札)이 ᄉᆞ싱(死生)이 영결(永訣)
이니 군(君)은 약녀심사(若女心事)를 쳔(千) 리(里)의 비최쇼셔.500)'

ᄒ엿더라. 혹ᄉᆡ(學士ㅣ) ᄂᆞ리 보매 언〃쥬옥(言言珠玉)501)이오
ᄌᆞ〃금슈(字字錦繡ㅣ)502)라. 녈〃(烈烈)ᄒᆫ 심쟝(心腸)과 샹셜(霜雪)
ᄀᆞᄐᆞᆫ 졀ᄒᆡᆼ(節行)이 쳑셔(尺書)의 나타ᄂᆞ니 혹ᄉᆡ(學士ㅣ) 비록 부친
(父親)을 보디 못ᄒᆞ여시믈 녜의(禮義)예 구의(拘礙)ᄒᆞ야

졀노 더브러 이셩(異性)의 친(親)ᄒᆞ미 업ᄉ나 임의 부〃(夫婦)의 눈
(倫)이 명븩(明白)ᄒᆞ고 뉴 쳐ᄉ(處士)의 지우(知遇)503)를 싱각ᄒᆞ미 쇼

---

498) 한셜(閒說): 한설. 한가하게 말함.

499) 안헐(安歇): 편안히 쉼.

500) 약녀심사(若女心事)를 쳔(千) 리(里)의 비최쇼셔: 약녀심사를 천 리의 비추소서.
이 여자의 마음을 천 리와 같이 넓은 마음에 비추소서. [교] 국도본(1:66)에는 '쳡
의 쳔 니의 비최라'라 되어 있음.

501) 언〃쥬옥(言言珠玉): 언언주옥. 말마다 주옥과 같음.

502) ᄌᆞ〃금슈(字字錦繡ㅣ): 자자금수. 글자마다 수를 놓은 비단과 같음.

503) 지우(知遇): 남이 자신의 인격이나 재능을 알고 잘 대우함.

져(小姐)의 빙즈옥딜(氷姿玉質)504)이 아모 고딕 맛출 줄 아디 못ㅎ니 부"(夫婦)로 니르디 말고 늄으로 닐너도 감회(感懷)ㅎ려든 ㅎ믈며 그 몸을 브려 즈가(自家) 모친(母親)을 평안(平安)이 ㅎ 효심(孝心)을 감동(感動)티 아니리오. 심하(心下)의 반기고 슬허ㅎ나 나타닉디 아니코 안쇡(顔色)이 평샹(平常)ㅎ니 부인(夫人)이 그 효의(孝義)와 졀힝(節行)을 탐"(耽耽)이505) 닐너 누쉬(涙水ㅣ) 여우(如雨)ㅎ니 혹시(學士ㅣ) 위로(慰勞) 왈(曰),

"뉴 시(氏) 비록 대히(大海)의 평초(萍草)ᄀᆞ티 뉴락(流落)ㅎ나 긔샹(氣像)이 뭇츰닉 요몰(夭沒)506)홀 거동(擧動)이 아니오, 뉴 쳐시(處士ㅣ) 쇼즈(小子)의 님힝(臨行)의 그 쇼녜(小女) 뉴리(流離)홀 줄 닐넛ᄂᆞ디라. 텬쉬(天數ㅣ) 뎡(定)ㅎ여시니 인녁(人力)으로 홀 배 아니라.

• • •

74면

타일(他日) 모드미 이시리니 모친(母親)은 과도(過度)히 념녀(念慮)ㅎ샤 셩톄(聖體)를 샹(傷)히오디 마ᄅ쇼셔. 쇼ᄌᆞ(小子ㅣ) 이제 몸이 최마(衰麻)의 이셔 쳐즈(妻子)의 거취(去就)를 의논(議論)홀 배 아니라 이제 모친(母親)을 뫼셔 금쥐(錦州ㅣ)로 가리니 힝니(行李)를 출히쇼셔."

부인(夫人)이 ᄋᆞ즈(兒子)의 소견(所見)이 고명(高明)ㅎ믈 칭찬(稱讚)ㅎ더라.

---

504) 빙즈옥딜(氷姿玉質): 빙자옥질. 얼음같이 맑고 깨끗한 살결과 구슬같이 아름다운 자질.

505) 탐"(耽耽)이: 깊고 그윽하게.

506) 요몰(夭沒): 일찍 죽음.

흑시(學士 |) 이에 시쟈(侍者)를 보니여 본쥐(本州 |) 디부(地府)의
게 힝냥(行糧)507)과 거가(車駕)508)를 비니 디뷔(地府 |) 니 흑신(學士
|) 줄 알고 놀나 친(親)히 니르러 젼일(前日)) 아디 못ᄒ여 녕당(令
堂)의 문후(問候)티 못ᄒ믈 샤죄(謝罪)ᄒ니 흑시(學士 |) 왈(曰),

"죄인(罪人)이 셩명(姓名)을 곰초니 본쥐(本州 |) 아디 못ᄒ미 고
이(怪異)티 아니〃 엇디 샤죄(謝罪)ᄒ시리오? 이제 노모(老母)를 뫼
시고 고향(故鄕)으로 가려 ᄒ니 거가(車駕)를 빌니쇼셔."

본

···

75면

쥐(本州 |) 응낙(應諾)고 명일(明日) 청신(淸晨)509)의 거쟝(車仗)510)
과 위의(威儀)를 ᄀᆺ초와 대후(待候)511)ᄒ니 흑시(學士 |) 후의(厚意)
를 칭샤(稱謝)ᄒ고 제믈(祭物)을 ᄀᆺ초와 뉴부(-府)의 니르러 쳐ᄉ(處
士) 녕위(靈位)의 크게 통곡(痛哭)ᄒ야 슬허ᄒ니 이는 그 ᄌ지덕(才德)
을 앗기고 ᄌ긔(自己) 지우512)(知遇) 업스믈 늣기미러라. 우름을 그
티고 손 부인(夫人)을 보아 은근(慇懃)이 조샹(弔喪)ᄒ고 본현(本縣)
의 긔별(奇別)ᄒ야 부의(賻儀)513)를 후(厚)히 ᄒ니 손 시(氏) 젼일(前
日)을 붓그려 ᄒ고 흑ᄉ(學士)의 싱존(生存)ᄒ여시믈 일단(一旦) 앙〃

---

507) 힝냥(行糧): 행량. 이동할 때 먹는 양식.
508) 거가(車駕): 말이 모는 수레.
509) 청신(淸晨): 청신. 맑은 첫새벽.
510) 거쟝(車仗): 거장. 수레와 병장기.
511) 대후(待候): 웃어른의 명령을 기다림.
512) 지우: [교] 원문에는 '디미'로 되어 있으나 뜻이 통하지 않아 이와 같이 수정함.
513) 부의(賻儀): 상가(喪家)에 부조로 보내는 돈이나 물품. 또는 그런 일.

(快快)[514] ᄒ여 ᄒ더라.

손 시(氏)를 하딕(下直)고 모친(母親)을 뫼셔 금쥐(錦州])로 갈ᄉᆡ 부인(夫人)이 금빅(金帛)으로 일향인(一鄕人)[515]을 샤례(謝禮)ᄒ고 일노(一路)[516]의 무ᄉᆞ(無事)이 힝(行)ᄒ야 금쥐(錦州]) 고틱(古宅)의 니ᄅᆞ러 보니 나믄 노복(奴僕)이 가듕(家中)을 슈쇄(收刷)[517]ᄒ고 부인(夫人)을 마ᄌᆞ 반기고 본현(本縣) 관(官)

• • •

76면

이 녜믈(禮物)을 가져와 부인(夫人)긔 문안(問安)ᄒ니 부인(夫人)이 비록 슬픈 듕(中)이나 ᄋᆞᄌᆞ(兒子)의 공명(功名)으로 비로ᄉᆞ믈 두긋겨 셕ᄉᆞ(昔事)를 싱각ᄒ매 심ᄉᆞ(心事) 더옥 쳐량(凄凉)ᄒ더라.

ᄎᆞ일(此日) 쉬여 명일(明日) 니 공(公) 분묘(墳墓)의 나아가 부인(夫人)이 눈을 드러 보니 슈목(樹木)이 총울(蔥鬱)[518]ᄒ고 송빅(松柏)이 제〃(濟濟)[519]ᄒ야 분상(墳上)[520]이 고위(孤危)[521]ᄒ니 부인(夫人)이 비록 향일(向日) 시랑(侍郞)의 구튝(驅逐)을 만나 쳔단비원(千端悲怨)[522]을 겻거시나 강상(綱常)[523]의 듕(重)ᄒ므로 십뉵지지간(十

---

514) 앙〃(快快): 마음에 차지 않거나 야속함.

515) 일향인(一鄕人): 온 마을 사람.

516) 일노(一路): 일로. 한길.

517) 슈쇄(收刷): 수쇄. 수습.

518) 총울(蔥鬱): 나무들이 배게 들어서서 우거짐.

519) 제〃(濟濟): 제제. 많고 성함.

520) 분상(墳上): 분상. 무덤의 봉긋한 부분.

521) 고위(孤危): 우뚝한 모양.

522) 쳔단비원(千端悲怨): 천단비원. 천 갈래의 슬픔과 원망.

523) 강상(綱常): 삼강(三綱)과 오상(五常). 봉건 시대 때 인간이 지켜야 할 도리로 설

六載之間)524)의 다시 얼골을 보디 못호고 천고영결(千古永訣)을 당
(當)호니 부인(夫人)의 셩덕(盛德)이 타인(他人)이라도 원(怨)을 밋디
아니호려든 호믈며 칠(七) 년(年) 동쥬(同住)호던 가군(家君)을 니른
리오. 졍의(情誼) 심샹(尋常)525)혼 부"(夫婦)로 다른다가 일시(一時)
요쳡(妖妾)의 간악(奸惡)혼 타스

⠿⠿

77면

로 져브려시니 금일(今日) 경식(景色)을 보매 녀즈(女子)의 장부(丈
夫) 위(爲)혼 뜻이 엇더호리오. 부인(夫人)이 분젼(墳前)의 머리를 두
드려 실셩운졀(失性殞絕)526)호니 셩음(聲音)이 즈로 것쳐지고 눈믈
이 점점(點點) 피 되니 산쳔초목(山川草木)이 다 슬허호는 듯 오"
열"(嗚嗚咽咽)527)호여 방인(傍人)이 츠마 듯디 못호니 호믈며 혹스
(學士)의 심시(心事ㅣ)리오. 심간(心肝)이 촌"(寸寸)이 스회는528) 듯
호딕 모친디통(母親之痛)을 돕디 아니랴 우름을 긋치고 모부인(母夫
人)을 위로(慰勞)호니 부인(夫人)이 다시 분묘(墳墓)를 두드려 곡왈
(哭曰),

"쳡(妾)이 그딕로 더브러 치발(薙髮)529)이 치 즈라디 아냐 셔로 만

정했던 덕목들로, 삼강은 군위신강(君爲臣綱), 부위부강(夫爲婦綱), 부위자강(父
爲子綱)을 이르고, 오상은 부자유친(父子有親), 군신유의(君臣有義), 부부유별(夫
婦有別), 장유유서(長幼有序), 붕우유신(朋友有信)을 이름.

524) 십뉵직지간(十六載之間): 십육재지간. 16년 사이.

525) 심샹(尋常): 심상. 대수롭지 않고 예사로움.

526) 실셩운졀(失性殞絕): 실성운절. 정신을 잃음.

527) 오"열"(嗚嗚咽咽): 목메어 욺.

528) 스회는: 사위는. 불이 사그라져서 재가 되는.

529) 치발(薙髮): 머리카락.

나 구고(舅姑)의 스랑ᄒ시미 분(分)의 넘고 공(公)이 쏘흔 쳡(妾)의
허믈을 간″(間間)이 용샤(容赦)ᄒ야 부뷔(夫婦ㅣ) 상힐(相詰)530)ᄒ
미 업더니 쳡(妾)이 복(福)이 박(薄)ᄒᄆ로써 구괴(舅姑ㅣ)

●●●

78면

기셰(棄世)ᄒ시니 공(公)이 간쳡(奸妾)의 말을 고디드러 쳡(妾)을 닉
티고 간인(奸人)의 독슈(毒手)를 비겨ᄂ니 엇디 블명소활(不明疏
闊)531)ᄒ미 이대도록 ᄒ여 션군(先君)532)의 탁고(托孤)533)를 져ᄇ려
비명(非命)의 도라가 ᄋᄌ(兒子)의 셜우믈 끼티ᄂ뇨?"

셜파(說罷)의 눈믈이 묘젼(墓前)의 어룽지니 이 진짓 이비(二妃)534)
의 창오(蒼梧)535) 소상(瀟湘)536)의 혈뉘(血淚ㅣ) 어룽짐537) ᄀᆺ더라.

반일(半日)을 통곡(痛哭)ᄒ다가 그 ᄋᄌ(兒子)의 권희(勸解)538)ᄒ
ᄆ로 부듕(府中)의 도라오니, 일노브터 흑ᄉ(學士ㅣ) 션셰(先世) 젼

---

530) 상힐(相詰): 서로 트집을 잡아 비난함.

531) 블명소활(不明疏闊): 불명소활. 현명하지 못하고, 꼼꼼하지 못해 어설픔.

532) 션군(先君): 선군. 원래는 남에게 돌아가신 자기 아버지를 일컫는 말. 여기에서는
진 부인이 자기 남편의 아버지를 이르며 쓴 표현임.

533) 탁고(托孤): 부탁.

534) 이비(二妃): 두 왕비. 중국 고대 요(堯)임금의 두 딸이자, 순(舜)임금의 두 왕비인
아황(娥皇)과 여영(女英)을 이름.

535) 창오(蒼梧): 순임금이 순수(巡狩)하다가 죽은 곳.

536) 소상(瀟湘): 중국 호남성(湖南省) 동정호(洞庭湖) 남쪽 영릉(零陵) 부근에서 소수
(瀟水)와 상수(湘水)가 합쳐진 곳을 이르는 말. 순임금이 창오에서 죽었다는 소식
을 들은 그의 두 왕비 아황과 여영이 이곳에 와서 피눈물을 흘리고 자살했다고
전해짐.

537) 혈뉘(血淚ㅣ) 어룽짐: 혈루가 어룽짐. 피눈물이 대나무에 얼룩짐. 아황과 여영이
흘린 피눈물이 대나무에 얼룩져서 무늬가 생겼다고 하는데, 그 피로 물든 대나무
를 반죽(斑竹)이라고 함.

538) 권희(勸解): 권해. 마음 풀기를 권함.

토(田土)539)를 ᄎ자 여름디이540)를 브즈런이 ᄒ야 곡식(穀食)을 집의 드리고 젼일(前日) 부인(夫人)이 부리던 노복(奴僕)이 모도니 집이 부려(富麗)ᄒ야 가음열미541) 녜와 디디 아닌디라. 부인(夫人)이 됴셕(朝夕) 졔(祭) 다ᄉ리미 극진(極盡)ᄒ야 졍셩(精誠)을 다ᄒ고 흑ᄉ(學士)의

. . .

79면

ᄉ시(四時) 혈읍(血泣)이 방인(傍人)을 감동(感動)ᄒ니 부인(夫人)이 미양(每様) 위로(慰勞)ᄒ고 흑ᄉ(學士ㅣ) ᄯ흔 모친(母親) 심ᄉ(心事)를 위회(慰懷)ᄒ야 겨유 무ᄉ(無事)ᄒ나 됴셕(朝夕) 증샹(烝嘗)을 모친(母親)이 친(親)히 다ᄉ리니 뉴 시(氏)를 싱각ᄒ야 잠간(暫間)542) 니존 째 업ᄉ니 ᄒ믈며 그 빙ᄌ아질(氷姿雅質)543)과 상셜(霜雪)544) ᄀᆺ튼 졀ᅙᆼ(節行)으로써 이셩(異性)의 친(親)을 일우디 못ᄒ고 일됴(一朝)의 풍진낙쳔(風塵落天)545)의 니별(離別)ᄒ야 그 몸이 아모 고디 뉴락(流落)ᄒ여시믈 아디 못ᄒ니 침좌(寢坐)546) 간(間)의 장우단탄(長吁短歎)547)을 마디아니코 뉴 쳐ᄉ(處士)의 디우(知遇)를 더옥 닛디 못ᄒ더라.

---

539) 젼토(田土): 전토. 논밭.

540) 여름디이: 여름지이. 곧 농사.

541) 가음열미: 가음열다. 곧, 가멸다. 재산이 많고 넉넉함을 이름.

542) [교] 원문에는 '각'으로 되어 있으나 오기로 보임.

543) 빙ᄌ아질(氷姿雅質): 빙자아질. 얼음처럼 깨끗한 살결과 전아한 바탕.

544) 상셜(霜雪): 상설. 서리와 눈.

545) 풍진낙쳔(風塵落天): 풍진낙천. 어지러운 세상의 하늘 끝.

546) 침좌(寢坐): 눕고 앉음.

547) 장우단탄(長吁短歎): 길이 한숨짓고 짧게 탄식함.

이러구러 삼(三) 년(年)을 무ᄉ(無事)이 ᄆᆞᄎ니 ᄎᆞ시(此時)ᄂᆞᆫ 건문(建文)548) 원년(元年)이라. 신군(新君)이 즉위(卽位)ᄒᆞ시민 신뇨(臣僚 ㅣ) 일ᄏᆞᄅ리 업서 승됴(陞朝)549)ᄒᆞ미 업ᄉᆞ니 혹ᄉᆞ(學士ㅣ) 도로혀 평안(平安)ᄒᆞ야 셰월(歲月)을 무ᄉ(無事)히

●●●

80면

디ᄂᆡ더라.

차셜(且說). 뉴 쇼졔(小姐ㅣ) 계화, 옥낭으로 더브러 부문(府門)을 나 나귀ᄅᆞᆯ 채쳐 ᄉᆞ십(四十) 니(里)ᄂᆞᆫ 힝(行)ᄒᆞ니 임의 날이 밝고 인개(人家ㅣ) 부셩(富盛)550)ᄒᆞ거ᄂᆞᆯ 나귀의 ᄂᆞ려 쥬졈(酒店)의 드러가 됴식(朝食)을 ᄆᆞᄎ매 쇼졔(小姐ㅣ) 계화ᄃᆞ려 니ᄅᆞᄃᆡ,

"ᄂᆡ 명되(命途ㅣ)551) 긔구(崎嶇)ᄒᆞ야 부친(父親)을 녀희오고 사름의 듯지 못흘 욕(辱)을 몸의 시러 규듕(閨中) 약질(弱質)이 풍진(風塵)의 뉴락(流落)ᄒᆞ니 출하리 죽어 셜우믈 닛고져 ᄒᆞ노라."

계화 위로(慰勞) 왈(曰),

"쇼져(小姐)ᄂᆞᆫ 슬허 마ᄅᆞ소셔. 도시(都是)552) 익운(厄運)이 듕(重)ᄒᆞ미라 타일(他日) 경홰(慶華ㅣ)553) 무궁(無窮)ᄒᆞ리니 잠시(暫時) 고

---

548) 건문(建文): 건문제(建文帝). 중국 명나라의 제2대 황제 주윤문(朱允炆: 1377~1402). 건문은 연호. 태조 주원장과 정실 마황후(馬皇后)의 장남인 의문태자(懿文太子) 주표(朱標)의 장남. 1392년에 주표가 죽고 그 아들 주윤문이 태자가 되고 후에 황제가 됨. 시호는 혜제(惠帝). 재위 기간은 1398~1402.

549) 승됴(陞朝): 승조. 조정으로 올림.

550) 부셩(富盛): 부성. 넉넉하고 많음.

551) 명되(命途ㅣ): 운명.

552) 도시(都是): 모두.

553) 경홰(慶華ㅣ): 경사스럽고 즐거운 일.

초(苦楚)ᄒᆞᆷ믈 개회(介懷)554)ᄒ리오?"

쇼졔(小姐ㅣ) 탄식(歎息)ᄒ더라.

날이 느ᄌ매 쥬졈(酒店)을 ᄯᅥ나 뎡쳐(定處) 업시 ᄒᆡᆼ(行)ᄒ더니 ᄒᆞᆫ 곳의 니르러 헐슉(歇宿)555)ᄒᆞᆯᄉᆡ 졈쥬(店主ㅣ) 졍결(淨潔)ᄒᆞᆫ 방(房)을

●●●
81면

셔르뎌 노쥬(奴主)를 드리니 쇼졔(小姐ㅣ) 셕식(夕食)을 파(罷)ᄒ고 먼니 가향(家鄕)을 싱각ᄒ야 침셕(寢席)의 나아가디 못ᄒ엿ᄂᆞ니 홀연(忽然) 문외(門外)의 함셩(喊聲)이 니러ᄂᆞ니, 계ᄒᆡ 대경(大驚)ᄒ야 문(門)을 열고 보니 수십(數十) 강되(强盜ㅣ) 도창검극(刀槍劍戟)556)을 들고 드러오ᄂᆞᆫ디라. 노쥬(奴主ㅣ) 대경(大驚)ᄒ야 급(急)히 뒷문으로 ᄲᅱ여 ᄃᆞ라날ᄉᆡ 원ᄂᆡ(元來) 이 도적(盜賊)이 뎜듕인(店中人)으로서 쇼져(小姐)의 ᄒᆡᆼ장(行裝)을 겁탈(劫奪)557)ᄒ려 굿ᄒ여 ᄯᆞ르디 아니ᄒ더라.

쇼졔(小姐ㅣ) 창황(蒼黃)이 비ᄌᆞ(婢子) 냥인(兩人)으로 더브러 서ᄅᆞ 닛그러 ᄃᆞᆺ다가 졍신(精神)을 뎡(靜)ᄒ여 ᄉᆞ면(四面)을 도라보니 장강(長江)이 교〃(皎皎)558)ᄒ야 ᄀᆞᆯ을 아디 못ᄒ고 강쉬(江水ㅣ) 망〃(茫茫)ᄒᆞᆫ티 두견이 슬피 우니 쇼졔(小姐ㅣ) ᄌᆞ가(自家) 일신(一身)을 도라 혜아리건대 낭듕(囊中)의 ᄒᆞᆫ낫 돈이 업고 ᄉᆞ면(四面)의 친(親)ᄒ니

---

554) 개회(介懷): 어떤 일 따위를 마음에 두고 생각하거나 신경을 씀. 개의(介意).

555) 헐슉(歇宿): 헐숙. 어떤 곳에 대어 쉬고 묵음. 헐박(歇泊).

556) 도창검극(刀槍劍戟): 칼과 창.

557) 겁탈(劫奪): 남의 것을 폭력으로 빼앗음.

558) 교〃(皎皎): 매우 조용함.

업스니 엇디 싱도(生道)를 브라리오. 기리 탄식(歎息) 왈(曰),

"이곳이 나의 필명(畢命)559) 홀 곳이라."

몸을 소〃와 믈의 들녀 ᄒ거늘 계화 등(等)이 붓드러 울며 왈(曰),

"쇼제(小姐 l) 김가(-家)의 욕(辱)을 밧디 아니시고 이리560) 나오시믄 살기를 도모(圖謀)ᄒ미어늘 엇딘 고(故)로 쳔금지신(千金之身)561)을 가ᄇ야이 ᄇ리려 ᄒ시ᄂ니잇가?"

쇼제(小姐 l) 딘왈(對曰),

"닉 ᄯᄒ 살고져 ᄯᆺ이 어미만 못ᄒ미 아니로딘 타향(他鄕) 긱디(客地)의 수삼(數三) 개(個) 녀진(女子 l) 낭듕(囊中)의 흔낫 돈이 업스니 엇디 도싱(圖生)562) ᄒ리오?"

셜파(說罷)의 통곡(痛哭) ᄒ고 믈의 들고져 ᄒ더니 이째 강변(江邊)의 여러 쳑(隻) 쇼션(小船)이 미엿더라. 기듕(其中) 갓가이 미인 빈 안히 ᄒ 노옹(老翁)이 첫줌이 깁헛더니 홀연(忽然) 슬픈 우름 소릭 갓가이 들니믈 보고 놀나

씨여 션창(船窓)을 열고 두로 보니 일위(一位) 쇼년(少年) 남진(男子 l) 믈의 들녀 ᄒ니 두 ᄎ 노진(奴子 l) 붓드러 말니ᄂ디라. 이 노옹

---

559) 필명(畢命): 목숨을 마침.

560) 리: [교] 원문에는 '라'로 되어 있으나 오기로 보임.

561) 쳔금지신(千金之身): 천금지신. 천금과 같이 귀한 몸.

562) 도싱(圖生): 도생. 살기를 도모함.

(老翁)은 원릭(元來) ᄌ비지심(慈悲之心)563)으로 근본(根本)을 삼는
디라 져 소년(少年)이 반ᄃ시 셜운 회푀(懷抱ㅣ) 이셔 믈의 ᄲᅥ지려
ᄒᄆᆯ 알고 급(急)히 소릭ᄒ여 왈(曰),

"엇던 쇼년(少年)이 무ᄉᆷ 연고(緣故)로 강어(江魚)의 밥이 되고져
ᄒᄂ뇨? 쇼년(少年)이 일즉 글을 닑엇거든 엇디 부모(父母) 유톄(遺
體)564) ᄌᆼ(重)ᄒᄆᆯ 아디 못ᄒ리오?"

쇼졔(小姐ㅣ) 이 말을 드ᄅ나 젼연(全然)이 요동(搖動)ᄒᄂᆫ 빗치
업ᄉᆞ니 계홰 이에 갓가이 와 만복(萬福)을 일ᄏᆞ고 ᄀᆞᆯ오ᄃᆡ,

"우리ᄂᆫ 셔경(西京) 사ᄅᆞᆷ으로 쇼쥬인(小主人)을 뫼셔 다방(他方)의
갈 일이 이셔 가더니 뎜듕(店中)의셔 도적(盜賊)을 만나 힝장(行裝)과
안마(鞍馬)565)ᄅᆞᆯ 다 일코 쳑신(隻身)566)이 화(禍) 피(避)ᄒᄆᆡ 어려온

●●●

84면

고(故)로 믈의 들려 ᄒ시니 노쟝(老長)567)은 원(願)컨ᄃᆡ 대ᄌ대비(大
慈大悲)568)ᄒ야 우리 노쥬(奴主) 삼(三) 인(人)을 구(救)ᄒᆞ즉 견마(犬
馬)의 힘569)을 다ᄒ리이다."

노옹(老翁)이 텽파(聽罷)의 놀나 ᄀᆞᆯ오ᄃᆡ,

"소랑군(小郎君)이 비록 적화(賊禍)570)ᄅᆞᆯ 만나시나 남ᄌᆡ(男子ㅣ)

---

563) ᄌ비지심(慈悲之心): 자비지심. 남을 사랑하고 불쌍히 여기는 마음.
564) 유톄(遺體): 유체. 부모가 남겨 준 몸.
565) 안마(鞍馬): 등에 안장을 얹은 말.
566) 쳑신(隻身): 척신. 홀몸.
567) 노쟝(老長): 나이 많은 사람을 높여 이르는 말.
568) 대ᄌ대비(大慈大悲): 대자대비. 넓고 커서 끝이 없는 자비.
569) 견마(犬馬)의 힘: 개나 말 정도의 하찮은 힘이라는 뜻으로, 윗사람에게 충성을 다
하는 자신의 노력을 낮추어 이르는 말. 견마지로(犬馬之勞).

일시(一時) 적(賊)을 만낫기로 엇디 믈의 쌘딜 니 이시리오? 그디는 샐니 소낭군(小郎君)을 뫼셔 션창(船窓) 안흐로 오라."

계홰 크게 깃거 쇼져(小姐)를 권(勸)ᄒᆞ야 노옹(老翁)의 박실(朴實)⁵⁷¹⁾ᄒᆞᆷᄋᆞᆯ 니르고 의지(依支)ᄒᆞᆷᄋᆞᆯ 권(勸)ᄒᆞᆫ딕 쇼제(小姐ㅣ) 비록 노옹(老翁)으로 더브러 십여(十餘) 간(間)의 이시나 묽은 눈이 쳔(千)니(里)를 비최니 그 어음(語音)과 언ᄉᆞ(言辭ㅣ) 용쇽(庸俗)⁵⁷²⁾디 아니믈 방심(放心)ᄒᆞ야 이에 션창(船窓)의 드러가니 노옹(老翁)이 공경(恭敬)ᄒᆞ야 마ᄌᆞ 녜(禮)를 ᄆᆞᆺ고 셩명(姓名) 거쥬(居住)를 뭇ᄂᆞᆫ디라. 쇼제(小姐ㅣ) 봉셩(鳳聲)⁵⁷³⁾이 낭〃(朗朗)ᄒᆞ야 ᄀᆞᆯ오딕,

"쇼싱(小生)은 셔경인(西京人)으로 부상(父喪)

* * *

85면

을 만나 일신(一身)이 궁박(窮迫)⁵⁷⁴⁾ᄒᆞ니 의지(依支)홀 곳이 업셔 경ᄉᆞ(京師)로 가더니 뎜듕(店中)의셔 도적(盜賊)을 만나 낭탁(囊橐)을 일코 몸만 계유 남으니 경ᄉᆞ(京師)로 갈 길히 업ᄂᆞᆫ디라. 스ᄉᆞ로 믈의 쌘디고져 ᄒᆞ더니 노댱(老長)이 구(救)ᄒᆞ야 닉여 쟝ᄎᆞ 엇디코져 ᄒᆞᄂᆞ뇨?"

노옹(老翁)이 흔연(欣然)이 ᄀᆞᆯ오딕,

"노한(老漢)은 졀강(浙江) 사ᄅᆞᆷ이라. 일즉 ᄌᆞ식(子息)이 업고 노쳬

---

570) 적화(賊禍): 적화. 도적의 화.

571) 박실(朴實): 소박하고 신실함.

572) 용속(庸俗): 용속. 용렬하고 속됨.

573) 봉셩(鳳聲): 봉성. 봉황의 소리라는 뜻으로 아름다운 소리를 비유한 말.

574) 궁박(窮迫): 몹시 곤궁하고 구차함.

(老妻ㅣ) 이셔 ᄆᆞ을 미랑(美娘)을 모화 ᄉᆡᆼ익(生涯)575)ᄒᆞ고 노한(老漢)은 비ᄅᆞᆯ 가져 흥판(興販)576)ᄒᆞ기로 위업(爲業)ᄒᆞ더니 공ᄌᆡ(公子ㅣ) 만일(萬一) 경ᄉᆞ(京師)로 가시기 어려올딘대 노한(老漢)을 ᄯᅡ라 졀강(浙江)의 니르러 다시 ᄒᆡᆼ장(行裝)을 준비(準備)ᄒᆞ야 경ᄉᆞ(京師)로 가시면 만젼(萬全)577)ᄒᆞᆯ가 ᄒᆞᄂᆞ니 졀강(浙江)은 남경(南京) 가기의셔 ᄂᆡ도(乃倒)578)히 갓가오니이다."

쇼졔(小姐ㅣ) 노옹(老翁)의 나 만흠과 슌후(淳厚)579)ᄒᆞᆷ를 미더 의심(疑心)티 아니ᄒᆞ고 흔

• • •

86면

연(欣然)이 례(禮)ᄒᆞ고 노쥬(奴主) 삼(三) 인(人)이 옹(翁)을 ᄯᆞᆯ와갈ᄉᆡ 노옹(老翁)이 니튼날 쥬즙(舟楫)580)을 졍졔(整齊)581)ᄒᆞ야 비ᄅᆞᆯ ᄯᅴ여 졍(正)히 듕뉴(中流)582)ᄒᆞ야 졀강(浙江)으로 향(向)ᄒᆞ니 쇼졔(小姐ㅣ) 비록 의지(依支)ᄒᆞᆯ 곳을 어드나 머리ᄅᆞᆯ 두로혀 고향(故鄕)을 ᄇᆞ라보매 운산(雲山)이 가리와 외로온 그림ᄌᆞ 고원(故園)583)의 니르기 어렵고 타향(他鄕) ᄀᆡᆨ니(客裏)584)의 뉴락(流落)ᄒᆞᆷ를 슬허 ᄒᆡ옴업시 눈믈

---

575) ᄉᆡᆼ익(生涯): 생애. 생계.
576) 흥판(興販): 한꺼번에 많은 물건을 흥정하여 판매함.
577) 만젼(萬全): 만전. 조금도 허술함이 없이 완전함.
578) ᄂᆡ도(乃倒): 내도. 판이함. 반대임.
579) 슌후(淳厚): 순후. 온순하고 인정이 두터움.
580) 쥬즙(舟楫): 주즙. 배와 삿대. 곧 배의 전체.
581) 졍졔(整齊): 정제. 정돈하여 가지런히 함.
582) 듕뉴(中流): 중류. 물의 가운데로 나아감.
583) 고원(故園): 고향.
584) ᄀᆡᆨ니(客裏): 객리. 객지.

이 강슈(江水)를 붓태니 계화, 옥585)낭이 위로(慰勞)ᄒ야,

졀강(浙江)의 니르러ᄂᆞᆫ 옹(翁)이 ᄇᆡ를 못티 다히고 믈화(物貨)를
모든 사름을 시겨 집으로 가져오고 쇼져(小姐) 노쥬(奴主)를 ᄃᆞ려 집
의 다ᄃᆞ르니 큰 집이 대로(大路)를 향(向)ᄒ야 반공(半空)586)의 다핫고
집 압흐로 삼층누(三層樓)를 셰워 쥬렴(珠簾)587)을 ᄌᆞ옥히 지우고 각식
(各色) 풍뉴(風流)588) 소리 딘동(震動)ᄒ니 창모(倡姥)589)의 집인 줄

• • •

임의 알니러라. 쇼졔(小姐ㅣ) 안히 드러가니 쥬옥단쳥(珠玉丹靑)590)
이 눈의 현황(眩慌)591)ᄒ더라 쇼졔(小姐ㅣ) 블열(不悅)ᄒ야 옹(翁)을
향(向)ᄒ야 ᄉᆞ샤(謝辭)592) 왈(曰),

"복(僕)이 쥬옹(主翁)의 은혜(恩惠)를 닙어 이에 니르니 이곳이 이
러틋 샤티(奢侈)ᄒ야 상인(喪人)의 거쳐홀 ᄇᆡ 아니〃 안졍(安靜)593)ᄒᆫ
초당(草堂)을 주시면 두어 날 머므러 경ᄉᆞ(京師)로 가고져 ᄒ노라."

옹(翁)이 크게 어디리 너겨 드ᄃᆡ여 나ᄌᆞᆫ 집을 셔르뎌 거쳐(居處)를

---

585) 옥: [교] 원문에는 '녹'으로 되어 있으나, 앞에 이미 '옥'으로 나와 있으므로 이와
    같이 수정함.

586) 반공(半空): 반공중.

587) 쥬렴(珠簾): 주렴. 구슬을 꿰어 만든 발.

588) 풍뉴(風流): 풍류. 노래.

589) 창모(倡姥): 늙은 창부(娼婦).

590) 쥬옥단쳥(珠玉丹靑): 주옥단청. 구슬과 옥, 단청. 단청은 집의 벽, 기둥, 천장 따위
    에 여러 가지 빛깔로 그린 그림이나 무늬.

591) 현황(眩慌): 정신이 어지럽고 황홀함.

592) ᄉᆞ샤(謝辭): 사사. 예를 갖추어 사양함.

593) 안졍(安靜): 안정. 편안하고 고요함.

뎡(定)ᄒᆞ니 기체(其妻ㅣ) 문왈(問曰),

"그ᄃᆡ 엇던 사ᄅᆞᆷ을 ᄃᆞ려왓ᄂᆞ뇨?"

옹(翁) 왈(曰),

"경ᄉᆞ(京師)로 가ᄂᆞᆫ 슈ᄌᆡ(秀才)594) ᄆᆞᄎᆞᆷ 적화(賊禍)를 만나 믈의 ᄲᅡ지려 ᄒᆞ거ᄂᆞᆯ ᄂᆡ 구(救)ᄒᆞ여 ᄃᆞ려왓시니 이제 경ᄉᆞ(京師)로 갈지라."

기체(其妻ㅣ) 왈(曰),

"우리 블힝(不幸)ᄒᆞ야 일셰(一世)의 ᄌᆞ식(子息)이 업ᄉᆞ니 이런 됴흔 일이나 ᄒᆞ야 후셰(後世)를 닷그미 됴타."

ᄒᆞ고 의식(衣食)을 극진(極盡)이 공

● ● ●

88면

급(供給)ᄒᆞ더라.

원릭(元來) 노옹(老翁)의 셩명(姓名)은 양희니 일향(一鄕) 사ᄅᆞᆷ이 양원이라 ᄒᆞ고 기쳐(其妻) 노 시(氏) 심〃ᄒᆞᆷ믈 인(因)ᄒᆞ야 의지(依支) 업슨 녀랑(女娘)들을 모화 각식(各色)으로 풍뉴(風流)를 ᄀᆞ초와 쳥누(靑樓)595)를 여니 금(金)을 ᄎᆞ고 나귀를 모라 오ᄂᆞᆫ 재(者ㅣ) 부지기슈(不知其數ㅣ)596)오 ᄒᆞᆯ믈며 초요월안(楚腰越顔)597)이 ᄀᆞ초 모혀 풍악(風樂) 소릭 반공(半空)의 드레니 쇼졔(小姐ㅣ) 그 번요(煩擾)598)ᄒᆞ

---

594) 슈ᄌᆡ(秀才): 수재. 미혼남자를 높여 이르는 말.

595) 쳥누(靑樓): 청루. 창녀나 창기들이 있는 집.

596) 부지기슈(不知其數ㅣ): 부지기수. 그 수를 알지 못한다는 뜻으로, 매우 많음.

597) 초요월안(楚腰越顔): 초요(楚腰)는 미인의 가느다란 허리를 이르는 말. 중국 초나라의 영왕이 허리가 가는 미인을 좋아하였다는 데서 유래함. 월안(越顔)는 월나라의 얼굴이라는 뜻으로 미녀 서시(西施)를 이름.

598) 번요(煩擾): 번거롭고 시끄러움.

믈 괴로이 너겨 수일(數日) 후(後) 노옹(老翁)을 보와 반젼(盤纏)599)
을 어더 도라가믈 쳥(請)ᄒᆞᆫ디 원이 글오디,

"쇼뢰(小老ㅣ) 공ᄌᆞ(公子)를 쳥(請)ᄒᆞ야 이에 오시나 각별(恪別) 디
졉(待接)ᄒᆞᆯ 일이 업ᄉᆞ니 두어 날 더 머므러 가쇼셔."

쇼졔(小姐ㅣ) 일월(日月)이 쳔연(遷延)600)ᄒᆞ여 가믈 민망(憫憫)ᄒᆞ
나 ᄒᆞᆯ일업서 두어 날 머믈시 모든 챵녜(娼女ㅣ) ᄇᆞ야흐로 쇼져(小姐)
를 보고 옥안화태(玉顔花態)601) 엇디 뎌의 바랄 배며

• • •

89면

ᄯᅩ 엇디 뎌런 남ᄌᆞ(男子)를 보왓시리오. 더옥 옥602)낭의 화미월안(畫
眉月顔)603)이 본 바 쳐음이라. 넉슬 일허 아리ᄯᆞ온 우음과 인원(哀
婉)604)ᄒᆞᆫ 가ᄉᆞ(歌詞)로 쓰들 도″니 쇼졔(小姐ㅣ) 크게 가쇼로이 너
겨 믈니쳐 글오디,

"늬 몸이 최마(縗麻)의 잇거늘 엇디 풍악미식(風樂美色)605)으로
샹녜(喪禮)를 범(犯)ᄒᆞ리오? 모로미 믈너가라."

셜파(說罷)의 긔ᄉᆡᆨ(氣色)이 단엄(端嚴)ᄒᆞ니 졔녜(諸女ㅣ) 넉슬 일허
블고염티(不顧廉恥)606)ᄒᆞ고 구름 ᄀᆞᆺ티 모드니 노옹(老翁)과 쥬뫼(主

---

599) 반젼(盤纏): 반전. 노자(路資). 길을 가는 데 드는 돈.

600) 쳔연(遷延): 천연. 지체함.

601) 옥안화태(玉顔花態): 옥 같은 얼굴과 꽃 같은 자태.

602) 옥: [교] 원문에는 '농'으로 되어 있으나, 앞에 이미 '옥'으로 나온 바 있으므로 이
와 같이 수정함.

603) 화미월안(畫眉月顔): 그린 것처럼 아름다운 눈썹과 달 같은 얼굴.

604) 인원(哀婉): 애원. 슬프고 곡진함.

605) 풍악미식(風樂美色): 풍악미색. 노래와 여자.

606) 블고염티(不顧廉恥): 불고염치. 염치를 돌아보지 않음.

母ㅣ) ᄯᆞ지져 금단(禁斷)ᄒᆞᄃᆡ 듯디 아니ᄒᆞ고 ᄂᆞᆺ〃치 쇼져(小姐)ᄅᆞᆯ 도라보며 ᄇᆞ라고 둘너안ᄌᆞ 밧긔 ᄃᆡᄀᆡᆨ(待客)[607]ᄒᆞᆯ ᄠᅳ디 업ᄉᆞ나 쇼져(小姐)의 긔ᄉᆡᆨ(氣色)은 더옥 ᄂᆡᆼ엄(冷嚴)[608]ᄒᆞ니 ᄎᆞᆫ 긔운(氣運)이 제녀(諸女)의게 ᄡᅩ이ᄃᆡ 제녜(諸女ㅣ) ᄋᆡ연(哀然)[609]이 넉술 일허 옥[610]낭을 ᄯᅩ 희롱(戱弄)ᄒᆞᄂᆞᆫ디라 낭(娘)이 가쇼(可笑)로오믈 정(正)히 ᄎᆞᆷ디 못

90면

ᄒᆞ야 대쇼(大笑)ᄒᆞ고 믈니쳐 ᄉᆞ양(辭讓)ᄒᆞ믈 준절(峻截)[611]이 ᄒᆞ니 제창(諸娼)이 아모리 ᄒᆞᆯ 줄 몰나 눈을 쇼져(小姐)긔 다 보ᄂᆡ니 쇼졔(小姐ㅣ) 단좌(端坐)ᄒᆞ야 추파(秋波)[612]ᄅᆞᆯ 드디 아니ᄒᆞ니 제녜(諸女ㅣ) 초조(焦燥)ᄒᆞ고 애ᄃᆞ라 ᄒᆞ니 그 듕(中) 무뢰(無賴)[613] 도박(賭博)ᄒᆞᄂᆞᆫ 악쇼년(惡少年)들은 크게 분노(憤怒)ᄒᆞ야 노 시(氏)ᄃᆞ려 ᄀᆞᆯ오ᄃᆡ,

“쥬뫼(主母ㅣ) 엇디 우리 금(金)으란 밧고 져 삼(三) 인(人)을 집의 ᄀᆞᆷ초와 미인(美人)을 아니 쥬ᄂᆞ뇨?”

노 시(氏) 초조(焦燥)ᄒᆞ야 매로 제녀(諸女)ᄅᆞᆯ 휘좃ᄎᆞ니 제녜(諸女ㅣ) 강잉(强仍)ᄒᆞ야 나가 언쇼(言笑)ᄒᆞ나 이젼(以前) 흥미(興味) 젼혀 업서 ᄒᆞᄂᆞᆫ디라. 모든 악쇼년(惡少年)이 크게 ᄒᆞᆫ(恨)ᄒᆞ야 ᄀᆞᆯ오ᄃᆡ,

“우리 만금(萬金)을 허비(虛費)ᄒᆞ고 져 상인(喪人)으로 ᄒᆞ야 미인

607) ᄃᆡᄀᆡᆨ(待客): 대객. 손님을 대접함.

608) ᄂᆡᆼ엄(冷嚴): 냉엄. 태도나 행동이 냉정하고 엄함.

609) ᄋᆡ연(哀然): 애연. 슬픈 듯한 모양.

610) 옥: [교] 원문에는 ‘녹’으로 되어 있으나, 앞에 이미 ‘옥’으로 나온 바 있으므로 이와 같이 수정함.

611) 준절(峻截): 매우 위엄이 있고 정중함.

612) 추파(秋波): 여자의 눈짓.

613) 무뢰(無賴): 성품이 막되어 예의와 염치를 모르며 함부로 행동하는 사람.

(美人)이 즐기디 아니ᄒ니 분(憤)ᄒᆫ다라 뎌를 이곳의 머므러 두디 못
ᄒ게 ᄒ리라."

ᄒ더라.

쇼졔(小姐ㅣ) 수일(數日)을 머므니 졔창(諸娼)의 거

• • •

91면

동(擧動)이 ᄌᆞ못 괴로온디라 노옹(老翁)을 보고 다시 쳥(請)ᄒ야 경
ᄉ(京師)로 가믈 비니 옹(翁)이 마디못ᄒ야 금은(金銀)과 반젼(盤纏)
을 후히 츌혀 주고 소식(素食)614)을 ᄀᆞ초와 젼별(餞別)615)ᄒ니 쇼졔
(小姐ㅣ) 후의(厚意)를 빅(百) 번(番) 칭사(稱謝)ᄒ고 셔ᄅ 손을 ᄂᆞ화
경ᄉ(京師)로 향(向)ᄒ니,

악쇼년(惡少年)들이 쇼져(小姐)의 경ᄉ(京師)로 가믈 듯고 크게 깃
거 동뉴(同類) 수십(數十) 인(人)을 거ᄂᆞ려 ᄯᆞᆯ와오니 날이 어두오믈
인(因)ᄒ야 인가(人家)를 ᄎᆞᄌᆞ려 ᄒ야 뫼흘 너머가니 악쇼년(惡少年)
들이 일시(一時)의 ᄃᆞ라드러 쇼져(小姐)의 냥식(糧食)과 마필(馬匹)을
다 앗고 주머괴로 옥616)낭 등(等)을 두드려 언덕의 구으러 ᄂᆞ려디니,

이ᄣᆡ 츈(春) 이월(二月)이라. 그 뫼 아래 잇ᄂᆞᆫ ᄒᆞᆫ 노괴(老姑ㅣ) 채
마(採麻)617)ᄒ라 뫼 기슭의 왓다가 홀연(忽然) 공듕(空中)으로셔 수
삼(數三) 개(個) 남ᄌᆡ(男子ㅣ) 구으러 ᄂᆞ려디거ᄂᆞᆯ 놀나 눈을 졍(定)

---

614) 소식(素食): 고기반찬이 없는 밥.

615) 젼별(餞別): 전차를 베풀어 작별한다는 뜻으로, 보내는 쪽에서 예를 차려 작별함
을 이르는 말.

616) 옥: [교] 원문에는 '녹'으로 되어 있으나, 앞에 이미 '옥'으로 나온 바 있으므로 이
와 같이 수정함.

617) 채마(採麻): 마를 캠.

ᄒ야 보니 기듕(其中) 흔 남지(男子ㅣ) 얼골이 옥(玉) ᄀ᷀트여 고으미
인뉴(人類)의 무빵(無雙)ᄒ니 어딘 ᄆᆞᆷ의 ᄌᆞ비지심(慈悲之心)을 발
(發)ᄒ야 삼(三) 인(人)을 붓드러 쇼옥(小屋)618)의 ᄃᆞ려다가 긱실(客
室)의 누이고 더온 믈로 구완619)ᄒ니 이윽고 삼(三) 인(人)이 씌여
니러 안ᄌ 눈을 ᄯᅥ 보니 몸이 모옥(茅屋) 실듕(室中)의 잇고 겨틔 흔
노괴(老姑ㅣ) 안ᄌ 구완ᄒ거늘 크게 고이(怪異)히 너겨 계홰 몬져 문
왈(問曰),

"이곳은 엇던 곳이며 노고(老姑)ᄂᆞᆫ 엇던 사름이완디 우리 노쥬(奴
主)의 잔명(殘命)620)을 구(救)ᄒ시ᄂᆞ뇨?"

노괴(老姑ㅣ) 왈(曰),

"나ᄂᆞᆫ 이 ᄯᅡ 사름으로 ᄆᆞᆷ 치마(採麻)ᄒ노라 뫼 기슭의 잇더니
언덕으로조ᄎᆞ 긱인(客人)이 ᄂᆞ려디니 일뎜(一點) ᄌᆞ비지심(慈悲之心)
의 크게 잔잉ᄒ야 ᄃᆞ려다가 구(救)ᄒ엿거니와 원ᄂᆡ(元來) 무슴 연고
(緣故)로 언덕의 ᄂᆞ려지뇨?"

계홰 미쳐 ᄃᆡ답(對答)디 못ᄒ야

쇼제(小姐ㅣ) 니러 안ᄌ 샤례(謝禮) 왈(曰),

---

618) 쇼옥(小屋): 소옥. 규모가 작은 집.
619) 구완: 아픈 사람이나 해산한 사람을 간호함.
620) 잔명(殘命): 얼마 남지 아니한 쇠잔한 목숨.

"우리 노쥬(奴主ㅣ) 도적(盜賊)을 만나 반젼(盤纏)을 일코 몸이 위태(危殆)터니 노괴(老姑ㅣ) 구(救)ᄒ야 닉시니 은혜(恩惠) 크도다."

노괴(老姑ㅣ) 그 옥안셩모(玉顔星眸)[621]와 옥음낭셩(玉音朗聲)[622]을 듯고 긔특(奇特)이 너겨 공경(恭敬) 딕왈(對曰),

"쳡(妾)은 쇼셩(小姓)[623]의 쳐(妻)로 지아비 일즉 죽고 집이 가난ᄒ야 스스로 싱이(生涯)ᄒ더니 금일(今日) 낭군(郎君)을 만나도소이다."

원릭(元來) 이 노고(老姑)의게 일녜(一女ㅣ) 이시니 명(名)은 초벽이오 얼굴이 화월(花月) ᄀᆞᆺ고 직죄(才調ㅣ)[624] 특이(特異)ᄒ더라 아름다온 빅필(配匹)을 구(求)ᄒ더니 뉴 쇼져(小姐)의 옥안(玉顔)을 보고 크게 깃거 므릇 식반(食盤)의 온닝(溫冷)을 맛초아 극진(極盡)ᄒ더라.

수삼(數三) 일(日) 구호(救護)ᄒ야 삼(三) 인(人)이 차도(差度)[625]를 어드니 노괴(老姑ㅣ) 깃거ᄒ고 쇼져(小姐)ᄃ려 무ᄅᆞ딕,

"샹공(相公)의 셩명(姓名) 거쥬(居住)를 뭇줍ᄂᆞ니 이제 어딕로 가시려 ᄒ시ᄂ

• • •

94면

뇨?"

쇼제(小姐ㅣ) 왈(曰),

"경ᄉ(京師)로 가고져 ᄒ나 반젼(盤纏)을 닐허 우민(憂悶)ᄒᄂ니

---

621) 옥안셩모(玉顔星眸): 옥안성모. 옥 같은 얼굴과 별 같은 눈동자.

622) 옥음낭셩(玉音朗聲): 옥음낭성. 옥같이 낭랑한 목소리.

623) 쇼셩(小姓): 소성. 문벌이 한미한 집안.

624) 직죄(才調ㅣ): 재조. 재주.

625) 차도(差度): 병이 조금씩 나아가는 정도.

나의 셩명(姓名)을 아라 무엇ᄒ리오?"

노괴(老姑ㅣ) 믄득 옷기술 념의고 ᄭ러 고왈(告曰),

"쇼쳡(小妾)의 지아비 션빈 뉴(類)의 참예(參預)ᄒ야 상한(常漢)626) 이 아니오, 일즉 죽어 집이 빈한(貧寒)ᄒ고 일녜(一女ㅣ) 이셔 싟덕(色德)이 군ᄌ(君子)의 건즐(巾櫛)을 밧드럼 죽ᄒ다라 외람(猥濫)이 샹공(相公)의 측실(側室)627)의 두시믈 바라ᄂ이다. 능(能)히 허(許)ᄒ시믈 어드리잇가?"

쇼졔(小姐ㅣ) 미쇼(微笑) 왈(曰),

"노고(老姑)의 후의(厚意)ᄂ 감사(感謝)ᄒ거니와 ᄂᆡ 몸이 최마(縗麻)의 이셔 혼ᄉ(婚事)를 의논(議論)ᄒ ᄯ 아니라. 두 번 니ᄅ디 말나."

노괴(老姑ㅣ) 간쳥(懇請) 왈(曰),

"샹공(相公)이 최마(縗麻)의 계시믈 쳡(妾)도 아ᄂ 배라. 언약(言約)을 쳥(請)ᄒ엿다가 후일(後日) 셩혼(成婚)코져 ᄒᄂ이다."

쇼졔(小姐ㅣ) 노고(老姑)의 은혜(恩惠)로 세 목숨이 사라시니

• • •

95면

너모 박졀(迫切)628)티 못ᄒ야 허락(許諾)ᄒ고 심듕(心中)의 혜아리듸 낭군(郎君)긔 쳔거(薦擧)ᄒ야 금ᄎ지녈(金釵之列)629)을 빗ᄂ려 ᄒ니 노괴(老姑ㅣ) 허락(許諾)ᄒ믈 엇고 연망(連忙)630) 이 샤왈(謝曰),

---

626) 상한(常漢): 신분이 낮은 남자를 낮잡는 뜻으로 이르던 말.

627) 측실(側室): 첩.

628) 박졀(迫切): 박절. 인정이 없고 쌀쌀함.

629) 금ᄎ지녈(金釵之列): 금차지열. 금차의 항렬. 금차는 금으로 만든 비녀라는 뜻으로, 첩을 가리킴.

630) 연망(連忙): 황급함.

"샹공(相公) 말솜이 이러틋 ᄒᆞ시니 블승ᄒᆡᆼ심(不勝幸甚)631)ᄒᆞ여이다. 녀632)의(女兒ㅣ) 비록 녯 사름만 ᄀᆞᆺ디 못ᄒᆞ나 ᄯᅩᄒᆞᆫ 비연(飛燕)633)의 뉴(類)ᄂᆞᆫ 아니라 샹공(相公)이 만일(萬一) 밋디 아닐딘대 권도(權道)634)로 잠간(暫間) 보시고 결단(決斷)ᄒᆞ쇼셔."

쇼졔(小姐ㅣ) 잠쇼(潛笑)635) 왈(曰),

"주인(主人)이 소기디 아닐 줄636) 아ᄂᆞ니 엇디 의심(疑心)ᄒᆞ리오?"

셜파(說罷)의637) 필연(筆硯)을 구(求)ᄒᆞ야 밍쟝(盟狀)638)을 ᄡᅥ 주니 노괴(老姑ㅣ) 다ᄒᆡᆼ(多幸)ᄒᆞ야 지삼(再三) 칭샤(稱謝)ᄒᆞ고 굴오ᄃᆡ,

"샹공(相公)이 어ᄂᆞ ᄢᅢ 환경(還京)코져 ᄒᆞ시ᄂᆞ니잇가?"

쇼졔(小姐ㅣ) 답왈(答曰),

"반젼(盤纏)과 마필(馬四)이 업ᄉᆞ니 노비(奴婢)를 어더야 가리로다."

노괴(老姑ㅣ) 왈(曰),

"쳡(妾)의 집이 빈한(貧寒)ᄒᆞ야 반

---

631) 블승ᄒᆡᆼ심(不勝幸甚): 불승행심. 매우 다행함을 이기지 못함. 매우 다행하다는 뜻.

632) 녀: [교] 원문에는 '녜'로 되어 있으나 오기로 보임.

633) 비연(飛燕): 중국 한나라 성제(成帝)의 후궁이었다가 후에 황후가 된 조의주(趙宜主)를 가리킴. 본명 대신 조비연(趙飛燕)으로 불림. 조비연은 성제가 원래 총애하던 반첩여를 모함하고 대신 총애를 받았는데, 후궁인 여동생 합덕(合德)과 함께 총애를 다투다가 성제가 죽은 후 동생 합덕이 자살하고, 비연도 평제(平帝) 때에 내쳐져 서민으로 강등되자 자살함. 여기에서 할미가 자신의 딸을 조비연과 같은 유가 아니라고 한 것은 자신의 딸은 조비연이 반첩여를 모함한 것과는 달리 동렬을 모함하지 않는 여인이라는 의미임.

634) 권도(權道): 목적 달성을 위하여 그때그때의 형편에 따라 임기응변으로 일을 처리하는 방도.

635) 잠쇼(潛笑): 잠소. 가만히 웃음.

636) 줄: [교] 원문에는 이 글자가 없으나 문맥을 고려하여 첨가함.

637) 의: [교] 이 뒤에 '셜파의'가 부연되어 있어 삭제함.

638) 밍쟝(盟狀): 맹장. 맹세하는 내용을 담은 문서.

젼(盤纏)을 츌혀 드리디 못ᄒ니 가셕(可惜)639)ᄒ이다."

쇼졔(小姐ㅣ) 왈(曰),

"쥬인(主人)의 은혜(恩惠)를 만히 닙어시니 이런 일조ᄎ 념녀(念
慮)ᄒ리오."

노괴(老姑ㅣ) 나간 후 계해 쇼져(小姐)ᄃ려 무러 왈(曰),

"쇼졔(小姐ㅣ) 규듕녀ᄌ(閨中女子)로 혼인(婚姻)을 언약(言約)ᄒ얏
다가 타일(他日) 엇디려 ᄒ시ᄂ뇨?"

쇼졔(小姐ㅣ) 위연(喟然)640) 탄왈(歎曰),

"ᄂ 졀벽(絕壁)의 ᄂ려딘 몸으로 발셔 인셰(人世)를 바렷실 거슬
노괴(老姑ㅣ) 구(救)ᄒ야 지금(至今)ᄀ디 ᄉ라시니 은혜(恩惠) 큰디
라 엇디 갑흘 도리(道理)를 싱각디 아니리오? ᄂ 군(君)의 결단(決斷)
코 님하(林下)641)의 골몰(汨沒)642)홀 샹(相)이 아니라. ᄂ 타일(他日)
만나ᄂ 날 져의게 금차(金釵)를 빗ᄂ리니 이 뼈 보은(報恩)ᄒᄂ ᄆ
디643)니라."

계해 왈(曰),

"쇼져(小姐) 말슴이 유리(有理)ᄒ시나 ᄂ 샹공(相公)이 일뎡(一
定)644) 드ᄅ실 줄 엇지 미드리잇고?"

---

639) 가셕(可惜): 가석. 몹시 아깝다.
640) 위연(喟然): 한숨 쉬는 모양.
641) 님하(林下): 임하. 숲속이라는 뜻으로 벼슬을 그만두거나 벼슬을 하지 않은 상태
를 이르는 말.
642) 골몰(汨沒): 다른 생각을 할 여유도 없이 한 가지 일에만 파묻힘. 여기에서는 벼
슬을 하지 않고 지내는 상태를 이름.
643) ᄆ디: 마디. 때.

쇼제(小姐]) 왈(曰),

"니 군(君)은 군직(君子])오. 딘

부인(夫人)은 어딘 부인(夫人)이시라. 뎌의 은혜(恩惠) 닙은 줄 아룬
시면 결단(決斷)코 박졀(迫切)645)이 아니시리라."

계홰 그 디식(知識)이 고명(高明)646)ᄒᆞ믈 탄복(歎服)ᄒᆞ더라.

쇼제(小姐]) 신샹(身上)647)이 차복(差復)648)ᄒᆞ니 경ᄉᆞ(京師)로 가
고져 ᄒᆞ딕 낭탁(囊橐)이 궤핍(匱乏)649)ᄒᆞ니 심니(心裏) 초조(焦燥)ᄒᆞ
나 홀일업서 힝음업시 노고(老姑)의 집의셔 셰월(歲月)을 보닉니 힝
진(盡)ᄒᆞ여 가ᄂᆞ다라. 쇼제(小姐]) 외오셔650) 부친(父親) 쇼샹(小喪)
을 디닉고 더옥 오닉여할(五內如割)651)ᄒᆞ야 셜우믈 이긔디 못ᄒᆞ더니,

이히 셰말(歲末)의 쇼흥부(紹興府) 현녕(縣令)이 일도(一道)를 슌힝(巡
行)652)ᄒᆞ여 도라온다 ᄒᆞ고 위의(威儀)를 거ᄂᆞ려 일노(一路)의 덥혓거ᄂᆞᆯ
쇼제(小姐]) 우연(偶然)이 창(窓)틈으로 보니 냥산(陽傘) 아래 금졀(金
節)653) 줍은 관원(官員)이 경ᄉᆞ(京師) 뉴 한님(翰林)이라. 쇼제(小姐]) 크

---

644) 일명(一定): 일정. 반드시.

645) 박졀(迫切): 박절. 인정이 없고 쌀쌀함.

646) 고명(高明): 식견이 높고 사리에 밝음.

647) 신샹(身上): 신상. 몸의 형편이나 처지.

648) 차복(差復): 병이 나아서 회복됨.

649) 궤핍(匱乏): 다하여 없어짐.

650) 외오셔: 홀로.

651) 오닉여할(五內如割): 오내여할. 오장이 찢어지는 것 같음.

652) 슌힝(巡行): 순행. 감독하거나 단속하기 위하여 돌아다님.

653) 금졀(金節): 황금 부절(符節). 사신의 상징임. 부절은 임금이 신하에게 내려주던

게 놀나고 영힝(榮幸)654)ᄒ여 ᄒ니 원리(元來) 뉴 한님(翰林)의 명(名)은

관이오 뉴 쳐ᄉ(處士) 종딜(從姪)이라. 슈년(數年) 젼(前)의 소톄(召
遞)655)ᄒ야 셔경(西京)의 쇼분(掃墳)656)ᄒ라 왓시매 쇼제(小姐丨) 익
이 본 배라. 관힝(官行)이 지난 후(後) 계화를 보닉야 명텹(名帖)657)
을 가져 ᄌ긔(自己) 이에 뉴락(流落)ᄒ믈 통(通)ᄒ니, 이째 ᄌ시(刺史
丨) 공텽(公廳)의 좌긔(坐起)658)ᄒ엿더니 하리(下吏) 흔 장(張) 명텹
(名帖)을 드리니 ᄒ엿시ᄃᆡ 족뎨(族弟)659) 뉴희라 ᄒ엿거늘 견필(見
畢)의 의아(疑訝)ᄒ야 싱각ᄒᄃᆡ,

'닉게ᄂᆞᆫ 족뎨(族弟) 뉴희라 ᄒ리 업ᄉ니 이 어인 일고? 아모커나
블러 보리라.'

ᄒ고 하리(下吏)로 소져(小姐)를 쳥(請)ᄒ니 쇼제(小姐丨) 즉시(卽
時) 아듕(衙中)의 니르러 셔로 녜필(禮畢)흔 후(後) 문왈(問曰),

"만싱(晚生)660)이 일즉 그ᄃᆡ로 아ᄅᆞ미 업ᄉ니 엇던 고(故)로 족뎨
(族弟)라 ᄒᄂᆞ뇨?"

쇼제(小姐丨) 샹연(傷然)661)이 눈믈을 흘니고 글오ᄃᆡ,

신표(信標).
654) 영힝(榮幸): 영행. 운이 좋은 영광.
655) 소톄(召遞): 소체. 왕의 부름을 받아 벼슬이 갈리는 것.
656) 쇼분(掃墳): 소분. 경사스러운 일이 있을 때 조상의 산소에 가서 제사 지내는 일.
657) 명텹(名帖): 명첩. 명함.
658) 좌긔(坐起): 좌기. 관아의 우두머리가 출근하여 일을 봄.
659) 족뎨(族弟): 성과 본이 같은 사람들 가운데 유복친 안에 들지 않는 같은 항렬의
아우뻘인 남자.
660) 만싱(晚生): 만생. 선배에게 대한 자기의 겸칭.

"형(兄)이 일즉 등뎨(登第)ᄒ야 셔경(西京)의 가신

제 야〃(爺爺)로 더브러 ᄂᆡ당(內堂)의 드러오니 듕당(中堂)의셔 셔로
보며 과실(果實) 먹던 줄 모ᄅᆞ시ᄂᆞ니잇고?"

ᄌᆞ시(刺史ㅣ) 텽파(聽罷)의 다시 싱각ᄒ니 뉴 쳐ᄉᆞ(處士) 녀ᄋᆞ(女
兒) 노란 쇼져(小姐)로 셔로 보고 년치(年齒)를 무럿ᄂᆞᆫ디라. 쇼져(小
姐)를 다시 보니 비록 남복(男服)을 ᄒ여시나 뇨〃염태(夭夭艶態)662)
의연(依然)663)ᄒᆞ디라 대경(大驚)ᄒ야 다시 녜(禮)ᄒ고 왈(曰),

"ᄆᆡ즈(妹子ㅣ) 엇디 이에 니ᄅᆞᆯ럿ᄂᆞ뇨?"

쇼졔(小姐ㅣ) 눈믈을 흘니며 젼후(前後) 화란(禍亂)을 ᄌᆞ시 닐너
도로(道路)의 분주(奔走)ᄒᆞᆷ과 즉금(卽今) 경ᄉᆞ(京師)로 가고져 ᄒᆞᄃᆡ
반젼(盤纏)이 업셔 가디 못ᄒᆞᆯ믈 고(告)ᄒ니 ᄌᆞ시(刺史ㅣ) 크게 앗기
고 참연(慘然)ᄒ야 타루(墮淚)664) 왈(曰),

"ᄂᆡ 그ᄱᅥ 셔경(西京)의 가신 제 슉뷔(叔父ㅣ) 강건(康健)ᄒ시미 타
뉴(他類)와 다ᄅᆞ시더니 엇디 일즉 인셰(人世)를 ᄇᆞ리실 줄 알니오?
이졔 현ᄆᆡ(賢妹) 경ᄉᆞ(京師)

의 누를 ᄎᆞᄌᆞ가려 ᄒᆞᄂᆞ뇨?"

---

661) 샹연(傷然): 상연. 슬퍼하는 모양.
662) 뇨〃염태(夭夭艶態): 요요염태. 젊고 아름다운 자태.
663) 의연(依然): 전과 다름이 없음.
664) 타루(墮淚): 눈물을 흘림.

쇼제(小姐ㅣ) 디왈(對曰),

"가부(家夫) 니현이 경수(京師)의 응과(應科)ᄒ라 갓시니 ᄎᄌ가려 ᄒᄂ이다."

ᄌ시(刺史ㅣ) 경왈(驚曰),

"니현이 젼년(前年)의 알665)셩쟝원(謁聖壯元)666)으로 금쥐(錦州ㅣ) 쇼분(掃墳)ᄒ라 갓더니 발셔 샹경(上京)ᄒ엿실 거시니 현미(賢妹) 남복(男服)을 벗고 녀복(女服)으로 ᄒᆡᆼ(行)ᄒ미 엇더ᄒ뇨?"

쇼제(小姐ㅣ) 니ᄉᆡᆼ(-生)의 등과(登科)ᄒ믈 듯고 깃브믈 이긔디 못ᄒ야 ᄀᆞ오ᄃᆡ,

"쇼미(小妹) 형댱(兄丈) 말ᄉᆞᆷᄃᆡ로 녀복(女服)으로 ᄒᆡᆼ(行)ᄒ미 맛당ᄒᄃᆡ 별단(別段)667) 연괴(緣故ㅣ) 이시니 남의(男衣)로 ᄒᆡᆼ(行)코져 ᄒᄂ이다."

ᄌ시(刺史ㅣ) 응낙(應諾)고 반젼(盤纏)과 마필(馬匹)을 갓초아 주니 쇼제(小姐ㅣ) 칭샤(稱謝)ᄒ고 쥬인(主人)668)의 도라와 노고(老姑)ᄅᆞᆯ 하딕(下直)ᄒᆞᆯ시 노괴(老姑ㅣ) 아연(啞然)669)ᄒ야 일흔 거시 잇ᄂ 듯ᄒ거ᄂᆞᆯ 쇼제(小姐ㅣ) 위로(慰勞) 왈(曰),

"ᄂᆡ 경수(京師)로 도라가 죵샹(終喪)670)

---

665) 알: [교] 원문에는 '앙'으로 되어 있으나 오기로 보임.

666) 알셩쟝원(謁聖壯元): 알성장원. 알성시에서의 장원. 알성시는 황제가 문묘에 참배한 뒤 실시하던 비정규적인 과거 시험.

667) 별단(別段): 따로.

668) 쥬인(主人): 주인. 머무는 집.

669) 아연(啞然): 너무 놀라 어안이 벙벙한 모양.

670) 죵샹(終喪): 종상. 상을 마침.

101면

흔 후(後) 즉시(卽時) ᄎ즐 거시니 너모 번뇌(煩惱)티 말나.”

드되여 피ᄎ(彼此ㅣ) 눈믈을 쓰려 니별(離別)ᄒ고 다시 아듕(衙中)의 나아가 하딕(下直)을 고(告)ᄒ니 ᄌᄉ(刺史ㅣ) 소ᄉ(素食)671)와 ᄎ깅(菜羹)672)으로 뎐숑(餞送)673)ᄒ고 츄죵(騶從)674)과 하리(下吏)를 십분(十分) 풍셩(豊盛)이 ᄎᆯ혀 주니 쇼졔(小姐ㅣ) ᄉ양(辭讓) 왈(曰),

“쇼미(小妹) 뉴리(流離)675)ᄒ 인싱(人生)으로 현형(賢兄)의 후의(厚意)를 닙어 반젼(盤纏)676)을 어듬도 족(足)ᄒ니 엇지 관뇨(官僚)677)를 슈고(受苦)ᄒ리잇가.”

드되여 다 썰티고 계화, 옥678)낭으로 더브러 힝(行)ᄒ야

월여(月餘)의 경ᄉ(京師)의 니르러 흑ᄉ(學士) 집을 ᄎᄌ니 아모도 알 니 업더니 최후(最後)의 일(一) 인(人)이 닐오디,

“슈ᄌ679)(秀才)680)의 ᄎᆺᄂ 배 거년(去年) 츄(秋)의 알셩댱원(謁聖壯元) 니현이냐?”

쇼졔(小姐ㅣ) 왈(曰),

---

671) 소ᄉ(素食): 소사. 고기가 들어가 있지 않은 음식.
672) ᄎ깅(菜羹): 채갱. 나물국.
673) 뎐숑(餞送): 전송. 전별하여 보냄.
674) 츄죵(騶從): 추종. 윗사람을 따라다니는 종.
675) 뉴리(流離): 유리. 일정한 집과 직업이 없이 이리저리 떠돌아다님.
676) 반젼(盤纏): 반전. 먼 길을 떠나는데 오가는 비용.
677) 관뇨(官僚): 관료. 관청의 벼슬아치.
678) 옥: [교] 원문에는 ‘녹’으로 되어 있으나, 앞에 이미 ‘옥’으로 나온 바 있으므로 이와 같이 수정함.
679) ᄌ: [교] 원문에는 ‘ᄌ’로 되어 있으나 오기로 보임.
680) 슈ᄌ(秀才): 수재. 젊은 남자를 높여 부르는 말.

"연(然)타."

기인(其人) 왈(曰),

"니 한님(翰林)이 금쥐(錦州ㅣ) 소분(掃墳)ᄒ라 ᄂᆞ려갓다가 부

...

102면

샹(父喪)을 만나 다시 샹경(上京)티 못ᄒ고 셔경(西京)의 가 모부인
(母夫人)을 뫼셔다가 시묘(侍墓)ᄒ다 ᄒ더라."

쇼제(小姐ㅣ) 텽파(聽罷)의 대경(大驚) 실망(失望)ᄒ야 의ᄉᆡ(意思
ㅣ) 착막(錯莫)681)ᄒ니 다만 계화 등(等)으로 더브러 쥬인(主人)의
도라와 의논(議論)ᄒᄃᆡ,

"니 이제 쳔신만고(千辛萬苦)ᄒ야 경ᄉ(京師)의 니ᄅ매 니 군(君)이
잇디 아니ᄒ니 금쥐(錦州ㅣ)로 가 존구(尊舅)의 제ᄉ(祭事)를 ᄒᆞᆫ가지로
밧들리라. 혈〃(子子) ᄋ여ᄌᆡ(兒女子ㅣ) 엇디 능(能)히 득달(得達)ᄒ고?"

계화 앙텬(仰天) 탄왈(歎曰),

"경ᄉ(京師)의셔 금쥐(錦州ㅣ) 도뢰(道路ㅣ) 요원(遙遠)ᄒ니 쟝ᄎᆞᆺ
(將次ㅅ) 엇디ᄒ리오?"

쇼제(小姐ㅣ) 왈(曰),

"가다가 밋디 못ᄒ여 죽은들 녀ᄌᆡ(女子ㅣ) 구가(舅家)를 바리고 어
ᄃᆡ로 가리오?"

이에 약간(若干) 반젼(盤纏)을 츌혀 길 나 금쥐(錦州ㅣ)로 가더니,
길 가기 보름은 ᄒᆞ야셔 ᄒᆞᆫ 곳의 다ᄃᆞᄅᆞ니 인

---

681) 착막(錯莫): 착잡함.

믈(人物)이 부셩(富盛)ᄒ고 디방(地方)이 너ᄅ거늘 힝인(行人)ᄃ려 무ᄅᄃᆡ,

"이ᄂ 옛 숑(宋)나라 도읍(都邑)ᄒ엿던 동경(東京)[682]이니라."

쇼제(小姐ㅣ) ᄯᅩ 무ᄅᄃᆡ,

"예셔 금쥐(錦州ㅣ) 가기 언마나 ᄒ뇨?"

기인(其人)이 놀나 왈(曰),

"긱인(客人)이 망녕(妄靈)되다. 경ᄉ(京師)의셔 금쥐(錦州ㅣ)로 가려 ᄒ면 낙양(洛陽) 하람(河南)으로 말ᄆᆡ암아 가거늘 이곳은 동경(東京)이니 예셔 금쥐(錦州ㅣ)로 갈던대 뉵뢰(陸路ㅣ) 오천여(五千餘)리(里)니 엇디 능(能)히 가려 ᄒᄂ뇨?"

쇼제(小姐ㅣ) 대경(大驚)ᄒ야 도라 냥개(兩個) 비ᄌ(婢子)ᄃ려 왈(曰),

"하늘이 엇디 날을 이러ᄐᆺ 패(敗)케 ᄒ시ᄂ뇨? 이제ᄂ 니 죽을 ᄯᆞ롬이로다."

셜파(說罷)의 몸을 두로혀 ᄒ 곳의 니ᄅ니 젹은 집이 길흘 년(連)ᄒ엿고 초당(草堂)의 일(一) 인(人)이 갈건야복(葛巾野服)[683]으로 거문고를 ᄐᆞ니 동안학발(童顔鶴髮)[684]노 긔위(氣宇ㅣ)[685] 동탕(動蕩)[686]

---

682) 동경(東京): 현재의 개봉(開封). 중국 하남성(河南省) 북부, 황하(黃河) 남쪽 기슭에 있는 도시. 전국시대 위(魏)나라의 도읍이었으며, 송나라 때도 도읍이었음.

683) 갈건야복(葛巾野服): 갈건야복. 갈포로 만든 두건과 야인이 입는 베옷. 갈포는 칡 섬유로 짠 베. 은사(隱士)나 처사(處士)의 거칠고 소박한 옷차림을 이르는 말.

684) 동안학발(童顔鶴髮): 어린아이 같은 얼굴과 하얗게 센 머리.

685) 긔위(氣宇ㅣ): 기우. 기개와 도량.

686) 동탕(動蕩): 활달하고 호탕함.

ㅎ더라. 이쩌 쇼졔(小姐ㅣ) 임의 힝냥(行糧)687)이 진(盡)ㅎ엿ᄂ디라
옥688)낭이 알픠 나아가 냥식(糧食)을 빈듸 쟝쟤(長者ㅣ) 거문고 특기
를 그티고 눈을 드러 옥689)낭의 졍안옥미(淨眼玉眉)690)를 보고 경
(驚) 문왈(問曰),

"네 엇던 사름이완듸 뎌러틋 총쥰(聰俊)691)ᄒ 용모(容貌)를 가지
고 비러먹ᄂ뇨?"

옥692)낭이 녜필(禮畢)ᄒ고 왈(曰),

"쇼복(小僕)은 경ᄉ(京師) 사름으로 쇼쥬인(小主人)을 뫼셔 금쥬
(錦州ㅣ)로 가더니 길흘 그릇 녜여693) 이곳의 니르니 노쥬(奴主ㅣ)
낭픠(狼狽) 가온듸 잇ᄂ디라. 낭탁(囊橐)이 진(盡)ㅎ야 두로 비러 쥬
인(主人)을 먹이러 ᄒᄂ이다."

기인(其人)이 경탄(驚歎) 왈(曰),

"가히 블샹ᄒ도다. 네 쥬인(主人)을 블러 오라."

옥694)낭이 나가 쇼져(小姐)를 쳥(請)ᄒ니 쇼졔(小姐ㅣ) ᄯᅩ흔 뎌의

---

687) 힝냥(行糧): 행량. 길을 갈 때 지니는 양식.
688) 옥: [교] 원문에는 '녹'으로 되어 있으나, 앞에 이미 '옥'으로 나온 바 있으므로 이
와 같이 수정함.
689) 옥: [교] 원문에는 '녹'으로 되어 있으나, 앞에 이미 '옥'으로 나온 바 있으므로 이
와 같이 수정함.
690) 졍안옥미(淨眼玉眉): 정안옥미. 맑은 눈동자와 옥같이 고운 눈썹.
691) 총쥰(聰俊): 총준. 총명하고 준수함.
692) 옥: [교] 원문에는 '녹'으로 되어 있으나, 앞에 이미 '옥'으로 나온 바 있으므로 이
와 같이 수정함.
693) 녜여: 가. 들어.
694) 옥: [교] 원문에는 '녹'으로 되어 있으나, 앞에 이미 '옥'으로 나온 바 있으므로 이

늘그믈 보고 혐의(嫌疑)티 아냐 드러가 녜(禮)ᄒ니 쟝재(長者ㅣ)

흔 번 보고 대경(大驚) 왈(曰),

"쇼년(少年)은 엇던 사ᄅᆷ이며 셩명(姓名)이 무어시뇨?"

쇼제(小姐ㅣ) 되왈(對曰),

"쇼ᄉᆡᆼ(小生)의 셩명(姓名)은 뉴관이니 셔경(西京) 사ᄅᆷ이라. 뭇ᄎᆷ 뉴락(流落)ᄒ야 이곳의 니ᄅ럿더니 존대인(尊大人)의 후문(厚問)⁶⁹⁵) ᄒ시믈 닙ᄉ오니 다감(多感)⁶⁹⁶)ᄒ여이다. 존셩(尊姓)과 대명(大名)을 가(可)히 어더 드ᄅ리잇가?"

쟝재(長者ㅣ) 왈(曰),

"나는 본토인(本土人) 소셩이러니 과거(科擧) 보기를 폐(廢)ᄒ고 촌디(村地)의 복거(卜居)⁶⁹⁷)ᄒ야시므로 사ᄅᆷ이 쳐시(處士ㅣ)라 ᄒᄂ니이다. 긱(客)이 금쥐(錦州ㅣ)로 가신다 ᄒ니 이곳의셔 금쥐(錦州ㅣ)는 도뢰(道路ㅣ) 요원(遙遠)ᄒ고 험쥰(險峻)ᄒ여 득달(得達)키 어려온디라 쟝ᄎᆞᆺ(將次ㅅ) 엇디ᄒ시려 ᄒᄂ뇨?"

쇼제(小姐ㅣ) 니러 절ᄒ고 왈(曰),

"대인(大人)이 지나가는 사ᄅᆷ을 보시고 이러틋 관곡(款曲)⁶⁹⁸)히 되졉(待接)ᄒ시니 은혜(恩惠) 난망(難忘)이로소이다. 쇼ᄉᆡᆼ(小生)

와 같이 수정함.

695) 후문(厚問): 후의를 가지고 물음.

696) 다감(多感): 감동함이 많음.

697) 복거(卜居): 살 만한 곳을 가려 정해 거주함.

698) 관곡(款曲): 매우 정성스럽고 친절함.

이 타향(他鄕)의 뉴락(流落)흔 손으로 거쳐(居處)룰 뎡(定)티 못ㅎ고
다시 금쥐(錦州ㅣ)로 향(向)코져 ㅎ나 낭듕(囊中)의 반젼(盤纏)이 업
스니 쟝춧 낭픽(狼狽) 가온대 잇ᄂ이다."

쳐시(處士ㅣ) 왈(曰),

"킥(客)이 염(厭)[699]히 아니 너기실딘대 노인(老人)의 집의셔 잠간
(暫間) 일월(日月)을 쳔연(遷延)ㅎ야 금쥐(錦州ㅣ) 가ᄂ 사름을 둣보
아 동힝(同行)ㅎ미 됴토다."

쇼졔(小姐ㅣ) 샤례(謝禮) 왈(曰),

"이리ㅎ시면 셩은(盛恩)이 난망(難忘)이어니와 냥식(糧食) 업슨 킥
(客)이 쥬인(主人)의 폐(弊)룰 기티미 미안(未安)홀가 ㅎᄂ이다."

쳐시(處士ㅣ) 쇼왈(笑曰),

"귀킥(貴客)이 엇디 이런 오소(迂疎)[700]흔 말을 ㅎᄂ뇨? 군즈(君
子)의 안빈(安貧)이 스류(士類)[701]의 덧〃ㅎ미 아니리오? 피츳(彼此)
환난(患難)의 셔르 붓드러 구(救)ㅎ믄 인쟈(仁者)의 홀 배라 녹녹(碌
碌)[702]히 흔 그릇 밥을 일ᄏ룰 배 아니로다."

쇼졔(小姐ㅣ) 쳐스(處士)의 심댱(心腸)이 녜

---

699) 염(厭): 싫어함.
700) 오소(迂疎): 우소. 세상 물정에 어둡고 민첩하지 못함.
701) 스류(士類): 사류. 학문을 연구하고 덕을 닦는 선비의 무리.
702) 녹녹(碌碌): 녹록. 평범하고 보잘것없음.

ᄉ(例事) 사름과 다ᄅᆞᆯ믈 보고 ᄯᅩ흔 쇼쇼(小小) 샤례(謝禮)ᄅᆞᆯ 아니코 ᄒᆡᆼ니(行李)ᄅᆞᆯ 안돈(安頓)703)ᄒᆞ야 편(便)히 머므나 가지록 비회(悲懷)ᄅᆞᆯ 뎡(定)티 못ᄒᆞ더라.

차셜(且說). 니 혹ᄉᆡ(學士ㅣ) 부친(父親) 삼년(三年)704)을 지ᄂᆡ고 됴뎡(朝廷)의셔 승됴(陞朝)ᄒᆞᄂᆞᆫ 일이 업스니 ᄆᆞ음이 평안(平安)ᄒᆞ야 한가(閑暇)히 님하(林下)의셔 모친(母親)을 뫼셔 봉양(奉養)ᄒᆞ기ᄅᆞᆯ 지셩(至誠)으로 ᄒᆞ고 ᄌᆞ긔(自己) 혹업(學業)을 더옥 힘뼈 복듕(腹中)의 만권셔(萬卷書)ᄅᆞᆯ 품어 졍신(精神)이 더옥 ᄆᆞᆰ고 흉금(胸襟)이 소탕(疏宕)705)ᄒᆞ야 반뎜(半點) ᄉᆞ렴(思念)706)이 업스ᄃᆡ 일념(一念)이 경"(耿耿)707)흔 바ᄂᆞᆫ 뉴 시(氏)의 ᄉᆡᆼᄉᆞ존망(生死存亡)을 몰나 흔쩍도 ᄆᆞ음이 노히디 아니며 더옥 뉴 쳐ᄉᆞ(處士) 지우(知遇)ᄅᆞᆯ 닛디 못ᄒᆞ야 텬하(天下) ᄉᆞ희(四海)를 다 도라도 ᄎᆞᄌᆞ 부뷔(夫婦ㅣ) 단원(團圓)708)ᄒᆞ기를 ᄉᆡᆼ각ᄒᆞ고 다시 츄실(娶室)709)홀 ᄆᆞ음이 업스니

딘 부인(夫人)의 ᄆᆞ음이 역시 흔가지라. 흥샹(恒常) 그 옥모화용(玉

---

703) 안돈(安頓): 사물이나 주변 따위를 잘 정돈함.
704) 삼년(三年): 삼년상(三年喪). 부모의 상을 당해 삼 년 동안 거상하는 일.
705) 소탕(疏宕): 성질이 수더분하고 호탕함.
706) ᄉᆞ렴(思念): 사념. 근심하고 염려하는 따위의 여러 가지 생각.
707) 경"(耿耿): 마음에서 사라지지 않고 염려가 됨.
708) 단원(團圓): 단란하게 모임.
709) 츄실(娶室): 취실. 아내를 얻음.

貌花容)710)과 난즈혜딜(蘭姿蕙質)711)을 닛디 못ᄒ야 눈물이 깁ᄉ매의 어롱디고 ᄋ즈(兒子)의 침폐(寢斃)712) 젹막(寂寞)ᄒ믈 ᄎ마 보디 못ᄒ야 ᄒ니 흑ᄉᆡ(學士 l) 블효(不孝)를 즈차(咨嗟)713)ᄒ며 크게 강잉(强仍)ᄒ야 모친(母親)긔 고(告)ᄒ딕,

"ᄒᆡ익(孩兒 l) 뉴 시(氏)의 거쳐(去處)를 모로고 남지(男子 l) 녀ᄌ(女子)를 위(爲)ᄒ야 딕희고 이시미 우으니 너비 듯보와 취실(娶室)ᄒ야 모친(母親) ᄆᆞᄋᆞᆷ을 위로(慰勞)코져 ᄒᄂᆞ이다."

부인(夫人)이 흑ᄉ(學士)의 손을 잡고 뉴톄(流涕) 왈(曰),

"네 엇디 이런 말을 ᄒᄂᆞ뇨? ᄋ부(我婦)의 텬싱아딜(天生雅質)714)과 셩덕(盛德)은 니ᄅ도 말고 스스로 몸을 ᄇᆞ려 날을 구(救)ᄒ 은혜(恩惠)ᄂᆞ 금셕(金石)이 녹아도 다 갑디 못ᄒᆞᆯ디라. 네 부〃(夫婦)의 졍(情)을 니ᄅ디 말고 어미 구(救)ᄒ 은혜(恩惠)를 싱

• •

109면

각ᄒᆞᆯ 거시어ᄂᆞᆯ 이런 무신(無信)715)ᄒ 말을 ᄂᆞᄂᆞ뇨? ᄂᆡ 싱젼(生前)의 현부(賢婦)의 자최를 보디 못ᄒ고는 다시 가취(嫁娶)716)케 못ᄒᆞᆯ로다."

---

710) 옥모화용(玉貌花容): 옥같이 아름답고 꽃다운 용모.

711) 난즈혜딜(蘭姿蕙質): 난자혜질. 난초와 같은 자질. 여자의 아름다운 자태와 빼어난 자질을 이름.

712) 침폐(寢斃): 침소(寢所)의 뜻인 듯하나 미상임. [교] 국도본에는 이 부분이 빠져 있음.

713) 즈차(咨嗟): 자차. 애석해서 탄식함.

714) 텬싱아딜(天生雅質): 천생아질. 하늘이 낸 전아한 자질.

715) 무신(無信): 신의가 없음.

716) 가취(嫁娶): 가취. 혼인.

흑시(學士ㅣ) 모친(母親) 뜻이 굿트시믈 감동(感動)ㅎ야 지비(再拜) 슈명(受命)ㅎ야 퇴(退)ㅎ다.

츠후(此後) 모지(母子ㅣ) 위로(慰勞)ㅎ야 지니더니, 일야(一夜)는 월식(月色)이 희미(稀微)ㅎ고 츤 부람이 쇼〃(蕭蕭)[717]ㅎ니 뎡젼(庭前)의 비회(徘徊)ㅎ며 우연(偶然)이 눈을 드러 건상(乾象)[718]을 브라보니 연북(燕北) 다히로 셰셩(歲星)[719]이 당〃(堂堂)ㅎ야 빗치 두우(斗牛)[720]의 쏘이고 형혹(熒惑)[721]이 즈미[722]셩(紫微星)[723]을 범(犯)ㅎ니 흑시(學士ㅣ) 위연(喟然)[724] 탄왈(歎曰),

"어린 인군(人君)이 대위(大位)의 거(居)ㅎ야 좌우(左右)의 경뎨(經濟)[725] 보필(輔弼)홀 지죄(才操)[726] 아니어늘 텬명(天命)이 쏘 이러틋 ㅎ도다."

ㅎ야 심하(心下)의 평안(平安)티 아냐 ㅎ더니,

일〃(一日)은 셔당(書堂)의 안즈 거문고를 타고 위

---

717) 쇼〃(蕭蕭): 소소. 바람이나 빗소리 따위가 쓸쓸함.

718) 건상(乾象): 하늘의 현상.

719) 셰셩(歲星): 세성. 목성(木星). 옛 사람들은 목성이 약 12년마다 하늘을 한 번 도는데, 그 궤도가 황도(黃道)와 서로 근접하다고 여겼음. 그래서 하늘을 12분하여 12차라 하고, 목성이 매년 1차씩 가는 것으로 보아 목성이 있는 성차(星次)를 기년(紀年)으로 삼았음. 이 때문에 목성을 세성이라 이름. 재앙이나 화란을 비유적으로 이르기도 함. 여기에서는 국가에 변란이 있을 것임을 암시하고 있음.

720) 두우(斗牛): 28수 중 두수(斗宿)와 우수(牛宿).

721) 형혹(熒惑): 화성(火星). 화성은 나타났다 사라짐이 일정하지 않아 사람을 미혹시켰으므로 이렇게 불렸음. 흔히 재앙을 상징하는 별로 여겨졌음.

722) 즈미: [교] 원문에는 '좀'으로 되어 있으나 오기로 보임.

723) 즈미셩(紫微星): 자미성. 큰곰자리 부근에 있는 자미원의 별 이름으로, 북두칠성의 동북쪽에 있는 열다섯 개의 별 가운데 하나. 옛 사람들은 자미성에 옥황상제가 거처한다고 여겼음. 이에 따라 자미성은 천자의 운명과 관계되는 별로 인식됨.

724) 위연(喟然): 한숨 쉬는 모양.

725) 경뎨(經濟): 경제. 경세제민(經世濟民). 세상을 다스리고 백성을 구제함.

726) 지죄(才操): 재조. 재주의 원말.

로(慰勞) 더니 흔 사름이 말을 채쳐 문(門)의 니르러 믈긔 느려 드러오거늘 혹시(學士ㅣ) 흔 번 바라보고 크게 놀나 느려 마자 지비(再拜) 왈(曰),

"쇼싱(小生)이 역녀(逆旅) 가온대 대왕(大王)을 흔 번 니별(離別)ᄒ므로 일념(一念)이 경″(耿耿)ᄒᆞᆸ더니 금일(今日) 대왕(大王)이 누쳐(陋處)의 니르시니 죡(足)히 ᄉ모(思慕)ᄒ던 ᄆᆞ음을 위로(慰勞)ᄒ와 영힝(榮幸)ᄒ오나 대왕(大王)이 쳔승(千乘) 국군(國君)으로 위의(威儀) 존대(尊大)ᄒ시거늘 므ᄉᆞᆷ 연고(緣故)로 필마(匹馬)로 니르러 계시니잇고?"

연왕(燕王)이 니 혹시(學士) ᄌᆞ가(自家)의 복식(服色)이 다르되 별안간(瞥眼間) 아라보믈 크게 긔특(奇特)이 너겨 손을 잡고 당듕(堂中)의 드러가 닐오되,

"과인(寡人)이 군(君)으로 더브러 니별(離別)ᄒ연 디 셰ᄌᆡ(歲載) 오(五) 년(年)이라. 듀야(晝夜) 션풍(仙風)을 닛디 못ᄒ더니 금일(今日)은 과인(寡人)의 급(急)ᄒ믈 인(因)ᄒ

야 계교(計巧)를 뭇고져 니르럿ᄂ느니 군(君)은 뼈곰 고이(怪異) 너기디 말나."

혹시(學士ㅣ) 지비(再拜)ᄒ고 문기고(問其故)[727]ᄒ되 왕(王)이 좌

---

727) 문기고(問其故): 그 연유를 물음.

우(左右)를 최우고 닐오디,

"이제 제태(齊泰), 황즈딩(黃子澄)이 됴뎡(朝廷)을 탁난(濁亂)[728]코
져 ᄒᆞ니 고황뎨(高皇帝)[729] 슈고(受苦)ᄒᆞ신 텬해(天下) 일됴(一朝)의
타인(他人)의게 갈가 우려(憂慮)ᄒᆞ더니 간신(奸臣) 건문(建文)의 암
약(暗弱)[730]ᄒᆞᄆᆞᆯ 업슈이 너겨 제왕(齊王)과 쥬왕(周王)[731]을 삭(削)
ᄒᆞ여 히변(海邊)의 닉티고 과인(寡人)을 마ᄌᆞ 폐(廢)코져 ᄒᆞ니 과인
(寡人)이 ᄎᆞ마 안ᄌᆞ셔 욕(辱)을 밧디 못ᄒᆞᆯ다라. 필마(匹馬)로 니ᄅᆞ러
군(君)의게 계칙(計策)을 뭇노라."

ᄒᆞᆨᄉᆡ(學士ㅣ) 믁연(黙然) 냥구(良久)의 안식(顔色)이 싁〃ᄒᆞ여 ᄀᆞᆯ
오디,

"쇼ᄉᆡᆼ(小生)은 본디 용열(庸劣)ᄒᆞᆫ디라 엇디 대왕(大王)의 셩(盛)히
ᄆᆞᄅᆞ시믈 당(當)ᄒᆞ리오? 슈연(雖然)이나 대왕(大王) ᄯᅳᆺ이 군ᄉᆞ(軍士)
ᄅᆞᆯ 니ᄅᆞ혀 우흘 범(犯)코져

···

112면

ᄒᆞ시ᄂᆞ니잇가?"

---

728) 탁난(濁亂): 탁란. 흐리고 어지러움.

729) 고황뎨(高皇帝): 중국 명나라의 태조 주원장(朱元璋)을 이름. '고황제'는 태조를
    높여 부른 시호(諡號).

730) 암약(暗弱): 어리석고 유약함.

731) 제왕(齊王)과 쥬왕(周王): 제왕과 주왕. 모두 주원장의 아들들이자 연왕의 형제들.
    제왕은 주부(朱榑)이고 주왕은 주숙(朱橚). 건문제는 번왕(藩王)들의 세력을 약화
    하는 삭번정책(削藩政策)을 실시하고, 연왕부터 쳐야 한다는 제태(齊泰)의 의견
    대신 다른 번왕들부터 제압해야 한다는 황자징(黃子澄)의 의견을 받아들여,주왕
    (周王) 주숙(朱橚)과 민왕(岷王) 주편(朱楩)을 서인으로 강등시키고, 대왕(代王)
    주계(朱桂)는 대동(大同)에 유폐시키며 제왕(齊王) 주부(朱榑)는 감금함. 상왕(湘
    王) 주백(朱柏)은 결백을 주장하기 위해 자살함. 이때 연왕은 미친 척하고 칭병불
    출한바, 이에 건문제는 연왕을 숙청하지 않음.

왕(王) 왈(曰),

"아니라. 다만 보신지칙(保身之策)732)을 뭇노라."

흑시(學士ㅣ) 브야흐로 신식(神色)733)이 평안(平安)ᄒ야 굴오ᄃᆡ,

"대왕(大王)이 우흘 범(犯)코져 ᄯᅳᆺ이 업슬딘대 흑ᄉᆡᆼ(學生)이 어린 소견(所見)을 알외려니와 대왕(大王)이 능(能)히 괴로오신 거슬 잘 ᄎᆞᆷ으시리잇가?"

왕(王) 왈(曰),

"아모 일이라도 간신(奸臣)의 화(禍)ᄅᆞᆯ 버셔날진대 적은 괴로오믈 념(念)ᄒ리오?"

흑시(學士ㅣ) 팀음(沈吟)ᄒ다가 굴오ᄃᆡ,

"제(齊) 각노(閣老)734)와 황(黃) 승샹(丞相)은 일ᄃᆡ(一代) 명인(名人)이오 졍딕(正直) 대신(大臣)이라. 져근 계교(計巧)로 져의 ᄆᆞᄋᆞᆷ을 방심(放心)키 못ᄒ리니 대왕(大王)이 가(可)히 이런 염열(炎熱)의도 핫옷735)과 화로(火爐)블을 ᄢᅵ고 막ᄃᆡᄅᆞᆯ 집허 즁풍(中風)ᄒᆞᆫ 양(樣)을 ᄒ신 즉 됴뎡(朝廷)이 의심(疑心)티 아니코 대왕(大王)의 몸이 반셕(盤石) ᄀᆞᆺᄐᆞ시리니 이

• • •

113면

계교(計巧)ᄅᆞᆯ ᄒ시ᄃᆡ 제(齊)·황(黃) 냥인(兩人)이 유군(幼君)736)을 방

---

732) 보신지칙(保身之策): 보신지책. 몸을 보존할 계책.

733) 신식(神色): 신색. 안색.

734) 각노(閣老): 각로. 내각의 원로, 재상을 지칭하는 말.

735) 핫옷: 솜옷.

736) 유군(幼君): 어린 임금.

위(防衛)737)ᄒ야 졔왕(諸王)을 방비(防備)ᄒ미 ᄯ흔 ᄉ시(私事ㅣ) 아니
라 대왕(大王)이 가(可)히 원(怨)을 프르샤 타일(他日) 나라히 평안(平
安)ᄒ기를 싱각ᄒ시고 아래로ᄡ 우흘 범(犯)ᄒ믈 싱의(生意) 마ᄅ쇼셔."

왕(王)이 깃거 응낙(應諾)고 이 밤을 이에 지닐ᄉ 혹시(學士ㅣ) 셕
식(夕食)을 ᄀᆞᆺ초와 ᄃᆡ졉(待接)ᄒ고 밤이 ᄆᆞᆺ도록 티민지도(治民之
道)738)와 졔셰방냑(濟世方略)739)을 의논(議論)ᄒ야 응ᄃᆡ슈답(應對酬
答)740)이 강하(江河)를 거후른 ᄃᆞᆺ 언〃ᄌᆞ〃(言言字字)741)히 명달(明
達)742)ᄒ니 왕(王)이 크게 ᄉᆞ랑ᄒ고 흠복(欽服)743)ᄒ야 일죽 태ᄌᆞ(太
子) 신뇨(臣僚)와 ᄌᆞ긔(自己) 군신(君臣)을 혜아려도 이 사ᄅᆞᆷ과 안ᄒᆡᆼ
(雁行)744) 되리 업ᄉᆞᆫ디라 긔이(奇異)히 너기고 깃거ᄒᆞᄃᆡ 져의 강녈
(剛烈)ᄒ믈 보매 ᄆᆞᆾᄎᆞᆷᄂᆡ ᄌᆞ가(自家)의게 굴(屈)티 아닐가 두려ᄒᆞ더라.
계명(鷄鳴)의

●●●

114면

가기를 님(臨)ᄒ야 피ᄎᆞ(彼此ㅣ) 눈믈을 ᄲᆞ려 니별(離別)홀ᄉ 혹시
(學士ㅣ) 젹(適)ᄒ여 왈(曰),

"ᄃᆡ왕(大王)은 맛당이 쥬(周) 문왕(文王)의 어짐과 쥬공(周公)의 대

---

737) 방위(防衛): 적의 공격이나 침략을 막아서 지킴.

738) 티민지도(治民之道): 치민지도. 백성을 다스리는 방법.

739) 졔셰방냑(濟世方略): 제세방략. 세상을 구제할 방법과 계략.

740) 응ᄃᆡ슈답(應對酬答): 응대수답. 묻는 말에 대답함.

741) 언〃ᄌᆞ〃(言言字字): 언언자자. 말 한 마디 한 마디.

742) 명달(明達): 지혜롭고 사리에 밝음.

743) 흠복(欽服): 진심으로 존경하여 따름.

744) 안ᄒᆡᆼ(雁行): 안행. 기러기의 행렬처럼 나란히 함.

의(大義)로 섭졍(攝政)ᄒᆞ시믈 효측(效則)745)ᄒᆞ시고 아래로ᄡᅥ 우흘 범(犯)ᄒᆞᄆᆞ믈 힝(行)티 마ᄅᆞ쇼셔. 왕(王)이 만일(萬一) ᄉᆡᆼ(生)의 말ᄀᆞ티 ᄒᆞ실딘대 타일(他日) 당〃(堂堂)이 쳔(千) 리(里)를 먼니 아니 너겨 ᄒᆞᆫ 번(番) 나아가 뵈오려니와 블연(不然)즉 다시 뵈오믈 엇디 못ᄒᆞ리이다.”

왕(王)이 샤왈(謝曰),

“슴가 닛디 아니ᄒᆞ리라.”

ᄒᆞ고 ᄆᆞᆯ을 모라 도라가니 혹ᄉᆡ(學士ㅣ) 스스로 차탄(嗟歎)ᄒᆞ야 ᄌᆞ긔(自己) 말이 소진(蘇秦)746) 댱의(張儀)747) ᄀᆞᆺᄐᆞᆯ지라도 텬명(天命)이 뎌의게 속(屬)ᄒᆞᆫ 후(後)ᄂᆞᆫ 무익(無益)ᄒᆞᆫ 줄 ᄒᆞᆫ탄(恨歎)ᄒᆞ너라.

일이 공교(工巧)ᄒᆞ야 연왕(燕王)의 얼골을 아ᄂᆞᆫ 쟤(者ㅣ) 이셔 본쥐(本州ㅣ) ᄌᆞᄉᆞ(刺史)ᄃᆞ려 닐오ᄃᆡ,

“모일(某日)의 연왕(燕王)이

115면

필마(匹馬)로 니현의 집의 가 밤을 자고 가니 고이(怪異)터라.”

ᄒᆞᆫ디 ᄌᆞᄉᆡ(刺史ㅣ) 크게 놀나 이에 니 혹ᄉᆡ(學士) 연왕(燕王)으로 더브러 누통(漏通)ᄒᆞᆷ믈 표(表)를 지어 역뎡(驛丁)748)으로 보(報)ᄒᆞ니 졔(齊) 각노(閣老)와 황(黃) 승샹(丞相)이 졍(正)히 연왕(燕王)을 의심

---

745) 효측(效則): 효칙. 본받음. 주(周)나라의 주공(周公)이 조카 성왕(成王)을 보필하면서 섭정한 것을 본받으라는 말임.

746) 소진(蘇秦): 중국 전국 시대의 유세가(遊說家). 진(秦)에 대항하여 산동(山東)의 6국인 연(燕), 조(趙), 한(韓), 위(魏), 제(齊), 초(楚)의 합종(合從)을 설득함.

747) 댱의(張儀): 장의. 중국 전국 시대 위(魏)나라의 유세가(遊說家). 진(秦)나라의 재상이 되어 연횡책을 6국에 유세(遊說)하여 진나라에 복종하도록 힘씀.

748) 역뎡(驛丁): 역정. 역에서 부역하던 장정.

(疑心)홀 ᄎ(次)의 이 말을 듯고 대경(大驚)ᄒ야 공ᄉ(公使)749)를 금
쥐(錦州ㅣ)로 ᄂ리와 니 혹ᄉ(學士)를 본관(本官)의 가도와 실상(實
狀)을 츄문(推問)750)ᄒ라 ᄒ니 ᄌᄉ(刺史ㅣ) 공ᄎ(公差)751)를 발(發)
ᄒ야 니 혹ᄉ(學士)를 잡으니 슈빅(數百) 형니(刑吏)와 나졸(羅卒)752)
들이 집을 둘너빳ᄂ다라 던 부인(夫人)이 쳔만무망(千萬無妄)753)의
이 화(禍)를 만나 대경창황(大驚倉黃)ᄒ야 붓들고 실셩통곡(失聲痛
哭)ᄒ니 혹ᄉ(學士)ᄂ 스스로 짐쟉(斟酌)ᄒ미 이셔 모친(母親)을 붓
드러 위로(慰勞) 왈(曰),

"쇼ᄌ(小子ㅣ) 됴뎡(朝廷)의 지은 죄(罪) 업ᄉ니 본관(本官)이 잡을
연괴(緣故ㅣ) 업ᄉ되 헤아리건되 모

• • •

116면

일(某日)의 연왕(燕王)이 니ᄅ러 계시더니 간인(奸人)이 틈을 여은가
시브나 텬의(天意) 이미(曖昧)ᄒ믈 슬필 거시니 모친(母親)은 방심
(放心)ᄒ소셔."

드듸여 하딕(下直)고 공ᄎ(公差)를 ᄯ올와 아듕(衙中)의 니ᄅ니 ᄌᄉ
(刺史) 좌긔(坐起)ᄒ고 경ᄉ(京師) 됴셔(詔書)를 뵈고 연왕(燕王)을
누통(漏通)ᄒ믈 뭇ᄂ다라 혹ᄉ(學士ㅣ) 안식(顔色)을 블변(不變)ᄒ고
우어 ᄀ로되,

---

749) 공ᄉ(公使): 공사. 공적 사신.
750) 츄문(推問): 추문. 어떤 사실을 자세히 캐며 꾸짖어 물음.
751) 공ᄎ(公差): 공차. 관아에서 파견하던 사자(使者).
752) 나졸(羅卒): 관아에 속한 사령(使令)과 군뢰(軍牢)를 통틀어 이르는 말.
753) 쳔만무망(千萬無妄): 천만무망. 별 생각이 없이 있는 상태.

"흑싱(學生)이 비록 블툐(不肖)ᄒ나 엇디 외국(外國) 번왕(藩王)을 브러 누통(漏通)ᄒ며 ᄯ 무슴 비밀(秘密)ᄒ 쇠를 의논(議論)ᄒ리오? 모일(某日)의 과연(果然) 연왕(燕王) 뎐해(殿下ㅣ) 필마(匹馬)로 니르샤 텬지(天子ㅣ) 이러툿 의심(疑心)ᄒ시니 피화(避禍)ᄒ 도리(道理)를 뭇거늘 흑싱(學生)이 무계(無計)754)ᄒ므로 딕(對)ᄒ니 실망(失望)ᄒ야 ᄒ시다가 야간(夜間)의 홀연(忽然) 듕풍(中風)ᄒ야 도라가시니 다시 아디 못ᄒᄂ이다."

조소(刺史ㅣ) ᄯ흔 흑소(學士ㅣ) 졍직(正直)ᄒ

• • •

117면

줄 아ᄂ디라 즉시(卽時) 옥(獄)의 가도고 흑소(學士)의 원졍(原情)755)을 벗겨 경소(京師)의 쥬문(奏聞)756)ᄒ니 텬지(天子ㅣ) 소(使)를 연부(燕府)의 보닉샤 연왕(燕王)이 진짓 듕풍(中風)ᄒ엿ᄂ가 실상(實狀)을 아라 오라 ᄒ시니 소(使ㅣ) 연국(燕國)의 니르러 보니 왕(王)이 임의 입이 기울고 핫오슬 닙고 화로(火爐)블을 씌고 막대를 집허 치워라 ᄒ고 말을 변변이 못ᄒᄂ디라 소(使ㅣ) 도라와 이딕로 주(奏)ᄒ니 됴뎡(朝廷)이 잠간(暫間) 방심(放心)ᄒ고 텬지(天子ㅣ) 니 흑소(學士)를 노하 탁용(擢用)757)코져 ᄒ시거늘 제태(齊泰) 굴오딕,

"연왕(燕王)이 비록 듕풍(中風)ᄒ여시나 니현이 신단명소(新進名士)758)로 번왕(藩王)을 소괴여 빈 "(頻頻) 왕릭(往來)ᄒ 죄(罪) 비경

---

754) 무계(無計): 계책이 없음.
755) 원졍(原情): 원정. 관아에 억울한 사정을 하소연하거나, 또는 그러한 내용을 적은 글.
756) 쥬문(奏聞): 주문. 임금에게 아룀.
757) 탁용(擢用): 발탁해 씀.

(非輕)ᄒ니 가(可)히 아조 샤(赦)튼 못ᄒ리니 슬피쇼셔."

텬ᄌᆞ(天子ㅣ) 윤종(允從)ᄒ시니 금의위(錦衣衛) 즉시(卽時) 산동(山東) 낙안쥐(樂安州ㅣ)759) 빈쇼(配所)를 뎡(定)ᄒ여 금쥐(錦州ㅣ)로 압

•••

118면

녕(押領)760)ᄒ야 갈ᄉᆡ 혹ᄉᆞ(學士ㅣ) 무ᄉᆞ(無事)히 노히니 깃브나 연고(緣故)를 몰나 공ᄎᆞ(公差)ᄃ려 므르니 공ᄎᆞ(公差) 연왕(燕王)이 듕풍(中風)ᄒ여시믈 드른 대로 일〃(一一)히 젼(傳)ᄒ니 혹ᄉᆞ(學士ㅣ) 당초(當初) 연왕(燕王)이 텬명(天命) 바다시믈 아나 오히려 적은 거슬 춤고 큰 ᄯᅳᆺ이 이시믈 보려 이 계교(計巧)를 일넛더니 ᄎᆞ언(此言)을 듯고 심하(心下)의 싱각ᄒᆞ디,

'사ᄅᆞᆷ이 지극(至極)히 춤디 못ᄒᆞᆯ 거슨 극(極)히 치움과 극(極)히 더오미라. 이제 연왕(燕王)이 모질이 더온 거슬 혜디 아니〃 므춤ᄂᆡ 대업(大業)을 일워 일셰(一世)의 명군(明君)이 되리로다.'

인(因)ᄒ야 쵸챵(怊悵)761)ᄒ고 집의 니르러 모친(母親)긔 하딕(下直)ᄒ니 ᄎᆞ시(此時) 딘 부인(夫人)이 ᄋᆞ지(兒子ㅣ) 취옥(就獄)762)ᄒᆞ므로브터 무ᄉᆞ(無事)히 노히믈 하늘긔 츅슈(祝手)ᄒᆞ더니 이제 비록 옥(獄) 밧긔 나나 만(萬) 리(里)의 니별(離別)을 슬

---

758) 신딘명ᄉᆞ(新進名士): 신진명사. 새로 벼슬에 오른 이름난 선비.
759) 낙안쥐(樂安州ㅣ): 낙안주. 한나라의 수도로 현재 중국 산동성의 혜민현에 해당하는 지역.
760) 압녕(押領): 압령. 죄인을 맡아서 데리고 옴.
761) 쵸챵(怊悵): 초창. 슬퍼함.
762) 취옥(就獄): 취옥. 감옥에 들어감.

허 눈믈을 흘리더니 혹시(學士ㅣ) 이에 니르러는 부인(夫人)이 붓들고
무슈(無數)이 우러 말을 일우지 못ᄒ니 혹시(學士ㅣ) ᄯᅩᄒᆫ ᄌᆞ긔(自己)
와 모친(母親)이 갓초 비환(悲患)763)을 겻거 외로이 의지(依支)ᄒ야
지니더니 이제 만(萬) 리(里) 외(外)에 분슈(分手)764)ᄒ게 되니 심ᄉᆞ
(心事ㅣ) 이연(哀然)ᄒ나 겨유 춤고 모친(母親)을 위로(慰勞) 왈(曰),

"ᄒᆡ이(孩兒ㅣ) 비록 나라히 죄(罪)를 어더 시외(塞外)765)예 젹거
(謫居)766)ᄒ나 수이 회환(回還)ᄒ미 이시리니 모친(母親)은 믈우(勿
憂)767)ᄒ쇼셔."

부인(夫人)이 오열(嗚咽)768) 왈(曰),

"너 널로 더브러 쳔신만고(千辛萬苦)769)를 겻거 겨유 고향(故鄉)
의 도라와 모ᄌᆞ(母子ㅣ) 외로이 의지(依支)ᄒ여 셰월(歲月)을 지니더
니 네 이제 쳥슈(淸秀)770)ᄒᆫ 긔딜(氣質)노 시외(塞外)에 원뎍(遠
謫)771)ᄒ야 슈뢰(脩路ㅣ)772) 익디 못ᄒ니 부디(扶持)ᄒ여 모ᄌᆞ(母子
ㅣ) 못기를 밋디 못ᄒᆯ다. 나의 신셰(身世)를 싱각ᄒ매 엇디 슬

___

763) 비환(悲患): 슬픔과 근심.
764) 분슈(分手): 분수. 손을 나누다는 뜻으로 이별을 이름.
765) 시외(塞外): 새외. 변방.
766) 젹거(謫居): 귀양 가 삶.
767) 믈우(勿憂): 물우. 걱정하지 맒.
768) 오열(嗚咽): 목메어 욺.
769) 쳔신만고(千辛萬苦): 천신만고. 천 가지 매운 것과 만 가지 쓴 것이라는 뜻으로,
온갖 어려운 고비를 다 겪으며 심하게 고생함을 이르는 말.
770) 쳥슈(淸秀): 청수. 맑고 빼어남.
771) 원뎍(遠謫): 원적. 멀리 귀양 감.
772) 슈뢰(脩路ㅣ): 수로. 먼 길.

프디 아니며 너를 일시(一時)만 못 보와도 그리믈 춤디 못ᄒᆞ던디 일됴(一朝)의 만(萬) 리(里)의 보니고 모들 긔약(期約)을 뎡(定)티 못ᄒᆞ니 이 모음을 어디 지향(指向)ᄒᆞ리오?"

흑ᄉᆞ(學士ㅣ) 모친(母親) 거동(擧動)을 보매 혼갓 모즈(母子)의 니별(離別)을 슬플 분 두로 형셰(形勢) 위란(危亂)ᄒᆞ믈 싱각고 모친(母親)의 통상(痛傷)773) ᄒᆞᆯ 일을 헤아리니 심댱(心臟)이 부야ᄂᆞᆫ 듯 능(能)히 위로(慰勞)ᄒᆞᆯ 말이 업서 관(冠)을 수기고 옥면(玉面)의 눈믈이 비 오듯 ᄒᆞ니 이셔 모즈(母子)의 고〃혈혈(孤孤子子)774)이 비통(悲痛)ᄒᆞᆫ 믄 일월(日月)이 비출 굼초ᄂᆞᆫ디라 좌우(左右) 시쳡(侍妾)이 눈믈을 금티 못ᄒᆞᆫ디라. 부인(夫人)이 반향(半晑)이 지나매 겨유 강잉(强仍)ᄒᆞ야 안슈(眼水)ᄅᆞᆯ 거두고 흑ᄉᆞ(學士)ᄅᆞᆯ 위로(慰勞)ᄒᆞ야 ᄀᆞᆯ오디,

"늬 ᄋᆞ히 즈쇼(自少)로 글을 닑어 대톄(大體)775)ᄅᆞᆯ 알리니

ᄋᆞ녀즈(兒女子)의 우룸을 그티고 무ᄉᆞ(無事)이 힝(行)ᄒᆞ야 타일(他日) 모지(母子ㅣ) 못기를 기ᄃᆞ리고 과도(過度)이 샹회(傷懷)776)티 말나."

흑ᄉᆞ(學士ㅣ) 눈믈을 거두고 ᄇᆡ샤(拜謝) 왈(曰),

---

773) 통상(痛傷): 통상. 몹시 슬퍼하고 아프게 여김.

774) 고〃혈혈(孤孤子子): 외로움.

775) 대톄(大體): 대체. 중요한 의리.

776) 샹회(傷懷): 마음속으로 애통히 여김.

"삼가 ᄌᆞ교(慈敎)777)를 잇디 아니리니 원(願)컨딕 모친(母親)은 히 익(孩兒ㅣ) 업ᄉᆞ므로써 과상(過傷)티 마ᄅᆞ셔 쳔(千) 리(里)의 ᄇᆞ라ᄂᆞᆫ 히ᄋᆞ(孩兒)의 ᄆᆞ음을 안상(安詳)778)키 ᄒᆞ쇼셔."

부인(夫人)이 뎜두(點頭)779) 왈(曰),

"닉 ᄯᅩ 잇디 아니리라."

이러구러 날이 느ᄌᆞ니 공ᄎᆞ(公差)780) 직쵹(催促)ᄒᆞᄂᆞᆫ디라 부인(夫人)이 잔(盞)을 부어 혹ᄉᆞ(學士)를 주며 왈(曰),

"네 모로미 외로온 어미를 싱각ᄒᆞ여 타일(他日) 형ᄉᆞᆨ(形色)781)이 안연(晏然)782)ᄒᆞ야 니ᄅᆞ기를 원(願)ᄒᆞ노라."

혹ᄉᆞ(學士ㅣ) ᄎᆞ마 먹디 못ᄒᆞ야 눈믈이 잔(盞) 가온딕 ᄶᅥ러디니 강 잉(强仍)ᄒᆞ야 잔(盞)을 거후ᄅᆞ고783) 니러 졀ᄒᆞ야 하딕(下直)고 셤784) 을 ᄂᆞ리니 부인(夫人)이 ᄯᅡ라 나와 손을 잡아

· ● ●

122면

ᄎᆞ마 노티 못ᄒᆞ니 혹ᄉᆞ(學士ㅣ) 심간(心肝)이 타ᄂᆞᆫ ᄃᆞᆺᄒᆞ나 구디 ᄎᆞ마 위로(慰勞)ᄒᆞ고 문(門)을 나니 부인(夫人)이 실셩대곡(失聲大哭)785)ᄒᆞ

---

777) ᄌᆞ교(慈敎): 자교. 어머니의 가르침.

778) 안상(安詳): 안상. 평안하고 고요함.

779) 뎜두(點頭): 점두. 고개를 끄덕임.

780) 공ᄎᆞ(公差): 공차. 관아나 궁가에서 파견하던 사자. 관리.

781) 형ᄉᆞᆨ(形色): 형색. 얼굴빛과 표정.

782) 안연(晏然): 안녕(安寧).

783) 거후ᄅᆞ고: 기울이고.

784) 셤: 섬. 돌층계의 계단.

785) 실셩대곡(失聲大哭): 실성대곡. 목 놓아 크게 통곡함. 실성은 너무 슬피 울어 소 리가 나지 않음을 이르는 말.

고 침셕(寢席)의 업더져 인亽(人事)를 모르니 모든 복뷔(僕夫丨) 위로(慰勞)ᄒᆞ여 일월(日月)을 디닉더라.

혹亽(學士丨) 모친(母親)을 니별(離別)ᄒᆞ고 믈긔 올나 공치(公差)를 ᄯᆞ라 적소(謫所)로 향(向)홀시 모친(母親)의 고혈(孤孑)ᄒᆞ시믈 싱각고 심亽(心事丨) 쳐초(凄楚)786)ᄒᆞ야 즈긔(自己) 고독(孤獨) 일신(一身)으로 ᄒᆞᆫ 낫 형뎨(兄弟) 업서 심亽(心事)를 위로(慰勞)ᄒᆞ디 못ᄒᆞ고 모친(母親)의 통샹(痛傷)ᄒᆞ시믈 亽상(思想)ᄒᆞ매 식음(食飮)이 마시 업서 울"(鬱鬱)ᄒᆞᆫ 듕(中) 젼뇌(前路丨) 험악(險惡)ᄒᆞ고 풍퇴(風土丨) 亽오나오니 혹亽(學士丨) 긔딜(氣質)이 쳥수(淸秀)ᄒᆞᆫ디라 능(能)히 견듸디 못ᄒᆞᆯ러라. 쳔신만고(千辛萬苦)ᄒᆞ야 동경(東京)의 니르니 낙안쥐(樂安州丨) 수삼(數三) 일(日)은 가렷ᄂᆞᆫ디라. 혹亽(學士丨) 폐간(肺肝)이

• • •

123면

샹(傷)ᄒᆞ여 평안(平安)ᄒᆞᆫ 집을 어더 두어 날 쉬여 가고져 ᄒᆞ야 ᄒᆞᆫ 집의 드러가니 이 곳 소 쳐亽(處士) 집이라. 쳐亽(處士丨) 갈건야복(葛巾野服)787)으로 마ᄌᆞ 초당(草堂)의 드러가 빈쥬지녜(賓主之禮)788)를 파(罷)ᄒᆞᆫ 후(後) 쳐亽(處士丨) 니 혹亽(學士)의 풍도(風度)789)를 보고 크게 놀나 몬져 므르디,

"노인(老人)은 궁촌벽읍(窮村僻邑)790)의 무용지인(無用之人)791)이

---

786) 쳐초(凄楚): 처초. 마음이 아프고 슬픔.

787) 갈건야복(葛巾野服): 은사(隱士)의 두건과 옷.

788) 빈쥬지녜(賓主之禮): 빈주지례. 손님과 주인의 예.

789) 풍도(風度): 풍채와 태도.

790) 궁촌벽읍(窮村僻邑): 궁벽한 마을과 후미진 고을이라는 뜻으로 외딴 시골을 이르는 말.

라. 귀개(貴家 |) 어느 곳으로조촌 왕굴(枉屈)⁷⁹²⁾ᄒ시뇨?"

혹식(學士 |) 빈샤(拜謝) 왈(曰),

"쇼싱(小生)은 금쥐인(錦州 | 人)으로 마춤 됴뎡(朝廷)의 죄(罪)를 어더 낙안쥐(樂安州 |) 뎍거(謫居)ᄒ매 이향(異鄉) 스룸이 풍상(風霜)⁷⁹³⁾을 이긔디 못ᄒ고 뎜듕(店中)이 분요(紛擾)⁷⁹⁴⁾ᄒᄆ로 안졍(安靜)⁷⁹⁵⁾ᄒ 집을 어더 조셥(調攝)⁷⁹⁶⁾고져 ᄒ야 귀퇴(貴宅) 문뎡(門庭)⁷⁹⁷⁾을 어즈러이ᄂᆞ이다."

쳐식(處士 |) 손샤(遜辭)⁷⁹⁸⁾ᄒ고 셕식(夕食)을 ᄌ초와 딕졉(待接)ᄒ고 긱실(客室)을 셔르뎌 혈슉(歇宿)⁷⁹⁹⁾게 ᄒ니라.

ᄌ셜(再說). 뉴 쇼졔(小姐 |) 소 쳐ᄉ(處士) 집의 이

● ● ●

124면

션 디 삼(三) 년(年)이 되도록 금쥐(錦州 |) 쇼식(消息)을 듯디 못ᄒ니 일야(日夜) 심식(心事 |) 울〃(鬱鬱)ᄒ고 부친(父親) 삼년(三年)⁸⁰⁰⁾을 지닉매 더옥 슬푸믈 이긔디 못ᄒ야 비록 최복(縗服)을 버스나 믹양(每樣) 흰 오ᄉᆞᆯ 입고 일월(日月)을 보닉매 무빵(無雙)ᄒ 광

---

791) 무용지인(無用之人): 쓸모없는 사람. 여기에서는 자신을 낮추어 표현하기 위해 쓰임.
792) 왕굴(枉屈): 남이 자기 있는 곳으로 찾아옴을 높여 이르는 말. 왕림(枉臨).
793) 풍상(風霜): 바람과 서리라는 뜻으로 고생을 이름.
794) 분요(紛擾): 어수선하고 소란스러움.
795) 안정(安靜): 안정. 편안하고 고요함.
796) 조섭(調攝): 조섭. 조리.
797) 문뎡(門庭): 문정. 대문이나 중문 안에 있는 뜰. 여기에서는 집을 이름.
798) 손샤(遜謝): 손사. 겸손히 사례함.
799) 혈슉(歇宿): 헐숙. 어떤 곳에 대어 쉬고 숙박함.
800) 삼년(三年): 삼년상(三年喪).

치(光彩) 결우리 업스니 쳐스(處士)는 신명(神明)흔 사름이라 처음브
터 녀진(女子ㅣ) 줄 아라보나 그 남장(男裝)흔 연고(緣故)를 몰나 쥬
뎌(躊躇)[801]ᄒ더니, 일〃(一日)은 쇼졔(小姐ㅣ) 고향(故鄕)을 싱각고
아연(俄然)[802]이 초창(怊悵)[803]ᄒ거늘 쳐시(處士ㅣ) 문왈(問日),

"금쥐(錦州ㅣ)는 그듸 친척(親戚)이 잇ᄂ냐? 눌을 의지(依支)ᄒ랴
가려 ᄒᄂ뇨?"

쇼졔(小姐ㅣ) 디왈(對日),

"굿투야 친척(親戚)이 업스듸 쏘흔 의지(依支)홀 사름이 잇ᄂ니이다."

쳐시(處士ㅣ) 잠쇼(潛笑) 왈(日),

"아니 존스(尊士)[804]의 구개(舅家ㅣ)시냐?"

쇼졔(小姐ㅣ) 경괴(驚怪)[805]ᄒ야 츄파(秋波)[806]를 ᄂ초고 브답(不
答)이어

● ● ●

125면

눌 소 쳐시(處士ㅣ) 문왈(問日),

"늬 비록 사름 아ᄂ 눈이 밝지 못ᄒ나 그듸 거동(擧動)이 결연(決
然)이 남진(男子ㅣ) 아니오 녀진(女子ㅣ)라. 아디 못게라, 므슴 연고
(緣故)로 변탁뉴리(變着流離)[807]ᄒ미 잇ᄂ뇨?"

---

801) 쥬뎌(躊躇): 주저. 머뭇거리거나 망설임.

802) 아연(俄然): 급작스러운 모양.

803) 초창(怊悵): 슬퍼함.

804) 존스(尊士): 존사. 상대 남자를 높여 부르는 말.

805) 경괴(驚怪): 놀라고 부끄러움.

806) 츄파(秋波): 추파. 여자의 아름다운 눈짓.

807) 변탁뉴리(變着流離): 변착유리. 옷을 바꿔 입고 길에서 헤맴.

쇼졔(小姐ㅣ) 듯기룰 맛ᄎ매 쳐ᄉ(處士)의 신명(神明)ᄒ미 ᄌ가(自家)의 본젹(本迹)을 ᄉ못 알믈 보고 다시 긔일808) 말이 업서 이에 피셕(避席)809) 읍왈(揖曰),

"쳡(妾)의 소회(所懷)ᄂ 실(實)노 할 곳이 업ᄉ므로 음양(陰陽)을 밧고와 도로(道路)의 뉴리(流離)ᄒ나 건곤(乾坤)을 속인 죄(罪) 텬디(天地)의 용납(容納)디 못ᄒ지라. 슉야(夙夜)810) ᄆ음이 심연박빙(深淵薄氷)811) ᄀᆺ더니 금일(今日) 대인(大人)이 밝히 비최시니 엇디 긔이리잇고? 쳡(妾)은 과연(果然) 셔경(西京) 뉴 쳐ᄉ(處士)의 ᄯᆯ이라. 블힝(不幸)ᄒ야 강보(襁褓)의 ᄌ모(慈母)룰 여희고 튱812)년(沖年)813)의 츌가(出嫁)814)ᄒ야 가친(家親)이 ᄂ히 어리다 ᄒ야 본가(本家)의 두엇

••

126면

더니 거년(去年)의 가부(家夫) 니현이 경ᄉ(京師)의 과거(科擧) 보라 간 ᄉ이예 가친(家親)을 여희니 계뫼(繼母ㅣ) 다른 ᄯᆺ을 두ᄂ디라 브득이(不得已) 남의(男衣)룰 ᄀᆡ쟝(改裝)815)ᄒ고 집을 ᄯ나 두로 뉴리분주(流離奔走)816)ᄒ야 졀강(浙江)817) 소흥부(紹興府)818)의셔 일(一)

---

808) 긔일: 속일.

809) 피셕(避席): 피석. 웃어른에게 공경을 표시하기 위해 앉았던 자리에서 일어남.

810) 슉야(夙夜): 숙야. 이른 아침과 깊은 밤.

811) 심연박빙(深淵薄氷): 깊은 못과 얇은 얼음이라는 뜻으로, 매우 위험해 조마조마함을 이르는 말.

812) 튱: [교] 원문에는 '듕'으로 되어 있으나 오기로 보임.

813) 튱년(沖年): 충년. 열 살 안팎의 어린 나이.

814) 츌가(出嫁): 출가. 시집을 감.

815) ᄀᆡ쟝(改裝): 개장. 바꿔 입음.

816) 뉴리분주(流離奔走): 유리분주. 길 위에서 헤매며 돌아다님.

년(年)을 지니고 마춤 친척(親戚)을 만나 가뷔(家夫ㅣ) 등과(登科)ㅎ
믈 알고 반젼(盤纏)819)을 비러 경ᄉ(京師)의 니르니 가뷔(家夫ㅣ) 부
상(父喪)을 만나 금쥐(錦州ㅣ) 고향(故鄉)의 시묘(侍墓)ᄒ다 ᄒ니 ᄎ
ᄌ가다가 길흘 그릇 드러 이에 니르과이다."

쳐시(處士ㅣ) 텽파(聽罷)의 믄득 하셕(下席)820) 빙샤(拜謝) 왈(曰),
"쇼져(小姐)의 졍시(情事ㅣ)821) 이러틋 ᄒ도소이다. 셔경(西京) 뉴
쳐ᄉ(處士) 녜(女ㅣ)라 ᄒ시니 명직(名字ㅣ)822) 뉘니잇가?"

쇼제(小姐ㅣ) 딕왈(對曰),
"뫼(某ㅣ)823)시거니와 대인(大人)이 엇디 아르시ᄂ뇨?"

쳐시(處士ㅣ) 참연(慘然) 왈(曰),
"노뷔(老夫ㅣ)824) 모년(某年)의 유산(遊山)ᄒ야 셔경(西京) 텬탕산
의 가셔 녕존대

...

127면

인(令尊大人)825)을 만나니 긔상(氣像)과 힝동거디(行動擧止) 개셰군

---

817) 절강(浙江): 절강. 절강성(浙江省). 중국 동남부의 동중국해 연안에 있는 성. 고대
    월나라의 땅이었으며, 성도(省都)는 항주(杭州).
818) 소흥부(紹興府): 절강성 동부에 있는 곳으로, 바다와 강으로 둘러싸인 대도회지.
819) 반젼(盤纏): 반전. 여비. 노자.
820) 하셕(下席): 하석. 자리에서 내려옴.
821) 졍시(情事ㅣ): 정사. 실정(實情).
822) 명직(名字ㅣ): 명자. 사람의 이름 글자.
823) 뫼(某ㅣ): 모. 예전에 아버지나 스승의 이름을 상대에게 말할 때 직접적인 언급을
    삼가고 '모(某)'라 이름.
824) 노뷔(老夫ㅣ): 늙은 남자가 자기를 낮추어 부르는 말.
825) 녕존대인(令尊大人): 영존대인. 남의 아버지를 높여 부르는 말.

지(蓋世君子ㅣ)826)라. 노뷔(老夫ㅣ) 흠복(欽服)827)ㅎ믈 이긔디 못ㅎ야 수일(數日)을 흔가지로 유람(遊覽)ㅎ야 평싱(平生) 디긔(知己)를 니르더니 엇디 발셔 기셰(棄世)ㅎ실 줄 알리오? 금일(今日) 쇼져(小姐)로 더브러 만나미 션쳐스(先處士)828) 직텬지령(在天之靈)829)이 도으시믈 가(可)히 알니로소이다."

쇼졔(小姐ㅣ) 누슈(淚水)를 쓰려 왈(曰),

"쳡(妾)이 금일(今日) 망친(亡親)의 익우(益友)830)를 만나 셕스(昔事)831)를 드르니 비회(悲懷) 근졀(懇切)ㅎ도소이다. 연(然)이나 쳡(妾)의 거취(去就)832) 난쳐(難處)ㅎ미 심(甚)흔디라. 대인(大人) 명교(名敎)를 드러 쳐소(處所)를 뎡(定)코져 ㅎ느이다."

쳐시(處士ㅣ) 왈(曰),

"쇼졔(小姐ㅣ) 규듕(閨中) 녀즈(女子)로 셰(勢) 브득이(不得已) 남쟝(男裝)을 ㅎ고 단녀시나 이제 노부(老夫)의 집의 이셔는 남쟝(男裝)을 ㅎ고 외인(外人)을 보미 가(可)티 아닌디라 의복(衣服)을 ᄀᆞ르시고 안졍(安靜)이 머므러 혹(或) 쩍

•••

128면

를 기드려 금쥐(錦州ㅣ)로 쇼식(消息)을 통(通)ㅎ미 가(可)ㅎ니 노뷔

---

826) 개셰군직(蓋世君子ㅣ): 개세군자. 기상이 세상을 뒤엎을 만한 군자.

827) 흠복(欽服): 마음 속 깊이 존경하여 복종함.

828) 션쳐스(先處士): 선처사. 돌아가신 처사.

829) 직텬지령(在天之靈): 재천지령. 하늘에 있는 혼령.

830) 익우(益友): 사귀어 유익함이 있는 벗.

831) 셕스(昔事): 석사. 예전의 일.

832) 거취(去就): 거취. 가거나 다니거나 하는 움직임.

(老夫ㅣ) 나히 늘고 노쳬(老妻ㅣ) 병(病)들고 외로오니 허믈 업셔이다. 노뷔(老夫ㅣ) 쇼져(小姐)를 뫼셔 금쥐(錦州ㅣ) 보닉고 시브틱 거마(車馬)를 조비(造備)833)홀 길히 업스니 가탄(可歎)이로소이다.”

쇼졔(小姐ㅣ) 피셕(避席) 빅샤(拜謝) 왈(曰),

“풍진(風塵)의 뉴리(流離)혼 인싱(人生)이 대인(大人)의 이러틋 익휼(愛恤)834)ᄒ시믈 밧ᄌ오니 싱아쟈(生我者)는 부뫼(父母ㅣ)오 지싱쟈(再生者)는 대인(大人)이라.835) 셰〃싱〃(世世生生)836)의 채를 잡아837) 은혜(恩惠) 갑기를 싱각홀 ᄯ름이로소이다.”

쳐시(處士ㅣ) 블열(不悅) 왈(曰),

“쇼졔(小姐ㅣ) 엇디 이런 용쇽(庸俗)838)혼 말을 ᄒᄂ뇨? 노뷔(老夫ㅣ) 비록 블민(不敏)839)ᄒ나 이런 일의 치샤(致謝)840) 바다믈 아쳐841)ᄒ는 배오 ᄒ믈며 쇼져(小姐)는 벗의 ᄌ식(子息)이라 환난(患難)의 붓드러 구(救)ᄒ미 당〃(堂堂)ᄒ니 엇디 샤례(謝禮)ᄒ리오?”

쇼졔(小姐ㅣ) 블승샹감(不勝傷感)842)ᄒ

---

833) 조비(造備): 만들어 갖춤.

834) 익휼(愛恤): 애휼. 불쌍히 여기어 은혜를 베풂.

835) 싱아쟈(生我者)는 부뫼(父母ㅣ)오 지싱쟈(再生者)는 대인(大人)이라: 생아자는 부모요 재생자는 대인이라. '나를 낳아 주신 분은 부모요, 다시 살린 분은 대인입니다.'의 뜻.

836) 셰〃싱〃(世世生生): 세세생생. 몇 번이든지 다시 환생하는 일. 불교에서 윤회의 형태를 이름.

837) 채를 잡아: 채는 '키'를 의미함. '기추(箕帚)를 잡다'의 의미. 기추란 키와 빗자루로, 원래 아내가 키와 빗자루를 가지고 집안일을 하므로 이는 곧 '아내가 됨'을 의미하는 말인데 여기에서는 집안일을 맡아서 하겠다는 뜻으로 쓰인 듯함.

838) 용쇽(庸俗): 용속. 용렬하고 속됨.

839) 블민(不敏): 불민. 어리석고 둔하여 재빠르지 못함.

840) 치샤(致謝): 치사. 고마움을 나타냄.

841) 아쳐: 싫어함.

842) 블승샹감(不勝傷感): 불승상감. 슬픔을 이기지 못함.

야 이에 흰 치마와 흰 오스로 의복(衣服)을 굴고 안히 드러가 쳐스
(處士) 부인(婦人)긔 뵐시 쳐시(處士ㅣ) 부인(夫人)드려 연고(緣故)를
니르니 부인(夫人) 노 시(氏) 크게 블샹이 너기고 그 지용(才容)843)
을 탄복(歎服)ᄒ야 스랑ᄒ미 긔츌(己出)844) ᄀᆞᆺ더라.

쳐시(處士ㅣ) 다시 문왈(問曰),

"쇼졔(小姐ㅣ) 부상(父喪)이 지낫거늘 엇디 쇼복(素服)을 ᄒᆞᄂᆞ뇨?"

쇼졔(小姐ㅣ) 우러 왈(曰),

"인직(人子ㅣ) 삼년(三年) 거려(居廬)845)ᄒ야 최마(縗麻)846) 쳘듁
(啜粥)847)ᄒᄆᆞᆫ 뎟〃ᄒᆞᆫ 법(法)이오 ᄯᅩ 화란(禍亂)의 분주(奔走)ᄒ야 존
구(尊舅) 삼상(三喪)을 아디 못ᄒ니 인뉸(人倫)의 죄인(罪人)이라. 츠
고(此故)로 가부(家夫)를 만나는 날 최복(縗服)을 버스리니 쇼쳡(小
妾)이 혼자 이셔는 벗디 못홀소이다."

쳐시(處士ㅣ) 감탄(感歎)ᄒᄆᆞᆯ 마디아니ᄒᆞ더라.

쇼졔(小姐ㅣ) 츠후(此後) 고요히 이셔 쳐스(處士) 부〃(夫婦)의 의
식(衣食)을 스스로 다스려 밧들고 됴셕(朝夕) 찬픔(饌品)848)을 맛보
와 부모(父母) 셤기듯

---

843) 지용(才容): 재용. 재주와 용모.
844) 긔츌(己出): 기출. 자기가 낳은 자식.
845) 거려(居廬): 상제가 무덤 가까이 지은 누추한 초막에서 머무는 일.
846) 최마(縗麻): 부모, 조부모, 증조부모, 고조부모의 상중에 입는 상복인 베.
847) 쳘듁(啜粥): 철죽. 죽을 먹음.
848) 찬픔(饌品): 반찬.

ᄒ니 쳐ᄉ(處士ㅣ) 지극(至極) 공경(恭敬)ᄒ고 노 부인(夫人)이 감샤
(感謝)ᄒ믈 이긔디 못ᄒ더라.

광음(光陰)이 신쇽(迅速)ᄒ야 쳐ᄉ(處士) 집의 이션 디 삼(三) 년
(年)이 되나 금쥐(錦州ㅣ) 쇼식(消息)을 드롤 길히 업ᄉ니 쇼졔(小姐
ㅣ) 댱탄(長歎)ᄒ야 침식(寢食)이 ᄃ디 아니ᄒ더니, 일ᄼ(一日)은 ᄌ
긔(自己) 침소(寢所)의셔 침션(針線)을 다ᄉ리다가 곤(困)ᄒ야 창젼
(窓前)의 지혀849) 잠간(暫間) 조으더니 홀연(忽然) 뉴 쳐ᄉ(處士ㅣ)
니르러 손을 잡고 닐오ᄃ,

"닉 아히ᄂ 밧긔 왓ᄂ 긱(客)을 아ᄂ다?"

쇼졔(小姐ㅣ) 다시 뭇고져 ᄒ 츠(次) 씩드르니 남가일몽(南柯一夢)
이라. 심듕(心中)의 의아(疑訝)ᄒ야 듕당(中堂)850)의 가 쳐ᄉ(處士)다
려 뭇고져 ᄒ더니 쳐ᄉ(處士ㅣ) 홀연(忽然) 미우(眉宇)851)의 희ᄉ(喜
色)을 씌여 드러와 글오ᄃ,

"쇼졔(小姐ㅣ) 금일(今日) 고향(故鄉) 쇼식(消息)을 드롤 거시니 노
뷔(老夫ㅣ) 치하(致賀)ᄒᄂ이다."

쇼졔(小姐ㅣ) 경(驚) 문왈(問曰),

"셔경(西京)

---

849) 지혀: 의지하여.

850) 듕당(中堂): 중당. 집 중앙의 대청.

851) 미우(眉宇): 이마와 눈썹 언저리.

사룸이러니잇가?"

쳐시(處士ㅣ) 왈(曰),

"아니라. 금쥐(錦州ㅣ) 니현이로라 ᄒ고 됴뎡(朝廷)의 죄(罪) 어더 산동(山東)의 귀향(歸鄕) 가노라 ᄒ더이다."

쇼졔(小姐ㅣ) 텽파(聽罷)의 니싱(-生)인가 ᄒ디 쳐亽(處士)의 말이 모호(模糊)ᄒ니 다시 문왈(問曰),

"기인(其人)이 무ᄉᆞᆷ 벼슬 ᄒ여시며 부명(父名)은 무어시라 ᄒ더니잇가?"

쳐시(處士ㅣ) 왈(曰),

"ᄌᆞ시 뭇디 못ᄒ엿고 긱(客)이 풍상(風霜)의 샹(傷)ᄒ여 곤핍(困乏)852)ᄒ여 ᄒ니 셕식(夕食)이나 ᄒ여든 무러 보亽이다."

쇼졔(小姐ㅣ) 십분(十分) 의혹(疑惑)ᄒ여 유모(乳母)로 ᄒ여곰 긱실(客室)의 가 그 얼골을 보고 오라 ᄒ니 계홰 긱실(客室)의 니르러 보니 혹시(學士ㅣ) 풍토(風土)의 샹(傷)ᄒ야 녯날 옥안영풍(玉顔英風)853)이 바854)히855) 업서 병식(病色)이 은〃(隱隱)856)ᄒ고 구각(軀殼)857)이 쟝대(長大)ᄒ여시니 계홰 능(能)히 아라 보디 못ᄒ야 혹시(學士ㅣ) 십오(十五) 셰(歲) 젹 미기화(未開花)858) ᄀᆞᆺᄐᆞ야

---

852) 곤핍(困乏): 몹시 지쳐 고단함.
853) 옥안영풍(玉顔英風): 옥같은 얼굴과 영걸스러운 풍채.
854) 바: [교] 원문에는 '비'로 되어 있으나 오기로 보임.
855) 바히: 거의.
856) 은〃(隱隱): 성한 모양.
857) 구각(軀殼): 몸.
858) 미기화(未開花): 미개화. 아직 피지 않은 꽃.

풍치(風采) 발양(發揚)859)티 못ㅎ고 신댱(身長) 거디(擧止) ♀동(兒
童)의 틱(態)를 면(免)티 못ㅎ여 실 쩌나시니 도금(到今)ㅎ여 구각(軀
殼)이 댱대(長大)ㅎ며 도로(道路) 풍상(風霜)의 상(傷)ㅎ야시니 홰 능
(能)히 아라보디 못ㅎ야 드러가 고(告)ㅎ되,

"우리 샹공(相公)은 젼일(前日) 관옥(冠玉)860) 궃더니 이 노야(老
爺)ᄂᆞᆫ 구각(軀殼)이 댱대(長大)ㅎ고 안모(顔貌)861)의 혈싴(血色)이 업
셔 우리 샹공(相公)이 아니러이다."

쇼제(小姐ㅣ) 팀음(沈吟)ㅎ다가 골오되,

"니 군(君)이 젼일(前日) 옥면(玉面) 가시(佳士ㅣ)나 도금(到今)ㅎ
야 만리(萬里) 험노(險路)의 신고(辛苦)ㅎ니 또 엇디 옛 얼골이 이시
며 년긔(年紀) 츳시니 셕일(昔日) ♀틱(兒態) 이시리오?"

이리 니르며 심식(心事ㅣ) 번난(煩亂)862)ㅎ야 쳐스(處士)의 무러
오기를 기ᄃᆞ리더니, 추시(此時) 쳐시(處士ㅣ) 긱실(客室)의 나가 혹
스(學士)로 말ᄉᆞᆷ홀시 언추(言次)의 문왈(問曰),

"귀긱(貴客)이 일즉 무슴 벼

슬 ㅎ엿다가 므슴 일노 뎍거(謫居)ㅎ시ᄂᆞ뇨?"

---

859) 발양(發揚): 기운 따위가 떨쳐 일어남.
860) 관옥(冠玉): 관(冠)의 앞을 꾸미는 옥. 남자의 아름다움을 이르는 말.
861) 안모(顔貌): 얼굴의 생김새.
862) 번난(煩亂): 번란. 어지러움.

혹시(學士]) 되왈(對曰),

"쇼싱(小生)이 홍무(洪武)863) 말(末)의 등뎨(登第) ㅎ 야 한님혹시(翰林學士])러니 부상(父喪)을 만나 금쥐(錦州]) 가 시묘(侍墓) ㅎ 여 삼년(三年)을 지닉되 승됴(陞朝) ㅎ 시는 일이 업스니 노모(老母)로 더브러 님하(林下)의셔 한가(閑暇) 히 지닉더니 됴뎡(朝廷)의 죄(罪) 를 어더 산동(山東)의 적거(謫居) ㅎ 니 빅소(配所)로 향(向) ㅎ ᄂ이다."

쳐시(處士]) 고개 좃고 우(又) 왈(曰),

"녕대인(令大人)864) 휘지(諱字])865) 명이러니잇가?"

혹시(學士]) 경왈(驚曰),

"올커니와 존공(尊公)이 어이 아ᄅ시ᄂ니잇고?"

쳐시(處士]) 왈(曰),

"노부(老夫)의 아ᄅ미 존긱(尊客)의 친(親) ᄒ 사룸의게 드ᄅ미어니와 존긱(尊客)이 일즉 복듕(腹中)의 이실 적866) 녕당부인(令堂夫人)867)이 녕존(令尊)868)의게 츌화(黜禍)869)를 만나 셔경(西京)의 뉴락(流落) ㅎ 야 계시더냐?"

혹시(學士]) 대경(大驚) 왈(曰),

"니ᄅ시는 말삼과 ᄀᆺ거니와 대인(大人)

---

863) 홍무(洪武): 명나라 주원장(朱元璋: 1328~1398) 태조의 연호. 1368년부터 1398 년까지 31년간 쓰임.

864) 녕대인(令大人): 영대인. 남의 아버지를 높여 부르는 말.

865) 휘지(諱字]): 휘자. 이름자.

866) 적: [교] 원문에는 '걱'으로 되어 있으나 오기로 보임.

867) 녕당부인(令堂夫人): 영당부인. 영당은 자당(慈堂). 자당은 남의 어머니를 높여 부르는 말.

868) 녕존(令尊): 영존. 남의 아버지를 높여 부르는 말.

869) 츌화(黜禍): 출화. 쫓겨나는 화.

이 엇디 아르시느뇨?"

처시(處士ㅣ) 왈(曰),

"즈연(自然) 아랏거니와 존킥(尊客)이 셔경(西京) 뉴 처스(處士) 스
휠시 올흐냐?"

흑시(學士ㅣ) 더옥 놀라 왈(曰),

"연(然)커니와 대인(大人)이 엇던 사름의게 이러틋 즈시 드르시고
쇼싱(小生)의 가스(家事)를 즈시 무르시느니잇가?"

처시(處士ㅣ) 잠쇼(潛笑) 왈(曰),

"노뷔(老夫ㅣ) 또흔 알고져 흐는 일이 이셔 말이 만흐니 존킥(尊
客)은 고이(怪異)히 너기디 말라. 또 뭇느니 이제 뉴 처스(處士) 녀익
(女兒ㅣ) 존부(尊府) 듕(中)의 잇느냐?"

흑스(學士)는 본(本)딩 총명(聰明)흔디라 소 처스(處士) 말이 졈〃
(漸漸) 슈상(殊常)흐믈 보고 필연(必然) 뉴 시(氏)의 거쳐(居處)를 아
는 듯흔디라 의심(疑心)이 업디 못흐여 딩왈(對曰),

"쇼싱(小生)이 뉴 시(氏)로 더브러 녜(禮)를 일위고 경스(京師)로
과거(科擧) 보라 간 스이예 뉴 시(氏) 계뫼(繼母) 다른 뜻을 두니 뉴
시(氏) 브득이(不得已) 남

의(男衣)를 기착(改着)흐고 도주(逃走)흐다 흐디 지금(只今) 거쳐(居
處)를 모르거니와 대인(大人)의 드르신 곳이 엇던 사름이니잇고?"

쳐시(處士ㅣ) 왈(曰),

"오라디 아냐셔 알리니870) 너모 조급(躁急)ᄒ야 말나."

드듸여 몸을 니러 닉당(內堂)으로 드러가 쇼져(小姐)ᄃ려 주시 니
ᄅ니 쇼졔(小姐ㅣ) 비황(悲惶)871)ᄒ믈 이긔디 못ᄒ야 계화로 ᄒ여곰
여ᄎ〃(如此如此)ᄒ라 ᄒ니 계홰 흑ᄉ(學士) 알픽 나아가 빅례(拜禮)
ᄒ니 흑시(學士ㅣ) ᄒ 번(番) 보매 엇디 계화를 모ᄅ리오. 크게 놀나
년망(連忙)이872) 문왈(問曰),

"네 엇디 이곳의 이시며 네 쇼져(小姐)ᄂ 어듸 잇ᄂ뇨?"

계홰 고두(叩頭) 읍왈(泣曰),

"비지(婢子ㅣ) 눈이 무듸여 노야(老爺)를 아라보디 못ᄒ듸 노얘(老
爺ㅣ) 비ᄌ(婢子)를 별안간(瞥眼間)873) 아라보시니 슬프고 영힝(榮
幸)ᄒ믈 이긔디 못홀소이다. 쇼져(小姐)ᄂ 본딕(本宅)을 하딕(下直)ᄒ
시고 노야(老爺)를 위(爲)

＊＊＊

136면

ᄒ야 쳔만고초(千萬苦楚)874)를 겻거시니 엇디 다 긔록(記錄)ᄒ여 알
외리잇고?"

인(因)ᄒ야 쇼졔(小姐ㅣ) 처음 뎜쥬(店主)의게 ᄱ오여 믈의 ᄲ지려
ᄒ다가 졀강(浙江) 사름을 만나 졀강(浙江) 가셔 반젼(盤纏)을 어더

---

870) 니: [교] 원문에는 '녀'라 되어 있으나 오기로 보임.

871) 비황(悲惶): 슬프고 두려움.

872) 년망(連忙)이: 황급히.

873) 별안간(瞥眼間): 눈동자를 굴린 사이. 아주 짧은 시간을 이름.

874) 쳔만고초(千萬苦楚): 천만고초. 온갖 고초.

경亽(京師)로 가다가 또 적화(賊禍)를 만나 낭의 써러뎌 거의 죽게
되엿더니 치마(採麻)ㅎᄂ 노괴(老姑ㅣ) 구(救)ᄒ야 일(一)년(年)을
나마 머므다가 뉴 즈亽(刺史)를 만나 반젼(盤纏)을 어더 경亽(京師)
로 가 흑亽(學士)를 츠즈니 금쥐(錦州ㅣ)로 ᄂ려가시다 ᄒ매 겨유
촌〃(寸寸) 젼진(前進)ᄒ야 금쥐(錦州ㅣ)로 가다가 길흘 그릇 드러
이에 의탁(依託)ᄒ여시믈 즈시 고(告)ᄒ고 왈(曰),

　"쇼졔(小姐ㅣ) 샹공(相公) 명즈(名字)를 드릭나 그려도 즈셔(仔細)
티 못ᄒ야 쇼져(小姐) 원운시(原韻詩)[875]와 금쳔(金釧)을 구(求)ᄒ시
더이다."

　ᄒ더라.

---

875) 원운시(原韻詩): 처음에 운을 달아 지은 시. 이에 응해 지은 시를 차운시(次韻詩)
　　라 함.

쌍쳔긔봉(雙釧奇逢) 권지이(卷之二)

1면

어시(於時)의 니 혹시(學士ㅣ) 계화의 말을 ᄌ시 드ᄅ매 쇼져(小姐)의 싱존(生存)ᄒ여시믈 만분(萬分) 희열(喜悅)ᄒ고 ᄌ가(自家)ᄅᆯ 위(爲)ᄒ야 쳔단비원(千端悲怨)[1]을 ᄀᆺ초 겻그믈 감동(感動)ᄒ니 깃븐 ᄉᆞᆨ(辭色)과 비챵(悲愴)[2]ᄒᆫ ᄯᆺ이 이에 나타나 닐오ᄃᆡ,

"네 부인(夫人)의 굿기믄[3] 도시(都是)[4] 운익(運厄)[5]이라. 일ᄏᆞ라 무익(無益)ᄒ거니와 원운시(原韻詩)[6]ᄅᆯ 보ᄂᆞ니 네 쇼졔(小姐ㅣ) 나와 날을 보게 ᄒ라."

셜파(說罷)[7]의 낭듕(囊中)[8]으로셔 금쳔(金釧) 일(一) 미(枚)와 원운시(原韻詩)ᄅᆯ ᄂᆡ여 주니 계해 드러가 쇼져(小姐)긔 드리고 혹ᄉᆞ(學士)의 말ᄉᆞᆷ을 고(告)ᄒ니 쇼졔(小姐ㅣ) 금쳔(金釧)을 보매 영ᄒᆡᆼ(榮幸)[9]ᄒ고 비챵(悲愴)ᄒ미 극(極)ᄒ매 수항(數行)[10] 쳥뉘(淸淚ㅣ) 깁

---

1) 쳔단비원(千端悲怨): 천단비원. 온갖 슬픔과 원망.
2) 비챵(悲愴): 비창. 마음이 몹시 상하고 슬픔.
3) 굿기믄: 고생함은.
4) 도시(都是): '모두' 혹은 '거의'의 뜻.
5) 운익(運厄): 운액. 모질고 사나운 고난이나 곤란함 따위를 당할 운명.
6) 원운시(原韻詩): 처음에 운을 달아 지은 시. 이에 응해 지은 시를 차운시(次韻詩)라 함.
7) 셜파(說罷): 설파. 말을 마친다는 뜻.
8) 낭듕(囊中): 낭중. 주머니 안.
9) 영ᄒᆡᆼ(榮幸): 영행. 다행스럽고 좋은 일.
10) 수항(數行): 두 서너 줄.

ᄉ미11)룰 적시고 즉시(卽時) ᄌᄀ(自家)의 간수(看守)ᄒ엿던 금쳔(金 釧)과 혹ᄉ(學士)

• • •

2면

의 ᄎ운시(次韻詩)12)룰 ᄂ녀 보ᄂ고 젼어(傳語) 샤왈(謝曰),

"쳡(妾)이 도로(道路)의 뉴리(流離)ᄒ야 쳔단고초(千端苦楚)룰 격고 금일(今日) 군ᄌ(君子)룰 만나니 깃븜과 슬프믈 이긔디 못ᄒᄂ니 엇디 뵈오미 더듸리오마ᄂ 도로(道路)의 뉴리流離ᄒ던 몸이 창황(倉黃)ᄒ고 뉵니(恧怩)13)ᄒ야 감(敢)히 뵈디 못ᄒ옵ᄂ니 군ᄌ(君子)ᄂ 스스로 짐작(斟酌)ᄒ야 용샤(容赦)ᄒ쇼셔."

계홰 나가 이디로 젼(傳)ᄒ고 풀쇠와 ᄎ운(次韻)을 밧드러 드리니 혹ᄉ(學士ㅣ) 이룰 보고 역녀(逆旅)14) 가온대 긔특(奇特)이 만나믈 깃거ᄒ고 쇼져(小姐)의 고집(固執)히 나오믈 ᄉ양(辭讓)ᄒ믈 드르매 잠쇼(潛笑) 왈(曰),

"부뷔(夫婦ㅣ) 만ᄉ지여(萬事之餘)15)의 공교(工巧)히 만나니 눔으로 닐러도 고향(故鄕) 사룸을 공교(工巧)히 만나니 급(急)히 보고 시브려든 네 부인(夫人)이 엇디 쇽틱(俗態)16)룰 이러틋 ᄒᄂ뇨?"

계홰 드러가 고(告)ᄒ니 쇼졔(小姐ㅣ)

---

11) 깁ᄉ미: 깁사매. 깁은 누에고치에서 뽑은 명주실로 바탕을 조금 거칠게 짠 비단으로 깁사매는 비단소매를 말함.

12) ᄎ운시(次韻詩): 차운시. 남이 지은 시에서 운자(韻字)를 따서 지은 시.

13) 뉵니(恧怩): 육리. 근심하고 부끄러워함.

14) 역녀(逆旅): 역려. 일정한 돈을 지불하고 손님이 묵는 집. 여기에서는 '길을 돌아다님'의 뜻.

15) 만ᄉ지여(萬事之餘): 만사지여. 온갖 일을 다 겪은 나머지.

16) 쇽틱(俗態): 속태. 고상하지 못한 모습.

비록 흑亽(學士)로 명위부뷔(名爲夫婦ㅣ)나 그 얼골을 모르는디라 식로
이 붓그려 나가기를 쥬져(躊躇)ᄒ니 쳐식(處士ㅣ) 권(勸)ᄒ야 왈(曰),

"부인(夫人)이 엇디 쇼텬(所天)17)의 명(命)을 지완(遲緩)ᄒᄂ뇨?"

노 시(氏) 쏘흔 권(勸)ᄒ니 쇼졔(小姐ㅣ) 마디못ᄒ야 셔당(書堂)의
니르니 이째 발셔 황혼(黃昏)이라. 잔등(殘燈)을 붉히고 흑식(學士ㅣ)
듁침(竹枕)의 지혓다가18) 니러 마자 피ᄎ(彼此ㅣ) 녜(禮)를 파(罷)ᄒ
매 셔로 샹녜(喪禮)를 됴위(弔慰)19)ᄒ고 쇼졔(小姐ㅣ) 실(實)로 흑亽
(學士)를 ᄃᆡ(對)ᄒ야 슈작(酬酌)20)ᄒᄆᆡ 슈괴(羞愧)21)ᄒᄃᆡ 마디못ᄒ야
존구(尊舅)의 망(亡)ᄒ시믈 됴문(弔問)ᄒ매 옥뉘(玉淚ㅣ) 방〃(滂
滂)22)ᄒ니 흑식(學士ㅣ) 타루(墮淚) 왈(曰),

"흑ᄉᆡᆼ(學生)23)이 죄악(罪惡)이 젹튝(積蓄)24)ᄒ야 엄친(嚴親)을 죵
시(終是) 뵈옵디 못ᄒ고 영결(永訣)25)ᄒᆞᆫ 듕(中) 비명(非命)의 도라가
시니 죵텬(終天)의 셜우미 할 곳이 업는디라. 인셰(人世)의 머믈 ᄯᅳᆺ
이 업ᄉᆞᄃᆡ 혈〃(子子)ᄒᄉ신 ᄌᆞ모(慈母)를

---

17) 쇼텬(所天): 소천. 아내가 남편을 이르는 말.
18) 지혓다가: 의지하였다가.
19) 됴위(弔慰): 조위. 죽은 사람을 조상하고 유가족을 위문하는 것.
20) 슈작(酬酌): 수작. 서로 말을 주고받음.
21) 슈괴(羞愧): 수괴. 부끄러움.
22) 방방(滂滂): 물이 흐르는 모양.
23) 흑ᄉᆡᆼ(學生): 학생. 벼슬하지 못한 사람을 말하나, 대개 자신을 낮출 때 사용하는 말.
24) 젹튝(積蓄): 적축. 쌓임.
25) 영결(永訣): 죽은 사람과 산 사람이 영원히 헤어짐.

져브리디 못호야 겨유 원슈(怨讐)를 갑고 셔경(西京)의 니르니 션쳐
ᄉ(先處士ㅣ) 기셰(棄世)26)호시고 부인(夫人)이 의외(意外)예 익화
(厄禍)를 만나 집을 써나시니 흑ᄉ(學生)이 거쳐(居處)를 츄심(推
尋)27)홀 길히 업셔 모친(母親)을 뫼옵고 금쥐(錦州ㅣ)로 도라가 삼년
(三年)을 겨유 마츠며 만니(萬里)의 적거(謫居)ᄒᄂ 익화(厄禍)를 만
나니 도라 외로온 편친(偏親)을 싱각ᄒ매 심간(心肝)28)이 촌절(寸
絕)29)ᄒ더니 엇디 이곳의 와 그ᄃᆡ를 만날 줄 알니오.”

인(因)ᄒ야 부친(父親)의 시살(弑殺)30)ᄒ믈 닐러 눈믈이 광삼(廣
衫)31)의 젓ᄂ디라. 쇼제(小姐ㅣ) 쳥누(淸淚)를 ᄲ리고 피셕(避席)32)
왈(曰),

“쳡(妾)이 팔직(八字ㅣ) 무샹(無常)ᄒ야 가친(家親)을 여희고 블측
(不測)ᄒ 환(患)이 몸의 니르니 스스로 션친(先親)의 권익(眷愛)33)ᄒ
시던 바를 싱각고 일명(一命)을 앗겨 도로(道路)의 분주(奔走)ᄒ니
쳔단비원(千端悲怨)

---

26) 기셰(棄世): 기세. 세상을 버림. 웃어른이 돌아가심.
27) 츄심(推尋): 추심. 찾아내어 가짐.
28) 심간(心肝): 심장과 간장. 깊은 마음 속.
29) 촌절(寸絕): 갈기갈기 찢어짐.
30) 시살(弑殺): 아랫사람이 윗사람을 죽임.
31) 광삼(廣衫): 넓은 소매.
32) 피셕(避席): 피석. 공경의 뜻을 나타내기 위하여 웃어른을 모시던 자리에서 일어남.
33) 권익(眷愛): 권애. 보살펴 사랑함.

을 다시 닐럼죽디 아니나 풍진(風塵)[34]의 뉴리(流離)혼 인싱(人生)이 션존귀(先尊舅ㅣ) 지텬(在天)ᄒ시믈 즉시(卽時) 듯디 못ᄒ고 최후(最後)의 드ᄅ나 연괴(緣故ㅣ)[35] 차디(遮止)[36]ᄒ여 삼상(三喪)의 인ᄌ(人子)의 녜(禮)를 다ᄒ디 못ᄒ고 됴셕(朝夕) 증상(烝嘗)을 다ᄉ려 졔ᄉ(祭祀)를 밧드디 못ᄒ니 텬디간(天地間) 죄인(罪人)이오, 니 시(氏) 조션(祖先)의 죄악(罪惡)이 듕(重)ᄒ다라 금일(今日) 부ᄌ(夫子)를 ᄃᆡ(對)ᄒ매 엇디 참연(慘然)티 아니리잇고?"

흑시(學士ㅣ) 눈믈을 거두고 탄식(歎息) 왈(曰),

"이 다 화란(禍亂)의 비로ᄉᆞ 연괴(緣故ㅣ)라 엇디 과도(過度)히 샤죄(謝罪)ᄒ리오? 흑싱(學生)이 삼(三) 년(年)을 브디(扶支)ᄒ여 금일(今日) 부인(夫人)을 만나시니 명완(命頑)[37]ᄒ미 심(甚)ᄒ다라. 이제ᄂᆞᆫ 울″(鬱鬱)혼 심회(心懷) 쳐연(悽然)ᄒ믈 면(免)ᄒ나 편친(偏親)[38]의 고혈(孤孑)ᄒ시믈 차마 엇디 견딜 배리오?"

쇼졔(小姐ㅣ) 존고(尊姑)의 평부(平否)[39]를 뭇ᄌᆞ오니 흑시(學士ㅣ) ᄃᆡ(對)

---

34) 풍진(風塵): 세상에서 일어나는 힘겨운 일.

35) 연괴(緣故ㅣ): 연고. 까닭.

36) 차디(遮止): 차지. 막아서 못하게 함.

37) 명완(命頑): 목숨이 모짊.

38) 편친(偏親): 홀로 계신 어버이.

39) 평부(平否): 어떤 사람이 편안하게 잘 지내는지 그렇지 않은지에 대한 소식.

6면

왈(曰),

"아딕 대단흔 딜환(疾患)은 아니 계시거니와 흑싱(學生)을 니별(離別)ㅎ고 과도(過度)이 샹회(傷懷)⁴⁰⁾ㅎ시리니 엇디 평안(平安)ㅎ시믈 긔필(期必)ㅎ리오?"

쇼제(小姐ㅣ) 쳑연(慼然)⁴¹⁾ 툐탕(怊悵)⁴²⁾ㅎ더라.

피치(彼此ㅣ) 슬프믈 진뎡(鎭靜)ㅎ매 흑싀(學士ㅣ) 눈을 드러 쇼져(小姐)를 보니 셩안화협⁴³⁾(星眼花頰)⁴⁴⁾과 뉴미운빈(柳眉雲鬢)⁴⁵⁾이 둘이 보름을 당(當)흔 듯 싁〃 쇄락(灑落)⁴⁶⁾흔 틴되(態度ㅣ) 옛날 아담즈약(雅淡自若)⁴⁷⁾ㅎ미 변(變)ㅎ여 슈려풍영(秀麗豊盈)⁴⁸⁾ㅎ미 아라보디 못홀 듯ㅎ니 흑싀(學士ㅣ) 한(限)업시 반가옴과 깃브믈 이긔디 못ㅎ야 이에 즈긔(自己) 죵시(終是) 취쳐(娶妻) 아냐시믈 니르니 쇼제(小姐ㅣ) 그 신의(信義)를 감탄(感歎)ㅎ야 ᄂ죽이 손샤(遜謝)⁴⁹⁾ㅎ더라. 흑싀(學士ㅣ) 다시 문왈(問曰),

"부인(夫人)이 엇디 지금(只今) 쇼복(素服)을 ᄒ엿ᄂ뇨?"

---

40) 샹회(傷懷): 마음속으로 애통히 여김.

41) 쳑연(慼然): 척연. 슬퍼하는 모양.

42) 툐탕(怊悵): 초창. 근심하고 슬퍼함.

43) 협: [교] 원문에는 '협'으로 되어 있으나 오기로 보임.

44) 셩안화협(星眼花頰): 성안화협. 별 같은 눈에 아름다운 뺨.

45) 뉴미운빈(柳眉雲鬢): 유미운빈. 버들 같은 눈썹과 구름같이 풍성한 젊은 여인의 머리털.

46) 쇄락(灑落): 인품이 깨끗하고 속된 기운이 없음.

47) 아담즈약(雅淡自若): 아담자약. 깔끔하고 얌전하며 편안함.

48) 슈려풍영(秀麗豊盈): 수려풍영. 빼어나게 아름답고 풍만함.

49) 손샤(遜謝): 손사. 겸손하게 사례함.

쇼제(小姐ㅣ) 믁″(黙黙) 냥구(良久)의 쳐연(悽然) 왈(曰),

"첩(妾)이 존구(尊舅) 삼년(三年) 닉(內)의 일죽 녕궤(靈几)50)예 흔

• • •

7면

잔(盞) 술노 곡님(哭臨)51)티 못ㅎ야시니 샹녜(喪禮)를 어긔웟ᄂ디라.
이런 고(故)로 소복(素服)을 벗디 못ᄒ엿ᄂ이다. "

혹ᄉ(學士ㅣ) 크게 감탄(感歎)ᄒ야 탄식(歎息) 왈(曰),

"부인(夫人)의 ᄒᄂ 배 다 녜의(禮儀)예 당연(當然)ᄒ나 삼년(三年)
이 임의 지낫고 혹ᄉᆼ(學生)이 이시니 부인(夫人)은 모로미 듕도(中
道)를 혜아리라."

쇼제(小姐ㅣ) 샤례(謝禮)ᄒ더라.

혹ᄉ(學士ㅣ) 비록 졍대(正大)ᄒ고 만ᄉ(萬事)의 흠(欠)이 업ᄉ나
셩댱(成長) 남ᄌ(男子)로 격년(隔年)52) 샹ᄉ(相思)ᄒ던 부인(夫人)을
일방(一房)의 모다53) 뎌의 명모월틱(明眸月態)54) 심간(心肝)을 녹이
니 진실(眞實)노 졀차(切磋)55)티 못홀 배로ᄃ 쇼져(小姐)로 합근(合
졸)56)ᄒ믈 모명(母命)을 기ᄃ릴 줄 아라 죵시(終是) 친근(親近)ᄒ미

---

50) 녕궤(靈几): 영궤. 영위(靈位)를 모셔놓은 자리.

51) 곡님(哭臨): 곡림. 원래 임금이 죽은 신하를 몸소 조문하던 일을 뜻하나 여기에서
는 유요란이 시아버지 이명의 영궤에 가 곡함을 말함.

52) 격년(隔年): 몇 년.

53) 모다: 모여.

54) 명모월틱(明眸月態): 명모월태. 맑고 아름다운 눈동자와 달 같이 아름다운 모습.

55) 졀차(切磋): 절차. 원래 학문과 덕행을 닦는다는 뜻이나 여기에서는 욕구를 참는다
는 뜻으로 쓰임.

56) 합근(合졸): 전통 혼례에서, 신랑 신부가 잔을 주고받음. 또는 그런 절차. 여기서는
부부 사이의 성교를 뜻함.

업셔 부뷔(夫婦ㅣ) 혼가지로 좌(坐)ᄒ야 공경(恭敬)ᄒ미 존(尊)ᄒ 쥬
긱(主客) ᄀᆞᆺ더니 밤이 깁흐매 쇼졔(小姐ㅣ) 드러갈ᄉᆡ 흑ᄉᆞᆯ(學士ㅣ)
닐오ᄃᆡ,

"흑ᄉᆡᆼ(學生)이 뎍소(謫所)로 향(向)ᄒ야 타향(他鄉)의 니친(離親)[57]
ᄒ 긱(客)으로 심ᄉᆞ(心思ㅣ) 울″(鬱鬱)ᄒ

• • •

8면

다라. 부인(夫人)은 복ᄉᆡᆨ(服色)을 ᄀᆞᆯ고 ᄉᆡᆼ(生)으로 더브러 혼가지로
가게 ᄒ라."

쇼졔(小姐ㅣ) 응낙(應諾)ᄒ더라.

명일(明日) 흑ᄉᆞᆯ(學士ㅣ) 소 쳐ᄉᆞ(處士)를 보고 은혜(恩惠)를 칭샤
(稱謝)[58]ᄒ니 쳐ᄉᆞ(處士ㅣ) 왈(曰),

"소인(小人)이 비록 용널(庸劣)ᄒ나 이런 일의ᄂᆞᆫ 티샤(致謝) 밧기
를 괴로이 너기ᄂᆞ니 흑ᄉᆞᆯ(學士ㅣ) ᄯᅩᄒ 군ᄌᆞ지심(君子之心)이 계실
딘ᄃᆡ 아냠죽 아니라."

흑ᄉᆞᆯ(學士ㅣ) 소 공(公)의 디긔(志槪) 쳥고(清高)ᄒ고 의긔(義氣) 텩
당(倜儻)[59]ᄒᄆᆞᆯ 심복(心伏)ᄒ야 이윽이 말ᄉᆞᆷᄒ매 그 텬디만믈(天地
萬物)을 통(通)ᄒ미 한실(漢室) ᄉᆞ마휘(司馬徽)[60] ᄀᆞᆺ고 쳐ᄉᆞ(處士ㅣ)

57) 니친(離親): 이친. 어버이를 이별함.

58) 칭샤(稱謝): 칭사. 칭찬하여 사례함.

59) 텩당(倜儻): 척당. 뜻이 크고 기재가 있음.

60) ᄉᆞ마휘(司馬徽): 사마휘. 동한 말의 은사(隱士). 자는 덕조(德操). 사람을 알아보는
재주가 있어 '수경선생(水鏡先生)'이란 칭호를 얻음. 채모(蔡瑁)에게 쫓겨 도망쳐온
유비(劉備)에게 복룡(伏龍), 봉추(鳳雛)중 한 명만 얻어도 천하를 평정할 수 있다
고 말해 줌. 방통(龐統), 서서(徐庶), 제갈량(諸葛亮)의 스승이었고 서서를 유비에
게 추천함.

쏘흔 니 혹〈(學士)의 고금(古今)을 능통(能通)ᄒ미 긔특(奇特)ᄒ디
라 셰간(世間)의 뎌런 사름이 이시믈 긔특(奇特)이 너기더라.

쳐〈(處士ㅣ) 왈(曰),

"명공(明公)이 이번 뎍거(謫居)ᄒ시매 반ᄃ시 건곤(乾坤)이 밧고여
야 환경(還京)ᄒ실소이다."

혹〈(學士ㅣ) 아라듯고 양경(佯驚)[61] 왈(曰),

"대인(大人) 말ᄉᆞᆷ이 엇던 ᄯᅳᆺ이니잇가?"

쳐〈(處士ㅣ) 쇼왈(笑曰),

"명(明)

• • •

9면

공(公)이 쏘흔 아ᄅ시리니 시금(時今)의 형혹(熒惑)[62]이 ᄌ미원(紫微
垣)[63]의 들고 연왕(燕王)[64]이 텬명(天命)을 바다시니 엇디 건곤(乾
坤)이 아니 밧고이리오."

혹〈(學士ㅣ) 믁연(黙然) 냥구(良久)의 탄식(歎息)ᄒ니 쳐〈(處士
ㅣ) 쇼왈(笑曰),

---

61) 양경(佯驚): 거짓으로 놀라는 체함.

62) 형혹(熒惑): 화성(火星). 화성은 나타났다 사라짐이 일정하지 않아 사람을 미혹시
켰으므로 이렇게 불렀음.

63) ᄌ미원(紫微垣): 자미원. 곧 자미성(紫微星). 큰곰자리 부근에 있는 자미원의 별 이
름으로, 북두칠성의 동북쪽에 있는 열다섯 개의 별 가운데 하나. 옛 사람들은 자
미성에 옥황상제가 거처한다고 여겼음. 이에 따라 자미성은 천자의 운명과 관계되
는 별로 인식됨.

64) 연왕(燕王): 후에 명나라의 제3대 황제가 되는 태종(太宗), 곧 성조(成祖)가 되는
주체(朱棣)를 이름. 11세(1370년) 때 연왕(燕王)에 봉해져 현재의 북경 일대의 제
후가 되었으나, 바로 북경으로 간 것은 아니었음. 북경 지역으로 간 것은 21세 때
(1380년)였음. 황위를 찬탈한 후 수도를 남경에서 북경으로 옮김.

"하늘이 특별(特別)이 군(君)으로 연왕(燕王)의 디긔(知己) 모신(謀臣)을 삼아시니 그디는 협칙(狹笮)65)이 싱각ᄒ야 텬명(天命)을 역(逆)디 말라."

흑ᄉᆞ(學士ㅣ) 그 혜아리미66) 신명(神明)ᄒ고 말슴이 유리(有理)ᄒᄆᆞᆯ 암탄(暗嘆)67)ᄒ고 ᄆᆞᄎᆞᆷᄂᆡ 셰샹(世上)의 날 ᄠᅳᆺ이 쇼연(消然)68)ᄒ더라.

명일(明日) 뉴 쇼졔(小姐ㅣ) 의복(衣服)을 ᄀᆞ라 쳥샹녹의(靑裳綠衣)로 쳐ᄉᆞ(處士) 부〃(夫婦)긔 하딕(下直)ᄒ니 쳐ᄉᆞ(處士ㅣ) 츄연(惆然) 왈(曰),

"부인(夫人)이 복(僕)69)을 친부모(親父母)ᄀᆞ티 셤기고 우리 부쳬(夫妻ㅣ) 쏘흔 ᄌᆞ식(子息)이 희쇼(稀少)ᄒᄆᆞ로 ᄇᆞ라믈 친녀(親女)ᄀᆞ티 ᄒᆞ더니 이제 니별(離別)ᄒ야 슬프믈 이긔디 못ᄒᆞᆯ소이다. 아모려나 몸을 보듕(保重)

• • •

10면

ᄒᆞ야 타일(他日) 샹경(上京)ᄒᆞᆯ 적 노부(老夫)를 보고 가쇼셔."

쇼졔(小姐ㅣ) 눈믈을 흘녀 피셕(避席) 지ᄇᆡ(再拜) 왈(曰),

"쇼쳡(小妾)이 길가의 뉴리(流離)ᄒᆞᆫ 몸으로 대인(大人)의 거두시믈 닙ᄉᆞ와 수년(數年)을 편(便)히 머므옵다가 금일(今日) 가부(家夫)를 만나 도라가오니 은혜(恩惠) 빅골난망(白骨難忘)이라. 슬하(膝下)의

---

65) 협칙(狹笮): 협책. 좁음.

66) 미: [교] 원문에는 이 글자가 빠져 있으나 문맥을 고려하여 첨가함.

67) 암탄(暗嘆): 속으로 감탄함.

68) 쇼연(消然): 소연. 없는 모양.

69) 복(僕): 자기의 겸칭.

뫼하70) 디니던 대은(大恩)을 싱각ㅎ니 비챵(悲愴)ㅎ믈 이긔디 못ㅎ
소이다. 대인(大人)과 부인(夫人)은 만슈무강(萬壽無疆)ㅎ쇼셔."

쳐시(處士ㅣ) 츄연(惆然) 탄식(歎息)ㅎ고 노 시(氏) 항뉘(行淚ㅣ)
쳡딘(疊溱)71)ㅎ야 니별(離別)ㅎ니 쇼졔(小姐ㅣ) 또흔 울며 하딕(下
直)고 교쥐(轎子)의 들매 니 혹시(學士ㅣ) 소 쳐ᄉ(處士)로 니별(離
別)ㅎ니 쳐시(處士ㅣ) 왈(曰),

"명공(明公)이 타일(他日) 고거ᄉ마(高車駟馬)72)로 환경(還京)홀
적 노부(老夫)를 보고 가믈 원(願)ㅎᄂ이다."

혹시(學士ㅣ) 쇼왈(笑曰),

"필마단동(匹馬單童)73)으로 금쥐(錦州ㅣ)도라가 강어(江魚)를 낙
고 스스로 밧가라 여(餘)

...

11면

싱(生)을 즐기리니 고거74)ᄉ마(高車駟馬) 아냐 부월(斧鉞)이 님(臨)
ㅎ나 본뜻은 못 고티리니 타일(他日) 은샤(恩赦)를 닙어 고향(故鄉)
으로 갈 적 니르러 비견(拜見)ㅎ미 무어시 어려오리잇고?"

쳐시(處士ㅣ) 쇼왈(笑曰),

"명공(明公)의 ᄆᆞ음이 아모리 구더도 텬명(天命)이 쇼연(昭然)ㅎ니
홀일이 업고 ᄌ연(自然) 굴복(屈伏)홀 형셰(形勢) ᄂᆞ리라."

---

70) 뫼하: 모셔.
71) 쳡딘(疊溱): 첩진. 겹쳐져 많음.
72) 고거사마(高車駟馬). 네 필의 말이 끄는 높고 큰 수레로 현귀(顯貴)한 사람이 타는
수레.
73) 필마단동(匹馬單童): 할 필의 말과 한 명의 아이 종.
74) 거: [교] 원문에는 '어'로 되어 있으나 오기로 보임.

혹시(學士ㅣ) 다만 웃고 부인(夫人)으로 더브러 산동(山東)의 니른니 본쥐(本州ㅣ) 태쉬(太守ㅣ) 혹스(學士)의 인믈(人物) 지화(才華)를 공경(恭敬)ᄒ야 십(十) 니(里)의 나아가 마즈 지극(至極) 경ᄃᆡ(敬待)ᄒ고 큰 집을 셔른져75) 잇게 ᄒ나 혹시(學士ㅣ) 견집(堅執)76) 츄스(推辭)77)ᄒ야 이튼날 덤고(點考)78) 맛고 셩외(城外) 이십(二十) 니(里) 인개(人家ㅣ) 드믄 ᄃᆡ 슈간모옥(數間茅屋)79)을 어더 안돈(安頓)80)ᄒ니 태쉬(太守ㅣ) 감(敢)히 쳥(請)ᄒ야 닐위디 못ᄒ고 즈로 냥식(糧食)을 즈뢰(資賴)81)ᄒᆯ ᄯᆞ름이러라.

혹시(學士ㅣ) 부인(夫人)으로 안흘 맛디고 수삼(數三) 개(個) 챵(蒼)

...

12면

두(頭)로 더브러 밧긔 이셔 듀야(晝夜) 글을 힘쓰고 부인(夫人)은 계화, 옥82)낭으로 더브러 깁 ᄣᆞ며 바ᄂᆞ질ᄒ야 혹스(學士)의 의건(衣巾)과 됴셕(朝夕)을 밧드니 혹시(學士ㅣ) 비록 침셕(枕席)의 은ᄋᆡ(恩愛) 업스나 부〃지되(夫婦之道ㅣ) 극진(極盡)ᄒ야 무샹(無常) 왕ᄂᆡ(往來)ᄒ며 십분(十分) 은근(慇懃)ᄒᄃᆡ 슉소(宿所)ᄂᆞᆫ 각〃(各各)ᄒ니 부인(夫人)이 그 졍대(正大)ᄒᆞᆷ믈 항복(降伏)ᄒ나 계화 등(等)은 의심(疑

---

75) 셔른져: 치워.

76) 견집(堅執): 의견을 바꾸지 않고 굳게 지님.

77) 츄사(推辭): 추사. 물러나며 사양함.

78) 덤고(點考): 점고. 명부에 하나하나 점을 찍어 가며 사람의 수효를 조사함.

79) 슈간모옥(數間茅屋): 수간모옥. 몇 칸 안 되는 작은 초가.

80) 안돈(安頓): 사물이나 주변 따위를 정돈함.

81) 즈뢰(資賴): 자뢰. 의탁한 사람에게 필요한 물자를 줌.

82) 옥: [교] 원문에는 '녹'으로 되어 있으나, 앞에 이미 '옥'으로 나온 바 있으므로 이 와 같이 수정함.

心)ᄒᆞ더라.

하말(夏末)의 니ᄅᆞ러 쇼졔(小姐ㅣ) 쵹샹(觸傷)[83]ᄒᆞ야 침셕(枕席)의 위돈(委頓)[84]ᄒᆞ니 혹ᄉᆞ(學士ㅣ) 근심ᄒᆞ야 의약(醫藥)을 극진(極盡)이 다ᄉᆞ려 월여(月餘)[85]의 차도(差度)를 어드나 오히려 즈리를 써나디 못ᄒᆞ더니,

혹ᄉᆞ(學士ㅣ) 일〃(一日)은 쇼져(小姐)를 보매 옥안(玉顏)의 운빈(雲鬢)이 어즈러워 표연(飄然)이 우화(羽化)[86]ᄒᆞᆯ 듯 화안(花顏)의 혈ᄉᆡᆨ(血色)이 감(減)ᄒᆞ야시니 그 병셰(病勢) 수이 낫디 못ᄒᆞᄆᆞᆯ 근심ᄒᆞ야 니아가 안쟈 믹(脈)을 볼ᄉᆡ 셤슈(纖手ㅣ) 응지(凝脂)[87] ᄀᆞ트야 ᄉᆡᆼ혈(生血)

• • •

13면

이 단ᄉᆞ(丹沙)[88] ᄀᆞ트니 일변(一邊) 웃고 일변(一邊) 탄식(歎息) 왈(日),

"부인(夫人)이 년긔(年紀) 이십(二十)의 당(當)ᄒᆞ엿고 ᄂᆡ 쏘 이십(二十)이라. 그져 규슈(閨秀) 모양(模樣)이 이시니 ᄉᆡᆼ(生)을 흔(恨)ᄒᆞᄂᆞ냐? 타향(他鄕) ᄀᆡᆨ니(客裏)[89]의 부뷔(夫婦ㅣ) 일실(一室)의 모다

---

83) 쵹샹(觸傷): 촉상. 찬 기운이 몸에 닿아서 병이 일어남.

84) 위돈(委頓): 기력이 쇠약함.

85) 월여(月餘): 한 달 남짓. 달포.

86) 우화(羽化): 우화등선(羽化登仙), 신선이 올라감.

87) 응지(凝脂): 엉긴 기름.

88) 단ᄉᆞ(丹沙): 단사. 수은으로 이루어진 황화 광물. 진한 붉은 색을 띠며 다이아몬드 광택이 남. 붉은 색의 안료나 약재로 씀.

89) ᄀᆡᆨ니(客裏): 객리. 객지에 있는 동안. 객중(客中).

동낙(同樂)디 아니믄 모명(母命)을 기드리미니 부인(夫人)이 거의 알리라.”

쇼졔(小姐ㅣ) 흑스(學士)의 은근(慇懃)흔 거동(擧動)을 보고 슈괴(羞愧) 브답(不答)ᄒ더라.

이적의 연왕(燕王)이 니 흑스(學士)의 계교(計巧)로 졔태(齊泰) 등(等)의 의심(疑心)을 방비(防備)ᄒ고 깃브믈 이긔디 못ᄒ더니 믄득 드르니 니 흑시(學士ㅣ) 먼니 뎍거(謫居)ᄒ다 ᄒ니 크게 놀나 심복인(心腹人)으로 ᄒ여곰 비쇼(配所)를 탐지(探知)ᄒ야 산동(山東) 낙안쥐(樂安州ㅣ)를 듯고 이에 도연(道衍)90)과 명현으로 더브러 의논(議論) 왈(曰),

“니현이 이제 과인(寡人)을 구(救)흔 죄(罪)로 졔 노모(老母)를 써 나 변디(邊地)의 뎍거(謫居)ᄒ니 과인(寡人)이 스스로 사름을

. . .

14면

해(害)ᄒ미라. 셰ᄌ(世子)를 보ᄂᆡ여 뭇고져 ᄒ노라.”

명현 왈(曰),

“니현을 무를 사름이 업관ᄃᆡ 셰ᄌ(世子)를 보ᄂᆡ리잇가?”

왕(王) 왈(曰),

“니현은 범인(凡人)이 아니라 과인(寡人)이 ᄉ모(思慕)ᄒᄂᆞ 쯧을 뵈여 타일(他日) 신하(臣下)를 삼고져 ᄒ노라.”

도연(道衍) 왈(曰),

---

90) 도연(道衍): 1335~1418. 속성(俗姓)은 요(姚)이고, 자(字)는 사도(斯道)이며, 호는 천희(天禧)·도허(逃虛)·독암(獨庵) 등임. 홍무(洪武)연간(1368~1398)에 고승(高僧)으로 뽑혔으며, 경수사(慶壽寺)의 주지로 있으면서 연왕을 도움. 1404년에 태사소사(太師少師)가 됨.

"뎐하(殿下)의 말숨이 맛당ᄒ이다."

왕(王)이 즉일(卽日)의 셰ᄌᆞ(世子) 고치(高熾)⁹¹⁾와 ᄎᆞᄌᆞ(次子) 고구(高煦)⁹²⁾를 보ᄂᆡ여 금ᄇᆡᆨ(金帛)으로 니 흑ᄉᆞ(學士)를 주고 셔간(書簡)을 닷가 위로(慰勞)ᄒ니 고치(高熾)와 고귀(高煦ㅣ) 미복(微服)⁹³⁾으로 산동(山東)의 둘녀 니ᄅᆞ러 흑ᄉᆞ(學士) 햐소(下所)를 ᄎᆞᄌᆞ 보믈 쳥(請)ᄒ니 흑식(學士ㅣ) 아뮈 줄 몰나 다만 제 보쟈 ᄒᆞ믈 듯고 쳥(請)ᄒ야 초당(草堂)의 니ᄅᆞ러ᄂᆞᆫ 흑식(學士ㅣ) 몬져 닐오ᄃᆡ,

"죄인(罪人)이 일즉 귀긱(貴客)을 알미 업ᄂᆞ니 어듸로조ᄎᆞ 이에 니ᄅᆞ니잇고?"

고치(高熾) 압흘 향(向)ᄒᆞ야 비왈(拜曰),

"나ᄂᆞᆫ

• • •

15면

연왕(燕王)의 댱ᄌᆞ(長子) 고치(高熾)오, 이ᄂᆞᆫ 어린 아ᄋᆞ 고귀(高煦ㅣ)라. 부왕(父王)이 명공(明公)의 계교(計巧)를 어더 화(禍)를 버셔나시고 명공(明公)은 도로혀 죄(罪)의 ᄲᅢ디믈 참괴(慙愧)ᄒᆞ샤 우리 냥인

---

91) 고치(高熾): 후에 명나라의 제4대 황제(재위 1424~1425)인 홍희제(洪熙帝, 1378~1425)가 되는 주고치(朱高熾). 연왕(燕王)의 장자(長子).

92) 고구(高煦): 연왕(燕王)의 차자(次子)인 주고후(朱高煦, 1380~1426). 1399년 아버지인 연왕 주체가 정난의 변을 일으키자 선봉장으로서 이에 가담하며 큰 공을 세움. 이후 아버지가 황위에 오르자 1404년 한왕(漢王)의 작위를 받았으나 형인 주고치를 없애고 황태자에 오르려는 야심을 보임. 1424년에 영락제가 몽골 원정 도중 죽고 형 황태자 주고치가 황위에 올라 홍희제(洪熙帝)가 되었으나 1년 만에 사망하고 그 황태자 선덕제(宣德帝)가 황위에 오르자 북경을 공격하였으나 실패하고 잡혀 처형당함.

93) 미복(微服): 지위가 높은 사람이 무엇을 몰래 살피러 다닐 때 남의 눈에 띄지 않도록 초라하게 옷을 입음.

(兩人)을 보닉여 샤례(謝禮)ᄒ시더이다.”

혹시(學士ㅣ) 대경(大驚)ᄒ야 밧비 절ᄒ여 왈(曰),

“죄인(罪人)이 절역풍상(絕域風霜)[94]의 샹(傷)ᄒ야 능(能)히 쇼뎐하(小殿下)ᄅᆞᆯ 아라보ᄋᆞᆸ지 못ᄒ야 실례(失禮)ᄒ니 용샤(容赦)ᄒ쇼셔.”

셰지(世子ㅣ) 손샤(遜謝) 왈(曰),

“션싱(先生)이 비록 총명(聰明)ᄒ나 평일(平日) 〃면지분(一面之分)[95]이 업스니 엇디 즐 아라보리오?”

셜파(說罷)의 낭듕(囊中)으로조ᄎᆞ 셔간(書簡)을 ᄂᆡ여 젼(傳)ᄒ니 흑시(學士ㅣ) 흠신공경(欠身恭敬)[96]ᄒ야 쩌혀 보니 ᄀᆞᆯ와시딕,

‘과인(寡人)으로 더브러 손을 난호매[97] 과인(寡人)은 군(君)의 힘을 닙어 환(患)을 면(免)ᄒ고 군(君)이 외로이 편친(偏親)을 쩌나 싀외(塞外)예 죄인(罪人)

• • •

16면

이 될 줄 쯧ᄒ여시리오? 고인(古人)이 니른바 븩인(伯仁)이 유아이싀(由我而死ㅣ)[98]라 ᄒ미 졍(正)히 과인(寡人)을 니ᄅᆞ미라. 과인(寡人)의 연고(緣故)로 군(君)이 죄(罪)의 쌘디니 참황(慘惶)[99]ᄒ고 늇니(恧

---

94) 절역풍상(絕域風霜): 멀리 떨어져 세상의 고난을 겪음.

95) 일면지분(一面之分): 한 번 만나본 친분.

96) 흠신공경(欠身恭敬): 몸을 굽혀 공경함.

97) 손을 난호매: 손을 나눔에. 이별함을 이르는 말.

98) 븩인(伯仁)이 유아이사(由我而死): 백인이 유아이사. 다른 사람이 화를 입게 된 원인이 자기에게 있음을 한탄하는 말. 진(晉)나라의 왕도(王導)가 억울하게 옥에 갇혔을 때 백인이 누명을 벗겨 주었지만 왕도는 이를 몰랐음. 이후에 백인이 옥에 갇히게 되었으나 왕도가 그를 구할 수 있었음에도 불구하고 구하지 않아 백인이 왕도의 종형(從兄)인 왕돈(王敦)에 의해 처형당함. 나중에 이를 안 왕도가 백인을 구하지 못한 자신의 어리석음을 자책하며 이러한 말을 함.

罹)100)호믈 이긔디 못호느니 군(君)은 몸을 보듕(保重)호야 타일(他
日)의 텬일(天日) 보믈 긔약(期約)호라. 과인(寡人)이 맛당이 친(親)
히 가, 군(君)의 ᄂᆞᆾ출 보고 샤례(謝禮)코져 호디 이목(耳目)이 번다
(繁多)호디라 능(能)히 신(信)을 일위디 못호고 일념(一念)이 경〃(耿
耿)101)호야 어린 두 ᄌᆞ식(子息)으로 과인(寡人)의 몸을 딕(代)호느니
군(君)은 슬피라. ᄌᆞ금(資金) 일쳔(一千) 냥(兩)이 쇼〃(小小)호나 덕
듕(謫中) 간고(艱苦)102)를 보틸디어다.'

호엿더라.

흑ᄉᆞ(學士ㅣ) 보기를 ᄆᆞᆺ고 세ᄌᆞ(世子)를 향(向)호야 손샤(遜謝) 왈
(曰),

"쇼ᄉᆡᆼ(小生)이 무슴 공(公)이 잇관대 대왕(大王)이 금지옥엽(金枝
玉葉)103)으로 쳔(千) 리(里)의 보

17면

ᄂᆡ샤 ᄆᆞᄅᆞᆷ미 계시니잇고? 져 즈음긔 적은 계교(計巧)를 드려 지금가
디 셩(盛)히 사례(謝禮)ᄒᆞ시니 뼈곰 ᄉᆡᆼ(生)의 뜻이 아니라 블평(不平)
호믈 이긔디 못홀소이다."

세ᄌᆞ(世子ㅣ) 왈(曰),

"부왕(父王)이 ᄒᆞ시ᄃᆡ 션ᄉᆡᆼ(先生)이 옥듕(獄中)의 드러실 적 ᄌᆞ가

---

99) 참황(慘惶): 참혹하고 두려움.
100) 뉵니(恧罹): 육리. 근심하고 부끄러워함.
101) 경경(耿耿): 마음에 잊히지 않고 염려됨.
102) 간고(艱苦): 가난하고 고생스러움.
103) 금지옥엽(金枝玉葉): 금으로 된 가지와 옥으로 된 잎이란 뜻으로 아주 귀한 자손
을 이르는 말.

(自家)를 듕풍(中風)ᄒ라 닐넛노라 아냐 계교(計巧)로 늬 몸을 벗겨 늬니 은혜(恩惠) 더옥 깁흔디라 약간 금빅(金帛)으로 샤례(謝禮)ᄒ시더이다.”

혹ᄉᆡ(學士ㅣ) 쇼왈(笑曰),

“죄인(罪人)이 셜ᄉᆞ(設使) 블민(不敏)ᄒ나 대왕(大王)을 계교(計巧)를 ᄀᆞᆯ치고 ᄯᅩ 누셜(漏泄)ᄒ야 죄(罪)를 면(免)코져 ᄒ리오? 제(齊)·황(黃)[104] ᄂᆡ인(兩人)의 일도 ᄉᆞᄉᆡ(私事ㅣ) 아니오 대왕(大王)도 고황뎨(高皇帝)[105]의 ᄌᆞ(子)로 화(禍)를 면(免)코져 ᄒ시미 그르디 아니매 죄인(罪人)이 젹은 계교(計巧)를 ᄀᆞᆯ쳐시나 금황뎨(今皇帝)[106]ᄂᆞᆫ 고황뎨(高皇帝)를 니으신 인군(人君)이니 그 신하(臣下)를 죄(罪) 주믈

•••

18면

원(願)ᄒ리오? 죄인(罪人)이 뒷 뫼히 오동(梧桐)닙흘 바다 먹어도 결단(決斷)코 연대왕(燕大王)의 금빅(金帛) ᄂᆞᆫ 아니 바드리니 쇼뎐하(小殿下)ᄂᆞᆫ 일즉 도라가 대왕(大王)긔 알외ᄃᆡ 우흘 범(犯)티 마ᄅᆞ시게 ᄒ쇼셔.”

셰ᄌᆞ(世子ㅣ) 답(答)고져 ᄒ더니 왕ᄌᆞ(王子) 고귀(高煦ㅣ) 믄득 닐오ᄃᆡ,

---

104) 제(齊)·황(黃): 명나라 건문제의 중신인 제태와 황자징을 말함. 1398년 홍무제가 타계하고 황태손 주윤문이 건문제로 즉위하자 제태(齊泰)를 병부상서(兵部尙書), 한림원 수찬 황자징(黃子澄)을 태상경(太常卿)에 임명하여 국정을 담당토록 함. 연왕이 정난군을 이끌고 반란을 일으켰을 때 숙청당함.

105) 고황뎨(高皇帝): 중국 명나라의 태조 주원장(朱元璋)을 이름. 태조는 묘호(廟號)이고, 고황제는 시호(諡號).

106) 금황뎨(今皇帝): 지금의 황제. 명나라 제2대 황제인 건문제를 뜻함. 명 태조 홍무제 주원장(朱元璋)의 장손이자 의문황태자(懿文皇太子) 주표(朱標)의 아들.

"션싱(先生)은 우은 말 〃나. 시금(時今)의 건문(建文)[107]이 암약(暗弱)[108]ᄒ니 부왕(父王)이 정난(靖難)[109][110]을 니ᄅ혀려 ᄒ시ᄂ니 션싱(先生) 말ᄉᆷ이 무익(無益)ᄒ니이다."

흑ᄉᆡ(學士 ㅣ) 변ᄉᆡᆨ(變色) 왈(日),

"이 진짓 말이니 신해(臣下 ㅣ) 되여 범법(犯法)ᄒ미 엇디 죄(罪) 아니리잇가?"

셰ᄌᆡ(世子 ㅣ) 밧비 고구(高煦)[111]를 ᄭᅮ짓고 샤례(謝禮) 왈(日),

"어린 아ᄒᆡ(兒孩) 말을 션싱(先生)은 노(怒)티 말나."

흑ᄉᆡ(學士 ㅣ) 셰ᄌᆞ(世子)의 용뫼(容貌 ㅣ) 온화(溫和)ᄒ고 말ᄉᆷ을 유법(有法)히 ᄒ믈 보고 눈을 드러 ᄌᆞ시 보니 긔위(氣宇 ㅣ)[112] 단엄(端嚴)[113]ᄒ고 신치(身采) 준샹(俊爽)[114]ᄒ야 농안봉미(龍眼鳳眉)[115]

• • •

19면

타일(他日) 태평(太平) 텬ᄌᆞ(天子)의 긔샹(氣像)이 이시니 흑ᄉᆡ(學士 ㅣ) 대경(大驚)ᄒ야 심하(心下)의 탄왈(嘆日),

"텬명(天命)이 발셔 뎡(定)ᄒ엿도다."

---

107) 건문(建文): 명나라 제2대 황제 건문제.

108) 암약(暗弱): 어리석고 약함.

109) 난: [교] 원문에는 '안'으로 되어 있으나 오기로 보임.

110) 정난(靖難): 정난. 정난의 변(靖難之變)은 명의 영락제가 제위를 건문제로부터 탈취한 사건을 말함. 1399년 8월 6일 건문제 원년에 발생하여 4년간 지속됨.

111) 고구: [교] 원문에는 '구고'로 되어 있으나 오기로 보임.

112) 긔위(氣宇): 기우. 기개와 도량.

113) 단엄(端嚴): 단정하고 엄숙함.

114) 준샹(俊爽): 준상. 사람의 자태가 준수하고 훌륭함.

115) 농안봉미(龍眼鳳眉): 용안봉미. 용의 눈과 봉황의 눈썹.

ᄒᆞ고 조초 고구(高煦)를 보니 년긔(年紀) 십이(十二) 셰(歲)로딕 구
각(軀殼)116)이 쟝대(壯大)ᄒᆞ고 눈이 모딜고 샹뫼(像模ㅣ) 흉(凶)ᄒᆞ야
타일(他日) 흉죵(凶終)ᄒᆞᆯ 거동(擧動)이오, 셰ᄌᆞ(世子)ᄂᆞᆫ 십ᄉᆞ(十四)
셰(歲)라. 혹ᄉᆡ(學士ㅣ) 다만 탄식(歎息)고 셕식(夕食)을 ᄀᆞᆽ초와 냥
(兩) 왕ᄌᆞ(王子)를 딕졉(待接)ᄒᆞ고 이 밤을 ᄒᆞᆫ가지로 지닐ᄉᆡ 혹ᄉᆡ(學
士ㅣ) 밤이 맛도록 셰ᄌᆞ(世子)로 더브러 말솜ᄒᆞ고, 고구(高煦)ᄂᆞᆫ 잠
드러 코 고으ᄂᆞᆫ 소릭 우뢰 ᄀᆞᆮ더라. 혹ᄉᆡ(學士ㅣ) 셰ᄌᆞ(世子)의 언어
동지(言語動止)117) 녜(禮)를 됴히 너기믈 심하(心下)의 ᄉᆞ랑ᄒᆞ고 긔
특(奇特)ᄒᆞ야 손을 잡고 왈(曰),

"쇼뎐하(小殿下)의 인믈(人物)을 ᄉᆞ랑ᄒᆞ고 흠경(欽敬)ᄒᆞ나 타일(他
日) 못기ᄂᆞᆫ118) 쉽디 못ᄒᆞᆯ디라. 연119)대왕(燕大王)이 죵시(終是) ᄯᅳᆺ을

20면

일우고 그티리니 쇼싱(小生)을 아모리 핍박(逼迫)ᄒᆞ여도 다시 나아
가기 어려오니 금일(今日)이 쳔ᄌᆡ(千載)의 엇디 못ᄒᆞᆯ디라. 쇼뎐하(小
殿下)ᄂᆞᆫ 다만 어딜기를 힘쁘쇼셔."

셰지(世子ㅣ) 구연(懼然)ᄒᆞ120)야 샤례(謝禮)ᄒᆞᆯ ᄲᅮᆫ이러라.

계명(鷄鳴)의 셰지(世子ㅣ) 도라갈ᄉᆡ 혹ᄉᆡ(學士ㅣ) 손을 잡고 직삼
(再三) 년〃(戀戀)ᄒᆞ다가 손을 노흐니 셰지(世子ㅣ) 빅도(倍道)121)ᄒᆞ

---

116) 구각(軀殼): 정신에 대하여 '온 몸뚱이'를 이르는 말.
117) 언어동지(言語動止): 언어동지. 말과 행동거지.
118) 못기ᄂᆞᆫ: 모이기는.
119) 연: [교] 원문에는 '션'으로 되어 있으나 오기로 보임.
120) 연ᄒᆞ: [교] 원문에는 이 글자들이 부연되어 있으나 의미가 통하지 않으므로 삭제함.
121) 빅도(倍道): 배도. 배도겸행(倍道兼行)의 준말. 이틀에 갈 길을 하루에 걸음.

야 연븍(燕北)의 니르러 왕(王)긔 빅견(拜見)ᄒ고 봉셔(封書)를 올리니 ᄒ여시ᄃᆡ,

'복(僕)이 대왕(大王) 힝거(行車)를 니별(離別)ᄒ고 산쳔(山川)이 ᄀ리오매 도뢰(道路ㅣ) 요원(遙遠)ᄒ니 심(甚)히 경〃(耿耿)ᄒ더니 일됴(一朝)의 텬뎡(天廷)의 죄(罪)를 어더 이역변ᄒᆡ(異域邊海)의 뎍거(謫居)ᄒ니 잔명(殘命)을 보젼(保全)홈도 국은(國恩)이라 엇디 염(厭)ᄒ리오? 대왕(大王)이 쳔(千) 리(里)

...

21면

의 신(信)을 일위샤 일편(一篇) 글월이 쇼싱(小生)을 위로(慰勞)ᄒ시고 냥위(兩位) 귀공ᄌ(貴公子)를 보ᄂᆡ샤 누인(陋人)을 ᄎᄌ시니 이 은혜(恩惠)ᄂ 싱젼(生前)의 갑기 어려온디라. 쇼싱(小生)이 대왕(大王)의 후졍(厚情)을 모ᄅᆞ미 아니로ᄃᆡ 일(一) 쳔(千) 냥(兩) 금(金)은 감(敢)히 밧디 못ᄒᆞᆸᄂᆞ니 쇼싱(小生)의 뜻을 핍박(逼迫)디 마ᄅᆞ시고 블경(不敬)ᄒ다 고이(怪異)히 너기디 마ᄅᆞ쇼셔.'

ᄒ엿더라.

왕(王)이 견필(見筆)의 믁연(黙然)ᄒ다가 무ᄅᆞᄃᆡ,

"니현이 타일(他日) 겁박(劫迫)[122]디 말나 ᄒ미 어인 뜻이뇨?"

도연(道衍) 왈(曰),

"이 반ᄃᆞ시 대왕(大王)이 텬하(天下)를 어드셔도 저를 핍박(逼迫)ᄒ야 벼슬을 ᄒ이디 말나 ᄒ미로소이다."

셰ᄌ(世子ㅣ) 이의 전후슈말(前後首末)을 고(告)ᄒ니 왕(王)이 쇼

---

122) 겁박(劫迫): 으르고 협박함.

왈(笑曰),

"니현의 이리ᄒᆞ믈 과인(寡人)이 더옥 취듕(取重)[123] ᄒᆞᆫ

•••

22면

배라. 엇디하여야 니현을 항복(降伏)바드리오?"

도연[124]이 이윽이 ᄉᆡᆼ각ᄒᆞ다가 ᄀᆞᆯ오ᄃᆡ,

"현이 구ᄐᆞ야 건문(建文)의 신해(臣下ㅣ) 아니어ᄂᆞᆯ 괴독(怪毒)[125] ᄒᆞᆫ 고집(固執)을 ᄂᆡ여시니 맛당이 계교(計巧)로ᄡᅥ 소길 밧 다ᄅᆞᆫ 일 업ᄂᆞ이다. 드ᄅᆞ니 니현의 어미 홀로 금쥐(錦州ㅣ) 잇다 ᄒᆞ니 이리〃〃ᄒᆞ야 그 ᄆᆞ음을 굴강(屈降)[126]케 ᄒᆞ야지이다."

왕(王)이 크게 깃거 그리ᄒᆞ라 ᄒᆞ니 도연[127]이 즉시(卽時) 계교(計巧)ᄅᆞᆯ ᄒᆡᆼ(行)ᄒᆞ다.

화셜(話說). 뎐 부인(夫人)이 금쥐(錦州ㅣ) 이셔 ᄋᆞᄌᆞ(兒子)ᄅᆞᆯ 니별(離別)ᄒᆞ고 심ᄉᆞ(心思)ᄅᆞᆯ 둘 ᄃᆡ 업서 일야(日夜) 톄읍(涕泣)[128]ᄒᆞ더니 수삼(數三) 월(月)이 지난 후(後), 일〃(一日)은 ᄒᆞᆫ 창뒤(蒼頭ㅣ)[129] 낙안쥐(樂安州ㅣ)로조ᄎᆞ 왓노라 ᄒᆞ고 일(一) 봉(封) 셔(書)ᄅᆞᆯ 올리니 부인(夫人)이 밧비 ᄡᅥ혀 보니 만(萬) 리(里) 원로(遠路)의 무ᄉᆞ(無事)히 득[130]달(得達)[131]ᄒᆞᆷ과 뉴 시(氏) 만

---

123) 취듕(取重): 취중. 중요한 인물로 여김.

124) 연: [교] 원문에는 '현'으로 되어 있으나 오기로 보임.

125) 괴독(怪毒): 괴이하고 독함.

126) 굴강(屈降): 굽혀 항복함.

127) 연: [교] 원문에는 '현'으로 되어 있으나 오기로 보임.

128) 톄읍(涕泣): 체읍. 눈물을 흘리며 슬피 욺.

129) 창뒤(蒼頭ㅣ): 사내인 종.

나믈 고(告)ᄒ엿고 뉴 시(氏) 셔찰(書札)이 ᄒᆞᆫ가지로 왓ᄂᆞᆫ디라 부인
(夫人)이 챠경챠희(且驚且喜)132)ᄒ야 뉴 시(氏) 보지 못ᄒᆞᆷ믈 슬허 셔
간(書簡)을 븟들고 비열(悲咽)133)ᄒᆞᆷ믈 이긔디 못ᄒ더라. 부인(夫人)
이 비록 ᄋᆞ즈(兒子)를 니별(離別)ᄒ야 심ᄉᆞ(心思ㅣ) 슬프나 심디(心
地)134) 너르미 대ᄒᆡ(大海) ᄀᆞᆮ디라 ᄆᆞ음을 강잉135)(强仍)ᄒ야 비회
(悲懷)를 춤고 티가(治家)ᄒᆞᆷ믈 법도(法度)136)로 ᄒ더니,

일월(日月)이 여류(如流)ᄒ야 이ᄒᆡ 딘(盡)ᄒ고 신년(新年)이 되니
연왕(燕王)이 군(軍)을 니르혀 대국(大國) 디경(地境)을 범(犯)ᄒ고
뉴언(流言)137)을 지어 ᄀᆞᆯ오ᄃᆡ,

'니현이 연왕(燕王)을 도와 긔병(起兵)ᄒᆞᆫ다.'

ᄒ니 제(齊) 각노(閣老)와 황(黃) 승샹(丞相)이 듯고 대로(大怒)ᄒ
야 흑ᄉᆞ(學士)를 잡고져 ᄒᆞᄃᆡ 연병(燕兵)이 지경(地境)을 ᄧᆞ시니 산
동(山東)을 통(通)ᄒᆞᆯ 길히 업서 이에 관리(官吏)를 발(發)ᄒ야 흑ᄉᆞ
(學士) 구족(九族)과 딘 부인(夫人)을

---

130) 득: [교] 원문에는 '들'로 되어 있으나 오기로 보임.

131) 득달(得達): 목적한 곳에 다다름.

132) 챠경챠희(且驚且喜): 차경차희. 놀라기도 하고 기뻐하기도 함.

133) 비열(悲咽): 슬퍼서 목이 멤.

134) 심디(心地): 심지. 마음의 본바탕.

135) 잉: [교] 원문에는 '인'으로 되어 있으나 오기로 보임.

136) 법도(法度): 생활상의 예법과 제도.

137) 뉴언(流言): 유언. 터무니없이 떠도는 말.

잡으니 무수(無數) 나졸(邏卒)이 금쥐(錦州ㅣ) 일촌(一村)을 뻣고 니가138)(-家) 죡친(族親)을 다 잡고 본쥐(本州ㅣ) 태쉬(太守ㅣ) 쏠와 니르러 부인(夫人)을 잡아 죄인(罪人)의 복쉭(服色)으로 함거(檻車)139)의 가도니 일가(一家) 노쇼(老小)의 우름 소래 하늘을 흔들고 딘 부인(夫人)이 ㅇ즉(兒子)를 다시 보디 못ᄒᆞ고 죽을 곳의 쌘지니 창황망극(倉黃罔極)ᄒᆞ야 다만 하늘을 우러∥ 명도(命途)140)를 탄(嘆)ᄒᆞᆯ 분이오, 일신(一身)을 쇠ᄉᆞ슬노 잠가 가업슨 괴로옴과 욕(辱)되미 일시(一時)를 견듸디 못ᄒᆞᆯ디라. 부인(夫人)이 도로혀 죽기를 영화(榮華)로이 너겨 믈 숟141)을 먹디 아니ᄒᆞ고 수오(數五) 일(日)을 힝(行)ᄒᆞ야 션화역의 니르러ᄂᆞᆫ 수쳔(數千) 군매(軍馬ㅣ) 딘셰(陣勢)를 베플고 일원(一員) 대쟝(大將)이 칼을 안고 웨여142) 왈(曰),

"너히 엇딘 고(故)로 간신(奸臣)의 뜻을 바다 무죄(無罪)ᄒᆞᆫ 사

룸을 죽이려 ᄒᆞᄂᆞ뇨?"

모든 공치(公差ㅣ)143)와 압녕(押領)144)ᄒᆞ야 가던 사름이 어음(語

---

138) 가: [교] 원문에는 '각'으로 되어 있으나 오기로 보임.

139) 함거(檻車): 죄인을 실어 나르던 수레.

140) 명도(命途): 운수.

141) 숟: 밥 따위의 음식물을 숟가락으로 떠 그 분량을 세는 단위.

142) 웨여: 외쳐.

143) 공치(公差ㅣ): 공차. 관아나 궁에서 파견한 사자(使者)나 관원.

晉) 의복(衣服)이 연군(燕軍)인 줄 알고 일시(一時)의 함거(檻車)를
브리고 허여디니 그 쟝쉬(將帥ㅣ) 믈긔 느려 니가(-家) 졔인(諸人)의
닙 거슬 그르고 의복(衣服)을 닙혀 믈 틔오고 조초 두어 츙녜(臧女
ㅣ)[145] 나와 부인(夫人)을 뫼셔 뎡[146]의 녀흐니 부인(夫人)이 경황
(驚惶)ᄒᆞ야 문왈(問日),

"너히 엇던 사름이완듸 우리를 구(救)ᄒᆞᄂᆞ뇨?"

츙녜(臧女ㅣ) 디왈(對日),

"우리ᄂᆞᆫ 연왕(燕王) 뎐하(殿下) 브리신 사름이라. 특별(特別)이 부
인(夫人)을 뫼와 연븍(燕北)의 도라가 평안(平安)이 부귀(富貴)를 누
리시게 ᄒᆞ려 ᄒᆞᄂᆞ이다."

부인(夫人) 왈(日),

"연왕(燕王) 뎐해(殿下ㅣ) 구(救)ᄒᆞ신 은혜(恩惠)ᄂᆞᆫ 감격(感激)ᄒᆞ나
노신(老身)은 쳔(賤)ᄒᆞᆫ 사름이라 비록 죽은들 연디(燕地)의 가리오?"

모다 답(答)디 아니코 힝(行)ᄒᆞ야 연븍(燕北)의 니르니 왕(王)이 셩

. . .

26면

듕(城中) 큰 집을 서르져[147] 안돈(安頓)ᄒᆞ고 쟝획(臧獲)[148]으로 위의
(威儀)[149]를 도으며 무수(無數) 시쳡(侍妾)과 양낭(養娘)[150]으로 스

---

144) 압녕(押領): 압령. 죄인을 맡아서 데리고 옴.
145) 츙녜(臧女ㅣ): 장녀. 여종.
146) 뎡: 공주나 옹주가 타던 가마. 후에는 귀한 집의 아녀자들이 타는 가마를 지칭함.
147) 져: [교] 원문에는 '쳐'로 되어 있으나 오기로 보임.
148) 쟝획(臧獲): 종.
149) 위의(威儀): 격식을 갖춘 태도나 차림새.
150) 양낭(養娘): 양랑. 유모.

후(伺候)[151] 호게 호니 부인(夫人)이 스양(辭讓) 왈(曰),

"쳡(妾)은 텬됴(天朝)[152]의 죄(罪) 어든 몸이라. 비록 뎐하(殿下) 은혜(恩惠)를 닙스와 지싱(再生) 호여시나 셩(盛)혼 위의(威儀) 블가(不可) 호이다."

왕(王)이 그 모즈(母子)의 뜻이 이 굿트믈 더옥 칭찬(稱讚) 호야 셔후(徐后)를 보와 여츠〃(如此如此) 호라 호시니, 셔휘(徐后ㅣ) 월야(月夜)를 타 미복(微服)으로 이에 니르니 딘 부인(夫人)이 셔후(徐后)의 거지(擧止) 샹녜인(常例人)[153]과 다르믈 의심(疑心) 호야 공경(恭敬) 호야 마자 거쥬(居住)를 무르니 셔휘(徐后ㅣ) 옷기슬 념의고 좌(座)를 써나 왈(曰),

"과인(寡人)은 다르니 아니라 연왕(燕王) 비(妃) 셔(徐) 시(氏)니 부인(夫人) 셩의(盛義)[154]를 듯고 특별(特別)이 니르러 쳥(請) 홀 말이 잇느니 부인(夫人)이 용납(容納) 호리잇가?"

부인(夫人)이

•••

27면

공경(恭敬) 호야 피셕(避席) 디왈(對曰),

"쳡(妾)은 망명(亡命)[155] 죄슈(罪囚)로 일명(一命)이 검하(劍下)의 믓츨러니 귀국(貴國) 대왕(大王)의 은혜(恩惠)를 닙스와 지싱(再生)

---

151) 스후(伺候): 사후. 웃어른의 분부를 기다림.
152) 텬됴(天朝): 천조. 황제(皇帝)의 조정(朝廷).
153) 샹녜인(常例人): 상례인. 보통사람.
154) 셩의(盛義): 큰 절의.
155) 망명(亡命): 목숨이 없어짐.

ㅎ니 졍(正)히 결초보은(結草報恩)홀디라 존휘(尊后ㅣ) 므슴 말을 쳡(妾)의게 쳥(請)ㅎ시리잇고? 듯기를 원(願)ㅎᄂ이다."

휘(后ㅣ) 다시 념임(斂衽)[156] 왈(曰),

"다른 일이 아니라 녕낭(令郞)[157] 니 혹시(學士ㅣ) 일즉 건문(建文)의 녹(祿)을 먹디 아냐시니 고집(固執)히 졀(節)을 딕힐 배 업ᄉ니 우리 대왕(大王)이 텬명(天命)을 바다 텬하(天下) 강산(江山)을 졍(定)ᄒ려 ᄒ니 타일(他日) 혹시(學士ㅣ) 비록 블복(不服)ᄒ여도 부인(夫人)이 권유(勸諭)ᄒ야 연됴(燕朝) 신해(臣下ㅣ) 되게 ᄒ쇼셔."

부인(夫人)이 텽파(聽罷)의 안식(顔色)을 고티고 공경(恭敬) 왈(曰),

"존후(尊后) 말ᄉᆷ을 듯ᄌ오니 골경심한(骨驚心寒)[158]ᄒ믈 이긔디 못ᄒ옵ᄂ니 ᄌ고(自古)로 신해(臣下ㅣ) 인군(人君)을 치믄

• • •

28면

그ᄅ고 션비 벼슬을 아냐도 그 나라 신해(臣下ㅣ)라. 블쵸(不肖) 돈ᄋ이(豚兒ㅣ) 션[159]됴(先朝)의 등뎨(登第)ᄒ야 국은(國恩)이 듕(重)ᄒ고 신황뎨(新皇帝) 션됴(先朝)를 니어 계시니 블쵸ᄋ(不肖兒)의 인군(人君)이라. 비록 몸이 유확(油鑊)[160]의 ᄉᆷ긴들 ᄠᅳᆺ을 고티리오?"

셔휘(徐后ㅣ) 웃고 왈(曰),

"텬여블취(天與不取)면 반슈기앙(反受其殃)[161]이라. 대왕(大王)과

---

156) 념임(念恁): 염임. 옷깃을 여밈.

157) 녕낭(令郞): 영랑. 남의 아들을 공손히 이르는 말. 영식(令息).

158) 골경심한(骨驚心寒): 놀랍기도 하고 심장이 내려앉는 듯함.

159) 션: [교] 원문에는 '셩'으로 되어 있으나, 문맥을 고려하여 이와 같이 수정함.

160) 유확(油鑊): 기름가마.

161) 텬여블취(天與不取)면 반슈기앙(反受其殃): 천여불취면 반수기앙. 하늘이 주신 것

혹시(學士ㅣ) 다 텬명(天命)을 바다시니 거스려도 홀일업고 빅식(百事ㅣ) 경권(經權)162)이 업디 아니리니 니 혹식(學士ㅣ) 일즉 건문(建文)의 슈은(受恩)ᄒᆞ미 업고 익미(曖昧)이 죄(罪)를 닙어 뎍거(謫居)ᄒᆞ니 엇디 군신지분(君臣之分)163)이 이시리오? 원(願)컨딕 부인(夫人)은 허(許)ᄒᆞ샤 과인(寡人)이 이리 나왓던 보름이 잇게 ᄒᆞ쇼셔.”

부인(夫人)이 쏘흔 신명(神明)흔 사름이라 연왕(燕王)의 텬명(天命) 바드시믈 어이 모르며 금일(今日) 셔후(徐后)의 외뫼(外貌ㅣ) 태평(太平) 국모(國母)의 거동(舉動)이 이시니

• • •

29면

텬의(天意)를 거스려 무익(無益)ᄒᆞᆫ디라. 이에 샤례(謝禮) 왈(曰),

“쳡(妾)이 검하(劍下)의 남은 인싱(人生)으로 뎐하(殿下)의 은혜(恩惠)를 닙어 ᄉᆞ랏고 블쵸ᄌᆞ(不肖子) 현이 쇼시(少時)로브터 대왕(大王)의 지우(知遇)164)ᄒᆞ시믈 닙엇ᄂᆞᆫ디라 쳡(妾)이 당당(堂堂)이 권유(勸諭)ᄒᆞ려니와 ᄌᆞ식(子息)이 평싱(平生) 고집(固執)이 만흐니 약(弱)흔 어믜 말 듯기를 밋디 못ᄒᆞᄂᆞ이다.”

셔휘(徐后ㅣ) 깃거 칭샤(稱謝) 왈(曰),

“혹ᄉᆞ(學士)ᄂᆞᆫ 효ᄌᆞ(孝子ㅣ)라 엇디 부인(夫人) 말ᄉᆞᆷ을 거슬니잇고?”

인(因)ᄒᆞ야 하딕(下直)고 궁(宮)의 도라와 왕(王)긔 슈말(首末)을 고(告)ᄒᆞ니 왕(王)이 깃거 왈(曰),

---

을 받지 않으면 도리어 그 재앙을 받음.

162) 경권(經權): 경법(經法)과 권도(權道). 경법은 언제나 변하지 않는 원칙이고, 권도는 사안에 따라 융통성 있게 처리하는 것을 의미함.

163) 군신지분(君臣之分): 임금과 신하 사이의 분수나 의리.

164) 지우(知遇): 다른 사람이 자기의 인격이나 학식을 인정해서 잘 대우함.

"니현은 효셩(孝誠)이 지극(至極)ᄒ니 반ᄃ시 제 어믜 말을 드르리
라."

ᄒ고 틱일(擇日)ᄒ야 긔병(起兵)홀시 호(號) 왈(曰) '졍난병(靖難
兵)165)'이라 ᄒ고 대군(大軍)을 발(發)ᄒ야 남경(南京)을 티니 기셰
(氣勢) 뇌뎡(雷霆)166) ᄀᄐ야 일(一) 인(人)도 당(當)ᄒ리 업스니 건
문(建文)이 홀일업서 삭발도쥬(削髮逃走)167)ᄒ여

⋯

30면

시나 졍뎐(正殿)168)의 블이 브터시니 연국(燕國)의셔 건문(建文)이
블 타 죽은 줄노 아더라.

연왕(燕王)이 대위(大位)의 즉(卽)ᄒ고 긔원(開元)169)을 영낙(永
樂)170)이라 ᄒ고 텬하(天下)의 반샤(頒赦)171)ᄒ니, 추시(此時) 졔태
(齊泰) 등(等)이 셰(勢) 위급(危急)ᄒ믈 보고 이에 ᄉ졀(死節)172)ᄒ니
연왕(燕王)이 구족(九族)을 멸(滅)ᄒ고 위의(威儀)173)를 거ᄂ려 북경

---

165) 졍난병(靖難兵): 정난병. 1398년 홍무제가 죽자 제2대 황제였던 손자 건문제가
　　제태, 황자징 등 신하의 말을 받아들여 연왕 형제들의 권력을 약화하는 삭번정책
　　을 실시하니, 홍무제의 아들 중 가장 연장자이며 세력이 강대한 주체가 군사를
　　일으키니 이를 정난병이라 함.

166) 뇌뎡(雷霆): 뇌정벽력. 천둥과 벼락이 격렬하게 침.

167) 삭발도쥬(削髮逃走): 삭발도주. 머리카락을 다 깎고 도주함.

168) 졍뎐(正殿): 정전. 왕이 나와서 조회를 행하던 궁전.

169) 긔원(開元): 개원. 나라나 왕이 연호(年號)를 고침.

170) 영낙(永樂): 영락. 중국 명나라의 제3대 황제(재위 1402~1424)인 주체(朱棣) 성
　　조(成祖)의 연호.

171) 반샤(頒赦): 반사. 경사가 있을 때 나라에서 죄인들을 용서하여 주던 일.

172) ᄉ졀(死節): 사절. 절개를 위해 목숨을 버림.

173) 위의(威儀): 위엄이 있고 엄숙한 태도나 몸가짐.

(北京)으로 도라와 궁궐(宮闕)을 고티고 군신(群臣)의 진하(進賀)174)
를 밧고 셔후(徐后)를 칙봉(冊封)ᄒ야 황후(皇后)를 삼고 고치(高熾)
로 태ᄌ(太子)를 봉(封)ᄒ고 고귀(高煦ㅣ) 션시(先時)의 산동(山東)
가실 적 디방(地方)이 너르고 산쳔(山川)이 됴흐믈 보고 ᄌ원(自願)
ᄒ야 대국(大國)의 한왕(漢王)이 되여 산동(山東) 낙안쥐(樂安州ㅣ)
도읍(都邑)을 뎡(定)ᄒ고 임홍175)을 졍난(靖亂) 공신(功臣)을 봉(封)
ᄒ야 우승샹(右丞相)을 ᄒ이고 명현으로 좌승샹(左丞相)을 ᄒ이고
도연(道衍)으로 태ᄌ쇼부(太子少傅)176) 연국공을 봉(封)ᄒ고

•••

31면

특지(特旨)177)로 니현을 태ᄌ태ᄉ(太子太師)178) 튱문179)공을 봉(封)
ᄒ야 역마(驛馬)180)로 오게 ᄒ시고 태흑ᄉ(太學士) 희진으로 졀월(節
鉞)181)을 가져 산동(山東)으로 가 은명(恩命)182)을 젼(傳)ᄒ게 ᄒ다.
　이적의 니 흑ᄉ(學士ㅣ) 뎍소(謫所)의셔 평안(平安)이 지니나 일야

---

174) 진하(進賀): 나라의 경사가 있을 때, 임금이 백관에게 축하를 받던 일.

175) 홍: [교] 이 뒤에 '동등'이라는 글자가 있으나 부연으로 보아 삭제함.

176) 태ᄌ쇼부(太子少傅): 태자소부. 태자의 궁사(宮事)·시종(侍從)·진강(進講)의 일
을 맡아 보던 관아인 태자부(太子府)에 둔 벼슬이름.

177) 특지(特旨): 임금의 특별한 명령.

178) 태ᄌ태ᄉ(太子太師): 태자태사. 태자의 교육을 맡아보던 벼슬.

179) 문: [교] 원문에는 '무'로 되어 있으나, 앞에 '문'으로 나온 바 있으므로 이와 같이
수정함.

180) 역마(驛馬): 각 역참에 갖추어 둔 말.

181) 졀월(節鉞): 절월. 절부월(節斧鉞). 관리가 지방에 부임할 때에 임금이 내어 주던
물건. 절은 수기(手旗)와 같이 만들고 부월은 도끼와 같이 만든 것으로, 군령을
어긴 자에 대한 생살권(生殺權)을 상징함.

182) 은명(恩命): 임금이 관리를 임명하거나 용서할 때 내리는 은혜로운 명령.

(日夜) 모친(母親)을 닛디 못ᄒ야 ᄉ샹(思想)ᄒᄂᆫ 회푀(懷抱ㅣ) ᄀᆫ졀(懇切)ᄒ더니, 일〃(一日)은 드르니 ᄌ가(自家) 모친(母親)과 친족(親族)이 역뉼(逆律)183)노 잡혀 경ᄉ(京師)로 가다 ᄒ니 흑ᄉ(學士ㅣ) 대경(大驚) 샹도(傷悼)184)ᄒ야 남(南)으로 바라 크게 통곡(慟哭)ᄒ고 모친(母親) ᄉ싱(死生)을 몰라 식음(食飮)을 폐(廢)ᄒ고 쥬야(晝夜) 호곡(號哭)ᄒ니 흔 쵹뉘(髑髏ㅣ)185) 되엿고 뉴 시(氏) ᄯ흔 존고(尊姑)의 ᄉ싱(死生)을 몰나 초조(焦燥)ᄒ니 부쳬(夫妻ㅣ) ᄉ싱(死生)이 위틱(危殆)ᄒ더니 오라디 아냐 연왕(燕王)이 남경(南京)을 쳐 대위(大位)의 즉(卽)ᄒᄆᆯ 듯고 벽(壁)을 터 왈(曰),

"늬 ᄌ금(自今)186) 이후(以後)로 튱신(忠臣)이 못 되리로다."

좌위(左右ㅣ) 그 ᄯᆺ을 몰

· · ·

32면

라 ᄒ더니 수일(數日) 후(後) 히 흑ᄉ(學士ㅣ) 졀월(節鉞)과 인슈(印綬)187)를 가져 니르니 졍긔(旌旗) 폐일(蔽日)ᄒ고 위의(威儀) 초목188)(草木)을 덥흐나 흑ᄉ(學士ㅣ) 젼연(全然)이 요동(搖動)티 아니터니 희진이 명텹(名帖)을 통(通)ᄒᆫ대 흑ᄉ(學士ㅣ) 뎐어(傳語) 왈(曰),

"죄인(罪人)이 졀역189)풍샹(絶域風霜)190)의 일병(一病)이 팀면(沈

---

183) 역뉼(逆律): 역률. 역적을 처벌하는 법률.
184) 샹도(傷悼): 상도. 가슴 아파하며 슬퍼함.
185) 쵹뉘(髑髏ㅣ): 촉루. 해골.
186) ᄌ금(自今): 자금. 지금으로부터.
187) 인슈(印綬): 인수. 인끈을 의미함. 관인(官印)의 꼭지에 달아 몸에 달 수 있도록 한 끈.
188) 목: [교] 원문에는 '옥'으로 되어 있으나 오기로 보임.

綿)191)호야 상요(牀-)192)의 위돈(委頓)호엿는디라 감(敢)히 보디 못
호니 일즉 도라가쇼셔.”

히 흑시(學士ㅣ) 은근(慇懃)이 티답(對答)호디,

“흑싱(學生)이 황명(皇命)을 밧즈와 션싱(先生)을 딩쇼(徵召)193)호
시는 졀월(節鉞)을 밧드러 니르럿ᄂᆞ이다.”

흑시(學士ㅣ) 브답(不答)호고 문(門)을 안흐로 잠아 나디 아니호니
히진이 홀일업서 즉시(卽時) 빈도(倍道)호야 븍경(北京)의 니르러 황
뎨(皇帝)긔 진달(進達)194)호니 문황(文皇)이 우려(憂慮)호야 연국공
도연(道衍)으로 호여곰 역마(驛馬)를 타고 가 히유(解諭)195)호라 호
니 도연(道衍)이 즉시(卽時) 산동(山東)

● ● ●

33면

의 니르러 셩명(姓名)을 통(通)호디 흑시(學士ㅣ) 블열(不悅) 왈(曰),

“나는 공문(孔門)의 사름이라 엇디 산야(山野) 요승(妖僧)을 볼 배
이시리오?”

도연(道衍)이 잠간(暫間) 웃고 다시 쳥왈(請曰),

“쇼승(小僧)이 황명(皇命)을 밧즈와 명공(明公)을 기유(開諭)196)호

---

189) 역: [교] 원문에는 ‘여’로 되어 있으나 오기로 보임.
190) 졀역풍상(絶域風霜): 절역풍상. 멀리 떨어진 데서 온갖 고난을 겪음.
191) 팀면(沈綿): 침면. 병이 오래도록 낫지 않음.
192) 상요(牀-): 침상에 편 요.
193) 딩쇼(徵召): 징소. 부름. 특히 초야에 있는 선비를 벼슬자리에 불러서 쓰는 일을
말함.
194) 진달(進達): 말이나 편지를 받아서 올림.
195) 히유(解諭): 해유. 잘 풀어 타이름.
196) 기유(開諭): 개유. 사리를 알아듣도록 타이름.

라 니르럿느니 감(敢)히 스스로 뵈옵기를 청(請)ᄒ미 아니〃이다."

혹시(學士ㅣ) 청이블문(聽而不聞)[197]ᄒ니 동지(童子ㅣ) 나가 이대로 뎐(傳)ᄒ니 도연(道衍)이 홀일업서 거러 드러가 방문(房門)을 열고 절ᄒ니 혹시(學士ㅣ) 믁연(黙然) 정좌(正坐)ᄒ야 요동(搖動)티 아니니 도연(道衍)이 그 얼골을 보매 츄텬(秋天) ᄀᆞᆺ튼 안식(顔色)의 엄숙(嚴肅)ᄒᄆᆞᆯ 씌여 정식(正色) 믁도(黙睹)ᄒ니 진실(眞實)노 드리미러 말 브티미 셔의[198](齟齬)[199]ᄒ더라. 연(衍)이 일즉 텬ᄌ(天子)ᄅᆞᆯ 딘(對)ᄒ나 굴강(屈降)[200]티 아니터니 금일(今日) 혹ᄉ(學士)ᄅᆞᆯ 딘(對)ᄒ매 쟝심(壯心)[201]이 주러디고

· • •

34면

말을 하려 ᄒ매 혜 돕디 아냐 국궁(鞠躬)[202] 냥구(良久)[203] 후 피셕(避席) 왈(曰),

"쇼승(小僧)이 황명(皇命)을 밧ᄌ와 노야(老爺)ᄅᆞᆯ 청(請)ᄒ라 니르럿더니 용납(容納)ᄒ시믈 바라ᄂᆞ이다."

혹시(學士ㅣ) 냥목(兩目)을 ᄂᆞ초와 못 보ᄂᆞᆫ 사름 ᄀᆞᆺ트니 연이 감(敢)히 다시 말을 못ᄒ고 믈너나 밧긔 딘후(待候)[204]ᄒ야 날마다 드

---

197) 청이블문(聽而不聞): 청이불문. 들리되 듣지 않음.

198) 의: [교] '셔어'는 '셔의'로 관용적으로 표현되어 있어 굳이 수정하지 않음.

199) 셔의(齟齬): 서어. 뜻이 맞지 아니하여 조금 서먹함.

200) 굴강(屈降): 굴항. 굴복하여 항복함.

201) 쟝심(壯心): 장심. 마음에 품은 장하고 큰 뜻.

202) 국궁(鞠躬): 윗사람 앞에서 존경의 뜻으로 몸을 굽힘.

203) 냥구(良久): 양구. 시간이 꽤 지남.

204) 딘후(待候): 대후. 윗사람의 명령을 기다림.

러와 청(請)ㅎ딕 혹시(學士ㅣ) 입을 봉(縫)ㅎ야 답(答)디 아니니 도연
(道衍)이 홀일업서 이에 하딕(下直)고 경셩(京城)의 도라와 혹시(學
士ㅣ) 죵시(終是) 일언(一言)을 아니믈 고(告)ㅎ니, 뎨(帝) 홀일업서
근시(近侍)로 ㅎ야곰 진 부인(夫人)긔 젼(傳)ㅎ야 혹ᄉ(學士)ᄅ 기유
(開諭)ㅎ라 ㅎ니, 딘 부인(夫人)이 이에 글월을 뼈 ᄉ신(使臣)을 맛져
혹ᄉ(學士)ᄅ 주라 ㅎ니, 샹(上)이 츄밀ᄉ(樞密使) 뎡연205)을 보뉘여
기유(開諭)ㅎ여 ᄆ음을 도로혀도록 ㅎ라 ㅎ시니,

뎡 츄밀(樞密)이

･･･

35면

셩야(星夜)206)로 힝(行)ㅎ야 혹ᄉ(學士) 햐소(下所)의 니ᄅ러 혹시(學
士ㅣ) 젼(前)쳐로207) 못 듯ᄂ 사ᄅᆷ ᄀᆺᄐ야 젼연(全然) 브동(不動)ㅎ
니 츄밀(樞密)이 즉시(卽時) 친(親)히 방듕(房中)의 드러가 공경(恭
敬)ㅎ야 녜(禮)ㅎ니 혹시(學士ㅣ) 비록 뎡심(貞心)208)을 허(許)티 아
니려 ㅎ나 뎨 됴뎡(朝廷) 대신(大臣)으로 얼골이 츄월(秋月) ᄀᆺ고 녜
뫼(禮貌ㅣ) 온듕(穩重)209)ㅎ니 산승(山僧) 딕졉(待接) ᄃᆺ홀 사ᄅᆷ이 아
니라. 강잉(强仍)210)ㅎ야 답녜(答禮)ㅎ고 긔식(氣色)이 싁〃ㅎ니 츄
밀(樞密)이 그 샹뫼(相貌ㅣ) 비범(非凡)ㅎ고 츈화(春和)211) ᄀᆺᄐ야 졍

---

205) 연: [교] 원문에는 '현'으로 되어 있으나, 정현은 앞(2:30)과 뒤(2:56)에 좌승상으
로 소개되어 있으므로 다른 인물로 보아 이와 같이 수정함.

206) 셩야(星夜): 성야. 별빛이 총총한 밤. 여기서는 밤에도 길을 갔다는 뜻임.

207) 젼(前)쳐로: 전처럼.

208) 뎡심(貞心): 정심. 곧은 마음.

209) 온듕(穩重): 온중. 평온하며 진중함.

210) 강잉(强仍): 억지로 힘씀.

쥬(程朱)²¹²) 졍믹(正脈)을 니어시믈 보고 블승흠경(不勝欽敬)²¹³)ᄒᆞ야 ᄂᆞᆺ빗츨 고티고 흠신(欠身)ᄒᆞ야 닐오ᄃᆡ,

"흑싱(學生)이 교지(敎旨)ᄅᆞᆯ 밧드러 명공(明公)을 쳥(請)ᄒᆞ라 왓ᄂᆞ니 명공(明公)은 당돌(唐突)ᄒᆞ믈 용사(容赦)ᄒᆞ쇼셔."

흑ᄉᆡ(學士ㅣ) 브답(不答)ᄒᆞ고 슈연(愁然)²¹⁴)이 졍좌(正坐)ᄒᆞ니 명공(公)이 다시 공경(恭敬)ᄒᆞ야 닐오ᄃᆡ,

⋯

36면

"명공(明公)이 비록 이졔(夷齊)의 졀(節)²¹⁵)을 ᄉᆞ모(思慕)ᄒᆞ야 이러ᄐᆞᆺ ᄒᆞ나 그 되(道ㅣ) 다ᄅᆞ니 건문(建文)의게 슈은(受恩)ᄒᆞ야 ᄉᆞ됴(仕朝)²¹⁶)ᄒᆞ미 업ᄉᆞ니 황명(皇命)을 승슌(承順)ᄒᆞ미 가(可)티 아니미 업ᄂᆞ다라. 므슴 연고(緣故)로 폐목언와(閉目偃臥)²¹⁷) 일언(一言)을 블

---

211) 츈화(春和): 츈화. '봄과 같은 온화함'의 뜻 같으나 미상임.

212) 졍쥬(程朱): 정주. 정자(程子)와 주자(朱子). 정자는 중국 북송(北宋) 중기의 유학자인 정호(程顥)와 정이(程頤) 형제를 높여 부른 말이고, 주자는 남송의 유학자인 주희(朱熹)를 높여 부른 말임. 정자는 신유학의 기초를 닦은 인물들이고, 주자는 신유학을 완성한 인물로 평가받음.

213) 블승흠경(不勝欽敬): 불승흠경. 공경하는 마음을 이기지 못함.

214) 슈연(愁然): 수연. 근심스러운 기색.

215) 이졔(夷齊)의 졀(節): 이제의 절. 백이(伯夷)와 숙제(叔齊)의 절개. 백이와 숙제는 고죽군(孤竹君)이라는 사람의 아들이었는데 고죽군이 나라를 숙제에게 물려주려고 하자 숙제가 그것이 예법에 어긋나는 것이라고 사양하고 백이 역시도 사양함. 결국 두 사람은 나라를 떠나 문왕을 섬기러 주(周)나라로 갔으나, 이미 문왕은 죽고 그의 아들인 무왕이 왕위에 올라 당시 천자국인 은(殷)나라를 정벌하려 하였고, 이에 백이와 숙제가 제후로서 천자를 정벌하는 것이 적절치 못함을 간하였으나 무왕이 듣지 않음. 이에 두 사람은 주나라의 녹을 받은 것을 부끄럽게 여겨 수양산에 들어가 고사리만 뜯어 먹다가 굶어 죽었다 함. 『사기』.

216) ᄉᆞ됴(仕朝): 사조. 조정에서 벼슬함.

217) 폐목언와(閉目偃臥): 눈을 감고 누워 있음. 상대를 무시할 때 하는 행동.

기(不開)ᄒ고 여러 번(番) ᄉ신(使臣)이 니르디 거만(倨慢)ᄒ미 심
(甚)ᄒ시뇨? 신황뎨(新皇帝) 텬명(天命)을 밧ᄌ와 텬하(天下) 강산(江
山)을 ᄆᆰ히시니 ᄯ또흔 그른 일이 아니어늘 명공(明公)이 흔갓 그릇 싱
각ᄒᄂ뇨? ᄒ믈며 녕당(令堂)²¹⁸⁾ 태부인(太夫人)을 구(救)ᄒ신 은혜
(恩惠)를 싱각흔들 이러틋 고집(固執)ᄒ리잇가. 혹싱(學生)의 말을
고디듯디 아니실딘대 녕태부인(令太夫人) 글월이 이에 잇ᄂ이다."

셜파(說罷)의 봉함(封緘)²¹⁹⁾을 밧드러 젼(傳)ᄒ니 혹ᄉ(學士ㅣ) 모
친(母親) 글월이란 말을 듯고 심신(心神)이 경황(驚惶)²²⁰⁾ᄒ니 미위
(眉宇ㅣ)²²¹⁾ 참연(慘然)²²²⁾ᄒ야 봉안(鳳眼)

∙••

37면

의 눈믈이 ᄯ러뎌 밧비 바다 공경(恭敬)ᄒ야 ᄯ혀 보니 셔(書)의
왈(曰),

'노뫼(老母ㅣ) 너를 니별(離別)흔 후(後) 혈〃잔천(孑孑殘喘)²²³⁾이
겨유 브지(扶支)ᄒ야 지너더니 익운(厄運)이 틱심(太甚)ᄒ야 됴뎡(朝
廷)이 니 시(氏) 구족(九族)과 노모(老母)를 역뉼(逆律)로 함거(檻車)
의 핍박(逼迫)ᄒ야 경ᄉ(京師)로 가니 일명(一命)이 검하(劍下)의 맛
ᄎᆯ러니 연왕(燕王) 뎐하(殿下)의 하늘 ᄀᆺᄐᆫ 대덕(大德)을 닙ᄉ와 즁
노(中路)의 ᄉ람을 보ᄂᆡ야 구(救)ᄒ시니 은혜(恩惠) 난망(難忘)이라.

---

218) 녕당(令堂): 영당. 남의 어머니를 이르는 말. 자당(慈堂).

219) 봉함(封緘): 편지를 봉투에 넣고 봉함.

220) 경황(驚惶): 놀라고 두려워 허둥지둥함.

221) 미위(眉宇ㅣ): 미우. 이마의 눈썹근처.

222) 참연(慘然): 슬퍼하는 모양.

223) 혈〃잔천(孑孑殘喘): 혈혈잔천. 외롭고 외로워 숨이 겨우 붙어 있음.

늬 아희(兒孩) 비록 신절(臣節)224)을 스모(思慕)ᄒ나 그 되(道ㅣ) 다
ᄅ고 맛ᄂᆞᆫ 배 다ᄅ니 네 건문(建文)을 위(爲)ᄒ야 고집(固執)히 절
(節)을 딕히고 군명(君命)을 거역(拒逆)ᄒ미 올티 아니〃 늬 아희(兒
孩) 어미 슬온 은혜(恩惠)를 싱각거든 일즉 승됴(陞朝)ᄒ야 텬명(天
命)을 슌슈(順受)225)ᄒ라.'

ᄒ엿더라.

⸰••

38면

흑ᄉᆡ(學士ㅣ) 보기를 ᄆᆞᆺ고 만ᄒᆡᆼ(萬行) 누쉬(淚水ㅣ) 옷기ᄉᆞᆯ 적시니
긔운(氣運)이 엄ᄉᆡᆨ(掩塞)226)ᄒ디라. 뎡 츄밀(樞密)이 차악(嗟愕)227)ᄒ
야 붓드러 구호(救護)ᄒ니 반ᄒᆡᆼ(半晌)228) 후(後) 졍신(精神)을 뎡(靜)
ᄒ야 븍(北)을 바라고 비읍(悲泣) 왈(曰),

"ᄒᆡ이(孩兒ㅣ) ᄯᅩ흔 모ᄅᆞ미 아니로ᄃᆡ 심듕(心中)의 회픠(懷抱ㅣ)
이셔 승됴(陞朝)ᄒ지 못ᄒ고 함구(緘口)ᄒ엿더니 모명(母命)이 여ᄎᆞ
(如此)ᄒ시니 ᄒᆡ이(孩兒ㅣ) 엇디 듕도(中道)를 싱각디 아니리잇고?"

드듸여 츄밀(樞密)을 향(向)ᄒ야 거슈(擧手) 샤례(謝禮) 왈(曰),

"죄인(罪人)이 편친(偏親)을 ᄯᅥ난 디 삼(三) 년(年)의 어안(魚雁)229)
이 돈졀(頓絶)230)ᄒ야 쇼식(消息)도 ᄌᆞ로 듯디 못ᄒ더니 풍문(風聞)의

---

224) 신졀(臣節): 신절. 신하가 지켜야 할 절개.

225) 슌슈(順受): 순수. 순순히 받음.

226) 엄ᄉᆡᆨ(掩塞): 엄색. 막힘.

227) 차악(嗟愕): 매우 놀람.

228) 반샹(半晌): 반나절.

229) 어안(魚雁): 물고기와 기러기. 편지나 통신을 이르는 말. 잉어나 기러기가 편지를
날랐다는 데서 유래함.

잡혀가시믈 듯고 다시 긔별(奇別)을 모르니 심댱(心臟)이 스힐231) 분이러니 이제 명공(明公)이 슈고로이 셔찰(書札)노 존문(存問)232)을 뎐(傳)ᄒ시니 이 은혜(恩惠)ᄂ 삼싱(三生)의 다 갑기 어렵도소이다."

츄밀(樞密)이 스양(辭讓) 왈(曰),

<hr>

39면

"셩상(聖上)이 녕태부인(令太夫人)을 극녁(極力)233)ᄒ야 구(救)ᄒ샤 일월(日月)을 편(便)히 지니시게 ᄒ시니 흑싱(學生)은 셔간(書簡)을 맛다올 ᄲᅮᆫ이라 엇디 칭샤(稱謝)ᄒ실 배리오? 만일(萬一) 셩상(聖上)이 아니신즉 녕태부인(令太夫人)이 보젼(保全)티 못ᄒ야실디라 그 은혜(恩惠)를 엇디려 ᄒ시ᄂ뇨?"

흑ᄉ(學士ㅣ) 샤왈(謝曰),

"죵신(終身)토록 심곡(心曲)의 삭여 쳔츄만셰(千秋萬歲)를 츅원(祝願)홀 ᄯ름이로소이다."

츄밀(樞密) 왈(曰),

"명공(明公)이 일즉 건문(建文)을 셤기디 아냐시니 므슴 연고(緣故)로 고집(固執)ᄒ시ᄂ뇨? 셩상(聖上)이 공(公)을 바라시ᄂ ᄆ음이 발분망식(發憤忘食)234)ᄒ시ᄂ디라 션싱(先生)이 홀노 슬피미 업ᄂ냐?"

흑ᄉ(學士ㅣ) 믁연(黙然) 브답(不答)ᄒ니 츄밀(樞密)이 다시 긔유

<hr>

230) 돈졀(頓絶): 돈절. 편지나 소식 따위가 아주 끊어짐.
231) 사힐: 사윌. 다 사그라져서 재가 될.
232) 존문(存問): 안부를 물음.
233) 극녁(極力): 극력. 있는 힘을 다함.
234) 발분망식(發憤忘食): 어떤 일에 열중하여 끼니까지 잊고 힘씀.

(開論) 왈(日),

　"명공(明公)은 ᄉ리(事理)를 통(通)ᄒᄂᆫ 현ᄉᆡ(賢士ㅣ)라 엇디 괴벽(乖僻)²³⁵⁾ᄒ미 이러텃 ᄒᄂᆈ? 당초(當初) 지긔(知己)ᄒᄂᆫ 인군(人君)을 닐러도

•••

40면

이러텃 못홀 거시오, 녕당(令堂)을 구(救)ᄒᆫ 은혜(恩惠)를 싱각ᄒ여도 고집(固執)디 못홀 거시오, 텬명(天命)을 보와도 역(逆)ᄒ니 아남 즉ᄒ니라."

　흑ᄉᆡ(學士ㅣ) 믁〃(黙黙) 냥구(良久)의 쳑연(慽然)²³⁶⁾ 왈(日),

　"흑ᄉᆡᆼ(學生)이 진실(眞實)로 부ᄌᆡ브덕(不才不德)으로 ᄉ군(事君)²³⁷⁾ 홀 ᄌᆡ죄(才操ㅣ) 업ᄉ니 노모(老母)를 뫼셔 고향(故鄕)의 도라가 일ᄉᆡᆼ(一生)을 지니리니 셩쥬(聖主)의 승됴(陞朝)ᄒ시믈 당(當)티 못ᄒ리로소이다."

　츄밀(樞密)이 ᄌᆞ약(自若)²³⁸⁾히 쇼왈(笑日),

　"션ᄉᆡᆼ(先生) 말ᄉᆞᆷ도 올커니와 홀로 일편(一偏)된 고집(固執)을 딕희미나 큰 뜻은 아니로다. 션ᄉᆡᆼ(先生)은 다른 일은 의논(議論)티 말고 녕부인(令夫人) 구(救)ᄒᆫ 은혜(恩惠)를 싱각ᄒ라."

　흑ᄉᆡ(學士ㅣ) 안ᄉᆡᆨ(顔色)을 싁〃히 ᄒ고 왈(日),

　"시무(時務)를 아ᄂᆫ 쟈ᄂᆫ 쥰걸(俊傑)이라²³⁹⁾ ᄒᆷ믄 고인(古人)의 말

---

235) 괴벽(乖僻): 괴상하고 까다로움.
236) 쳑연(慽然): 척연. 슬퍼하는 모양.
237) ᄉ군(事君): 사군. 임금을 섬김.
238) ᄌᆞ약(自若): 자약. 평안하고 침착함.

숨이라. 이제 신황뎨(新皇帝) 즉위(卽位) ㅎ샤 살(殺)

••

41면

육(戮)이 태듕(太重) ㅎ야 제태(齊泰), 황ᄌ딩(黃子澄) 등(等) 튱신(忠
臣)이 ᄉ졀(死節) ㅎ매 다 그 인군(人君)을 위(爲) ㅎ미어ᄂᆞᆯ 셩샹(聖上)
이 셕일(昔日) 혐원(嫌怨)²⁴⁰⁾으로 구족(九族)을 잔해(殘害)²⁴¹⁾ ㅎ시니
인쥬(人主)의 대도량(大度量)이 아니라 이러ㅎ고 텬해(天下ㅣ) 엇디
다ᄉ리리오. 흑ᄉᆡᆼ(學生)이 이러므로 번극(煩劇)²⁴²⁾ᄒᆞᆫ 셰샹(世上)의
나디 아니려 ㅎ더니 셩샹(聖上)이 미신(微臣)²⁴³⁾의 블쵸(不肖) ㅎ믈
아디 못ㅎ샤 여러 번(番) 초려(草廬)의 브르시고 노모(老母)ᄅᆞᆯ 구(救)
ㅎ신 은혜(恩惠) 난망(難忘)이라 튱회(忠孝ㅣ) ᄒᆞᆫ 가지니 엇디 은혜
(恩惠)ᄅᆞᆯ 갑고져 아니리오마ᄂᆞᆫ 셩샹(聖上)긔 ᄒᆞᆫ 번(番) 뵈오믄 마디못
ㅎ려니와 봉쟉(封爵)은 결연(決然)이 밧즙디 못ㅎ리로소이다.”

셜파(說罷)의 츄연(惆然) 강개(慷慨)²⁴⁴⁾ㅎ야 ᄉ식(辭色)이 블쾌(不
快)ㅎ니 츄밀(樞密)이 탄식(歎息) 왈(曰),

“션ᄉᆡᆼ(先生)은 셩인(聖人)이라 아등빅(我等輩) 바랄 배 아니로다.
연(然)

---

239) 시무(時務)ᄅᆞᆯ 아ᄂᆞᆫ 쟈ᄂᆞᆫ 쥰걸(俊傑)이라: 시무를 아는 자는 준걸이라. '識時務者爲
俊傑(식시무자위준걸)'로 <삼국지연의>에 나오는 말임. 시무는 그 시기, 그 상황
에서 해야 할 일.

240) 혐원(嫌怨): 싫어하고 원망함.

241) 잔해(殘害): 인정이 없이 아주 모질게 사람을 해침.

242) 번극(煩劇): 몹시 번거롭고 바쁨.

243) 미신(微臣): 신하가 임금 앞에서 자신을 겸손하게 일컫는 말.

244) 강개(慷慨): 의롭지 못한 것을 보고 의기가 복받치어 원통하고 슬픔.

이나 셩샹(聖上)이 여러 번(番) 딩쇼(徵召)²⁴⁵⁾ᄒ시니 신ᄌ(臣子)의 도
리(道理) 가(可)티 아닌디라 졀월(節鉞)²⁴⁶⁾을 거ᄂ려 힝(行)ᄒ시미 엇
더니잇고?"

흑시(學士ㅣ) 탄왈(嘆曰),

"비쳔(卑賤)ᄒ 몸이 일됴(一朝)의 귀(貴)ᄒ믈 당(當)티 못ᄒ리니 션
싱(先生)은 몬져 올나가셔든 필마(匹馬)로 가 은명(恩命)을 샤(謝)ᄒ
고 히골(骸骨)을 빌리라.²⁴⁷⁾"

뎡 공(公)이 대열(大悅)ᄒ야 ᄌ삼(再三) 티샤(致謝)²⁴⁸⁾ᄒ고 경ᄉ(京
師)로 가니라.

흑시(學士ㅣ) 당초(當初) 뎡심(貞心)은 연경(燕京)을 아니 붋²⁴⁹⁾으
려 ᄒ더니 연왕(燕王)이 모친(母親)을 죽을 곳의 구(救)ᄒ믈 감샤(感
謝)ᄒ고 쏘 텬명(天命)이 ᄌ가(自家)의게 이시니 ᄆᄎᄂ 면(免)티 못
ᄒᆯ 줄 아라 ᄆᆞᆷ을 잠간(暫間) 두로혀 부인(夫人)으로 더브러 힝장
(行裝)을 출혀 경ᄉ(京師)로 갈시 동경(東京)의 니ᄅ러 소 쳐ᄉ(處士)
ᄅᆞ 보니 쳐시(處士ㅣ) 크게 반겨 부인(夫人)으로 더브러 잔(盞)을 드
러 티²⁵⁰⁾하(致賀)ᄒ

---

245) 딩쇼(徵召): 징소. 부르다는 뜻. 초야에 있는 선비를 벼슬자리에 불러서 쓰는 일
을 말함.

246) 졀월(節鉞): 절월. 절부월(節斧鉞)이라고 함. 절(節)은 수기(手旗)와 같이 만들고
부월(斧鉞)은 도끼와 같이 만든 것으로, 군령을 어긴 자에 대한 생살권(生殺權)을
상징하였음.

247) 히골(骸骨)을 빌리라: '해골을 빌다'라는 말은 신하가 벼슬을 내놓고 물러가기를
임금에게 청원한다는 의미.

248) 티샤(致謝): 치사. 고맙다는 뜻을 나타냄.

249) 붋: [교] 원문에는 '붉'으로 되어 있으나 오기로 보임.

니 흑시(學士ㅣ) 왈(曰),

"쇼싱(小生)이 죵시(終是) 븍경(北京)을 아니 보려 ᄒ더니 셩샹(聖上)이 노모(老母)를 죽을 곳의 건뎌 ᄂᆡ시니 호텬망극(昊天罔極)251)이라 엇디 은혜(恩惠) 갑흘 바를 싱각디 못ᄒ리오."

쳐시(處士ㅣ) 쇼왈(笑曰),

"셕일(昔日) 명공(明公)이 ᄂᆡ 말을 밋디 아니터니 텬되(天道ㅣ) ᄌᆞ연(自然) 그러ᄒ니라."

ᄒ더라.

이날 믁어 명일(明日) 발ᄒᆡᆼ(發行)ᄒᆞᆯ시 피ᄎᆞ(彼此ㅣ) 년〃(戀戀)ᄒᆞᆫ 졍(情)이 새로온디라. 쳐시(處士ㅣ) 위로(慰勞) 왈(曰),

"노인(老人)은 셔산(西山) 낙일(落日) ᄀᆞᆺᄐ니 다시 보기를 밋디 못ᄒᄂᆞ디라. ᄋᆞᄌᆞ(我子) 문이 타일(他日) 됴뎡(朝廷)의 쓰일 거시니 어엿비 너기쇼셔."

흑시(學士ㅣ) 위로(慰勞)ᄒ고 손을 난흐니 뉴 부인(夫人)이 이날 밤의 손의 벗던 ᄌᆞ금(紫金) 팔쇠 ᄒᆞᆫ ᄶᆡᆨ을 일흐니 홀연(忽然) 심시(心思ㅣ) 울〃(鬱鬱)ᄒ나 ᄒᆡᆼ되(行途ㅣ) 총〃(悤悤)252)ᄒᆞ야 두로 어더보디 못ᄒ고 길희 오ᄅᆞ나

---

250) 타: [교] 원문에는 '탸'로 되어 있으나 오기로 보임.

251) 호천망극(昊天罔極): 은혜가 넓고 큰 하늘과 같이 다함이 없음을 이르는 말.

252) 총총(悤悤): 급하고 바쁜 모양.

즈못 즐기디 아니터니 츠야(此夜)의 뎜(店)의 드러 헐슉(歇宿)253)홀
시 뉴 쳐시(處士ㅣ) 니르러 골오딘,

"녀으(女兒)는 팔쇠 흔 쩍 일흐믈 근심 말라. 네 손즈(孫子)의 니
르러 쌍쳔(雙釧)이 흔 딘 합(合)흐리라."

부인(夫人)이 놀나 씨드라 몽스(夢事)를 긔록(記錄)흐고 타일(他
日)을 보려 다시 일쿳디 아니 흐더라.

원릭(元來) 소 쳐스(處士) 집의셔 잘 적 우연(偶然)이 흔 쩍이 쌘
디니 소부(-府) 시으(侍兒) 운애 자리 것다가 거두어 가졋더니 이날
소 쳐시(處士ㅣ) 꿈을 꾸니 뉴 쳐시(處士ㅣ) 운관무의(雲冠霧衣)254)
로 알픽 니르러 녜(禮)흐고 골오딘,

"별후(別後)255)의 무양(無恙)256)흐냐? 닉 이에 니르믄 흔 말을 브
티ᄂ니 타일(他日) 녕낭(令郎)257) 문이 귀녀(貴女)를 나흘 거시오, 으
녀(我女)의 손으(孫兒) 듕(中) 빅필(配匹)이 날 거시니 이제 닉 녀으
(女兒)의 금쳔(金釧) 흔 쩍이 군(君)의 집 시녀(侍女)의 손

---

253) 헐슉(歇宿): 헐숙. 쉬고 묵음.
254) 운관무의(雲冠霧衣): '운관'은 모자와 같은 모양을 본떠 덮개가 위쪽에 있는 관을
    가리키고, '무의'는 가볍고 부드러우며 나부끼는 아름다운 옷을 가리킴. 곧 선관
    이 쓰는 관과 옷임.
255) 별후(別後): 헤어진 뒤.
256) 무양(無恙): 몸에 병이나 탈이 없음.
257) 녕낭(令郎): 영랑. 남의 아들을 공손히 이르는 말.

의 드럿느니 가(可)히 ᄎᄌ 감초와다가 타일(他日) 썅쳔(雙釧)이 합(合)게 ᄒ라.”

셜파(說罷)의 간 곳이 업더니 쳐ᄉ(處士ㅣ) 씨여 고이(怪異)히 너겨 명일(明日) 쳥신(淸晨)258)의 모든 시쳡(侍妾)을 블러 팔쇠 어더시믈 므르니 운애 밧드러 드리거늘 쳐ᄉ(處士ㅣ) 몽됴(夢兆ㅣ) 마ᄌ믈 암희(暗喜)259)ᄒ야 운아를 듕상(重賞)260)ᄒ고 드듸여 금쳔(金釧)을 든〃이 싼고 몽ᄉ(夢事)를 긔록(記錄)ᄒ야 굼초와 두니 후릭(後來)의 튬문261)공 쟝ᄌ(長者) 승상(丞相) 니관셩의 ᄎᄌ(次子) 몽챵 공ᄌ(公子)와 소문의 녀ᄋ(女兒) 월혜 쇼졔(小姐ㅣ) 긔특(奇特)히 만나 썅쳔(雙釧)이 합(合)ᄒ니라.

챠셜(且說). 니 혹ᄉ(學士ㅣ) 뉴 부인(夫人)으로 더브러 빅도(倍道)262)ᄒ야 븍경(北京)의 니르러 본부(本府)의 드러가니 딘 부인(夫人)이 발을 벗고 문(門)의 나와 모ᄌ(母子ㅣ) 셔로 붓들고 일댱(一場)을 통곡(痛哭)ᄒ고 부인(夫人)이 뉴 시(氏) 나ᄒ여 손을 잡고 우

ᄂ 눈믈이 강슈(江水) ᄀ투니 혹ᄉ(學士ㅣ) 위로(慰勞) 왈(曰),

---

258) 쳥신(淸晨): 청신. 맑은 첫새벽.

259) 암희(暗喜): 마음속으로 남몰래 기뻐함.

260) 듕상(重賞): 중상. 상을 후하게 줌.

261) 문: [교] 원문에는 '무'로 되어 있으나 앞에서 '문'으로 나온 바 있으므로 이와 같이 수정함.

262) 빅도(倍道): 배도. 이틀에 갈 길을 하루에 걸음.

"지난 바 슬프믄 닐러 브절업고 히익(孩兒ㅣ) 풍샹(風霜)을 겻거 무스(無事)히 모드니 엇디 비익(悲哀)ㅎ시믈 과도(過度)이 ㅎ시ᄂ니 잇고?"

부인(夫人)이 눈믈을 거두고 탄왈(嘆曰),

"피츳(彼此) 범연(凡然)263) 흔 환난(患亂)을 지니고 모다시면 이대도 록디264) 아닐 거시로디, 남녁(南) 흔가의셔 너롤 스렴(思念)265)ᄒ야 싱젼(生前)의 다시 만날 긔약(期約)이 업술가 셜워ᄒ다가 무망듕(無 妄中)266)의 본읍(本邑) 공츳(公差ㅣ) 드라드러 노모(老母)롤 쳘삭(鐵 索)으로 동혀 힘거(檻車)의 가도와 풍우(風雨)ᄀ티 힝(行)홀 적 죽은 들 무어시 셜우리오? 다만 싱젼(生前)의 네 ᄂᆺ출 보디 못ᄒ고 죽을가 간댱(肝腸)이 일시(一時)로 다 스히더니267) 만일(萬一) 셩샹(聖上) 대 덕(大德)곳 아니면 금일(今日) 너롤 보리오? 이러므로 ᄆᆞ음이 새로이

••

47면

비창(悲愴)ᄒ야 ᄒ노라."

혹싀(學士ㅣ) 비록 연왕(燕王)의 모친(母親)을 구(救)ᄒ믈 감은(感 恩)ᄒ나 기간(其間) 곡졀(曲折)을 모르더니 모친(母親) 말숨을 조츳 그쎠 텬디(天地) 어둡는 환난(患難)을 싱각ᄒ매 즉금(卽今) 당(當)흔 둣 쎄268) 슬히고269) 넉시 놀나오니 황야(皇爺) 셩은(聖恩)을 스스로

---

263) 범연(凡然): 두드러진 데가 없이 평범함.
264) 이대도록디: 이렇게까지.
265) 스렴(思念): 사념. 근심하고 염려하는 따위의 생각.
266) 무망듕(無妄中): 무망중. 뜻하지 않은 사이.
267) 스히더니: 사위더니. 불이 사그라져서 재가 되더니.
268) 쎄: 뼈가.

몸을 부아도 다 갑디 못홀 줄 혜아려 눈믈을 흘니고 왈(曰),

"쇼지(小子 ㅣ) 무춤니 승됴(陞朝)홀 뜻이 업더니 만일(萬一) 황샹(皇上)곳 아니시면 금일(今日) 다시 모친(母親)긔 뵈오미 어려오리니 이러므로 본(本)뜻을 딕히디 못홈믈 탄(嘆)ᄒᆞᄂᆞ이다."

부인(夫人)이 위로(慰勞) 왈(曰),

"금샹(今上)이 쏘흔 태조(太祖) 친지(親子 ㅣ)라. 태죄(太祖 ㅣ) 임의 연왕(燕王)이 텬명(天命) 바든 줄 아라 계시고 제황뉴(諸皇類)²⁷⁰⁾의 깁히 ᄉᆞ랑ᄒᆞ시던 배니 무음을 다ᄒᆞ이 금샹(今上)을 셤기미 태조(太祖) 은혜(恩惠)

· · ·

48면

를 갑ᄉᆞ오미라. 닉 아히(兒孩)ᄂᆞᆫ 협칙²⁷¹⁾(狹笮)²⁷²⁾히 싱각디 말라."

흑시(學士 ㅣ) 기리 툐탕(悄愴)²⁷³⁾홀 ᄯᆞ룸이러라.

부인(夫人)이 뉴 시(氏)의 손을 잡고 운환(雲鬟)²⁷⁴⁾을 쓰다듬아 눈믈을 흘녀 왈(曰),

"노뫼(老母 ㅣ) 현부(賢婦)룰 니별(離別)ᄒᆞ므로브터 일시(一時)도 명모화용(明眸花容)²⁷⁵⁾을 닛디 못ᄒᆞ고 몸을 바려 노모(老母)룰 구(救)흔 은혜(恩惠) 디하(地下)의 가 플을 믹즐러니 이제 무ᄉᆞ(無事)히

---

269) 슬히고: 시리고.

270) 제황뉴(諸皇類): 제황류. 모든 황실 집안사람들.

271) 칙: [교] 원래는 '측'으로 써야하지만 관용적으로 '칙'으로도 쓰임.

272) 협칙(狹笮): 협책. 좁음.

273) 툐탕(悄愴): 초창. 근심스럽고 슬픔.

274) 운환(雲鬟): 구름 모양으로 쪽찐 탐스러운 머리.

275) 명모화용(明眸花容): 맑은 눈동자와 꽃 같은 얼굴.

모드니 노뫼(老母ㅣ) ᄉ싱(死生)의 흔(恨)이 업슬ᄂᆞ다."

쇼제(小姐ㅣ) 비읍(悲泣) 왈(曰),

"쇼쳡(小妾)이 팔ᄌᆡ(八字ㅣ) 무샹(無常)ᄒᆞ고 운익(運厄)이 태심(太甚)ᄒᆞ야 일신(一身)이 함뎡(陷穽)의 ᄲᅢ져 뉴리(流離)의 몸이 도로(道路)의 분주(奔走)ᄒᆞ니 쳔신만고(千辛萬苦)를 졋고 금일(今日) 존고(尊姑) 좌하(座下)의 뵈오나 션야″(先爺爺) 자최276) 묘망(渺茫)277)ᄒᆞ시니 슬프믈 이긔디 못ᄒᆞᆯ소이다."

부인(夫人)이 타루(墮淚) 왈(曰),

"이 도시(都是) 노모(老母)의 팔ᄌᆡ(八字ㅣ)

●●●

49면

무샹(無常)ᄒᆞ고 죄역(罪逆)이 듕(重)ᄒᆞ미라 눌을 흔(恨)ᄒᆞ리오?"

혹ᄉᆡ(學士ㅣ) 안ᄉᆡᆨ(顔色)을 화(和)히 ᄒᆞ고 위로(慰勞)ᄒᆞ여 모다 디난 말ᄉᆞᆷ을 ᄒᆞ야 새로이 비챵(悲愴)ᄒᆞᄆᆞᆯ 이긔디 못ᄒᆞ더라.

ᄎᆞ시(此時) 문황(文皇)이 명 츄밀(樞密)의 복명(復命)278)ᄒᆞᄆᆞᆯ 조ᄎᆞ니 혹ᄉᆡ(學士ㅣ) 샹경(上京)ᄒᆞᄆᆞᆯ 아르시고 깃그샤279) 니 혹ᄉ(學士)의 ᄒᆞ던 말을 드르시고 탄왈(嘆曰),

"딤(朕)이 진실(眞實)로 일시(一時) 분격(憤激)ᄒᆞᄆᆞᆯ 인(因)ᄒᆞ야 살육(殺戮)을 태듕(太重)이 ᄒᆞ디 빅뇨(百僚ㅣ) ᄒᆞ나토 간(諫)ᄒᆞ리 업더니 니현이 볼셔 딤(朕)의 허믈을 니르니 딤(朕)이 진실(眞實)로 이윤

---

276) 자최: '자취'의 옛말.

277) 묘망(渺茫): 아득함.

278) 복명(復命): 어떤 일의 결과를 그 일을 마치고 돌아온 사람이 보고함.

279) 깃그샤: 기뻐하시어.

(伊尹),280) 녀샹(呂尙)281)의 무리를 엇도다."

ᄒ시고 즉시(卽時) ᄌ신뎐(紫宸殿)282) 혹ᄉ(學士) 양ᄉ긔로 뎐지(傳旨)283)를 가져 혹ᄉ(學士)를 명초(命招)284)ᄒ시니 혹ᄉ(學士ㅣ) 이에 관의(官衣)를 벗고 궐하(闕下)의 ᄃ죄(待罪)ᄒ야 표(表)를 올리니 ᄒ여시ᄃᆡ,

• • •

50면

'미신(微臣)이 블튱누질(不忠陋質)285)노 고황뎨(高皇帝) 간션(揀選)286) ᄒ시ᄂᆞ 디 참예(參預)287)ᄒ야 놉히 금방(金榜)288)의 ᄰᆞ히니 일신(一身)의 영툥(榮寵)289) 후록(厚祿)290)이 손복(損福)291)ᄒ매 갓가온디라

---

280) 이윤(伊尹): 중국 고대 은(殷)나라 탕왕(湯王)의 재상으로 이름은 지(摯). 유신(有莘)의 들에서 밭을 갈다가 탕왕의 부름을 받고 벼슬에 나가 하(夏)나라의 걸왕(桀王)을 치고 은나라의 창업을 도와 선정을 베풂.

281) 녀샹(呂尙): 여상. 중국 고대 주(周)나라 정치가. 본명은 강상(姜尙). 일명 강태공(姜太公). 태공망(太公望). 위수(渭水)에서 낚시를 하던 중, 훗날 주(周)나라 문왕(文王)이 되는 희창의 방문을 받아 등용됨. 무왕(武王)을 도와 은(殷)나라 주왕(紂王)을 멸망시켜 천하를 평정하였으며, 그 공으로 제(齊)나라에 봉함을 받아 그 시조가 됨. 여상이라는 이름은 그 선조가 여(呂)나라에 봉해진 데에서 유래한 것임. 태공망은 주나라 문왕이 그를 위수의 북쪽에서 발견하고는, 문왕 자신의 할아버지[고공단보]가 강상을 바란 지가 오래되었다고 말한 데서 유래됨. 태공은 원래 할아버지의 뜻이었음. 『사기(史記)』

282) ᄌ신뎐(紫宸殿): 자신전. 당나라의 궁전 이름으로 조회를 받던 궁전인데, '왕이 계신 전각'의 뜻으로 쓰임.

283) 뎐지(傳旨): 전지. 임금의 명령서.

284) 명초(命招): 임금의 명령으로 신하를 부름.

285) 블튱누질(不忠陋質): 불충누질. 충성스럽지 않고 자질이 비루함.

286) 간션(揀選): 간선. 여럿 가운데서 가려 뽑음.

287) 참예(參預): 어떤 일에 참여하여 관계함.

288) 금방(金榜): 과거에 급제한 사람의 이름을 써서 거리에 붙이던 글.

289) 영툥(榮寵): 영총. 임금의 은총.

스스로 몸을 일(一) 만(萬) 번(番) 마아292) 셩은(聖恩)을 만분지일(萬
分之一)이나 갑습고져 ᄒ더니 신(臣)이 블힝(不幸)ᄒ와 궁텬(窮天)의
통(痛)293)을 만나 고향(故鄕)의 가 삼상(三喪)을 디294)니오니 나히
늙디 아니나 일병(一病)이 고황(膏肓)295)을 침노(侵擄)296)ᄒ고 졍신
(精神)이 쇠모(衰耗)ᄒ야 능(能)히 ᄉ군(事君)ᄒ올 지죄(才操ㅣ) 업ᄉ
온 고(故)로 건문(建文) 황뎨(皇帝) 신(臣)의 브지블민(不才不敏)ᄒ믈
슬피샤 됴뎡(朝廷)의 브리디 아니시니 신(臣)이 비록 빅뇨(百僚)의
츙수(充數)297)ᄒ야 ᄉ됴(事朝)298)ᄒ미 업ᄉ나 ᄯ흔 신(臣)의 인군(人
君)으로 아더니 텬명(天命)이 임의 쇼연(昭然)299)ᄒ야 폐해(陛下ㅣ)
텬하(天下) 쥬(主ㅣ) 되시고 건문(建文) 황뎨(皇帝) 일(一)

51면

신(身)이 화염(火焰)의 지 되여시니 신(臣)이 하늘을 블러 통곡(痛哭)
홀 ᄯ롬이러니 폐해(陛下ㅣ) 블이신비비(不以臣卑鄙)300)ᄒ샤 여러

---

290) 후록(厚祿): 넘치는 봉록.

291) 손복(損福): 복을 잃음.

292) 마아: 부수어.

293) 궁텬(窮天)의 통(痛): 궁천의 통. 하늘에 사무치는 고통이나 설움. 보통 어버이가
죽었을 때 느끼는 고통을 말함. 여기에서는 이현이 그 아버지 이명의 죽음을 말
한 것임.

294) 디: [교] 원문에는 '니'로 되어 있으나 오기로 보임.

295) 고황(膏肓): 심장과 횡경막의 사이. 고는 심장의 아랫부분이고, 황은 횡격막의 윗
부분으로, 이 사이에 병이 생기면 낫기 어렵다고 함.

296) 침노(侵擄): 성가시게 달라붙어 손해를 끼치거나 해침.

297) 츙수(充數): 충수. 필요한 수효를 채움.

298) ᄉ됴(事朝): 사조. 조정을 섬김. 조정을 위해 일함.

299) 쇼연(昭然): 소연. 밝음.

번(番) 딩쇼(徵召)[301]ᄒ시ᄂᆞᆫ 영화(榮華ㅣ) 쵸려(草廬)의 빗나고 늘근
어미ᄅᆞᆯ 죽을 가온대 구(救)ᄒ샤 은혜(恩惠) 세 번(番) 죽어 네 번(番)
사라도 다 갑ᄉᆞ디 못ᄒᆞᆯ디라 당″(堂堂)이 몸을 ᄇᆞ려 폐하(陛下) 은권
(恩眷)[302]을 ᄉᆞ례(謝禮)코져 ᄒ되 신(臣)이 졀역풍상(絶域風霜)[303]의
더옥 뎍샹(積傷)[304]ᄒ야 고질(痼疾)[305]이 팀면(沈綿)[306]ᄒ야 폐간(肺
肝)의 ᄉᆞ히여 정신(精神)과 근력(筋力)이 쇼모(消耗)ᄒ야 녹(祿)을 허
비(虛費)ᄒᆞᆯ ᄯᅮᄅᆞᆷ이라. 바라건듸 신(臣)의 나믄 ᄊᆑᄅᆞᆯ 허(許)ᄒ시면 노
모(老母)로 더브러 향니(鄕里)의 도라가 여ᄉᆡᆼ(餘生)을 맛고져 ᄒᆞᆸᄂᆞ
니 복원(伏願)[307] 폐하(陛下)ᄂᆞᆫ 슬피시믈 바라ᄂᆞ이다.'

● ● ●

52면

문황(文皇)이 견필(見畢)[308]의 그 말ᄉᆞᆷ과 ᄉᆞ의(辭意)[309] 간졀(懇切)
고샹(高尙)ᄒᆞᆷ믈 흠탄(欽歎)ᄒ고 공경(恭敬)ᄒ야 비답(批答)[310]ᄒ시되,

---

300) 블이신비비(不以臣卑鄙): 불이신비비. 신을 더럽게 여기지 않으시고. 제갈량(諸葛
     亮)의 <출사표(出師表)>에 나오는 말. '선제(先帝)께서 신을 더럽게 여기지 않으
     시고 신의 초가집에 세 번 찾아오셨습니다. 不以臣卑鄙, 三顧臣於草廬之中.'
301) 딩쇼(徵召): 징소. 부른다는 뜻. 특히 초야에 있는 선비를 벼슬자리에 불러서 쓰
     는 일을 말함.
302) 은권(恩眷): 임금의 총애.
303) 졀역풍샹(絶域風霜): 절역풍상. 멀리 떨어져 세상의 고난을 겪음.
304) 뎍샹(積傷): 적상. 오랜 근심으로 마음이 썩 상함.
305) 고질(痼疾): 오래되어 고치기 어려운 병.
306) 팀면(沈綿): 침면. 오랫동안 낫지 않음.
307) 복원(伏願): 웃어른 앞에 엎드려서 조심스럽고 정중하게 원함.
308) 견필(見畢): 보기를 마침.
309) ᄉᆞ의(辭意): 사의. 글이나 말로 이야기되는 뜻.
310) 비답(批答): 상소에 대한 임금의 답.

'경(卿)의 주ᄉ(奏辭)³¹¹)를 보니 딤(朕)이 위(爲)ᄒ야 차탄(嗟歎)³¹²) ᄒ고 흠복(欽服)³¹³)ᄒᄂ니 경(卿)의 년긔(年紀) 쇼년(少年)이니 일시(一時) 미양(微恙)³¹⁴)이 이시나 차복(差復)³¹⁵)ᄒ미 이시리니 군명(君命)을 일편(一便)도이³¹⁶) 져ᄇ리디 말라. ᄒ믈며 경(卿)을 니별(離別)ᄒ연 디 셰진(歲載)³¹⁷) 오라니 딤(朕)은 경(卿)의 ᄂᆺ출 밧비 보고져 ᄒ거ᄂᆯ 경(卿)은 엇디 여러 번(番) 브르믈 지완(遲緩)³¹⁸)ᄒ고 환경(還京)ᄒ후조ᄎ 입됴(入朝)ᄒ믈 더디 ᄒᄂ뇨?"

드디여 명패(命牌)³¹⁹)를 ᄂ리와 진촉(催促)ᄒ시니 혹ᄉ(學士ㅣ) 브득이(不得已) 관복(官服)을 ᄀ초고 됴회(朝會)ᄒ니 샹(上)이 크게 반기샤 ᄒ야금 갓가이 좌(座)를 주고 ᄀᆯᄋ샤디,

"딤(朕)이 경(卿)으로

  · · ·

53면

손을 ᄂᆫ혼 후(後) 셰ᄉ(世事ㅣ) 번복(飜覆)ᄒ야 경(卿)이 딤(朕)으로 인(因)ᄒ야 덕거(謫居) 풍상(風霜)을 ᄀ초 겻그니 딤(朕)이 위(爲)ᄒ야 붓그리노라. 경(卿)의 니르던 말을 심곡(心曲)의 삭이더니 간신(奸臣)이 졈″(漸漸) 농권(弄權)³²⁰)ᄒ야 국개(國家ㅣ) 흘일업시 되니

---

311) 주ᄉ(奏辭): 주사. 신하가 임금에게 아뢰는 글.
312) 차탄(嗟歎): 탄식하고 한탄함.
313) 흠복(欽服): 진심으로 존경하여 따름.
314) 미양(微恙): 가벼운 병.
315) 차복(差復): 병이 나아서 회복됨.
316) 일편(一便)도이: '편벽되게'라는 뜻.
317) 셰진(歲載): 세재. 해.
318) 지완(遲緩): 더딤.
319) 명패(命牌):임금이 벼슬아치를 부를 때 보내던 나무패.

츠마 안즈셔 고황뎨(高皇帝) 텬해(天下ㅣ) 다른 뒤 가믈 보디 못ᄒ야 브득이(不得已) 남경(南京)을 범(犯)ᄒ야 간신(奸臣)을 잡고져 ᄒ매 건문(建文)이 종적(蹤迹)을 금초매 민연(憫然)³²¹⁾ᄒ야 대의(大義)를 일위나 젼일(前日) 경(卿)의 니르던 말을 싱각ᄒ니 금일(今日) 셔로 보매 참괴(慙愧)ᄒ미 업스랴?"

흑시(學士ㅣ) 돗글 써나 안식(顏色)을 졍(正)히 ᄒ고 비주(拜奏) 왈(曰),

"하교(下敎ㅣ) 다 긔왕지³²²⁾시(旣往之事ㅣ)³²³⁾오 일시(一時) 텬명(天命)이라 엇디 다시 일ᄏᄅ시리잇가. 신(臣)이 삼(三) 년(年) 풍상(風霜)을 겻거 도라오매 늘근 어미 셩은(聖恩)을 닙ᄉ와

• • •

54면

죽을 곳의 살나ᄂᆡ샤 평안(平安)이 일월(日月)을 디ᄂᆡ여ᄉ오니 황은(皇恩)이 망극(罔極)ᄒ온디라. 신(臣)이 ᄒᆞ 몸을 바려 폐하(陛下)를 셤기옵고져 ᄒ디 병(病)이 고황(膏肓)의 드러 졍신(精神)이 쇼모(消耗)ᄒ야습ᄂᆞᆫ디라 국녹(國祿)을 욕(辱)디 못ᄒ리니 히골(骸骨)을 비러 고향(故鄕)의 도라가 노모(老母)로 더브러 여싱(餘生)을 맛고져 ᄒᄂᆞ이다."

샹(上)이 흔연(欣然) 쇼왈(笑曰),

"경(卿)이 엇디 이런 말을 ᄒᄂᆞ뇨? 딤(朕)이 경(卿)을 바라미 딕한

---

320) 농권(弄權): 권력을 제 마음대로 휘두름.

321) 민연(憫然): 민망함.

322) 지: [교] 원문에는 '즈'로 되어 있으나 오기로 보임.

323) 긔왕지ᄉ(旣往之事ㅣ): 기왕지사. 이왕에 지난 일.

(大旱)의 운예(雲霓)324) ᄀᆞᆺ고 미드미 쵹쥬325)(蜀主)326)의 공명(孔明)327)과 무뎡(武丁)328)의 부열(傅說)329) ᄀᆞᆺ거늘 엇던 고(故)로 이러ᄐᆞᆺ 미〃(浼浼)330)ᄒᆞ뇨? 국가(國家) 흥망(興亡)이 경(卿)의게 돌엿ᄂᆞ니 경(卿)이 슈토풍샹(水土風霜)을 겻거 상(傷)ᄒᆞ야 혈ᄉᆡᆨ(血色)이 감(減)ᄒᆞ여시나 쇼년(少年) 댱긔(壯氣)예 ᄌᆞ연(自然) 나흘 거시어늘 엇디 병(病)이 고황(膏肓)의 드러시므로 칭탁(稱託)331)ᄒᆞᄂᆞ뇨? 경모(卿母)ᄅᆞᆯ

∴

55면

구(救)ᄒᆞ믄 딤(朕)이 경(卿) 아ᄅᆞ미 지긔(知己)로 허(許)ᄒᆞ니 그 어미ᄅᆞᆯ 구(救)티 아니리오? 이 다 디긔(知己)의 비로ᄉᆞ미니 경(卿)은 과도(過度)이 일ᄏᆞᆺ디 말라."

흑ᄉᆡ(學士ㅣ) 샹언(上言)이 이러ᄐᆞᆺ ᄒᆞ시믈 보고 크게 공구(恐

---

324) 듼한(大旱)의 운예(雲霓): 대한의 운예. 큰 가뭄 끝의 무지개라는 뜻으로 갈망하는 것이 지극함을 비유하는 말.

325) 쥬: [교] 원문에는 '츄'로 되어 있으나 오기로 보임.

326) 쵹쥬(蜀主): 촉주. 유비를 말함. 중국 삼국시대 촉한(蜀漢)의 제1대 황제(재위 221~223). 관우·장비와 결의형제하고, 삼고초려하여 제갈량을 맞아들였음.

327) 공명(孔明): 중국 삼국시대 촉한 제갈량(諸葛亮)의 자. 유비를 도와 오(吳)나라와 연합하여 조조(曹操)의 위(魏)나라 군사를 대파하고 촉한을 세웠음. 유비가 죽은 후에 무향후(武鄕侯)로서 남방의 만족(蠻族)을 정벌하고, 위나라 사마의와 대전 중에 병사함.

328) 무뎡(武丁): 무정. 중국 고대 은(殷)나라의 왕인 고종(高宗). 성은 자(子), 이름은 소(昭). 반경(盤庚)의 아우인 소을(小乙)의 아들. 즉위한 후에 노예 부열(傅說)을 등용해서 보좌로 삼아 훌륭한 정치를 편 것으로 평가받음.

329) 부열(傅說): 중국 고대 은(殷)나라 고종(高宗) 때의 재상. 토목공사의 일꾼이었는데 반경의 눈에 띄어 후에 고종에게 발탁돼 은나라 중흥(中興)의 대업(大業)을 이루는 데 공헌함.

330) 미〃(浼浼): 매매. 창피를 줄 정도로 거절하는 태도가 쌀쌀맞음.

331) 칭탁(稱託): 어떠하다고 핑계를 댐.

懼)332)ᄒ야 ᄸ니 고두(叩頭)ᄒ고 주왈(奏曰),

"신(臣)이 년쇼부ᄌ(年少不才)로 용녈무상(庸劣無狀)333)ᄒ 위인(爲人)을 셩샹(聖上)이 이러틋 과도(過度)이 아ᄅ시니 욕ᄉ무디(欲死無地)334)라 주(奏)ᄒ올 말이 업ᄂ이다. 신(臣)이 진실(眞實)로 병(病)이 폐간(肺肝)의 드러 힝공(行公)335)을 못ᄒ 거시니 ᄒ골(骸骨)을 비러 가미 지원(至願)이로소이다."

샹(上)이 ᄆ참ᄂᆡ 블윤(不允)ᄒ시고 파336)됴(罷朝)337)ᄒ시니 흑ᄉ(學士ㅣ) ᄒ올일업서 믈러나 다시 표(表)를 올녀 벼슬을 ᄀ졀(懇切)이 ᄉ양(辭讓)ᄒ니 샹(上)이 ᄂᆡ시(內侍)를 명(命)ᄒ야 샹소(上疏)를 밧디 말라 ᄒ시고 즉시(卽時) 하됴(下詔)338)ᄒ야 니 시랑(侍郞)으로 니부샹셔(吏部尙書)를 츄증(追贈)339)ᄒ고

· · ·

56면

흑ᄉ(學士)를 태ᄌ태ᄉ(太子太師) 문연각(文淵閣) 태흑ᄉ(大學士)340)

---

332) 공구(恐懼): 몹시 두려워함.

333) 용녈무상(庸劣無狀): 용렬무상. 평범하고 졸렬하며 내세울 만한 선행이나 공적이 없음.

334) 욕ᄉ무디(欲死無地): 욕사무지. 죽고자 해도 용납될 땅이 없음.

335) 힝공(行公): 행공. 공적 업무를 봄.

336) 파: [교] 원문에는 '좌'로 되어 있으나 오기로 보임.

337) 파됴(罷朝): 파조. 신하가 조정에 나가 임금을 뵙는 일을 마침.

338) 하됴(下詔): 하조. 조서를 내림.

339) 츄증(追贈): 추증. 나라에 공로 있는 벼슬아치가 죽은 뒤 그 관위를 높여 주는 것을 말함.

340) 문연각태흑ᄉ(文淵閣太學士): 문연각태학사. 문연각은 내각(內閣)의 하나로, 명나라 때 성조(成祖)가 도읍을 남경(南京)에서 북경(北京)으로 옮기면서 서적을 보관하고 천자가 강독(講讀)하는 장소로서 이용되었고 태학사(太學士)는 벼슬 이름임.

튱문341)공을 봉(封)ᄒ야 텰권(鐵券)342)을 주시고 그 부인(夫人)으로 현덕부인(賢德夫人)을 봉(封)ᄒ야 직텹(職牒)343)을 ᄂ리오시고 샹방(尙房)344) 어미와 교방(敎坊)345) 악공(樂工)으로 딘 부인(夫人)긔 헌슈(獻酬)ᄒ라 ᄒ시니 혹ᄉ(學士ㅣ) 더옥 블안(不安)ᄒ야 궐하(闕下)의 업듸여 년(連)ᄒ야 ᄉ딕표(辭職表)를 올니고 힝공(行公)티 아니ᄒ니 좌샹(左相) 뎡현과 우샹(右相) 임홍과 츄밀ᄉ(樞密使) 뎡연이 닐러 기유(開諭) 왈(曰),

"셩은(聖恩)이 공(公)의게 이러툿 ᄀ졀(懇切)ᄒ시거ᄂᆯ 신ᄌ(臣子ㅣ) 되여 블슌(不順)ᄒ미 심(甚)ᄒ뇨? 모로미 고집(固執)디 말나."

혹ᄉ(學士ㅣ) 눈믈을 흘녀 왈(曰),

"쇼ᄉᆼ(小生)이 모로미 아니로듸 진실(眞實)로 브ᄌᆡ브덕(不才不德)으로 당(當)티 못ᄒᄆᆯ 스ᄉ로 알미라. 나히 졈고 인ᄉ(人事ㅣ) 용녈(庸劣)ᄒ니 죽을디언뎡 밧디 못ᄒ리

∙∙∙

57면

로소이다."

삼(三) 공(公)이 직삼(再三) 기유(開諭)ᄒ듸 혹ᄉ(學士ㅣ) 블응(不應)ᄒ고 궐문(闕門)의 업듸 연 디 삼(三) 일(日)이로듸 믈러나디 아니코 슉식(宿食)을 그티니 샹(上)이 크게 넘녀(念慮)ᄒ샤 딘 부인(夫人)

---

341) 문: [교] 원문에는 '무'로 되어 있으나 앞의 예를 따라 이와 같이 수정함.

342) 텰권(鐵券): 철권. 공신에게 나누어주던 훈공을 적은 서책.

343) 직텹(職牒): 직첩. 예전에, 조정에서 내리는 벼슬아치의 임명 사령서를 이르던 말.

344) 샹방(尙房): 상방(尙房). 대궐의 각종 음식, 의복, 기물(器物)을 관리하던 곳. '상의원(尙衣院)'이라고도 함.

345) 교방(敎坊): 궁에서 여악(女樂)을 맡아보던 관아(官衙).

긔 뎐교(傳敎)ᄒ샤 기유(開諭)ᄒ라 ᄒ시니 딘 부인(夫人)이 이에 쇼
찰(小札)로 칙왈(責曰),

"네 만일(萬一) 셩샹(聖上)곳 아니면 금일(今日) 노모(老母)ᄅᆞᆯ 못
보려든 므슴 연고(緣故)로 황은(皇恩)을 가ᄇᆞ야이 너겨 고집(固執)히
거스려 삼(三) 일(日)을 폐식(廢食)ᄒ고 노모(老母)ᄅᆞᆯ 여러 날 보디
아니ᄒᄂᆞ뇨? 네 어믜 고ッ(孤孤)ᄒᄆᆞᆯ 슬퍼 듕도(中道)ᄅᆞᆯ 싱각ᄒ라."

흑ᄉᆡ(學士ㅣ) 견필(見畢)의 크게 탄왈(嘆曰),

"늬 편모(偏母)로 인(因)ᄒ야 죵시(終是) 딕졀(直節)을 셰우디 못ᄒ
고 본(本) ᄯᅳᆺ을 딕희디 못ᄒ니 후셰(後世)의 의논(議論)이 븟그러오
나 현마 엇디ᄒ리오?"

드듸여 됴복(朝服)을 ᄎᆽ초와 묘

...

58면

당(廟堂)[346]의 나아가 삼공딕(三公職)의 거(居)ᄒ니 시년(時年)이 이
십삼(二十三) 셰(歲)라.

태ᄌ태ᄉ(太子太師) 인(印)을 요하(腰下)의 빗기 ᄎᆞ니 태ᄉ(太師)ᄂ
승샹(丞相)의 오른 벼슬이라 쳥춘(靑春)이 바야히어ᄂᆞᆯ[347] 일곱 줄 면
뉴(冕旒)[348]와 금관됴복(金冠朝服)을 가(可)ᄒ니 싁ッ 녕농(玲瓏)ᄒ
면치(面采) 이날 더옥 쇄락(灑落)ᄒ니 ᄎᆞ시(此時) 임홍은 태ᄉ(太師)
로 년긔(年紀) ᄎᆞ고 명현,[349] 명연 등(等)은 삼십(三十)이 ᄎᆞ 너멋ᄂ

---

346) 묘당(廟堂): 조정.
347) 바야히어ᄂᆞᆯ: 한창이거늘.
348) 면뉴(冕旒): 면류. 면류관의 앞뒤에 드리우는 주옥을 꿴 술.
349) 현: [교] 원문에는 '형'으로 되어 있으나 오기로 보임.

디라. 다 굿튼 각신(閣臣)으로 흔골가티 공ᄉ350) 용뫼(容貌ㅣ) 신션
(神仙)이 모닷ᄂᆞᆫ 듯ᄒᆞ니 진실(眞實) 영ᄌᆡ(英才) 만흐미 영낙(永樂) 초
(初) 굿튼 젹이 업더라.

태ᄉᆡ(太師ㅣ) 궐하(闕下)의 슉비(肅拜)ᄒᆞ고 집의 도라오니 딘 부인
(夫人)이 두굿겨 영ᄒᆡᆼ(榮幸)ᄒᆞᄆᆞᆯ 이긔디 못ᄒᆞ며 뉴 부인(夫人)이 봉
관뎍의(鳳冠翟衣)351)로 시좌(侍坐)352)ᄒᆞ니 냥금(良金)353)과 빅벽(白
璧)354)이 모닷ᄂᆞᆫ 듯ᄒᆞ더라. 태ᄉᆡ(太師ㅣ) 퇵일(擇日)ᄒᆞ야 연셕(宴席)
을 베

59면

퍼 모친(母親)긔 헌슈(獻酬)ᄒᆞ고 셕양(夕陽)의 파연(罷宴)ᄒᆞ야 빈ᄀᆡᆨ
(賓客)이 흐터디매 부인(夫人)이 위연(喟然)355)이 뉴 부인(夫人) 손을
잡아 두굿기다가 비홍(臂紅)356)을 보고 크게 놀나 굿티고 뉴 시(氏)
ᄃᆞ러난 후(後) 태ᄉᆡ(太師ㅣ) 혼뎡(昏定)357)ᄒᆞᄆᆞᆯ 인(因)ᄒᆞ야 부인(夫

---

350) 공ᄉ: 미상.

351) 봉관뎍의(鳳冠翟衣): 봉관적의. 봉관은 옛날 부인들이 썼던 봉황 문양의 장식이
되어 있는 관. 적의는 원래 황후가 입던 예복의 하나로 붉은 비단 바탕에 청색의
꿩을 수놓고 깃고대 둘레에 붉은 선을 두르고, 선 위에는 용이나 봉황을 그린 옷.
명부(命婦)의 의복으로도 활용됨.

352) 시좌(侍坐): 웃어른을 모시고 앉음.

353) 냥금(良金): 양금. 좋은 금.

354) 빅벽(白璧): 백벽. 흔히 가운데에 구멍이 뚫린 고리 모양의 옥을 가리킴.

355) 위연(喟然): 한숨을 쉬며 서글프게.

356) 비홍(臂紅): 팔위에 있는 붉은 것이란 뜻으로 곧 앵혈(鶯血)을 말함. 앵혈은 여자
의 순결을 상징하는 징표. 어렸을 때 여자 팔에 찍어 놓는데, 남자와 성교(性交)
를 하면 앵혈이 사라짐.

357) 혼뎡(昏定): 혼정. 밤에 자기 전에 부모의 침소에 가서 잠자리를 살피고 밤 동안
안녕하기를 여쭘.

人)이 손을 잡고 죠용히 닐오딕,

"네 ᄋ시(兒時)로브터 경셔(經書)를 닑으니 블효(不孝) 삼쳔(三千)의 무휘(無後ㅣ)358) 큰 줄 아ᄂ다?"

태ᄉ(太師ㅣ) 비샤(拜謝) 왈(曰),

"ᄒᆡ익(孩兒ㅣ) 엇디 모로리잇고?"

부인(夫人) 왈(曰),

"그리면 현뷔(賢婦ㅣ) 널노 결발부"(結髮夫婦)359)로 쳔만비원(千萬悲怨)360)을 겻고 뎍소(嫡所)의 모드매 엇디 쇼딕(疏待)361)ᄒ야 싱산(生産)의 긔약(期約)이 더딕뇨?"

태ᄉ(太師ㅣ) 비왈(拜曰),

"ᄒᆡ익(孩兒ㅣ) 블초(不肖)ᄒ나 무단(無斷)이 조강(糟糠) 졍실(正室)을 박딕(薄待)ᄒ리잇고? 당초(當初) 합근(合巹)티 아니믄 모명(母命)을 밧ᄌ오미오 감(敢)히 ᄌ젼(自專)362)티 못ᄒ미라 태"(太太)ᄂ 믈녀(勿慮)ᄒ쇼셔."

부인(夫人)이 그 녜(禮)

●●●

60면

딕히믈 아름다이 너기나 의심(疑心)ᄒ여 닐오딕,

"너의 ᄒᆡᆼ(行)ᄒᄂ 배 도리(道理) 올흐나 너모 고집(固執)ᄒ니 모로

---

358) 무휘(無後ㅣ): 후사 없음.
359) 결발부부(結髮夫婦): 총각과 처녀가 혼인하여 맺은 부부.
360) 쳔만비원(千萬悲怨): 천만비원. 천 가지 만 가지 슬픔과 원망.
361) 쇼딕(疏待): 소대. 소홀히 대함. 박대(薄待).
362) ᄌ젼(自專): 자전. 자기 마음대로 결정하여 처리함.

미 금야(今夜)로브터 혼가지로 깃드려 어믜 뜻을 져브리디363) 말라."

태시(太師 l) 빈샤(拜謝) 슈명(受命)ᄒ고 믈너나 ᄎ야(此夜)의 뉴 부인(夫人) 침소(寢所)를 ᄎ즈 피ᄎ(彼此 l) 공경(恭敬)ᄒ고 듕이(重愛)ᄒ미 비길 곳 업ᄉ나 태시(太師 l) 비록 엄정(嚴正)ᄒ나 부인(夫人)을 디(對)ᄒ야ᄂ 은정(恩情)이 산희(山海) 경(輕)ᄒ더라.

어시(於時)의 뉴 태쉬(太守 l) 니부시랑(吏部侍郎)의 승탁(昇擢)363)ᄒ여 경ᄉ(京師)의 니ᄅ러 건곤(乾坤)이 변이(變異)ᄒ고 인시(人事 l) 밧고이믈 슬허ᄒ나 뉴 시랑(侍郎)이 ᄯ혼 건문(建文) 시(時)의 벼슬ᄒ미 업던 고(故)로 문황(文皇)이 건문(建文) 폐츌(廢黜)혼 쟈(者)ᄂ 다 블러 벼슬 ᄒ이시니 뉴 ᄌ시(刺史 l)365) ᄯ혼 샹경(上京)ᄒ야 가권(家眷)366)을 거ᄂ려 가샤(家舍)ᄅ 니부(-府) 겨틱 뎡(定)ᄒ고 협문(夾門)을 두어 셔로 통(通)ᄒ야 ᄃ닐ᄉ 뉴

••

61면

시랑(侍郎) 형(兄) 낭듕(郎中)은 고향(故鄕) 남경(南京)의 이셔 부모(父母) 향화(香火)367)ᄅ 밧들고 뉴 시랑(侍郎)은 공환(公宦)368)혼 몸이라 이에 뉴 시랑(侍郎)이 뉴 쳐ᄉ(處士) 향화(香火)ᄅ 밧들게 되니 시랑(侍郎)이 뉴 쳐ᄉ(處士) 양ᄌ(養子 l) 되매 뉴 부인(夫人)으로 지

---

363) 져브리디: 저버리지. [교] 원문에는 '셜계'로 되어 있으나 의미를 분명히 하기 위해 국도본(2:56)을 따름.

364) 승탁(昇擢): 벼슬이 오름.

365) 뉴 ᄌ시(刺史 l): 유 자사. 유 처사의 종질 유관을 이름. 여기에서 유 태수, 자사, 이부시랑은 동일인물임.

366) 가권(家眷): 딸린 식구.

367) 향화(香火): 제사.

368) 공환(公宦): 조정의 벼슬을 맡은 관원.

극(至極)흔 졍(情)이 친싱(親生)의 감(減)티 아니ᄒ더라.

뉴 부인(夫人)이 일념(一念)의 졀강(浙江) 쇼흥부(紹興府) 쥬 시 (氏)의 언약(言約)을 닛디 못ᄒ여 심시(心思ㅣ) 울〃(鬱鬱)ᄒ야 미양 태ᄉ(太師)긔 고(告)ᄒ려 ᄒ디 태시(太師ㅣ) 긔식(氣色)이 엄슉(嚴肅) ᄒ니 감(敢)히 몬져 발셜(發說)티 못ᄒ고 쥬뎌(躊躇)ᄒ더니 일〃(一日)은 딘 부인(夫人)이 뉴 시(氏)ᄅᆞᆯ ᄃᆞ리고 환난(患難)의 분쥬(奔走) ᄒ던 곡졀(曲折)을 무러 새로이 탄식(歎息)ᄒ니 쇼졔(小姐ㅣ) ᄁᆡᄅᆞᆯ 타 쥬 시(氏) 녀ᄌ(女子)와 밍약(盟約)ᄒᆫ 말을 ᄌᆞ초지죵(自初至終)³⁶⁹⁾ 이 고(告)ᄒ니 부인(夫人)이 텽파(聽罷)의 경왈(驚曰),

"이 ᄯᅩ 임의 이러틋 홀딘대 셜〃(屑屑)³⁷⁰⁾이 바리디 못ᄒ리니 ᄋᆞ ᄌ(兒子)ᄃᆞ려 의논(議論)ᄒ

* * *

야 뎌ᄅᆞᆯ ᄃᆞ려오리니 현부(賢婦)ᄂᆞᆫ 념녀(念慮) 말나. "

뉴 시(氏) ᄌᆡᄇᆡ(再拜) 샤례(謝禮)ᄒ더라.

부인(夫人)이 태ᄉ(太師)ᄅᆞᆯ 블러 뉴 시(氏) 말을 ᄌᆞ시 니ᄅᆞ고 사ᄅᆞᆷ 을 보ᄂᆡ여 쥬 시(氏) ᄃᆞ려올 줄을 니ᄅᆞ니 태시(太師ㅣ) 놀나 안식(顔色)이 변(變)ᄒ야 말을 아니코 믈너 ᄉ실(私室)의 드러가니 부인(夫人)이 마자 좌(座)ᄅᆞᆯ 뎡(正)ᄒ매 태시(太師ㅣ) 미우(眉宇)³⁷¹⁾의 찬 긔 운(氣運)이 어릭여 졍식(正色) 냥구(良久)의 왈(曰),

"부인(夫人)의 뎡혼(定婚)ᄒᆫ 녀ᄌ(女子)ᄅᆞᆯ 날ᄃᆞ려 취(娶)ᄒ라 ᄒ나

---

369) ᄌᆞ초지죵(自初至終): 자초지종. 처음부터 끝까지의 과정.

370) 셜셜(屑屑): 설설. 구구하거나 사소한 모양.

371) 미우(眉宇): 이마의 눈썹 근처.

니 본(本)딕 호화(豪華)혼 사름이 아니〃 맛당혼 사름을 어더 더룰 데도(濟度)372) 호야 부인(夫人) 구(救)혼 은혜(恩惠)룰 갑흘 거시니 부인(夫人)은 모로미 젼후(前後) 스연(事緣)을 즈시 닐러 요란(搖亂)호미 업게 호라."

부인(夫人)이 발셔 그 말의 미온(未穩)373) 호믈 슷티고 눈을 눗초아 드롤 분이러라. 태시(太師ㅣ) 즉시(卽時) 창두(蒼頭)룰 명(命) 호야

•••

63면

쥬 시(氏) 모녀(母女)룰 드려오라 호니 창뒤(蒼頭ㅣ) 승명(承命) 호야 힝(行)혼 수월(數月) 만의 쥬 시(氏) 모녀(母女)룰 드려 경스(京師)의 니르러 햐쳐(下處)374) 잡아 머믈고 본부(本府)의 드러가 고(告)호니 태시(太師ㅣ) 이에 계화룰 블러 젼후(前後) 곡졀(曲折)을 니르고 다룬 딕 셩혼(成婚)호라 호니 계홰 드러가 부인(夫人)긔 고(告)호니 뉴 시(氏) 탄왈(嘆曰),

"닉 니 군(君)의 뜻을 모르고 일시(一時)의 대스(大事)룰 그릇호야 군즈(君子)의 뜻이 이러호니 뎌 녀지(女子ㅣ) 쏘혼 닉 녀375)진(女子ㅣ니) 줄 안 후(後)는 졀(節) 딕휠 일이 업느니라."

계홰 즉시(卽時) 쥬 시(氏) 모녀(母女)의 햐쳐(下處)의 가 셔로 볼 시 홰 알플 향(向)호야 만복(萬福)을 쳥(請)호고 왈(曰),

"두 번376)(番) 살온 은혜(恩惠) 입은 몸은 파〃(婆婆)377)긔 사378)

---

372) 데도(濟度): 제도. 구제함.
373) 미온(未穩): 평온하지 않음.
374) 햐쳐(下處): 하처. 숙소. '사처'의 옛말.
375) 녀: [교] 원문에는 '년'이라 되어 있으나 오기로 보임.

죄(謝罪)ᄒᆞᄂᆞ니 석년(昔年) 파〃(婆婆) 부듕(府中)의 갓던 샹공(相公)
은 남ᄌᆡ(男子ㅣ) 아니라 금일(今日) 노첩(老妾)이 파〃(婆婆) 모녀(母
女)ᄅᆞᆯ 디(對)ᄒ

• • •

64면

야 셜파(說破)코져 ᄒᆞᄂᆞ이다."

인(因)ᄒᆞ야 뉴 부인(夫人) 젼후(前後) ᄉᆞ연(事緣)을 니ᄅᆞ며 니 태ᄉᆞ
(太師) 셩명(姓名)을 디(代)ᄒᆞ야 후일(後日) 태ᄉᆞ(太師) 금차(金釵)³⁷⁹⁾
ᄅᆞᆯ 빗닉고져 ᄒᆞ다가 니 태ᄉᆡ(太師ㅣ) 블허(不許)ᄒ니 다ᄅᆞᆫ 딕 셩혼
(成婚)ᄒᆞ려 ᄒᆞᆯ 니ᄅᆞ니 노고(老姑)ᄂᆞᆫ 대경(大驚)ᄒᆞ야 말을 못 ᄒ고
쥬 시(氏) 비샤(拜謝) 왈(曰),

"부인(夫人)이 쳔첩(賤妾)을 닛디 아냐 쳔(千) 리(里)의 신(信)을
일위시니 블승황공(不勝惶恐)³⁸⁰⁾ᄒᆞ이다. 연(然)이나 니 태ᄉᆞ(太師)
셩명(姓名)을 첩(妾)이 딕히여 셰ᄌᆡ(歲載)³⁸¹⁾ ᄉᆞ(四) 년(年)이라. 이제
비록 부인(夫人)이 남ᄌᆡ(男子ㅣ) 아니시나 첩(妾)은 니 시(氏)의 사ᄅᆞᆷ
이라 일됴(一朝)의 ᄎᆞ마 ᄯᅳᆺ을 허러 실졀(失節)ᄒᆞᆫ 사ᄅᆞᆷ이 되리오? 니
태³⁸²⁾ᄉᆡ(太師ㅣ) 비록 ᄒᆞᆫ 첩(妾)을 측실(側室) 뉴(類)의 두기ᄅᆞᆯ 슬히

---

376) 번: [교] 원문에는 '범'이라 되어 있으나 오기로 보임.

377) 파파(婆婆): 할미.

378) 샤: [교] 원문에는 '시'라 되어 있으나 오기로 보임.

379) 금차(金釵): '금차(金釵)'는 금비녀로, 첩을 들이는 것을 의미함.

380) 블승황공(不勝惶恐): 불승황공. 황공함을 이기지 못함.

381) 셰ᄌᆡ(歲載): 세재. 해(年).

382) 태: [교] 원문에는 '흑'으로 되어 있으나 이현의 벼슬이 태사로 승진했으므로 이
와 같이 수정함.

너기시나 니(理)의 올코 당초(當初) 부인(夫人)이 니 노야(老爺) 일홈
으로뻐 쳡(妾)을 뎡약(定約)ᄒ시

65면

니 쳡(妾)도 비반(背叛)티 못ᄒ나 대샹(大相)383)의 쇼실(小室) 되기를
원(願)티 아니ᄒ니 이 몸이 심규(深閨)384)의 늘거 부인(夫人) 쳔츄
(千秋)385)를 츅원(祝願)홀 ᄯ름이라. 뉴 부인(夫人)을 남ᄌ(男子)로
아라 뎡혼(定婚)ᄒ고 부인(夫人)은 니 노야(老爺) 셩명(姓名)으로 빙
폐(聘幣)386)를 ᄒᆡᆼ(行)ᄒ니 쳡(妾)은 젼후(前後)의 니현 두 ᄌ(字)를
딕히여시니 이제 고틸 배 업서이다.”

셜파(說罷)의 긔ᄉᆡᆨ(氣色)이 단엄(端嚴)ᄒ니 ᄒᆡ 아연(啞然)387) 대경
(大驚)ᄒ야 말이 업고 노괴(老姑ㅣ) 슬피 우러 왈(曰),

“노신(老身)이 일ᄉ(一事)를 그릇ᄒ야 일녀(一女)의 평ᄉᆡᆼ(平生)을
마ᄎᆞ며 부인(夫人)이 비록 의식(衣食)을 후(厚)히 ᄒ시나 므슴 즐거
오미 이시리오?”

계홰 크게 무안(無顔)코 잔잉ᄒ야 죠흔 말로 위로(慰勞)ᄒ고 도라
와 뉴 부인(夫人)긔 이 ᄉ연(事緣)을 고(告)ᄒ니 부인(夫人)이 탄식
(歎息) 왈(曰),

“ᄂᆡ 죽을 가온대 뎌의 은혜(恩惠)를 닙

---

383) 대샹(大相): 대상. 재상.
384) 심규(深閨): 여자가 거처하는, 깊이 들어앉은 방.
385) 쳔츄(千秋): 천추. 오랜 세월이라는 뜻으로 목숨을 말함.
386) 빙폐(聘幣): 공경하는 뜻으로 보내는 예물.
387) 아연(啞然): 너무 놀라 어안이 벙벙한 모양.

엇거늘 이제 닉 뎌를 뎌브리니 텬앙(天殃)³⁸⁸⁾이 두리온디라 엇디 안심(安心)ᄒ리오? 스스로 니 군(君)의 ᄌ최를 일싱(一生) 보디 못ᄒ지언정 오늘 이 ᄉ연(事緣)을 닐러 드르면 힝(幸)이오, 셜ᄉ(設使) 아니 듯고 고집(固執)을 닉여 날을 박ᄃ(薄待)ᄒ여도 뎌와 ᄀ티 공방(空房)을 겻그리라."

니ᄅ며 돌〃(咄咄)³⁸⁹⁾ 탄식(歎息)ᄒ믈 마디아니〃 태시(太師ㅣ) 마춤 드러오다가 뎌 비쥬(婢主)의 문답(問答)을 종두지미(從頭至尾)³⁹⁰⁾이 듯고 그윽이 경아(驚訝)³⁹¹⁾ᄒ니 태시(太師ㅣ) 당초(當初) 부인(夫人)이 뎡혼(定婚)ᄒ엿ᄂ가 ᄒ야 다른 사롬을 어더 맛디고져 ᄒ더니 의외(意外)예 ᄌ긔(自己) 셩명(姓名)으로 힝빙(行娉)³⁹²⁾ᄒ야 뎌 녀진(女子ㅣ) 뉴 시(氏)의 근본(根本)을 드르나 기심(改心)홀 ᄯ이 업ᄉ믈 드르매 임의 브리디 못홀 줄 알오ᄃ 부인(夫人)의 힝시(行事ㅣ) 죠용티 아니믈 미흡(未洽)ᄒ야 이에

거름을 두로혀 밧그로 나가 뎌의 괴로온 말을 귀예 다마 듯디 아니려 ᄒ야 ᄉ오(四五) 일(日) 닉당(內堂)의 족젹(足跡)을 긋츠니 부인

---

388) 텬앙(天殃): 천앙. 하늘에서 벌로 내리는 재앙.

389) 돌돌(咄咄): 혀 차는 소리를 표현한 것.

390) 종두지미(鐘頭至尾): 처음부터 끝까지.

391) 경아(驚訝): 놀라고 의아하게 여김.

392) 힝빙(行娉): 행빙. 장가를 듦.

(夫人)이 임의 그 뜻을 짐작(斟酌)고 쥬 시(氏) 일ᄉᆡᆼ(一生)을 념녀(念慮)ᄒᆞ야 침식(寢食)을 다 폐(廢)ᄒᆞ고 번뇌(煩惱)ᄒᆞ니 홰 근심하야 이 소유(所由)[393]ᄅᆞᆯ 딘 부인(夫人)긔 고(告)ᄒᆞ니 부인(夫人)이 경아(驚訝)ᄒᆞ야 태ᄉᆞ(太師)ᄅᆞᆯ 블러 ᄎᆡᆨ왈(責曰),

"현뷔(賢婦ㅣ) 너ᄅᆞᆯ 위(爲)ᄒᆞ야 쳔단고초(千端苦楚)[394]ᄅᆞᆯ 겻고 노모(老母)ᄅᆞᆯ 구(救)ᄒᆞᆫ 은혜(恩惠) 듕(重)커ᄂᆞᆯ 엇딘 고(故)로 미셰(微細)ᄒᆞᆫ 말을 듯지 아니코 고집(固執)을 ᄂᆡᄂᆞ뇨? 네 몸이 대당뷔(大丈夫ㅣ)어ᄂᆞᆯ 일(一) 녀ᄌᆞ(女子)의 평ᄉᆡᆼ(平生)을 엇지 심규(深閨)의 ᄂᆞᆰ히려 ᄒᆞᄂᆞᆫ다? 네 원ᄅᆡ(原來) 심졍(心情)이 협ᄎᆡᆨ[395](狹窄)ᄒᆞ니 이런 곳의 ᄂᆡ 심(甚)히 깃거 아니ᄒᆞ노라."

태ᄉᆡ(太師ㅣ) 손을 ᄭᅩ자 ᄇᆡ샤(拜謝) 왈(曰),

"ᄒᆡᄋᆡ(孩兒ㅣ) 엇디 모교(母敎)ᄅᆞᆯ 역(逆)ᄒᆞ리잇가마ᄂᆞᆫ

68면

당초(當初) ᄒᆡᄋᆡ(孩兒ㅣ) 심ᄉᆡ(心思ㅣ) 즐겁디 못ᄒᆞ고 뉴 시(氏) ᄉᆞᄉᆞ로 뎡혼(定婚)ᄒᆞ엿ᄂᆞᆫ가 너겨 믈닛텻ᄉᆞᆸ더니 도금(到今)ᄒᆞ야 뉴 시(氏) ᄒᆡᄋᆞ(孩兒)의 일홈으로 뎡약(定約)ᄒᆞ야 그 녀ᄌᆡ(女子ㅣ) 슈절(守節)ᄒᆞ엿다 ᄒᆞ니 의(義)예 ᄇᆞ리디 못ᄒᆞᆯ 거시로ᄃᆡ 뉴 시(氏)의 방ᄌᆞ(放恣)[396]ᄒᆞ믈 미안(未安)[397]ᄒᆞ야 ᄒᆞ오미러니 ᄌᆞ괴(慈敎ㅣ) 여ᄎᆞ(如此)ᄒᆞ시니 일(一) 녀ᄌᆞ(女子) 거두미 무어시 어려오리잇고?"

---

393) 소유(所由): 까닭. 과정.

394) 쳔단고초(千端苦楚): 천단고초. 온갖 고난.

395) ᄎᆡᆨ(窄): [교] 본래 한자음은 '착'이나 관습상 '책'으로 씀.

396) 방ᄌᆞ(放恣): 방자. 어려워하거나 삼가는 태도가 없이 무례하고 건방짐.

397) 미안(未安): 마음이 편하지 못하고 거북함.

부인(夫人)이 희동안식(喜動顏色)398) 왈(曰),

"너 아히(兒孩) 싱각을 ᄀ장 잘ᄒ여시니 모ᄅ미 현부(賢婦)의 뜻을 밧고 아녀ᄌ(兒女子)로 비상(飛霜)의 원(怨)399)을 기티디 말라."

혹ᄉ(學士ㅣ) 빅샤(拜謝)ᄒ고 믈너나 퇴일(擇日)ᄒ야 쥬가(一家)의 보(報)ᄒ니 노괴(老姑ㅣ) 크게 깃거ᄒ되 쥬 시(氏) 소양(辭讓) 왈(曰),

"첩(妾)은 산야(山野) 궁민(窮民)400)이라 엇디 대샹(大相)의 소실(小室)이 되리잇고? 스스로 니 시(氏) 셩명(姓名)을 딕히여 심규(深閨)의 늙은

⋯

69면

어미를 봉양(奉養)ᄒ리니 일즉 취가(娶嫁)401)ᄒ기를 원(願)티 아니ᄒᄂ이다."

노괴(老姑ㅣ) 권(勸)하여 왈(曰),

"이제 니 태ᄉ(太師ㅣ) 널노써 소실(小室)을 사므려 ᄒ니 이ᄂ 너의 영홰(榮華ㅣ)라 모로미 고집(固執)디 말라."

쥬 시(氏) 견집(堅執)402)ᄒ야 듯디 아니〃 니부(-府) 가인(家人)이 도라와 이 말노써 태ᄉ(太師)긔 고(告)ᄒ니 태ᄉ(太師ㅣ) 블셔 쥬 시(氏)의 위인(爲人)이 쇽인(俗人)이 아니믈 알고 미쇼(微笑)ᄒ니 뉴 부인(夫人)이 이 말을 듯고 탹급(着急)403)ᄒ야 이에 쥬 시(氏)긔 글을

---

398) 희동안식(喜動顏色): 희동안색. 기쁜 빛이 얼굴에 드러남.

399) 비상(飛霜)의 원(怨): 서리가 내리도록 할 정도의 원망. 『장자(莊子)』에 '한 여자가 원망을 품으면, 오월에 서리가 내린다. 一婦含怨, 五月飛霜.'는 말이 있음.

400) 궁민(窮民): 궁한 백성.

401) 취가(娶嫁): 취가. 장가들고 시집감.

402) 견집(堅執): 의견을 바꾸지 않고 굳게 지님.

보니여 왈(曰),

'셕년(昔年)의 긔괴(奇怪)혼 익환(厄患)[404]을 만나 도로(道路)의 뉴리(流離)ᄒ다가 일명(一命)이 진ᄉᆡᆼ(再生)ᄒ니 은혜(恩惠) 갑기ᄅᆞᆯ 싱각ᄒ매 댱ᄂᆡ(將來)ᄅᆞᆯ 슬피디 못ᄒ야 금일(今日) 대ᄉᆞ(大事ᅵ) 거츠러시니 당"(堂堂)이 몸을 혈워 샤례(謝禮)코즈 ᄒ더니 가군(家君)의 ᄠᅳᆺ이 임의 ᄉᆞ리(事理)ᄅᆞᆯ 슬

●●●

70면

펴 녜(禮)로 소셩(小星)[405]의 두고져 ᄒ거늘 그ᄃᆡ 니 시(氏)ᄅᆞᆯ 위(爲)ᄒ야 절(節)을 딕희며 이제 밀막으미[406] 올티 아니ᄒᄃᆡ라. 원(願)컨ᄃᆡ 그ᄃᆡᄂᆞᆫ 기리 싱각ᄒ야 텬명(天命)을 슌(順)히 조츠 노모(老母)의게 효(孝)ᄅᆞᆯ 오ᄅᆞ디 ᄒ면 닐온 회(孝ᅵ)라 모ᄅᆞ미 세 번(番) 싱각ᄒᆯ지어다.'

쥬 시(氏) 견파(見罷)[407]의 답셔(答書)ᄅᆞᆯ 일워 보ᄂᆡ니 셔(書)의 왈(曰),

'쳔인(賤人) 쥬 시(氏)ᄂᆞᆫ 삼가 네 번(番) 절ᄒ고 글월을 밧드러 현덕부인(賢德夫人) 안젼(案前)의 올리옵ᄂᆞ니 쇼쳡(小妾)은 심산궁곡(深山窮谷)의 촌민(村民)이라 두견(杜鵑)을 벗ᄒ야 디초(芝草)와 ᄀᆞᆺ티 슬어질 거시어늘 부인(夫人)의 귀개(貴駕ᅵ) 왕굴(枉屈)[408]ᄒ샤 쳡(妾)의 평ᄉᆡᆼ(平生)을 졔도(濟度)ᄒ시니 쳡(妾)이 문(門)을 바라고

---

403) 탁급(着急): 착급. 매우 급함.
404) 익환(厄患): 액환. 재앙과 재난.
405) 소셩(小星): 소성. 첩.
406) 밀막으미: 핑계를 대고 거절함이.
407) 견파(見罷): 보기를 다함.
408) 왕굴(枉屈): 누추한 곳에 옴.

니 시(氏)를 딕희

71면

연 디 수(四) 년(年)이러니 천만의외(千萬意外)에 부인(夫人)이 쳡 (妾)의 누(陋)호믈 슬피디 아냐 놉흔 술위409)와 평안(平安)흔 물노뻐 드려오샤 의식(衣食)을 후(厚)히 치시니 소욕(所欲)이 죡(足)호디라 엇디 다시 공후대샹(公侯大相)의 금차(金釵)410) 소임(所任)을 호리 오? 이러므로 일싱(一生)을 혼자 늙어 어미를 봉양(奉養)코져 호더니 부인(夫人)이 옥찰(玉札)411)을 느리와 녜의(禮儀)를 경계(警戒)호시 미 이 굿투니 엇디 감(敢)히 봉힝(奉行)티 아니리잇고? 맛당이 존명 (尊命) 슌(順)호리이다.'

부인(夫人)이 견필(見畢)의 깃거 이 뜻을 계화로 태수(太師)긔 고 (告)호라 하니 니 태식(太師ㅣ) 잠쇼(潛笑)호더라.

틱일(擇日)호야 태식(太師ㅣ) 쇼교(小轎)412)를 보뇌여 이 늘 쥬 시 (氏)를 드려오니 쥬 시(氏) 잠간(暫間) 단쟝(丹粧)을 일우고 이에

72면

니르러 부인(夫人)긔 현알(見謁)413)호고 뉴 부인(夫人)긔 수비(謝拜)

---

409) 술위: 수레.
410) 금차(金釵): 금차. 금차지열(金釵之列). 첩을 이르는 말.
411) 옥찰(玉札): 서찰을 높여 부르는 말.
412) 쇼교(小轎): 소교. 작은 가마.
413) 현알(見謁): 웃어른을 뵘.

흔 후(後) 말셕(末席)의 뫼시니 안쉭(顔色)이 도화(桃花) 굿고 녜뫼
(禮貌ㅣ) 온공(溫恭)ᄒ여 번희(樊嬉)[414]의 풍(風)이 이시니 뉴 부인
(夫人)의 희열(喜悅)ᄒᄆᆫ 측냥(測量) 업고 태부인(太夫人)이 역시(亦
是) 깃거ᄒ더라.

이에 쳐소(處所)를 벽화당으로 뎡(定)ᄒ니 쥬 시(氏) 믈러가 쉬더
니 태시(太師ㅣ) 야심(夜深)토록 건니다가 날호여[415] 거름을 두로혀
벽화당의 드러가니 쥬 시(氏) 샐니 니러 마자 인(因)ᄒ야 피셕(避
席)[416] 국궁(鞠躬)[417]ᄒ야 뫼시니 태시(太師ㅣ) 그 녜(禮) 츌히믈 심
하(心下)의 암칭(暗稱)ᄒ야 이에 블을 쓰고 침셕(枕席)의 갓가이 ᄒ
매 쏘흔 은졍(慇情)[418]이 엿디 아니터라.

쥬 시(氏) 츠후(此後) 머므러 뉴 부인(夫人) 셤기믈 노쥬간(奴主間)
굿티 ᄒ고 부인(夫人)이 ᄉ랑ᄒ믈 동긔(同氣)굿티 ᄒ니 규문(閨門)의
화긔(和氣) 온쟈(溫慈)[419]ᄒ더라.

태시(太師ㅣ) 본(本)되

희로(喜怒)를 나타ᄂᆡ디 아니코 ᄆᆞ음의 녀쉭(女色)을 블관(不關)[420]이

---

414) 번희(樊嬉): 중국 춘추시대 초(楚)나라 장왕(莊王)의 비(妃). 장왕이 패업(霸業)을
   이루는 데에 그녀의내조가 큰 역할을 했다고 함.
415) 날호여: 천천히.
416) 피셕(避席): 피석. 웃어른에게 공경을 표시하기 위해 앉았던 자리에서 일어남.
417) 국궁(鞠躬): 국궁. 윗사람 앞에서 존경의 뜻으로 몸을 굽힘.
418) 은졍(慇情): 은정. 두터운 정.
419) 온쟈(溫慈): 온자. 온화하고 인자함.
420) 블관(不關): 관계하지 않음.

너기ᄂ디라 일삭(一朔)의 부인(夫人) 침실(寢室)의 십여(十餘) 일(日)식 드러가고 쥬 시(氏)ᄂ 스오(四五) 일(日)식 ᄎ더라.

태ᄉᆞ(太師ㅣ) 일〃(一日)은 벽화당의 가니 오(五) 셰(歲)ᄂ 흔 아히(兒孩) 쥬 시(氏) 알패 안잣거ᄂᆞᆯ 태ᄉᆞ(太師ㅣ) 그 뉴미옥안(柳眉玉顔)421)을 크게 ᄉᆞ랑ᄒᆞ야 나오혀422) 안고 쥬 시(氏)ᄃ려 무ᄅᆞ디,

"ᄎᆞ익(此兒ㅣ) 엇던 아히(兒孩)뇨?"

쥬 시(氏) 왈(曰),

"이ᄂ 경(景) 샹셔(尙書) 딕 쇼졔(小姐ㅣ)라. 샹셰(尙書ㅣ) ᄉᆞ졀(死節)423)ᄒᆞ시고 부인(夫人)이 냥(兩) 쇼져(小姐)로 더브러 죽으려 ᄒᆞ시니 ᄎ(此) 쇼져(小姐) 유뫼(乳母ㅣ) 졔 ᄯᆞᆯ로 밧고와 두고 이 쇼져(小姐)ᄅ 업어 도망(逃亡)ᄒᆞ야 쳡(妾)의 집을 디나거ᄂᆞᆯ 쳡(妾)이 그 용모(容貌)ᄅ 이모(愛慕)ᄒᆞ야 쳥(請)ᄒᆞ야 집의 두고 스스로 기ᄅᆞ더니 그 유뫼(乳母ㅣ) 거년(去年)424)의 죽으매 쳡(妾)이 인(因)ᄒᆞ야 ᄃᆞ리고 셔울로 와 어믜

∴

74면

집의 잇더니 금일(今日) 쳡(妾)을 보라 니ᄅᆞ러ᄂᆞ이다."

태ᄉᆞ(太師ㅣ) 텽파(聽罷)의 경쳥(景淸)425)의 녀인(女兒ㅣᆫ) 줄 알고

---

421) 뉴미옥안(柳眉玉顔): 유미옥안. 버들잎 같은 눈썹에 옥 같은 얼굴.

422) 나오혀: 나오게 하여.

423) ᄉᆞ졀(死節): 사절. 절개를 지키기 위해 목숨을 버림.

424) 거년(去年): 작년.

425) 경쳥(景淸): 경청. 중국 명나라 진녕인(眞寧人). 연왕이 제위(帝位)를 찬탈하자 방효유(方孝儒) 등과 순국하기로 약속하였다가 혼자서 비수를 품고 명나라 조정에 들어갔다가 발각되어 처형당함.

앗기고 잔잉426)ᄒ야 이에 쇼져(小姐)ᄃ려 왈(曰),

"네 부뫼(父母ㅣ) 업고 늬 아직 ᄌ식(子息)이 업ᄉ니 네 늬 ᄌ식(子息)이 되야 늬게 이시미 엇더뇨?"

쇼졔(小姐ㅣ) 나히 어리고 ᄌ못 총명(聰明)ᄒ다라 ᄃ왈(對曰),

"집이 망(亡)ᄒ고 도라갈 ᄃ 업슨 화가(禍家)427) 여ᄉᆡᆼ(餘生)이 금일(今日) 대인(大人) ᄌ식(子息) 되믈 엇디 ᄉ양(辭讓)ᄒ리오?"

ᄐ시(太師ㅣ) 크게 깃거 이에 팔ᄇᆡ(八拜)를 바다 부녀(父女)로 칭(稱)ᄒ고 일홈을 무르니 혜벽이라 ᄒ거ᄂᆞᆯ 태시(太師ㅣ) 이에 혜벽을 안고 부인(夫人) 침소(寢所) 듀셜각의 니르러 부인(夫人)ᄃ려 왈(曰),

"늬 아직 ᄌ식(子息)이 업고 ᄎ이(此兒ㅣ) 이러ᄐᆺ 비상(非常)ᄒ니 양녀(養女)를 삼앗ᄂᆞ니 부인(夫人)은 모로미 친녀(親女)ᄀᄐ티

양휵(養慉)ᄒ라."

부인(夫人)이 념임(斂袵)428) 샤왈(謝曰),

"근슈교의(謹受敎矣)429)리니 엇디 봉ᄒᆡᆼ(奉行)티 아니리잇고?"

드ᄃᆡ여 혜벽을 나오혀 ᄉ랑ᄒ고 무휼(撫恤)430)ᄒ미 조곰도 늬외(內外)ᄒ미 업ᄉ니 태시(太師ㅣ) 칭찬(稱讚)ᄒ고 깃거 ᄎ후(此後) 혜벽을 ᄉ랑ᄒ미 지극(至極)ᄒ다라. 태부인(太夫人)이 ᄯᅩ흔 손애(孫兒ㅣ) 업ᄉ므로써 알패 두어 가차431)ᄒ믈 지극(至極)히 ᄒ니 혜벽이

---

426) 잔잉: 불쌍함.
427) 화가(禍家): 화를 입은 집.
428) 념임(斂袵): 염임. 옷깃을 여밈.
429) 근슈교의(謹受敎矣): 근수교의. 삼가 말씀을 따름.
430) 무휼(撫恤): 불쌍히 여겨 위로함.

총민(聰敏)ᄒ매 일가(一家) 샹해(上下ㅣ) 혜벽으로 그 친싱(親生) 아니믈 아디 못ᄒ더라.

이ᄶᅥ 뉴 부인(夫人)이 회틱(懷胎)⁴³²⁾ 만삭(滿朔)ᄒ여시되 일가인(一家人)이 모ᄅ더니 태ᄉᆡ(太師ㅣ) 최후(最後)의야 알고 깃브믈 이긔디 못ᄒ야 희만(解娩)⁴³³⁾키를 기ᄃ리되 죵시(終是) 긔미(幾微) 업서 십ᄉᆞ(十四) 삭(朔)이 되도록 낫ᄂᆞᆫ 일이 업ᄉᆞ니 모다 의심(疑心)ᄒ더니, 일〃(一日)은 태ᄉᆡ(太師ㅣ) 일몽(一夢)을 어드니 하

• • •

76면

늘이 크게 열니며 일위(一位) 션관(仙官)이 알패 니ᄅ러 ᄭ우러 ᄀᆞ오되,

"샹뎨(上帝) 조셔(詔書)⁴³⁴⁾ᄒᄉᆞ 딘군(眞君)⁴³⁵⁾을 명패(命牌)⁴³⁶⁾ᄒᄂᆞ이다."

태ᄉᆡ(太師ㅣ) 흠신(欠身)⁴³⁷⁾ᄒ야 관셰(觀勢)⁴³⁸⁾ᄒ고 가ᄂᆞᆫ 배 업시 ᄒᆞᆫ 곳의 다ᄃᄅ니 쥬궁패궐(珠宮貝闕)⁴³⁹⁾이 운슈(雲岫)⁴⁴⁰⁾의 다핫시며 일월(日月)이 넘노ᄂᆞᆫ 돗ᄒ더라. 그 션관(仙官)이 몬져 드러가더니

---

431) 가차: 사랑.

432) 회틱(懷胎): 회태. 잉태.

433) 희만(解娩): 해만. 해산. 아이를 낳음.

434) 조셔(詔書): 조서. 임금의 명령을 일반에게 알릴 목적으로 적은 문서.

435) 딘군(眞君): 진군. 태을진군(太乙眞君). 도교의 신 가운데 하나로 북극성을 주관하는 신.

436) 명패(命牌): 명패. 임금이 벼슬아치를 부를 때 보내던 나무패. '命' 자를 쓰고 붉은 칠을 한 것으로, 여기에 부르는 벼슬아치의 이름을 써서 돌림.

437) 흠신(欠身): 공경하는 뜻을 나타내기 위하여 몸을 굽힘.

438) 관셰(觀勢): 관세. 형세를 살펴봄.

439) 쥬궁패궐(珠宮貝闕): 주궁패궐. 붉고 화려한 궁궐.

440) 운슈(雲岫): 운수. 구름 낀 산봉우리

이윽고 나와 공(公)을 청(請)ᄒ야 드러가니 구룡금상(九龍金牀)[441]의
상데(上帝) 운관무의(雲冠霧衣)[442]로 안자 계시고 무수(無數) 션관
(仙官)이 시위(侍衛)ᄒ여시며 우(右)녁히 셕[443]가여래(釋迦如來)[444]
오빅(五百) 나한(羅漢)[445]을 거ᄂ려 아란(阿蘭),[446] 가섭(迦葉)[447] 두
존쟈(尊者)룰 거ᄂ리고 안ᄌ시고 좌편(左便)의 셔왕뫼(西王母ㅣ)[448]
ᄌ하의(紫霞衣)[449]룰 입고 무수(無數) 옥녀(玉女)[450]룰 거ᄂ려 안잣
더라. 공(公)이 츅쳑(齪齪)[451]ᄒ야 계하(階下)의셔 팔빅(八拜) 고두
(叩頭)ᄒ니 샹데(上帝) 명(命)ᄒ야 갓가이 좌(座)룰 주샤 무ᄅ샤

---

441) 구룡금상(九龍金牀): 구룡금상. 아홉 개의 용이 그려져 있는 금으로 만든 평상.

442) 운관무의(雲冠霧衣): '운관'은 모자와 같은 모양을 본떠 덮개가 위쪽에 있는 관을
가리키고, '무의'는 가볍고 부드러우며 나부끼는 아름다운 옷을 가리킴. 곧 선관
이 쓰는 관과 옷임.

443) 셕: [교] 원문에는 '셔'로 되어있으나 오기로 보임.

444) 셕가여래(釋迦如來): 석가여래. 석가모니여래로, 여래(如來)는 진리로부터 진리를
따라서 온 사람이라는 뜻으로 '부처'를 달리 이르는 말.

445) 나한(羅漢): 아라한(阿羅漢). 생사를 이미 초월하여 배울 만한 법도가 없게 된 경
지의 부처.

446) 아란(阿蘭): 석가모니의 사촌동생으로 석가모니를 20여 년간 수행하여 석가모니
의 십대 제자 가운데 한 사람이 됨. 십육 나한(十六羅漢)의 한 명. 석가모니가 열
반한 후 경전을 결집(結集)하는 일에 중심이 됨.

447) 가섭(迦葉): 마하가섭(摩訶迦葉). 마하는 성(姓)이며, 가섭은 이름으로 '크다'는 뜻
임. 석가모니의 십대 제자 가운데 한 사람. 석가모니의 의발(衣鉢)을 받은 상수제
자(上首第子)로 부처님이 입멸(入滅)한 후, 5백 아라한을 데리고 제1 결집(結集)
을 함. 석가모니 이후의 법통(法統)을 말할 때는 그가 초조(初祖)가 됨.

448) 셔왕모(西王母): 서왕모. 중국의 전설상의 선녀로 곤륜산(崑崙山) 요지(瑤池)라는
곳에 살며, 성은 양(楊), 이름은 회(回)라고 함. 사람의 얼굴에 호랑이의 이와, 표
범의 꼬리에 머리를 헝클어뜨렸다고 하며, 불사약을 가진 선녀라고 함. 중국 주
나라의 목왕(穆王)이 요지에서 서왕모와 노닐었다는 고사가 있으며, 한나라 무제
(武帝)도 서왕모에게 천도(天桃)를 받았다고 함. 왕모에게는 청조(靑鳥)가 있어
소식을 통한다고 함.

449) ᄌ하의(紫霞衣): 자하의. 신선이 입는 옷.

450) 옥녀(玉女): 선녀.

451) 츅쳑(齪齪): 축척. 위축되어 두려워함.

디,

"경(卿)이 인간(人間) 고락(苦樂)을 궃초 겻그니 엇더ᄒ더뇨?"

공(公)이 비샤(拜謝) 왈(曰),

"신(臣)은 홍딘(紅塵)의 무티인 인싱(人生)이라 금일(今日) 폐하(陛下)의 니ᄅ시믈 아디 못거이다."

샹뎨(上帝) 우으시고 즉시(卽時) 좌우(左右)를 명(命)ᄒ샤 뉴리죵(流離鐘)의 ᄌ하쥬(紫霞酒)452)를 브어 먹이니 공(公)이 먹기를 믓고 흠신(欠身)ᄒ야 씌드ᄅ니 ᄌ긔(自己) 몸이 젼셰(前世)의 태을딘군(太乙眞君)453)으로셔 샹뎨(上帝) 압히셔 월궁(月宮) 샹아(嫦娥)454)를 눈 주어 희롱(戲弄)ᄒ니 샹뎨(上帝) 노(怒)ᄒ시나 딘군(眞君)을 극(極)히 ᄉ랑ᄒ시ᄂ디라 하계(下界)로 ᄂ리믈 쥬뎌(躊躇)ᄒ더니 모든 션관(仙官)이 ᄃ토아 뎍거(謫居)홀 적 슬허ᄒ던 일이 눈 알패 버럿ᄂ 듯ᄒ더라. 공(公)이 크게 씌ᄃ라 머리를 두ᄃ려 왈(曰),

"신(臣)의 죄(罪) 산ᄒ(山海) 궃거늘 금일(今日) 명패(命牌)ᄒ시믄 엇던 연괴(緣故ㅣ)니잇가?"

샹뎨(上帝) 왈(曰),

---

452) ᄌ하쥬(紫霞酒): 자하주. 자줏빛 노을 같은 빛깔의 술. '자하'는 전설에서 신선이 사는 곳에 서리는 노을이라는 뜻으로, 신선이 사는 궁전을 비유적으로 이르는 말.

453) 태을딘군(太乙眞君): 태을진군. 도교의 신 가운데 하나로 북극성을 주관하는 신.

454) 샹아(嫦娥): 달 속에 있다는 전설 속의 선녀. 항아(姮娥).

"금일(今日) 경(卿)을 브르미 다른 연괴(緣故ㅣ) 아니라 경(卿)이 뎍강(謫降)흔 후(後) 힝실(行實) 닥그미 졍금빅455)옥(精金白玉)456) ㄱᆺ트니 특별(特別)이 복녹(福祿)을 더으고져 ᄒᄂ니 잠간(暫間) 잇다가 경(卿)의 아ᄃ̥을 드리고 나가라."

셜파(說罷)의 남두셩(南斗星)을 브르니 뎐하(殿下)의 와 칙(册)을 노코 좌우(左右)로 댱경(長庚)457)을 브르라 ᄒ니 이윽고 흔 사름이 뉸건(綸巾)458)을 쓰고 학챵의(鶴氅衣)459)를 븟티고 드러와 부복(俯伏) 왈(曰),

"신(臣) 냥(亮)460)이 션주(先主)461)를 만나 공업(功業)을 못 닐우고 흔 목숨이 구텬(九天)462)의 도라오니 흔(恨)이 심곡(心曲)의 민티고 눈믈이 가슴의 어롱뎌 다시 인셰(人世)의 나가 태평(太平)을 누려 평싱(平生) 흔(恨)을 싯고져 ᄒᄃ̥ 샹뎨(上帝) 허(許)티 아니샤 금(今)의 구빅(九百) 년(年)이 거의 되엿거늘 신(臣)을 브르시미 엇디니잇고?"

옥황(玉皇)이 위로(慰勞)

---

455) 빅: [교] 원문에는 '빅'로 되어있으나 오기로 보임.

456) 졍금빅옥(精金白玉): 졍금백옥. 빛나는 금과 백색의 깨끗한 옥.

457) 댱경(長庚): 장경. 저녁 무렵 서쪽 하늘에 보이는 '금성(金星)'을 이르는 말.

458) 뉸건(綸巾): 윤건. 모자 이름. 고대에 푸른색에 실로 만든 두건. 중국 삼국시대 촉한(蜀漢)의 제갈량(諸葛亮)이 군중(軍中)에서 이 두건을 착용했으므로 제갈건(諸葛巾)이라고도 칭함.

459) 학챵의(鶴氅衣): 학창의. 소매가 넓고 뒤 솔기가 갈라진 흰옷의 가를 검은 천으로 넓게 댄 옷옷.

460) 냥(亮): 제갈량(諸葛亮). 181~234. 중국 삼국시대 촉한(蜀漢)의 정치가·전략가. 뛰어난 군사 전략가로 유비를 도와 오나라와 연합하여 조조의 위나라 군사를 대파하고 파촉(巴蜀)을 얻어 촉한을 세움. 무향후(武鄕侯)에 봉해졌기 때문에 무후(武侯)라고도 함.

461) 션주(先主): 선주. 유비(劉備). 중국 삼국시대 촉한(蜀漢)의 제1대 황제. 제갈공명이 유비가 죽은 후에 어린 후주(後主) 유선(劉禪)을 보필하였기 때문에 후주인 유선에 대해 유비를 선주라고 한 것임.

462) 구텬(九天): 구천. 하늘의 가장 높은 곳.

왈(曰),

"경(卿)의 지조(才操)로 한실(漢室)을 엇디 회복(回復)디 못ᄒ리오마는 텬명(天命) 스마시(司馬氏)463)의게 쇼연(昭然)ᄒ매 경(卿)을 블러 도라오매 경(卿)의 원(怨)이 깁흐나 그 ᄯᅬ를 기ᄃ리니 흔(恨)티 말고 이제 인간(人間)의 나가 츌쟝입샹(出將入相)464)ᄒ야 무궁(無窮)흔 영화(榮華)를 누리라."

공명(孔明)이 대희(大喜)ᄒ야 지비(再拜) 샤례(謝禮)ᄒ매 남두셩(南斗星)이 ᄌ녀(子女)를 뎜디(占指)465)ᄒ니 오ᄌ이녀(五子二女ㅣ)라 홀연(忽然) 일(一) 인(人)이 니ᄃ라,

"신(臣)이 젼일(前日) 승샹(丞相)의 ᄉ랑ᄒ미 친ᄌ(親子)ᄀ티 ᄒ샤 대ᄉ(大事)로써 맛디시디 신(臣)이 미(微)ᄒ야 ᄆ춤ᄂᆡ 죵(鍾)466)의 술위 알패 ᄭᅮ니467) 흔 ᄆ음은 투항(投降)ᄒ야 타일(他日) 다시 회복(回復)고져 ᄒ미러니 ᄆ춤ᄂᆡ 대시(大事ㅣ) 그릇되야 넉시 구텬(九天)의 도라오나468) 흔 조각 붓그러오믄 업디 아니ᄒ니 후셰(後世)의 승샹

---

463) 스마시(司馬氏): 사마씨. 사마의(司馬懿). 중국 삼국시대 위(魏)나라의 명장·정치가(179~251). 자는 중달(仲達). 촉한(蜀漢)의 제갈공명의 도전에 잘 대처하는 등 큰 공을 세워, 그의 손자 사마염(司馬炎)이 위(魏)에 이어 진(晉)을 세우는 데에 기초를 세움.

464) 츌쟝입샹(出將入相): 출장입상. 나가서는 장수가 되고 들어와서는 재상이 됨.

465) 뎜디(占指): 점지. 신불(神佛)이 사람에게 자식이 생기게 하여줌.

466) 죵(鍾): 종. 종회. 위의 대신. 촉이 망한 후에는 사도(司徒) 벼슬을 받음. 모반을 꾀하다가 살해됨.

467) ᄭᅮ니: 꿇으니.

468) 젼일(前日)~도라오나: 강유가 제갈량의 신임을 얻어 위나라를 공격하는 데 앞장섬. 촉이 망한 후 거짓으로 종회에게 투항하여 예우를 받음. 종회가 촉을 점거하고 위를 배반하려 하자, 그 역시 동조하는 척하다가 기회를 봐서 나라를 되찾으

(丞相) 아들이 되여 종효(終孝)ᄒ여디이다."

샹데(上帝) 응윤(應允)[469]

•••

80면

ᄒ시니 이ᄂᆞ 텬슈인(天水人) 강위(姜維ㅣ)[470]러라.

쏘 일(一) 인(人)이 나와 ᄀᆞᆯ오ᄃᆡ,

"늬 ᄌᆞ쇼(自小)로 큰 공(公)을 일우고 반심(叛心)이 업더니 양의
(楊儀)[471]로 인(因)ᄒ야 반(叛)ᄒ매 승샹(丞相)이 금낭계(錦囊計)[472]
로 날을 종시(終是) 칼 긋히 혼빅(魂魄)이 되게 ᄒ니 원혼(冤魂)이
양의(楊儀)게 쳘골(徹骨)[473]ᄒ다라. 원(願)컨ᄃᆡ 승샹(丞相) ᄎᆞᄌᆡ(次子

　　려 하나 실패하여 살해됨.

469) 응윤(應允): 허락함, 윤허함.

470) 강유(姜維): 202~264. 중국 삼국시대 촉한의 무장으로 천수군(天水郡) 기현(冀
縣) 사람. 자는 백약(伯約). 이민족인 강족을 격퇴하는 등 위나라 소속으로 공을
세운 그는 제갈량의 제1차 북벌 때 촉나라에 투항함. 촉한이 망한 후에 종회에게
거짓으로 투항하고, 종회가 촉한을 점거하고 위를 배반하려 하자, 그 역시 동조
하는 척하다 기회를 봐서 촉한을 되찾으려 하였으나 실패하여 살해되고 구족(九
族)이 멸해짐.

471) 양의(楊儀): ?~235. 중국 삼국시대 촉한의 대신. 유비가 중용하고 유비 사후 제
갈량이 참군으로 삼으니 제갈량의 출병 때 공을 적지 않게 세움. 위연과 사이가
나빴으나 제갈량이 어느 한쪽을 내치지 못함. 제갈량 사후, 사마의의 추격을 받
을 때 강유가 제갈량이 죽기 전에 알려 준 계책을 수행하여 양의를 시켜 군대를
사마의 쪽으로 향하게 하자 사마의가 물러섬. 위연이 양의의 퇴각을 방해하여 서
로 상대가 반란을 일으켰다고 주장하였으나 위연의 잘못으로 귀결되어 위연이
참형을 당함. 후에 양의는 대장군이 된 장완을 원망하고 자신의 처지를 한탄했다
가 이 사실이 알려져 서민으로 강등되고 후에 자결함.

472) 금낭계(錦囊計): 금낭묘계(錦囊妙計). 제갈량이 죽기 전에 양의에게 준, 비단주머
니 안의 계책. 제갈량은 위연이 반역할 것을 예측하고 양의에게 비단주머니를 건
네며 위연이 반란을 일으켜 아군을 공격할 때 비단주머니를 열어 보라고 함. 과
연 위연이 마대(馬岱)와 함께 아군의 진지인 남정(南鄭)을 치러 오자, 양의가 비
단주머니를 열어 제갈량이 남긴 계책에 따라 위연에게 '누가 감히 나를 죽인단 말
인가?' 하고 외치게 하니 제갈량에게서 미리 밀계를 받은 마대가 위연의 목을 침.

ㅣ) 되야 죵효(終孝)ᄒ고 양의(楊儀)의 원슈(怨讐)를 갑하디이다."

샹뎨(上帝) 고개 조으시니 이ᄂᆞᆫ 위연(魏延)[474]이러라.

ᄯᅩ 일(一) 인(人)이 츌(出) 왈(曰),

"샹시(常時) 승샹(丞相) 은혜(恩惠)를 만히 닙어시ᄃᆡ 그릇ᄒ야 가뎡(街亭)[475]을 일허 군법(軍法)을 도망(逃亡)티 못ᄒ니 붓그러오미 이제ᄭᅵ디 잇ᄂᆞᆫ디라. 원(願)컨ᄃᆡ 승샹(丞相) 뎨(第) 삼ᄌᆡ(三子ㅣ) 되어 죵효(終孝)ᄒ고 도젹(盜賊)을 쳐 원(怨)을 프러디이다."

샹뎨(上帝) 조ᄎ시니 이ᄂᆞᆫ 마속(馬謖)[476]이라.

ᄯᅩ 두 사ᄅᆞᆷ이 나와 ᄀᆞᆯ오ᄃᆡ,

"우리 냥인(兩人)이 승샹(丞相) 은혜(恩惠)를 만히

· · ·

81면

닙어시니 승샹(丞相)의 ᄋᆞ지(兒子ㅣ) 되여 은혜(恩惠)를 갑하디이다."

ᄎᆞ(此)ᄂᆞᆫ 왕평(王平),[477] 마ᄃᆡ(馬岱)[478]러라. 샹뎨(上帝) 허(許)ᄒ시다.

---

473) 쳘골(徹骨): 철골. 뼈에 사무침.

474) 위연(魏延): ?~234. 중국 후한 말~삼국시대 촉한의 장군. 용맹이 뛰어나 제갈량의 북벌에도 참여해 공을 세웠으나 양의와 사이가 나빴음. 제갈량 사후 반역을 일으켰다가 제갈량의 계책을 이행한 양의와 마대에 의해 죽임을 당함.

475) 가뎡(街亭): 가정. 땅이름. 228년 제갈량의 제1차 북벌 중에 촉한과 위나라의 전투가 벌어진 곳. 이곳에서 마속이 위나라 군대에게 대패함.

476) 마속(馬謖): 190~228. 중국 삼국시대 촉한(蜀漢)의 무장(武將). 자는 유상(幼常). 재주가 뛰어나고 병략이 밝아 제갈량의 명령으로 북벌 때 일군(一軍)의 통수가 되었으나, 촉한의 요지(要地) 가정(街亭)의 싸움에서 위나라 장군 장합에게 크게 패하여 중원 공략의 계획이 허사로 돌아감. 제갈량은 이를 애석하게 여겼으나 눈물을 흘리며 목을 베었다고 하여 '읍참마속(泣斬馬謖)'이라는 고사로 알려진 인물.

477) 왕평(王平): ?~248. 중국 삼국시대 촉한의 무장. 자는 자균(子均). 원래 조조의 수하 장수였으나 한중(漢中)을 정벌하는 과정에서 유비에게 귀순하여 편장군(偏

북두셩(北斗星)이 주(奏)ㅎ딕,

"텬샹(天上) 일을 쇽인(俗人)을 알오미 어려오니 칙(冊)을 므어479) 두어 타일(他日) 션악(善惡) 보응(報應)480)이 명〃(明明)키 ㅎ사이다."

샹뎨(上帝) 올타 ㅎ시니 쏘 흔 션관(仙官)이 붓슬 잡아 칙(冊) 흔 권(卷)을 뼈 공(公)을 주니 샹뎨(上帝) 골ㅇ샤딕,

"이 듕(中)의 비밀(秘密)흔 말이 이시니 네 보디 말고 곱초와 둔즉 타일(他日) 볼 사름이 이시리라."

공(公)이 빈샤(拜謝)ㅎ고 인(因)ㅎ야 믈러나가다가 씨드르니 남가 일몽(南柯一夢)481)이라. 크게 이샹(異常)이 너겨 니러 안즈니 스매로 셔 칙(冊)이 느려지는디라 대경(大驚)ㅎ야 혜오딕,

'니 평싱(平生) 이런 허탄(虛誕)482)흔 일을 밋디 아니터니 몸소 당 (當)ㅎ니 과연(果然) 요망(妖妄)토다. 아

將軍)이 됨. 제갈량은 제1차 북벌 때, 그에게 마속(馬謖)을 보좌하여 가정(街亭) 을 지키라는 명을 내리나, 마속은 왕평의 충고를 거절하여 대패함. 제갈량 사후 에 위연(魏延)이 양의를 공격하자 왕평은 양의의 명령을 받고 위연의 잘못을 나 무라고, 이에 위연의 군사들이 흩어짐.

478) 마딕(馬岱): 마대. 중국 삼국시대 촉한의 무장. 마초의 사촌 아우로 마초를 따라 유비에게 귀순함. 전공을 세워 평북장군(平北將軍)이 되고 진창후(陳倉侯)에 봉 해짐. 제갈량은 위연이 반역할 것이라는 점을 예측하고 죽기 전에 마대에게 밀계 를 내리는데, 위연(魏延)이 반역해 남정(南鄭)을 공격할 때 위연을 따라 같이 공 격하는 척하다가 양의가 제갈량이 죽기 전에 준 금낭(錦囊)을 열어 위연에게 '누 가 감히 나를 죽인단 말인가?' 하고 외치게 하니 이에 마대가 위연의 목을 침.

479) 므어: 간수하여.

480) 보응(報應): 착한 일과 나쁜 일이 그 원인과 결과에 따라 대갚음을 받음.

481) 남가일몽(南柯一夢): 남쪽 가지 아래의 한바탕의 꿈. 한갓 허망한 꿈 또는 꿈과 같이 헛된 한때의 부귀와 영화를 비유하는 말. 중국 당나라 이공좌(李公佐)의 <남가태수전(南柯太守傳)>에서 유래함.

482) 허탄(虛誕): 거짓이 많아서 미덥지 않음.

모커나 곰초와 두어 타일(他日)을 볼 거시라.'

ᄒ고 이에 궤듕(櫃中)의 깁히 간ᄉ483)ᄒ고 므ᄎᆞᆷᄂᆡ 구외(口外)예 ᄂᆡ디 아니터라.

이날 뉴 부인(夫人)이 ᄉᆡᆼᄌᆞ(生子)ᄒ니 향긔(香氣)로온 긔운(氣運)이 실듕(室中)의 ᄀᆞ득ᄒ고 오운(五雲)484)이 집을 둘러시니 태ᄉᆞ(太師ㅣ) 크게 고이(怪異)히 너기나 ᄯᅩᄒᆞᆫ 나타ᄂᆡ디 아니코 의약(醫藥)을 극진(極盡)이 ᄒᆞ야 칠(七) 일(日) 후(後) 드러가 ᄒᆡᄋᆞ(孩兒)를 보니 ᄒᆡ월(海月)485)이 쎠러진 ᄃᆞᆺ 봉안ᄌᆞᆷ미(鳳眼蠶眉)486)오 늉준일각(隆準日角)487)으로 풍ᄎᆡ(風采) 십분(十分) 범ᄋᆞᆫ(凡兒ㅣ) 아니라 공(公)이 대희(大喜)ᄒᆞ야 희긔(喜氣) 미우(眉宇)를 움ᄌᆞ기니 잠간(暫間) 웃고 부인(夫人)ᄃᆞ려 왈(曰),

"ᄎᆞᄋᆡ(此兒ㅣ) 오문(吾門)을 흥(興)ᄒᆞ려 이러ᄐᆞᆺ 비샹(非常)ᄒᆞ니 그ᄃᆡ 유복(有福)ᄒᆞ믄 댱ᄂᆡ(將來)를 보디 아488)녀 알니로다."

뉴 부인(夫人)이 잠쇼(潛笑) 왈(曰),

"군(君)이 년긔(年紀) 하마489) 쇼년(少年)을 면ᄅᆞᄒ

---

483) 간ᄉ: 간수함.

484) 오운(五雲): 오색구름.

485) ᄒᆡ월(海月): 해월. 바다 위에 뜬 달.

486) 봉안ᄌᆞᆷ미(鳳眼蠶眉): 봉안잠미. '봉안'은 봉의 눈같이 가늘고 길며 눈초리가 위로 째지고 붉은 기운이 있는 눈이고 '잠미'는 누에와 같이 길고 굽은 눈썹으로 잘생긴 남자의 눈썹을 표현할 때 주로 사용되는 표현임.

487) 늉준일각(隆準日角): 융준일각. 코가 우뚝 솟고 불쑥 나온 왼쪽 이마. 융준은 코가 우뚝 솟은 모양을 의미함. 일각(日角)은 이마 왼쪽의 두둑한 뼈 또는 이마 뼈가 불쑥 나온 모양으로 왕자(王者)나 귀인의 상(相)이라고 함.

488) 아: [교] 원문에는 '야'로 되어 있으나 오기로 보임.

엿거늘 엇딘 고(故)로 부챵(浮漲)[490]의 말슴을 ᄒ시ᄂ뇨?"

공(公)이 흔연(欣然) 쇼지(笑之)ᄒ고 ᄋ즈(兒子)를 가차ᄒ다가 그 명(名)을 챵흥이라 ᄒ다.

태부인(太夫人) 손ᄋ(孫兒)를 늣게야 어드매 그 ᄉ랑이 쳔금(千金)의 비기디 못ᄒ니 쟝샹농쥬(掌上弄珠)[491]를 삼아 ᄉ랑이 톄〃(棣棣)[492]ᄒ니 태시(太師ㅣ) 모친(母親)의 깃거ᄒ시믈 보매 역시(亦是) 희락(喜樂)ᄒ나 부친(父親)을 싱각ᄒ야 새로온 심시(心思ㅣ) 비월(飛越)[493]ᄒ더라. 홀로 쳐(處)ᄒ야 공즈(公子)를 본즉 츄연(惆然)이 미우(眉宇)의 수운(愁雲)[494]이 집희여[495] 됴흔 빗치 업ᄉ니 보ᄂ 이 그 효셩(孝誠)을 탄복(歎服)ᄒ더라.

광음(光陰)[496]이 임염(荏苒)[497]ᄒ야 공즈(公子)의 년긔(年紀) 오(五) 셰(歲)의 니르니 옥(玉) ᄀ튼 얼골과 별 ᄀ튼 눈이 옥쳥(玉淸)[498] 신인(神人)이 하강(下降)ᄒ엿ᄂ디라. 임의 쇼흑(小學)[499]과 논

---

489) 하마: 벌써.
490) 부챵(浮漲): 허황되고 들떠 넘침.
491) 쟝샹농쥬(掌上弄珠): 장상농주. 손바닥 위에 가지고 노는 구슬.
492) 톄〃(棣棣): 체체. 성대한 모양.
493) 비월(飛越): 정신이 아득함.
494) 수운(愁雲): 근심스러운 빛.
495) 집희여: 기본형은 '집피다', '집퓌다'. 구름 같은 것이 '모여들다'의 옛말.
496) 광음(光陰): 시간이나 세월을 이르는 말.
497) 임염(荏苒): 차츰차츰 세월이 지나거나 일이 되어 감.
498) 옥쳥(玉淸): 옥청. 도교에서, 신선이 산다는 삼청의 하나. 상제가 있는 곳.
499) 쇼흑(小學): 소학. 중국 송나라의 유자징(劉子澄)이 주희(朱熹)의 가르침으로 지은 초학자들의 수양서. 쇄소(灑掃)·응대(應對)·진퇴(進退)의 예법과 선행(善行), 가

어(論語)500)를 ᄀᄅ치매 믈이 동(東)으로

●●●

84면

흐름 ᄀᆺ투니501) 태ᄉᆡ(太師丨) 이듕(愛重)ᄒᆞ미 극(極)ᄒᆞ나 쏘흔 일즉 과도(過度) ᄉᆞ랑ᄒᆞᄂᆞ 빗츨 눔이 모ᄅᆞ더라.

이 ᄒᆡ 셰말(歲末)의 부인(夫人)이 쏘 싱ᄌᆞ(生子)ᄒᆞ고 조초 녀ᄋᆞ(女兒)를 싱(生)ᄒᆞ니 태ᄉᆞ(太師)의 깃븜과 태부인(太夫人)의 경희(慶喜)502)ᄒᆞ미 측냥(測量) 업더라.

이적의 혜벽 쇼졔(小姐丨) 댱셩(長成)ᄒᆞ니 뉴미옥안(柳眉玉顔)503)과 셩모화틱(星眸花態)504) 일딕무쌍(一代無雙)505)ᄒᆞ니 태ᄉᆡ(太師丨) ᄉᆞ랑ᄒᆞ미 친녀(親女)의 넘게 ᄒᆞ며 너비506) 지랑(才郞)507)을 듯보더니508) 이ᄯᅵ 병부샹셔(兵部尙書) 쳘현의 ᄌᆞ(子) 염이 ᄎᆞ년(此年) 츄(秋)의 등과(登科)ᄒᆞ야 벼슬이 한님혹ᄉᆞ(翰林學士)509)로 위망(威

언(嘉言), 수신 도덕의 격언, 충신·효자의 사적(事績) 따위를 고금(古今)의 책에서 뽑아 편찬함. 1187년에 완성하였고 6권 5책으로 구성됨.

500) 논어(論語): 유교 경전인 사서(四書)의 하나. 공자와 그의 제자들의 언행을 적은 것으로, 공자 사상의 중심이 되는 효제(孝悌)와 충서(忠恕) 및 '인(仁)'의 도(道)에 대하여 설명하고 있음.

501) 믈이~ᄀᆺ투니: 물이 동으로 흐름 같으니. 중국의 물은 다 동해로 흘러들어가기에 물이 동쪽으로 흐른다는 것은 매우 자연스런 일을 비유함.

502) 경희(慶喜): 경사스럽게 여겨 기뻐함.

503) 뉴미옥안(柳眉玉顔): 유미옥안. 버들잎 같은 눈썹과 옥 같은 얼굴.

504) 셩모화틱(星眸花態): 성모화태. 별 같은 눈동자와 꽃처럼 아리따운 모습.

505) 일딕무쌍(一代無雙): 일대무쌍. 한 시대에 둘도 없다는 뜻으로 혜벽의 모습이 그만큼 아름답다는 의미임.

506) 너비: 널리.

507) 지랑(才郞): 재랑. 재주 있는 젊은 남자.

508) 듯보더니: 알아보더니, 살펴보더니.

망(望)510)이 혁〃(赫赫)511)호니 태시(太師ㅣ) 뜻을 결(決)호야 구혼(求婚)호니 쳘가(-家)의셔 쾌허(快許)호니 틱일(擇日)호야 친영(親迎)홀 시 경 쇼져(小姐)의 고은 용모(容貌)와 텰싱(-生)의 늠〃준아(凜凜俊雅)512)호미 텬싱일딕(天生一對)513)라. 태시(太師ㅣ) 두굿기고514) 깃거515)

85면

스랑호미 친셔(親壻)516)의 지나니 셔로 각니(各離)517)호야 그리는 줄 민망(憫惘)호야 겻틱 큰 집을 쟝만호야 머믈게 호니,

경 쇼제(小姐ㅣ) 태스(太師)의 양녀(養女)로 부귀(富貴) 이러툿 호나 그 부모(父母)의 신원(伸寃)518)티 못홈과 혼 낫 오라비 분니(分離)호믈 쥬야(晝夜) 셜워호더니 수년(數年)이 지난 후(後) 경(景) 샹셔(尚書) 오즈(兒子) 혁이 졀강(浙江)519)의 가 유모(乳母)로 더브러 뇨

---

509) 한님혹스(翰林學士): 한림학사. 조서(詔書)를 초(草)하는 일을 맡았던 관원. 한림원은 주로 학문과 문필에 관한 일을 맡은 관사.

510) 위망(威望): 위세와 명망.

511) 혁〃(赫赫): 혁혁. 공로나 업적 따위가 뚜렷함.

512) 늠〃준아(凜凜俊雅): 늠름준아. 생김새나 태도가 의젓하고 당당하며 아름다움.

513) 텬싱일딕(天生一對): 천생일대. 하늘에서 정해 준 한 쌍.

514) 두굿기고: 흐뭇하게 여기고.

515) 깃거: 기쁘게.

516) 친셔(親壻): 친서. 친사위.

517) 각니(各離): 각리. 각각 떨어져 있음.

518) 신원(伸寃): 원통함을 풀어 버림. 여기에서는 아버지 경청의 억울한 죽음을 풀어 그 명예를 복원한다는 의미임.

519) 졀강(浙江): 절강. 중국의 성(省)의 하나. 소주(蘇州)와 항주(杭州)와 같은 아름다운 지역이 이곳에 속함.

싱(聊生)520)ᄒ야 무ᄉ(無事)히 ᄌ라 십삼(十三)의 셔울 올라와 등문
고(登聞鼓)521)를 텨 부친(父親)을 신원(伸冤)ᄒ니 문황(文皇)이 셔후
(徐后)의 아의 아들522)인 줄 가련(可憐)ᄒ고 뎡 승샹(丞相),523) ᄂ 태
ᄉ(太師) 등(等)이 힘뻐 쥬(奏)ᄒ야 드듸여 경(景) 샹셔(尙書)를 녯 벼
슬노 승딕(昇職)524)ᄒ시고 경혁을 샤(赦)ᄒ샤 유림(儒林)525)의 튱수
(充數)526)킈 ᄒ시니 혁이 텬은(天恩)을 슉샤(肅謝)527)ᄒ고 믈러나매
니 태ᄉ(太師) 텽(請)ᄒ야 집의 니

•••

86면

ᄅ러 혜벽 쇼져(小姐)로 셔로 보게 ᄒ니 경 쇼졔(小姐ㅣ) 십(十) 년
(年) 일헛던 아을 만나 ᄭᅮᆷ인 듯 샹신(常時ㄴ) 듯 측냥(測量)티 못ᄒ
야 남미(男妹) 븟들고 하528) 우니 눈의 피 나ᄂ더라. 태ᄉ(太師ㅣ)

---

520) 노싱(聊生): 요생. 그럭저럭 삶.

521) 등문고(登聞鼓): 신문고. 중국에서 제왕이 신하들의 충간(忠諫)이나 원통함을 듣
기 위해 매달아 놓았던 북.

522) 셔후(徐后)의 아의 아들: 서후 아우의 아들. 경혁이 서후 아우의 아들로 설정되어
있으나 역사적 사실과는 거리가 있는 허구적 설정임. 서후의 남자 형제는 휘조
(輝祖), 첨복(添福), 응서(膺緒), 증수(增壽)이고 여자 형제는 여동생으로 대왕비
(代王妃), 안왕비(安王妃)가 있음. 서후와 경혁은 성이 다르니 여동생의 아들로
보아야 하나 대왕(代王)은 주계(朱桂)이고, 안왕(安王)은 주영(朱楹)이라는 점에서
여동생의 아들도 아님.

523) 뎡 승샹(丞相): 정 승상. 좌승상 정현을 말함.

524) 승딕(昇職): 승직. 작위를 올림.

525) 유림(儒林): 유도(儒道)를 닦는 학자들.

526) 튱수(充數): 충수. 일정한 수를 채움.

527) 슉샤(肅謝): 숙사. 임금의 은혜에 감사하며 공손하고 경건하게 절을 올리던 일.
'숙배(肅拜)'와 '사은(謝恩)'을 아울러 이르는 말. 원래 숙배는 새 벼슬에 임명되어
처음으로 출근할 때 먼저 대궐에 들어가서 임금에게 절하는 것이고 사은은 은혜
에 사례함으로써 인사하는 일을 말하는데 여기에서는 임금의 은혜에 보답하기
위해 절한다는 의미로 쓰였음.

말녀 왈(曰),

"지난 바 화란(禍亂)이 텬쉬(天數ㅣ)오, 이제 만낫거늘 엇디 이러 틋 과샹(過傷)529) ㅎㄴ뇨?"

경(景) 공진(公子ㅣ) 울며 샤례(謝禮) 왈(曰),

"쇼싱(小生)의 누의530) 길거리의 흙이 될 거시어늘 대인(大人)의 양휵(養慉)ㅎ시믈 밧즈와 이러틋 평안(平安)이 머므니 은혜(恩惠)ᄂᆞ 삼싱(三生)의 갑기 어렵도소이다."

태ᄉᆞ(太師ㅣ) ᄉᆞ양(辭讓) 왈(曰),

"이미 흔 일이라 엇디 과도(過度)이 일ᄏᆞᄅᆞ리오? 슈연(雖然)이나 그ᄃᆡ 미진(妹子ㅣ) 닉 즈식(子息)이 되여시니 권도(權道)531)로 부즈 지의(父子之義)룰 미즈미 엇더ᄒᆞ뇨?"

공진(公子ㅣ) 샤례(謝禮) 왈(曰),

"쇼싱(小生)은 화가(禍家) 여싱(餘生)이라 엇디 대인(大人)의 즈식 (子息) 되믈 ᄇᆞ라리

· · ·

87면

잇고?"

태ᄉᆞ(太師ㅣ) 흔연(欣然)이 향(香)을 픠오고 경(景) 공진(公子ㅣ) 즈식(子息) 되는 녜(禮)로 팔(八) 빅(拜)룰 힝(行)ᄒᆞ고 텬디(天地)긔 고(告)흔 후(後) 챵흥 공즈(公子)로 더브러 형뎨지녜(兄弟之禮)룰 필

---

528) 하: 정도가 매우 심하거나 큼을 강조하여 이르는 말. '아주' '몹시'의 뜻.

529) 과샹(過傷): 과상. 지나치게 슬퍼함.

530) 누의: '누이'의 옛말.

531) 권도(權道): 그때그때의 형편에 따라 임기응변으로 일을 처리하는 방도.

(畢)ᄒᆞ매 쇼졔(小姐ㅣ) 감격(感激)ᄒᆞ미 텰골(徹骨)532)ᄒᆞ야 눈믈을 흘니고 돈슈(頓首)533) 왈(日),

"쇼녜(小女ㅣ) 일신(一身)을 ᄆᆞ아도534) 야"(爺爺) 은혜(恩惠)ᄂᆞ 다 못 갑흘가 ᄒᆞᄂᆞ이다."

태ᄉᆡ(太師ㅣ) 블열(不悅)535) 왈(日),

"부녀(父女) ᄉᆞ이의 엇디 이런 고이(怪異)ᄒᆞᆫ 말을 ᄒᆞᄂᆞ뇨?"

쇼졔(小姐ㅣ) 감격(感激)ᄒᆞ미 극(極)ᄒᆞ나 샤례(謝禮)ᄅᆞᆯ 못ᄒᆞ더라. 경(景) 공ᄌᆡ(公子ㅣ) 문장(文章)이 툐셰(超世)536)ᄒᆞ고 얼골이 옥(玉) ᄀᆞᆺ트니 태ᄉᆡ(太師ㅣ) 심(甚)히 ᄉᆞ랑ᄒᆞ야 뉴 부인(夫人)의게 모ᄌᆞ지녜(母子之禮)로 보게 ᄒᆞ며 이후(以後)ᄂᆞ 무릇 ᄆᆡᄉᆞ(每事)ᄅᆞᆯ 챵홍 공ᄌᆞ(公子)와 ᄀᆞ티 ᄒᆞ고 혜벽 쇼져(小姐)ᄂᆞ ᄒᆞᆫ가지로 ᄌᆞ라 ᄌᆞ긔(自己)ᄅᆞᆯ 무양(撫養)537)ᄒᆞ얏ᄂᆞᆫ디라 공경(恭敬)ᄒᆞ믈 부모(父母) 버금으로 ᄒᆞ더라. 태

• • •

88면

ᄉᆡ(太師ㅣ) 너비 듯보아 션븨 샹슌의 ᄯᆞᆯ노 경(景) 공ᄌᆞ(公子)와 셩녜(成禮)ᄒᆞ니 샹 시(氏) ᄯᅩᄒᆞᆫ 졀ᄉᆡᆨ(絶色)이라 태ᄉᆡ(太師ㅣ) 깃거ᄒᆞ며 집을 일워 경(景) 샹셔(尙書) 졔ᄉᆞ(祭祀)ᄅᆞᆯ 일우게 ᄒᆞ니 경(景) 공ᄌᆡ(公子ㅣ) 태ᄉᆞ(太師) 은혜(恩惠)ᄅᆞᆯ 죵신(終身)토록 심곡(心曲)538)의 삭이

---

532) 텰골(徹骨): 철골. 뼈에 사무침.

533) 돈슈(頓首): 돈수. 머리가 땅에 닿도록 하는 절.

534) ᄆᆞ아도: 빻아도. [교] 국도본(2:77)에는 '분쇄ᄒᆞ오나'로 되어 있음.

535) 블열(不悅): 불열. 기쁘지 않음.

536) 툐셰(超世): 초세. 한 세상에서 뛰어남.

537) 무양(撫養): 어루만져 기름.

더라.

명년(明年) 츈(春)의 득의(得意)[539]ᄒ니 즉시(卽時) 남줘 츄관(推官)[540]을 ᄒ야 부임(赴任)홀식 태시(太師 ㅣ) 안식(顔色)이 엄졀(嚴切)[541]ᄒ야 티민지도(治民之道)[542]를 경계(警戒)ᄒ고 니별(離別)을 슬허ᄒ니 공지(公子 ㅣ) 눈믈을 흘녀 하딕(下直)ᄒ고 남줘로 ᄒᆡᆼ(行)ᄒ니라.

태시(太師 ㅣ) 년(連)ᄒ야 삼ᄌ(三子) 일녀(一女)를 두니 개〃(箇箇) 곤산(崑山)의 미옥(美玉)[543]이오 ᄒᆡ듕(海中) 구슬 ᄀᆞᆺᄐᆞ나 기듕(其中) 텬디(天地) 긔믹(氣脈)을 타낫시믄 댱공지(長公子 ㅣ)라. ᄉᆡᆼᄂᆡ(生來)[544]의 희로(喜怒)를 동(動)티 아니ᄒ고 ᄋᆞ쇼(兒小)의 노롬이 업셔 말슴ᄒᆞ기를 브졀업시 아니〃 태시(太師 ㅣ) ᄉᆞ랑ᄒᆞᆫ

••••

89면

밧 긔특(奇特)이 너기더니,

일〃(一日)은 두 아ᄋᆞ로 더브러 글 닑다가 믄득 ᄀᆞᄅᆞ쳐 쇼왈(笑曰),

"이뎨(二弟)ᄂᆞ 타일(他日) 닙신(立身)홀진대 겨유 뉵경(六卿)[545]의

---

538) 심곡(心曲): 여러 가지로 생각하는 마음의 깊은 속.

539) 득의(得意): 일이 뜻대로 이루어짐. 여기에서는 과거에 급제함을 이름.

540) 츄관(推官): 추관. 추국할 때에 신문하던 벼슬아치.

541) 엄졀(嚴切): 태도가 매우 엄격함.

542) 티민지도(治民之道): 치민지도. 백성을 다스리는 도리.

543) 곤산(崑山)의 미옥(美玉): 곤산의 아름다운 옥. 곤산(崑山)은 중국의 전설상의 산으로, 곤산의 미옥은 훌륭한 사람이나 물건을 비유적으로 이르는 말.

544) ᄉᆡᆼᄂᆡ(生來): 생래. 나면서부터.

545) 뉵경(六卿): 육경. 원래 중국 주(周)나라 때에 둔 육관(六官)의 우두머리를 가리켰으나, 재상을 통칭하여 부르기도 함.

종ᄉᆞ(從事)ᄒᆞ리로다."

정언간(停言間)546)의 태ᄉᆞ(太師ㅣ) 나오다가 ᄇᆞ야흐로 그 ᄯᅳᆺ을 알고 긔특(奇特)이 너겨 문왈(問曰),

"너ᄂᆞᆫ 언마나 놉히 될다?"

공ᄌᆞ(公子ㅣ) 웃고 답(答)디 못ᄒᆞ니 태ᄉᆞ(太師ㅣ) ᄯᅩ 무른딕 공ᄌᆞ(公子ㅣ) 딕왈(對曰),

"남ᄌᆞ(男子ㅣ) 셩쥬(聖主)를 만나 츌쟝입샹(出將入相)547)ᄒᆞ야 ᄉᆞ이(四夷)548)를 평뎡(平定)ᄒᆞ미 ᄒᆡᄋᆞ(孩兒)의 원(願)이로소이다."

태ᄉᆞ(太師ㅣ) 그 말을 쟝히(壯-) 너겨 타일(他日) 큰 그ᄅᆞ시 될 줄 아더라.

화셜(話說). 니 공ᄌᆞ(公子) 관셩의 ᄌᆞ(字)ᄂᆞᆫ ᄌᆞ쉬오 별호(別號)ᄂᆞᆫ 운혜 션ᄉᆡᆼ(先生)이니 튱문549)공 니현의 댱ᄌᆞ(長子ㅣ)오 현덕부인(賢德夫人) 뉴 시(氏) 소ᄉᆡᆼ(小生)이라. ᄉᆡᆼ셩(生成)ᄒᆞᆫ 배 산쳔(山川) 졍긔(精氣)를 품수(稟受)550)ᄒᆞ야 눈 ᄀᆞᄐᆞᆫ 살빗과 부용

● ● ●

90면

냥협(芙蓉兩頰)551)이며 츄파단슌(秋波丹脣)552)이 졀딕가인(絕代佳

---

546) 졍언간(停言間): 정언간. 말을 잠시 멈춤.

547) 츌쟝입샹(出將入相): 출장입상. 나가서는 장수가 되고 들어와서는 재상이 된다는 뜻으로, 문무를 다 갖추어 장상의 벼슬을 모두 지냄을 이르는 말.

548) ᄉᆞ이(四夷): 사이. 예전에, 중국의 사방에 있던 동이(東夷), 서융(西戎), 남만(南蠻), 북적(北狄)을 통틀어 이르던 말.

549) 문: [교] 원문에는 '무'로 되어 있으나 앞에 '문'으로 나와 있으므로 이와 같이 수정함.

550) 품수(稟受): 선천적으로 타고남. 품부(稟賦).

551) 부용냥협(芙蓉兩頰): 부용양협. 연꽃 같은 두 뺨.

人)553) ᄌ거늘 너른 니마와 프른 눈섭이 강산(江山) 뎡명지긔(精明之
氣)554)를 아오라555) 식 〃 쇄락(灑落)556)혼 용틱(容態) 빅월(白月)이
쩌러딘 ᄃᆞᆺ 복듕(腹中)의 텬디조화(天地造化)와 안방뎡557)국(安邦靖
國)558)홀 긔틀을 ᄌᆞ옥히 품어시며 문필(文筆)은 죵왕(鍾王),559) 니두
(李杜)560)의 지나고 만믈(萬物)의 음양지슈(陰陽之數)를 츄이(推理)561)
ᄒᆞ믄 한시(漢時) 복농션싱(伏龍先生)562)과 흡ᄉᆞ(恰似)ᄒᆞ고 셩졍(性情)
이 졍돈(整頓)ᄒᆞ고 빅힝(百行)563)이 특이(特異)ᄒᆞ믄 츈츄(春秋) 적 공
듕니(孔仲尼)564)의 후(後)를 이어시니 엇지 범인(凡人)이 가ᄇᆞ야이

552) 츄파단슌(秋波丹脣): 추파단순. 가을의 맑은 물결과 같은 눈과 붉고 고운 입술.
553) 졀딕가인(絕代佳人): 절대가인. 원래 세상에 견줄 만한 사람이 없을 정도로 뛰어
　　나게 아름다운 여인에게 쓰이는 말이나, 여기에서는 이관성의 외모를 묘사하는
　　데 쓰임.
554) 뎡명지긔(精明之氣): 정명지기. 깨끗하고 밝은 기운.
555) 아오라: 아울러.
556) 쇄락(灑落): 기분이나 몸이 상쾌하고 깨끗함.
557) 뎡: [교] 원문에는 '덕'으로 되어 있으나 오기로 보임.
558) 안방뎡국(安邦靖國): 안방정국. 어지럽던 나라를 평안하게 다스림.
559) 죵왕(鍾王): 종왕. 종요(鍾繇: 151~230)와 왕희지(王羲之: 307~365). 종요는 중
　　국 삼국시대 위(魏)나라의 서예가로 자는 원상(元常)임. 왕희지는 중국 동진(東
　　晉)의 서예가로 자는 일소(逸少)임. 우군장군(右軍將軍)의 벼슬을 하였으므로 왕
　　우군(王右軍)으로 불리기도 함. 둘 다 서예의 대가로 알려져 있음.
560) 니두(李杜): 이두. 중국 성당기(盛唐期)의 시인인 이백(李白)과 두보(杜甫)를 함께
　　이르는 말. 이백(李白)은 호는 청련거사(靑蓮居士)이고 자는 태백(太白)이며 시선
　　(詩仙)으로 불림. 두보(杜甫)는 호는 소릉(少陵)이고 자는 자미(子美)이며 시성(詩
　　聖)으로 불림.
561) 츄이(推理): 추리. 이치를 추측함.
562) 복농션싱(先生): 복룡선생. 와룡선생(臥龍先生)으로 더 잘 알려진 제갈량(諸葛亮)
　　을 이름. 자(字)는 공명(孔明), 시호는 충무(忠武). 유비를 도와 오(吳)나라와 연합
　　하여 조조(曹操)의 위(魏)나라 군사를 대파하고 촉한을 세웠음. 유비가 죽은 후에
　　남방의 만족(蠻族)을 정벌하고, 위나라 사마의와 전투 중에 병사함.
563) 빅힝(百行): 백행. 온갖 행실.
564) 공듕니(孔仲尼): 공중니. 공자(孔子: B.C.551~B.C.479). 중니(仲尼)는 공자의 자
　　(字). 중국 춘추시대의 사상가·학자로 이름은 구(丘). 노나라 사람으로 여러 나

의논(議論)홀 배리오.

공직(公子ㅣ) 임의 댱셩(長成)ᄒ야 년(年)이 십삼(十三) 셰(歲)의
니르니 신댱(身長)과 거디(擧止) 대군ᄌ(大君子)의 거동(擧動)이라.
두 폴은 무릅히 디나고 봉익(鳳翼)565)은 표〃(飄飄)히566) 등운(登雲)
홀 샹(相)이 잇거늘 양뉴(楊柳)567) ᄀᄐ 셰

91면

요(細腰)568)ᄂᆞᆫ 츈풍(春風)의 휘드ᄂᆞᆫ 듯 풍뉴(風流ㅣ) 헌앙(軒昂)569)
ᄒ고 긔뷔(肌膚ㅣ)570) 윤틱(潤澤)ᄒ야 비길 곳이 업ᄉ니 튱문571)공
ᄌᄋᆡ(慈愛)572) 비길 ᄃᆡ 업고 더옥 태부인(太夫人)의 ᄉ랑이 쳔리농구
(千里龍駒)573)로 아라 일시(一時)를 겨ᄐᆡ 써나디 못ᄒ게 ᄒ니 공직
(公子ㅣ) 존젼(尊前)의 승안(承顔)574)ᄒᄂᆞᆫ 화긔(和氣ㅣ) 은〃(隱隱)ᄒ
야 사뎨(舍弟)575) 한셩으로 더브러 조모(祖母)의 우으시믈 돕고 믈러

라를 두루 돌아다니면서 인(仁)을 정치와 윤리의 이상으로 하는 도덕주의를 설파
하여 덕치 정치를 강조함. 만년에는 교육에 전념하여 3,000여 명의 제자를 길러
내고, 『시경(詩經)』과 『서경(書經)』 등을 편찬함.

565) 봉익(鳳翼): 봉의 날개와 같은 두 팔.

566) 표표(飄飄)히: 가볍게 날아오르는 모양.

567) 양뉴(楊柳): 양류. 버드나무.

568) 셰요(細腰): 세요. 가는 허리.

569) 헌앙(軒昂): 풍채가 좋고 의기가 당당함.

570) 긔뷔(肌膚): 기부. 사람의 몸을 싸고 있는 살가죽.

571) 문: [교] 원문에는 '무'로 되어 있으나 앞에서 이미 '문'으로 나왔으므로 이와 같
이 수정함.

572) ᄌᄋᆡ(慈愛): 자애. 아랫사람에게 베푸는 도타운 사랑.

573) 쳔리농구(千里龍駒): 천리용구. 재주나 지혜가 아주 뛰어나 장래가 촉망되는 아이.

574) 승안(承顔): 웃어른을 만나 뵘.

575) 사뎨(舍弟): 사제. 가제(家弟). 사제는 남에게 자기 아우를 겸손하게 이르는 말.

셔당(書堂)의 오매 죵일(終日)토록 향(香)을 픠오고 글을 닑어 도덕
(道德)을 닷그니 더옥 외모(外貌)의 싁〃흔 거동(擧動)이 어릭여 타
인(他人)이 블감앙시(不敢仰視)576)ᄒ고 ᄎ공ᄌ(次公子ㅣ) 감(敢)히
희로(喜怒)를 안젼(案前)의 뵈디 못ᄒ니 공ᄌ(公子ㅣ) 비록 텬셩(天
性) 타나믈 엄슉(嚴肅)히 ᄒ여시나 ᄋ데(阿弟)577) ᄉ랑은 지극(至極)
흔디라 아578)의 두려ᄒ며 조심ᄒ믈 보매 ᄆ양(每樣) ᄌ약(自若)히 화
긔(和氣)를 여러 ᄉ랑

· · ·

92면

ᄒ고 가챠ᄒ미 타뉴(他類)와 ᄀᆺ디 아니〃 ᄎ공ᄌ(次公子ㅣ) 이러므
로 그 형댱(兄丈)을 일시(一時)를 ᄶᅥ나디 못ᄒ더라.

공ᄌ(公子ㅣ) 비록 년긔(年紀) 약관(弱冠)이 못 미쳐시나 신댱(身
長)과 거지(擧止) ᄋ동(兒童)의 틱되(態度ㅣ) 업ᄉ니 부인(夫人)이 밧
비 공(公)을 명(命)ᄒ야 쎌니579) 미부(美婦)를 틱(擇)ᄒ라 ᄒ니 공(公)
이 슈명(受命)ᄒ나 진실(眞實)로 공ᄌ(公子ㅣ)의 풍모(風貌)를 딕두
(對頭)580)홀 재(者ㅣ) 업ᄉᆯ가 우민(憂悶)581)ᄒ더니,

ᄎ시(此時) 츄밀부ᄉ(樞密副使) 명연은 명난공신(靖難功臣) 명현
의 듕데(中弟)라. 문디(門地)와 덕힝(德行)이 명현의 우히니 명 승샹
(丞相)이 ᄆ양(每樣) 놉흔 스싱ᄀᆺ티 ᄒ더라. 년(年)이 ᄉ슌(四旬)이

---

576) 블감앙시(不敢仰視): 불감앙시. 두려워서 감히 쳐다보지 못함.

577) ᄋ데(阿弟): 아제. 동생을 친밀하게 이르는 말.

578) 아: 아우.

579) 니: [교] 원문에는 이 뒤에 '동샹의'가 있으나 문맥에 맞지 않으므로 삭제함.

580) 딕두(對頭): 대두. 대적할 사람.

581) 우민(憂悶): 근심하고 번민함.

넘엇고 쟉위(爵位) 츄밀(樞密)이오, 샤듕(舍中)의 부인(夫人) 녀 시
(氏)를 취(娶)ᄒ여 오ᄌ(五子) 일녀(一女)를 싱(生)ᄒ니 댱ᄌ(長子) 문
한은 년(年) 이십칠(二十七)의 벼슬이 니부시랑(吏部侍郎)이오,

•••

93면

ᄎᄌ(次子) 문경은 이십오(二十五)의 츈방흑시(春坊學士 丨)[582]오, 삼
ᄌ(三子) 문광은 방년(芳年) 이십삼(二十三)의 동궁시독(東宮侍讀)
듕셔샤인(中書舍人)[583]이오, ᄉᄌ(四子) 문희ᄂ 이십일(二十一) 셰
(歲)의 병부낭듕(兵部郎中)이오, 필ᄌ(畢子) 문의ᄂ 이십(二十)의 한
님흑시(翰林學士 丨)러라. 명 공(公)이 십오(十五) 셰(歲)브터 싱산(生
産)ᄒ야 년(連)ᄒ야 오ᄌ(五子)를 나코 단산(斷産)ᄒ니 녀익(女兒 丨)
업ᄉ믈 탄(嘆)ᄒ더니,

눅칠(六七) 년(年)이 지난 후(後) 샹원가절(上元佳節)[584]의 부인(夫
人)이 일몽(一夢)을 어드니 텬틱(天台)[585] 무산봉(巫山峰)[586]의 가
홍화(紅花) 일지(一枝)를 것거 도라와 뵈더니 이날브터 잉틱(孕胎)ᄒ

---

582) 츈방흑시(春坊學士 丨): 춘방학사. 춘방(春坊)은 태자의 교육을 맡아보던 관아. 학
　　사는 벼슬 이름.

583) 듕셔샤인(中書舍人): 중서사인. 중서성의 사인. 중서성은 기무(機務)·조명(詔命)·
　　비기(秘記) 등을 맡아보던 관서이며, 사인은 중서성의 한 벼슬로 통사사인(通事
　　舍人)·사인통사(舍人通事)라고도 불렸으나 후에 중서사인으로 통칭하며 중서성
　　에 한 명을 두었음. 중서사인은 높은 관직은 아니지만 청요직으로 이후 고관으로
　　승진하는 데 중요한 길목이 되는 벼슬이었음.

584) 샹원가절(上元佳節): 상원가절. 정월 대보름날.

585) 텬틱(天台): 천태. 천태산. 중국 절강성(浙江省) 천태현((天台縣)에 있는 명산. 수
　　나라 때에 지의가 천태종을 개설한 곳으로 불교의 일대 도량(道場)이며, 지금도
　　국청사 따위의 큰 절이 있음.

586) 무산봉(巫山峰): 중국 중경시(重慶市) 동쪽에 있는 산. 무산 십이봉(巫山十二峯)이
　　솟아 있는데 기암과 절벽으로 이루어진 경치가 아름답기로 유명함.

야 십월(十月)의 싱녀(生女)ᄒ니 용안(容顔)이 옥(玉) ᄀᆞ고 안치(眼彩) 별 ᄀᆞᆺ트니 공(公)이 깃거 일홈을 몽홍이라 ᄒ고 ᄌᆞ(字)를 월난이라 ᄒ야 ᄉᆞ랑이 톄〃(棣棣)[587]ᄒ야 일시(一時)를 슬하(膝下)의 ᄂᆞ리오디 아닌 즁(中) 시랑(侍郎) 등(等)이 다 혼취(婚娶)ᄒ야

···

94면

다 각〃(各各) 남ᄋᆞ(男兒)를 나코 쇼졔(小姐ㅣ) 댱셩(長成)ᄒᆞᆫ 후(後) 녀ᄋᆞ(女兒) 등(等)을 어드니 ᄉᆞ랑이 더옥 올믈 뒤 업ᄂᆞᆫ디라. 시랑(侍郎) 등(等)이 더옥 미ᄌᆞ(妹子)를 셰샹(世上) 업ᄉᆞᆫ 긔보(奇寶)로 아더니,
졈〃(漸漸) 댱셩(長成)ᄒ야 십이(十二) 셰(歲)의 니르니 셜부옥골(雪膚玉骨)[588]이 조곰도 진ᄋᆡ(塵埃)[589]의 무드디 아냐 츄슈(秋水) ᄀᆞ튼 냥안(兩眼)과 버들 ᄀᆞᆺ튼 아미(蛾眉)[590]ᄂᆞᆫ 치필(彩筆)을 더으디 아냐 봉황미(鳳凰尾)를 향(向)ᄒ고 홍화냥협(紅花兩頰)[591]은 홍년(紅蓮)이 셰우(細雨)의 져즌 ᄃᆞᆺ 쥬슌(朱脣)은 단ᄉᆞ(丹沙)를 졈(點) 틴 ᄃᆞᆺ 슬빗치 빅셜(白雪) ᄀᆞᆺ트여 지분(脂粉)[592]을 더으디 아냐도 쳥연(淸妍)[593]ᄒᆞᆫ 광치(光彩) 태양(太陽)이 듕텬(中天)의 오른 ᄃᆞᆺ 빅틱쳔광(百態千光)[594]이 비(比)ᄒ야 겨우리 업ᄉᆞᆫ 고(故)로 공(公)이 쳔만이듕(千

---

587) 톄〃(棣棣): 체체. 성대한 모양.
588) 셜부옥골(雪膚玉骨): 설부옥골. 눈처럼 흰 살갗과 옥같이 희고 깨끗한 골격.
589) 진ᄋᆡ(塵埃): 진애. 티끌과 먼지. 세상의 속된 것을 비유한 말.
590) 아미(蛾眉): 누에나방의 눈썹이라는 뜻으로, 가늘고 길게 굽어진 아름다운 눈썹을 이르는 말. 미인의 눈썹을 이름.
591) 홍화냥협(紅花兩頰): 홍화양협. 붉은 꽃 같은 두 뺨.
592) 지분(脂粉): 연지와 백분.
593) 쳥연(淸妍): 청연. 말쑥하고 아름다움.
594) 빅틱쳔광(百態千光): 백태천광. 온갖 아름다움을 갖춘 자태.

萬愛重)595)ㅎ는 가온대 그 짱(雙)이 업슬가 우려(憂慮)ㅎ더니,

일〃(一日)은 듕셔

∘∙∙

95면

셩(中書省)596) 공ᄉ(公事)의 참예(參預)ㅎ엿다가 일즉 파(罷)ㅎ야 도
라오다가 니 태ᄉ(太師) 집의 니르니 튱문597)공이 년망(連忙)이598)
마즈 말ᄉᆞᆷㅎ더니 홀연(忽然) 안흐로셔 일(一) 개(個) 쇼년(少年)이 나
오니 안광(眼光)이 십분(十分) 슈려(秀麗)ㅎ야 옥청션인(玉淸仙人)이
하강(下降)흔 듯ㅎ더라. 공(公)이 십분(十分) 흠이(欽愛)599)ㅎ야 손
저허 블러 알패 니르매 ᄋᆞ동(兒童)이 공경(恭敬)ㅎ야 졀ㅎ기를 뭇고
겨틱 시립(侍立)ㅎ니 뎡 공(公)이 그 ᄌᆡ모(才貌)를 탄샹(歎賞)ㅎ야 문
왈(問曰),

  "이거시 형(兄)의 ᄌᆡ(子ㅣ)냐?"

  태ᄉᆡ(太師ㅣ) 왈(曰),

  "연(然)ㅎ다."

  뎡 공(公)이 문왈(問曰),

  "년(年)이 몃치나 ᄒᆞ뇨?"

  태ᄉᆡ(太師ㅣ) 왈(曰),

  "이졔야 팔(八) 셰(歲)라."

---

595) 천만ᄋᆡ듕(千萬愛重): 천만애중, 매우 사랑함.

596) 셩; [교] 원문에는 '싱'으로 되어 있으나 맥락을 고려하여 이와 같이 수정함.

597) 문: [교] 원문에는 '무'로 되어 있으나 앞에서 이미 '문'으로 나왔으므로 이와 같
이 수정함.

598) 년망(連忙)이: 연망이. 황급히.

599) 흠이(欽愛): 흠애. 공경하여 사랑함.

뎡 공(公) 왈(曰),

"형(兄)의 년긔(年紀) 亽슌(四旬)이 머디 아냣는디라 슬해(膝下ㅣ) 이쑌이냐?"

니 공(公) 왈(曰),

"만싱(晚生)이 늣게야 추ᄋᆞ(此兒)를 두고 쏘 이 아희 형(兄)이 잇ᄂᆞ니라."

뎡 공(公)이 텽파(聽罷)의

...

96면

칭찬(稱讚) 왈(曰),

"형(兄)이 냥ᄌᆞ(兩子)를 두어셔도 쇼뎨(小弟) 모르닷다. 추ᄋᆞ(此兒)의 긔이(奇異)ᄒᆞ미 쳔리귀(千里駒ㅣ)[600]라. 그 형(兄)을 마ᄌᆞ 보믈 원(願)ᄒᆞ노라."

태ᄉᆞ(太師ㅣ) 츄밀(樞密)이 부탕(浮蕩)[601]ᄒᆞᆫ 사름이 아닌 줄 아는디라 흔연(欣然)이 동ᄌᆞ(童子)로 ᄒᆞ야곰 관셩 공ᄌᆞ(公子)를 브르니 슈유(須臾)[602]의 공지(公子ㅣ) 좌하(座下)의 다ᄃᆞ라 뎡 공(公)의 이시믈 아디 본(本)듸 어룬의 알패 이셔 힝동거디(行動擧止)를 명(命)ᄒᆞᆫ 후(後) 츌ᄒᆞ고 몬져 피치(彼此ㅣ) 일면지분(一面之分)이 업시 춍혜(聰慧)[603]ᄒᆞᆫ 체ᄒᆞ고 녜(禮)ᄒᆞ믈 아니려 ᄒᆞ야 츄파(秋波)를 ᄂᆞ초고 공슈(拱手)ᄒᆞ야 알패 쑤러 뭇ᄌᆞ오디,

---

600) 쳔리귀(千里駒ㅣ): 천리구. '천리마'와 같은 뜻으로 뛰어나게 잘난 자제를 칭찬하는 말.

601) 부탕(浮蕩): 착실하지 못하며 행실도 좋지 못함.

602) 슈유(須臾): 수유. 잠시.

603) 춍혜(聰慧): 총혜. 총명하고 슬기로움.

"야애(爺爺ㅣ) 히ᄋ(孩兒)ᄅᆞᆯ 브ᄅᆞ시미 므슴 분뷔(分付ㅣ) 계시니잇고?"

공(公)이 잠간(暫間) 웃고 ᄀᆞᄅᆞ쳐 왈(曰),

"ᄎᆞ인(此人)은 네 아븨 친우(親友)오 뎡듕(庭中) 톄면(體面)이 존대(尊大)ᄒᆞ거ᄂᆞᆯ 네 엇디 등비(登拜)⁶⁰⁴)ᄒᆞ

•••

97면

ᄅᆞᆯ 더디ᄒᆞᄂᆞ뇨?"

공ᄌᆞ(公子ㅣ) 안셔(安徐)⁶⁰⁵)히 ᄃᆡ왈(對曰),

"일즉 상봉(相逢)ᄒᆞ온 배 업ᄉᆞ온 고(故)로 존명(尊命)을 기ᄃᆞ리미러이다."

셜파(說罷)의 믈러 국궁쥰슌(鞠躬逡巡)⁶⁰⁶)ᄒᆞ야 녜(禮)ᄅᆞᆯ 믓고 말셕(末席)의 뫼시니 거디(擧止) 안졍(安靜)ᄒᆞ고 녜뫼(禮貌ㅣ) 유법(有法)ᄒᆞ야 의관(衣冠)이 졍졔(整齊)ᄒᆞ고 면ᄉᆡᆨ(面色)이 츄텬(秋天) ᄀᆞᆺ튀여 공경(恭敬)ᄒᆞ기ᄅᆞᆯ 다ᄒᆞ니 뎡 공(公)이 그 얼골과 거지(擧止)ᄅᆞᆯ 보니 엇디 입으로 형용(形容)ᄒᆞ야 칭찬(稱讚)ᄒᆞ리오. 이 진실(眞實)로 쳔츄(千秋)의 빅힝군ᄌᆞ(百行君子ㅣ)오, 공부ᄌᆞ(孔夫子)⁶⁰⁷) 후(後)의 ᄒᆞᆫ 사름인 줄 ᄭᆡᄃᆞᄅᆞᆯ디라. 당초(當初)ᄂᆞᆫ 한셩 공ᄌᆞ(公子)ᄅᆞᆯ 긔특(奇特)이 너겻더니 당ᄎᆞ시(當此時)ᄒᆞ야ᄂᆞᆫ 이 ᄒᆞᆫ낫 풍뉴걸ᄉᆞ(風流傑士ㅣ)⁶⁰⁸)오 옥면단ᄉᆞ(玉面端士ㅣ)⁶⁰⁹)라. 그 형(兄)의 강산(江山) 졍긔(精氣)ᄅᆞᆯ 아

---

604) 등비(登拜): 등배. 알현함.

605) 안셔(安徐): 안서. 편안하고 느릿한 모양.

606) 국궁쥰슌(鞠躬逡巡) : 국궁준순. 허리를 굽혀 뒤로 물러섬.

607) 공부ᄌᆞ(孔夫子): 공부자. 공자(孔子)를 높여 이르는 말.

608) 풍뉴걸ᄉᆞ(風流傑士ㅣ): 풍류걸사. 멋이 있는 뛰어난 선비.

609) 옥면단ᄉᆞ(玉面端士ㅣ): 옥같이 고운 얼굴을 지닌 단정한 선비.

오로 품슈(稟受)⁶¹⁰⁾ᄒ야 텬디(天地) 긔뫽(氣脈)을 타나심과 힝동거디(行動擧止)의 도덕군ᄌ지풍(道德君子之風)⁶¹¹⁾이 나타

나믈 디(對)ᄒ매 여러 곳 ᄶ러지미 만ᄒ니 뎡 공(公)이 눈이 싀고 졍신(精神)이 어려 다만 눈을 옴기디 아냐 잠심(潛心)⁶¹²⁾ 반향(半晌)⁶¹³⁾의 얼골을 고티고 니 공(公)을 향(向)ᄒ여 왈(曰),

"쇼뎨(小弟) 박누(樸陋)⁶¹⁴⁾ᄒ 소힝(素行)으로 형(兄)의 붕비(朋輩)의 춤예(參預)ᄒ연 디 오라나 이런 긔ᄌ(奇子) 두어시믈 모ᄅ닷다. 금일(今日) 하힝(何幸)⁶¹⁵⁾으로 셩인(聖人)을 디(對)ᄒ니 쇼뎨(小弟) 평싱(平生)이 헛되디 아니믈 씨ᄃ괘라."

튱문⁶¹⁶⁾공이 쇼이답왈(笑而答曰),

"형(兄)이 평일(平日) 언에(言語ㅣ) 침듕(沈重)⁶¹⁷⁾ᄒ야 쇼〃(小小) 시비(是非)를 아니터니 엇디 금일(今日)은 이러틋 언경(言輕)⁶¹⁸⁾ᄒᄂ뇨?"

츄밀(樞密)이 웃고 왈(曰),

"쇼뎨(小弟)ᄂ 진졍쇼발(眞正所發)⁶¹⁹⁾이라. 연(然)이나 녕낭(令郞)

---

610) 품슈(稟受): 품수. 선천적으로 타고남.
611) 도덕군ᄌ지풍(道德君子之風): 도덕군자지풍. 유교의 도덕을 행하는 군자의 풍모.
612) 잠심(潛心): 마음을 두어 깊이 생각함.
613) 반향(半晌): 반나절.
614) 박누(樸陋): 박루. 수수하고 허름함.
615) 하힝(嘏幸): 하행. 큰 다행.
616) 문: [교] 원문에는 '무'로 되어 있으나 앞에서 이미 '문'으로 나왔으므로 이와 같이 수정함.
617) 침듕(沈重): 침중. 성격, 마음, 목소리 따위가 가라앉고 무게가 있음.
618) 언경(言輕): 말이 가벼움.

이 동상(東床)⁶²⁰⁾의 결승(結繩)⁶²¹⁾을 뎡(定)ᄒ얏ᄂ냐?"

튱문⁶²²⁾공은 본(本)딕 신명(神明)ᄒᆫ 사름이라 엇디 뎌의 유의(有意)ᄒᆞᆷ믈 모ᄅ리오. 즉시(卽時) 소회(所懷)ᄅᆯ

...

99면

펴 왈(曰),

"ᄌ식(子息)이 블쵸(不肖)ᄒ나 노뫼(老母ㅣ) 과이(過愛)ᄒ샤 현부(賢婦)ᄅᆯ 각별(各別) 퇵(擇)ᄒ시고 쇼뎨(小弟) ᄯᅩᄒᆫ 종샤(宗嗣)의 듕(重)ᄒ미 이시니 얼골은 취(取)티 아니ᄒ거니와 밍덕요(孟德曜)⁶²³⁾ ᄀᆺᄐ니ᄅᆯ 구(求)ᄒ니 금셰(今世)예 쉽디 못홀가 ᄒ노라."

뎡 공(公)이 텽파(聽罷)의 흔연(欣然) 쇼왈(笑曰),

"형(兄)의 말이 진짓 나의 녀ᄋ(女兒)의게 홍승(紅繩)⁶²⁴⁾이 미인 배로다. 닉게 과연(果然) 머리 누른 녀이(女兒ㅣ)⁶²⁵⁾ 이시니 셩힝(性

---

619) 진정쇼발(眞正所發): 진정소발. 마음에서 진정으로 우러나오는 것.

620) 동상(東床): 동상. 사위를 높여 부르는 말. 중국 진(晉)나라의 태위 극감이 사윗감을 고르는데 왕도(王導)의 집 동쪽 평상 위에 엎드려 음식을 먹고 있는 왕희지(王羲之)를 골랐다는 고사에서 온 말.

621) 결승(結繩): 끈을 묶음. 월하노인(月下老人)이 혼인할 운명인 남녀의 발에 붉은 끈을 묶으면, 남녀는 후에 반드시 혼인하게 된다고 하는 데서 유래함. 중국의『속유괴록(續幽怪錄)』에 이야기가 실려 있음.

622) 문: [교] 원문에는 '무'로 되어 있으나 앞에서 이미 '문'으로 나왔으므로 이와 같이 수정함.

623) 밍덕요(孟德曜): 맹덕요. 중국 후한(後漢) 시대 양홍(楊弘)의 아내 맹광(孟光). 덕요(德曜)는 자(字). 추녀였지만 덕행이 뛰어났음. 거안제미(擧案齊眉) 고사의 주인공.

624) 홍승(紅繩): 붉은 끈. 월하노인이 정한 배필을 붉은 끈으로 묶었다고 하여 남녀의 연분을 뜻함.

625) 머리 누른 녀이(女兒ㅣ): 머리 누런 여아. 누런 머리는 황아추(黃阿醜)의 머리를 뜻함. 황씨는 제갈량의 부인인 황아추(黃阿醜). 면남(沔南)의 명사 황승언(黃承彦)이 제갈량을 사윗감으로 염두에 두고 있었는데 제갈량에게 자신의 딸을 머리가

行)이 샌혀나든 못호나 거의 녕낭(令郞)의 채롤 줍으리니626) 황텬(皇
天)이 직상(在上)호시고 신명(神明)이 직방(在傍)호니 쇼뎨(小弟) 진
실(眞實)로 형(兄)을 쇽인즉 견마(犬馬)만도 못호리니 허혼(許婚)호
믈 듀뎌(躊躇)티 말나."

튱문627)공이 뎌의 장셜(長舌)이 도〃(滔滔)호야 즈가(自家) 홀 말
이 미리 파셜(破說)호고 쏘 위인(爲人)이 단믁(端黙)628)호야 평싱(平
生)의 하쳔(下賤)의 니르히629) 쇽이디

●●●

100면

아니믈 아ᄂ디라 결630)탄(決斷)코 그 녀ᄋ이(女兒ㅣ) 범샹(凡常)티 아
니믈 지긔(知機)631)호고 쏘 지긔지우(知己之友)632)로써 뎨 몬져 쾌
(快)히 니르거놀 므슴 쇼〃(小小) 곡졀(曲折)을 호리오. 쾌연(快然)이
웃고 왈(曰),

"현형(賢兄)이 용우(庸愚)633)호 돈ᄋ(豚兒)634)룰 이러틋 구(求)호

누런색이라 하여 의중을 물으니 제갈량이 허락하여 황아추와 혼인함.

626) 채롤 줍으리니: 채를 잡으리니. 채는 '키'를 의미함. '기추(箕帚)를 잡다'의 의미.
기추란 키와 빗자루로, 아내가 키와 빗자루를 가지고 집안일을 하므로 이는 곧
'아내가 됨'을 의미함.

627) 문: [교] 원문에는 '무'로 되어 있으나 앞에서 이미 '문'으로 나왔으므로 이와 같
이 수정함.

628) 단믁(端黙): 단묵. 단엄하고 과묵함.

629) 니르히: 이르도록.

630) 결: [교] 원문에는 '경'이라 되어 있으나 오기인 듯함.

631) 지긔(知機): 지기. 낌새를 알아차림.

632) 지긔지우(知己之友): 지기지우. 서로 마음이 잘 통하는 친구.

633) 용우(庸愚): 쓸모없고 어리석음.

634) 돈ᄋ(豚兒): 돈아. 남에게 자기의 아들을 낮추어 이르는 말. 가아(家兒).

니 엇디 스랑ᄒ며 더옥 녕녜(令女ㅣ) 밍(孟) 시(氏)635)의 덕(德)이 이실딘대 쇼뎨(小弟)의 지원(至願)이라. ᄌ고(自古)로 홍안박명(紅顏薄命)636)은 딕〃(代代)로 면(免)티 못ᄒᄂ 배라. 이러므로 쇼뎨(小弟) 지셩소발(至誠所發)637)노 녀ᄌ(女子)의 싴(色)을 ᄭ리ᄂ니 녕녜(令女ㅣ) 만일(萬一) 덕요(德曜)638)의 ᄒᆡᆼ실(行實)과 황(黃) 시(氏)639)의 얼골이 이실딘대 엇디 깃브디 아니ᄒ리오?"

츄밀(樞密)이 쇼왈(笑曰),

"타일(他日) 녀ᄋ(女兒)의 현블쵸(賢不肖)ᄂ 쇼뎨(小弟) 스스로 당(當)ᄒ리니 형(兄)은 쾌(快)ᄒᆫ 말을 ᄒ라."

니 공(公) 왈(曰),

"돈ᄋ(豚兒ㅣ) 용우(庸愚)ᄒ니 당(當)티 못ᄒᆯ가 근심ᄒᆯ지언뎡

• • •

101면

엇디 밧드디 아니리잇고?"

뎡 공(公)이 대략(大樂)ᄒ야 공ᄌ(公子)를 나아오라 ᄒ야 손을 잡고 왈(曰),

"네 이제ᄂ 날로 더브러 반ᄌ지의(半子之義)640) 이시니 모로미 셔

635) 밍(孟) 시(氏): 맹 씨. 중국 후한(後漢) 시대 양홍(楊弘)의 아내 맹광(孟光).

636) 홍안박명(紅顏薄命): 얼굴이 예쁜 여자는 팔자가 사나운 경우가 많음을 이르는 말.

637) 지셩소발(至誠所發): 지성소발. 지극한 정성으로 마음에서 우러나오는 것.

638) 덕요(德曜): 중국 후한(後漢) 시대 양홍(楊弘)의 아내인 맹광(孟光)의 자(字). 추녀였지만 덕행이 뛰어남.

639) 황(黃) 시(氏): 황 씨. 중국 삼국시대 촉한 제갈량의 아내 황아추(黃阿醜). 추녀였지만 덕행과 재주가 뛰어났다 함.

640) 반ᄌ지의(半子之義): 반자지의. 사위의 의리. 반자(半子)는 아들과 다름없이 여긴다는 뜻으로 '사위'를 이름.

의히641) 너기디 말라."

공직(公子ㅣ) 뎌의 말 만흐믈 고이히 너겨 셩안(星眼)642)을 흘녀 보니 긔위(氣宇ㅣ)643) 강엄(强嚴)644)ᄒ고 신치(身采)645) 쥰샹(俊爽)646)ᄒ야 임의 경뉸(經綸)의 략647)(略)648)과 티셰보필(治世輔弼)649) 지(才)를 가져시니 속셰(俗世) 명공지샹(名公宰相)으로 비(比)티 못홀디라. 심하(心下)의 경동(驚動)650)ᄒ고 칭찬(稱讚)ᄒ야 십분(十分) 공경(恭敬)ᄒᄂ 무음이 니러나니 즈가651)(自家)를 과(過)히 ᄉ랑ᄒ야 진졍(眞情)을 긔이디652) 못ᄒ믈 알고 날호여 좌(座)를 써나 손샤(遜謝)홀 ᄯ름이오 말이 업ᄉ니 뎡 공(公)이 더옥 긔특(奇特)히 너겨 ᄉ랑ᄒ미 실조(失措)653)ᄒ기의 미첫더라.

냥구(良久)654) 단란(團欒)655)ᄒ다가 도라가 퇵

---

641) 셔의히: 서먹하게.

642) 셩안(星眼): 성안. 별빛 같은 눈.

643) 긔위(氣宇ㅣ): 기우. 기개와 도량.

644) 강엄(强嚴): 강직하고 엄격함.

645) 신치(身采): 신채. 몸의 풍채.

646) 쥰샹(俊爽): 준상. 재주와 슬기가 뛰어나고 명석함, 또는 인품이 높은 것을 가리킴.

647) 략: [교] 원문에는 '냥'으로 되어 있으나 오기로 보임.

648) 경뉸(經綸)의 략(略): 경륜의 지략. 경험과 능력을 가진 지략.

649) 티셰보필(治世輔弼): 치세보필. 임금이 세상을 잘 다스리는 데 잘 도움.

650) 경동(驚動): 놀라서 움직임.

651) 가: [교] 원문에는 '라'로 되어 있으나 오기로 보임.

652) 긔이디: 속이지.

653) 실조(失措): 거동에 실수가 있음.

654) 냥구(良久): 양구. 오랜 시간.

655) 단란(團欒): 여럿이 함께 즐겁고 화목함.

일(擇日)ᄒ야 보(報)ᄒ니 계츄(季秋)656) 망간(望間)657)이라 수월(數月)이 ᄀ렷더라.

이러구러 길일(吉日)이 다ᄃ르니 니부(-府)의셔 공ᄌ(公子)를 보닐ᄉᆡ 공지(公子ㅣ) 길복(吉服)658)을 닙고 ᄂᆡ당(內堂)의 드러가 조모(祖母)와 모친(母親)긔 하딕(下直)ᄒ니 태부인(太夫人)이 손을 잡고 흔연(欣然) 왈(曰),

"노뫼(老母ㅣ) 금일(今日) 너희 영화(榮華)를 보니 깃브믈 이긔디 못ᄒᄃᆡ 셕659)ᄉ(昔事)660)를 싱각ᄒ니 엇디 슬프믈 ᄎ므리오?"

니 공(公)이 이쩌 심ᄉᆡ(心思ㅣ) 층냥(測量) 업더니 모친(母親)의 비ᄋᆡ(悲哀)ᄒ시믈 보고 강잉(强仍)ᄒ야 나아가 위로(慰勞)ᄒ고 공ᄌ(公子)를 지촉ᄒ여 보ᄂᆡ니 공지(公子ㅣ) 위의(威儀)를 거ᄂ려 뎡부(-府)의 니르러ᄂᆞᆫ 뎡 시랑(侍郎) 등(等) 오(五) 인(人)이 홍포옥ᄃᆡ(紅袍玉帶)661)를 ᄀ초와 신낭(新郎)을 인도(引導)ᄒ야 뎐안(奠雁)662)을 마ᄎ매 좌셕(坐席)의 나아가 신부(新婦)의 샹교(上轎)663)를 기ᄃ릴ᄉᆡ 좌우(左右) 명공거(名公巨)

---

656) 계츄(季秋): 계추. 늦가을. 음력 9월.

657) 망간(望間): 음력 보름께.

658) 길복(吉服): 혼인 때 신랑신부가 입는 옷.

659) 셕: [교] 원문에는 '셩'으로 되어 있으나 오기로 보임.

660) 셕ᄉ(昔事): 석사. 옛 일.

661) 홍포옥ᄃᆡ(紅袍玉帶): 홍포옥대. 붉은 도포와 옥으로 만든 띠.

662) 뎐안(奠雁): 전안. 혼인 때 신랑이 신부 집에 기러기를 가져가서 상위에 놓고 절하는 예.

663) 샹교(上轎): 상교. 가마에 오름.

경(卿)664)이 수플 조트여 흐글조티 신낭(新郞)의 풍모(風貌)를 탄샹(歎賞)호고 명 공(公)의 깃거흐믄 더옥 측냥(測量)이 업더라. 명 시랑(侍郞) 등(等)이 은근(慇懃)이 셩명(姓名)을 통(通)호고 인친(姻親)의 후(厚)호믈 펼식 공지(公子ㅣ) 명모(明眸)665)를 기우려 명 시랑(侍郞) 등(等) 오(五) 인(人)을 술피매 흐글조티 용뫼(容貌ㅣ) 관옥(冠玉) 조고 풍되(風道ㅣ) 슈려(秀麗)호며 녜뫼(禮貌ㅣ) 빈빈(彬彬)666)호여 군 (君子)의 도(道)를 어덧 듕(中) 더옥 명 시랑(侍郞)은 관인(寬仁)호며 유연(柔軟)호야 형뎨(兄弟) 듕(中) 읏듬이라. 공지(公子ㅣ) 심하(心下)의 경아(驚訝)호야 다만 모르믈 조ᄎ 은〃간〃(誾誾侃侃)667)이 ᄃᆡ(對)호매 음성(音聲)이 단혈(丹穴)의 봉(鳳)668)이 우ᄂᆞ 듯호야 진퇴(進退) 녜절(禮節)의 음양 경퇴669)호야 녜듕(禮重)호미 조족호니 좌위(左右ㅣ) 스ᄉᆞ로 무릅흘670) 쓰러 공경(恭敬)호믈 ᄭᆡ닷디 못호더라.

이윽고 명 쇼졔(小姐ㅣ) 응쟝셩식(凝粧盛飾)671)으로 옥(玉)

---

664) 명공거경(名公巨卿): 높은 벼슬아치와 이름난 재상.
665) 명모(明眸): 맑은 눈동자.
666) 빈〃(彬彬): 빈빈. 문조와 바탕이 잘 갖추어져 훌륭함.
667) 은〃간〃(誾誾侃侃): 은은간간. 온화하고 편안함.
668) 단혈(丹穴)의 봉(鳳): 단혈(丹穴)의 봉황. 단혈(丹穴)은 단사(丹砂)가 나는 굴로 여기에는 봉황이 산다고 함. 단혈은 중국에서 남쪽의 태양 바로 밑이라고 여기던 곳인데, 단혈의 봉황을 단혈봉(丹穴鳳)·단혈조(丹穴鳥)라고 함.
669) 음양 경퇴: 미상.
670) 무릅흘: 무릎을. [교] 원문에는 '옷 압흘'로 되어 있으나 의미를 분명히 하기 위해 국도본(2:93)을 따름.
671) 응쟝셩식(凝粧盛飾): 응장성식. 곱게 화장한 얼굴과 잘 꾸민 옷차림.

교(轎)의 오르매 니 공지(公子ㅣ) 순금쇄약(純金鎖鑰)672)을 가져 줌
으기를 못고 위의(威儀)를 도로혀니 추종요긱(追從繞客)673)이 대로
(大路)를 덥허 긔특(奇特)호미 비길 곳이 업스니 견지재(見之者ㅣ)
칙〃(嘖嘖)674) 칭탄(稱歎)675)호믈 마디아니호더라.

니부(-府)의 니르러 구고(舅姑)676) 존당(尊堂)677)의 현(見)호니 신
부(新婦)의 요치(耀采)678) 초월(初月)이 실듕(室中)의 써러딤 곳투니
용이(容易)히 비(比)호리오. 쳔만(千萬) 광치(光彩)와 일빅(一百) 틱
되(態度ㅣ) 샹고(上古) 녀왜(女媧ㅣ)679)라도 능(能)히 밋디 못홀 거시
오, 요지(瑤池)680) 왕뫼(王母ㅣ)681)라도 당(當)티 못홀디라 엇지 굿

---

672) 순금쇄약(純金鎖鑰): 순금쇄약. 순금으로 만든 자물쇠.

673) 추종요긱(追從繞客): 추종요객. 행렬을 뒤따르며 신랑을 둘러싼 사람들.

674) 칙〃(嘖嘖): 책책. 크게 외치거나 떠드는 소리.

675) 칭탄(稱歎): 칭찬하여 감탄함.

676) 구고(舅姑): 시아버지와 시어머니.

677) 존당(尊堂): 상대방을 높여 그의 부모를 이르는 말. 여기에서는 진 부인을 말함.

678) 요치(耀采): 요채. 빛나는 모습.

679) 녀와(女媧): 여와. 중국 고대신화에서 인간을 창조한 것으로 알려진 여신이며, 삼
황오제 중 한 명임. 인간의 머리와 뱀의 몸통을 갖고 있으며 복희(伏羲)와 남매
라고도 알려져 있음. 처음으로 생황이라는 악기를 만들었고, 결혼의 예를 제정하
여 동족간의 결혼을 금하였음.

680) 요지(瑤池): 중국 곤륜산(崑崙山)에 있는 연못. 주(周) 목왕(穆王)이 서왕모(西王
母)를 만나 즐겼다는 곳.

681) 왕모(王母): 서왕모. 중국의 전설상의 선녀로 곤륜산(崑崙山) 요지(瑤池)라는 곳에
살며, 성은 양(楊), 이름은 회(回)라고 함. 사람의 얼굴에 호랑이의 이와, 표범의
꼬리에 머리를 헝클어뜨렸다고 하며, 불사약을 가진 선녀라고 함. 중국 주나라의
목왕(穆王)이 요지에서 서왕모와 노닐었다는 고사가 있으며, 한나라 무제(武帝)
도 서왕모에게 천도(天桃)를 받았다고 함. 왕모에게는 청조(靑鳥)가 있어 소식을
통한다고 함.

치 쇼담682)홈과 달의 광윤(光潤)683)ᄒ믈 비(比)ᄒ리오? 구괴(舅姑ㅣ)
크게 깃거ᄒ고 틱부인(太夫人)이 ᄯ혼 두굿겨 감회(感懷)ᄒ더라.

녜파(禮罷)의 태시(太師ㅣ) 신부(新婦)와 ᄋᄌ(兒子)를 거ᄂ려 ᄉ
당(祠堂)의 현묘(見廟)684)ᄒ올시 태시(太師ㅣ) 튝ᄉ(祝詞)를 지어 조종
(祖宗) 녕위(靈位)의 고(告)ᄒ고 작헌(爵獻)685)

105면

ᄒ며 ᄉᆡᆼ(生)이 신부(新婦)로 엇게를 ᄀᆞᆯ와 빅례(拜禮)ᄒ매 ᄎ례(次例)
니 시랑(侍郎) 녕위(靈位)의 다ᄃ라 니 공(公)이 흐ᄅᄂ 눈믈이 금포
(錦袍)의 져ᄌ니 공ᄌ(公子)와 신뷔(新婦ㅣ) ᄯ혼 얼골을 고티더라.
이에 현묘686)(見廟)ᄒ기를 파(罷)ᄒ고 ᄂ려와 다시 좌(座)를 뎡(定)ᄒ
고 뉴 부인(夫人)이 졔긱(諸客)으로 단란(團欒)ᄒ올시 졔긱(諸客)이 신
부(新婦)의 용ᄎᆡ(容采)를 구경ᄒᆞ야 치하(致賀)ᄒ올시 쥬식(酒食)을 니
졋더라. 종일(終日) 진환(盡歡)ᄒ고 셕양(夕陽)의 파연(罷宴)ᄒ매 신
부(新婦)를 빅화각의 침쇼(寢所)를 뎡(定)ᄒ다.

태부인(太夫人)이 공(公)의 부쳐(夫妻)를 ᄃᆡ(對)ᄒ야 신부(新婦)의
긔특(奇特)ᄒ 용광(容光)을 일ᄏ라 깃거ᄒᄂ ᄆᆞ음이 능(能)히 이긔디
못ᄒ니 공(公)이 모친(母親)의 희락(喜樂)ᄒ시믈 깃거ᄒ나 그 너모
ᄲᅢ혀남과 어리믈 블쾌(不快)ᄒ야 ᄂ죽이 품(稟)687)ᄒᄃᆡ,

---

682) 쇼담: 소담. 생김새가 탐스러움.
683) 광윤(光潤): 빛나고 윤택함.
684) 현묘(見廟): 사당에 예를 갖추어 절하여 뵙는 것을 뜻함.
685) 작헌(爵獻): 잔을 바침.
686) 묘: [교] 원문에는 '보'로 되어 있으나 오기로 보임.
687) 품(稟): 취품(就稟). 웃어른께 나아가 여쭘.

"신뷔(新婦ㅣ) 비록 신댱(身長)이 유여(裕餘)[688]ᄒ나

●●●

106면

긔골(氣骨)이 약(弱)ᄒ고 나히 너모 어리니 션왕(先王)의 법녜(法禮)를 조ᄎ 히ᄋ(孩兒)로 ᄒ여곰 각거(各居)ᄒ미 가(可)ᄒ이다."

부인(夫人)이 쇼왈(笑曰),

"네 말이 올흐나 관익[689] 신댱(身長)이 언건(偃蹇)[690]ᄒ 쟝뷔(丈夫ㅣ)라 엇디 쇼〃(小小) ᄋ쇼(兒小)의 긔질(氣質)노조ᄎ 신인(新人)을 각거(各居)ᄒ리오? 닉 나히 셔산(西山)의 지ᄂ 히 ᄀ트니 관ᄋ의 ᄌ식(子息) 나흐믈 보고져 ᄆᆞ음이 일〃여삼취(一日如三秋ㅣ)[691]니 네 엇디 어린[692] 오소(迂疏)[693]ᄒ 말을 ᄒᄂ뇨?"

공(公)이 텽파(聽罷)의 기리 감오(感悟)[694]ᄒ야 말을 그치고 믈러 셔헌(書軒)의 도라와 공ᄌ(公子)ᄅ 블러 경계(警戒)ᄒ딕,

"조혼쇼빙(早婚少娉)[695]은 션왕(先王)의 법(法)이 아니라. ᄒ믈며 신뷔(新婦ㅣ) 너모 유미(幼微)[696]ᄒ니 닉 널로써 각거(各居)ᄒ고져 ᄒ딕 모친(母親) 명(命)이 여ᄎ(如此)ᄒ시니 가(可)히 거역(拒逆)디

---

688) 유여(裕餘): 모자람이 없이 푼푼하고 넉넉함.

689) 관익: 관아. 손자인 '이관성'을 말함.

690) 언건(偃蹇): 성대하고 큼.

691) 일일여삼취(一日如三秋ㅣ): 일일여삼추. 하루가 삼 년 같다는 뜻으로, 몹시 애태우며 기다린다는 뜻.

692) 어린: 어리석은.

693) 오소(迂疏): 우소. 세상 물정에 어둡고 민첩하지 못함.

694) 감오(感悟): 느껴 깨달음.

695) 조혼쇼빙(早婚少娉): 조혼소빙. 어려서 혼인하여 신부를 맞음.

696) 유미(幼微): 어리고 연약함.

못 홀지라 네 모른미 무움을 조심(操心) 후라."

관셩이

부복(俯伏) 슈명(受命) 후고 야심(夜深) 후(後) 믈러 신방(新房)의 니른
니 신븨(新婦ㅣ) 긴 단장(丹粧)을 벗고 유모(乳母)의게 의지(依支) 후
엿다가 니러 마자 좌(座)를 일우니 공지(公子ㅣ) 위인(爲人)이 본(本)
딕 낙〃(落落)697) 후야 희로(喜怒)를 동(動)치 아니며 또 셩식(聲
色)698)을 블관(不關)이 너기는 듕(中) 부친(父親) 경계(警戒)를 깁히
밧즈와시니 엇디 눈인들 옴기리오. 츄파(秋波)를 느초아 냥구(良久)
히 단좌(端坐) 후엿다가 의딕(衣帶)를 그르고 상(牀)의 올나 줌드니
유뫼(乳母ㅣ) 쇼져(小姐)를 권(勸) 후야 상(牀)의 올니고 댱(帳)을 지
우니699) 쇼졔(小姐ㅣ) 본(本)딕 부모(父母)의 편익(偏愛) 후시므로 힝
동거지(行動擧止) 강보(襁褓) 아(兒) ᄀᆞᆺ다가 의외(意外)의 방(房)의
남즈(男子)를 딕(對) 후여 엇디 잠이 오리오. 의상(衣裳)을 닙은 재 벼
개의 의지(依支) 후엿다가 계명(鷄鳴)의 니러나 신셩(晨省)700) 후고 문
안(問安) 후니 구괴(舅姑ㅣ) 새로이 익듕(愛重) 후

고 태부(太夫)의 스랑후믄 측냥(測量)티 못홀너라.

697) 낙〃(落落): 낙락. 고상하고 고결하며 깨끗한 모양.
698) 셩식(聲色): 성색. 음악과 여색.
699) 지우니: 치니. 휘장을 밑으로 내림을 말함.
700) 신셩(晨省): 신성. 이른 아침에 부모의 침소에 가서 밤새의 안후를 살핌.

쇼졔(小姐ㅣ) 인(因)ᄒᆞ야 머므러 효봉구고(孝奉舅姑)701)와 슉흥야
미(夙興夜寐)702)ᄒᆞ야 동〃쵹〃(洞洞燭燭)703)ᄒᆞ미 잠간(暫間)도 ᄆᆞ음
을 노티 아니ᄒᆞ며 텬셩(天性)이 믁〃(默默)704) 단엄(端嚴)705)ᄒᆞ야 힝
ᄉᆞ(行事) 동지(動止)706) 셩녀(聖女)의 풍(風)이 이시니 뉴 부인(夫人)
이 크게 ᄉᆞ랑ᄒᆞ며 쇼고(小姑)707) 월염708) 쇼졔(小姐ㅣ) 심복(心
服)709)ᄒᆞ고 쫄와 동긔디졍(同氣之情)이 극진(極盡)ᄒᆞ나 홀로 공ᄌᆞ(公
子ㅣ) 잠간(暫間)도 눈을 보ᄂᆞ미 업서 싁〃ᄒᆞ미 힝노(行路) ᄀᆞᆺᄐᆞ니
태부인(太夫人)이 ᄆᆡ양(每樣) 권(勸)ᄒᆞ야 나디라도 무상(無常)이 ᄃᆡ
(對)ᄒᆞ믈 두굿기니 공ᄌᆞ(公子ㅣ) 더옥 나지 쇼져(小姐)를 ᄃᆡ(對)ᄒᆞ면
큰 고경(苦境)710)으로 아라 조모(祖母)의 권(勸)으로 혹(或) 나지 드
러가나 힝(幸)혀도 눈을 보ᄂᆞ미 업고 쇼져(小姐)ᄂᆞ 더옥 싱(生)곳 ᄃᆡ
(對)ᄒᆞ면 경황츅쳑(驚惶蹙感)711)ᄒᆞ야 몸 둘 곳이 업ᄉᆞ

109면

ᄃᆞᆺᄒᆞ니 외모(外貌)ᄂᆞ 더옥 타연(妥然)ᄒᆞ며 안졍(安靜)ᄒᆞ야 일쥭 ᄉᆞ식

701) 효봉구고(孝奉舅姑): 시부모를 효로써 봉양함.

702) 슉흥야미(夙興夜寐): 숙흥야매. 아침 일찍 일어나고 밤에 늦게 자며 열심히 일함.

703) 동동쵹쵹(洞洞燭燭): 동동촉촉. 공경하고 삼가며 매우 조심스러움.

704) 믁〃(默默): 묵묵. 아무 말 없이 잠잠함.

705) 단엄(端嚴): 단정하고 엄숙함.

706) 동지(動止): 행동거지.

707) 쇼고(小姑): 소고. 시누이.

708) 염: [교] 원문에는 '영'으로 되어 있으나, 딸들의 돌림자가 '염'임을 감안하여 이와
같이 수정함. 즉, 친녀 이위염, 서녀 이혜염이 있음.

709) 심복(心服): 마음속으로 기뻐하며 성심을 다하여 순종함.

710) 고경(苦境): 어렵고 괴로운 처지나 형편.

711) 경황츅쳑(驚惶蹙感): 경황축척. 놀랍고 두려워 당황하고 위축되어 근심함.

(辭色)을 고치미 업스니 공ᄌᆡ(公子ㅣ) 비록 눈을 드러 보디 아니나 엇디 모ᄅᆞ리오. 그 ᄒᆡᆼᄉᆞ(行事)를 긔특(奇特)이 너기더라.

수일(數日) 후(後) 뎡 시랑(侍郎)712) 등(等)이 니르러 미ᄌᆞ(妹子)를 볼ᄉᆡ 공ᄌᆡ(公子ㅣ) 영졉(迎接)ᄒᆞ야 쇼져(小姐) 침소(寢所)의 니르니 서로 말ᄉᆞᆷᄒᆞ매 뎡 시랑(侍郎)이 공ᄌᆞ(公子)의 옥골션풍(玉骨仙風)713) 을 새로이 흠ᄋᆡ(欽愛)714)ᄒᆞ야 쇼져(小姐)의 빙모월ᄐᆡ(氷貌月態)715) 샹하(上下)티 아니믈 ᄉᆞ랑ᄒᆞ고 깃거 손을 잡고 쇼왈(笑曰),

"우리 등(等)이 졸약(拙弱)716)ᄒᆞᆫ 미ᄌᆞ(妹子)로 ᄌᆞ슈 ᄀᆞᆺᄐᆞᆫ 군ᄌᆞ(君子)의게 가(嫁)ᄒᆞ니 당(當)티 못ᄒᆞᆯ 줄 아라 일야(日夜) 방심(放心)티 못ᄒᆞ더니 ᄌᆞ슈ᄂᆞᆫ ᄒᆡᆼ(幸)혀 쇼믹(小妹)의 용우(庸愚)717)ᄒᆞᄆᆞᆯ 허믈 말고 져ᄇᆞ리디 말나."

공ᄌᆡ(公子ㅣ) 공경(恭敬)ᄒᆞ야 ᄀᆞᆯ오ᄃᆡ,

"부뷔(夫婦ㅣ) 유별(有別)ᄒᆞ고 대륜(大倫)이 막듕(莫重)

• • •

110면

ᄒᆞ니 쇼뎨(小弟) 비록 블쵸(不肖)ᄒᆞ나 부뫼(父母ㅣ) 맛디신 초례(醮禮) 빅냥(百兩)718)ᄒᆞᆫ 쳐ᄌᆞ(處子)를 져ᄇᆞ리며 아닐 일이 이시리잇고?

---

712) 뎡 시랑(侍郎): 정 시랑. 정몽홍의 첫쩨 오빠 정문한을 이름.

713) 옥골션풍(玉骨仙風): 옥골선풍. 살빛이 희고 고결한 신선과 같은 기질이나 풍채.

714) 흠ᄋᆡ(欽愛): 흠애. 흠모하며 사랑함.

715) 빙모월ᄐᆡ(氷貌月態): 빙모월태. 얼음같이 깨끗한 모습과 달처럼 아름답고 고요한 태도.

716) 졸약(拙弱): 졸렬하며 약함.

717) 용우(庸愚): 용렬하며 어리석음.

718) 빅냥(百兩): 백량. 100대의 수레. 신부를 맞이함을 이르는 말. 『시경(詩經)』 <작소(鵲巢)> 중 "새아씨가 시집옴에 백량으로 맞이하도다. 之子于歸, 百兩御之." 등의

금일(今日) 노형(老兄)의 말이 쇼뎨(小弟)의 의ᄉ(意思) 밧기라 힝신(行身)이 독셩(篤誠)[719]티 못ᄒᆞ믈 븟그리ᄂᆞ이다."

뎡 시랑(侍郞)이 슈연(羞然)[720]이 ᄂᆞᆺ빗츨 고티고 칭샤(稱謝) 왈(曰),

"쇼미(小妹) 본(本)딕 블민(不敏)ᄒᆞ니 힝(幸)혀 대군ᄌ(大君子)의게 취졸(麤拙)[721] 뵈미 이셔도 관셔(寬恕)[722]과ᄌ 말이 미쳐 ᄆᆞ딕를 씨티디 못ᄒᆞ야 그딕 고(怪)히 너기믈 바들와."

뎡 한님(翰林)[723]이 쇼왈(笑曰),

"아등(我等)은 녹〃쇼ᄌ(碌碌小子ㅣ)[724]라. 감(敢)히 셩인(聖人) 안젼(案前)의 말을 간대로 못ᄒᆞᄂᆞ니 형댱(兄丈)은 모ᄅᆞ미 언필찰(言必察)[725]ᄒᆞ샤 취졸(麤拙)을 뵈디 마ᄅᆞ쇼셔."

공ᄌ(公子ㅣ) 쇼이답왈(笑而答曰),

"군형(群兄)의 말ᄉᆞᆷ이 사ᄅᆞᆷ을 너모 죠롱(嘲弄)ᄒᆞ시니 쇼뎨(小弟) ᄌᆞ참(自慙)[726]한 밧 군ᄌ(君子) 말ᄉᆞᆷ이 아니로다."

한(翰)

시에 나오는 말로, 제후의 딸이 제후에게 시집감에 보내고 맞이함을 모두 수레 백량으로 하는 데서 유래함.

719) 독셩(篤誠): 독성. 독실하고 정성스러움.

720) 슈연(羞然): 수연. 부끄러워하는 모양.

721) 취졸(麤拙): 추졸. 거칠고 졸렬함.

722) 관셔(寬恕): 관서. 너그러이 용서함.

723) 뎡 한님(翰林): 정 한림. 정몽홍의 다섯째 오빠인 한림학사 정문의를 이름.

724) 녹녹소자(碌碌小子): 녹록소자. 보잘것없는 사람.

725) 언필찰(言必察): 말을 할 때 반드시 살핌.

726) ᄌᆞ참(自慙): 자참. 스스로 부끄러워함.

님(林)이 쇼왈(笑曰),

"즈슈는 대현(大賢)이라 아등빅(我等輩) 엇디 감(敢)히 긔롱(欺弄)
ᄒ리오?"

공지(公子ㅣ) 잠간(暫間) 웃고 답(答)디 아니ᄒ더라.

이에 쥬빅(酒杯)727)를 나와 졔인(諸人)이 단난(團欒)ᄒ고 회히(詼
諧)728)를 여러 즐길식 공지(公子ㅣ) 비록 단엄(端嚴)ᄒ나 져 사름들
의 위인(爲人)이 시쇽(時俗) 경박쟈(輕薄子)729)와 다ᄅᆞᆷ믈 흠의(欽愛)
ᄒ야 간〃(間間)이 화답(和答)ᄒ며 시730)문(詩文)을 의논(議論)ᄒ야
호치(皓齒) 스이로 댱강(長江)과 하히(河海)를 헤친 둧ᄒ니 뎡 시랑
(侍郞)이 크게 스랑ᄒ고 즁(重)히 너겨 공경(恭敬)ᄒ믈 이긔디 못ᄒ
더라.

냥구(良久) 후(後) 졔인(諸人)이 도라가니 공지(公子ㅣ) 쫄와 문
(門) 밧긔 가 빅별(拜別)731)ᄒ더라.

ᄎ야(此夜)의 공지(公子ㅣ) 침쇼(寢所)의 가니 쇼졔(小姐ㅣ) 졍당
(正堂)의셔 아직 아니 왓거늘 홀노 셔안(書案) 머리의 시ᄉ(詩詞)를
음영(吟詠)ᄒ더니 이윽고 쇼뎨(小姐ㅣ) 시녀(侍女)로 쵹(燭)을 줍히
고 드러오니 공지(公子ㅣ) 니

727) 쥬빅(酒杯): 주배. 술잔.
728) 회히(詼諧): 회해. 해학(諧謔).
729) 경박쟈(輕薄子): 경박자. 말과 행동이 가볍고 신중하지 못한 사람.
730) [교]: 원문에는 '신'으로 되어 있으나 오기로 보임.
731) 빅별(拜別): 배별. 절하고 작별한다는 뜻으로, 존경하는 사람과의 작별을 높여 이
르는 말.

러 마즈 눈을 드러보니 믈근 광치(光彩) 녕〃(映映)732) 비무(飛舞)733)ᄒ야 암실(暗室)이 죠요(照耀)734)ᄒᄃᆡ 일(一) 촌(寸) 금년(金蓮735)이 안졍(安靜) 혜힐(慧黠)736)ᄒ야 임의 셩현(聖賢)의 도(道)ᄅᆞᆯ 어듬 ᄀᆞᆺᄐᆞ니 공ᄌᆡ(公子ㅣ) 처음으로 보고 경아(驚訝)ᄒ야 그 ᄒᆡᆼ지(行止)ᄅᆞᆯ 발셔 슷쳐 깃거ᄒᆞᄂᆞᆫ ᄆᆞ음이 동(動)ᄒᄃᆡ 위인(爲人)이 본(本)ᄃᆡ 녜(禮) 밧긔 일을 아닛ᄂᆞᆫ디라 부명(父命)이 조심(操心)ᄒᆞᆷ믈 니ᄅᆞ거늘 ᄌᆞᄀᆡ(自己) 엇디 암실(暗室) ᄀᆞ온댄들 ᄉ〃(私私)로오미 이시리오. 다시 눈을 드디 아니ᄒ고 ᄒᆞᆫ가지로 단좌(端坐)ᄒ여 반밤(半-)의 니ᄅᆞ매 스스로 오ᄉᆞᆯ 그ᄅᆞ고 자리의 나아가니 쇼졔(小姐ㅣ) ᄯᅩᄒᆞᆫ 의상(衣裳)을 그ᄅᆞ디 아니ᄒ고 벼개의 의지(依支)ᄒ니 두 ᄉᆞ이 ᄒ 간(間)이나 ᄶᅥᆺᄂᆞᆫ디라. 스스로 방심(放心)ᄒ야 잘 거시로ᄃᆡ 쇼졔(小姐ㅣ) 붓그려 일즉 오ᄉᆞᆯ 버스미 업서 닙은 재 졉목(接目)737)ᄒ엿

다가 계명(鷄鳴)738)의 즉시(卽時) 니러나니 그 몸이 쉴 ᄉᆞ이 업ᄉᆞᆫ디

---

732) 녕〃(映映): 영영. 빛남.

733) 비무(飛舞): 춤추듯 공중에 흩날림.

734) 죠요(照耀): 조요. 밝게 빛남.

735) 금년(金蓮): 금련. 금으로 만든 연꽃이라는 뜻으로, 미인의 예쁜 걸음걸이를 비유적으로 이르는 말. 중국 남조(南朝) 때 동혼후(東昏侯)가 금으로 만든 연꽃을 땅에 깔아 놓고 반비(潘妃)에게 그 위를 걷게 하였다는 고사에서 유래함.

736) 혜힐(慧黠): '민첩함'의 의미인 듯하나 미상임.

737) 졉목(接目): 접목. 잠을 자기 위하여 위아래 눈꺼풀을 맞닿게 붙임.

라 천금약질(千金弱質)739)이 엇지 아니 샹(傷)ᄒ리오마ᄂ 이ᄭᅥᄂ 일
양(一樣)740) 평안(平安)ᄒ니 역시(亦是) 고이(怪異)터라. 공ᄌ(公子
ㅣ) ᄯᅩᄒ 져의 어린 나히 여러 밤을 편(便)히 쉬디 못ᄒᆞᆯ믈 어엿비 너
겨 ᄌ로 아니 드러와 ᄌ더라. 쇼졔(小姐ㅣ) 감(敢)히 친당(親堂)의 갈
의ᄉ(意思)ᄅ 못ᄒ고 심니(心裏)741) 애742)연(哀然)743)ᄒ나 부친(父
親)과 거게(哥哥ㅣ)744) 년일(連日)ᄒ야 니ᄅ러 보니 위로(慰勞)ᄒ여
지니더라.

시절(時節)이 즁하(仲夏)745)의 니ᄅ러ᄂ 태부인(太夫人) 흠질(欠
疾)746)이 소셩(蘇醒)747)ᄒ니 니 공(公)이 쇼연(小宴)748)을 딩듕(堂中)
의 베퍼 모친(母親)긔 헌슈(獻酬)ᄒ고 즐기시믈 구(求)ᄒᆯ시 약간(若
干) 졔븡(諸朋)이 모닷더니 모다 관셩 공ᄌ(公子)의 풍도(風度)ᄅ 보
고 긔특(奇特)이 너겨 왈(曰),

"뎌러툿 ᄒ 위인(爲人)으로 금츄(今秋) 알셩(謁聖)749)의 고등(高登)
ᄒ미 반둣ᄒ다라 존공(尊公)의 넙

---

738) 계명(鷄鳴): 닭이 욺. 또는 그런 울음.
739) 천금약질(千金弱質): 천금약질. 매우 귀하게 자라나 기질이 약함.
740) 일양(一樣): 한결같음.
741) 심니(心裏): 심리. 마음속.
742) [교]: 원문에는 '아'로 되어 있으나 오기로 보임.
743) 애연(哀然): 슬픈 모양.
744) 거게(哥哥ㅣ): 가가. 오빠.
745) 즁하(仲夏): 중하. 음력 5월.
746) 흠질(欠疾): '작은 병'의 의미인 듯하나 미상임. [교] 국도본(2:99)에도 '흠질'이라
되어 있음.
747) 소셩(蘇醒): 소성. 몸이 회복됨.
748) 쇼연(小宴): 소연. 작은 규모로 벌인 잔치.
749) 알셩(謁聖): 알성. 알성시(謁聖試) 또는 알성과(謁聖科)라고 함. 임금이 직접 선비
들 앞에 행차하여 시행했던 과거.

은 복(福)을 하례(賀禮)ᄒᆞᄂᆞ이다."

니 공(公) 왈(曰),

"사름의 현달(顯達)ᄒᆞᆷ믄 문ᄌᆞ(文字)로 가디 아니ᄒᆞᄂᆞ니 ᄒᆞ믈며 손ᄋᆞ(孫兒ㅣ) 용소(庸小)750)ᄒᆞᆫ 인품(人品)의 엇디 시관(試官)751)의 눈을 더러이디 아니ᄒᆞ리오? 더옥 돈ᄋᆞ(豚兒ㅣ) 황구티ᄋᆞ(黃口穉兒ㅣ)752)라 공명(功名)이 밧브디 아니ᄒᆞ니 삼십(三十)을 기ᄃᆞ려 과거(科擧) 보기를 허(許)코져 ᄒᆞᄂᆞ이다."

좌샹(座上)의 뎡 승샹(丞相)753)이 굴오딕,

"블연(不然)ᄒᆞ다. 금(今)의 셩텬ᄌᆞ(聖天子ㅣ) ᄉᆞ희(四海)를 다ᄉᆞ리샤 덕위(德威) 엄명(嚴明)ᄒᆞ시고 됴뎡(朝廷)의 쇼인(小人)이 업ᄉᆞ니 엇디 녕공ᄌᆞ(令公子) 경뉸보필지ᄌᆡ(經綸輔弼之才)754)로 ᄉᆞ군(事君)ᄒᆞ믈 싱각디 아니ᄒᆞ고 과거(科擧)를 금(禁)코져 ᄒᆞᄂᆞ뇨?"

공(公)이 칭샤(稱謝) 왈(曰),

"샹공(相公) 말ᄉᆞᆷ이 유리(有理)ᄒᆞ시나 돈ᄋᆞ(豚兒ㅣ) 흑식(學識)이 노하(駑下)755)ᄒᆞ고 위인(爲人)이 용녈(庸劣)ᄒᆞ니 엇디 ᄉᆞ군(事君)ᄒᆞᆯ 직죄(才操ㅣ) 이시리오. 다만 녹(祿)을 허비(虛費)ᄒᆞᆯ 분이라 셩딕지

---

750) 용소(庸小): 용렬하고 시원찮음.

751) 시관(試官): 과거 시험에 관계되는 관원을 통틀어 이르던 말.

752) 황구티ᄋᆞ(黃口稚兒ㅣ): 황구치아. 젖내 나는 어린아이라는 뜻으로, 철없이 미숙한 사람을 낮잡아 이르는 말.

753) 뎡 승샹(丞相): 졍 승샹. 좌승샹 졍현을 이름.

754) 경뉸보필지ᄌᆡ(經綸輔弼之才): 경륜보필지재. 포부를 가지고 계획적으로 일을 진행하고 임금의 덕업을 보좌할 만한 재능. 또는 그러한 재능이 있는 사람.

755) 노하(駑下): 천하고 둔한 것, 재능이 모자라 남에게 뒤떨어지는 것을 뜻함.

치(聖代之治)[756]

115면

의 블관(不關)ᄒᆞ니이다."

뎡 승샹(丞相)이 힘뻐 다토ᄃᆡ 공(公)이 다만 웃고 손샤블응(遜辭不應)[757]이라. 뎡 츄밀(樞密)[758]이 ᄯᅩ 권(勸)ᄒᆞ야 ᄀᆞᆯ오ᄃᆡ,

"ᄌᆞ슈의 ᄌᆡ조(才操)ᄂᆞᆫ 의심(疑心)ᄒᆞᆯ 거시 업거ᄂᆞᆯ 니 형(兄)이 브질업시 고집(固執)을 ᄂᆡᄂᆞ뇨?"

니 공(公)이 쇼왈(笑曰),

"뎡 형(兄)의 안광(眼光)으로 사회[759] 용녈(庸劣)ᄒᆞ믈 디인(知認)티 못ᄒᆞ니 쇼뎨(小弟) 가탄(可嘆)ᄒᆞ노라. 돈ᄋᆞ(豚兒ㅣ) 젹이[760] ᄌᆡᄒᆞᆨ(才學)과 헛된 풍신(風神)이 이신들 녈위(列位)[761]의 과당(誇奬)[762]ᄒᆞ시믈 당(當)ᄒᆞ리오?"

뎡 승샹(丞相), 뎡 츄밀(樞密)이 공(公)의 고집(固執)을 알고 권(勸)티 아니ᄒᆞ고 뎡 승샹(丞相)은 일계(一計)ᄅᆞᆯ ᄉᆡᆼ각고 환희(歡喜)ᄒᆞ야 다토지 아니코 도라가니라.

니 공(公)의 셕샹(席上)의 졔인(諸人)의 말 막으므로 ᄋᆞᄌᆞ(兒子)의 ᄌᆡ조(才操) 업ᄉᆞ믈 밀워시나[763] 본(本)[764]ᄃᆡ 조달(早達)[765]ᄒᆞ믈 됴히

756) 셩ᄃᆡ지치(盛代之治): 성대지치. 국운이 번창하고 태평한 시대의 정치.
757) 손샤블응(遜辭不應): 손사불응. 겸손히 사양하며 응하지 않음.
758) 뎡 츄밀(樞密): 정 추밀. 추밀사인 정연을 이름. 이관성의 장인.
759) 사회: 사위.
760) 젹이: 적이. 꽤 어지간한 정도로.
761) 녈위(列位): 열위. 여러분.
762) 과당(誇奬): 지나치게 칭찬함.

아니 너기고 셩샹(聖上) ᄎᄌ(次子) 한왕(漢王)

••••

116면

고귀(高煦 ㅣ)766) 져근 공노(功勞)를 밋고 블의지심(不義之心)을 품어
현냥(賢良)을 모해(謀害)ᄒ니 ᄋᄌ(兒子 ㅣ) 혹(或) 등뎨(登第)ᄒ야 됴
뎡(朝廷)의 ᄡᅳ이게 되면 ᄌ조(才操)를 ᄡᅥ려 화(禍)를 닙을가 저허767)
과거(科擧) 보기를 허(許)티 아니〃 공ᄌ(公子 ㅣ) ᄯᅩ흔 졍심(貞心)이
낙〃(落落)768)ᄒ여 공명(功名)을 구(求)티 아니ᄒ고 고요히 갈건포의
(葛巾布衣)로 부모(父母)를 뫼셔 늙고겨 ᄒ니 쳥심(淸心)이 노듕년
(魯仲連)769)과 소허(巢許)770)의 아래 아니러라.

ᄎ시(此時) 뎡 승샹(丞相)이 도라가 니 공(公)의 고집(固執)을 도로
혀 허믈 아니ᄒ나,

'기ᄌ(其子)의 비범(非凡)ᄒ므로 됴뎡(朝廷)의 나면 만히 우익(羽

---

763) 밀워시나: 핑계하였으나.

764) [교]: 원문에는 '보'로 되어 있으나 오기로 보임.

765) 조달(早達): 젊은 나이로 일찍 높은 지위에 오름.

766) 고귀(高煦 ㅣ): 고구. 연왕(燕王)의 차자(次子)인 한왕(漢王) 주고후(朱高煦, 1380∼
1426). 1399년 아버지인 연왕 주체가 정난의 변을 일으키자 선봉장으로서 이에
가담하며 큰 공을 세움. 이후 아버지가 황위에 오르자 1404년 한왕(漢王)의 작위
를 받았으나 형인 주고치를 없애고 황태자에 오르려는 야심을 보임. 1424년에
영락제가 몽골 원정 도중 죽고 형 황태자 주고치가 황위에 올라 홍희제(洪熙帝)
가 되었으나 1년 만에 사망하고 그 황태자 선덕제(宣德帝)가 황위에 오르자 북경
을 공격하였으나 실패하고 잡혀 처형당함.

767) 저허: 두려워.

768) 낙〃(落落): 낙락. 고상하고 고결하며 깨끗한 모양.

769) 노듕년(魯仲連): 노중련. 중국 전국시대 제나라 사람. 사심 없이 천하를 주유하며
유세한 은자.

770) 소허(巢許): 소부(巢父)와 허유(許由). 모두 중국 고대의 인물로 요(堯) 임금이 천
하를 주려 했으나 거절하고 숨어 산 인물들임.

翼)홀 거시로딕 고집(固執)히 공명(功名)을 허(許)티 아니흐니 닉 엇
디 그러틋 흔 인직(人才)를 초무(草蕪)[771]의 늘게 흐리오? 방금(方今)
의 텬직(天子 ㅣ) 한왕(漢王)을 소랑흐시고 츈궁(春宮)[772]의 셰(勢) 고
약(孤弱)[773]흐니 츠인(此人)을 동궁(東宮) 쇼쇽(所屬)

•••

117면

을 삼은즉 만히 유익(有益)흐리라.'

흐고 명일(明日) 됴회(朝會)의 드러가 주왈(奏曰),

"이제 텬해(天下 ㅣ) 태평(太平)흐고 스히(四海) 안낙(安樂)흐니 맛
당히 과거(科擧)를 베프샤 인직(人才)를 취(取)흐야 국치(國治)의 유
익(有益)게 흘 거시어늘 시금(時今)의 성품(性品)이 고체(固滯)[774]흔
재(者ㅣ) 왕〃(往往)이 이셔 스스로 노듕년(魯仲連),[775] 소허(巢
許)[776]의 청심(淸心)을 품은 재(者ㅣ) 즐겨 과거(科擧)를 보디 아니
흐고 흔갓 부귀(富貴)를 탐(貪)흐는 재(者ㅣ) 글제(-題)를 더러일 분
이오 진짓 시인직즈(詩人才子)[777]의 뉴(類)는 다 숨으니 현냥(賢
良)[778]을 구(求)흐고 인직(人才)를 쌘시는[779] 도리(道理) 아니라. 맛

---

771) 초무(草蕪): 풀이 거친 곳. 초야. 시골의 궁벽한 땅.

772) 츈궁(春宮): 춘궁. 황태자, 왕세자의 별칭.

773) 고약(孤弱): 외롭고 약함.

774) 고체(固滯): 고체. 성품이 완고하고 융통성이 없음.

775) 노듕년(魯仲連): 노중련. 중국 전국시대 제나라 사람. 사심 없이 천하를 주유하며 유세한 은자.

776) 소허(巢許): 소부(巢父)와 허유(許由). 모두 중국 고대의 인물로 요(堯) 임금이 천하를 주려 했으나 거절하고 숨어 산 인물들임.

777) 시인직즈(詩人才子): 시인재자. 문장력이 있는 재주 있는 사람.

778) 현냥(賢良): 어질고 능력 있는 사람.

당이 어지(御旨)를 팔방(八方)의 ᄂ리오샤 만일(萬一) ᄒ나히나 과거(科擧) 아니 보ᄂ 이 잇거든 삼ᄃ(三代)를 영폐전졍(永廢前程)[780]ᄒ고 그 아비를 극변원찬(極邊遠竄)[781]ᄒ야지이다."

샹(上)이 의윤(依允)[782]ᄒ시니 듕셔(中書ㅣ)[783] 즉시(卽時) 됴셔(詔書)를

···

118면

십삼셩[784](十三省)[785]의 반포(頒布)ᄒ니 이러므로 산듕(山中) 쳐ᄉ(處士) 산인(山人) 믈외(物外)[786] 쯧을 직희디 못ᄒ야 경ᄉ(京師)의 못ᄂ 재(者ㅣ) 브디기쉬(不知其數ㅣ)러라.

듕문[787]공이 반녈(班列)의셔 뎡 승샹(丞相)의 주ᄉ(奏辭)를 듯고 이 결연(決然)이 ᄌ가(自家)의 고집(固執)을 무이[788] 너겨 이러틋 ᄒ믈 알고 ᄋᄌ(兒子)의 유튱[789](幼沖)[790]ᄒ믈 민망(憫惘)ᄒ며 쯧을 딕

779) 샌시ᄂ: 뽑으시ᄂ.

780) 영폐젼졍(永廢前程): 영폐전정. 앞길을 영원히 막음.

781) 극변원찬(極邊遠竄): 먼 변경으로 귀양을 보냄.

782) 의윤(依允): 신하가 아뢰는 청을 임금이 허락함.

783) 듕셔(中書ㅣ): 중서. 벼슬 이름으로, 궁정(宮廷)의 문서(文書)·조칙(詔勅) 등(等)을 맡아 보았음.

784) 셩: [교] 원문에는 '싱'으로 되어 있으나 오기로 보임.

785) 십삼셩(十三省): 십삼성. 셩(省)은 명나라 때 전국을 나눈 행정 단위. 전국을 산동(山東), 산서(山西), 하남(下南), 섬서(陝西), 호광(湖廣), 강서(江西), 절강(浙江), 복건(福建), 광동(廣東), 광서(廣西), 귀주(貴州), 사천(四川), 운남(雲南) 등 13성으로 나누었음.

786) 믈외(物外): 물외. 세상 밖.

787) 문: [교] 원문에는 '무'로 되어 있으나 앞에서 이미 '문'으로 나왔으므로 이와 같이 수정함.

788) 무이: 밉게. [교] 국도본(2:104)에는 '믜이'라 되어 있음.

히디 못호믈 번민(煩悶)호야 집의 도라오니 댱공지(長公子ㅣ) 마자 서헌(書軒)의 니르러는 공(公)이 됴복(朝服)을 벗고 미우(眉宇)의 블평지식(不平之色)이 フ득호여시니 댱공지(長公子ㅣ) 의아(疑訝)호딕 감(敢)히 연고(緣故)를 뭇줍디 못호더니 냥구(良久) 후(後) 공(公)이 관성을 나아오라 호야 글오딕,

"늬 평싱(平生)의 공명(功名)을 블관(不關)이 너기고 호믈며 시금(時今)의 한왕(漢王)이 셩샹(聖上)의 툥(寵)을 밋고 츈궁(春宮) 위(位)를 엿보와 현냥(賢良)을 해(害)

• • •

119면

호니 네 어린 아히 됴뎡(朝廷)의 발쳔(發闡)791) 호야 화망(禍網)792)의 걸리는 일이 이실가 호야 공명(功名)을 허(許)티 아니호엿더니 금됴(今朝)의 승샹(丞相) 뎡 공(公)이 탑하(榻下)793)의 이러툿 주달(奏達)호니 이는 결단(決斷)코 늬 뜻을 모르고 흔갓 너를 앗기민가 호여 이런 쟉용(作用)을 호니 인군(人君)의 명(命)을 스디(死地)라도 거역(拒逆)디 못호려든 늬 그 나라 녹(祿)을 먹으며 미세(微細)흔 일인들 거역(拒逆)호랴. 이러므로 나의 본(本)뜻을 딕희디 못호믈 우민(憂悶)호노라."

공지(公子ㅣ) 스러 듯기를 뭇고 안식(顏色)이 즈약(自若)호야 니러

---

789) 툥: [교] 원문에는 '통'으로 되어 있으나 오기로 보임.

790) 유튱(幼沖): 유충. 나이가 어림.

791) 발쳔(發闡): 발천. 세상에 나서게 함.

792) 화망(禍網): 재앙의 그물.

793) 탑하(榻下): 임금의 의자 아래.

비샤(拜謝) 왈(曰),

"대인(大人)이 비록 히ᄋ(孩兒)로뼈 화망(禍網)을 념녀(念慮)ᄒᄉ나 ᄉ싱(死生)이 ᄌ텬(在天)ᄒ니 사ᄅᆷ이 요동(搖動)ᄒᆯ 배 아니오, 명공(公)이 ᄯᅩᄒᆫ ᄌ조(才操)ᄅᆯ ᄉ랑ᄒ야 국가(國家)ᄅᆯ 유익(有益)고져 ᄒ니 ᄯᅩᄒᆫ ᄉ시(私事ㅣ)

아니라 쇼ᄌ(小子ㅣ) 비록 용녈(庸劣)ᄒ나 국녹(國祿)을 욕(辱)디 아니리니 대인(大人)은 쇼려(消慮)794)ᄒ쇼셔."

공(公)이 텽파(聽罷)의 크게 씌드라 탄식(歎息) 왈(曰),

"히ᄋ(孩兒)의 통쾌(痛快)ᄒᆫ 소견(所見)은 네 아비 밋디 못ᄒᆯ디라. 니 바야흐로 쇼″(小小) 호의(狐疑)795)ᄅᆯ 뉘웃노라."

공ᄌ(公子ㅣ) 비샤(拜謝)ᄒ더라.

명 츄밀(樞密)이 니ᄅᆯ러 니 공(公)을 보고 왈(曰),

"형(兄)이 이제도 고집(固執)ᄒᆯ다?"

공(公)이 쇼왈(笑曰),

"녈위(列位) 군형(群兄)이 쇼뎨(小弟)ᄅᆯ 무이796) 너겨 이러틋 쟉용(作用)ᄒ니 신ᄌ(臣子ㅣ) 엇디 인군(人君)을 속이리오?"

츄밀(樞密)이 크게 웃고 공ᄌ(公子)와 녀ᄋ(女兒)ᄅᆯ 블러 그 ᄉ랑이 비길 ᄃᆡ 업더라.

과댱(科場)이 다ᄃᆞᄅᆞ니 공ᄌ(公子ㅣ) 궐하(闕下)의 나아가 글제(-

---

794) 쇼려(消慮): 소려. 근심을 없앰.

795) 호의(狐疑): 여우가 의심이 많다는 뜻으로, 매사에 지나치게 의심함을 이르는 말.

796) 무이: 밉게.

題)룰 보매 창파(蒼波) 곳튼 문댱(文章)이 스스로 소스니 이로 쥬리
디 못ᄒ여 회두(回頭)797) 스이 졸편(卒篇)798)ᄒ니 니른바 ᄌ〃쥬옥
(字〃珠玉)799)이오 언〃

●●●

121면

금슈(言言錦繡 l)800)라 일ᄌ쳔언(一字千言)의 하ᄌ(瑕疵)801)홀 곳이
업더라. 이쩌 샹(上)이 구룡(九龍) 금상(金牀)의 놉히 어좌(御座)802)
ᄒ시고 시위(侍衛) 졔신(諸臣)이 구름ᄀ티 셩녈(成列)803)ᄒ야 졔ᄉ
(諸士)의 글 쇼노이804)룰 ᄆ츠매 뎐두관(殿頭官)805)이 옥계(玉階)의
셔 뎨일(第一) 비봉(秘封)806)을 쩌히며 호명(呼名) 왈(曰),

　"댱원(壯元)은 금쥐인(錦州 l 人) 니관셩이오, 부(父)ᄂ 태ᄌ태ᄉ
(太子太師)807) 니현이라."

　브르기룰 놉히 ᄒ니 니 공ᄌ(公子 l) 쳔인(千人) 총듕(叢中)을 헤
티고 나ᄂ 듯 옥계(玉階)의 다ᄃᄅ니 용화(容華)ᄂ 일뉸명월(一輪明
月)808)이 디듕(池中)의 쩌러진 듯 묽근 눈찌와 쌕혀ᄂ 골격(骨格)이

---

797) 회두(回頭): 머리를 돌림. 머리를 돌릴 정도의 빠른 시간 또는 잠깐의 의미.

798) 졸편(卒篇): 시나 글의 전편을 죄다 짓거나 외우는 것을 말함.

799) ᄌ〃쥬옥(字字珠玉): 자자주옥. 글자마다 구슬과 옥 같음.

800) 언〃금슈(言言錦繡): 언언금수. 글마다 수놓은 비단 같음.

801) 하ᄌ(瑕疵): 하자. 흠. 결점.

802) 어좌(御座): 임금이 앉는 자리.

803) 셩녈(成列): 성렬. 줄지어 섬.

804) 쇼노이: 쇼노는 것. '쇼노다'는 '잘잘못을 가려서 평가하다.'의 뜻.

805) 뎐두관(殿頭官): 전두관. 임금의 명령을 큰소리로 대신 전달해 주는 임무를 주로
맡은 내시.

806) 비봉(秘封): 남이 알 수 없도록 철저히 봉함.

807) 태ᄌ태ᄉ(太子太師): 태자태사. 태자의 교육을 맡아 보던 벼슬.

앙〃표〃(昻昻表表)809)ᄒ야 옥쳥(玉淸) 신션(神仙) ᄀᆞᆺ거늘 신댱(身
長)이 살ᄃᆡ810) ᄀᆞᆺ고 엇게 치봉(彩鳳)811) ᄀᆞᆺᄐᆞ니 진실(眞實)로 비(比)
홀 ᄃᆡ 업서 뎐샹뎐해(殿上殿下ㅣ) 대경(大驚)ᄒ야 능(能)히 말을 못
ᄒ며 샹(上)이 역시(亦是) 놀나니 태ᄉᆞ(太師)를 도라보아 글

. . .

122면

오샤ᄃᆡ,

"경(卿)이 ᄉᆞ〃(事事)의 긔이(奇異)ᄒ야 이런 긔ᄌᆞ(奇子)를 두어시
믈 딤(朕)이 모ᄅᆞ닷다. 이 진짓 국가(國家)의 동냥(棟樑)812)이오, 딤
(朕)의 고굉지신(股肱之臣)813)이라. 딤(朕)이 황고(皇考)814)의 지뎐지
령(在天之靈)815)이 도으시믈 인(因)ᄒ야 금일(今日) 이 ᄀᆞᆺᄐᆞᆫ 현냥(賢
良)816)을 어드니 엇디 깃브미 등한(等閑)ᄒ리오?"

태ᄉᆞ(太師ㅣ) 금일(今日) 오ᄌᆞ(兒子)의 긔이(奇異)ᄒᄆᆞ로뼈 우흐로
뎐ᄌᆞ(天子)와 아래로 만조빅관(滿朝百官)이 다 경아(驚訝)ᄒ믈 보매
심니(心裏) ᄌᆞ못 평안(平安)티 못ᄒ더니 샹(上)의 뎐교(傳敎)를 듯ᄌᆞᆸ
고 크게 송구(悚懼)ᄒ817)야 좌(座)를 써나 돈슈(頓首)818) 왈(曰),

---

808) 일뉸명월(一輪明月): 일륜명월. 밝은 달.

809) 앙〃표〃(昻昻表表): 앙앙표표. 눈에 띄게 두드러진 모양.

810) 살ᄃᆡ: 살대. 기둥이나 벽 따위가 넘어가는 것을 막기 위해 버티는 나무.

811) 치봉(彩鳳): 채봉. 색이 고운 봉황.

812) 동냥(棟樑): 동량. '동량지재'의 준말. 한 집안이나 한 나라의 기둥이 될 만한 인재.

813) 고굉지신(股肱之臣): 임금이 가장 믿고 중히 여기는 신하.

814) 황고(皇考): '선고'의 높임말. 남에게 돌아가신 자기 아버지를 이르는 말.

815) 지뎐지령(在天之靈): 재천지령. 하늘에 계신 영령.

816) 현냥(賢良): 현량. 어질고 착한 사람.

817) ᄒ: [교] 원문에 '왈'로 되어 있고 사선이 그어져 있는 것으로 보아 필사자가 교

"금일(今日) 미신(微臣)의 블초(不肖)한 주식(子息)이 외람(猥濫)이 성은(聖恩)을 닙수와 금방(金榜)의 참예(參預)하오나 엇디 또 성념(聖念)의 과장(過奬)⁸¹⁹⁾하시믈 승당(承當)⁸²⁰⁾하오리⁸²¹⁾가?"

문황(文皇)이 우으시고 드듸여 쟝원(壯元)을 편뎐(便殿)의 올녀 금화쳥삼(金花靑衫)⁸²²⁾을 스

● ● ●

123면

급(賜給)⁸²³⁾하시고 옥비(玉杯)의 향온(香醞)⁸²⁴⁾을 주시니 공지(公子ㅣ) 츄이진(趨而進)⁸²⁵⁾하야 셩은(聖恩)을 샤례(謝禮)하야 진퇴(進退) 녜졀(禮節)이 구족하고 호발(毫髮)도 경황(驚惶)⁸²⁶⁾하미 업수니 문황(文皇)이 더옥 수랑하샤 특지(特旨)⁸²⁷⁾로 한님혹수(翰林學士)를 하이시고 기추(其次) 방하(榜下)⁸²⁸⁾를 다 블러드려 어화쳥삼(御花靑衫)⁸²⁹⁾을 주시니 제인(諸人)이 빅빅샤은(百拜謝恩)하고 퇴됴(退朝)할

정한 표시로 추측됨. 문맥을 고려하여 이 글자를 첨가함.

818) 돈슈(頓首): 돈수. 머리를 조아림.

819) 과장(過奬): 과장. 지나치게 칭찬함.

820) 승당(承當): 받아들여 감당함.

821) 리오: [교] 원문에 '오리'로 되어 있고 '오' 위에 사선이 그어져 있는 것으로 보아 필사자가 교정한 표시로 추측됨. 두 글자의 순서를 바꿈.

822) 금화쳥삼(金花靑衫): 금화청삼. 금화는 금으로 된 꽃으로 장원에 급제한 사람이 머리에 꽂는 것이고, 청삼은 관복 안에 입던 옷.

823) 수급(賜給): 사급. 나라나 관청에서 금품을 내려줌.

824) 향온(香醞): 내국법온(內局法醞)이라고도 함. 멥쌀, 찹쌀 식힌 것에 보리와 녹두를 넣고 빚은 술.

825) 츄이진(趨而進): 추이진. 잰걸음으로 앞으로 나아감.

826) 경황(驚惶): 놀랍고 두려워 당황함.

827) 특지(特旨): 임금의 특별한 명령.

828) 방하(榜下): 같이 과거에 급제하였지만, 순위가 떨어지는 사람들을 말함.

시니 태소(太師ㅣ) 머리룰 두두려830) 관셩의 소딕(辭職)831)을 쳥
(請)ㅎ니 셩지(聖旨) 블윤(不允) 왈(曰),

"경주(卿子ㅣ) 비록 이칠(二七)이나 신댱(身長) 거디(擧止) 우동(兒
童)의 톄(體) 업소니 엇디 국가(國家)의 직신(直臣)을 흐론들 폐(廢)
ㅎ리오?"

공(公)이 홀일업서 샤은(謝恩)ㅎ고 믈러나 우주(兒子)룰 드리고 본
부(本府)의 니르러 모친(母親)긔 뵈오니 태부인(太夫人)이 쳔만(千萬)
싱각디 아닌 경소(慶事ㅣ)라 여취여치(如醉如痴)832)ㅎ야 말을 못 ㅎ
더니 쟝원(壯元)이 옥(玉) ᄀᆺ튼

• • •

124면

귀 미틔 어화(御花)룰 숙이고 나는 듯ᄒᆞᆫ 엇게의 쳥삼(靑衫)을 닙어
어듀(御酒)룰 반취(半醉)ㅎ고 알패 와 절ㅎ니 태부인(太夫人)이 밧비
손을 잡고 감회(感懷) 왈(曰),

"노뫼(老母ㅣ) 혈〃잔쳔(孑孑殘喘)833)을 니어 이제 너희 영화(榮
華)룰 홀노 보니 엇디 슬프디 아니ᄒᆞ리오? 너는 샐리 소당(祠堂)834)
의 뵈오라."

태소(太師ㅣ) 금일(今日) 경소(慶事)룰 보매 슬프믈 이긔디 못ᄒᆞ더

---

829) 어화쳥삼(御花靑衫): 어화청삼. 과거급제자가 머리에 꽂는 꽃과 관복 안에 받쳐
입던 옷.

830) 두두려: [교] 원문에는 빠져 있으나 문맥을 고려하여 첨가함.

831) 소딕(辭職): 사직. 맡은 직무를 내놓고 물러남.

832) 여취여치(如醉如痴): 여취여치. 너무 기쁘거나 감격하여 취한 듯도 하고 어리석
은 듯도 하다는 뜻.

833) 혈〃잔쳔(孑孑殘喘): 혈혈잔천. 외로운 몸으로 죽을 날이 얼마 남지 않음.

834) 소당(祠堂): 사당. 조상의 신주를 모셔 놓은 집.

니 이 말솜을 듯고 더옥 셜워 눈믈을 겨유 참아 싱(生)을 드리고 가묘(家廟)의 올나 허빅(虛拜)835) 홀시 흐릭는 눈믈이 금포(錦袍)836)의 져즈니 싱(生)이 역시(亦是) 감오(感悟)837)후야 안식(顔色)을 고티고 부친(父親)을 위로(慰勞)후야 사당(祠堂)의 누리매 외당(外堂)의 손이 구름 못듯 후여 신릭(新來)838)를 브릭니 태사(太師ㅣ) 셔헌(書軒)의 나와 딕긱(待客)839) 홀시 승샹(丞相) 명현이 태사(太師)를 향(向)후여

●●●
125면

티하(致賀) 왈(曰),

"녕낭(令郞)의 지조(才操)는 아란 디 오라거니와 금일(今日) 경사(慶事)는 진실(眞實)로 명공(明公)의 복(福)이로소이다."

태사(太師ㅣ) 강잉(强仍) 답쇼(答笑) 왈(曰),

"용녈(庸劣)840)호 돈익(豚兒ㅣ) 녈위(列位) 군형(群兄)의 계교(計巧)를 맛쳐 금일(今日) 일홈을 농딕(容臺)841)의 거니 혹싱(學生)의 블평(不平)후믄 진실(眞實)로 타사(他事)의 비(比)티 못홀소이다."

승샹(丞相)이 쇼왈(笑曰),

"녕낭(令郞)의 농닌(龍鱗)842) 굿튼 샹뫼(像模ㅣ) 평싱(平生) 지조

---

835) 허빅(虛拜): 허배. 신위에 올리는 절.
836) 금포(錦袍): 비단으로 만든 도포나 두루마기.
837) 감오(感悟): 느껴 깨달음.
838) 신릭(新來): 신래. 과거에 급제하여 처음 벼슬에 임명된 사람.
839) 딕긱(待客): 대객. 손님을 대접함.
840) 녈: [교] 원문에는 '녕'이라 되어 있으나 오기인 듯함.
841) 농딕(容臺): 용대. 예부(禮部). 예부에서 과거 관련 업무도 관장하였으므로 이와 같이 표현함.
842) 농닌(龍鱗): 용린. 용의 비늘. 천자나 영웅의 위엄을 비유적으로 이르는 말.

(才操)로 금일(今日) 득의(得意)ᄒᆞ니 형(兄)의 무어시 블평(不平)ᄒᆞ미 이시리오?"

태ᄉᆞ(太師ㅣ) 손사(遜謝) 왈(曰),

"이제 돈ᄋᆡ(豚兒ㅣ) 좀용뫼(-容貌ㅣ)[843] 이시나 실(實)은 황구치ᄋᆡ(黃口稚兒ㅣ)[844]라. 녈위(列位) 제공(諸公)이 과(過)히 아ᄅᆞ시고 놉히 등졔(登第)ᄒᆞ니 인인(人人)의 영화부귀(榮華富貴)ᄂᆞᆫ 조믈(造物)의 써리ᄂᆞᆫ 배라 ᄒᆞᆨᄉᆡᆼ(學生)이 ᄉᆞᄉᆞ로 조심(操心)ᄒᆞ고 두려 깃븐 줄을 모ᄅᆞᄂᆞ이다."

승샹(丞相)이 크게 감동(感動)ᄒᆞ야 ᄂᆞᆺ빗ᄎᆞᆯ 고티고 칭찬(稱讚) 왈(曰),

"명공(明公)의 놉흔 ᄆᆞᄋᆞᆷ은 복(僕)

•••

126면

등(等)의 바랄 배 아니라 엇디 셰쇽(世俗) 의논(議論)을 발뵈리오[845]?"

태ᄉᆞ(太師ㅣ) 손사(遜謝)ᄒᆞ고 말을 아니ᄒᆞ더라.

셕양(夕陽) 후(後) 파연(罷宴)ᄒᆞ고 듕ᄀᆡᆨ(衆客)이 흐터디매 태ᄉᆞ(太師ㅣ) 셔헌(書軒)의셔 취침(就寢)ᄒᆞ니 ᄒᆞᆨᄉᆞ(學士ㅣ) 셕샹(席上) ᄌᆡ샹(宰相)의게 두로 보채이고 ᄯᅩ 어쥬(御酒)의 곤(困)ᄒᆞ야 견ᄃᆡ디 못ᄒᆞ야 셔모(庶母) 쥬 시(氏) 방듕(房中)의 니ᄅᆞ러 관ᄃᆡ(冠帶)ᄅᆞᆯ 벗고 쉴ᄉᆡ 쥬 시(氏) 웃고 무ᄅᆞᄃᆡ,

"낭군(郎君)이 엇디 ᄇᆡᆨ화각으로 가디 아니시고 이리 오시뇨?"

---

843) 좀용뫼(-容貌ㅣ): 좀스러운 용모.

844) 황구치아(黃口稚兒): 황구치아. 젖비린내 나는 어린 아이.

845) 발뵈리오: 드러내 보이리오. '발뵈다'는 '남에게 자랑하기 위해 자신이 가진 재주를 일부러 드러내 보이다'의 뜻.

흑시(學士ㅣ) 잠쇼(潛笑)ㅎ고 말을 아니터니 믄득 한셩 공지(公子ㅣ) 삼공ᄌ(三公子) 연셩과 얼뎨(孼弟) 문셩을 ᄃ리고 이에 니ᄅ니 연셩은 ᄇ야흐로 오(五) 셰(歲)오, 문셩은 팔(八) 셰(歲)라.

한셩 왈(曰),

"쇼뎨(小弟) 앗가 형댱(兄丈)을 ᄎᄌ라 빅화각의 가니 아니 계시거ᄂᆯ 두로 ᄎᆺ더니 문셩이 이곳의 계

• • •

127면

시다 니ᄅ거ᄂᆯ 왓ᄂ이다. 조뫼(祖母ㅣ) 형댱(兄丈)이 빅화각의 갓ᄂ가 아라 오라 ᄒ시더이다."

흑시(學士ㅣ) 왈(曰),

"ᄂᆡ 마촘 곤(困)ᄒ여 셔모(庶母) 침쇼(寢所)의 와 쉬고져 ᄒ니 빅각의 므슴 구실이라 날마다 갈 거시 아니어ᄂᆯ 조뫼(祖母ㅣ) 이러틋 알고져 ᄒ시니 ᄌ손(子孫)의 도리(道理) 미셰(微細)ᄒᆫ 일이라도 역명(逆命)ᄒ미 블가(不可)ᄒ도다."

ᄒ고 셜파(說罷)의 오슬 념의고 니러나니 한셩이 쇼왈(笑曰),

"형댱(兄丈)이 수〃(嫂嫂)846) 디졉(待接)을 너모 ᄒ샤 의관(衣冠)을 졍졔(整齊)ᄒ시고 무릅흘 쓰러 공경(恭敬)ᄒ니 ᄌ못 블가(不可)ᄒ이다."

흑시(學士ㅣ) 웃고 빅각의 니ᄅ니 쇼졔(小姐ㅣ) 쵹하(燭下)의 안잣다가 니러셔거ᄂᆯ 흑시(學士ㅣ) 상(牀)의 올나 잠드딕 죵시(終是) 본 톄 아니터라.

_____

846) 수〃(嫂嫂): 수수. 형수.

평명(平明)847)의 태亽(太師ㅣ) 디연(大宴)을 긔쟝(開場)ᄒ야 모친
(母親)긔 경하(慶賀)홀

亽 뉴 부인(夫人)이 슈셔(手書)848)로 명 츄밀(樞密) 부인(夫人)을 쳥
(請)ᄒ니 녀 부인(夫人)이 위의(威儀)ᄅᆞᆯ ᄀᆞ초와 니부(-府)의 오니 뉴
부인(夫人)이 존고(尊姑)ᄅᆞᆯ 뫼셔 제빈(諸賓)을 마자 좌(座)ᄅᆞᆯ 뎡(定)홀
亽 뉴 부인(夫人)이 츈츄(春秋ㅣ) 亽십(四十)의 다ᄃᆞᄅᆞ시되 식〃 녕농
(玲瓏)ᄒᆞᆫ 퇴되(態度ㅣ) 표연(飄然)849)이 진쇽(塵俗)의 므드디 아니ᄒ
거늘 명 쇼졔(小姐ㅣ) 봉관화리(鳳冠花履)850)로 시립(侍立)ᄒ여시니
옥(玉) ᄀᆞᆮᄐᆞᆫ 얼골과 츄슈(秋水) ᄀᆞᆮᄐᆞᆫ 골격(骨格)이 만좌(滿座)의 쒸여
나니 태부인(太夫人)과 뉴 부인(夫人)의 두굿기미 이날 더으더라.

ᄎ일(此日) 만됴공경(滿朝公卿)이 모다 신ᄂᆡ(新來)ᄅᆞᆯ 희롱(戲弄)ᄒ
며 즐길ᄉᆡ 흰 챠일(遮日)851)은 반공(半空)의 다핫고 비단(緋緞) 병풍
(屛風)과 ᄌᆞ금(紫金) 디의(地衣)852)ᄂᆞᆫ 일식(一色)이 바이ᄂᆞ되853) 무
슈(無數) 공경대신(公卿大臣)이 금포옥ᄃᆡ(錦袍玉帶)로 좌(座)ᄅᆞᆯ 일워
시니 얼골인 배 ᄒ나토 용이(容易)

847) 평명(平明): 해가 뜨는 시각.

848) 슈셔(手書): 수서. 편지.

849) 표연(飄然): 가뿐한 바람에 나부끼는 모양이 가벼움.

850) 봉관화리(鳳冠花履): 봉관(鳳冠)은 봉을 장식한 예관(禮冠)이고, 화리(花履)는 아
름다운 신발로 모두 고관부녀의 복식임.

851) ᄎ일(遮日): 차일. 햇빛을 가리기 위해 치는 포장.

852) 디의(地衣): 지의. 형겊으로 가장자리를 꾸미고 여러 개를 마주 이어서 크게 만든
돗자리.

853) 바이ᄂᆞ되: 빛나는데.

ㅎ미 업서 도화(桃花) ㄱ튼 낫빗과 븕은 눈씨 서로 빗이며 옥(玉)을
무어 메온 듯ㅎ거늘 더옥 튱문854)공의 텬일(天日) ㄱ튼 안싁(顏色)으
로 츄슈(秋水) ㄱ튼 골격(骨格)이 듕듕(衆中)의 씌여나고 쟝원(壯元)
의 슈려(秀麗) 녕농(玲瓏)흔 풍되(風度ㅣ) 비(比)홀 되 업스니 좌위
(左右ㅣ) 새로이 눈을 기우려 긔이(奇異)히 너기더라.

이날 졔(諸) 직샹(宰相)이 풍뉴(風流)를 되(待)ㅎ고 쟝원(壯元)을
느리와 진퇴(進退)홀식 튱문855)공이 금일(今日) 쳔직(千載)856) 엇디
못홀 영화(榮華)를 부친(父親)이 보디 못ㅎ시믈 슬허 미우(眉宇)의
수운(愁雲)이 지픠고 봉안(鳳眼)이 ㄴ죽ㅎ야 흔 뎜(點) 화긔(和氣) 업
스니 뎡 승샹(丞相)과 뎡 츄밀(樞密)이 그 쯧을 알고 이에 됴흔 말노
위로(慰勞)ㅎ여 왈(曰),

"인〃(人人)이 부모(父母)를 ㄱ초 뫼시고 죵효(終孝)ㅎ니 더므니
엇디 명공(明公)분이리오? 오늘날 경ㅅ(慶事)를 당(當)ㅎ여 션(先)

시랑(侍郎)을 츄모(追慕)ㅎ여 명공(明公)의 비회(悲懷) 능(能)히 이긔
디 못ㅎ시려니와 녕당(令堂) 태부인(太夫人)이 계시니 ᄆᆞ음을 슬우

---

854) 문: [교] 원문에는 '무'로 되어 있으나 앞에서 이미 '문'으로 나왔으므로 이와 같
이 수정함.
855) 문: [교] 원문에는 '무'로 되어 있으나 앞에서 이미 '문'으로 나왔으므로 이와 같
이 수정함.
856) 쳔직(千載): 천재. 천 년.

디 말고 한담(閑談)을 여ᄅ시미 힝심(幸甚)ᄒ도쇼이다."

태ᄉᆞ(太師ㅣ) 텽파(聽罷)의 봉안(鳳眼)으로조차 눈믈 두어 줄이 써러져 탄왈(嘆曰),

"금일(今日) ᄋᆞᄌᆞ(兒子)의 경ᄉᆞ(慶事)를 당(當)ᄒ여 냥친(兩親)의 흔희(欣喜)ᄒ시믈 보옵디 못ᄒ니 듕심(中心)의 깃브미 업더니 녈위(列位) 제공(諸公)의 즐기디 아니시믈 보니 혹ᄉᆡᆼ(學生)의 블민(不敏)ᄒᆞ믈 후회(後悔)ᄒᆞᄂ이다."

셜파(說罷)의 빅포한삼(白布汗衫)857)을 드러 눈믈을 쓰ᄉᆞ니 뎡 츄밀(樞密)이 다시 위로(慰勞) 왈(曰),

"형(兄)의 비회(悲懷)ᄂᆞ 그럴시 그ᄅᆞ디 아니ᄒᆞ거니와 금일(今日) ᄌᆞ슈의 우민(憂悶)ᄒᆞ믈 슬펴 강잉(強仍)ᄒᆞ미 올흘가 ᄒᆞ노라."

태ᄉᆞ(太師ㅣ) 제인(諸人)의 심(甚)히 무류(無聊)858)ᄒ여 ᄒᆞ믈 보고 강잉(強仍)ᄒ

•••

131면

여 샤례(謝禮)ᄒ고 쥬비(酒杯)859)를 늘녀 반취(半醉)ᄒ매 쟝원(壯元)을 잇그러 ᄂᆡ당(內堂)의 드러가 모친(母親)긔 헌슈(獻酬)ᄒᆞᆯᄉᆡ 녀빈(女賓)이 다 댱ᄂᆡ(帳內)로 피(避)ᄒ고 뉴 부인(夫人)이 뎡 쇼져(小姐)로 더브러 ᄒᆞᆫ가지로 헌슈(獻酬)ᄒ니 태ᄉᆞ(太師)와 뉴 부인(夫人)의 식″ᄒᆞᆫ 용치(容采) 쇼년(少年)의 디860)나며 혹ᄉᆞ(學士)와 뎡 쇼져(小

---

857) 빅포한삼(白布汗衫): 백포한삼. 흰 베로 만든 한삼. 한삼은 손을 가리기 위하여서 두루마기, 소창옷, 여자의 저고리 따위의 윗옷 소매 끝에 흰 헝겊으로 길게 덧대는 소매.

858) 무류(無聊): 무료. 어울리지 아니하여 탐탁한 맛이 없음.

859) 쥬비(酒杯): 주배. 술을 따라 마시는 그릇.

姐)의 옥난(玉蘭)861) ᄀᆞᄐᆞᆫ 긔딜(氣質)이 아담(雅淡)862) 소아(素雅)863)
ᄒᆞᆫ 풍치(風采) 범인(凡人)이 아니러라. 쥬 시(氏) 좌(座)의 이시믈 태
ᄉᆞ(太師ㅣ) 크게 블쾌(不快)ᄒᆞ여 ᄒᆞᆫ 번(番) 셩모(星眸)를 흘니매 쥬
시(氏) 아라보고 그윽이 흔(恨)ᄒᆞ고 두려 믈너가더라.

   태부인(太夫人)이 슬픔과 두굿기믈 이긔디 못ᄒᆞ야 무흔(無限)ᄒᆞᆫ
눈믈 ᄉᆞ매 져〃 굴오ᄃᆡ,

   "닉 무용박명(無用薄命)864) 인싱(人生)으로 다만 현ᄋᆞ(-兒) 일(一)
인(人)을 두어 모직(母子ㅣ) ᄀᆞᆺ초 비환(悲患)을 겻고 금일(今日) 이
ᄀᆞᆺᄐᆞᆫ 경ᄉᆞ(慶事)를 보니 노뫼(老母ㅣ) 무흔(無恨)이라 셕ᄉᆞ(昔事)865)를

싱각ᄒᆞ니 엇디 슬프디 아니리오."

   태ᄉᆞ(太師ㅣ) 죠흔 말ᄉᆞᆷ으로 위로(慰勞)ᄒᆞ고 삼ᄇᆡ(三拜) 헌슈(獻
酬)를 뭇고 나가니 제킥(諸客)이 고텨 좌(座)를 명(定)ᄒᆞ고 태부인(太
夫人) 복녹(福祿)이 거록ᄒᆞ믈 티하(致賀)ᄒᆞ니 부인(夫人) 손샤(遜謝)
ᄒᆞ고 좌우(左右)로 쥬 시(氏)를 브ᄅᆞ니 쥬 시(氏) ᄉᆞ양(辭讓)ᄒᆞ다가
이에 니ᄅᆞ러 말셕(末席)의 국궁(鞠躬)ᄒᆞ야 안ᄌᆞ니 졔빈(諸賓)이 ᄯᅩᄒᆞᆫ
공경(恭敬)ᄒᆞ고 그 녜도(禮度)와 아름다온 얼골을 익경(愛敬)ᄒᆞ더라.

   일모(日暮)ᄒᆞ매 졔빈(諸賓)이 흐터질ᄉᆡ 뉴 부인(夫人)이 명 츄밀

---

860) 디: [교] 원문에는 '다'로 되어 있으나 오기로 보임.
861) 옥난(玉蘭): 옥란. 옥과 난초. 맑고 깨끗함을 의미함.
862) 아담(雅淡): 조촐하고 산뜻함.
863) 소아(素雅): 정결함.
864) 무용박명(無用薄命): 쓸모없는 데다 복도 없는 팔자.
865) 셕ᄉᆞ(昔事): 석사. 옛일.

(樞密) 부인(夫人)을 근졀(懇切) 머므니 녀 부인(夫人)이 ㅼ혼 녀으 (女兒)를 오라게야 만나 흔연(欣然)ㅎ야 이에 머866)므러 녀으(女兒) 의 방듕(房中)의 니르러 쇼졔(小姐ㅣ) 모부인(母夫人)을 만나 반김과 환희(歡喜)ㅎ믈 이긔디 못ㅎ야 손을 잡고 별후(別後) 안부(安否)를 뭇더니 믄득 흑ㅅ(學士ㅣ) 의관(衣冠)

· ● ●

133면

을 졍졔(整齊)이 ㅎ고 이에 니르러 악모(岳母)867)긔 뵈오니 부인(夫 人)이 새로이 ㅅ랑ㅎ고 두굿기믈 이긔디 못ㅎ여 등졔(登第)ㅎ믈 치 하(致賀)ㅎ니 흑ㅅ(學士ㅣ) 안셔(安徐)868)이 손ㅅ(遜謝)869) 왈(曰),

"쳔(賤)흔 몸이 블의(不意)예 참방(參榜)870)ㅎ니 숑구(悚懼)ㅎ믈 이긔디 못ㅎᄂ이다. 즉시(卽時) 문하(門下)의 나아가 현알(見謁)홀 거시로딕 냥일(兩日)을 가닉(家內) 연셕(宴席)871)의 분주(奔走)ㅎ야 능(能)히 나아가 뵈옵디 못ㅎ고 금일(今日) 이곳의셔 뵈오니 참괴(慙 愧)ㅎ믈 이긔디 못홀소이다."

부인(夫人)이 그 봉셩(鳳聲)872)이 낭낭(朗朗)ㅎ믈 더옥 ㅅ랑ㅎ여 왈(曰),

---

866) 머: [교] 원문에는 '므'로 되어 있으나 '므' 위에 사선이 그어져 있는 것으로 보아 교정의 표시로 추측됨. 이 글자로 수정함.

867) 악모(岳母): 장모.

868) 안셔(安徐): 안서. 느긋함.

869) 손ㅅ(遜謝): 손사. 겸손하게 사례함.

870) 참방(參榜): 과거에 급제하여 이름이 방목(榜目)에 오르던 일.

871) 연셕(宴席): 연석. 잔치를 베푸는 자리.

872) 봉셩(鳳聲): 봉성. 봉황의 소리.

"현셔(賢壻)873)의 긔딜(氣質)노 오늘날 이실 줄 임의 아랏거니와 쏘흔 튱년(沖年)874)의 놉히 쳥운(靑雲)을 더위잡으니875) 쳡(妾)의 희힝(喜幸)ᄒᆞ믈 엇디 이긔리오?"

혹ᄉᆡ(學士ㅣ) ᄂᆞ족이 샤례(謝禮)ᄒᆞ고 이윽이 안자 말ᄉᆞᆷᄒᆞ다가 니러 나가니

∙●●

134면

부인(夫人)이 귀듕(貴重)ᄒᆞ믈 이긔디 못ᄒᆞ나 녀ᄋᆞ(女兒) 향(向)ᄒᆞᆫ 후박(厚薄)을 알고져 ᄒᆞ야 쇼져(小姐)의 손을 잡고 폴흘 보니 비홍(臂紅)876)이 단ᄉᆞ(丹沙) ᄀᆞᆺᄐᆞ디라 실ᄉᆡᆨ(失色)877)ᄒᆞ여 왈(曰),

"녀ᄋᆡ(女兒ㅣ) 츌가(出嫁)ᄒᆞ연 디 오라거늘 엇딘 고(故)로 규슈(閨秀)878)의 모양(模樣)이 그져 잇ᄂᆞ뇨?"

쇼졔(小姐ㅣ) 수괴(羞愧)879)ᄒᆞ야 답(答)디 못ᄒᆞ니 쇼져(小姐)의 유모(乳母) 쥬옥낭이 나아와 ᄀᆞᆯ오ᄃᆡ,

"쇼졔(小姐ㅣ) 이리 오신 후(後) 존당(尊堂) 태부인(太夫人)이 태ᄉᆞ(太師)를 엄칙(嚴飭)880)ᄒᆞ샤 ᄒᆞ로도 이곳을 쎠나디 못ᄒᆞ게 ᄒᆞ시디 긔

---

873) 현셔(賢壻): 현서. 어진 사위라는 뜻으로 자기의 사위나 남의 사위를 대접하여 이르는 말.

874) 튱년(沖年): 충년. 열 살 안팎의 어린 나이.

875) 더위잡으니: 부여잡으니.

876) 비홍(臂紅): 앵홍(鶯紅). 앵혈을 말함. 나이 어린 처녀의 팔뚝에 찍던 처녀성의 표시. 장화(張華)의 『박물지(博物志)』에서 그 만드는 방법과 기능을 찾을 수 있음. 도마뱀에게 주사(朱沙)를 먹여 죽이고 말린 다음 그것을 찧어 물에 타 처녀의 팔뚝에 찍으면 첫날밤에 남자와 잠자리를 할 때에 없어진다고 함.

877) 실ᄉᆡᆨ(失色): 실색. 놀라서 얼굴빛이 달라짐.

878) 규슈(閨秀): 규수. 남의 집 처녀를 점잖게 이르거나 미혼녀를 이르는 말.

879) 수괴(羞愧): 부끄럽고 창피함.

쇠(氣色)이 닝낙(冷落)⁸⁸¹⁾ ᄒ야 일즉 눈 거듧떠 쇼져(小姐)를 보디 아니시니 쳔비(賤婢) 근심이 진실(眞實)로 젹디 아니ᄒ오ᄃᆡ 일즉 구외(口外)예 ᄂᆡ디 못ᄒ엿ᄂᆞ이다."

부인(夫人)이 본(本)ᄃᆡ 어디나 셩품(性品)이 강〃(剛剛)ᄒ고 투긔(妬忌)⁸⁸²⁾ 타뉴(他類)와 다른 고(故)로 명 츄밀(樞密)이 비록 혼일(混一)⁸⁸³⁾ 개⁸⁸⁴⁾셰(蓋世)⁸⁸⁵⁾ᄒᆞᆯ 긔샹(氣像)이

•••

135면

나 부인(夫人)으로 초년(初年)브터 은ᄋᆡ(恩愛) 교칠(膠漆)⁸⁸⁶⁾ ᄀᆞᆺ트여 타인(他人)을 유졍(有情)ᄒᄆᆡ 업고 듕ᄃᆡ(重待)⁸⁸⁷⁾ 가ᄇᆡ얍디 아니ᄒ니 부인(夫人)이 일ᄉᆡᆼ(一生) 괴로오믈 모로니 더옥 녀ᄋᆞ(女兒)를 셰샹(世上)의 업슨 긔보(奇寶)로 알거ᄂᆞᆯ 츌가(出嫁)ᄒᆞᆫ 두 히의 규슈(閨秀)의 모양(模樣)이 이시니 공ᄌᆞ(公子)의 부명(父名) 딕히ᄂᆞᆫ 분의(分義)⁸⁸⁸⁾도 모르고 엇디 놀납디 아니리오.

유랑(乳娘)의 말을 드르매 쳥텬(靑天)의 급(急)ᄒᆞᆫ 벽녁(霹靂)⁸⁸⁹⁾

---

880) 엄칙(嚴飭): 엄하게 계칙함.

881) 닝낙(冷落): 냉락. 쌀쌀맞음.

882) 투긔(妬忌): 투기. 남편이 다른 여자에게 관심을 보이거나 좋아하는 감정을 가지거나 할 때, 화를 내거나 싫어하거나 속상해 하는 것.

883) 혼일(混一): 한데 섞여서 하나로 됨.

884) 개: [교] 원문에는 '긔'로 되어 있으나 오기로 보임.

885) 개세(蓋世): 개세. 기운 등이 세상을 뒤덮음.

886) 교칠(膠漆): 아교와 옻칠이라는 뜻으로 사귀는 사이가 매우 친밀하여 서로 떨어질 수 없는 관계를 이름.

887) 듕ᄃᆡ(重待): 중대. 진중하게 대우함.

888) 분의(分義): 분수와 의리.

889) 벽녁(霹靂): 벽력. 벼락.

소래 드롬 ᄀ투여 반향(半晌)890)이나 말을 아니ᄒ더니 흑ᄉ(學士) 믜 오미 경각(頃刻)의 발(發)ᄒ야 노분(怒忿)이 흉듕(胸中)의 편식(遍塞)891)ᄒ야 말을 아니ᄒ더니,

ᄎ시(此時) 쥬 시(氏) 침소(寢所)의 와 안ᄌ더니 태식(太師ㅣ) 시녀(侍女)로 브르매 가연이892) 서헌(書軒)의 니르러 복명(復命)893)ᄒ니 태식(太師ㅣ) 긔식(氣色)이 엄녈(嚴烈)894)ᄒ여 셕샹(席上) 졔(諸) 부인(夫人)늬 모든895) 듸 안연(晏然)896)이 나 안ᄌ시며 부인(夫人) 헌슈(獻酬)ᄒᄂᆞᆫ 듸 듸(對)ᄒ야

● ● ●

136면

안자시믈 무러 대칙(大責)ᄒ듸 쥬 시(氏) 잠897)간(暫間) 무례(無禮)ᄒᆫ 줄 씨ᄃ라 ᄉ식(辭色)을 고티디 아니ᄒ고 샤죄(謝罪)ᄒ믈 지극(至極)히 ᄒ니, 태식(太師ㅣ) 비로쇼 경계(警戒)ᄒ고 샤(赦)ᄒ니 쥬 시(氏) 샤례(謝禮)ᄒ고 오다가 명 쇼져(小姐) 침소(寢所)의 드러와 녀 부인(夫人)긔 뵈옵고 말슴ᄒᆞᆯ식 녀 부인(夫人)이 쇼져(小姐)의 손을 잡고 눈물이 여우(如雨)ᄒ야 능(能)히 금(禁)티 못ᄒ니 쥬 시(氏) 고이(怪異)히 너겨 무르듸,

---

890) 반향(半晌): 반나절 정도 되는 시간을 의미함.

891) 편식(遍塞): 편색. 가득 참.

892) 가연이: 선뜻.

893) 복명(復命): 명령을 받고 일을 처리한 사람이 그 결과를 보고함.

894) 엄녈(嚴烈): 엄렬. 매우 엄격하고 격렬함.

895) 모든: 모인.

896) 안연(晏然): 편안한 모양.

897) 잠: [교] 원문에는 '갑'으로 되어 있으나 오기로 보임.

"금일(今日) 존부인(尊夫人)이 무슨 연고(緣故)로 쇼져(小姐)를 디(對)ᄒ야 슬허ᄒ시ᄂᆞ니잇고? 쳔쳡(賤妾)이 연고(緣故)를 몰나 우민(憂悶)ᄒᄂ이다."

부인(夫人)이 눈믈을 거두고 탄왈(嘆曰),

"사ᄅᆞᆷ의 ᄆᆞᄋᆞᆷ은 ᄌᆞ식(子息)이 용녈(庸劣)ᄒ나 졍(情)은 지극(至極)ᄒ고 ᄌᆞ식(子息)이 만흐나 그 졍(情)은 각ᄼᆞ(各各)이니 ᄒ믈며 ᄒ나히ᄯᆞ녀. 너 일즉 녀ᄋᆞ(女兒)를 늦게야 어더 졀ᄂᆞ뻐 셰간(世間)의 다시 업슨가 너기더니 의외(意外)예 혹ᄉᆞ(學士) ᄀᆞᄐᆞᆫ 군ᄌᆞ(君子)를

• • •

137면

어더 가(嫁)ᄒ매 쇼망(所望)이 죡(足)ᄒ야 금슬(琴瑟)[898]의 창화(唱和)[899]ᄒ믈 일야(日夜) 원(願)ᄒᄂᆞᆫ 배러니 이제 혼인(婚姻)ᄒᆫ 이(二)ᄌᆡ(載)의 비샹(臂上) 홍뎜(紅點)이 의연(依然)[900]ᄒ니 엇디 놀납디 아니며 쇼녀(少女)의 평ᄉᆡᆼ(平生)은 금일(今日)로조ᄎᆞ 딤쟉(斟酌)ᄒ리로다."

쥬 시(氏) 텽파(聽罷)[901]의 부인(夫人)의 경도(驚倒)ᄒ믈 그윽이 우ᄉᆞ나 나타ᄂᆡ디 아녀 왈(曰),

"쇼져(小姐)의 용모(容貌) ᄉᆞ덕(四德)[902]으로써 혹시(學士ㅣ) 엇디

---

898) 금슬(琴瑟): 거문고와 비파를 의미하는 말로 부부 사이의 정을 이름.

899) 창화(唱和): 남의 시에 운을 맞추어 시를 짓는 일로 부부 사이의 정을 주고 받는 것을 의미함.

900) 의연(依然): 전과 다름 없음.

901) 경도(驚倒): 놀라 어찌할 바를 모름.

902) ᄉᆞ덕(四德): 사덕. 부녀자가 갖추어야 할 네 가지 덕. 곧, 부덕(不德), 부언(婦言), 부용(婦容), 부공(婦功).

무단(無斷)이 박딘(薄待)ᄒ리잇고마ᄂ 쇼져(小姐)의 나히 어리므로 태ᄉ(太師) 노애(老爺ㅣ) 깁히 조심(操心)ᄒ야 각거(各居)ᄒ고져 ᄒ시나 존당(尊堂) 태부인(太夫人)이 권(勸)ᄒ샤 일실(一室)의 깃드리과져 ᄒ시니 태ᄉ(太師ㅣ) 정당(正堂) 명(命)을 거역(拒逆)디 못ᄒ야 다만 흑ᄉ(學士)ᄅ 브르샤 여ᄎ여ᄎ(如此如此) 경계(警戒)ᄒ시니 우리 샹공(相公)이 평싱(平生)의 흔 일도 대노야(大老爺) 명(命)을 어긔오ᄂ 배 업ᄉ 고(故)로 쇼져(小姐)로 동낙(同樂)디 못ᄒ시나

•••

138면

전두(前頭)903)ᄂ 근심이 업ᄉ리이다."

부인(夫人)이 쥬 시(氏)의 말이 다 위로(慰勞)ᄒ민가 너기고 고디 아니 드러 믁″(黙黙)이 말이 업ᄉ니 이윽고 쥬 시(氏) 니러 간 후(後) 부인(夫人)이 녀ᄋ(女兒)ᄅ 딘(對)ᄒ야 탐″(眈眈)904)이 흑ᄉ(學士)ᄅ 증분(憎憤)905)ᄒ야 새도록 잠을 일우디 못ᄒ니 쇼졔(小姐ㅣ) ᄂ즉이 간왈(諫曰),

"니 군(君)은 군지(君子ㅣ)라 엇디 무단(無斷)이 쇼녀(小女)ᄅ 박딘(薄待)ᄒ리잇고? 이 젼혀 존구(尊舅)의 명(命)을 봉힝(奉行)ᄒ미니이다."

부인(夫人)이 노왈(怒曰),

"쇼익(小兒ㅣ) 댱ᄂ(將來)ᄅ 모르고 말이 이러틋 ᄒ나 네 죵시(終是)906) 빅두음(白頭吟)907)을 면(免)티 못ᄒ리라."

---

903) 젼두(前頭): 전두. 미래.
904) 탐″(眈眈): 탐탐. 깊숙하고 그윽한 모양.
905) 증분(憎憤): 분하고 한스러워함.
906) 죵시(終是): 종시. 마침내.

쇼졔(小姐ㅣ) 타연(泰然)이 웃고 글오디,

"빅두음(白頭吟)을 셜亽(設使) 읇흔들 관계(關係)ᄒ리잇가."

부인(夫人)이 그 나히 어려 셰졍(世情)908)을 모로민가 더옥 흔(恨)
ᄒ고 잔잉909)ᄒ야 미명(未明)의 도라가려 홀시 태부인(太夫人), 뉴
부인(夫人)이 쳥(請)ᄒ야

139면

쇼부(少婦)910)의 긔특(奇特)ᄒ믈 칭찬(稱讚)ᄒ니 부인(夫人)이 강잉
(强仍) 디왈(對曰),

"존문(尊門)이 쇼녀(小女)를 귀듕(貴重)ᄒ시믄 쳡(妾)이 결초보은
(結草報恩)ᄒ리로소이다. 슈연(雖然)이나 저의 부뷔(夫婦ㅣ) 화락(和
樂)디 못흔즉 므슨 흥(興)이 이시리잇고?"

인(因)ᄒ야 니별(離別)ᄒ고 난간(欄干)의 나와 덩의 들시 흑시(學
士ㅣ) 드러와 졀ᄒ야 니별(離別)ᄒ니 부인(夫人)이 작일(昨日) 화긔
(和氣) 업서 본 톄 아니코 녀ᄋ(女兒)의 손을 잡고 탄왈(嘆曰),

"너ᄂ 모ᄅ미 댱신궁(長信宮)911) 고단을 감심(甘心)912)티 말고 일
즉이 도라오라."

---

907) 백두음(白頭吟): 중국 전한(前漢)의 사마상여(司馬相如)의 부인 탁문군(卓文君)의
시(詩). 사마상여가 첩을 얻으려고 하자 이 시를 지어 결별의 뜻을 밝히니, 상여
가 첩 얻는 것을 단념하였다고 함. 독수공방하는 여인의 고뇌가 들어나 있음.

908) 셰졍(世情): 세정. 세상물정.

909) 잔잉: 애처롭고 불쌍하여 차마 보기 어려움.

910) 쇼부(少婦): 소부. 어린 며느리.

911) 댱신궁(長信宮): 장신궁. 중국 한(漢)나라 성제(成帝)의 후궁 반첩여가 성제에게
총애를 잃은 후 머물던 궁의 이름.

912) 감심(甘心): 괴로움이나 책망 따위를 기꺼이 받아들임.

쇼졔(小姐ㅣ) 싱(生)이 좌(座)의 이시믈 보니 참난(慙赧)⁹¹³⁾ᄒ믈
이긔디 못ᄒ야 홍광(紅光)이 ᄎ 우희 오ᄅ니 혹ᄉ(學士ㅣ) 부인(夫
人)의 긔식(氣色)이 흔연(欣然)티 아니믈 보고 고이(怪異)히 너기더
니 ᄎ언(此言)을 듯고 반ᄃ시 그 녀ᄋ(女兒)의 싱혈(生血)을 보고 뎌
러툿 ᄒ믈 슷티고 우이 너겨 눈을 드러 쇼져(小姐)

를 보니 츄파(秋波) ᄂ즉ᄒ고 옥협(玉頰)⁹¹⁴⁾이 잠간(暫間) 붉어시니
혹ᄉ(學士ㅣ) 쇼지(笑之)ᄒ고 나가니 쇼졔(小姐ㅣ) 엇디 웃ᄂ 거슬
모ᄅ리오. 더옥 참괴(慙愧)ᄒ야 ᄌ긔(自己) 침소(寢所)로 도라오다.

녀 부인(夫人)이 본부(本府)의 도라와 츄밀(樞密)과 졔ᄌ(諸子)를
디(對)ᄒ여 왈(曰),

"녀이(女兒ㅣ) 일즉 세상(世上)의 업슨 식팀(色態)⁹¹⁵⁾와 긔질(氣質)
을 가져 무심(無心)ᄒ 재(子ㅣ)라도 ᄌ연(自然) ᄉ랑ᄒ믈 면(免)티 못
ᄒ려든 니싱(-生)은 엇던 괴물(怪物)이완ᄃ 무단(無斷)이 박디(薄待)
ᄒ고 서로 일방(一房)의 쳐(處)ᄒ 이(二) 지(載)의 눈도 아니 드러본
다 ᄒ니 녀ᄋ(女兒)의 평싱(平生)은 ᄆᄎ 쟉시라⁹¹⁶⁾ 이를 쟝ᄎ(將次)
ㅅ 엇디ᄒ리오."

츄밀(樞密)이 처음은 놀나더니 믄득 우어 왈(曰),

"ᄌ슈ᄂ 군지(君子ㅣ)라 엇디 무단(無斷)이 졍실(正室)을 박디(薄

---

913) 참난(慙赧): 부끄러워 얼굴을 붉힘.
914) 옥협(玉頰): 아름답고 고운 여인의 볼.
915) 식팀(色態): 색태. 여자의 곱고 아리따운 자태.
916) 쟉시라: 일이라. '쟛'은 일의 의미.

待)ᄒ리오. 반드시 나히 어리므로써 ᄆᆞ음을 잡으미라 이 더옥 긔(奇)

特(特)ᄒ도다.”

부인(夫人)이 변ᄉᆡᆨ(變色) 왈(曰),

“샹공(相公)은 우은 말 마ᄅᆞ쇼셔. 닉 드ᄅᆞ니 태ᄉᆡ(太師ㅣ) 여ᄎᆞ여ᄎᆞ(如此如此) 경계(警戒)ᄒ니 셜ᄉᆞ(設使) 그 명(命)을 바다 동낙(同樂)⁹¹⁷)디 아닌들 눈도 드러 아니 보고 언어(言語) 슈쟉(酬酢)을 아니 ᄒᆞᆫ다 ᄒ니 이거시 괴믈(怪物)이 아니며 ᄯᅩᄒᆞᆫ 놈이라도 일방(一房)의 쳐⁹¹⁸)(處)ᄒᆞᆫ 디 두 ᄒᆡᆯ 즉 말을 ᄒᆞ려든 ᄒᄆᆞᆯ며 부뷔(夫婦ㅣ)ᄯᆞ녀. 도시(都是)⁹¹⁹) 박ᄃᆡ(薄待)ᄒᆞᄂᆞᆫ 삭시라 녀ᄋᆞ(女兒)를 당〃(堂堂)이 드려 오사이다.”

뎡 공(公)이 텽파(聽罷)의 칭찬(稱讚) 왈(曰),

“닉 태ᄉᆞ(太師)의 녜(禮)를 호(好)ᄒᆞᆷ과 ᄌᆞ슈의 부명(父命) 딕희미 난부난ᄌᆡ(難父難子ㅣ)⁹²⁰)라 엇디 하ᄌᆞ(瑕疵)⁹²¹)ᄒᆞ리오? ᄌᆞ쉬 ᄯᅩᄒᆞᆫ 부명(父命) 딕희믈 셰월(歲月)이 오라도록 고티지 아니니 이 ᄆᆞ음을 쳔금(千金)을 가디고 밧고려 ᄒᆞ나 쉽디 못ᄒᆞᆯ디라. 아직 저희 나히 어려시니 댱ᄂᆡ(將來)ᄂᆞᆫ 근심이 업슬디

---

917) 동낙(同樂): 동락. 같이 즐김.

918) 쳐: [교] 원문에는 ‘쳔’이라 되어 있으나 오기로 보임.

919) 도시(都是): 도무지. 아주.

920) 난부난ᄌᆡ(難父難子ㅣ): 난부난자. 아버지와 아들의 우열을 가리기 어려움.

921) 하ᄌᆞ(瑕疵): 하자. 흠.

라 부인(夫人)은 고이(怪異)히 너기디 말나."

뎡 시랑(侍郞)이 야″(爺爺)긔 고왈(告曰),

"금일(今日) 대인(大人) 말슘이 올흐신디라. ᄌ슈ᄂᆞ 대현(大賢)이니 결단(決斷)코 민ᄌ(妹子)를 박디(薄待)티 아닐 거시오, 또흔 쇼년(少年)의 호방(豪放)흔 거시 업스니 민진(妹子ㅣ) 진실(眞實)로 소텬(所天)922)을 줄 어덧습ᄂᆞᆫ디라 모친(母親)은 과려(過慮)923)티 마ᄅᆞ쇼셔."

부인(夫人)이 블연(勃然)924) 노식(怒色) 왈(曰),

"너희 등(等)이 다 니싱(-生)의 언에(言語ㅣ) 드믈고 힝신(行身) 닷그미 졍(正)ᄒᆞᆷ믈 미더 이러툿 ᄒᆞ거니와 부″(夫婦) 듕졍(重情)925)은 임926)의(任意)로 못ᄒᆞ고 쇼년(少年)의 셔로 화락(和樂)ᄒᆞ야도 댱ᄂᆡ(將來)가 념녀(念慮)롭거든 이제 니싱(-生)이 거줏 부명(父命)을 의디(依支)ᄒᆞ야 녀ᄋ(女兒)로 눕이 되여시니 이 졍(正)히 념녀(念慮)로온 고디어늘 샹공(相公)과 너희 등(等)이 다 밋비927) 너기니 ᄂᆡ 홀 말이 업ᄉᆞᆫ디라. 셜리 녀ᄋ(女兒)를 드려올 거

---

922) 소텬(所天): 소천. 아내가 남편을 이르는 말.

923) 과려(過慮): 정도에 지나치게 염려함.

924) 블연(勃然): 발연. 갑자기. 발끈하여.

925) 듕졍(重情): 중정. 깊은 정.

926) 임: [교] 원문에는 '인'으로 되어 있으나 오기로 보임.

927) 밋비: 미덥게. 믿음성이 있게.

시라."

공(公)이 정식(正色) 왈(日),

"ᄌ슈의 ᄒᄂ 배 다 범인(凡人)의 홀 배 아니라 쇼년(少年) 남ᄌ(男子ㅣ) 졀식미쳐(絕色美妻)928)로 일방(一房)의 쳐(處)ᄒ야 호방(豪放)ᄒ 거죄(擧措ㅣ)929) 업스니 더옥 긔특(奇特)ᄒ거늘 엇디 이런 소쇄(小瑣)930)ᄒ 념녀(念慮)를 ᄒᄂ뇨?"

부인(夫人)이 공(公)의 말이 올흐믈 보고 녀ᄋ(女兒) 드려올 ᄯᆺ을 긋치나 일념(一念)이 번민(煩悶)ᄒ야 잠각(暫刻)931)도 노히디 아니터니,

듕동(仲冬)932)의 니르러 부인(夫人)이 홀연(忽然) 독병(毒病)을 어더 일"(日日) 팀듕(沈重)933)ᄒ니 졔ᄌ(諸子ㅣ) 창황망극(倉黃罔極)ᄒ야 듀야(晝夜) 병측(病側)의 뫼셔 구호(救護)ᄒ디 효험(效驗)이 업스니 츄밀(樞密)이 ᄯ혼 근심ᄒ야 식음(食飮)을 폐(廢)ᄒ고 니 혹ᄉ(學士ㅣ) ᄌ로934) 니르러 문병(問病)ᄒ디 부인(夫人)이 병듕(病中)의도 노(怒)ᄒ야 일즉 보디 아니ᄒ고 녀ᄋ(女兒)를 보고져 ᄒᄂ다라. 뎡 시랑(侍郎)이 혹ᄉ(學士)를 디(對)ᄒ야 귀령(歸寧)935)을 쳥(請)ᄒ디

---

928) 졀식미쳐(絕色美妻): 절색미처. 빼어나게 아름다운 부인.

929) 거죄(擧措ㅣ): 거조가. 행동이.

930) 소쇄(小瑣): 사소함.

931) 잠각(暫刻): 잠간, 잠시.

932) 듕동(仲冬): 중동. 음력 11월.

933) 팀듕(沈重): 침중. 병세가 심각하여 위중함.

934) ᄌ로: 자주.

935) 귀령(歸寧): 귀녕. 시집간 여자가 친정에 가는 것을 말함.

흑시(學士]) 부친(父親)긔 고(告)ᄒ니 태시(太師]) 경왈(驚曰),

"녀 부인(夫人) 병세(病勢) 그러ᄒ실던대 ᄋ뷔(我婦]) 엇디 볼셔 가디 아니ᄒ엿ᄂ뇨?"

드듸여 쇼져(小姐)의 가기를 허락(許諾)ᄒ니 쇼제(小姐]) 모친(母親) 병세(病勢) 듕(重)ᄒᄆᆯ 외오셔936) 일야(日夜) 초조(焦燥)ᄒ더니 구고(舅姑)의 허락(許諾)ᄒ시믈 어더 춍〃(恩恩)937)이 본부(本府)의 니르러 모친(母親)을 보니 긔뷔(肌膚])938) 쇼삭(蕭索)939)ᄒ고 안식(顏色)이 여외여 병근(病根)이 임의 쎄의 박혓ᄂ디라 놀나옴과 슬프미 흉격(胸膈)의 막혀 강잉(强仍)940)ᄒ야 왓시믈 알외니 부인(夫人)이 녀ᄋ(女兒)의 와시믈 보고 반가오미 극(極)ᄒ니 도로혀 눈물을 흘리고 왈(曰),

"늬 병(病)이 고황(膏肓)941)을 침노(侵擄)942)ᄒ니 아마도 싱되(生道])943) 어렵도다."

쇼제(小姐]) 위로(慰勞) 왈(曰),

"태〃(太太) 병환(病患)이 일시(一時) 상한(傷寒)944)이라 엇디 과

---

936) 외오셔: 홀로.
937) 춍〃(恩恩): 총총. 몹시 급하고 바쁜 모양.
938) 긔뷔(肌膚]): 기부. 사람이나 동물의 몸을 싸고 있는 살가죽.
939) 쇼삭(蕭索): 소삭. 고요하고 쓸쓸함. 여기에서는 윤택했던 피부가 꺼칠해짐을 뜻함.
940) 강잉(强仍): 억지로 참음.
941) 고황(膏肓): 심장과 횡격막의 사이. 고는 심장의 아랫부분이고, 황은 횡격막의 윗부분으로, 이 사이에 병이 생기면 낫기 어렵다고 함.
942) 침노(侵擄): 침로. 성가시게 달라붙어 손해를 끼치거나 해침.
943) 싱되(生道]): 생도. 살아갈 방도.

도(過度)이 번뇌(煩惱)ᄒ시ᄂ니잇고?"

부인(夫人)이 탄식(歎息) 브답(不答)이러라.

쇼제(小姐ㅣ) 인(因)

• • •

145면

ᄒ야 머므러 ᄢᅵ를 그ᄅ디 아니ᄒ고 구호(救護)ᄒ니 식음(食飮)을 나
오디 아니ᄒ고 옥용(玉容)이 초체(憔悴)ᄒ야 이원(哀婉)945)ᄒ미 비길
곳이 업ᄉ니 뎡 공(公)이 크게 우려(憂慮)ᄒ야 녀ᄋ(女兒)를 위로(慰
勞)ᄒ며 부인(夫人) 병셰(病勢) 팀듕(沈重)ᄒ믈 민망(憫惘)ᄒ야 텬하
(天下) 명의(名醫)를 다 모도와 티료(治療)ᄒ니,

이러ᄒᆯ 젹 니 흑ᄉᆡ(學士ㅣ) 날마다 니ᄅ러 문병(問病)ᄒ되 부인(夫
人)이 병심(病心)의 더옥 용녀(用慮)946)ᄒ고 노(怒)ᄒ여 보디 아니〃
흑ᄉᆡ(學士ㅣ) 엇디 짐쟉(斟酌)디 못ᄒ리오. 쏘흔 우이 너기되 극진
(極盡)이 문병(問病)ᄒ여 반ᄌ(半子)947)의 녜(禮)를 다ᄒᆯ ᄲᅮᆫ이러라.

이러구러 이 ᄒᆡ 단(盡)ᄒ고 명년(明年)의 니ᄅ나 부인(夫人) 병셰
(病勢) 조곰도 가감(加減)이 업서 츈(春) 이월(二月)의 니ᄅ러ᄂ 극듕
(極重)ᄒ니 시랑(侍郞) 등(等) 오(五) 인(人)이 눈믈을 흘리고 황〃분
주(遑遑奔走)948)ᄒ니 그 경샹(景狀)이 십분(十分) 차악(嗟愕)949)ᄒ되

---

944) 샹한(傷寒): 감기. 밖으로부터 오는 한(寒), 열(熱), 습(濕) 따위의 사기(邪氣)로 인
하여 생기는 병.

945) 이원(哀婉): 애원. 슬픔이 곡진함.

946) 용녀(用慮): 용려. 마음을 쓰고 몹시 걱정함.

947) 반ᄌ(半子): 반자. 아들과 같다는 뜻으로 사위를 뜻함.

948) 황황분주(遑遑奔走): 어쩔 줄 몰라 몹시 바쁘고 수선스러움.

949) 차악(嗟愕): 한탄하고 놀람.

라. 흑시(學士ㅣ) 니르러 추경(此境)을 보고 크게 감창(感愴)950)ᄒ며
쇼져(小姐)의 거동(擧動)을 짐작(斟酌)ᄒ야 ᄒᆫ 번(番) 보고 위로(慰
勞)코져 ᄒ되 쇼져(小姐ㅣ) 이리 온 후(後) 일즉 병소(病所)ᄅᆞᆯ 써나디
아니ᄒ니 흑시(學士ㅣ) 능(能)히 어더 보디 못ᄒ야,

일〃(一日)은 명 시랑(侍郎) 등(等)이 병소(病所)의셔 나오디 아냣
거늘 쥬 유랑(乳娘)을 블러 쇼져(小姐)ᄅᆞᆯ 쳥(請)ᄒ니 유랑(乳娘)이 심
하(心下)의 놀라고 의심(疑心)ᄒ야 드러가 쇼져(小姐)긔 고(告)ᄒ니
추시(此時) 부인(夫人)이 혼〃(昏昏)ᄒ야 인ᄉ(人事)ᄅᆞᆯ 모ᄅᆞᆫ디라
쇼져(小姐ㅣ) 망극(罔極)ᄒ야 눈믈이 옥면(玉面)의 ᄆᆡ즐 ᄉᆞ이 업더니
추언(此言)을 듯고 응(應)티 아니ᄒ니 시랑(侍郎)이 권(勸)ᄒ야 왈(曰),

"네 엇디 가부(家夫)의 쳥(請)ᄒᄆᆞᆯ 지완(遲緩)951)ᄒᄂᆞ뇨?"

인(因)ᄒ야 개유(開諭)ᄒ니 쇼져(小姐ㅣ) 마디못ᄒ야 몸을 니러 듕
당(中堂)의 니ᄅᆞ니 흑시(學士ㅣ) 셜리 니러 마자 피치(彼此ㅣ) 녜(禮)
ᄅᆞᆯ ᄆᆞᆺ고 동

셔(東西)로 좌(座)ᄅᆞᆯ 일우매 흑시(學士ㅣ) 눈을 드러 쇼져(小姐)ᄅᆞᆯ 보
니 옥면(玉面)의 누흔(淚痕)952)이 ᄀᆞ득ᄒ고 신ᄉᆡᆨ(身色)이 초고(焦

---

950) 감창(感愴): 어떤 느낌이 가슴에 사무쳐 슬픔.
951) 지완(遲緩): 더디고 느즈러짐.
952) 누흔(淚痕): 눈물 자국.

枯)953)ᄒ야 업더질 듯ᄒ니 수월(數月) ᄂᆡ(內)의 몰나보게 되엿ᄂᆞᆫ디라. 혹ᄉᆡ(學士ㅣ) 경아(驚訝)ᄒ야 이윽이 말을 아니타가 무릅흘 쓰러 문왈(問曰),

"금일(今日)은 악모(岳母) 환휘(患候ㅣ) 엇더ᄒ시니잇고?"

쇼제(小姐ㅣ) 졀노 더브러 결발(結髮)954) 삼(三) ᄌᆡ(載)의 그 말ᄒᆞ미 처음이라 붓그러오미 압서니 ᄌᆞ연(自然) 츄패(秋波ㅣ)955) ᄂᆞ즉ᄒ고956) 옥면(玉面)이 함홍(含紅)957)ᄒ여 답(答)디 못ᄒ니 혹ᄉᆡ(學士ㅣ) 붓그리ᄂᆞᆫ 줄 아나 ᄌᆞ개(自家ㅣ) 말이 희언(戱言)958)이 아니어ᄂᆞᆯ 답(答)디 아니믈 블쾌(不快)ᄒ여 ᄌᆞᆷ〃(潛潛)ᄒ엿다가 유랑(乳娘)을 블러 소ᄅᆡ를 졍(正)히 ᄒ여 왈(曰),

"악모(岳母) 환휘(患候ㅣ) 비경(非輕)ᄒ시나 네 쇼제(小姐ㅣ) 너모 초젼(焦煎)959)ᄒ야 몸을 도라보디 아니〃 가장

● ● ●

148면

블가(不可)ᄒ디라. 비ᄌᆞ(婢子ㅣ) 맛당히 ᄯᅳᆺ을 젼(傳)ᄒ야 기유(開諭)홀지어다."

셜파(說罷)의 니러 도라가니 유랑(乳娘)이 일변(一邊) 두굿기고 쇼져(小姐)의 언어(言語) 통(通)티 아니믈 답〃히 너겨 닐오ᄃᆡ,

---

953) 초고(焦枯): 애가 타고 마름.
954) 결발(結髮): 상투를 틀고 머리에 쪽을 껴서 정식으로 혼인하는 것.
955) 츄패(秋波ㅣ): 추파. 눈빛.
956) ᄂᆞ즉ᄒ고: 나직하고.
957) 함홍(含紅): 붉은빛을 머금음.
958) 희언(戱言): 실없이 하는 말.
959) 초젼(焦煎): 초전. 마음을 졸임.

"노애(老爺ㅣ) 브절업슨 말슴을 므루시미 아니어늘 쇼제(小姐ㅣ)
엇딘 고(故)로 답(答)디 아니시뇨?"

쇼제(小姐ㅣ) 브답(不答)ㅎ고 드러가니 뎡 공(公)이 됴참(朝參)960)
ㅎ고 도라와 녀ᅌᆞ(女兒) 업수믈 뭇고져 ㅎ더니 쇼제(小姐ㅣ) 드러오
믈 보고 갓던 곳을 뭇는디라, 유랑(乳娘)이 나아가 혹ᄉᆞ(學士)의 ᄒᆞ
던 말을 고(告)ㅎ니 공(公)이 크게 두굿겨 쇼져(小姐)ᄃᆞ려 왈(曰),

"ᄌᆞ슈는 군지(君子ㅣ)라 ᄒᆞᄂᆞᆫ 일마다 이러틋 신듕(愼重)ᄒᆞ거늘 네
엇디 그 말을 답(答)디 아니뇨?"

쇼제(小姐ㅣ) 유〃브답(唯唯不答)961)이러라.

ᄎᆞ일(此日) 부인(夫人) 병셰(病勢) 더옥 즁(重)ᄒᆞ니 쇼제(小姐ㅣ)
망극(罔極)ᄒᆞ믈 이긔디 못ᄒᆞ야 ᄎᆞ일(此日) 황혼(黃昏)

의 목욕치직(沐浴致齋)962)ᄒᆞ고 스스로 몸이 희싱(犧牲)963)이 되여
향화(香火) 등쵹(燈燭)을 버리고 하ᄂᆞᆯ을 우러〃 븍두칠셩(北斗七星)
의 모친(母親) 명(命)을 비니 그 졍셩(精誠)은 텬디(天地)를 질뎡(質
正)964)ᄒᆞᆯ디라 샹텬(上天)이 감오(感悟)ᄒᆞ미 업ᄉᆞ리오. 졔(祭)를 파
(罷)ᄒᆞ고 병소(病所)의 도라오니 이ᄯᅥ 부인(夫人) 병셰(病勢) 혼졀(昏

960) 됴참(朝參): 조참. 한 달에 네 번씩 문무백관이 정전에 나와 임금에게 문안을 드
리고 정사(政事)를 아뢰는 일.
961) 유〃브답(唯唯不答): 유유부답. 예예하며 대답하지 않음.
962) 목욕치직(沐浴致齋): 목욕치재. 목욕을 하여 몸을 깨끗이 하고 재를 지냄.
963) 희싱(犧牲): 희생. 원래 천지종묘(天地宗廟) 제사(祭祀) 때 제물로 바치는 산 짐승
을 일컫는 말로, 여기에서는 다른 사람을 위(爲)해서 자기(自己) 몸을 버림을 뜻함.
964) 질뎡(質正): 질정. 묻거나 따져서 바로잡음.

絶)ᄒᄂᆞᆫ 디경(地境)의 잇ᄂ디라. 뎡 시랑(侍郎)이 장ᄎᆞᆺ(將次ㅅ) 칼흘 ᄲᅢ혀 단지(斷指)965)ᄒ려 ᄒ니 공(公)이 검(劍)을 앗고 칙왈(責曰),

"네 어미 잇ᄂ 줄만 알고 아비 잇ᄂ 줄을 모ᄅᆞᄂ냐?"

시랑(侍郎)이 초조(焦燥)ᄒ야 눈믈이 좌셕(坐席)의 고일 ᄲᅮᆫ이러니 계명(鷄鳴) ᄣᅢ 부인(夫人)이 홀연(忽然) ᄭᅢ텨 도라누어 ᄀᆞᆯ오ᄃᆡ,

"닉 잠을 너모 자거냐?"

시랑(侍郎)이 놀나고 의심(疑心)ᄒ야 말을 아니터니 부인(夫人)이 다시 닐오ᄃᆡ,

"'금년(今年)의 명(命)이 진(盡)ᄒ너니 그ᄃᆡ ᄯᆯ의 지셩(至誠)을 하ᄂᆞᆯ

• • •

150면

이 감동(感動)ᄒ샤 슈혼(壽限)966)을 더ᄒ노라.' ᄒ니 아디 못ᄒᆯ 일이 로다."

시랑(侍郎)이 ᄎᆞ언(此言)을 듯고 크게 긔특(奇特)이 너겨 이에 쇼제(小姐ㅣ) 하ᄂᆞᆯ긔 빈 연고(緣故)를 뎐(傳)ᄒ니 부인(夫人)이 놀라 그 손을 잡고 탄식(歎息) 왈(曰),

"너의 효셩(孝誠)이 텬디(天地)를 두로혀 어미를 구(救)ᄒ여시니 엇디 몸 샹(傷)ᄒᆯ 줄을 아디 못ᄒᆞᄂ뇨?"

쇼제(小姐ㅣ) 함누(含淚) 쳐연(悽然)967)이러라.

ᄎᆞ일(此日)로브터 부인(夫人)이 ᄎᆞ도(差度)의 드니 졔ᄌᆞ(諸子ㅣ)

---

965) 단지(斷指): 손가락을 잘라 버림. 부모(父母)나 남편(男便)의 병(病)이 위중(危重)한 때에 제 손가락을 잘라서 그 피를 먹게 하는 일.

966) 슈혼(壽限): 수한. 타고난 수명.

967) 쳐연(悽然): 처연. 애달프고 구슬픔.

크게 깃거ᄒ고 쇼져(小姐)의 힝희(幸喜)ᄒ미 비길 곳이 이시리오. 연(然)이나 여러 ᄃᆞᆯ 팀듕(沈重)ᄒ엿던디라 자리ᄅᆞᆯ 쩌나디 못ᄒ니 시랑(侍郞) 등(等) 오(五) 인(人)과 모든 ᄌᆞ녜(子女ㅣ) 좌우(左右)로 뫼셔 학낭쇼어(謔浪笑語)968)로 위로(慰勞)ᄒ며 흑ᄉᆡ(學士ㅣ) 날마다 와 문병(問病)ᄒ되 부인(夫人)이 보디 아니〃 시랑(侍郞) 등(等)이 블가(不可)ᄒᄆᆞᆯ 간(諫)ᄒ되 부인(夫人)이 노ᄉᆡᆨ(怒色) 왈(曰),

"니ᄉᆡᆼ(-生)

• • •

151면

이 무고(無故)히 ᄂᆡ 녀ᄋᆞ(女兒)ᄅᆞᆯ 박ᄃᆡ(薄待)ᄒ고 간사(奸邪)히 극진(極盡)이 문병(問病)ᄒᄂᆞᆫ 톄ᄒ니 졍(正)히 통흔(痛恨)ᄒᄂᆞᆫ디라 ᄂᆡ 엇디 져ᄅᆞᆯ 보리오?"

시랑(侍郞)이 다시 간왈(諫曰),

"ᄌᆞ슈ᄂᆞᆫ 대현(大賢)이라 이럴 리 업거ᄂᆞᆯ 모친(母親)이 블셔 뉵칠(六七) 삭(朔)을 아니 보시니 제 이런 연고(緣故)ᄂᆞᆫ 모ᄅᆞ고 고이(怪異)히 너길가 ᄒᄂᆞ이다."

부인(夫人)이 변ᄉᆡᆨ(變色) 브답(不答)ᄒ니 시랑(侍郞) 등(等)이 다시 말을 못ᄒ더라.

---

968) 학낭쇼어(謔浪笑語): 학랑소어. 농담과 우스갯소리.

역자 해제

1. 머리말

<쌍천기봉>은 18세기에 창작된 것으로 추정되는 작가 미상의 국문 대하소설로, 중국 명나라 초기를 배경으로 남경, 개봉, 소흥, 북경 등 다양한 공간에서 벌어지는 사건을 그려낸 작품이다. '쌍천기봉(雙釧奇逢)'은 '두 팔찌의 기이한 만남'이라는 뜻으로, 호방형 남주인공 이몽창과 여주인공 소월혜가 팔찌로 인연을 맺는다는 작품 속 서사를 제목으로 정한 것이다. 이현, 이관성, 이몽현 및 이몽창 등 이씨 집안의 3대에 걸친 이야기로, 역사적 사건을 작품의 앞과 뒤에 배치하고, 중간에 이들 인물들의 혼인담 및 부부 갈등, 부자 갈등, 처첩 갈등 등 한 가문에서 벌어질 수 있는 다양한 갈등을 소재로 서사를 구성하였다. 유교 이념인 충과 효가 전면에 부각되고 사대부 위주의 신분의식이 드러나 있으면서도, 이러한 이데올로기에 저항하는 인물들이 등장함으로써 작품에는 봉건과 반봉건의 팽팽한 길항 관계가 형성될 수 있었다.

2. 창작 시기 및 작가

<쌍천기봉>의 창작 연도는 정확히 알 수 없고, 다만 18세기에 창작되었을 것으로 추정할 뿐이다. 온양 정씨가 필사한 규장각 소장

<옥원재합기연>은 정조 10년(1786)에서 정조 14년(1790) 사이에 단계적으로 필사되었는데, 이 <옥원재합기연> 권14의 표지 안쪽에는 온양 정씨와 그 시가인 전주 이씨 집안에서 읽었을 것으로 보이는 소설의 목록이 적혀 있다. 그중에 <쌍천기봉>의 후편인 <이씨세대록>의 제명이 보인다.[1] 이 기록을 토대로 보면 <쌍천기봉>은 적어도 1786년 이전에 창작된 것으로 짐작할 수 있다.

또, 대하소설 가운데 초기본인 <소현성록> 연작(15권 15책, 이화여대 소장본)이 17세기 말 이전에 창작된바,[2] 그보다 분량과 등장인물의 수기 훨씬 많은 <쌍천기봉>은 <소현성록> 연작보다 후대의 작품일 가능성이 높다.

<쌍천기봉>의 작가를 확정할 만한 자료는 아직 발견되지 않았다. 작품 말미에 이씨 집안의 기록을 담당한 유문한이 <이부일기>를 지었고 그 6대손 유형이 기이한 사적만 빼어 <쌍천기봉>을 지었다고 나와 있으나 이는 이 작품이 허구가 아니라 사실임을 부각하기 위한 가탁(假託)일 가능성이 크다.

<쌍천기봉>의 작가는 확인할 수 없으나 작품의 수준과 서술시각을 고려하면 경서와 역사서, 소설을 두루 섭렵한 지식인이며, 신분의식이 강한 인물로 추정할 수 있다. <쌍천기봉>은 비록 국문으로 되어 있으나 문장이 조사나 어미를 제외하면 대개 한자어로 구성되어 있고, 전고(典故)의 인용이 빈번하다. 비록 대하소설 <완월회맹연>(180권 180책)에는 미치지 못하지만, 다른 유형의 고전소설에 비

---

1) 심경호, 「樂善齋本 小說의 先行本에 관한 一考察 - 온양정씨 필사본 <옥원재합기연>과 낙선재본 <옥원중회연>의 관계를 중심으로-」, 『정신문화연구』 38, 한국정신문화연구원, 1990.
2) 박영희, 「소현성록 연작 연구」, 이화여대 박사논문, 1994 참조.

하면 작가의 지식 수준이 매우 높은 편이다. <쌍천기봉>에는 또한 집안 내에서 처와 첩의 위계가 강조되고, 주인과 종의 차이가 부각되어 있으며, 사대부 집안이 환관 집안과 혼인할 수 없다는 인식도 드러나 있다. 이처럼 <쌍천기봉>의 작가는 학문적 소양을 갖추고 강한 신분의식을 지닌 사대부가의 일원으로 추정된다.

3. 이본 현황

<쌍천기봉>의 이본은 현재 국내에 2종, 해외에 3종이 있는 것으로 확인된다.[3] 국내에는 한국학중앙연구원(이하 한중연본)과 국립중앙도서관(이하 국도본)에 1종씩 소장되어 있고, 해외에는 러시아, 북한, 중국에 각각 소장되어 있는 것으로 알려져 있다.

한중연본은 예전 낙선재(樂善齋)에 소장되어 있던 국문 필사본으로 18권 18책, 매권 140면 내외, 총 2,406면이고 궁체로 되어 있다. 국도본은 국문 필사본으로 19권 19책, 매권 120면 내외, 총 2,347면이며 대개 궁체로 되어 있으나 군데군데 거친 여항체가 보인다. 두 이본을 비교한 결과 어느 본이 선본(善本) 혹은 선본(先本)이라고 말할 수는 없을 것 같다.[4] 축약이나 생략, 변개가 특정한 이본에서만 이루어져 있지 않기 때문이다.

러시아의 경우 상트페테르부르크레닌그라드 아시아민족연구소 아세톤(Aseton) 문고에 22권 22책의 필사본 1종이 소장되어 있고,[5] 북

---

3) 이하 이본 관련 논의는 장시광, 「쌍천기봉 연작 연구」, 서울대 석사논문, 1996, 6-21면을 참조하였다.

4) 기존 연구에서는 국도본을 선본(善本)이라 하였으나(위의 논문, 21면) 더욱 면밀한 검토가 필요하다.

5) О.П.Петрова, Описание Письменых Памятников Корейской Культуры, Москва: Издальство Асадемий Наук СССР, Выпуск1:1956, Выпуск2:1963.

한의 경우 일찍이 <쌍천기봉>을 두 권의 번역본으로 출간하며 22권의 판각본으로 소개한 바 있다.[6] 권1을 비교한 결과 아세톤 문고본과 북한본은 거의 동일한 본으로 보인다. 다만 북한에서 판각본이라 소개한 것은 필사본의 오기로 보인다. 한편, 중국에서 윤색한 <쌍천기봉>은 현재 미국 하버드대학교의 하버드-옌칭 연구소에서 확인할 수 있다고 한다.

필자가 직접 확인하지 못한 중국본을 제외한 4종의 이본을 검토해 보면, 국도본과 러시아본(북한본)은 친연성이 있는 반면, 한중연본은 다른 이본과의 친연성이 떨어진다.

4. 서사의 구성

<쌍천기봉>의 주인공은 두 팔찌를 인연으로 맺어지는 이몽창과 소월혜다. 특히 이몽창이 핵심인데, 작가는 그의 이야기를 작품의 한가운데에 절묘하게 배치해 놓았다. 전체 18권 중, 권7 중반부터 권14 초반까지가 이몽창 위주의 서사이다. 이몽창이 그 아내들인 상씨, 소월혜, 조제염과 혼인하고 갈등하는 이야기가 중심을 이루고 있다. 이몽창 서사의 앞에는 그의 형 이몽현이 효성 공주와 늑혼하고 정혼자였던 장옥경을 재실로 들이는 내용이 전개되고, 이몽창 서사의 뒤에는 이몽창의 여동생인 이빙성이 요익과 혼인하는 이야기가 이어진다.

작가는 이처럼 허구적 인물들의 서사를 작품의 전면에 내세우는 한편, 역사적 사건담으로 이들 서사를 둘러싸는 구성 방식을 취하고 있다. 즉, 작품의 전반부에는 명나라 초기 연왕(燕王)의 정난(靖難)

---

6) 오희복 윤색, <쌍천기봉>(상)(하), 민족출판사, 1983.

의 변을, 후반부에는 영종(英宗)이 에센에게 붙잡히는 토목(土木)의 변을 배치하였다. 그리고 이들 역사적 사건을 허구적 인물의 성격 내지 행위와 연관지음으로써 이들 사건이 서사에 자연스럽게 녹아들도록 하였다. 즉, 정난의 변은 이몽창의 조부 이현이 지닌 의리와 그 어머니 진 부인에 대한 효성을 보이는 수단으로 활용되었고, 토목의 변은 이몽창의 아버지인 이관성의 신명함과 충성심을 보이는 수단으로 제시되어 있다.

물론 작품의 말미에는 이한성의 죽음, 그리고 그 자식인 이몽한의 일탈과 회과가 등장하며 열린 결말을 보여주고 있지만, 전체적으로 보았을 때 역사적 사건이 허구적 사건을 감싸는 형식은 <쌍천기봉>이 지니는 구성상의 특징이라 할 수 있다.

5. 유교 이념과 신분의식의 표출

<쌍천기봉>에는 유교 이념인 충과 효가 강하게 드러나 있고, 아울러 사대부 위주의 신분의식 또한 두드러지게 나타나 있다. 이러한 면에서 <쌍천기봉>은 상하층이 두루 향유할 수 있는 작품이라기보다는 상층민이자 기득권층을 위한 작품임을 알 수 있다.

충과 효는 조선시대를 지탱하는 국가 이념으로, 이 둘은 원래 임금과 신하, 부모와 자식 사이에 상호적인 의리를 기반으로 배태된 이념이었으나, 점차 지배와 종속 관계로 변질된다. 두 가지는 또 유비적 속성을 지녔다. 곧 집안에서 부모에 대한 자식의 효도는 국가에서 임금에 대한 신하의 충성과 직결되도록 구조화한 것이다.

<쌍천기봉>에는 충과 효가 이데올로기화한 모습이 적나라하게 나타나 있다. 예컨대, 늑혼(勒婚) 삽화는 이데올로기화한 충의 대표적

사례이다. 이몽현은 장옥경과 이미 정혼한 상태였으나 태후가 위력으로 이몽현을 효성 공주와 혼인시키려 한다. 이 여파로 장옥경은 수절을 결심하고 이몽현의 아버지 이관성은 늑혼을 거절하다가 투옥된다. 끝내 태후의 위력으로 이몽현은 효성 공주와 혼인하고 장옥경은 출거된다. 태후로 대표되는 황실이 개인의 혼인을 지배하고 있다. 그리고 그 지배 논리를 충(忠)에서 찾고 있다.

효가 인물 행위의 동기와 방향을 결정하는 경우도 나타난다. 부모가 특정한 사안에 대해 자식의 선택권을 저지하고 자신의 뜻을 관철시키려 한다면 그것은 인지상정의 관계를 권력 관계로 변질시켜 버린 것이다. 예를 들어 이현이 자기의 절개를 굽히는 것은 모두 어머니 진 부인에 대한 효성 때문이다. 이현이 처음에 정난의 변을 일으키려 하는 연왕을 돕지 않겠다고 하였으나 결국 어머니 때문에 연왕을 돕니다. 또 연왕이 황위를 찬탈해 성조가 되었을 때 이현은 한사코 벼슬하기를 거부하지만 자기의 뜻을 굽히고 벼슬하게 되는 것도 어머니 진 부인이 설득했기 때문이다. 이외에도 자식은 부모의 뜻에 무조건 순종해야 한다는 논리는 작품 전편에 두드러진다.

<쌍천기봉>은 또 사대부 위주의 신분의식을 드러내고 있다. 이를 선민의식이라 해도 무방하다. 예를 들면, 이몽창이 어렸을 때 집안의 시동 소연을 활로 쏘아 눈을 맞히자 삼촌인 이한성과 이연성이 웃는 장면이라든가, 이연성이 그의 아내 정혜아가 괴팍하게 군다며 마구 때리자 정혜아의 할아버지가 이연성을 옹호하며 웃으니 좌중이 함께 웃는 장면 등은 신분이 낮은 사람, 여자 등의 약자에 대한 인식과 배려가 부족함을 보여주는 대목으로, 신분 차에 따른 뚜렷한 위계를 사대부 남성 위주의 시각에서 형상화한 것이다.

이외에 이현이 자신의 첩인 주 씨가 어머니의 헌수 자리에 나와

앉아 있는 것을 보고 나중에 꾸짖는 장면도 처와 첩의 분별을 분명하게 드러내는 부분이다. 또 이씨 집안에서 이몽창이 소월혜와 불고이취(不告而娶: 아버지의 허락을 받지 않고 혼인한 것)한 것을 알았는데 소월혜의 숙부가 환관 노 태감이라는 오해를 하고 혼인을 좋지 않게 생각하는 장면 또한 그러하다. 후에 이씨 집안에서는 노 태감이 소월혜의 숙부가 아니라 소월혜 조모의 얼제라는 사실을 알고 안도한다. 첩이나 환관에 대한 신분적 차별 의식을 엿볼 수 있다.

6. 발랄한 인물과 주체적 인물

<쌍천기봉>에 만일 유교 이념과 신분의식만 강하게 노정되어 있다면 이 작품은 독자들에게 이념 교과서 이상의 큰 매력을 주지 못했을 것이다. 소설에 교훈이 있다면 흥미도 있을 터인데 작품에서 그러한 역할을 하는 이는 남성인물인 이몽창과 이연성, 주체적 여성인물인 소월혜와 이빙성, 그리고 자신의 욕망을 가감 없이 드러내는 반동인물 조제염 등이다.

이연성과 그 조카 이몽창은 작품에서 미색을 밝히며 여자에 관한 한 자신의 의지를 밀어붙여서 끝내 관철시키는 인물이다. 그러한 과정에서 독자에게 웃음을 제공하기도 한다. 이연성은 미색을 밝히는 인물이지만 조카로부터 박색 여자를 소개받고 또 혼인도 박색 여자와 함으로써 집안사람들의 기롱을 받고 웃음을 자아내게 한다. 이연성은 자신의 마음에 든 정혜아를 쟁취하기 위해 이몽창을 시켜 연애편지를 전달하기도 해 물의를 일으키는데 우여곡절 끝에 정혜아와 혼인한다. 이몽창의 경우, 분량이나 강도 면에서 이연성의 서사보다 더 강력한 모습을 보인다. 호광 땅에 갔다가 소월혜를 보고 반하는

데 소월혜와 혼인하려면 소월혜가 갖고 있는 팔찌의 한 짝이 있어야 한다는 말을 듣고, 할머니 유요란 방에서 우연히 팔찌를 발견해 그 팔찌를 가지고 마음대로 혼인한다. 이른바 아버지에게 고하지 않고 자기 마음대로 아내를 얻은, 불고이취를 한 것이다.

이연성이 마음에 든 여자에게 연애 편지를 보낸 행위나, 이몽창이 중매 없이 자기 마음대로 혼인한 행위는 현대 사회에서는 얼마든지 있을 수 있는 일이었으나, 18세기 조선의 사대부 집안에서는 있으면 안 되는 일이었다. 이것은 가부장의 권한을 침해하는 매우 심각한 일이었기 때문이다. 집안의 질서가 어그러지는 문제인 것이다. 가부장인 이현이나 이관성이 이들을 심하게 때린 것은 그러한 연유에서이다.

이연성이나 이몽창은 가부장의 권한을 침해하면서까지 중매를 거부하고 자유 연애를 추구하려 한 인물이다. 그리고 결국 그것을 관철시켰다. 작가는 경직된 이념을 보여주면서 한편으로는 이처럼 자유 의지를 가진 인물을 등장시킴으로써 서사의 흥미를 제고하고 있다.

이몽창의 아내 소월혜와 요익의 아내이자, 이몽창의 여동생인 이빙성은 남편에 대한 절대적 순종을 강요하는 이념에 맞서 자신의 주체적 면모를 드러내려 시도한 인물들이다. 결국에는 가부장적 이념에 굴복하기는 하지만 이들의 시도는 그 자체로 신선하다. 소월혜는 이몽창이 자신과 중매 없이 혼인했다가 이후에 또 마음대로 파혼 서간을 보내자 탄식하고, 결국 이몽창과 우여곡절 끝에 혼인하기는 하였으나 그 경박함을 싫어해 이몽창에게 상당 기간 동안 냉랭하게 대한다. 이빙성 역시 남편 요익이 빙성 자신을 그린 미인도를 매개로 자신과 혼인했다는 점에서 그 음란함을 싫어해 요익을 냉대한다. 소월혜와 이빙성의 논리가 비록 예법에 근거한 것이기는 하지만, 남편에 대해 무조건 순종하는 대신 자신의 감정과 호오의 판단을 적극적으로 드러냈다는 점에서 이들의 행위는 의미가 있다.

<쌍천기봉>에는 여느 대하소설에서와 마찬가지로 욕망을 추구하는 여성반동인물이 등장하는데 이 작품에서 그러한 역할을 하는 인물은 이몽창의 세 번째 아내 조제염이다. 이몽창은 일단 조제염이 늑혼으로 들어왔다는 점에서 싫었는데, 혼인한 후 그 눈빛에서 보이는 살기 때문에 조제염을 더욱 싫어하게 된다. 이에 반해 조제염은 이몽창에 대한 애정이 지극하다. 그러나 조제염의 애정은 결국 동렬인 소월혜를 시기하고 소월혜의 자식을 살해하는 데까지 연결된다. 조제염의 살해 행위는 물론 어느 사회에서든지 용납될 수 없는 것이다. 그러나 그녀가 그렇게까지 행동하게 된 원인을 짚어 보면, 그것은 처첩을 용인한 가부장제 사회에서 비롯되었음을 알 수 있다. 또한 남성의 애정이나 성욕은 용인하면서 여성의 그것은 용인하지 않는 차별적 시각도 한 몫 하고 있다. 조제염의 존재는 이처럼 가부장제의 질곡을 드러내는 기제이면서, 한편으로는 갈등을 심각하게 부각시킴으로써 서사를 흥미로운 방향으로 이끌어가는 역할을 한다.

7. 맺음말

<쌍천기봉>은 일찍이 북한에서 번역본이 나왔고, 러시아에서도 관심을 가지고 소설 목록에 포함시킨 바 있다. 사회주의 국가에서 이처럼 <쌍천기봉>을 주목한 것은 '자유로운 사랑에 대한 열렬한 지향과 인간의 개성을 억압하는 봉건적 도덕관념에 대한 반항의 정신이 구현되어 있기'[7] 때문일 것이다. <쌍천기봉>에 비록 유교 이념이

---

7) 오희복 윤색, 앞의 책, 3면.

부각되어 있지만, 또한 주인공 이몽창의 행위로 대표되는 반봉건적 성격이 내재되어 있음을 주목한 것이다. 일리 있는 해석이다.

<쌍천기봉>에는 여성주동인물의 수난과 여성반동인물의 욕망이 부각되어 있는데, 이것들은 당대의 여성 독자에게 정서적 감응을 충분히 불러일으킬 수 있는 소재들이다. 아울러 명나라 역사적 사건의 배치, <삼국지연의>와 같은 연의류 소설의 내용 차용 등은 남성 독자에게도 매력적으로 보이는 소재였을 것이다. 그리고 이 소설이 지닌 이러한 매력은 당대의 독자에게뿐만 아니라 현대의 독자에게도 충분히 흥미로울 것이라 기대한다.

장시광

전북 진안에서 출생하여 서울대학교에서 고전소설에 관한 연구로 문학박사 학위를 받았다. 서울대 강사, 아주대 강의교수 등을 거쳐 현재 경상대학교 국어국문학과 교수로 재직 중이며, 경상대학교 여성연구소 부소장을 맡고 있다.

논문으로「대하소설의 여성반동인물 연구」(박사학위논문),「여성영웅소설에 나타난 여화위남의 의미」,「대하소설 갈등담의 구조 시론」,「운명과 초월의 서사」,「대하소설의 호방형 남성주동인물 연구」등이 있고, 저서로『한국 고전소설과 여성인물』이 있으며, 번역서로『조선시대 동성혼 이야기:방한림전』,『홍계월전:여성영웅소설』,『심청전: 눈먼 아비 홀로 두고 어딜 간단 말이냐』등이 있다.

현재 고전 대하소설의 현대화 작업에 주력하고 있으며, 고전 대하소설의 인물과 사건 등에 대한 연구를 진행 중이다. 이후 고전 대하소설의 현대화 작업을 완료하는 것을 목표로 하고 있다. 아울러 고전 대하소설의 창작 방법 및 대하소설 사이의 층위를 분석하려 한다.

(팔찌의 인연) 쌍천기봉 1

초판인쇄 2017년 12월 29일
초판발행 2017년 12월 29일

지은이 장시광
펴낸이 채종준
펴낸곳 한국학술정보㈜
주소 경기도 파주시 회동길 230(문발동)
전화 031) 908-3181(대표)
팩스 031) 908-3189
홈페이지 http://ebook.kstudy.com
전자우편 출판사업부 publish@kstudy.com
등록 제일산-115호(2000. 6. 19)

ISBN 978-89-268-8208-5 04810
      978-89-268-8226-9 (전9권)